中华现代学术名著丛书

唐代进士行卷与文学
古诗考索

程千帆 著

2014年·北京

图书在版编目(CIP)数据

唐代进士行卷与文学 古诗考索/程千帆著.—北京：商务印书馆,2014
(中华现代学术名著丛书)
ISBN 978-7-100-09923-3

Ⅰ.①唐… Ⅱ.①程… Ⅲ.①古典文学—文学研究—中国—唐代 ②古典诗歌—诗歌研究—中国 Ⅳ.①I206.2 ②I207.22

中国版本图书馆 CIP 数据核字(2013)第 072669 号

所有权利保留。
未经许可，不得以任何方式使用。

本书根据上海古籍出版社 1980 年、1984 年版排印

中华现代学术名著丛书
唐代进士行卷与文学
古诗考索
程千帆 著

商 务 印 书 馆 出 版
(北京王府井大街36号 邮政编码 100710)
商 务 印 书 馆 发 行
北京瑞古冠中印刷厂印刷
ISBN 978-7-100-09923-3

2014 年 9 月第 1 版 开本 880×1240 1/32
2014 年 9 月北京第 1 次印刷 印张 19⅛
定价：56.00 元

程 千 帆

(1913—2000)

作者手迹（1988年瞻园石刻）

出版说明

百年前,张之洞尝劝学曰:"世运之明晦,人才之盛衰,其表在政,其里在学。"是时,国势颓危,列强环伺,传统频遭质疑,西学新知亟亟而入。一时间,中西学并立,文史哲分家,经济、政治、社会等新学科勃兴,令国人乱花迷眼。然而,淆乱之中,自有元气淋漓之象。中华现代学术之转型正是完成于这一混沌时期,于切磋琢磨、交锋碰撞中不断前行,涌现了一大批学术名家与经典之作。而学术与思想之新变,亦带动了社会各领域的全面转型,为中华复兴奠定了坚实基础。

时至今日,中华现代学术已走过百余年,其间百家林立、论辩蜂起,沉浮消长瞬息万变,情势之复杂自不待言。温故而知新,述往事而思来者。"中华现代学术名著丛书"之编纂,其意正在于此,冀辨章学术,考镜源流,收纳各学科学派名家名作,以展现中华传统文化之新变,探求中华现代学术之根基。

"中华现代学术名著丛书"收录上自晚清下至20世纪80年代末中国大陆及港澳台地区、海外华人学者的原创学术名著(包括外文著作),以人文社会科学为主体兼及其他,涵盖文学、历史、哲学、政治、经济、法律和社会学等众多学科。

出版说明

出版"中华现代学术名著丛书",为本馆一大夙愿。自1897年始创起,本馆以"昌明教育,开启民智"为己任,有幸首刊了中华现代学术史上诸多开山之著、扛鼎之作;于中华现代学术之建立与变迁而言,既为参与者,也是见证者。作为对前人出版成绩与文化理念的承续,本馆倾力谋划,经学界通人擘画,并得国家出版基金支持,终以此丛书呈现于读者面前。唯望无论多少年,皆能傲立于书架,并希冀其能与"汉译世界学术名著丛书"共相辉映。如此宏愿,难免汲深绠短之忧,诚盼专家学者和广大读者共襄助之。

商务印书馆编辑部

2010年12月

凡 例

一、"中华现代学术名著丛书"收录晚清以迄20世纪80年代末，为中华学人所著，成就斐然、泽被学林之学术著作。入选著作以名著为主，酌量选录名篇合集。

二、入选著作内容、编次一仍其旧，唯各书卷首冠以作者照片、手迹等。卷末附作者学术年表和题解文章，诚邀专家学者撰写而成，意在介绍作者学术成就，著作成书背景、学术价值及版本流变等情况。

三、入选著作率以原刊或作者修订、校阅本为底本，参校他本，正其讹误。前人引书，时有省略更改，倘不失原意，则不以原书文字改动引文；如确需校改，则出脚注说明版本依据，以"编者注"或"校者注"形式说明。

四、作者自有其文字风格，各时代均有其语言习惯，故不按现行用法、写法及表现手法改动原文；原书专名（人名、地名、术语）及译名与今不统一者，亦不作改动。如确系作者笔误、排印舛误、数据计算与外文拼写错误等，则予径改。

五、原书为直（横）排繁体者，除个别特殊情况，均改作横排简体。其中原书无标点或仅有简单断句者，一律改为新式标点,专名号从略。

六、除特殊情况外,原书篇后注移作脚注,双行夹注改为单行夹注。文献著录则从其原貌,稍加统一。

七、原书因年代久远而字迹模糊或纸页残缺者,据所缺字数用"□"表示;字数难以确定者,则用"(下缺)"表示。

目 录

唐代进士行卷与文学

一、问题的提出 ……………………………………………… 3
二、行卷之风的由来 ………………………………………… 5
三、行卷之风的具体内容 …………………………………… 18
四、举子及显人对待行卷的态度及其与文学发展的关系 …… 35
五、前人论唐代文学与进士科举的关系诸说的得失 ………… 52
六、行卷对唐代诗歌发展的影响 …………………………… 63
七、行卷对推动唐代古文运动所起的作用 ………………… 72
八、行卷风尚的盛行与唐代传奇小说的勃兴 ……………… 86
九、结论及馀论 ……………………………………………… 95

古诗考索

题记 …………………………………………………………… 101

上 辑

古典诗歌描写与结构中的一与多 …………………………… 102
相同的题材与不相同的主题、形象、风格——四篇桃源诗的
  比较研究 …………………………………………………… 129
读诗举例——在中国文学批评史师训班上的讲话 ………… 150

论唐人边塞诗中地名的方位、距离及其类似问题……… 167
张若虚《春江花月夜》的被理解和被误解 ……… 193
张若虚《春江花月夜》集评 ……… 211
李白《丁都护歌》中的"芒砀"解 ……… 224
关于李白和徐凝的庐山瀑布诗 ……… 236
李颀《杂兴》诗说 ……… 252
李颀《听董大弹胡笳声兼语弄寄房给事》诗题校释 ……… 263
读岑参《走马川行奉送出师西征》记疑 ……… 275
杜甫《诸将》诗"曾闪朱旗北斗殷"解 ……… 283
读冯至先生《杜甫传》 ……… 290
韩愈以文为诗说 ……… 298
李商隐《锦瑟》诗张《笺》补正 ……… 326
从唐温如《题龙阳县青草湖》看诗人的独创性 ……… 341

下　辑

诗辞代语缘起说 ……… 351
《古诗》"西北有高楼"篇"双飞"句义 ……… 379
曹孟德《蒿里行》"初期会盟津,乃心在咸阳"解 ……… 385
　　附录　阮嗣宗《咏怀》诗初论（沈祖棻遗作）……… 388
左太冲《咏史》诗三论 ……… 413
郭景纯、曹尧宾《游仙》诗辨异 ……… 421
陶诗"结庐在人境"篇异文释 ……… 433
陶诗"少无适俗韵""韵"字说 ……… 440
王摩诘《送綦毋潜落第还乡》诗跋 ……… 443
少陵先生文心论 ……… 456
杜诗伪书考 ……… 471

韩诗《李花赠张十一署》篇发微 …………………………… 493
与徐哲东先生论昌黎《南山》诗记 …………………………… 500
《长恨歌》与《圆圆曲》 ……………………………………… 504
玉溪诗《离亭赋得折杨柳》二首说 …………………………… 507
读《宋诗精华录》 ……………………………………………… 511

补　辑

善戏谑兮,不为虐兮 …………………………………………… 517
从小说本身抽象出理论来——在中国古代小说理论讨论会上
　的发言 ………………………………………………………… 522
答人问治诗 ……………………………………………………… 526
唐诗的历程——《唐诗鉴赏辞典》序言 ……………………… 530
《复堂词序》试释——清人词论小记之一 …………………… 538
说"斜阳冉冉春无极"的旧评——清人词论小记之二 ……… 544
读《倾盖集》所见 ……………………………………………… 549

程千帆先生学术年表 ………………………………… 徐有富　557
《唐代进士行卷与文学　古诗考索》简析 ………… 徐有富　581

唐代进士行卷与文学

一、问题的提出

关于唐代的进士科举，两《唐书》、《通典》、《册府元龟》、《文献通考》、《唐会要》诸书已经记载得相当详备。但这些著述大都详于这种制度的叙述和评价，而对基于这种制度而形成的一些风尚，则较少涉及。例如我们在这里所准备加以研究的行卷问题，除《文献通考》曾一引项安世说之外，其余的书里就几乎没有正面地提到过。徐松《登科记考》是研究唐代科举的专门名著，但限于体例，对行卷这种风尚也没有系统地加以探讨。

其次，关于唐代进士科举和文学的关系，前人虽曾经发表过一些零星的见解，而从事较为深入的研究，则实始于当代的学者们。陈寅恪、冯沅君等人，对于这个问题，都有所论列。[①] 但在他们已经

---

① 请看下列文献。陈寅恪：《唐代政治史述论稿》，中篇《政治革命及党派分野》(1944年)；《韩愈与唐代小说》(《哈佛亚细亚学报》Harvard Journal of Asiatic Studies 第一卷第1期，1936年；译文载《国文月刊》第57期，1947年)；《元白诗笺证稿》，第一章《长恨歌》(1955年)；《读〈莺莺传〉》(《历史语言研究所集刊》第十本，1948年；又见《元白诗笺证稿》，第四章《艳诗及悼亡诗》附录)；施子愉《唐代科举制度与五言诗之关系》(《东方杂志》第四十卷第8号，1944年)；李嘉言《词之起源与唐代政治》(《文艺复兴》中国文学研究号上，1948年；又见《古诗初探》，1957年)；冯沅君《唐传奇作者身分的估计》(《文讯》第九卷第4期，1948年)；刘开荣《唐代小说研究》，第一章《传奇小说勃兴三大因素——古文运动、科举制度及佛教影响》(1947年)；张长弓《唐宋传奇作者暨其时代》(1951年)。此外，日本铃木虎雄曾撰《唐之考试制度与诗赋》一文，由张我军译载1929年3月30日天津《益世报》附刊，未见。

发表的专书或论文中,也还没有全面地论及行卷这种风尚与文学发展的关系问题。

个人年来涉猎文史,鸠集了一些有关这些问题的资料,因而大致明白了唐代进士行卷是怎么一回事,并且进一步认识到,对于唐代文学发展起着积极的促进作用的,并非进士科举制度本身,而是在这种制度下所形成的行卷这一特殊风尚。今试将管见述论如次,以求教于对进士科举与文学的关系这个问题已经进行过专门研究的诸位先生和文学史工作者。由于试图将曾在七至九世纪的我国选举史以及文学史上不但存在过而且十分盛行的这种特殊风尚重现在读者面前,举证不免烦琐;同时,由于现存文献及个人水平的限制,立论也不免粗疏。这就希望大家严加指正,继续讨论,以期这个对于唐代文学研究说来并非无关重要的问题,获得较为圆满的解决。

二、行卷之风的由来

所谓行卷,就是应试的举子将自己的文学创作加以编辑,写成卷轴,在考试以前送呈当时在社会上、政治上和文坛上有地位的人,请求他们向主司即主持考试的礼部侍郎推荐,①从而增加自己及第的希望的一种手段。这也就是一种凭借作品进行自我介绍的手段;而这种手段之所以能够存在和盛行,则是和当时的选举制度分不开的。

原来,唐代科举考试的试卷是不糊名的。② 因为不糊名,所以

---

① 唐初的科举考试,本由考功员外郎主持,从开元二十四年(公元736年)以后,才改由礼部侍郎主持,并成为定制。偶尔由其他官员主持,则称为"权知贡举",表示一种特殊情况。关于由考功员外郎改礼部侍郎主持的缘由,据《唐摭言》卷一,"进士归礼部"门的记载,是因为"庭议以省郎位轻,不足以临多士,乃诏礼部侍郎专之矣"。刘肃《大唐新语》卷十,"厘革"篇所记同,盖即《唐摭言》所本,惟"礼部"误作"吏部"。

② 关于唐、宋时代科举考试由不糊名而糊名的情况,详见顾炎武《日知录》卷十七,"糊名"条及黄汝成《集释》。唐制,举子在礼部通过考试后,称为选人,他们还要在吏部通过一场释褐试,才能担任官职。武后时,曾"敕吏部糊名考选人判,以求才彦"(《旧唐书·刘宪传》)。"策贤良方正,诏吏部尚书李景谌糊名校复。"(《新唐书·张说传》)随后又"以为非委任之方,罢之"(《新唐书·选举志》)。这都是属于吏部考试选人,而非属于礼部考试举子的事。所以顾炎武特地指出:"糊名已用之选人,而未尝用之贡举。"有些著作,如吕思勉《隋唐五代史》第二十章第五节"选举"上及陈登原《国史旧闻》卷二十七第三百二十七条"科举关防"都将礼部试终唐之世未尝糊名与吏部试在武后时一度糊名混为一谈,是不对的。

某年某科有谁参加考试、哪本试卷属于谁，都是公开的。这就使得主试官除了评阅试卷之外，还有参考甚至于完全依据举子们平日的作品和誉望来决定去取的可能；也使得应试者有呈献平日的作品以表现自己和托人推荐的可能；也使得主试官的亲友有代他搜罗人才，加以甄别录取的可能。洪迈《容斋四笔》卷五，"韩文公荐士"条云：

> 唐世科举之柄，专付之主司，仍不糊名。又有交朋之厚者为之助，谓之通榜。故其取人也，畏于讥议，多公而审。亦有胁于权势，或挠于亲故，或累于子弟，皆常情所不能免者。若贤者临之则不然，未引试之前，其去取高下，固已定于胸中矣。

这段话比较扼要地指出了在试卷不糊名这种制度之下出现的种种情况。我们知道，唐代的科举制度是由魏、晋的九品中正制嬗变而来的，而九品中正制的举人，虽然往往是极不公正的，却同时也是公开的而非秘密的。唐代的科举考试采取了试卷不糊名的方式，使主试官得以审查应试者平素在学业上的表现，可能是九品中正制遗留下来的影响。另外，将自己的作品送请有地位、有学问的人看，希望得到他们的揄扬或教益，这也原是古已有之的。① 不过到了唐代，文士们更利用了这种办法来为争取进士登第服务。这就

---

① 试举一个有名的例子。《世说新语·文学》篇："锺会撰《四本论》始毕，甚欲使嵇公一见，置怀中既定，畏其难，怀不敢出，于户外遥掷，便面急走。"（末句，有些本子作"便回急走"，《太平御览》卷三百六十五及卷三百九十四引作"面便走"，均较可通。）

使之形成一种风尚,有别于通常的投送卷轴,而且出现了行卷这个专称。

助长行卷之风的,主要是那些在社会上、政治上、文坛上有地位的人,还有那些与主试官关系特别密切,因而可与之通榜,即共同决定录取举子的名单的人。王定保《唐摭言》卷八,"通榜"门载有四个例子,其中最突出的一个是宣宗大中十年(公元856年)郑颢知贡举,竟托崔雍为榜。崔雍提出名单以后,这位主司又一无更改,即行公布。在一般情况下是通榜的人可以参与机密,决定及第人的名单和名次,如钱易《南部新书》癸卷所云:

> 贞元末,许孟容为给事中,权文公任春官,时称权、许。进士可不,二公未尝不相闻。

凡是接受了举子呈献行卷的人,他们既可直接推荐于主试官,也可间接推荐于通榜者,而有力的推荐者,在某种程度上,也就成了通榜者了。举子们将行卷投给他们,以求赏识,是很自然的。

但试卷不糊名和主试官及其通榜者可以依据举子们平日的成就与声望决定其去取这些事实,只能解释行卷的风尚何以能够存在,而不能充分地解释它何以十分盛行。因此,有必要继续指出:第一,行卷的风尚是和当时贡举诸科目中出路最好因而最受重视的进士科紧密地联系着的;而第二,它又是和进士科的去取以文词优劣为标准紧密地联系着的。

唐代贡举分为制科和常科,而常科之中,主要的又只有进士、明经两科。制科,据说是以待非常之才的,名目既极为繁多,每年或设或否,情况又极不一致。所以一般人所趋赴的,仍然集中在常

科方面。常科之中,进士、明经两科虽然并列,而两者地位的高下和及第的难易,却大不相同。《唐摭言》卷一,"散序进士"门云:

> 进士科始于隋大业中,盛于贞观、永徽之际。① 缙绅虽位极人臣,不由进士者,终不为美,以致岁贡常不减八九百人。其推重谓之"白衣公卿",又曰"一品白衫";其艰难谓之"三十老明经,五十少进士"。

进士科的举子还在穿着白麻衣去行卷或应试的时候,已被人推重,认为将来可以位至公卿,官居一品;而明经科的举子则无人对他们寄以这种厚望。三十岁明经及第,就算是老明经了;而五十岁进士及第,却还要算少进士。这些谚语正非常形象地指出了这两种科目在唐人心目中的价值相差是多么远。

行卷的风尚只是和进士科而不是和明经科联系着,一方面当然是因为明经科很容易考取,无需乎费事去进行这种紧张的闱外活动;另一方面,也因为明经科的考试内容是以帖经为主,及第的关键在于熟悉经书,而经书之熟悉与否,是无从用行卷这种方式来表现的,因此,应明经举的人自然也就没有必要行卷了。《学津讨原》本康骈《剧谈录》卷下,"元相国谒李贺"条云:

> 元和中,进士李贺善为歌篇,韩文公深所知重,于缙绅之

---

① 《元白诗笺证稿》第一章《长恨歌》云:"唐代科举之盛,肇于高宗之时,成于玄宗之代,而极于德宗之世。"主要的也是指进士科而言,较《唐摭言》所说为精确、全面。

二、行卷之风的由来

间,每加延誉,由此声华藉甚。时元相国稹年老,①以明经擢第,亦攻篇什,常愿结交贺。一日,执贽造门。贺揽刺不容,遽令仆者谓曰:"明经擢第,何事来看李贺?"相国无复致情,惭愤而退。

考元稹以十五岁明经及第,事在德宗贞元九年(公元793年),②那时李贺才四岁。"事之不实,无庸详辨。"③但这个虚构的故事不仅反映了当时社会重进士轻明经的情况,同时也反映了应明经举或从明经科出身的人,一般是不以诗文为贽去进谒他人,即不从事于行卷的;④如果这样做了,就可能因为违反常情而被奚落一场,如这个故事中所描绘。事实上,我们也还没有在文献中看到应明经举的人从事行卷的事例。

赵彦卫《云麓漫钞》卷八云:

> 唐之举人,先借当世显人以姓名达之主司,然后以所业投献。逾数日又投,谓之温卷。如《幽怪录》、《传奇》等皆是也。盖此等文备众体,可以见史才、诗笔、议论。至进士则多以诗

---

① 按:"老",当作"少",观下文自明。
② 本书所举列的曾经应明经、进士等科举的人及其登科年份,均据《登科记考》,以下不再一一注明。
③ 朱自清《李贺年谱》(《清华学报》第十卷第4期,1935年)语。参岑仲勉:《唐史余渖》卷三,"李贺与元稹"条。
④ 唐人所谓"执贽"、"投贽"或"贽谒",也就是行卷。如范摅《云溪友议》卷中,"中山诲"条:"襄阳牛相公……尝投贽于刘补阙禹锡,对客展卷,飞笔涂窜其文。"曾慥《类说》卷十一载《芝田录》:"卢君出牧衢州,有一士投贽。公开卷,阅其文十篇。"《唐摭言》卷六,"公荐"门:"吴翰林融为侍御史,出官峡中,(卢)延让时薄游荆渚,贫无卷轴,未遑贽谒。"皆可为证。

为贽,今有唐诗数百种行于世者,是也。

这是一条为诸家所共同引用过的资料。它告诉了我们唐人用传奇小说行卷这个重要事实。但其所叙述的某些方面则殊嫌含混,有待订正,因为它既没有将举子们纳省卷与投行卷这两种不同的事实区别开来,也没有将无论是纳省卷或投行卷都主要是应进士科的举子的特有风尚而与明经科并无关系这一事实指陈出来。如文献所昭示,当时进士到礼部应试(即所谓省试,礼部属尚书省)之前,除了上面所谈到的要向有地位的人投行卷之外,还要向主试官纳省卷。(称为省卷,因为是向尚书省所属官府——礼部交纳的。它又称公卷,则对行卷系献给私人的而言。)两者的内容可能一样,对象却有区别。孙望校本元结《元次山集》卷十,《〈文编〉序》:

> 天宝十二年,漫叟以进士获荐,名在礼部。会有司考校旧文,作《文编》纳于有司。……侍郎杨公见《文编》,叹曰:"以上第污元子耳,有司得元子是赖。"……明年,有司于部堂策问群士,叟竟在上第。

《唐摭言》卷十二,"自负"门:

> 刘允章侍郎主文年,榜南院曰:"进士纳卷,不得过三轴。"刘子振闻之,故纳四十轴。

《南部新书》甲卷:

二、行卷之风的由来

> 李景让典贡年,有李复言者,纳省卷,有《纂异》一部十卷。榜出曰:"事非经济,动涉虚妄,其所纳仰贡院驱使官却还。"复言因此罢举。

这都是纳省卷的事例。所以胡震亨《唐音癸签》卷十八,"进士科故实"条说:

> 举子麻衣通刺,称乡贡,由户部关礼部,各投公卷;亦投行卷于诸公卿间,旧尝投今复投者,曰温卷。礼部例得采名望收录。

又考《旧唐书·韦陟传》云:

> 曩者,有司取与,皆以一场之善登其科目,不尽其才。陟先责旧文,仍令举人自通所工诗笔,先试一月,知其所长,然后依常式考核。片善无遗,美声盈路。

韦陟以礼部侍郎知贡举,事在天宝元年(公元742年)。① 纳省卷的风尚可能即由此而形成。这种风尚的消失,则在宋初,见范镇《东斋纪事》卷三所载:

> 初举人居乡,必以文卷投贽先进。自糊名后,其礼浸衰。

---

① 据《登科记考》卷九。

> 贾许公为御史中丞,①又奏罢公卷,而士子之礼都亡矣。

这些资料将省卷、行卷之别表示得很分明,但《云麓漫钞》所云"先藉当世显人以姓名达之主司",似指投行卷而言,"然后以所业投献(于主司)",又似指纳省卷而言,就不够清楚了。又如前所说,无论是纳省卷或投行卷,都只是进士科举子的事。(进士及第以后,再举制科的人,也有继续向当世显人行卷的,那可以说是进士行卷之风的延长。)而据《云麓漫钞》语意,似乎无论什么科的举子,都曾以传奇小说来行卷,惟独进士才多以诗行卷,这也和现存其它文献所提供的事实不合。赵彦卫这段文字曾经引起过某些研究者的误解,②因而我们在接触到这个问题的时候,不能不附带加以辨明。至于行卷与省卷虽然并行不悖,但由于省卷成千累百地集中于主司一人,其势不能尽阅,结果反而成了具文。举子所重,仍在向显人投献行卷这一方面,这也是可以从传世文献中涉及省卷者极少,而涉及行卷者甚多这个现象推断出来的。

既然行卷的风尚是和进士科举紧密地联系着,而这种联系又基于进士登第与否的关键在于文词的优劣,那么,考察一下进士科考试项目的情况,对于行卷之风的了解,就很有必要了。关于这个问题,史籍记载得相当详细,而赵翼《陔余丛考》卷二十八,"进士"条所述则较为扼要,今录如下:

---

① 贾昌朝尝以右谏议大夫权御史中丞,嘉祐元年,进封许国公,见《宋史》本传。
② 参前举冯沅君先生文。

唐初制,试时务策五道,帖一大经,经、策全通为甲第。策通四,帖过四以上为乙第。永隆二年,以刘思立言进士惟诵旧策,皆无实材,乃诏进士试杂文二篇,通文律者然后试策。此进士试诗、赋之始。开元二十五年诏:"进士以声韵为学,多昧古今,自今加试大经十帖。"建中二年,中书舍人赵赞权知贡举,又以箴、论、表、赞代诗、赋。大和八年,仍复诗、赋。此唐一代进士试艺之大略也。

惟赵氏所言,也颇有疏误,首先是误以为试杂文即系试诗、赋;①其次是误以为自德宗建中二年(公元781年)赵赞奏罢诗、赋以后,直至文宗大和八年(公元834年)才恢复。徐松《登科记考》卷二,"永隆二年"条按语云:

杂文两首,谓箴、铭、论、表之类。开元间始以赋居其一,或以诗居其一,亦有全用诗、赋者,非定制也。杂文之专用诗、

---

① 和赵翼同样误以为试杂文即试诗、赋的,还有叶梦得,其《避暑录话》卷下云:"永隆后进士始先试杂文二篇,初无定名。《唐书》自不记诗、赋所起,意其自永隆始也。"《唐音癸签》卷十八,"进士科故实"条及今人岑仲勉《隋唐史》卷下《唐史》第十八节《进士科抬头之原因及其流弊》所说同此误。《太平广记》卷一百七十八载卢言《卢氏杂说》则说进士试诗、赋,始于文宗开成三年(公元838年)高锴知贡举,内出《霓裳羽衣曲赋》、《太学创置石经》诗作试题。错误更明显。又杭世骏《道古堂文集》卷八,《〈唐律类笺〉序》云:"稽唐科举之制,……凡试必有诗,凡诗必用排律,然犹兼以他文也。至元和八年,始专以诗、赋取士,于是排律与律赋遂为举场必擅之技。"如上所述,进士本来只试策论和帖经,后来才加上杂文,试杂文部分,又逐渐变为专试诗、赋,所以并非"凡试必有诗",而"兼以他文"。杭氏不仅把这一事实弄颠倒了,而且又误记《新唐书·选举志》"大和八年,礼部复罢进士议论,而试诗、赋"之文,以大和为元和,以复试诗、赋为始专试诗、赋。《选举志》所载,原来就不正确,杭氏不加订正,又复错上加错,未免失之粗疏。

赋,当在天宝之季。

据王应麟《玉海》卷二百三及二百四,《辞学指南》所载高宗显庆四年(公元659年)进士试《关内父老迎驾表》、《贡士箴》,玄宗开元十一年(公元723年)试《黄龙颂》,开元十四年(公元726年)试《考功箴》,开元二十六年(公元738年)试《拟孔融〈荐祢衡表〉》等例,及《旧唐书·玄宗纪》,"天宝十三载(公元754年)"条所载:

> 上御勤政楼,试四科制举人,策外加试诗、赋各一首。制举加诗、赋,自此始也。

可知进士科举加试文词,早在永隆二年(公元681年)以前即偶有之,而刘思立的奏请,则使它进一步地制度化了。又经过几十年的演变,才由任试包括诗、赋在内的各体杂文,逐渐转为只试诗、赋,①而且还影响到制科也加进了这一新的考试项目。这都证明上引徐松的话是正确的。《登科记考》卷十一,"建中二年"条按语又云:

> 次年进士试《学官箴》,是罢诗、赋自三年始。第不知复于何年用诗、赋。考《文苑英华》载贞元四年试《曲江亭望慈恩寺杏园花发》诗,大约贞元之初,即复旧制。故大和间礼部奏言

---

① 前举吕思勉书认为早期所谓杂文不包括诗、赋在内,不合事实,观《登科记考》所载历年试题自明。

"国初以来试诗、赋,中间或暂改更,旋即仍旧"是也。

这也比赵翼据《新唐书·选举志》所说曾罢诗、赋五十余年为合于事实。弄清楚这些细节对研究行卷问题是很重要的。因为最初杂文所包者广,这才使行卷之文也可相应地具备众体,逐渐发展到古诗、律诗、词赋、骈文、散文、小说等无所不有。在不成文地规定杂文只试诗、赋后,由于行卷之文可备众体已经形成一个传统,也就没有因考试内容的更动而有改变。同时,因为从七世纪八十年代开始,在进士科举的考试项目中增加了杂文(在八世纪中叶以来则专是诗、赋)后,进士考试就始终以文词为中心内容,几乎没有中断过,因而举子们用以表现自己文学才能的行卷之风也没有中断过,直到宋初为止。这都显示了行卷这种风尚和考试内容的关系十分密切。

文词在进士科考试中是后来增加的项目,可是它很迅速地就压倒了试策和帖经,而成了最重要的即决定去取的部分。杜佑《通典》卷十七载赵匡《举选议》云:

进士者,时共羡之。主司褒贬,实在诗、赋,务求巧丽,以此为贤。

就是指的这种情形。正由于此,所以进士科后来也称为词科。事实上,考试既以文词为主,以测验记诵之学为目的的帖经已经变成可有可无,于是在天宝初年,就出现了"作诗赎帖"的通融办法。赵贞信校注本封演《封氏闻见记》卷三,"贡举"门:

举司帖经,多有聱牙、孤绝、倒拔、筑注之目,文士多于经不精，至有白首举场者，故进士以帖经为大厄。天宝初，达奚珣、李岩相次知贡举，进士文名高而帖落者，时或试诗放过，谓之赎帖。

《太平广记》卷一百七十九，“阎济美”条载温庭筠《干𦠆子》云：

（阎济美）具前自主司曰：“某早留心章句，不工帖书，必恐不及格。”主司曰：“可不知礼闱故事，亦许诗赎。”……某又遽前白主司曰：“侍郎开奖劝之路，许作诗赎帖，未见题出。”主司曰：“赋《天津桥望洛城残雪》诗。”

前者记叙赎帖所由起，后者则是晚唐的一个实例。这说明了，早在玄宗时代，进士取舍就以文词为主，更不用说其后变本加厉的种种情况了。

总之，由于进士科出路比其他科目都好，所以竞争就特别激烈；由于进士科考试重在文词，其录取又要采平日誉望作为重要参考，所以举子们用来表现自己的创作水平乃至于见识和抱负的行卷，就特别重要。在一般情况下，举子们没有不努力提高自己的文学修养，以期写出较好的作品，并用它们来行卷，从而打动当世显人的心的。这样，行卷的风尚在客观上就不能不对唐代的文学发展起着较广泛和较长远的推动作用。

今传行卷故事见于唐人小说、杂记的，绝大多数出于中、晚唐。但这种风尚的兴起则必然在永隆二年进士加试杂文成为制度以后，安、史之乱以前。薛用弱《集异记》所叙王维借岐王的力量行卷于公主事,显然不足据信,①但这种依托,却不失为唐人认为行卷之风出现较早的旁证。

行卷这一风尚的由来,大概如此。

---

① 如赵殿成《右丞年谱》及陈贻焮《王维生平事迹初探》(《文学遗产》增刊六辑),对此都存而不论,汪辟疆先生校录《唐人小说》下卷所载《集异记》,"王维"条按语论此事也说:"薛氏此文,或即撖拾传闻,不定根于事实。"

三、行卷之风的具体内容

社会风尚总是在较长时期中形成，并且逐渐使其自身具备丰富而具体的内容的，在唐代进士科举制度之下所形成的种种风尚也不在例外。由于这种种风尚内容所具有的丰富性与具体性，甚至在当时就使人感到有必要写一部专书来加以介绍，为初次赴举的人提供一些方便。《新唐书·艺文志》卷三及《宋史·艺文志》卷七都在子部小说家类著录了卢光启所撰《初举子》，就是这样一部书。孙光宪《北梦琐言》卷四记其写作缘起云：

> 卢相光启，先人服刑。尔后弟兄修饰赴举，因谓亲知曰："此乃开荒也。"然其立性周谨，进取多途，著《初举子》一卷，即进取诸事。皆此类也。

《容斋续笔》卷十三，"贻子录"条则据五代时佚名所著《贻子录》中的《修进》一章，对这部早已亡佚的书的内容有简略的介绍：

> 咸通年中，卢子期著《初举子》一卷，细大无遗。就试三场，避国讳、宰相讳、主文讳。士人家小子弟忌用熨斗时把帛，虑有拽白之嫌。烛下写试无误笔，即题其后云："并无揩、改、涂、乙、注。"如有，即言字数，其下小书名。同年小录，是双只先辈各一

人分写。宴上,长少分双只相向而坐。元以东为上,俟以西为首。给、舍、员外、遗、补,多来突宴,东先辈不迁,而西先辈避位。及吏部给春关牒,便称前乡贡进士。

可能是由于南宋时代行卷之风久已不存,洪迈据《修进》章摘录《初举子》的内容时,独没有涉及这一部分。这是很可惜的。但关于行卷的具体情况,散见各书的还有一些,今略加整比,叙述如次。

唐代进士一般是在正月考试,二月放榜。① 因此投献行卷多数是在头一年秋天就开始进行。初次到长安(或洛阳)应试的外地举子们,往往事先就做好一些卷轴,随身携带,进京备用。(国学生徒准备应进士科举的,自然一般就在国学西监所在地长安及东监所在地洛阳准备。)如韩愈《昌黎先生集》卷四,《赠崔立之评事》有云:

> 崔侯文章苦敏捷,高浪驾天输不尽。曾从关外来上都,随身卷轴车连轸。朝为百赋犹郁怒,暮作千诗转遒紧。

崔立之是德宗贞元三年(公元787年)进士登第的。此诗所写,可能是他第一次赴试的情况。但由于进士科录取名额很少,每年不过三十人左右,登第非常艰难,一举成名的几乎是绝无仅有,落第的人每年都非常之多。这些人为了争取时间,准备下一次应考,便往往在京城里留下来(其必须回家乡去的,也往往在春季落第还乡之后,又在当年秋天赶回京城来),从事一些活动,其中很主要的一项,就是准备

---

① 据《〈登科记考〉叙例》。

新的行卷。①《南部新书》乙卷云:

> 长安举子,自六月以后,落第者不出京,谓之过夏。多借静坊、庙院及闲宅居住,作新文章,谓之夏课。……七月后,投献新课。……人为语曰:"槐花黄,举子忙。"

李肇《国史补》卷下,"叙进士科举"条云:

> 退而肄业,谓之过夏;执业而出,谓之夏课。

《唐摭言》卷一,《述进士下》篇引《国史补》此文,于"夏课"下注云:"亦谓之秋卷。"夏是指其撰卷之时,秋则指其行卷之时。(至于不留京而回乡里的人,其从事于夏课即秋卷之撰作,自然也大略相似。)

投卷的地点,主要是在京城长安,其次则是在偶然也设置考场的东都洛阳。因为它们既是考场所在,也是显宦、名人集中的所在。但也有因为特殊原因而在外地投献行卷的。如张固《幽闲鼓吹》云:

> 丞相牛公应举,知于頔相之奇俊也,特诣襄阳求知。

阮阅《诗话总龟》前集卷二十五引李颀《古今诗话》云:

---

① 关于唐代进士科之贵重,举子及第之不易,落第后之艰难及每年忙于准备新的行卷等等各种情况,请参看拙稿《王摩诘〈送綦毋潜落第还乡〉诗跋》,载《古典诗歌论丛》。

邵安石,连州人。高湘侍郎南迁归朝,途经连江,安石以所业投之,遂见知,同至辇下。湘知贡举,安石擢第。

从以上所引《南部新书》及《国史补》中可以知道,行卷以每年更新为正常。(这自然也并不排斥在新卷中编入部分旧作。)这种更新,对于举子们创作水平的提高,显然起着促进作用。王谠《唐语林》卷二,"文学"门引刘禹锡所云,就是一个例证:

　　牛丞相奇章公初为诗,务奇特之语,至有"地瘦草丛短"之句。明年,秋卷成,呈之,乃有"求人气色沮,凭酒意乃伸",益加能矣。明年乃上第。

这种更新还有利于在创作中吸收新的题材,表示自己对于某些新事物的看法。《国史补》卷中,"晋公祭王义"条云:

　　裴晋公为盗所伤刺,隶人王义扦刃死之。公乃自为文以祭,厚给其妻子。是岁,进士撰《王义传》者,十有二三。

此事亦见《南部新书》戊卷,称"是岁,进士撰《王义传》者三之二",则为数更多。又《全唐诗》卷五百十一,张祜《〈孟才人叹〉序》,述才人殉情事后,续云:

　　进士高璩登第年宴,传于禁伶。明年秋,贡士文多以为之目。大中三年,遇高于由拳,哀话于余,聊为兴叹。

这两个事例正好说明了许多举子在撰文行卷时,是重视那些激动人心的新鲜题材的,以这种作品行卷,当然也就比较易于收到引人注目的效果。至如《南部新书》庚卷云:

> 裴说应举,只行五言诗一卷。至来年秋,复行旧卷。人有讥者。裴曰:"只此十九首苦吟,尚未有人见知,何暇别行卷哉?"咸谓知言。

则可见全行旧卷乃是一种不寻常的举动,容易引起非难,非有待于解释不可了。

行卷所用的纸张、写卷的书法与行款也都有需要注意的地方。李商隐《樊南文集》卷八,《与陶进士书》云:

> 昨又垂示《东岗记》等数篇,不惟其词彩奥,大不宜为冗慢无势者所窥见,且又厚纸谨字,如贡大诸侯、卿士及前达有文章积学者,何其礼甚厚而所与之甚下耶?

据此可知,进士行卷所用纸张应当厚实,字迹必须端正。又《昌黎先生集》卷十七,《与陈给事书》有云:

> 并献近所为《复志赋》已下十首为一卷,卷有标轴。《送孟郊序》一首,生纸写,不加装饰,皆有揩字、注字处。急于自解而谢,不能俟更写,阁下取其意而略其礼可也。

廖莹中注引邵博《邵氏闻见录》:"唐人有生纸,有熟纸,所谓妍妙辉光者,其法不一。生纸非有丧故不用。退之云,《送孟郊序》用生纸,急于自解不暇择耳。"韩愈以贞元八年(公元792年)登进士第,这封信写于贞元十九年(公元803年),①所以并非进士求知之作,但文中所叙及的一些风尚,如卷子应有标轴,应加装饰,不应用生纸,不应揩、注,我们可以想象得到,也正是进士行卷时所应当遵守的。《学津讨原》本宋程大昌《演繁露》卷七,"唐人行卷"条云:

> 唐人举进士必行卷者,为缄轴录其所著文以献主司也。② 其式见李义山集《〈新书〉序》(卷七),曰:治纸工率一幅以墨为边准(今俗呼解行也),用十六行式(言一幅解为墨边十六行也),率一行不过十一字(此式至本朝不用)。

这是九世纪中叶的记载,可见行卷的行款,到后来也有一定的规格了。

关于对每一个人每一次应当投献多少卷轴,每卷应当包括多少内容,是没有一定的。陈鹄《西塘集耆旧续闻》卷八云:

> 后唐明宗公卿大僚皆唐室旧儒,其时进士贽见前辈,各以所业,只投一卷至两卷,但于诗、赋、歌篇、古调之中,取其最精者投

---

① 陈给事,指陈京。据《四部丛刊》本韩集,《与陈给事书》题下樊汝霖注云:"(贞元)十九年,京迁给事中。"考韩愈在本年冬即贬阳山,是此书只能作于贞元十九年陈迁给事中以后,韩贬阳山以前。

② 唐代进士行卷,有向礼部衙门投纳省卷(公卷)及向当世显人投献行卷两种,已详前。行卷之称,自然也可包括投纳省卷在内。但《演繁露》此处解释行卷,只提及献给主司的省卷,而没有提到更重要的献给显人的行卷,是不够确切的。

之。行两卷者号曰两行,谓之多矣。故桑魏公只行五首赋,李相愚只行五首诗,便取大名,以至大位,岂必以多为贵哉?

这里所述的虽是五代故事,其风尚则是唐代的延长。(前举《南部新书》载裴说只行五言诗十九首一卷,可证。)而《唐摭言》卷十二,"自负"门则有当时有人行卷以多为贵因而受到嘲弄的记载:

薛保逊好行巨编,自号金刚杵。大和中,贡士不下千余人。公卿之门,卷轴填委,率为阍媪脂烛之费。因之平易者曰:"若薛保逊卷,即所得倍于常也。"

这些记录都说明了行卷的轴数及文字的篇数多少虽可任意,但却贵精而不贵多。如皮日休以《皮子文薮》十卷二百篇作为行卷,杜牧曾行诗一卷,有一百五十篇,①在当时恐怕也要算得多的了。

这种闱外活动的目的既在于引起别人对自己文才的重视,而竞争的对手有时又多至千人,"公卿之门,卷轴填委",要使作品受到赏识,是不大容易的。针对着这种情况,举子们便在编辑行卷时,特别注意第一篇的安排,把自己(或者别人)认为最好的、最容易引人注目的作品放在最前面,使人展开卷轴立即可以看到,称为卷首。如《北梦琐言》卷七载陈咏逸事:

其诗卷首有一对语云:"隔岸水牛浮鼻渡,傍溪沙鸟点头

---

① 今传《皮子文薮》为行卷之文,是萧涤非先生首先注意到的,见其校本《文薮》的《前言》。杜牧献诗数字,见《樊川文集》卷十六,《献诗启》。

行。"京兆杜光庭先生谓曰:"先辈佳句甚多,何必以此为卷首?"颖川曰:"曾为朝贵见赏,所以刻于首章。"① 都是假誉求售使然也。

就是行卷者有意识地安排卷首的一个例子。卷首的安排是否妥当,对行卷的效果是有影响的。《幽闲鼓吹》云:

> 白尚书应举,初至京,以诗谒顾著作。顾睹姓名,熟视白公曰:"米价方贵,'居'亦弗'易'。"乃披卷。首篇曰:"咸阳原上草,一岁一枯荣。野火烧不尽,春风吹又生。"即嗟赏曰:"道得个语,'居'即'易'矣。"因为之延誉,声名大振。

《国史补》卷上,"崔颢见李邕"条云:

> 崔颢有美名,李邕欲一见,开馆待之。及颢至,献文,首章曰:"十五嫁王昌。"邕叱起曰:"小子无礼!"乃不接之。

白居易这首题为《赋得古原草送别》的诗,头四句恰如其分地表现了自己生气蓬勃、不畏困难、坚持进取的心情,因而顾况一看就改变了他最初对于这个青年人多少有些轻视和嘲弄的态度。至于崔颢,他尽有些可作行卷首篇的较好作品,可惜错选了那首卖弄风情、出词轻

---

① "刻",当是"列"之误字。晚唐时,雕版印刷才萌芽,而且行卷必须写得规矩(所谓"谨字"),无论就物质条件或赞谒礼仪来说,都没有用刻本的卷子去向显人投献的可能。中华书局重排《云自在龛丛书》本失校。

薄的《王家少妇》,①就引起了李邕的不满。这些逸事,正说明了举子行卷非特别注重卷首的安排不可。

前引《初举子》曾载举子试卷中一律要避国讳、宰相讳、主文讳,而对于每个人来说,还得要避自己的家讳。《南部新书》丙卷云:

> 凡进士入试,遇题目有家讳(谓之文字不便),即托疾,下将息状来出,云:"牒某忽患心痛,请出试院将息,谨牒如的。"

可以推想,在行卷中,国讳、宰相讳、主文讳和家讳也都是要避的,而且,还得再加上一条,即避投献行卷的对象,也就是某一位显人的家讳。辛文房《唐才子传》卷十,"褚载"条:

> 文德中,刘子长出镇浙西,行次江西。时陆威侍郎犹为郎吏,亦寓于此。载缄二轴投谒,误以子长之卷面贽于威。威览之,连见数字触家讳。威瞿然,载腭错,白以大误,寻谢以长笺,略曰:"曹兴之图画虽精,终惭误笔;殷浩之矜持太过,翻达空函。"②威激赏而终不能引拔,竟流落而卒。

可见这一从六朝以来就形成了的与人交际应避其家讳的风尚,在行卷时也是必须恪守的。如其不慎而触犯了它,便要产生严重的后果。《太平广记》卷一百五十五,"李固言"条载《蒲录记传》云:

---

① 《王家少妇》全文如下:"十五嫁王昌,盈盈入画堂。自矜年最少,复倚婿为郎。舞爱《前溪》绿,歌怜《子夜》长。闲来斗百草,度日不成妆。"见《全唐诗》卷一百三十。
② 以上亦见《唐摭言》卷十一,"恶分疏"门。

三、行卷之风的具体内容

> 元和七年,许孟容以兵部侍郎知举。固言访中表间人在场屋之近事者,问以求知游谒之所。(未详姓氏。)斯人且以固言文章甚有声称,必取甲科,因绐之曰:"吾子须首谒主文,仍要求见。"固言不知其误之,则以所业径谒孟容。孟容见其著述甚丽,乃密令从者延之,谓曰:"举人不合相见,必有嫉才者。"使诘之。固言遂以实对。孟容许第固言于榜首,而落其教者姓名,乃遗秘焉。①

这条资料说明,举子是不可以私下向主试官直接行卷的(向礼部衙门公开投纳省卷当然不在此限),而是必须通过显人的推荐,才能使主司注意他以至于录取他。向显人们行卷虽无限制,可是政治局势和文章风会却是有变迁的,这就使得举子们必须注意选择对象,行卷于那些在社会上、政治上、文坛上有地位、有权势、的确可以帮助自己及第成名的人。刘崇远《金华子杂编》卷上云:

> 崔起居雍,甲族之子,少高令闻,举进士,擢第之后,蔼然清名闻于时,与郑颢同为流品所重。举子公车得游历其门馆者,则登第必然矣。时人相语为崔、郑世界。虽古之龙门,莫之加也。

又佚名《玉泉子》云:

> 李德裕以己非由科第,恒嫉进士举者。及居相位,权要束

---

① 《旧唐书·许孟容传》:"(元和)四年,拜京兆尹……改兵部侍郎,俄以本官权知贡举,颇抑浮华,选择才艺。"可与此条所载故事互证。

手。德裕尝为藩府从事日,同院李评事以词科进,适与德裕官同。时有举子投文轴,误与德裕。举子既误,复请之曰:"其文轴当与及第李评事,非与公也。"由是,德裕志在排斥。

这两件事,都可以看出行卷必须郑重选择对象。崔雍既尝与郑颢通榜,则行卷于崔,及第的机会自然较多。李德裕既非进士词科集团中的人物,和知贡举的人因缘较少,就比较难以向主司推荐,那位举子因而也就不愿意向他投卷了。《北梦琐言》卷三云:

> 唐李固言,生于凤翔庄墅,雅性长厚,未习参谒。始应进士举,舍于亲表柳氏京第。诸柳昆仲率多戏谑,以相国不谙人事,俾习趋揖之仪。俟其磬折,密于乌巾上帖文字云:"此处有屋僦赁。"相国不觉。及出,朝士见而笑之。许孟容守常侍,朝中鄙此官,号曰貂卻,①固不能为人延誉也。相国始以所业求知,谋于诸柳。诸柳与导行卷去处,先令投谒许常侍。相国果诣骑省。高阳公惭谢曰:"某官绪极闲冷,不足发君子声采。虽然,已藏之于心。"又睹乌巾上文字,知其朴质。无何,来年许公知礼闱,李相国居状头及第。是知诸柳之戏谑,足致陇西之速遇也。

这个故事很可能是前引《蒲录记传》所载故事的传文异辞。它从反面

---

① 按:貂卻二字无义,卻当是脚之坏字。《粤雅堂丛书》本《南部新书》辛卷云:"开元以后鄙常侍,拜此官者,朝中谓之貂脚也。"(《学津讨原》本《南部新书》亦误作貂卻。)可证。《容斋四笔》卷十五,"官称别名"条云:"唐人好以它名标榜官称,……侍中为大貂,散骑常侍为小貂。"或者当时侍中亦称貂头,故常侍亦称貂脚。

说明了投卷是应当赶热门的。《太平广记》卷一百八十,"牛锡庶"条载《逸史》记牛行卷于萧昕事,所述略同,可以参看。再则行卷对象,不只一人,其投献先后,也有关系。诸柳要李固言首先到冷官许孟容处,也正是一种开玩笑的做法。而计有功《唐诗纪事》卷五十六,"雍陶"条云:

> 唐诗人最重行卷,陶首篇上裴度,或云耿沣行卷首篇上第五琦,遂指二子为邪正。虽然,方琦未有衅时,上诗亦何足多怪?

则向谁行卷,不只是要考虑那些对象的地位、身分,而且其政治面貌也应当在考虑之列了。《唐摭言》卷十五,"旧话"条载"卷头有眼"之语,原注:"投谒必其地也。"也就是说,行卷必须注意选择对象。

行卷的情态,略见于马端临《文献通考》卷二十九,《选举考》二,"举士"条引江陵项氏之说:

> 王公大人,巍然于上,以先达自居,不复求士。天下之士,什什伍伍,戴破帽,骑蹇驴,未到门百步,辄下马(?),奉币刺,再拜以谒于典客者,投其所为文,名之曰求知己。如是而不问,则再如前所为者,名之曰温卷。如是而又不问,则有执贽于马前,自赞曰"某人上谒"者。

举子们求知(求知己)亦即行卷、温卷的过程,大致即如项安世所说。他所描绘的举子们那种卑躬屈节的情态,以及王公大人们高高在上的情形,自然比比皆是,但也并非没有凭仗真才实学行卷的举子和怜才爱士的显人,否则,我们也就难以解释唐代进士科举制度何以曾经产生过许多有气节、有学问、有贡献的人物这一历史事实了。① 对于这一记载可以加以补充的是：第一，行卷以求知己这种手段，对于唐人来说，既用之于登第之前，也用之于登第之后。之前是为了争第（进士登第后复应制科举，或不应进士举而专应制科举者，其行卷求知，也可归入此类），之后是为了求官，故后者可以说是前者的沿用和发展。今传唐人文献，两者并存。当我们研究行卷问题的时候，既要加以区别，也要注意到两者目的虽异，手段则同，从而可以利用关于登第后行卷的若干材料，来印证和补充登第前行卷的某些情况，如前举韩愈集中所载行卷忌用生纸书写等事，即其一例。第二，在求知己的时候，由于不一定会被接见，即使被接见了，也未见得能够畅所欲言，所以往往另外准备一封书信，连同行卷一并投献。这封信除了表达自己希望被赏识、提拔的愿望之外，往往还将所献文字，加以扼要的介绍，以唤起对方的注意。如杜牧《樊川文集》卷十六，《上知己文章启》云：

> 某少小好为文章，伏以侍郎，文师也，是敢谨贡七篇，以为视听之污。伏以元和功德，凡人尽当歌咏记叙之，故作《燕将录》；往年吊伐之道，未甚得所，故作《罪言》；自艰难来始，卒伍佣役辈多据兵为天子、诸侯，故作《原十六卫》；诸侯或恃功不识古道，以至于反侧叛乱，故作《与刘司徒书》；处士之名，即古之巢、由、伊、吕辈，近者往往自名之，故作《送薛处士序》；宝历大起宫室，广声色，故作《阿房宫赋》；有庐终南山下，尝有耕田著书志，故作《望

---

① 对唐代这个封建大帝国有重要贡献的人物，有不少是进士科出身的，略见《樊川文集》卷十二，《上宣州高大夫书》。

三、行卷之风的具体内容

故园赋》。虽未能深窥古人,得与揖让笑言,亦或的的分其状貌矣。

这封信写于大和元年(公元 827 年)杜牧进士登第以后,①所以它也并非是用来求举的,但书题仍称某侍郎为知己,其写法与一般应进士科伴随着行卷的上书没有什么不同,仍可推知。(这种介绍也有以行卷的序文的形式出现的,如下文所引皮日休的《〈文薮〉序》。)第三,首次求知,一定要投行卷,这在唐人记载中似乎没有例外,至于其后的温卷,却并非如赵彦卫、项安世之说,非得隔几天再送一次文轴不可。王辟之《渑水燕谈录》卷九云:

> 国初袭唐末士风,举子见先达,先通笺刺,谓之请见;既与之见,他日再投启事,谓之谢见;又数日再投启事,谓之温卷。或先达以书谢,或有称誉,即别裁启事,委曲叙谢,更求一见。

这是沿袭唐末的宋初风尚,礼仪似更繁复。但其言温卷只投启事,则证以柳宗元《河东先生集》卷三十六所载《上权补阙温卷决进退启》,中唐时代就可以如此。此启题为温卷,其中虽然非常详尽宛转地表达了自己求知的愿望,但丝毫没有涉及同时又向权再投一次行卷的事情。《北梦琐言》逸文卷二载:"唐光化中,苏拯……与考功郎中苏璞初叙宗党。……拯既执贽,寻以启事温卷。"所叙情况亦同。由此

---

① 据缪钺《杜牧之年谱》(《浙江大学文学院集刊》第一、二集,1941 年),《罪言》作于大和八年(公元 834 年)。这封信里介绍了这篇文章,那么它最早也只能作于同年,上距杜牧进士及第,已经有七年了。

可知,温卷的作用主要是再度提醒一下受卷的显人,请他对自己加以关心和注意,请其不要忽略了前次的行卷,所以既可以随信再投一次卷,也可以只再上一封信,①总之,温卷是行卷的延长,同样是求知己活动的不可缺少的部分,但并非全然是行卷的重复。

最后,谈一下行卷时穿着的服装问题。在我国封建社会里,服装也是用来标志人们社会、政治地位的一种手段。唐人很重视服章,②统治阶级的衣服及身上的佩饰的物质、颜色、式样,都依据地位的高下,作出了明文规定。关于这些,史籍所载很详,无须复述。在这种制度之下,还在应举而没有进入仕途的乡贡进士或两监生徒,一般穿的都是白色的粗麻布衣。所以前引《唐摭言》说当时社会上称他们为"一品白衫"、"白衣公卿",一品、公卿,指将来可能达到的地位,白衣(衫)则是未及第之前穿来行卷和应考的衣服。在礼部主持的进士考试及第之后,再通过吏部的关试,就可以做官了,所以关试也称为释褐试。也就是说,通过了这场考试,才可以释褐,即把白粗麻布衣脱下来。《北梦琐言》卷三云:

> 唐相国刘公瞻,其先人讳景,本连州人,少为汉南郑司徒掌笺札,因题商山驿侧泉石。荥阳奇之,勉以进修,俾前驿换麻衣,执贽之后,致解荐,擢进士第。
>
> 薛能尚书镇郓州,见举进士者必加礼异。李勋尚书先德为衙前将校,八座方为客司小子弟,亦负文藻,潜慕进修,因舍归田

---

① 萧涤非先生在《文薮》的《前言》中说:"假如落第,那么第二年就再献,叫做'温卷'。"其说与今传唐、宋文献所载都不相同,未详所本。

② 参《容斋随笔》卷一,"唐人重服章"条。

里,未逾岁,服麻衣,执所业于元戎。

唐郑愚尚书,广州人,雄才奥学,擢进士第,扬历清显,声称烜然,而性本好华,以锦为半臂。崔魏公铉镇荆南,荥阳除广南节制,经过,魏公以常礼延遇。荥阳举进士时,未尝以文章及魏公门。此日,于客次换麻衣,先贽所业。魏公览其卷首,寻已,赏叹至三四,不觉曰:"真销得锦半臂也。"

又《唐摭言》卷十二,"设奇沽誉"条云:

咸通中,郑愚自礼部侍郎镇南海,时崔魏公在荆南,愚著锦袄子半臂袖卷谒之,公大奇之。会夜饮更衣,宾从间窃谓公曰:"此应是有,惭不称耳。"既而复易之红锦,尤加焕丽,众莫测矣。

刘景和李勋的例子证明,举子行卷,必须着麻衣;而郑愚的例子,虽然两书所载各异(《北梦琐言》是说他虽然爱着锦半臂,但向崔铉行卷时,仍然换了麻衣,而《唐摭言》则说他就穿着锦半臂对崔投卷),但认为按照当时风尚,即使及第多年、官位很高的人,如果要向先达行卷,也仍然应当像没有及第的举子一样穿白麻衣,才合乎礼仪,则是一致的。至于应试时也要穿白麻衣,则《全唐诗》卷五百四十四,刘得仁《陈情上知己》诗:"刻骨搜新句,无人悯白衣。"及《唐摭言》卷四,"与恩地旧交"门所载刘虚白试杂文日,在帘前献给主考的诗:"二十年前此夜中,一般灯烛一般风。不知岁月能多少,犹着麻衣待至公。"可以为证。

凡是举子们行卷及应试时穿过的白麻衣,在他们及第以后,就被还没有考取的举子要去,作为一种吉利的兆头。《唐音癸签》卷十八,

《诂笺》三,"进士科故实"条云:

> 《摭言》云:"进士及第后知闻,或遇未及第时题名处,则为添前字。"故唐人登第诗有"曾题名处添前字,送出城人乞旧衣"之句。乞衣,亦见张籍诗。① 当时下第举子丐利市,猥习可悯笑者。

乞衣这种迷信的举动诚然是"可悯笑"的,但它里面却隐藏着唐代进士科出路特好,竞争激烈这个历史事实。

以上,就是我们今天所能考见的行卷这一风尚的具体内容。

---

① 此处所引《唐摭言》,见卷三《慈恩寺游赏赋咏杂纪》。"乞旧衣"的"衣"字,《雅雨堂丛书》本及《学津讨原》本《唐摭言》均误作"诗",系后人不了解唐代风俗而妄改。惟《癸签》及《全唐诗》卷七百九十六所引《唐摭言》为不误。张籍诗,指其《送李余及第后归蜀》一篇,中有"十年人咏好诗章,今日成名出举场。归去惟将新诰牒,后来争取旧衣裳"诸句,见《全唐诗》卷三百八十五。

四、举子及显人对待行卷的态度及其与文学发展的关系

举子们用怎样的态度去行卷,所谓当世显人又用怎样的态度对待那些投来的作品,对于行卷能否促进文学的发展是有关系的,因而也是我们所应当加以考察的。

就坏的方面说,从唐代进士行卷的逸事中,的确可以发现一些笑话奇谈。如曾慥《类说》卷十一载《芝田录》云:

> 卢君出牧衢州,有一士投贽。公开卷,阅其文十篇,皆公所制也,密语曰:"非秀才之文。"①对曰:"某苦心夏课,知己不一,非假手也。"公曰:"此某所为文,兼能暗诵否?"客词穷,吐实曰:"得此文,无名姓,不知是员外撰述。"惶惧求去。公曰:"此虽某所制,亦不示人,秀才但有之。"留连厚恤。比去,问其所之,曰:

---

① 秀才在唐代有两种意义。一是常科的一种。《通典》卷十五云:"大唐贡士之法,……其常贡之科有秀才,有明经,有进士。……初,秀才科等第最高。贞观中,有举而不第者,坐其州长,由是废绝。"《封氏闻见记》卷三,"贡举"门云:"初,明经取通两经,先帖文,乃按章疏试墨策十道;秀才试方略策三道;进士试时务策五道。……其后举人惮于方略之科,为秀才者殆绝,而多趋明经、进士。"二是进士的通称。《国史补》卷下,"叙进士科举"条云:"进士为时所尚久矣,……通称谓之秀才。"中唐以来,秀才科久不存在,故一般文献中所称秀才均系指应进士科举的人。赵翼《陔余丛考》卷二十八,"秀才"条谓:"唐时凡举子皆称秀才。"然应明经等常科举及专应制科举的人,都无秀才之称,其说实误。这里是作第二义用,后同。

"汴州梁尚书也,是某亲丈人,须住旬日。"公曰:"大梁尚书乃亲表,与君若是内戚,即某与君合是至亲。此说想又妄耳。"其人战灼若无所容。公曰:"不必如此。前时恶文及大梁亲表,一时奉献。"

又《唐诗纪事》卷四十七,"李播"条云:①

> 播以郎中典蕲州,有李生携诗谒之。播曰:"此吾未第时行卷也。"李曰:"顷于京师书肆百钱得此,游江淮间,二十余年矣。欲幸见惠。"播遂与之,因问何往。曰:"江陵谒卢尚书。"播曰:"公又错也,卢是某亲表。"李惭悚失次,进曰:"诚若郎中之言,与荆南表丈,一时乞取。"再拜而出。

这两个记载也可能是一事而传闻异辞,不过如后者所述,则那个文偷公脸皮显得更厚一些而已。这些文献还告诉了我们另外一个事实,即行卷以求知己,虽然主要是为了成名,但其末流也有借此打抽丰(打秋风),即敛财的。举进士而及第,自然有比较好的前途;但累试不第,乃是常事,因而多数人在经济上不免要发生困难。赵匡在《举选议》中就曾经谈到"羁旅往来,縻费实甚,非唯妨阙正业,盖亦隳其旧产,未及数举,索然已空"的情况,认为是进士科举十弊之一。由于这种情况具有相当的普遍性,所以举子们行卷的时候,一方面固然希望对方在功名上予以提拔,另一方面也希望对方在经济上予以资助;而

---

① 《太平广记》卷二百六十一,"李秀才"条记此事特详,当即《纪事》所本。云出《大唐新语》,但今本刘肃《大唐新语》无其文。

显人们在这两方面都加以考虑和酬应,就往往成为不可避免的了。《幽闲鼓吹》云:

> 丞相牛公应举,知于颇相之奇俊也,特诣襄阳求知。住数月,两见,以海客遇之,牛公怒而去。去后,忽召客将问曰:"累日前有牛秀才,发未?"曰:"已去。""何以赠之?"曰:"与之五百。""受之乎?"曰:"掷之于庭而去。"于公大恨,谓宾佐曰:"某盖事繁有阙违者。"立命小将赍绢五百、书一函,追之,曰:"未出界,即领来;如已出界,即送书信。"小将于界外追及。牛公不启封,揖回。

牛僧孺些种傲兀不屑的态度,在当时大概是很突出的,因而被人当作美谈;反过来,正证明一般被视为海客的举子们,只要打发五百钱,便也够了。但是,不论窃他人之文行卷,或以自己之文行卷,如其用意在于获得举粮,即经济上的施舍,那么,和行卷这种风尚最初形成时所具有的意义和作用,距离就已相当辽远。《唐音癸签》卷二十六,《谈丛》二云:

> 唐士子应举,多遍谒藩镇、州郡丐脂润,至受厌薄不辞。……至所干投行卷,半属诹词,概出赝剿,若小说所称"百钱买自书铺","并荆南表文一时乞取"者,真堪令人捧腹。

唐代应进士科举的士子们当中,是夹杂着一些文偷、文丐的。对于那样一些人来说,胡震亨的谴责不算过分。

其次,在行卷中标新立异,引人注意,大概是当时举子们所共同努力、希望达到的目标。但是,文学作品,无论就主题、题材、语言、风格哪一方面来说,标新立异都是,而且也只能是一种手段,一种为作者的思想、感情服务的手段。新与异,是不能脱离作者对客观事物的理解、感受和反映而产生的。如果不能站在正确或比较正确的立场上去关心和注意社会生活、自然现象,而一味地为新与异而去追求新与异,结果就必然要丧失掉好作品所必须具备的思想性,同时也必然会丧失掉好作品所同样不可或缺的艺术性了。因为,如我们所熟知,思想性乃是真正的艺术性这一概念中的必要因素。唐代某些举子正由于对这个根本问题的认识和实践都具有很大的片面性,所以其行卷便也为后人提供了一些悲剧性的笑柄。《北梦琐言》卷七云:

> 唐卢延让业诗,二十五举,方登一第。卷中有句云:"狐冲官道过,狗触店门开。"租庸张濬亲见此事,每称赏之。又有"饿猫临鼠穴,馋犬舐鱼砧"之句,为成中令汭见赏。又有"栗爆烧毡破,猫跳触鼎翻"句,为王先主建所赏。尝谓人曰:"平生投谒公卿,不意得力于猫儿、狗子也。"人闻而笑之。

又同书卷十云:

> 唐咸通中,前进士李昌符有诗名,久不登第。常岁卷轴,怠于装修,因出一奇,乃作《婢仆诗》五十首,于公卿间行之。有诗云:"春娘爱上酒家楼,不怕归迟总不留。推道那家娘子卧,且留教住待梳头。"又云:"不论秋菊与春花,个个能瞳空肚茶。无事莫教频入库,一名闲物要些些。"诸篇皆中婢仆之讳。浃旬,京城盛传其诗篇,为妳妪辈怪骂腾沸,尽要掴其面。是年登第。

四、举子及显人对待行卷的态度及其与文学发展的关系

这样一些作品,显然是作者"失体成怪"、"逐奇失正"①的结果。它们既有人写作,也有人欣赏,又正说明了那些人思想感情的空虚和庸俗。范文澜《中国通史简编》第三编第二章第七节《晚唐的政治》曾将这类作品作为当时科举"风气极坏"的证据,是正确的。

像以上所揭示的进士们行卷时的种种态度,当然不可能对文学的发展有任何积极的推动作用。所幸的是,在那个历史时代里,多数的举子并不是像卢、李二人那种依靠描写猫狗、嘲弄婢仆来标新立异、哗众取宠的"诗"人,其中也尽有以严肃的态度从事写作,企图在作品中表达自己进步的政治、社会观点,体现较高的艺术水平,并且就用这样一些作品去行卷求知的。前面提到过的皮日休所著《文薮》,就是一个很典型的例子。在《〈文薮〉序》中,这位曾经参加过黄巢起义军的作家,对这部集子作了如下的自我介绍:

咸通丙戌中,日休射策不上第,退归州东别墅,编次其文,复将贡于有司。发箧丛萃,繁如薮泽,因名其书曰《文薮》焉。比见元次山纳《文编》于有司,侍郎杨公浚见《文编》,叹曰:"上第,污元子耳。"斯文也,不敢希杨公之叹,希当时作者一知耳。赋者,古诗之流也。伤前王太侈,作《忧赋》;虑民道难济,作《河桥赋》;念下情不达,作《霍山赋》;悯寒士道壅,作《桃花赋》。《离骚》者,文之菁英者,伤于宏奥,今也不显《离骚》,作《九讽》。文贵穷理,理贵原情,作《十原》。太乐既亡,至音不嗣,作《补〈周

---

① 借用《文心雕龙·定势》篇语。

礼·九夏歌〉》。两汉庸儒,贱我《左氏》,作《〈春秋〉决疑》。其余碑、铭、赞、颂、论、议、书、序,皆上剥远非,下补近失,非空言也。……古风诗,编之文末,俾视之,粗俊于口也。亦由食鱼遇鲭,持肉偶臇。《皮子世录》,著之于后,亦《太史公自序》之意也。凡二百篇,为十卷,览者无诮焉。

关于《文薮》的思想价值和艺术价值,当代学者们所写专文及文学史已经有所论列,近在耳目,因此这里无须重复。我们应当注意的是,如序文中所明白表示的,皮日休并没有为了迎合当时的黑暗政治而写一些风花雪月和离奇古怪的诗文,用来行卷,以求及第;反之,他却是利用行卷这一方式来宣传自己所持有的进步观点,抨击其所不满和反对的种种不合理的社会现实的。另一个同样具备典型性的例子是罗隐的《谗书》,其自序云:

《谗书》者何?江东罗生所著之书也。生少时,自道有言语,及来京师七年,寒饥相接,殆不似寻常人。丁亥年春正月,取其所为书,诋之曰:"他人用是以为荣,而予用是以为辱;他人用是以富贵,而予用是以困穷。苟如是,予之书乃自谗耳。"目曰《谗书》。卷轴无多少,编次无前后,有可以谗者,则谗之,亦多言之一派也。而今而后,有诮予以哗自矜者,则对曰:"不能学扬子云寂寞以诳人。"

陈鸿墀《全唐文纪事》卷一百十八载此文,加按语云:

隐集内所上书启,尝以《谗书》上郑尚书,上蕲州裴员外,上

四、举子及显人对待行卷的态度及其与文学发展的关系

太常房博士,上秘监韦尚书,可谓汲汲于遇合矣。唐世士子,温卷求知,即贤者不免如是。

陈氏只注意到了罗隐也和其他举子一样地向许多显人行卷,却没有注意到他是用怎样的一种作品去行卷,更没有注意到序文中所说的,由于用《谗书》这样的作品去行卷,已经招致了"辱"和"困穷"的后果,可是这位作家仍然坚持"有可以谗者,则谗之"的不屈不挠的斗争精神。因此,陈氏当然也就不能对这一事实作出公正的评价,而有"贤者不免"之叹了。应当知道,罗隐十年不第,正是他以《谗书》这种使当时统治阶级,特别是当权者感到头痛的文章行卷所造成的。在他已活到七十六岁高龄的时候,另一位诗人罗衮曾写诗送他说:"平日时风好涕流,《谗书》虽盛一名休。"①倒是一语破的地说出了事情的真相。鲁迅在《小品文的危机》②一文中曾经指出:

> 唐末诗风衰落,而小品放了光辉。但罗隐的《谗书》,几乎全部是抗争和愤激之谈;皮日休和陆龟蒙自以为隐士,别人也称之为隐士,而看他们在《皮子文薮》和《笠泽丛书》中的小品文,并没有忘记天下,正是一塌胡涂的泥塘里的光彩和锋铓。

被鲁迅先生誉为"泥塘里的光彩和锋铓"的三部著作,就有两部可以确定是曾经用来行卷的。这就证明了一个事实:在唐代某些作家的手中,行卷不只是猎取功名富贵的敲门砖,同时也是一种公然宣传自

---

① 据汪德振《罗隐年谱》。
② 载《南腔北调集》。

己的进步思想、发抒自己健康感情的手段,同时也就是向反动势力、黑暗社会进行合法斗争的武器。当然,这样一来,这个猎取功名富贵的工具有时就不免反而成为自己所设置的通向功名富贵的道路上的障碍物了。

除了像这样一些在思想水平方面显得很突出的少数例子之外,唐代进士以具有较高的艺术水平的作品从事行卷的,为数就更多。这些作品,往往也采取了标新立异以引人注意的手段,但因为其手段是遵循着而不是违反着艺术的法则而使用的,其所表现的新和异便也成为一种使读者感到喜悦的收获了。这里不妨举一个例子。张籍《送海客归旧岛》云:

> 海上去应远,蛮家云岛孤。竹船来桂府,山市卖鱼须。入国自献宝,逢人多赠珠。却归春洞口,斩象祭天吴。

方回《瀛奎律髓》卷四,风土类选了这首诗,并加评语云:

> 唐以诗、赋试进士,先以诗为行卷。如此等语,或本无其人,姑为是题,以写殊异之景,故皆新怪可观,如送流人、寄边将之类,皆是也。

我们就《张司业集》加以考究,的确如方回所说,这类以异地风光及流人、边将为主题的诗篇,在集中占了一定的数量,而且有的还写得很沉挚动人。这种现象,不仅是出现在张集里,也出现在与之同时齐名的王建的诗集里。宋代所保存的有关唐朝进士科举的文物与史料,远较今日为丰富;宋人对于其时行卷这种风尚,自然也远较我们所知

四、举子及显人对待行卷的态度及其与文学发展的关系

为多(这一点,下文还要谈到),因而方回认为这类诗篇,乃是故为新异、用以行卷求知之作,应当是可信的。至于它们之所以"可观",则是由于在那个时代的现实生活里,中国与南海的交通相当发达,人们对那些异域风土虽非完全陌生,却又并不那么熟悉,所以这些即使并非是依据诗人们直接生活体验而写出来的作品,其中具有的浪漫情调、地方色彩,也还是很有吸引力的。大家也对之采取了欢迎的态度。而统治阶级内部斗争(它有时也反映了人民与统治阶级的斗争)及边疆地区民族冲突的频繁,又必然会经常有人获罪流放和带兵出征,这也就是以送流人、寄边将为题的作品的社会基础。因此,这一类作品,虽然也是用来行卷的,而且往往是"新怪"的,可是它们并非完全脱离现实,以致陷于空洞无物、荒诞无稽。就艺术角度看,其中有些也不失为好诗。如李怀民《重订中晚唐诗主客图》卷上曾选录张籍的《送蛮客》、《送南迁客》、《送南客》、《岭外逢故人》、①《送海客归旧岛》、《送新罗使》、《赠海东僧》、《送流人》、《没蕃故人》、《征西将》、《送防秋将》、《老将》、《渔阳将》、《送边使》、《出塞》、《送安西将》等,王建的《南中》、《送流人》、《送人游塞上》、《塞上逢故人》、《塞上》等;又王士禛《唐人万首绝句选》卷五曾选录张籍的《送蜀客》、《蛮中》、《蛮州》等,都是这类作品比较出色、受到后代选家一定程度的重视的证据。这些作品的思想性显然不特别强,但由于诗人们写作的态度是严肃的,并且达到一定的"可观"的艺术水平,因而它们虽然未必能像《文薮》和《谗书》那样能够使祖国文学史增加耀眼的光辉,可也不是对于构成唐代诗歌的丰富多彩毫无补益。

---

① 据卞孝萱《张籍简谱》(《安徽史学通讯》1959年第4、5期合刊),诗人平生不曾到过岭外,也足证此类诗篇之出于拟作。

因此，我们可以说，行卷对于文学发展有无促进作用，就举子们这方面说，要取决于他们的写作态度是否严肃，作品是否能够在客观上达到一定的思想水平和艺术水平。这也就是说，要针对具体的人和作品加以具体分析，不能一概而论。

再就当世显人这方面说，他们如何对待举子们行卷也很重要，如果能够认真地提携后进，选拔真才，那么，就会给文学的发展带来好处；反之，自然也无从产生有益的后果。

唐代那些在社会上、政治上、文坛上有地位的人，对待举子们行卷的态度，同样是形形色色的。《唐摭言》卷十二，"轻佻"门云：

> （郑）光业弟兄共有一巨皮箱，凡同人投献，辞有可嗤者，即投其中，号曰"苦海"。昆季或从容用资谐戏，即命二仆舁"苦海"于前，人阅一编，靡不极欢而罢。

这个苦海里当然会有些写猫儿、狗子之类的可笑作品，但多数恐怕还是一些仅仅是幼稚朴拙、质量低劣的诗文，将它们不加区别地一概作为笑料，甚至对投献来的行卷连看也不看，就任凭看门的女仆拿去当废纸卖掉赚钱，如前引同书所载，都显然不是在高位的人所应有的谨重严肃的态度。一方面，有这种取笑举子的显人；另一方面，自然也就有鄙视显人的举子。李商隐《与陶进士书》云：

> 已而被乡曲所荐，入求京师，又亦思前辈达者固已有是人矣，有则吾将依之。系鞋出门，寂寞往返其间，数年，卒无所得，私怪之。而比有相亲者曰："子之书，宜贡于某氏，某氏可以为子之依归矣。"即走往贡之，出其书，乃复有置之而不暇读者，又有

四、举子及显人对待行卷的态度及其与文学发展的关系

默而视之不暇朗读者,又有始朗读而中有失字坏句不见本义者。进不敢问,退不能解,默默已已,不复咨叹。故自大和七年后,虽尚应举,除吉凶书及人凭倩作笺、启、铭、表之外,不复作文。文尚不复作,况复能学人行卷耶?

冯浩《〈樊南文集〉详注》曾说作家那一段形容受卷者的话"讥诮太毒"。但如果真正遇上了这种人,无论行卷文字作得多么好,也不会受到欣赏,是肯定的。像这样一些以嘲笑举子行卷为乐的人以及对文学并无所知的人,虽然由于其本身社会地位较高,而招致了某些进士向之投卷,他们却不可能对于呈献来的作品加以正确的评论与推荐,从而使得真正有才能的作者获得在当时应有的声名和前途,并鼓励其继此以后创作出更多更好的作品来。

但是,也有许多居高位的人,特别是文坛上的前辈,是爱才的,愿意提拔新生力量的。他们一旦发现了优秀的行卷,便不遗余力地加以推荐。这种事例也不少。《金华子杂编》卷下云:

> 中朝盛时,名重之贤,指顾即能置人羽翼。朱庆馀之赴举也,张水部一为其发卷于司文,遂登第也。

《唐诗纪事》卷四十六,"朱庆馀"条对此事记载更详:

> 庆馀遇水部郎中张籍知音,索庆馀新旧篇什,留二十六章,置之怀袖而推赞之。时人以籍重名,皆缮录讽咏,遂登科。庆馀作《闺意》一篇以献曰:"洞房昨夜停红烛,待晓堂前拜舅姑。妆罢低声问夫婿,画眉深浅入时无?"籍酬之曰:"越女新妆出镜心,

自知明艳更沉吟。齐纨未足人间贵,一曲菱歌敌万金。"由是朱之诗名流于海内矣。

又《南部新书》甲卷云:

> 项斯始未为闻人,因以卷谒江西杨敬之。杨甚爱之,赠诗云:"几度见诗诗总好,及观标格过于诗。平生不解藏人善,到处逢人说项斯。"未几,诗达长安,斯明年登上第。

据席启宇《百家唐诗》本《项斯诗集》所载张泊写的序文,这位后起之秀也和朱庆馀一样为张籍所赏识,所以郑薰赋诗,有"项斯逢水部,谁道不关情"之句。此外,在唐代一些著名作家的文集中,还保存得有答复行卷举子的信件,这些信件一般是用鼓励、勖勉的语气来写的。如《河东先生集》卷三十三,《答贡士沈起书》云:

> 得所来问,志气盈牍,博我以风、赋、比、兴之旨;仆之朴呆专鲁,而当惠施、锺期之位,深自恧也。又览所著文,宏博中正,富我以琳琅珪璧之宝甚厚;仆之狭陋蛍鄙,而膺东阿、昭明之任,又自惧也。乌可取识者欢笑,以为知己羞?进越高视,仆所不敢,然特枉将命,猥承厚贶,岂得固拒雅志,默默而已哉?谨以所示,布露于闻人,罗列乎坐隅,使识者动目,闻者倾耳,几于万一,用以为报也。嗟乎!仆尝病兴寄之作,堙郁于世,辞有枝叶,荡而成风,益用慨然。间岁兴化里萧氏之庐,睹足下《咏怀》五篇,仆乃抚掌惬心,吟玩为娱。告之能者,诚亦响应。今乃有五十篇之赠,其数相什,其功相百,览音叹息,谓予知文。此又足下之赐

也。幸甚！幸甚！

这位沈起，不过是唐德宗贞元时代千百个应进士科举的文士之一，从他后来没没无闻看来，也不见得有特别出众的才能。可是，在当时已负盛名的散文家和诗人柳宗元对待这个普通的行卷者，却非常热情，既肯定了他的成绩，又表示愿意对之尽力加以帮助。这自然不能不使许多人闻风兴起。至于像吴武陵之推荐杜牧，那种爱才之心就更其突出。《唐摭言》卷六"公荐"门记其事云：

> 崔郾侍郎既拜命于东都试举人，三署公卿皆祖于长乐传舍。冠盖之盛，罕有加也。时吴武陵任太学博士，策蹇而至。郾闻其来，微讶之，乃离席与言。武陵曰："侍郎以峻德伟望，为明天子选才俊，武陵敢不薄施尘露。向者，偶见太学生十数辈，扬眉抵掌，读一卷文书，就而观之，乃进士杜牧《阿房宫赋》。若其人，真王佐才也。侍郎官重，必恐未暇披览。"于是摺笏朗宣一遍。郾大奇之。武陵曰："请侍郎与状头。"郾曰："已有人。"曰："不得已，即第五人。"郾未遑对。武陵曰："不尔，即请此赋。"郾应声曰："敬依所教。"既即席，白诸公曰："适吴太学以第五人见惠。"或曰："为谁？"曰："杜牧。"众中有以牧不拘细行间之者。郾曰："已许吴君矣。牧虽屠沽，不能易也。"

《樊川文集》卷十三，《投知己书》曾说："大和二年，小生应进士举。[①]

[①] 《杜牧之年谱》，"大和元年"条："本集卷九，《唐故平卢军节度巡官陇西李府君墓志铭》，牧之自叙云：'大和元年举进士及第。乡贡上都，有司试于东都。'（接下页注）

当其时,先进之士,以小生行可与进、业可益修,喧而誉之、争为知己者,不啻二十人。"吴武陵肯定就是其中的一个。后进之士向先达行卷以求知己,那是常情;至于先达之士争为后进的知己,那就只能算是异数了。

除了揄扬和推荐之外,也还有文坛前辈对呈献来的行卷指出缺点,加以修改的事例。《北梦琐言》卷六云:

> 薛许州能,以诗道为己任,还刘得仁卷有诗云:"百首如一首,卷初如卷终。"讥刘不能变态。

薛能是一位成就并不太高,却又很狂妄的诗人。①但就刘得仁流传下来的缺乏变化、比较单调的作品来看,则我们不得不承认他所提的意见是相当正确的,因而对作者是有帮助的。范摅《云溪友议》卷中,"中山海"条云:

> 襄阳牛相公赴举之秋,……尝投贽于刘补阙禹锡。对客展卷,飞笔涂窜其文,且曰:"必先辈未期至矣。"然拜谢奋励,终为怏怏乎。历廿余载,刘转汝州,陇西公镇汉南,枉道驻旌旆。信宿,酒酣,直笔以诗喻之。刘公承诗意,方悟往年改张牛公文卷,因戒子弟咸允、承雍等曰:"吾立成人之志,岂料为非。……汝辈

(接上页注)按《旧唐书》卷十七上,《文宗纪》:'大和元年七月,敕今年权于东都置举。'盖大和二年进士科提前于元年秋在东都考试,此于唐制为变例。考试虽在元年,而科名则仍当属二年,故本集卷十三《投知己书》云:'大和二年,小生应进士举。'而《郡斋读书志》亦谓牧之大和二年进士及第也。"

① 参《容斋随笔》卷七,"薛能诗"条及《唐才子传》卷七,"薛能"条。

修进守忠为上也。"《席上赠汝州刘中丞》,襄州节度牛僧孺诗曰:"粉署为郎四十春,今来名辈更无人。休论世上升沉事,且斗尊前见在身。珠玉会应成咳唾,山川犹觉露精神。莫嫌恃酒轻言语,曾把文章谒后尘。"《奉和牛尚书》,汝州刺史刘禹锡:"昔年曾忝汉朝臣,晚岁空余老病身。初见相如成赋日,后为丞相扫门人。追思往事咨嗟久,幸喜清光语笑频。犹有当时旧冠剑,待公三日拂埃尘。"牛公吟和诗,前意稍解,曰:"三日之事,何敢当焉?"(宰相三朝后主印,所以升降百司也。)于是移宴竟夕,方整前驱也。

这个故事的主要部分,即后段两人相遇赋诗赠答部分,颇有舛误,所以有人目之为"瞎说"。① 但刘禹锡进士及第在贞元九年(公元793年),而牛僧孺则在贞元二十一年,亦即顺宗永贞元年(公元805年)。刘本是牛的前辈,仅就牛行卷于刘,而刘"飞笔涂窜其文"这一点来说,完全是可能的。如果不是过分自负的人(如《云溪友议》中所描写的牛僧孺),大概只会对这一能给自己的创作水平的提高带来好处的,虽然不很客气的举动,感激地加以接受。

正因为行卷于人,有时可以得到指点,收到提高自己创作水平的功效,所以偶尔也有举子向举子行卷的事例。一个举子,自己还没有登第,当然也就没有援引别人的可能,可是,如果这个人的创作成就是人们所公认的,那么,行卷于他,就可以在写作方面得到一些帮助,因而也是人所乐为的。《唐摭言》卷五,"切磋"门云:

---

① 见《唐史徐潘》卷三,"牛僧孺枉道过汝"条。参敬堂《关于刘禹锡生平的一些问题》(《山西师范学院学报》1960年第4期)及卞孝萱《刘禹锡年谱》,"大和八年"条。

> 吴融,广明、中和之际,久负屈声,虽未擢科第,同人多赞谒之如先达。有王图,工词赋,投卷凡旬月,融既见之,殊不言图之臧否,但问图曰:"更曾得卢休信否?何坚卧不起,惜哉!融所得,不如也。"休,图之中表,长于八韵,向与子华同砚席,晚年抛废,归镜中别墅。

这个故事表明,晚唐著名的诗人吴融便曾经以自己创作上的成就,在还没有进士及第的时候,获得了有人把他当成先达、向他行卷的荣誉。而他却很谦虚,认为自己不如王图的表兄弟卢休,以卢休放弃了应试和王图没有能够得到卢休的指点为可惜。吴融的态度自然也给予了王图以鼓励。

举子向举子行卷,以及前面叙述过的已经及第为官的人有时也向人行卷,乃是举子向显人行卷这一风尚的延伸,而其目的也大致相同或相似。

从以上的历史事实中可以知道,当时还没有成名的举子(也就是作家),通过行卷这种方式,结识了某些爱才而又能文的前辈,经过他们的诱导、鼓励、培养和提拔,有的人既取得了功名,也提高了写作能力,有的人尽管在考场中失败了,可是并不妨碍他们在文学创作方面有所收获。虽然毫无疑问地对于举子们说来,前者才是目的,而后者则不过是为前者服务的手段,但后者在文学发展上所产生的客观效果,是我们研究文学史时所不应当忽视的。

因此,我们同样可以说,行卷对于文学的发展有无促进作用,就当世显人这方面说,要取决于他们如何对待投来的行卷,是热情地通过种种方式帮助那些后进呢,还是对他们采取种种傲慢的鄙视和轻薄的嘲弄的态度。这也同样要作具体分析,不能一概而论。

以严肃认真的态度来行卷的举子和以同样的态度对待投来的行卷的显人,在唐代历朝都有。对于当时文学的发展起了促进作用的,也正是他们。

五、前人论唐代文学与进士科举的关系诸说的得失

前人论到唐代文学与进士科举之间的关系这个问题时,主要是就以诗取士对于诗的成就有无影响这个角度来谈的。严羽《沧浪诗话·诗评》云:

> 或问:"唐诗何以胜我朝?"唐以诗取士,故多专门之学,我朝之诗所以不及也。

王嗣奭《管天笔记》外编,"文学"门亦云:

> 唐人以诗取士,故无不工诗。竭一生精力,千奇万怪。何所不有?

王说全同严羽。郭绍虞先生不以严说为然,所著《〈沧浪诗话〉校释》争辩说:

> 案此说亦时人习见之论。李之仪《德循诗律甚佳》诗云:"唐人好诗乃风俗,语出工夫各一家。"(《姑溪居士文集》卷七。)蔡絛《西清诗话》云:"唐人以诗为专门之学。"沧浪此语当本此。但李、蔡二人之说,尚无语病,正可看出唐、宋学术风气之不同。

五、前人论唐代文学与进士科举的关系诸说的得失

沧浪本此而谓由于以诗取士之故,即不免稍偏。故后人多不主其说。如王世贞《艺苑卮言》云:"人谓唐人以诗取士,故诗独工,非也。凡省试诗类鲜佳者。如钱起《湘灵》之诗,亿不得一;李肱《霓裳》之制,万不得一。"杨慎《升庵诗话》云:"诗之盛衰,系于人之才与学,不因上之所取也。唐人所取,五言八韵之律。今所传省题诗,多不工。今传世者,非省题诗也。"①钱振锽《摘星说诗》云:"天生一种诗人,决不为朝廷取士不取士所累。"斯言得之。

正如王世贞等人对于严羽的看法有些不同的意见一样,我们对于王世贞等人所持有的论点,也觉得颇有可以商榷的地方。

恩格斯曾经指出:"政治、法权、哲学、宗教、文学、艺术等的发展是以经济发展为基础的。但是,它们又都互相影响并影响到经济基础。实际上并不是只有经济状况才是积极的原因,而其余一切都不过是消极的结果。不,这里始终是由在经济必然性基础上发生的交互作用归根到底为自己开拓道路。"②进士等科举既然是李唐皇朝为了重新配备统治阶级的内部力量,抵制和排斥魏、晋、南北朝的门阀制度,提拔自己所需要的官员而采取的一种政治措施,而特别贵重的进士科用诗、赋来考试和用各种各样的文章来行卷又是基于这种措施而产生的制度和风尚,那么,它们之间不互相影响是不可能的。既然以诗取士,诗成了取士的必要手段,则这种手段归根到底也不能不既为应进士举的人开拓道路,也同时为应进士举所必要作的诗本

---

① 按此处所引杨说,见《升庵诗话》卷四,"胡唐论诗"条载胡语。杨云:"余深服其言。"故郭先生不复加以分别。

② 《致亨·施塔尔肯堡》,《马克思恩格斯文选》第二卷,第505页。

身开拓道路,无论这道路是好的还是坏的。

恩格斯还曾经说过:"凡表面上是由偶然性起作用的地方,这种偶然性本身始终是服从于内部的、隐密的法则的。全部问题仅在于要发现这些法则。"①一个伟大作家的诞生,一种文学样式的隆盛,有时似乎是偶然的;然而这些现象却都不能不是在我们所已知或未知的客观历史法则之下的必然产物。因此,钱振锽的"天生一种诗人,……"那种充满唯心主义和形而上学色彩的说法,显然为我们今天所无法接受。杨慎引胡唐说,认为"诗之盛衰,系于人之才与学",这见解比钱氏高明一些,但他却把个人的才学与整个社会环境割裂开来,好像唐代统治阶级的政治措施,特别是进士科举这种直接影响到每个诗人政治生命的措施,对于他们并无若何关系,而个人的才学竟可以在真空中发展一样,这也是既不符合事实,也不符合历史法则的。王世贞指出了省试诗没有出色的作品,这倒是千真万确的。但这种现象只能证明省试诗给整个唐诗积存了许多糟粕,而完全不能证明以诗取士与唐人工诗没有关系。在这个问题上,王世贞和一切反对严羽论点的人一样,恰恰忽略了一件明摆在眼前的历史事实,即唐人以诗取士的诗,是由两个部分组成的,一篇应考时当场作的省试诗和一卷或多卷绝大多数是经过举子们自己精心创作和编辑的省卷和行卷之作。如果讨论唐人工诗是否与以诗取士有关这个问题,而离开了这一基本事实,那是很难得出正确的结论的。因为这样一来,历史事实既被忽视,历史法则也就随着被掩盖了起来。

文学史实告诉我们,省试诗确实是唐诗中的糟粕,是进士科举制度给唐代文学带来的消极影响。就今存省试诗以及举子们拟作的同

---

① 《费尔巴哈与德国古典哲学的终结》,《马克思恩格斯文选》第二卷,第389页。

五、前人论唐代文学与进士科举的关系诸说的得失

类作品看来,其题材和主题主要是颂圣、咏史、写景、赋物之类;而且无论做的是什么题目,都还有一条必须遵守的不成文规则,那就是不许骂题,不许做反面文章。而在形式上,虽然它还没有发展到像明、清时代的八股文那样公式化,却也已经产生了一些清规戒律,如一定要用五言排律,一般只能用六韵,有时还要限韵之类。阮阅《诗话总龟》后集卷三十一载《丹阳集》云:

> 省题诗自成一家,非他诗比也。首韵拘于见题,则易于牵合;中联缚于法律,则易于骈对;非若游戏于烟、云、月、露之形,可以纵横在我者也。王昌龄、钱起、孟浩然、李商隐辈,皆有诗名,至于作省题诗,则疏矣。王昌龄《四时调玉烛》诗云:"祥光长赫矣,佳号得温其。"钱起《巨鱼纵大壑》诗云:"方快吞舟意,尤殊在藻嬉。"孟浩然《骐骥长鸣》诗云:"逐逐怀良驭,萧萧顾乐鸣。"李商隐《桃李无言》诗云:"夭桃花正发,秾李蕊方繁。"此等句,儿童无异。以此知省题诗自成一家也。

所谓"自成一家"的标志,即内容上的为文造情和外形上的拘牵程式。这样就基本上排除了省试诗中出现好作品的可能性。就以被王世贞誉为"亿中无一"的钱起《湘灵鼓瑟》而论,在唐诗中,并不是什么杰作,甚至在这位诗人的作品中,也算不上杰作;但由于它是在考场中产生的,在同类作品中便显得很突出,甚至于有人不惜妄造神怪之说,来加以宣扬了。① 《唐诗纪事》卷二十,"祖咏"条云:

---

① 《旧唐书·钱徽传》:"父起,天宝十年登进士第。起能五言诗。初从乡荐,寄家江湖。常于客舍月夜独吟,遽闻人吟于庭曰:'曲终人不见,江上数峰青。'"(接下页注)

> 有司试《终南山望馀雪》诗,咏赋云:"终南阴岭秀,积雪浮云端。林表明霁色,城中增暮寒。"四句,即纳于有司。或诘之。咏曰:"意尽。"

此事又见《南部新书》乙卷。其所以出名,不只是因为祖咏不肯为文造情,将只适宜于用两韵的五绝来表现的内容硬拉长用五排去表现,也因为这首小诗中出现了一种对省试诗说来是十分生疏的讽谕,虽然这种讽谕也还是非常微婉的。钱起和祖咏的例子,并不足以证明省试诗中可以出现思想性、艺术性较高的作品,而且恰恰相反,证明了连这种并不十分好的诗都会被人认为是难得的佳作,那么,省试诗的水平之低下,也就可想而知了。

文廷式《纯常子枝语》卷三十九云:

> 今之律赋,唐时盖谓之甲赋。① 权德舆《答柳冕书》云:"近者,祖习绮靡,过于雕虫。俗谓之甲赋、律诗,俪偶对属。"又舒元舆《论贡举书》云:"今之甲赋、律诗,皆是偷拆经诰,侮圣人之言。"

(接上页注)起愕然,摄衣视之,无所见矣。以为鬼怪,而志其一十字。起就试之年,李昕所试《湘灵鼓瑟》诗题中有青字。起即以鬼谣十字为落句。昕深嘉之,称为绝唱,是岁登第。"(《登科记考》卷九云:"李昕当作李麟。")诗的全文是:"善鼓云和瑟,常闻帝子灵。冯夷空自舞,楚客不堪听。苦调凄金石,清音入杳冥。苍梧来怨慕,白芷动芳馨。流水传湘浦,悲风过洞庭。曲终人不见,江上数峰青。"见《全唐诗》卷二百三十八。鲁迅先生在其《且介亭杂文》二集《题未定草》(七)中,对此诗曾有扼要的分析和恰如其分的评价。

① 周中孚《郑堂札记》卷一:"唐人称应试之赋为甲赋,盖因令甲所颁,故有此称,以别于居恒所作古赋。皇甫持正所谓'即为甲赋,不得不作声病文也'(见《答李生第二书》)。"按:末句引文据本集及《唐摭言》卷五"切磋"门所载此书,当作"既为甲赋矣,不得称不作声病文也。"

这条笔记用意虽在于说明甲赋之即律赋，但所举两证却恰好证明了：即使是进士词科集团中人，也并不认为省试诗、赋有什么价值。特别值得注意的是权德舆的意见。他是贞元时代最著名的主司，曾知贡举数次。① 其言如此，正可见得在他的心目中，那些只讲究"俪偶对属"的甲赋、律诗，是并不能如实地反映举子们的创作水平的，更不用说他们的思想、气度了。李观是当时的古文名家之一，他于贞元八年（公元792年）进士及第。《李元宾文集》卷六载其《帖经日上侍郎书》云：

> 昨者，奉试《明水赋》、《新柳》诗。平生也，实非甚尚；是日也，颇亦极思。侍郎果不以媸夺妍，不以瑕废瑜，获邀福于一时，小子不虚也。而以帖经为本，求以过差去留，观去冬十首之文，不谋于侍郎矣，岂一赋一诗足云乎哉！十首之文，去冬之所献也，有《安边书》、《汉祖斩白蛇剑赞》、《报弟书》、《邠、宁、庆三州飨军记》、《谒文宣王庙文》、《大夫种碑》、《项籍碑》、《请修太学书》、《吊韩弇没胡中文》等作，上不罔古，下不附今，直以意到为辞，辞迄成章。中最逐情者，有《报弟书》一篇。不知侍郎尝览之耶？未尝览之耶？

如果从权德舆与舒元舆的言论中还只能看出他们对于省试诗、赋的轻视，那么李观这封信就正好补充了他们所没有说出而事实上却是大家所共有的意见，即行卷之作对于了解举子们的文学才能以及其

---

① 参两《唐书》权传、《全唐文》卷六百十一杨嗣复《〈权文公集〉序》及《昌黎先生集》卷三十《唐故相权公墓碑》。

他各方面来说，都远比省试闱中临时凑合的一赋一诗为重要。可见省试诗即使在德宗时代，也就是进士科举极盛的时代，就已经被人认为是"告朔之饩羊"，对于进士及第与否，可能都不发生多大作用了。(前引《唐摭言》记载崔郾当主考，还没有进行考试，就已经内定了状头，在吴武陵的极力推荐下，又事先决定杜牧为第五人，更可见正式考试时的一诗一赋真不过是走过场而已。)①这也正是它本身固有的特质，即为文造情与拘牵程式所决定的。因此，我们说，省试诗、赋虽然也是文学在进士科举的影响之下给自己开拓的一条道路，但更应当着重地说，这可是一条走不通的绝路。

至于行卷之作，则是文学在进士科举的影响之下给自己开拓的另一条道路。这条道路，与前者比较起来，基本上是广阔的、有前途的。虽然我们今天已经无法完全考出现存唐人诗、文、小说等中有哪一些作品曾经用来行卷，但就所已知的材料来说，除去其中拟作的省试诗、赋以及少数描写猫、狗，嘲弄婢、仆的无聊文字之外，以之和我们所能见到的省试之作相比较，都要好得多。它们好就好在可以较自由地选择题材和主题，可以较自由地发挥自己的社会、政治思想和文艺思想，可以有较富裕的时间来从事艺术构思，可以用较多的篇章、较大的篇幅以及各种各样的文体来充分显示自己的思想、感情、才能和风格。通过行卷这样一种特殊的风尚，来自四面八方的举子们就有可能向某些人直接地显示自己在创作上的成绩，并通过这样

---

① 当然，个别进士以在考场中的试卷为主司所赏识，因而及第，也是有的。如《唐摭言》卷五"以其人不称才，试而后惊"门云："黎逢气貌山野，及第年，初场后至，便于帘前设席。主司异之，谓其生疏，必谓文词称是；专令人伺之，句句来报。初闻云：'何人徘徊？'曰：'亦是常言。'既而将及数联，莫不惊叹，遂擢为状元。"便是一个罕见的例子。

一种活动,在一定范围内和某种程度上,同时表达自己所理解的人民对于生活的要求和愿望,以及他们对于统治阶级的不满和批判。而这一些,都是在省试闱中必须严格按照统治阶级的政治观点和美学观点,还必须按照一定的程式去写作,必须在一个晚上的短短的几个时辰之内完卷,又只准依据一定的题目做一赋一诗等重重限制之下,所绝对做不到的。就这些情况来说,行卷之作与省试诗、赋,乃是暂时统一在进士科举这个母体中的对立物。它们之会一分为二,也属势所必至,理有固然。在以上几章中,曾从不同的角度举出过一些行卷文字的篇目,虽然没有对那些作品细加分析和评论,然而其中有些是唐代文学中优秀的和进步的作品则是很清楚的。这也就是行卷之风对于当时文学发展起了推动作用的证据。因此,我们认为:严羽和王嗣奭的说法,其病在于笼统,在于没有明确地指出唐人以诗取士,虽然其中也包括省试之诗,但实际上更重在行卷之诗,尽管从表面上看,省试是国家正式规定的制度,而行卷则不过是一种社会流行的风尚;所以唐人虽因以诗取士而工诗,但其工是由于行卷,而不由于省试。《唐音癸签》卷二十七,"谈丛"三云:

> 唐试士初重策,兼重经,后来鬴重诗、赋。中叶后,人主至亲为披阅,翘足吟咏所撰,叹惜移时。或复微行,咨访名誉,袖纳行卷,予阶缘。士益竞趋名场,殚工韵律。诗之日盛,尤其一大关键。

胡震亨以省试之作与行卷之作相提并论,虽然还不能区分其轻重,但已较严羽所说为密,更不同于王世贞、胡唐、钱振锽等之悍然断定唐诗之盛与以诗取士无关,完全违反了上层建筑之间必然会发生交互作用,并且归根结底要为自己开拓道路这一客观法则。在诸旧说中,恐怕这要算最接近于事实的了。

作为衡量进士应否及第的手段,行卷之作重于省试之作,是它们本身的优劣所决定的,已如上所分析。还有一个必须加以补充的重要事实,则是行卷可以显示每个举子在文学领域内的专长,这也是省试所无法做到的。我国文学具有非常丰富多彩的样式。唐代文体虽然还没有后来那么多,但甲赋、律诗(五排)并不足为其代表,则是无可争辩的事实。正因为这样,以举子而兼作家的唐代知识分子就不能不一方面从事于甲赋、律诗(五排)的练习以应付省试;另一方面,又各自按照自己所擅长的文体从事创作。行卷既在于炫耀文才以求知己,每个人的专长也就很自然地会通过这一渠道表现出来。《太平广记》卷一百八十,"宋济"条载卢言《卢氏杂说》云:

> 唐德宗微行,①一日夏中至西明寺。时宋济在僧院过夏,上忽入济院,……问曰:"作何事业?"兼问姓、行。济云:"姓宋,第五,应进士举。"又曰:"所业何?"曰:"作诗。"

如前引《南部新书》及《国史补》等所记当时习俗,宋济正是落第以后,为了准备新的行卷,才借西明寺的房屋过夏的。唐宪宗在已经知道他是应进士举之后,还问他"所业何",宋济则回答是"作诗",可见当时举子都各有所业。但省试的甲赋、律诗既然是每一个人都要考的,因而也就没有另作选择的可能,则宪宗所问,自是属于省试诗、赋

---

① 《登科记考》卷十八云:"误宪宗为德宗。"

以外的文学体制,也就是每个人对之具有专长、准备用来行卷的文字了。《唐摭言》卷十二,"自负"门:

> 卢延让业癖涩诗。吴翰林虽以赋卷擢第,然八面受敌,深知延让之能。延让始投贽,卷中有《说诗》一篇,断句云:"因知文赋易,为下者之乎。"子华笑曰:"上门恶骂来!"

又《剧谈录》卷下,"元相国谒李贺"条:

> 自大中、咸通之后,每岁试春官者千余人。其间章句有闻,覃覃不绝。如何植、李玫、皇甫松、李孺犀、梁望、毛涛、贝麻、来鹄、贾随以文章著美;温庭筠、郑澳、何涓、周铃、宋耘、沈驾、周繁以词赋标名;贾岛、平曾、李陶、刘得仁、喻坦之、张乔、剧燕、许琳、陈觉以律诗流传;张维、皇甫川、郭郛、刘延辉以古风擅价。皆苦心文华,厄于一第。

将这两条资料和唐宪宗与宋济的对话合看,则唐时进士对于文学样式各有专攻,而这往往又通过行卷显示出来的情态,就更为明显。(当然这也并不排斥由于举子们在文学创作上是多面手,因而行卷中的作品也兼备各种样式这种情况,如上举杜牧得第是由于以《阿房宫赋》行卷,而他又曾以诗行卷,皮日休以《文薮》行卷,其中不仅有骚、赋、诗、文各体,而且有经学、史学方面的著作。)同时,进士科举对于文学发展的积极影响主要是由于行卷之风,也就同样地更为明显了。

从以上的讨论看来,我们可以这样说:唐代进士科举对于文学肯定是发生过影响的。就省试诗、赋这方面说,它带来的影响是坏的,是起着促退作用的；就行卷之作这方面说，它也带来过一部分坏影响，但主流是好的，是起着促进作用的。以下试就唐代三种最有代表性的文学样式——诗歌、古文、传奇小说，通过各种不同的角度，进一步地对此加以更具体的疏通证明。

六、行卷对唐代诗歌发展的影响

现在,让我们仍从诗歌谈起。在现存唐人诗作中,可以考知其曾被作者用来行卷的还有一些。但最集中地反映了唐人行卷诗的面貌的,则是一部在编辑过程和去取宗旨都发生过异说、引起过争论的唐诗总集——《唐百家诗选》。基于这一情况,通过对这部书的探究来说明唐代诗人行卷之作的价值以及行卷这种风尚对唐代诗歌发展的影响,是比较合适的。

王安石《〈唐百家诗选〉序》云:

> 余与宋次道同为三司判官时,次道出其家藏唐诗百余编,委余择其精者。次道因名曰《百家诗选》。废日力于此,良可悔也。虽然,欲知唐诗者,观此足矣。

这篇短文是说明这部总集来历的第一手资料,它又载于《临川文集》卷八十四,措词也没有任何含混的地方。然而由于如《四库全书总目提要》卷一百八十六所说"是书去取,绝不可解",所以"自宋以来,疑之者不一,曲为解者亦不一"。即以宋人诸异说之涉及编辑过程者而论,则王先谦刊本晁公武《郡斋读书志》卷十九说此书乃宋敏求原编,王安石"观之,因再有所去取",于是大家便认为是王安石所编的了。朱弁《风月堂诗话》卷下则说,王安石借阅宋氏所藏唐诗,"过眼有会于心者,必手录之",有人便将这个手抄本刻了出来,并不是王的本意。邵博《邵氏闻见后录》卷十九引晁说之之说及周煇《清波杂志》卷八的记载则更为离奇。他们说,王安石选唐诗时,是就宋敏求家藏的唐人诗集"择善者签帖其上",再令当时任职的群牧司中的小吏抄录的。小吏懒得多写,就将长诗上的签条移在原来未选的短诗上(晁说),或者是将长篇干脆删去(周说),王安石也不复查,就刻了出来。所以这部题为王安石选的诗集,实际上是"群牧司吏人"选的。这些说法,余嘉锡《〈四库提要〉辩证》卷二十四均已加以考证、批判,从而完全确定了此书的编辑者是王安石。这对我们是有帮助的。他又指出"后人之于是书所以议论纷纷者,其故有二":一是"因其于李、杜、韩及诸名家之诗,皆不入选,读者求其故而不得";二是因为"就此百家之中,其脍炙人口者多不入选,而所选者或不厌人意,读者以其去取不可解,疑不尽出于安石之手"。其所概括也基本上符合事实。但余嘉锡解释这两点时,认为前者是由于此书所选,只以从宋敏求家中借来的罕见本为范围,本来不准备包括当时所有的唐代诗集,后者是由于王安石"读书别有冥契,往往性之所独嗜,非众人所能解"。则其说有得有失,不够完满具足。因为他只着重地考证了此书资料出自宋敏求所藏,编选出自王安石之手;而忽略了宋敏求所藏的是一些什么样的资料,在那样一些资料的制约之下,这部诗选又必然会呈现一种什么样的面貌这个重要问题。

《沧浪诗话·考证》云:

> 王荆公《百家诗选》,盖本于唐人《英灵间气集》。其初明皇、德宗、薛稷、刘希夷、韦述之诗,①无少增损,次序亦同。孟浩

---

① 《〈沧浪诗话〉校释》云:"《(诗人)玉屑》于'刘希夷'下有'王适'二字。"

然只增其数。储光羲后,方是荆公自去取。前卷读之尽佳,非其
选择之精,盖盛唐人诗无不可观者。至于大历以后,其去取深不
满人意。况唐人如沈、宋、王、杨、卢、骆、陈拾遗、张燕公、张曲
江、贾至、王维、独孤及、韦应物、孙逖、祖咏、刘眘虚、綦母潜、刘
长卿、李长吉诸公,①皆大名家,——李、杜、韩、柳②以家有其集,
故不载,——而此集无之。荆公当时所选,当据宋次道之所有
耳,其序乃言"观唐诗者,观此足矣",岂不诬哉!

这段话中的评论部分,牵涉到严羽论诗独尊盛唐的问题,不属本题范围,这里无须加以讨论;其叙述部分,则告诉了后人一件事实,即这部诗选的前一部分,系全无更动地录自某一唐诗总集。郭绍虞《校释》云:

殷璠有《河岳英灵集》,高仲武有《中兴间气集》,皆唐人选
唐诗。沧浪所谓《英灵》《间气集》,当指此。惟《英灵集》所选无
明皇、德宗、薛稷、刘希夷诸人之诗,《间气集》所录,更不及初、
盛,不知沧浪所谓"无少增损,次序亦同"者何指?

郭先生此之所释,按而不断,自是前辈学人审慎的态度。但今存唐人选唐诗既无一与《唐百家诗选》卷一所载明皇诸人之作在家数、篇目及次序上相合,而严羽的话又说得十分明确,绝不含糊,那么,剩下的就只有一个可能,即他将今天我们所看不到的另外一部唐诗总集误

---

① 《校释》云:"《玉屑》无'张燕公'三字。"
② 《校释》云:"《玉屑》'韩、柳'下有'元、白'二字。"

记为《英灵间气集》了。(《河岳英灵集》及《中兴间气集》这两部书的名字,在严羽的误记中变成了《英灵间气集》,并将它当作了那一部今天我们所看不到的唐诗总集的名字。)此外,此书卷六还收入了元结选编的《箧中集》全书,即沈千运等七人的作品二十四首,①也是家数、篇目及其先后次序都无更动,足为严羽所说《唐百家诗选》采录其它总集时,"无少增损,次序亦同"的佐证。由此可见,此书的第一卷至第四卷储光羲止,是出自严羽误记为《英灵间气集》的某一唐人选唐诗总集,而第六卷自沈千运起至元季川止,则出自《箧中集》。

至于从第四卷的崔国辅起(除去第六卷中的《箧中集》二十四首),即严羽所称为"是荆公自去取"的其余大部分,则另外有一个主要来源。前引《云麓漫钞》卷八谈到唐代举子行卷,曾云:"进士则多以诗为贽,今有唐诗数百种行于世者也。"接着,赵彦卫就指出了这些诗卷也正是《唐百家诗选》的原材料:

> 王荆公取而删为《唐百家诗》。或云:"荆公当删取时,用纸帖出付笔吏,而吏惮于巨篇,易以四韵或二韵诗,公不复再看。"余尝取诸家诗观之,不惟大篇多不佳,馀皆一时草课以为贽,皆非其得意所为,故虽富而猥弱。今人不曾考究,而妄讥刺前辈,可不谨哉!

赵彦卫虽然没有宣布他肯定《唐百家诗选》出于进士行卷的直接根据(例如说某人之诗,出于某年应举时献给某位显人的行卷,等等),但

---

① 此点王士禛早已指出,见张宗柟编《带经堂诗话》卷四。

今天却存在着一些有利于这种说法的证据，间接的和直接的都有。第一，唐人的举业，不论是闱中之作或行卷之文，在宋代还保存得不少。如《郡斋读书志》卷二十著录《唐赋》二十卷，解题云："右唐科举之文也，萧颖士、裴度、白居易、薛逢、陆龟蒙之作皆在焉。"这还是经过后人编辑的，并非闱中之作或行卷的原物。其完全是原物的，则如叶梦得《石林燕语》卷十所载："王禹玉作庞颍公神道碑，其家送润笔，金帛外，参以古书、名画三十种，杜荀鹤公及第时试卷亦是一种。"唐代名人的试卷，在宋代已被视为文物，与古书、名画同列，其行卷当然也会同样受到重视，加以保存。今传宋代官、私目录中所著录的卷帙不多的唐人诗文集，其中尽有本系行卷之作，而没有标明的。如《皮子文薮》虽著录于《郡斋读书志》卷十八及陈振孙《直斋书录解题》卷十六，然二书均不言其用以行卷，即是一证。其指明系行卷之文的，则晁《志》、陈《录》同卷所载秦韬玉《投知小录》三卷及陈《录》同卷所载顾云《凤策联华》三卷，皆是。第二，宋敏求收藏的唐人诗集中包含为数很多的行卷之作也完全是可能的。这不仅因为他是北宋时代著名的藏书家，《宋史》本传曾称其所藏达三万卷之多，朱弁《曲洧旧闻》卷四也说："其家藏书皆校三五遍，世之蓄书者，以宋为善本。居春明坊，昭陵时，士大夫喜读书者，多居其侧，以便于借置。"而且从宋敏求编撰的一些书籍如《唐大诏令集》、《长安志》等看来，他的收藏还是有重点的，以今天的术语来说，便是有一些专藏，否则便很不容易编撰出那一类需要非常丰富的资料的书籍来。以此推之，宋敏求的专藏中也许包括有唐代进士的诗歌行卷。赵彦卫或者得之于先辈旧闻，或者在他那个时代，行卷和一般诗集还比较容易辨别，他也见过一些唐人行卷，因而在阅读《唐百家诗选》时，便发现了它的来源。总之，他说唐代进士的诗歌行卷是这部唐诗总集的主要来源，应当是有征可信的。第三,从《唐百家诗选》所载诗人的出身加以分析,也足以证明《云麓漫钞》的话不为无据。此书共收了一百零四位诗人的作品。除了卷一至卷四中明皇迄储光羲计十一人之作出于严羽误记为《英灵间气集》的某一唐人选唐诗总集,卷六中沈千运迄元季川计七人之作出于《箧中集》而外,还有八十六位诗人的作品。在这八十六人中,进士及第者六十二人,[①]曾应进士举而不第者十五人,[②]共七十七人,占百分之八十九强。其余九人,[③]即另外的百分之十一弱,除少数人是确知其不曾应进士举之外,[④]多数则只知其不曾进士及第,不能确定其是否曾经应举,也许其中还有应过举而失于记载的人。由此可见,这八十六位诗人,绝大多数是与进士词科有关的人物。他们的诗,必然有一些是专门为了行卷而写的,还有许多则是通过行卷这种特殊风尚才流传开来的。这些行卷,当时曾在社会上流传,诗人身后,又被当作文物而加以保存,这也就为宋敏求能够较多地搜集他们这类作品成为一种专藏提供了可能性。第四,除了上述这些旁证之外,还有一条本证,就是用《唐百家诗选》卷十八所选皮日休诗与《皮子文薮》卷十所收诗歌核对,前者所选即后者《杂古诗》十六首中的最后六首,其中个别文字虽不相同,但篇题和次序却完全一

[①] 他们是:崔国辅、崔颢、陶翰、常建、王昌龄、李颀、戎昱、李嘉祐、姚系、蒋涣、陈羽、杨衡、戴叔伦(《唐史馀瀋》卷二,"戴叔伦贞元进士"条疑叔伦非进士科出身,似不足信)、郎士元、钱起、司空曙、耿湋、李端、熊孺登、张继、包佶、包何、鲍防、皇甫冉、刘商、羊士谔、窦常、窦牟、窦庠、窦巩、杨巨源、王建、武元衡、令狐楚、朱庆馀、赵嘏、许浑、项斯、李频、李远、雍陶、章碣、施肩吾、章孝标、马戴、高蟾、崔涂、李郢、薛逢、郑畋、薛能、秦韬玉、皮日休、刘沧、曹邺、曹松、刘驾、张蠙、王驾、杜荀鹤、吴融、韩偓。

[②] 他们是:雍裕之、卢纶、于武陵、长孙佐辅、张碧、于鹄、贾岛、陈陶、李群玉、刘得仁、罗邺、曹唐、张乔、崔鲁、方干。

[③] 他们是:殷遥、张登、李约、窦群、刘言史、李涉、卢仝、张祐、刘威。

[④] 如《唐才子传》卷四,"刘言史"条称其"不举进士"。

样,可见《唐百家诗选》所选皮日休的作品,即系取之于《文薮》,而此书如前所论,正是作者手编的行卷之文。那么,赵彦卫所说,王安石选这部总集时,曾取资于唐人行卷,并非无稽之谈,也就很清楚了。

当然,证明了这部诗选曾经使用了许多唐代进士行卷作为原材料,丝毫也不包含它除了上面提到过的采录了那两部总集——所谓《英灵间气集》及《箧中集》——之外,其余入选诗人的作品全是行卷之文的意思。如卷二十收韩偓诗五十九首,几乎全是这位诗人贵仕及南迁以后之作,卷十四收刘言史诗十七首,而这位诗人则是不曾应过进士举的。凡此之类,都与行卷无关。其中也有某些诗人的作品,就入选的多数篇章看来,可能是曾经用来行卷的,但又显然有写在及第服官以后的诗夹杂其间,如卷五中王昌龄诗即收有其左迁龙标尉时经过泸溪所作的《箜篌引》。这种现象的存在,大概与入选诗人的集子有复本有关。我们设想,宋敏求将家藏唐人诗集交给王安石选择时,其中大多数是行卷,而少数则不是(如上举刘言史、韩偓的诗集);在这少数非行卷的诗集中,又有一部分是和行卷诗集同出某人之手,而且其中篇目也存在互为出入的情况。王安石曾据以参校,补充收录,因而《唐百家诗选》中那七十多位进士的作品,除少数例外,其主要来源虽然是行卷,其中却往往也杂以登第及做官以后之作了。书中偶尔校录了一些异文(如王昌龄的《和振上人秋夜怀士会》的"高兴发云端"句,末二字下校云"一作岩峦"),正是这个选本所依据的某些诗人的集子不止一个底本的证据。尽管有上述这些情况存在,但《唐百家诗选》主要取材于唐人行卷这个结论,还是并不远于事实的。

正因为这部诗选不但如余嘉锡所指出的,只以宋敏求的藏本为取材的范围,而且还如赵彦卫所指出的,这批藏本多数是唐人的行卷,而非每一位诗人的全集,所以王安石在选择的时候,除了如余嘉锡所说的,要在主观上受他自己的美学观点及艺术趣味的制约之外,在客观上还必须受这批原材料的制约。对于王安石来说,这原是偶一为之的事情。这位有抱负的政治家因为"废日力于此",还感到"可悔",可是后来的论者却将他当作一般的选家那样来要求,责怪他(或者为他开脱)为什么在全部唐诗中放弃了某些重要作家,在每个作家中又遗漏了某些优秀作品,而通不理会《唐百家诗选》何以会形成现有的独特面貌,因之意见虽多,就都不免近于无的放矢,隔靴搔痒了。当然,王安石自序最后那句不够实事求是的话,以及序文过于简略,都容易引起人们的猜度和误会,这些情况也是应当加以估计的。

如果明白了《唐百家诗选》取材的主要来源是什么,并且依据这一前提,不再以反映唐代整个诗歌风貌及每位诗人全部的、最高的成就来要求这部选本,那我们就还得感谢宋敏求和王安石,感谢他们为今天研究唐代进士行卷这种风尚对于诗歌的发展有无促进作用,提供了可贵的史料,并且对于这个问题作了肯定的答复。

我们考察一下这部诗选中与进士科举有关的七十多位诗人的作品,除去其中确知其非行卷之作的那一部分,还可以看到许多思想性较强、艺术性较高、脍炙人口、传诵至今的篇章,如崔颢《黄鹤楼》、王昌龄《长信怨》、《出塞》、李颀《古从军》、《古行路难》、戴叔伦《女耕田行》、卢纶《和张仆射塞下曲》、张继《枫桥夜泊》以及王建的一部分新乐府等等,都在其中。其余在当时的水平线以上的诗,则更不在少数。大历以后,由于整个诗风的逐渐衰落,因此收在本书中的若干作品,也显得"猥弱"一点,但它们大体上还是和那个时代的那些作家的整个水平相适应的。

六、行卷对唐代诗歌发展的影响

至于在《唐百家诗选》以外的事例,则如《幽闲鼓吹》载李贺曾以《雁门太守行》向韩愈行卷,《云溪友议》卷上"江都事"条及《唐诗纪事》卷三十九"李绅"条载李绅曾以《古风》向吕温行卷,其中包括有著名的《悯农》诗。又《北梦琐言》卷二云:

> 咸通中,礼部侍郎高湜知举。榜内孤贫者公乘亿,赋诗三百首,人多书于屋壁。许棠有《洞庭》诗,尤工,诗人谓之许洞庭。最奇者有聂夷中,河南中都人,少贫苦,精于古体,有《公子家》诗云:"种花于西园,花发青楼道。花下一禾生,去之为恶草。"又《咏田家》诗云:"父耕原上田,子劚山下荒。六月禾未秀,官家已修仓。"又云:"锄禾当日午,汗滴禾下土。谁念盘中餐,粒粒皆辛苦。"①又云:"二月卖新丝,五月粜新谷,医得眼前疮,剜却心头肉。我愿君王心,化为光明烛,不照绮罗筵,只照逃亡屋。"所谓言近意远,合《三百篇》之旨也。盛得三人,见湜之公道也。

我们揣度孙光宪的语意,其所标举的聂夷中等三人的诗,也是作者曾经用来行卷、因而得名及第的。诸如此类,自然也同样地足以证实:行卷之诗,确有佳作;行卷之风,确有助于诗歌的发展。

---

① 此篇亦作李绅诗,见上引《云溪友议》、《唐诗纪事》及《全唐诗》卷四百八十三李集。

七、行卷对推动唐代古文运动所起的作用

当代学者研究中唐时代的古文运动,大都注意到了这是一次有组织、有领导、有理论的文学运动。陈寅恪《论韩愈》①曾从评价韩愈的角度谈到这些问题。在论及韩愈"奖掖后进,期望学说之流传"这一点时,陈先生指出:

> 据《旧唐书》壹陆拾《韩愈传》略云:"大历、贞元之间文字多尚古学,效扬雄、董仲舒之述作,而独孤及、梁肃最称渊奥,儒林推重。愈从其徒游,锐意钻仰,欲自振于一代。"及《新唐书》壹柒陆《韩愈传》略云:"愈成就后进士,往往知名,经愈指授,皆称'韩门弟子'。"则知退之在当时古文运动诸健者中,特具承先启后作一大运动领袖之气魄与人格,为其他文士所不能及。退之同辈胜流如元微之、白乐天,其著作传播之广,在当日尚过于退之。退之官又低于元,寿复短于白,而身殁之后,继续其文其学者不绝于世。元、白之遗风虽或尚流传,不至断绝,若与退之相较,诚不可同年而语矣。退之所以得致此者,盖亦由其平生奖掖后进,开启来学,为其他诸古文运动家所不为,或偶为之而不甚

---

① 载《历史研究》1954年第2期。

专意者,故"韩门"遂因此而建立,"韩学"亦更缘此而流传也。

黄云眉先生对陈先生此文中许多论点都不以为然,曾经有所驳诘,①然而对上引之说,则无异议。在《柳宗元文学的评价》②中,黄先生论及柳宗元在古文运动中"所发挥的领导作用,没有像韩愈那么巨大",认为其主要原因,一是"在指示文学改革的方向上韩愈较柳宗元为明确",二是"在达成文学改革的愿望上韩愈较柳宗元为坚决";并且很强调韩愈建立师弟子关系对于古文运动所起的作用。郭绍虞《中国古典文学理论批评史》,第五章《隋唐五代》,第四节《文人的斗争》论及古文运动时,也认为以"道统自任"和以"师道自任"乃是韩愈"成功的关键",这两者"确实起过号召和推广的作用"。对于三位前辈通过对韩愈及其古文运动的不很相同或很不相同的论证和理解而获致的这个一致的结论,我们是同意的。在这里,还想就进士科举与其行卷之风和古文运动的关系,略加考述,从而证明这个运动,不仅是有组织、有领导、有理论的,而且还是有策略的,这种策略对于这个运动的成功是不可少的(当然,这一切都是中世纪式的而非近代、现代式的);同时,也从而证明进士行卷之风同样有助于古文的发展,作为上述三家的正确意见的补充。

韩愈是世所公认的中唐古文运动最杰出的领袖,他在这方面的活动具有很大的代表性。我们探索这个文学运动与进士科举的关系,当然也就要首先注意到他有关这方面的言行,同时也要涉及那些

---

① 《读陈寅恪先生〈论韩愈〉》(《文史哲》1955年第8期)。后引黄先生说,均见此文。
② 载《文史哲》1954年第10期。

作为韩愈的羽翼的人物的有关这方面的言行。

我们都知道,在韩愈以前,已经出现过一些古文家,如萧颖士、李华、贾至、元结、独孤及、梁肃等。① 他们之间,也有过某种一脉相承的关系,如李华为萧颖士的文集作序,独孤及为李华的文集作序,梁肃为独孤及的文集作序,都大力地肯定了其前辈在不同程度上以复古为革新所付出的努力。② 但这些先驱者,与韩愈等比较起来,不仅是本身的创作实绩有待提高,其活动也还缺乏具体的组织、领导和完整的理论、有效的策略,显示着任何社会运动初期所具有的那样一种自发性。

再就这些人与进士科举的关系而论,也不及后来的古文家那么密切。萧、李、元三人是进士及第的。除了元结曾以《文编》纳省卷,受知杨浚,看《文编》自序的语意,其中所收应当是古文这件事实之外,今天在他们身上便难以再发现进士科举与古文运动之间的联系。贾至出身明经,独孤及出身道举,梁肃出身制科,其文学活动就更与进士科举无关。但韩愈本人及其同辈或后辈的古文家却与其前辈们不一样,他们几乎全是进士词科集团中人。韩愈、柳宗元、李观、欧阳詹、张籍、李翱、李汉、皇甫湜、沈亚之、孙樵都曾应进士举及第。(惟一例外是樊宗师,他是军谋宏远堪任将帅科出身的。)这乃是中唐古文运动之所以能够而且必然和进士科举发生密切关系的基础。

这种关系,具体地说,又可分为两层。第一是古文作家应举时,虽然遵照功令,必须以时文——甲赋、律诗应试,却往往以古文行卷。他们希望通过这种双管齐下的办法,达到既取得了功名,又推行了古

---

① 参钱基博:《韩愈志》,《古文渊源篇》第一。
② 这些文章载在姚铉编《唐文粹》卷九十二及九十三,可参看。

文的目的。第二是当他们登第为官以后，逐渐上升为当世显人时，便又凭借其社会地位来鼓励后进之士也走他们的道路，并且利用回答后进之士向他们行卷以请求提拔和教益的机会，大力宣传自己的那一套文学主张。这乃是韩愈等人当时进行文学斗争所运用的基本策略。这种策略显然是有成效的。

韩愈等人从事进士科举活动，自始即与其从事古文运动有关联。《郡斋读书志》卷十七云：

> （独孤及）为文，以立宪诫世、褒贤遏恶为用，长于论议。《唐实录》称韩愈师其为文云。

《唐摭言》卷七，"知己"门云：

> 贞元中，李元宾、韩愈、李绛、崔群同年进士。先是，四君子定交久矣，共游梁补阙之门；居三岁，肃未之面，而四贤造肃多矣，靡不偕行。肃异之，一日延接，观等俱以文学为肃所称，复奖以交游之道。

这都证明了韩愈、李观等人和当时的前辈古文家实有师友渊源，与《旧唐书·韩愈传》的记载正相符合。而取《昌黎先生集》卷十七，《与祠部陆员外书》所自述其登第是由于梁肃推荐的情况相参照，更可见韩等之游于梁门，不仅是为了学文，也是为了觅举，求知己；同时，梁肃之揄扬和推荐他们，也可能不仅为了他们是一群有才华的青年人，而且是在文学见解和创作实践方面都和自己比较接近的、可以作自己接班人的后辈。

《旧唐书》韩传还曾经记载他"举进士，投文于公卿间。故相郑馀庆颇为之延誉，由是知名于时。"《昌黎先生集》中也保存有好几篇行卷时写的书信。其中除《外集》卷二，《上贾滑州书》外，都是进士及第以后再应博学宏词试时所写的，而且这些书信都只载有献文的篇数，而没有写明其题目，以致今天我们无法确知传世韩文中哪几篇曾经由作家在举进士时用来行卷。但这些书信既是用古文写的，以理推之，所投之卷也必然是古文而不是《明水赋》、《御沟新柳》诗这类时文。李观的《帖经日上侍郎书》，已见前引。书中历举其所献省卷文九篇的题目。这些文章，具存本集，都是古文，也足以证明当时古文作家是以他们所擅长并且有意识地在加以提倡的这种文体来行卷的。这些文章既然通过行卷的方式而得以比较广泛地在文坛上流行，自然也就显示了古文的实绩，为它的继续发展创造了有利条件。

但是，古文运动与进士科举及行卷风尚关系的密切，主要还不是表现在韩愈等人在文坛上初露头角、以古文行卷从而获得进士登第的时候，而是表现在后来他们在社会上文坛上已经成为当世显人、其力量已经足以左右文风、并能够接受后进行卷、将其向主司或其通榜者加以揄扬和推荐的时候。正因为韩愈等人入仕以后，已经在文坛上树立起了古文的旗帜，而又能荐举后进，并且乐于荐举后进，许多后进才踊跃地接受其文学主张，并且积极地写出符合于这种主张的作品，献给他们，以求知己；而韩愈等人则又利用这种与后进接近的机会来大力宣传和推行古文。这就形成了一种更有利于促进这一当时新兴的文学运动的连锁反应。

今存唐人杂记及韩愈文集中关于韩愈热心于援引和教导进士们的记载相当的多。如《幽闲鼓吹》云：

> 李贺以歌诗谒韩吏部,吏部时为国子博士分司,送客归,极困;门人呈卷,解带旋读之。首篇《雁门太守行》曰:"黑云压城城欲摧,甲光向日金鳞开。"却援带命邀之。

《唐摭言》卷六,"公荐"门云:

> 韩文公、皇甫湜,贞元中名价籍甚,亦一代之龙门也。奇章公始来自江、黄间,置书囊于国东门,携所业,先诣二公卜进退。偶属二公从容,皆谒之,各袖一轴面贽。其首篇《说乐》。韩始见题而掩卷问之曰:"且以拍板为什么?"僧孺曰:"乐句。"二人因大称赏之。问所止。僧孺曰:"某始出山随计,进退唯公命,故未敢入国门。"答曰:"吾子之文,不止一第,当垂名耳。"因命于客户坊僦一屋而居。俟其他适,二公访之,因大署其门曰:"韩愈、皇甫湜同访几官先辈,不遇。"翌日,自遗、阙以下,观者如堵,咸投刺先谒之。由是,僧孺之名大振天下。

赵璘《因话录》卷三云:

> 广平程子齐昔范未举进士日,著《程子中谟》三卷。韩文公一见,大称叹。及赴举,言于主司曰:"程昔范不合在诸生之下。"当时下第,大振屈声。

这些故事,都足以和《昌黎先生集》中不下十余篇的答复进士们的书、赠送进士们的序参证,而集中最值得我们注意的,是卷十八《答刘正夫书》开头的那一段话。他说:

> 凡举进士者,于先进之门,何所不往?先进之于后辈,苟见其至,宁可以不答其意耶?来者则接之,举城士大夫莫不皆然。而愈不幸,独有接后辈名。名之所存,谤之所归也。

这一段话,写在信中的主要部分即和刘正夫讲论古文的那一部分之前,乍看起来,似乎不甚相关。并且,既然是"先进之于后辈","来者则接之",大家一样,那么韩愈又为什么独独受到诽谤呢?这也未免有些古怪。但如果我们想到,在这个问题上,韩愈和其他非古文家的显人的主要不同之点是在于他一心一意地要将推行古文与提拔后进这两件事情结合起来,便不难理解了。用新兴的古文来排斥占有传统势力并且部分地由政府功令规定作为考试科目的时文,当然免不了要遭到习惯势力的反对。而这一新生事物之终于成长壮大起来,形成了"文起八代之衰"①的局面,则除了其根本原因应当归之于文学发展本身推陈出新的客观规律之外,与韩愈等采取了这种策略,也是分不开的。韩愈正是由于不顾别人的诽谤,坚持了自己正确的主张和有效的策略,才取得了胜利。李汉《〈昌黎先生集〉序》谈到韩愈提倡古文在当时所得到的不同反应说:

> 时人始而惊,中而笑且排,先生益坚,终而翕然随以定。呜呼!先生于文,摧陷廓清之功,比于武事,可谓雄伟不常者矣。

便很精确地描绘了韩愈对他的反对派进行斗争的精神。《因话录》卷

---

① 苏轼赞韩愈语,见《东坡后集》卷十五,《潮州韩文公庙碑》。

三云：

> 元和中，后进师匠韩公，文体大变。又柳柳州宗元、李尚书翱、皇甫郎中湜、冯詹事定、祭酒杨公、余座主李公，①皆以高文为诸生所宗；而韩、柳、皇甫、李公皆以引接后学为务。杨公尤深于奖善，遇得一句，终日在口，人以为癖，终不易初心。

则又很明白地指出了"文体大变"与"接引后学"之间的密切关系。

韩愈"抗颜而为师"有助于古文运动的发展，是没有疑问的。柳宗元《河东先生集》卷三十四，《答韦中立论师道书》谈到这个问题时，表示了与韩愈不同的态度。但他在同卷《报袁君陈秀才避师名书》中却说：

> 往在京都，后学之士到仆门，日或数十人。仆不敢虚其来意。有长，必出之；有不至，必惎之。

又《答贡士廖有方论文书》中也说：

---

① 祭酒杨公，指杨敬之。《新唐书·杨敬之传》："文宗尚儒术，以宰相郑覃兼国子祭酒，俄以敬之代。"《登科记考》系此条于开成二年。然传下文又云："未几，兼太常少师，……转大理卿，检校工部尚书，兼祭酒，卒。"可见杨敬之任国子祭酒，先后两次，不止一年。座主李公，当指李景让。据《登科记考》卷二十一，景让知贡举在开成五年。《因话录》卷三又一条云："开成三年，余忝列第。"此三年当为五年之误，亦即杨敬之再任祭酒之时，故赵璘仍以祭酒杨公为称。至开成三年知贡举的则是高锴，而《因话录》中不但此处称"座主李公"，同卷还有一条称"余座主陇西公"，是赵璘进士及第时，知贡举的姓李，绝无疑义。文宗朝另一知贡举的李姓是李汉，时在大和八年，又与《因话录》所载年代不合，参校各点，此座主李公断以指李景让为是。

> 吾在京都时,好以文宠后辈。后辈由吾知名者,亦为不少焉。

则可见他虽然表面上避师名而不居,实际上其对后进的热心援引和教导却与韩愈没有两样。

前举陈寅恪先生文中所引《新唐书·韩愈传》中的一段话,是宋祁从《国史补》卷下,"韩愈引后进"条采来的。其原文如下:

> 韩愈引致后进,为求科第,多有投书请益者,时人谓之韩门弟子。

而《昌黎先生集》卷三十二,《柳子厚墓志铭》则说:

> 衡、湘以南为进士者,皆以子厚为师。其经承子厚口讲指画为文词者,悉有法度可观。

由此可见,师与弟子、显人与举子,对于韩、柳两位大师及当时其他从事古文运动的人来说,乃是一而二,二而一的关系。韩愈"抗颜而为师",竟然会得到"群怪聚骂,指目牵引"①的后果,恐怕也和他利用师弟关系宣传古文,传授古文,以致引起反对派的不满有关。

至于宣传古文和传授古文,则是直接与行卷这种风尚联系着的。中唐古文家留下了不少发表自己文学见解的书信。这些文学史和文

---

① 柳宗元《答韦中立论师道书》中语。

学批评史上极可珍视的材料,在当时却往往是为了回答向他们行卷的举子而写的,如韩愈:《答李翊书》(《昌黎先生集》卷十六)、《答刘正夫书》(卷十八),柳宗元:《答韦中立论师道书》(《河东先生集》卷三十四)、《报崔黯秀才论文书》(同上),李翱:《答朱载言书》(《李文公集》卷六)、《寄从弟正辞书》(卷八),皇甫湜:《答李生第一书》(《皇甫持正集》卷四)、《答李生第二书》(同上)、《答李生第三书》(同上),孙樵:《与王霖秀才书》(《孙可之集》卷二)等都是。在这些基本上一致的理论指导之下,必然地就会出现较多和较好的古文。这也就无可争辩地证明了行卷对于古文的发展具有其推动作用,虽然其推动作用是以显人对于行卷作出反应的形式而体现的。

古文是时文的对立物,将这两者加以区别,不使混淆,对于理解和评价古文运动,很有必要。郭绍虞在其《试论古文运动——兼谈文笔之分到诗文之分的关键》①一文中说:

> 在唐代,古文斗争的目标有两种:最主要的是骈文。李汉所谓"摧陷廓清之功",苏轼所谓"文起八代之衰",都是肯定韩愈在这方面的成就。李兆洛《〈骈体文钞〉序》说:"自唐以来始有古文之目,而目六朝之文为骈体。"可见古文和骈文是敌对性的。另一方面是对时文,即当时流行的应举之文。唐以诗、赋取士,律赋就是当时从骈体更进一步的应举文体。韩愈《与冯宿论文书》云:"辱示《初筮赋》,实有意思,但力为之,古人不难到;但不知直似古人,亦何得于今人也。仆为文久,每自测,意中以为好,

---

① 载《跃进文学丛刊》第 2 辑,1958 年。

则人必以为恶矣。……时时应事作俗下文字,下笔令人惭,及示人,则人以为好矣。"此所谓俗下文字,很可能指一般的骈文,但是也可能指律赋一类的应举文。从此以后,古文经常与骈文相对立,也经常与时文相对立。

黄云眉先生在和陈寅恪先生辩论唐德宗"崇奖文词"是否与古文运动有关这个问题的时候,也强调指出:

> 唐代的科举文字,和其他骈文一样,正是唐代古文运动的斗争对象,这只要读韩愈答尉迟生、崔立之、陈生等书,及与冯宿、陈商等书,就可以看出这些科举文字和韩愈所提倡的古文之间,有着一条很清楚的界线。混淆了这条界线,古文运动就会失去它的意义。

这些意见,对于古文与时文或"俗下文字"是在文学史代表着两种不同的、并且在一定历史时期内相互斗争着的倾向来说,无疑地是正确的。但从整个文学史实及其社会背景来加以考察,则中唐古文家如何对待进士科举及应举之文乃至其他"俗下文字",其情况又似乎还要复杂一些。

前已引用的《国史补》,"韩愈引后进"条及《柳子厚墓志铭》,都记载着一件非常值得玩味的事实,即:后进为了应进士举,才去从韩、柳学古文;或者反过来说,韩、柳教后进以古文,也同时是为了他们去应进士举。可是,我们都知道,进士及第必须通过以时文——甲赋、律诗为内容的正式考试,而古文则是他们用来行卷的,而且也只能够用来行卷。韩愈及其他古文家正是以时文应试、古文行卷这种双管

七、行卷对推动唐代古文运动所起的作用

齐下的方式来获得进士及第的,而他们的后辈,在其鼓励和指导之下,也是这么做的。那么,在这些人看来,古文有与时文对立、斗争的一面,如郭、黄两先生所指出的;是否两者也有其一致的一面,为两先生所未尝指出的呢?回答是:有的。

上文已经指出,中唐古文运动的领袖及多数中坚人物都是进士科举出身的。这个事实证明他们绝不排斥进士科举。他们在进士登第之前,经常用古文来行卷;及第从政并成为显人之后,又广泛地借着后进向他们行卷的机会来宣传和推行古文。这个事实又进一步证明了,古文家不但不排斥进士科举,而且还使其所发动或参加的这个新兴文学运动在某些方面策略地利用了这种考试制度及其派生的行卷这种风尚。这是因为,从文学创作的角度来说,古文诚然是以与时文及其它"俗下文字"相对立的身分出现的,提倡和创作古文,就很有必要去贬抑和排斥时文及"俗下文字";而从文学运动的角度来说,为了其更顺利地推行这一文学运动,又必须尽可能地利用为当时有文学才能的知识分子所趋赴的进士科举制度,把这些人吸引到这个运动中来。所以,古文和时文是应当对立的,事实上也是对立的;可是,古文运动却不能和进士词科对立,事实上也不曾对立。在当时的具体历史条件之下,如果韩愈等人不策略地把后两者对立起来,那么,他们自己首先就不可能进士及第并成为当世显人,后进自然也就不会向他们行卷学文,而古文运动的开展也就决不会有当时那样顺利了。正因为韩愈等人策略地造成了对于他们本身及其追随者说来,学文与觅举是统一的而不是矛盾的这样一种局势,古文运动才如历史所昭示,在中唐那个以时文为正式考试内容的进士科举极盛的时代,反而减少了反对派的阻力,获得了极大的成功,写下了中国文学史上很辉煌的篇页。

83

古文家可以反对而且当然会反对时文,但古文运动可不能反对时文所依存的进士科举制度;不仅如此,为了达到推行古文的目的,他们还必须也学会做时文来通过进士科举这一关。① 对于向他们行卷的后进来说,基于同样的理由,也不能要求其完全放弃时文,专做古文。这样,就使得当时的古文家对于时文所采取的对立态度,不能是绝对的,而只能是相对的。皇甫湜《答李生第一书》云:

来书所谓浮艳声病之文耻不为者,虽诚可耻,但虑足下方今不尔,且不能自信其言也。何者?足下举进士,举进士者,有司高张科格,每岁聚者试之,其所取乃足下所不为者也。"工欲善其事,必先利其器。"②足下方伐柯而舍其斧,可乎哉?耻之,不当求也;求而耻之,惑也。今吾子求之矣,是徒涉而耻濡足也,宁能自信其言哉?

在这里,皇甫湜比当时其他从事古文运动的人都更其坦率地道破了古文家虽然反对时文,却不能完全摒弃时文的理由和真相。

古文运动是一个中世纪方式的文学运动,古文家们都不是近代或现代的职业作家,而只是一群争取"以官为业"的地主阶级知识分子。对于他们来说,在文学方面,从事古文运动,成为古文家,是重要

---

① 唐代进士及第,虽然要通过甲赋、律诗即时文的考试,但最重要的还是要以行卷的方式争取显人的推荐,已如上述。但如果时文做得太差,也还是不能通过考试的。著名的诗人贾岛,本已出家当了和尚,后来经过韩愈的说服,还俗应进士举,可是始终未能及第,这很可能与他不会做律赋有关。《唐摭言》卷十二,"轻佻"门云:"贾岛不善程式,每自叠一幅,巡铺告人曰:'原夫之辈,乞一联,乞一联!'"可为旁证。"原夫",指律赋中句首所用虚词。
② 《论语·卫灵公》篇语。

的；而在政治方面，争取进士登第，入仕，成为显人，也是重要的，甚至还重要得多。仅就这一点而言，以古文行卷或以时文应试，无非都是为了取得功名，那两者就没有什么本质上的差别了。古文与时文一致的一面，就在这里。韩愈等人正是掌握了这个契机，在自己成为当世显人以后，又利用了后进之士希望觅举、学文一举两得的心理，借行卷的风尚，来开展古文运动，获得了成功的。而这又与古文和时文这两种对立物，对于作为进士们猎取功名的手段来说有其一致性相关。因此，在讨论行卷之风与唐代古文发展的关系时，弄清楚上述这些较为复杂的情况，是有必要的。

八、行卷风尚的盛行与唐代传奇小说的勃兴

冯沅君《唐代传奇作者身分的估计》曾据习见的唐人传奇单篇、专集及具有传奇风格的杂俎——为《太平广记》、《四库全书总目提要》、鲁迅《中国小说史略》所采用、著录、论及者——六十种,统计其姓名可考的作者四十八人的出身,得出如下的结果:

> 在这四十八人中,确知其举进士的凡十五人,①举明经的一人,擢制科的一人,应进士试而落第的一人,因其为翰林学士或校书郎遂推想他们可能是进士或制科出身的三人。其余二十七人里,二十四人因行事难详,不知他们是否曾应科举。行事可考而无科名的只有三人。此外,还有一点值得我们注意的,就是唐传奇的杰作与杂俎中的知名者多出进士之手。

冯先生这个统计,对于唐代传奇小说与进士词科具有密切关系,是一个很好的证明。行事难详的二十四人中间,很可能还有一些是曾经应进士举的(不论其及第与否)。我们有理由推想,传奇作家与进士

---

① 按:这里所说"举进士",当作应进士举登第,观下文有"应进士举而落第"一项可知。唐人文献称"举进士",只是应进士举的同义语,不包括登第的意思在内。下文"举明经",亦为应明经举登第之误。

科举有关的，在冯先生所据以统计的三部著作中的四十八人范围以内，并不止三分之一左右，而是还要多一些。

进士用传奇小说来行卷，始于何时、何人，已经无可考证。但传奇到了中唐贞元、元和时代，才名篇叠出，而这个时代，又正是进士词科日益为士人所贵重、争以引人注目的行卷来求知己的时代，则传奇的发达，与进士们用它来行卷有关可知。当代学者所写专文、专书及有些文学史中都提到了这个事实，但对唐代进士为什么要采用传奇这种新兴文学样式来行卷这个问题，则意见还不一致，可以略加讨论。

《云麓漫钞》首先提出了这个问题，它认为进士们以传奇行卷，是因为这种样式"文备众体，可以见史才、诗笔、议论"。陈寅恪在《元白诗笺证稿》第一章《长恨歌》及第四章附录《读莺莺传》中，曾经根据这个意见，解释了唐代传奇的某些著名作品中所呈现的一些情况，如认为元稹的《莺莺传》和李绅的《莺莺歌》，陈鸿的《长恨传》和白居易的《长恨歌》，虽然传和歌并非出自一人之手，但应当看成一个整体；《莺莺传》中张生所发的"忍情"之说，是由于传奇小说中"不得不具备"一些议论的缘故，等等。黄云眉先生不以赵、陈两家之说为然，认为：赵彦卫只是"偶然替此类作品下了一个为什么可以投献的注脚，而陈先生竟把这个注脚，当作贞元、元和以来的小说的固定公式的主要根据，是不够的，而且是穿凿的"。他还认为："投献此类作品的原因也不过像鲁迅先生所说，'希图一新耳目'，而不是象赵彦卫所说，为了'可以见史才、诗笔、议论'。"

对于这一争论，我有如下一些不成熟的看法。首先，叙事或史才、抒情或诗笔、说理或议论，本是广义的文学创作内容的三个主要方面。唐代进士科举考试的主要项目，甲赋、律诗可以表现其抒情能力,策可以表现其说理能力,可是叙事能力在这两个考试项目中是难以表现的。传奇小说以叙述故事、描写人物为主,正好可以使得作者在这方面的能力得到发挥。《国史补》卷下,"韩、沈良史才"条云:

> 沈既济撰《枕中记》,庄生寓言之类;韩愈撰《毛颖传》,其文尤高,不下史迁。二篇真良史才也。

赞美传奇小说,而从史才着眼,很足以说明其中消息。同时,进士试诗、赋、试策,虽然可以表现抒情、说理的能力,但由于考题的限制和文字的程式化,也就对这种能力的表现具有很大的局限性。这都是举子们希望在其行卷中加以弥补的。因此,有些人在编辑行卷的时候,就注意到了其篇目要能够体现自己在叙事、抒情、说理各方面的才能。前举李观《帖经日上侍郎书》、杜牧《上知己文章启》、皮日休《〈文薮〉序》中所载行卷文字的篇目,都足以证实这一点。这就说明,"文备众体"是某些举子已经敏感到了的对于行卷的客观要求,而传奇小说,则又恰恰具有不是备众体于多篇之中而是备众体于一篇之中的特点和优点,使人读其一篇,就可以大致了解作者的史才、诗笔、议论,即叙事、抒情、说理的全部能力;而且这三者(至少是叙事和抒情两者)还不是各自孤立起来表现的,而是互相联系着,作为一个有机的整体来表现的,因而很自然地成为行卷的进士们所乐于采用的一种样式了。鲁迅在回答文学社提出的"六朝小说和唐代传奇文有怎样的区别"这个问题时,曾经指出:

> 至于他们之所以著作,那是无论六朝或唐人,都是有所为的。……唐以诗文取士,但也看社会上的名声,所以士子入京应

试,也许预先干谒名公,呈献诗文,冀其称誉,这诗文叫作"行卷"。诗文既滥,人不欲观,有的就用传奇文,来希图一新耳目,获得特效了,于是那时的传奇文,也就和"敲门砖"很有关系。但自然,只被风气所推,无所为而作者,却也并非没有的。①

鲁迅先生是小说史专家,在回答这个问题的时候,又已精通辩证唯物主义和历史唯物主义,所论自然远较赵彦卫为全面而深刻。但他所说的举子们行卷用传奇小说,是为了"希图一新耳目,获得特效",却与赵彦卫所说的"盖此等文备众体,可以见史才、诗笔、议论",并不是矛盾的,而是互相补充的,因为在一篇文章中而能兼备叙事、抒情、说理三个方面,也就足以使人一新耳目。虽然传奇小说还有其它许多吸引人的地方,但将这一点包括在内,对于增加其艺术魅力来说,却是有益无损的。陈寅恪先生依据赵说,加以发挥,指出传奇小说某些结构和内容上的特点,对我们也还是有益的,但他却将这些本来并不具有绝对性和普遍性的情况绝对化和普遍化了,陷入以偏概全,因而就不得不得出与事实不完全符合的、同时也使人不能完全信服的结论来。如果我们只说,在唐代传奇小说的某些作品中,出现过一篇之中兼备叙事、抒情、说理之体的情况,而这种情况的形成,则与进士们用它们来行卷,以便集中表现自己的多方面的文学才能有关,那就符合事实,因而也就没有什么可被訾议的了。

前引《南部新书》甲卷载李复言曾以《纂异》十卷纳省卷,又《国史补》卷中,"晋公祭王义"条及《南部新书》戊卷记载元和十年(公元

---

① 载《且介亭杂文》二集。

815年),王承宗、李师道遣刺客谋害裴度,裴度的仆人王义为了保护裴度,以身殉职,这一年,多数进士都撰作《王义传》。这是当时应进士科举的人写作传奇小说来纳省卷与投行卷的两个实例。① 可惜《纂异》是否即今传《续玄怪录》,还不能肯定;而那些为数众多的《王义传》又都已亡佚了。现存唐人传奇,单篇和专集虽然都还不少,但哪些曾由作者用来行卷,却绝少直接的史料可供稽考。除了《云麓漫钞》提出的《幽怪录》及《传奇》之外,②李复言的《续玄怪录》也很可能是行卷之文。今将这三种专集略加考核,以见传奇小说在行卷这种风尚推动之下所产生的实绩。

《幽怪录》,本名《玄怪录》,宋人以避讳而改"玄"为"幽"。③ 此书出于中唐时代牛党领袖人物牛僧孺之手,原为十卷,今已散佚,但《太平广记》中还存有三十三篇。它是一部行卷之作,除见于赵彦卫的记载之外,还有两点可资推证:第一,汪辟疆先生校录《唐人小说》下卷,④《〈玄怪录〉叙录》云:"僧孺少负才名,而颇嗜志怪。此《玄怪录》十卷,大抵未通籍以前所作。"按李德裕的门人韦瓘作《周秦行

---

① 吴庚舜《关于唐代传奇繁荣的原因》(《文学研究集刊》第一册,1964年)认为:"从唐五代典籍来看,(投献)'所业'仅限于诗文,并不包括传奇。"可能是没有注意这两条材料。此外,张祜《〈孟才人叹〉序》记载了当孟才人殉情的悲剧传开以后,"贡士文多以为之目",其中诗、赋之外,也可能有古文和传奇。

② 黄云眉先生文中有云"可能当时有过某些人以幽怪录传奇作为所业而投献主司者",又云"如果把它套在唐代所有幽怪录传奇上",玩味语意,似乎不认为《幽怪录》和《传奇》是两部传奇专集的名称,恐非是。

③ 称《玄怪录》为《幽怪录》,《续玄怪录》为《续幽怪录》,都是宋人为了避赵匡胤的始祖玄朗的讳而改动的。朱国帧《涌幢小品》卷十八,"志录集"条云:"牛僧孺撰《玄怪录》,杨用修改为《幽怪录》,因世庙时重玄字,用修不敢不避。其实一书,且非刻之误也。"《四库全书总目提要》卷一百四十四也误信此说。胡珽在《〈续幽怪录〉校勘记》中已予订正。

④ 下引汪先生说均见此书。

纪》,嫁名僧孺,借以诬陷牛氏,其事已为世所公认习知。① 而此文起笔即云:"余贞元中举进士落第,归宛、叶间"这正暗示了当时人们都知道《玄怪录》是作者举进士时写的,因而韦瓘那篇伪文才将其所虚构的情节也定在牛举进士时,以求与《玄怪录》相吻合,从而取信于人。第二,牛僧孺是当时进士科场中非常活跃的人物,流传的逸事不少,上文就征引过《唐语林》、《幽闲鼓吹》、《云溪友议》、《唐摭言》等书中有关他应进士举的资料。《玄怪录》既写于作者应举时,而作者又非常热心于科第,贞元则是传奇小说勃兴的时代,就此三个方面参合推断,牛僧孺以《玄怪录》来行卷,并且带动了后进以传奇小说行卷的风气,是全然可能的。上举冯沅君先生文已经较详细地论及牛僧孺与传奇小说的关系,在这里,只就《玄怪录》多半是行卷之文这一点略作补充。

《续玄怪录》,李复言撰,今存南宋临安书棚本,分四卷,共二十三篇,另外还有十二篇只见于《太平广记》,已由胡珽辑出,编为拾遗二卷,一并刊入《琳琅秘室丛书》。汪先生所撰本书《叙录》说:"复言生平,无可考见。《太平广记》一百二十八引《续玄怪录》,'尼妙寂'一条云:'大和庚戌岁,陇西李复言游巴南,与进士沈田会于蓬州。田因话奇事。……录怪之日,遂纂于此。'据此,则知复言固大和、开成间人矣。时牛僧孺方在朝列,势倾中外。牛相早年有《玄怪录》之作,通行既久。复言乃续其书,举所闻于大和间之异闻轶事,悉入纂录。"这一叙述是谨严而符合事实的。卞孝萱《〈续玄怪录〉作者及写作年代探索》②则据《唐诗纪事》卷四十三,"李谅"条"谅字复言"的记载,以

---

① 参《唐人小说》上卷,《周秦行纪》按语。
② 载《江海学刊》1961年10月号。

为写《续玄怪录》的李复言,就是与白居易同于贞元十六年(公元800年)登进士第的李谅,并据《续玄怪录》中有写于元和(公元806—820年)、大和(公元827—835年)年间,亦即写于贞元十六年以后的作品,来否定陈寅恪在《〈顺宗实录〉与〈续玄怪录〉》①中认为《续玄怪录》是"江湖举子投献之文卷"的论点。但卞先生对前引《南部新书》甲卷所载"李景让典贡年,有李复言者,纳省卷,有《纂异》一部十卷"这条资料,似乎失之眉睫。考李景让知贡举,是在开成五年(公元840年)。上距贞元十六年,已四十年,即使要假定字复言的李谅于四十年前进士及第,这个时候再来举制科,也是不可能的,因为时间相距实在太远了。然则与其认为《续玄怪录》的作者就是李谅,还不如假定写《续玄怪录》的李复言就是以《纂异》纳省卷的李复言,而《纂异》就是《续玄怪录》的别名,更合情理。这样,就解决了卞先生的《续玄怪录》既为行卷之文,何以有写于作者登进士第之后的篇章这个疑问,同时也就增强了陈先生以此书为"江湖举子投献之文卷"这一论断的可靠性。因为,就当时的情况来说,纳省卷比投行卷一般地应当更其郑重、严肃一些,如果李复言敢以《纂异》去纳省卷于礼部(虽然这种不寻常的行动毕竟遭到批判,作者也因此罢举),那么他用相同或者相类的作品去投行卷于显人,就更有可能了。汪先生又考证此书版本云:"传至宋初,遂有两本:其一,为五卷本。《唐·艺文志》及宋陈振孙《书录解题》所著录者是已。其一,为十卷本。晁公武《读书志》所著录者是已。(《宋志》小说类既收李复言《续玄怪录》五卷,同类又收李复言《搜古异录》十卷。《搜古异录》十卷,不载《唐

---

① 载《国立北京大学四十周年纪念论文集》乙编上,1940年。

志》，或即《续玄怪录》五卷本之误。《宋志》一书异称，多两载。）至南宋临安书棚本《续玄怪录》四卷，凡二十三事。当为书贾掇拾，已非完帙。故《广记》所引，多为此本所不载。"可见《续玄怪录》原有与《纂异》卷数相符之十卷本，又有与《纂异》相近的《搜古异录》的名称。我们设想，这位李复言，作为一个江湖举子，从元和时代以来，就写作传奇，各处行卷，乞食求举，随着篇幅的增多，也就随时改变书名，以希一新耳目。其书最初只有五卷，为了借当时已经风行的《玄怪录》作广告，便以《续玄怪录》为名，①后来增至十卷，于是改称《搜古异录》。开成五年，他用这部书去纳省卷，才又改名《纂异》。因此，虽然书名不同，卷数有异，都还是他一人的作品。当然，这里所提供的，只是一种合乎情理的推测。总之，从《续玄怪录》这个书名来看，李复言确是牛僧孺在这方面的效法者。如果《玄怪录》曾由牛僧孺用来行卷，如《云麓漫钞》所载，则《续玄怪录》也是行卷之文，就更为可能了。

《传奇》，裴铏撰，原书三卷，现在也散佚了。郑振铎先生曾从《太平广记》中辑出二十四篇，印入《世界文库》第一册。后来柳文英先生又从《类说》及《岁时广记》中补辑了六篇。② 裴铏的事迹，今日所知很少，而且今传史料中也没有他是及第进士或曾应进士科举的记载。据《新唐书·艺文志》卷三、《唐诗纪事》卷六十七及《全唐文》

---

① 汪先生《〈玄怪录〉叙录》论此书对唐人传奇的影响说："牛氏书既盛行一时，继起而拟之者，薛渔思有《河东记》三卷，亦记谲怪事，自序云：'续牛僧孺之书。'（见《郡斋读书志》十三）张读有《宣室志》十卷，亦纪仙鬼灵异事迹。读字圣朋，则张荐之裔，而牛僧孺之外孙也。（见《唐书》一百六十一，《张荐传》）至李复言之书，则直云《续玄怪录》。皆沿其流波而益加诙诡者也。"

② 参柳文英：《谈裴铏的〈传奇〉》（《文学遗产》第187期，《光明日报》1957年12月15日）。

卷八百五所载，他在咸通（公元860—874年）中为静海军节度使高骈掌书记，乾符元年（公元878年）以御史大夫为成都节度副使。陈寅恪在《唐代政治史述论稿》上篇《统治阶级之氏族及其升降》中曾举董召南、李益等人的事例为证，认为："在长安文化统治下之士人，若举进士不中，而欲致身功名之会者，舍北走河朔之外，则不易觅其他之途径也。"陈先生这个结论可能下得过分肯定了一些，但中、晚唐有些士子在中央政权之下不能获得进士及第，就往往跑到地方政权——藩镇那儿去找政治出路，也是事实。裴铏为高骈掌书记，或许就是这样一种情况所导致的结果，而《传奇》也可能就是他在这以前应进士科举时的行卷之作。文献不足，对于赵彦卫的记载所能提出的旁证，也就止于此了。

既然唐代进士曾用传奇小说行卷是个事实，现存唐代传奇小说的作者和进士科举有关的，又占有一定的数量，为古今学者所认为是曾被用来行卷的三部专集又是比较优秀的作品，宋以来"传奇"一词甚至于因为它的盛行于世而由专名变成了通名，则唐代进士以传奇小说行卷，确曾对这种新兴文学样式的发展，起过相当大的促进作用，是无可怀疑的。

九、结论及馀论

科举是隋唐以来我国封建社会中的统治阶级为了巩固其政权而采取的一种官员选拔制度。这种制度的实施,逐步打破并且终于消灭了在这以前长期存在的旧贵族单凭门第垄断政权的局势,[①]而使得一般寒族和中小地主阶级分子也获得了较前远为广泛的参与国家政治活动的机会。这是一个在统治阶级内部重新调整和配备力量,以强化其政权的重大措施。它不可避免地要在社会生活各方面产生各种各样的影响和后果,不论其是积极的还是消极的,好的还是坏的。

进士科举,则又是唐代科举制度中最重要的组成部分。它主要是以文词优劣来决定举子的去取。这样,就不能不直接对文学发生作用。这种作用,应当一分为二,如果就它以甲赋、律诗为正式的考试内容来考察,那基本上只能算是促退的,而如果就进士科举以文词为主要考试内容因而派生的行卷这种特殊风尚来考察,就无可否认,无论是从整个唐代文学发展的契机来说,或者是从诗歌、古文、传奇任何一种文学样式来说,都起过一定程度的促进作用。这就是本书的一个极其简单的结论。

根据文献,五代时的进士行卷之风,还是和唐代相同。赵宋帝国

[①] 关于东晋以来贵族高门垄断政权及其它活动的情况,王伊同《五朝门第》及《北朝门第》两书有详尽的史料辑述,可参看。

建立以后,为了适应新政权的需要,才将科举制度作了一番修改。盛如梓《庶斋老学丛谈》卷下云:

> 前辈谓:科举之法虽备于唐,然是时考真卷;有才学者,士大夫犹得以姓名荐之有司,有司犹得以公论取之。如吴武陵以《阿房宫赋》荐杜牧,必欲置之首选是也。宋自淳化中立糊名之法,祥符中建誊录之制,进士得失,始一切付之幸不幸。

便是其改革的一部分情况,可与前引《东斋纪事》参照。试卷上的姓名既被糊没,笔迹又因重行誊录而无从辨识,因而采取誉望、事先加以推荐的方式,就不再有存在可能性,而行卷的风尚也就自然随之消失。① 行卷之风的消失,就使得宋以来应举的人,除了习作历代朝廷规定了程式的文章外,无须再从事其它文学创作以谋取科第。这样,科举制度就只能桎梏人的思想并败坏人的文笔,而不能再对文学的发展发生任何好的作用。

事情很清楚,文学的发展是作家们以其先进的世界观体验生活、以其优秀的艺术手段反映生活的结果。同时,影响文学发展的历史社会条件也是多种多样的、非常复杂错综的。我们在解释唐代文学发展这一历史现象的时候,决不应当把当时的封建统治阶级提倡文学的手段之一——行卷的作用,强调到不符合事实,也就是不恰当的

---

① 由宋迄清,文士们将自己的作品送请比自己的地位或水平高的人看,希望得到提拔或教益,也还沿用了行卷这个名称,如晚清的易顺鼎,就有一部名为《丁戊之间行卷》的诗集,顾印愚《成都顾先生诗集》补遗中《青春》一首末二句云:"琴影差池诗格退,浪持行卷损年华。"但这都与应科举考试没有关系,也就是名存实亡了。

地步。但任何作家,作为一个阶级社会中在一定的阶级地位中生活的人,是不能不受那个历史时代的各种社会条件所制约的。这些条件,对于一代文风的形成和作家的成长,都随时随地要产生无可避免的影响。在唐代以来一千多年的我国封建社会文学史上,科举制度对文学的发展当然起不了什么决定性的作用,可是唐代进士行卷之风的存在和宋以来这种风尚的不复存在,所给与文学历史以及作家们的影响,还是有区别的。列宁指出:"在分析任何一个社会问题时,马克思主义理论的绝对要求,就是要把问题提到一定的历史范围之内。"①"要真正地认识事物,就必须把握、研究它的一切方面,一切联系和'中介'。我们决不可能完全地做到这一点,但是,全面性的要求可以使我们防止错误和防止僵化。"②正因为如此,我们觉得,在探讨唐代文学发展的原因时,如果不适当地估计进士行卷之风对它所起过的作用,恐怕是不妥当的;而如果对这一历史现象略而不谈,那就更不能不算是一种疏忽了。

---

① 《论民族自决权》,《列宁全集》第二十卷,第401页。
② 《再论工会、目前局势及托洛茨基和布哈林的错误》,《列宁全集》第三十二卷,第83至84页。

古诗考索

题　　记

　　古典诗歌,多年来一直是我学习的一个重点,收入这本小书的,是部分已经成篇的学习笔录。

　　这些文章多少提出了一些问题,并且企图解决它们。其中论点,或与当代及古代学者有异同出入。今不避疏谬,公之于世,是希望存异以求同,使得长期存在的或新近发现的某些问题,能够通过较为细致的讨论,得到正确的或接近正确的解决。

　　全书共三十二篇(内附沈祖棻所作一篇),起1936年,迄1982年。前十六篇是解放后所写,后十六篇是解放前旧作。其体式行文都不一致,以不相杂厕为好,故分为上下两辑。

　　今年是我的母校南京大学成立八十周年,谨以此书作为献礼,庆祝她的八十大寿。没有当年老师们的辛勤教诲,连这一点极其微末的成绩我也是拿不出来的。我永远感谢我的母校和我的老师们。

程千帆

1982年5月

上　辑

古典诗歌描写与结构中的一与多

一

对立统一规律是人类在反复探索自然界和社会生活的发展规律中所逐步发现和总结出来的。可说是诸规律之中最基本的和最重要的。

我国古代哲人对于对立统一规律的发现、认识和阐述,最初见于《周易》经、传和《老子》。在这两部书中,先民们从复杂的自然现象和社会现象中抽象出阴阳这一对基本范畴来概括地说明,整个宇宙就是在这两种对立物的运动中,孳生着,发展着,变化着,从而表达了他们对于对立统一规律的理解①。阴阳观念不仅代表着比较明确具体的自然现象如天地、男女、寒暑、水火等,而且也显示了非常复杂的人类的物质生活和精神生活的多方面。两书中提出的,由阴阳派生出来的吉凶、祸福、刚柔、静躁、损益、智愚、高下、大小、往来、难易等

---

① 请参看任继愈主编《中国哲学史》第一册中有关《周易》经、传和《老子》的章节。

范畴,都反映了生活中互相依存、对立和转化的两种力量或倾向。

一与多也是在《周易》经、传及《老子》中被总结出来的对立范畴之一。《老子》第四十二章说:"道生一,一生二,二生三,三生万物。万物负阴而抱阳,冲气以为和。"奚侗《〈老子〉集解》释之云:"《淮南子·天文训①》:'道者,规始于一,一而不生,故分而为阴阳,阴阳合和而万物生。故曰:一生二,二生三,三生万物。'《易·系辞》:'是故《易》有太极,是生两仪。'道与易异名同体。此云一,即太极;二,即两仪,谓天地也。天地气合而生和,二生三也。和气合而生物,三生万物也。"这位学者敏感地察觉到,在一多对立的理解上,《易》《老》相通。二、三、万,对一来说,都是多,故《老子》所论,实质上就是一与多的关系。

一与多被先民们抽象出来,成为一对哲学范畴的同时,也就被他们认识到,这也是一对美学范畴和一种艺术手段。作为对自然的虔诚的摹仿,人类所创造的文学艺术,一方面,本来就应当而且自然会去如实地反映存在于客观世界和主观世界中的一多现象,而另一方面,文艺要求有平衡,对称、整齐一律之美。汉语古典诗歌,由于其所使用的基本手段本来就具有倾向于声和偶的特色,因而也几乎是一开始就极其自然地朝着平衡、对称、整齐的方向发展。这就是为什么在古典诗歌诸样式中,五七言古今体诗,特别是今体律绝诗特别流行的根本原因。可是,只有平衡对称,整齐一律,而没有参差错落,变化多端,也必然会显得单调、呆板,反而损害甚至破坏了平衡、对称、整齐所构成的美。这是不能忽视的。

---

① 训当作篇,训乃高诱自称其注,非《淮南》诸篇本有训名。也知《逸周书》诸篇称解,乃指孔晁注,非此书诸篇本有解名。

有才能的、善于向生活学习的文学艺术家们有鉴于此,就不能不在其创作中注意并追求整齐中的变化,平衡、对称与不平衡、不对称之间的矛盾统一,并努力使这种表现为数量及质量的差异并存于一个和谐的整体中,从而更真实、更完美地反映出生活的多样性和复杂性。这也就是一与多的对立(对比,并举)作为表现方式之一在古典诗歌的描写与结构中广泛存在的原因。

本文只想探索一下这种广泛存在方式的诸形态,而没有从历史发展过程的角度来讨论这个问题,因为它的发展过程是复杂的,需要另作专门研究。

二

先谈描写。

在古典诗歌中,一与多的对立统一通常是以人与人,物与物,以及人与物,物与人的组合方式出现的,而且一通常是主要矛盾面,由于多的陪衬,一就更其突出,从而取得较好的艺术效果。

汉乐府《陌上桑》:

> 东方千余骑,夫婿居上头。何用识夫婿?白马从骊驹,青丝系马尾,黄金络马头。

这里先以居上头之夫婿与其他千余骑士相比,又以黄金络头、青丝系尾之白马与其它马匹相比,都是一与多的关系,前者是人比人,后者是物比物。

白居易《长恨歌》：

> 后宫佳丽三千人，三千宠爱在一身。

以及陈师道据此而加以浓缩的《妾薄命》中的名句：

> 主家十二楼，一身当三千。

也是如此，不过后宫和十二楼两词中所暗含的"一身"所居之处（比如说昭阳殿）与其他"三千"所居之处（可能包括长信宫）相去悬绝之意，却不及"白马"三句之明显，使人一览可知。然而若证以王昌龄的《春宫曲》中"平阳歌舞新承宠，帘外春寒赐锦袍"和《长信秋词》中"火照西宫知夜饮，分明复道奉恩时"等语，则"一身"所居之热闹繁华，"三千"所居之凄凉冷落，也就跃然纸上了。

杜甫《丹青引》在人与人、物与物同时进行的一多对比上显示出更广阔的图景：

> 先帝天马玉花骢，画工如山貌不同。是日牵来赤墀下，迥立阊阖生长风。诏谓将军拂绢素，意匠惨澹经营中。须臾九重真龙出，一洗万古凡马空。玉花却在御榻上，榻上庭前屹相向。至尊含笑催赐金，圉人太仆皆惆怅。

这一段描写是两组多层次结构：人的方面，曹霸是一，其他众多的画工、圉人和太仆寺①的官员是多；物的方面，曹霸所画的玉花骢是一，其他画师所画的是多，玉花骢是一，其他御苑的良马是多。杜甫在这里强调了，只有曹霸笔下的玉花骢才是形神兼备的，与真的玉花骢完全一致的，画既逼真，真亦如画。而其余的人、物都被比下去了。

从上面的讨论可以看出，对立的一与多在这些例子中，虽然从逻辑范畴上看只是一种数量上的区别，但是诗人们在创作中运用这种对比的手段，与其说他们着重的是一与多的本身，毋宁说是意在表现同时蕴藏并且展示在这一对矛盾当中的另外一对或几对在生活、思想、感情上的矛盾。如前所举，就有贵贱、宠辱、优劣、欢戚等几对矛盾包含在一多这对矛盾之内。

现在我们不妨来看一下，诗人们在描写景物的时候是怎样运用这种方式的。李白《梦游天姥吟》云：

  天姥连天向天横，势拔五岳掩赤城。天台四万八千丈，对此欲倒东南倾。

又杜甫《青阳峡》云：

  昨忆逾陇坂，高秋视吴岳。东笑莲花卑，北知崆峒薄。超然侔壮观，已谓殷寥廓。突兀犹趁人，及兹叹冥漠。

这两篇诗里，都是以一连串的高山和比它们更高的另一座山来对比，

---

① 诗中太仆，系指太仆寺的官员们，不仅指太仆寺正卿。关于太仆寺的官员职掌详见《旧唐书》卷四十四《职官志》三、《新唐书》卷四十八《百官志》三。

从而突出了后者崇高的形象。

诗人们还注意到了色彩在自然景物描写中的对比关系。如王安石的失题断句①：

浓绿万枝红一点，动人春色不须多。

这一精彩的意象，后来转变为更流行的成语"万绿丛中一点红"。近代著名诗人陈三立则在其《散原精舍诗》续集卷下，《沪上偕仁先晚入哈同园》中，将其化为"绿树成围红树独"之句，而将春天的红花变成了秋天的红叶。

在有些作品中，色彩的一多对比并不像王安石这两句那样强烈，因而容易被人们忽略过去。如韦应物《滁州西涧》：

独怜幽草涧边行，上有黄鹂深树鸣。

幽草、深树，也就是浓绿，但黄鹂藏于深树，非同红一点之独占枝头，就需要读者用想象去弥补视觉之不及了。又如苏舜钦的《淮中晚泊犊头》：

春阴垂野草青青，时有幽花一树明。

---

① 胡仔《苕溪渔隐丛话》前集卷三十四引《遁斋闲览》云："唐人诗：'浓绿万枝红一点，动人春色不须多。'不记作者名氏。邓元孚曾亲见介甫亲书此两句于所持扇上。或以为介甫自作，非也。"又周紫芝《竹坡诗话》云："仪真沈彦述为余言，荆公诗如'浓绿万枝红一点，动人春色不须多'、'春色恼人眠不得，月移花影上栏干'等篇，皆平甫诗，非荆公诗也。"但叶梦得《石林诗话》卷中则认为这两句是王安石的诗，《王荆文公诗集》卷四十七《龙泉寺石井》李壁注也引据叶说，所以我们还是以此诗归之王安石，虽然今本王集中已佚去。

在古汉语中，明主要是指光，而非指色。但由于这树幽花是和由阴沉的高天、青碧的平野对衬，则此花可能是白的，也可能是具有较强光感的色如粉红之类。我们从这篇诗中获得的启示是：在诗人透过视觉从事一多对比时，不但运用了色觉，也注意同时运用光觉。

当然，就光觉而论，人们很容易想到黑白分明这个基本事实，所以在杜甫笔下，就出现了《春夜喜雨》中的这两句：

> 野径云俱黑，江船火独明。

应当注意到，云是俱黑，火是独明，黑多而白一，所以显得特别分明。

张继《枫桥夜泊》是唐绝名篇，古代诗话、当代论文，都对它进行过不少的探索，指出过它许多艺术上的特色。但似乎还可以加上一点，即诗人采用了一多对比的手法。

> 月落乌啼霜满天，江枫渔火对愁眠。

这两句以茫茫长夜与一灯渔火对比。

> 姑苏城外寒山寺，夜半钟声到客船。

这两句从万籁俱寂中的数声乌啼与一杵钟声对比。前两句是写光觉，与《春夜喜雨》中那两句正好可以互证；后两句则是写听觉。无论是目之所及、耳之所闻，这冷荧荧的渔火，慢悠悠的钟声，对于客途中的典型环境，都具有深化的作用，从而使诗人所要在作品中表达的旅愁更为突出。

诗人们在描写声音时,还有许多运用这种方法而极为成功的例子,如韩愈的《听颖师弹琴》:

  喧啾百鸟群,忽见孤凤凰。

这里形容琴调突然拔高,而且利用人类的通感,以鸟声为喻,使人若闻琴声之高低,兼见凤凰及百鸟形状大小、品格圣凡之别。

上面的例句说明,诗人在描写景物的大小、高低、明暗、强弱时,常常利用一与多的对立统一这个规律,来展示其所突出的方面。

以上我们讨论的是人与人、物与物之间的关系。现在再简略地来看一下它们的交叉关系,即人与物、物与人的一多对立在诗中的情况。

诗人有以人为一面,物为另一面而加以对衬的写法。但如庾信《枯树赋》所云"树犹如此,人何以堪"之类,虽然人和树衬,却并不具体涉及一与多的问题。而苏轼《八月七日初入赣,过惶恐滩》所写,则是另一种情况:

  七千里外二毛人,十八滩头一叶身。山忆喜欢劳远梦,地名惶恐泣孤臣。

这位二毛人(即一叶身,也就是作者)显然是一面,而与许多他所经过的地方如错喜欢铺、十八滩(其中包括惶恐滩)对立。人是一,物是多。反过来,如李益《从军北征》:

  碛里征人三十万,一时回首月中看。

则以三十万征人为一面，一轮明月为另一面，人是多而物是一了。苏轼的《次韵穆父尚书侍祠郊丘，瞻望天光，退而相庆，引满醉吟》"令严钟鼓三更月，野宿貔貅万灶烟"，也和李益两句完全一样。

但要注意的是，这些诗中所涉及的人（征夫、迁客）和物（险境、月光），都并不属于一对矛盾的两个方面。它们之间的关系，是诗人在观察生活以后，加以主观安排的结果，这也是我们研究这个问题时所必须加以考虑的。不仅人与物之间的对立不一定存在互相依存的关系，即人与人、物与物之间也有这种情形，例如王之涣的《登鹳雀楼》：

欲穷千里目，更上一层楼。

或张炎的词《清平乐》：

只有一枝梧叶，不知多少秋声。

都是运用了一多对比手法的传诵千古的名句，但无论是千里目与一层楼，或一枝梧叶与多少秋声，都只有因果关系，而没有对立统一的即互相依存、互相转化的不可分割的关系。

由此可见，讨论到作品中所具有的一多对比手法时，无论就人与人、物与物，或人与物哪方面说，必须区分两种情况：一种是除了一与多这对矛盾外，还有与这对矛盾同时存在并通过它来显示的其它一对或数对矛盾。当一与多这种数量上的对立出现时，同时也就出现了其他质量上的对立。然而还有另外一种，即一与多这两个数量所表示的内容,双方并没有互相依存、转化因而是不可分割的矛盾,因此其一与多所表现的对立,只限于显示两种或多种事物在数量上的差异。

前者,如我们所指陈的,其一与多的对立由于包含了其他的矛盾,所以能够具有较为丰富的内涵,但后者也并非可以轻视的。许多诗人都用这种方法写出了不朽的名句,随便举例来说,如王湾《次北固山下》:"潮平两岸阔,风正一帆悬。"李白《听蜀僧濬弹琴》:"为我一挥手,如听万壑松。"韦应物《淮上喜会梁州故人》:"浮云一别后,流水十年间。"就都属此类。

近代文学史的揭幕人龚自珍也以此见长,即以见于他的著名组诗《己亥杂诗》中者为例,如第二一一首:"万绿无人嗜一蝉,三层阁子俯秋烟。安排写集三千卷,料理看山五十年。"第二二九首:"从今誓学六朝书,不肄山阴肄隐居。万古焦山一痕石,飞升有术此权舆。"第三一五首:"吟罢江山气不灵,万千种话一灯青。忽然搁笔无言说,重礼天台七卷经。"都是有意识地以一件单数事物和若干件多数事物互相连系、形容、衬托,来展示他丰富的联想,从而发展了这一手法。

三

人类生活在无始无终的时间与无边无际的空间之中,不能脱离时间和空间而生存、生活着。因此,人们对于生活的观察体验也必然在某个有限的即特定的时间和空间之中进行,至于对于生活中的事物加以反映,或写景,或抒情,更不能脱离具体的人和物、时间和地点。诗人们、作家们在表现作品中的时间与地点时,也广泛地利用了对立统一这个法则,显示了它们之间相对和交叉的一多关系,从而展现多彩多姿的生活画面。

以时间对于某一事物说来是凝固的、永恒的而对于许多其他事物说来是流逝的、短暂的来对比而产生的人事无常之感,来源于古人对宇宙认识的科学局限和阶级局限。但这种感慨却震撼着、燃烧着诗人们的心灵,使他们唱出了激动人心的歌。在人所熟知的《春江花月夜》中,张若虚写下了如下的句子:

江天一色无纤尘,皎皎空中孤月轮。江畔何人初见月?江月何年初照人?人生代代无穷已,江月年年只相似。不知江月待何人,但见长江送流水。

闻一多先生早在四十年代就对这篇杰作做过精辟的分析和高度的评价[1]。近来李泽厚先生又就闻先生的意见加以发挥[2]。闻先生认为上引的这几句诗是诗人的一种"更复夐的宇宙意识",他所表现的是"有限与无限,有情与无情——诗人与永恒猝然相遇,一见如故",反映了诗人对待宇宙的"不亢不卑,冲融和易"的态度。李先生更引申说,这是诗人显示"面对无穷宇宙,深切感受到的是自己青春的短促和生命的有限。它是走向成熟期的青少年时代对人生、宇宙的初醒觉的'自我意识':对广大世界、自然美景和自身存在的深切感受和珍视,对自身存在的有限性的无可奈何的感伤、惆怅和留恋。"这都是一些微至之谈,但从我们所研究的角度来说,诗人之所以能够把自己的

---

[1] 见《宫体诗的自赎》,载《闻一多全集·唐诗杂论》。
[2] 见所著《美的历程》第七章《盛唐之音》,第一节《青春·李白》。

思想感情表现得如此地完美,正因为他以似乎是凝固的、永恒的、超时间的月和不断在时间中变化的自然界的新陈代谢、人事上的离合悲欢进行了对比,用闻先生的话来说,就是月的无限、无情、永恒与其他种种的有限、有情、短暂对比,月代表永恒,是一,其他均属短暂,是多。一始终是控制着、笼罩着多,这就使诗人不能不产生所谓无可奈何之感了。

《春江花月夜》中的月代表着凝固的时间,而李白《峨眉山月歌》中的月则代表着具体的空间。

  峨眉山月半轮秋,影入平羌江水流,夜发清溪向三峡,思君不见下渝州。

王世贞在《艺苑卮言》卷四中说:"此是太白佳境,然二十八字中有峨眉山、平羌江、清溪、三峡、渝州,使后人为之,不胜痕迹矣。益见此老炉锤之妙。"而沈德潜在《唐诗别裁》卷二十中则认为:"月在清溪、三峡之间,半轮亦不复见矣。'君'字即指月。"沈德潜这个解释,乍看似乎有清代常州派说词的所谓"作者何必然,读者何必不然"[①]之嫌,但我们熟玩全诗,这个"君"字如果不照沈德潜的解释,实在也没有着落,因此我们还是同意沈的见解。李白的构思是在以孤悬空中的月与自己所要随着江水东下而经过的许多地方对比,来展现自己乘流而下的轻快心情。正因为他所经过的地方有的可以看到月光,有的则看不到,或现或隐,并不单调,所以才不显痕迹。这也许是王世贞

---

① 谭献《复堂词话》语。

所没有察觉的另外一种"炉锤之妙",即将一多对比中的天上地下熔于一炉之妙。

以上我们讨论的是时间与时间、空间与空间之间的关系,而时空之间,在古典诗歌的表现方法中,也同样存在着交叉的一多对立或并举的情况。王维的《九月九日忆山东兄弟》是我们所熟悉的:

> 独在异乡为异客,每逢佳节倍思亲。遥知兄弟登高处,遍插茱萸少一人。

再如白居易的《邯郸至除夜思家》:

> 邯郸驿里逢冬至,抱膝灯前影伴身。想得家中夜深坐,还应说着远行人。

都是写在同一时间却在不同空间中的自己和他人的思想感情和行动。虽然一个是现实,一个是想象。杜甫著名的《月夜》"今夜鄜州月,闺中只独看,遥怜小儿女,未解忆长安"也是如此。白居易的"共看明月应垂泪,一夜乡心五处同"《自河南经乱,关内阻饥,兄弟离散,各在一处。因望月有感,聊书所怀,寄上浮梁大兄、於潜七兄、乌江十五兄,兼示符离及下邽弟妹》,则是以同一时间和多数空间并举,其范围更为广阔。

反过来,也有以同一空间和多数不同时间并举的。如刘禹锡的《杨柳枝》:

> 春江一曲柳千条,二十年前旧板桥,曾与美人桥上别,恨无消息到今朝。

还有李益的《上汝州郡楼》：

> 黄昏鼓角似边州,三十年前上此楼。今日山川对垂泪,伤心不独为悲秋。

这两首诗都是从不同的年月来描述同一地点的,即空间是一,时间是多。但不同之点是:前者和崔护的《题都城南庄》"去年今日此门中,人面桃花相映红。人面只今何处去,桃花依旧笑春风"一样,都是写物是人非,今与昔异;而后者则是在同一空间与前后相距三十年的不同时间中,看出政治局势并无改善,一切如旧,发人哀感,所强调的是今与昔同①。

四

次谈结构。

每一篇好诗,无论大小,都是一个完整的有机体,其艺术结构是相当复杂的。一与多的对立统一关系也曾被诗人们在布局、用韵等方面加以应用。

杜甫《北征》的主题和基调是明显的,它写了国家的丧乱和家庭的艰难,自己的忠愤、忧郁、伤感和希望,整个的气氛是严肃的,沉重

---

① 关于李益这首诗的背景和解释,请参看沈祖棻《唐人七绝诗浅释》。

的。但诗中却有一小段描写了旅途中的景色和自己观赏这些景色的愉悦心情。

　　菊垂今秋花,石戴古车辙。青云动高兴,幽事亦可悦:山果多琐细,罗生杂橡栗;或红如丹砂,或黑如点漆;雨露之所濡,甘苦齐结实。

杨伦《杜诗镜铨》卷四引张溍《读书堂杜工部诗集注解》云:"凡作极要紧极忙文字,偏向极不要紧极闲处传神,乃夕阳反照之法,惟老杜能之。如篇中青云幽事一段,他人于正事实事尚铺写不了,何暇及此?此仙凡之别也。"在旧注中,这个说法算得上是有见解的,但是他只注意到了极忙文字中用极闲之笔传神这一点,还没有体会到杜甫的这种写法乃是我国古典美学中一张一弛原则的应用。《礼记·杂记下》说:"弛而不张,文、武弗为也;张而不弛,文、武弗能也;一张一弛,文、武之道也。"张与弛事实上也属于对立统一的范畴。杜甫正是由于生活上、精神上所承受的压迫,使他透不过气来,才在旅途中强自排遣,从而感到幽事之可悦的。在紧张的神经松弛了一阵之后,诗人不可避免地仍然要回到严酷的现实中来,而"缅思桃源内,益叹身世拙"二句则是弛而复张的过脉。中间这一轻松愉快的场面和前后许多严肃痛苦的场面对比,不但显示了诗篇在艺术上的节奏,更重要的还在于表现了诗人感情上的起伏及其自我调节作用。

　　具有对衬平衡之美,是古典诗歌重要的艺术特征,今体律绝诗尤其突出。但是有才能的诗人在经过长期的实践使之达到对称、平衡之后,又企图突破它们而达到新的对立统一。这也正如当律绝诗的声律已经严密地完成以后,却又有人喜欢写拗体一样,其美学上的依据已如前述。在律绝诗中,人与我、情与景、时与地等等,对等地或者交替地来写,是常见的,因而双方所占有的篇幅悬殊不会太大。但是,如杜甫的《天末怀李白》:

> 凉风起天末,君子意如何。鸿雁几时到,江湖秋水多。文章憎命达,魑魅喜人过。应共冤魂语,投诗赠汨罗。

以及他的《秦州杂诗》二十首之四:

> 鼓角缘边郡,川原欲夜时。秋听殷地发,风散入云悲。抱叶寒蝉静,归山独鸟迟。万方声一概,吾道欲何之!

前者,首句属自己,后七句属李白;后者,末句属诗人之思想,前七句属诗人之环境。虽然这两首诗都严格遵守了律体的规律,但在内容的分配上却突破了律诗结构的一般程式。

绝句中也有这种情形。李白《越中览古》云:

> 越王勾践破吴归,战士还家尽锦衣。宫女如花满春殿,只今惟有鹧鸪飞。

又郑文宝《阙题》云:

> 亭亭画舸系寒潭,直到行人酒半酣。不管烟波与风雨,载将离恨过江南。

石遗老人(陈衍)《宋诗精华录》卷一选有郑诗,评云:"案此诗首句一顿,下三句连作一气说,体格独别。唐人中惟太白'越王勾践破吴归'一首,前三句一气连说,末句一扫而空之①。此诗异曲同工,善于变化。"

照我们看来,李白的一首是前三句写过去之盛,后一句写今日之衰;郑文宝的一首则是前一句写现在离别的场面,后三句预示离别的情怀,其中第二句是眼下的必然,第三、四句则是随着这个必然而出现的或然。这两首诗的特色正在于利用篇幅分合的一多悬殊使古代和当代越王台之盛衰以及现在和将来离愁之浅深作出了强烈的对比。

也许还有一种结构应当附带在这里谈一下,就是诗人在自己的创作中,引用了古人或今人(包括自己)的少数成句,使之成为自己这篇作品中的有机组成部分,因而也出现了一多并举。引彼诗入此诗,最早的而且为人所共知的例子是曹操的《短歌行》。在这篇诗中,他用了《诗经·郑风·子衿》中的两句"青青子衿,悠悠我心",又用了《小雅·鹿鸣》中的四句"呦呦鹿鸣,食野之苹。我有嘉宾,鼓瑟吹笙",使这些古句加入了自己创作的行列。但这不过是兴之所至,信手拈来的。很显然,它们在全诗当中并不占有主要的位置,也不具有核心的意义。但这种方式到了后人手里却有用自己的或他人的成句作为主意或重点写进一篇诗里的,这就和曹操的运用成语并不一

---

① 此诗,沈德潜《唐诗别裁》卷二十评《越中览古》云:"三句说盛,一句说衰,其格独创。"查慎行《初白庵诗评》卷上亦云:"用一句结上三句,章法独创。"均陈说所本。今按在唐人诗中,韩愈的《同水部张员外籍曲江春游,寄白二十二舍人》及元稹的《刘阮妻》,也与李白此诗同格,敫子发已指出,见王琦《李太白文集注》卷三十四,附录四,丛说引敫说。故陈云'唐人中惟太白……一首',不确。

样了。

欧阳修《余昔留守南都,得与杜祁公唱和,诗有答公见赠二十韵之卒章云:"报国如乖愿,归耕宁买田。期无辱知己,肯逐利名迁?"逮今二十有二年,祁公捐馆,亦十有五年矣。而余始蒙恩,得遂退休之请。追怀平昔,不胜感涕,辄为短句,真公祠堂》:

掩涕发陈编,追思二十年。门生今白首,墓木已苍烟。"报国如乖愿,归耕宁买田。"此言今知践,如不愧黄泉。

这是以己作旧句一联纳入新作之例。又元好问《淮右》:

淮右城池几处存,宋州新事不堪论。辅车谩欲通吴会,突骑谁当捣蓟门。"细水浮花归别涧,断云含雨入孤村。"空余韩偓伤时语,留与累臣一断魂。

施国祁《元遗山诗集笺注》卷八引顾氏云:"五、六全用韩致光语,即以结联标出,自成一体。遗山诗用前人成语极多,陶、杜句尤甚,又未可以此例概之也。"这是以古人成句一联纳入己作之例。又王士禛《渔洋诗话》卷上云:"余在广陵,偶见成都费密(字此度)诗,极击节。赋诗云:

成都跛道士,万里下峨岷。虎口身曾拔,蚕丛句有神。"大江流汉水,孤艇接残春。"(二句即密诗)十字须千古,胡为失此人?

密遂来定交,如平生欢。"这是以今人成句一联纳入己作之例①。

从上面三个例子可以看出,第一,无论是将自己的旧句移植到新作里,或者是将他人的成句移植到自己的诗里,其所移植的都已成为本诗的有机组成部分,与本诗不可分割;而第二,其所表现的正是本诗所需要突出的内容,如果离开了这引用的一联,则其它三联就都失去了存在的意义。显然,这也是诗人使用一多并举的手法之一,虽然它们并不常见。

我国古典诗歌的格律,是由声和偶构成的。在声方面,既注意每一个句子以及句子与句子之间的平仄谐调,也注意句尾的押韵。句句押韵,隔句押韵,数句转韵而平仄交替,是尾韵通常使用的几种方式。历代诗人,通过长期创作的实践,取得了以语言的音响传达生活的音响的成功经验。他们利用节奏上的一与多的对立和变化,来显示思想感情上和描写进程上的起伏、疾徐、动定,从而更好地表达了作品的内容。杜甫在用韵方面的创造是值得注意的。著名的《同谷七歌》的韵式如下(汉语拼音字母代表平韵或仄韵诸不同韵部在组诗中出现的先后,〇代表不押韵的句子):

一、上 A 上 A(平)〇上 A(入)〇上 A——平 A 平 A

二、去 A 去 A 去 A 去 A(平)〇去 A——去 B 去 B

三、平 B 平 B(去)〇平 B 平 B 平 B——入 A 入 A

---

① 《带经堂诗话》卷十,"指数"类上所附张宗柟识语曾引诸家说以明此三诗之递嬗关系。本文此点受到张氏启发。又王士禛也曾于七言绝句中采用成句借以标榜其他诗人。如其《论诗绝句》有云:"'溪水碧于前度日,桃花红似去年时。'江南肠断何人会,只有崔郎七字诗。"此诗属崔华,前二句即崔句。又云:"'淡云微雨小姑祠,菊秀兰854八月时。'记得朝鲜使臣语,果然东国解声诗。"此诗赞美朝鲜使节金尚宪之精于汉诗,颇多佳句,前二句即其《登州次吴秀才韵》诗中句。详见《带经堂诗话》卷十二,佳句类及卷二十一,"采风"类。

四、平 C 平 C(去)○平 C(上)○平 C——去 C 去 C
五、入 B 入 B(平)○入 B(入)○入 B——平 D 平 D
六、平 E 平 E(入)○平 E(入)○平 E——平 F 平 F
七、上 B 上 B(平)○上 B(入)○上 B——入 C 入 C

这组诗每首八句,都是前六句一韵,后二句转另一韵。其中一、三、四、五四首是前六仄则后二平,前六平则后二仄。第二首通篇去声韵,第六首通篇平声韵,但前六后二并不在一部。第七首通篇仄声,但前六上声,后二入声。这种有意识的安排,显然是为了操纵自己的心潮思绪的,在主题的一个侧面描绘完成之后,停顿一下,咏叹一番,然后再从事另一个侧面,这在文字上表现为"呜呼□歌兮……",而在音节上则表现为平仄声及韵部的改变。苏轼的《于潜僧绿筠轩》对于转韵方式,也作了与《同谷七歌》相同的处理,虽然两诗在其它方面绝不相同。

> 可使食无肉,不可使居无竹。无肉令人瘦,无竹令人俗。人瘦尚可肥,俗士不可医。旁人笑此言,似高还似痴。若对此君仍大嚼,世间那有扬州鹤!

这末二句的一转,非常成功地表达了诗人"嬉笑怒骂皆成文章"的创作特色以及他写此诗时神采飞扬的精神状态。

《同谷七歌》前六句即三联为一韵,后两句一联为一韵,体现了情绪的顿挫转折,而《曲江三章章五句》如下的韵式则体现了情绪的间歇:

一、平 A 平 A 平 A(去)○平 A
二、上 上 上(平)○上

三、平 B 平 B 平 B（上）○平 B

杜甫这一独创的诗体，题目取法《诗经》，句式则来自七言古绝句而加以变化，他在句句押韵的古绝句的第三句与第四句之间，或第三句不押韵的古绝句第二句与第三句之间，增加了不押韵而且末字平仄与其余的韵脚正相反的一句，这就使前面句句押韵的三句所给与人的迫促之感缓和了下来，然后又用同一韵脚的第五句来保持其音节上的连续性。在湖北东部蕲春一带的山歌基本上是这样的七言五句，第一、二、三、五句押韵，第四句不押韵的形式。1958年夏天，我在蕲春城关镇住医院时，隔壁病房里住着一位农村猎手，他不时地唱起了这样的山歌。他那种或慷慨或悲凉的情绪，往往由于这在音节上具有间歇性的第四句而摇曳生姿，使得整曲歌声更为出色。可惜当时我因为心绪不好，没有把那些纯朴、粗犷而又深沉的词曲记录下来，但却从此对于杜甫所创造的这三篇诗的音节之美，有了更多的体会。这些声情相应的作品，其中也含有一多对比的原则，值得我们注意。

五

古典诗歌的篇幅多数是不大的。但组诗这种形式却使得篇幅短小的缺陷得到适当的弥补。诗人们精心构思的组诗，少则三五篇，多到百篇以上，事实上都是一个有机体。一多对立这个艺术原则，在组诗的结构中也曾被诗人们所成功地运用过。这可以从题材、手法和声律三个方面来考察。

师法《诗经》和《楚辞·九辩》而形成的一题数首的组诗，在建安时代即已出现，刘桢的《赠五官中郎将》四首和《赠从弟》三首即是。

到了太康时代，左思的《咏史》八首才把组诗提高到一个更成熟的阶段，八首诗杂引历史上的著名人物，通过他们的贵贱、穷通、仕隐、祸福，来反复表达自己在门阀制度压制之下的委曲情绪和自我慰安，把历史人物的形象和诗人自己的形象巧妙地交织在一起，错落有致，摇曳生姿，而且全诗又有首有尾，构成了一个严密的整体。但在他所举的历史人物中，第六首对荆轲的赞美，乍看起来，却是令人难以理解的。

> 荆轲饮燕市，酒酣气益振。哀歌和渐离，谓若旁无人。虽无壮士节，与世亦殊伦。高眄邈四海，豪右何足陈。贵者虽自贵，视之若埃尘。贱者虽自贱，重之若千钧。

大家知道，荆轲是一个以"士为知己者死"为生活信条的侠客，他平生最大的事业就是那次对秦王政的不成功的行刺。这既非诗人所仰慕的，所鉴戒的，也不是他认为与自己境界相似或可能相似而用来自比的。这个历史人物的出现显然和组诗主题有些游离。这只是诗人在寂寞当中的一种奇想：即使去当刺客，也比默默无闻的庸人要强些。这使我联想起茅盾笔下的一个人物。在《追求》第六章中，章秋柳因为找不到正确的人生道路，决心要去享乐刺激的生活，竟然想去当淌白。这种奇想充满了浪漫主义的色彩，和诗中对于其他历史人物的咏叹和警况全不一样，但也正是荆轲这一形象的独特性才使诗人愤激的情感达到高潮。这一首诗的最后四句说明了这一点①。以对荆轲的赞美与对许多其他历史人物的评价对立，体现了这一现实主义组诗中的浪漫主义因素，而这是

---

① 关于左思《咏史》的一些问题，请参看拙著《左太冲〈咏史〉诗三论》。

通过一与多对比的手法来完成的。

杜甫早期组诗的名篇《陪郑广文游何将军山林》十首也曾运用一多对比的手法而获得成功,旧日有些注家已经注意到了这一点。这一组诗九首都是咏山林景物,独第三首专咏异花。

> 万里戎王子,何年别月支。异花开绝域①,滋蔓匝清池。汉使徒空到,神农竟不知。露翻兼雨打,开拆日离披。

王嗣奭《杜臆》卷二云:"止赋一花,便是变调。"浦起龙《读杜心解》卷三之一云:"此以其名奇种远,故专咏之。"杨伦《杜诗镜铨》云:"十首全写山林,便觉呆板,忽咏一物,忽忆旧游②,自是连章错落法。"三家所论均是,而《镜铨》之说尤为明白。苏轼的《中隐堂诗》五首,其中一、二、三、五四首都是写王绅在长安的居第园亭,而第四首却专咏翠石。

> 翠石如鹦鹉,何年别海壖?贡随南使远,载压渭舟偏。已伴乔松老,那知故国迁。金人解辞汉,汝独不潸然?

---

① 此句,仇兆鳌《杜诗详注》卷二作"异花来绝域",云:"旧作开,犯重。《杜臆》作'来',盖音近而讹耳。"《杜诗镜铨》卷二及《读杜心解》卷三之一皆从改。但今印全本《杜臆》卷二云:"'异花开绝域',已别月支,又开绝域,况下又一开字,故余疑必为'来'字之误,又细思之,非误也。谓如此异花,本开绝域,而蔓匝清池,是汉使、神农所不及见者,而今忽有之,非幽兴中所亟赏者乎?"顾廷龙在《影印本〈杜臆〉前言》中曾讨论到仇《注》所采《杜臆》与今全本文字颇有异同的问题,作了合理的推测。但从这一条材料看来,则仇《注》所引《杜臆》稿本在先而今印本在后。后者当系定稿。

② "忽忆旧游",指第八首。但这首乃以因今日游何将军山林而联想到过去游定昆池,因觉两地情景有相类之处,与专咏戎王子者仍有区别,不能相提并论。

纪昀在其所批《苏文忠公诗集》卷四中一针见血地指出"分明是'万里戎王子'一首"。可见杜、苏于写园林景物的组诗中特别用一篇来对其中某物加以特写,使咏物写景一多对衬,以见错落之致,具有同心。

王建的《宫词》一百首是古典诗歌中反映宫廷生活比较突出的作品。今本已有残缺,后人曾以他人诗补入①,但在北宋时代,王安石所见应当还是全本。郭辑本《陈辅之诗话》第四条《王建宫词》云:"王建《宫词》,荆公独爱其

> 树头树底觅残红,一片西飞一片东。自是桃花贪结子,错教人恨五更风。

谓其意味深婉而悠长也。"我们都知道,王安石对于诗歌往往有独特而精辟的见解,他为什么在一百首诗中单独看中了这第九十一首?陈辅之说是因为它"意味深婉而悠长",这符合王安石的原意吗?如果符合,这个所谓"深婉而悠长",又何所指?经过反复通读,我才发现被王安石看中的这一首诗和其余的现存九十多首写法完全不同:即那许多诗都是描写宫廷生活,直叙其事,是赋体,而这一首却是以桃花的命运比喻那些深宫怨女的命运,而非直接描写,是比兴之体。这首诗通过对于残花的凭吊,来显示诗人对于那些贪图富贵却误入贾元春所说的"那不得见人的去处"《红楼梦》第十八回。的广大宫女们的同情。这些零落的桃花事实上也就是白居易的《新乐府·上阳白

---

① 见胡仔《苕溪渔隐丛话》后集卷十四及朱承爵《存余堂诗话》。

发人》中那位女尚书或曹禺的剧本《王昭君》中的孙美人。所以陈辅之的意见是符合王安石的原意的。所谓"深婉而悠长",是指比兴之体所达到的艺术效果而言,而有了这样一首,就打破了其余几十首都是赋体的统一局面,耳目一新,显示了"万绿丛中一点红"之美和手法上一多对立之妙。

诗人们也注意到了在组诗的声律方面运用这一方式来显示其在统一中的变化。例如杜甫的《将赴成都草堂,途中有作,先寄严郑公》五首,前四首都是律诗正格,而第五首却是拗体。

> 锦官城西生事微,乌皮几在还思归。昔去为忧乱兵入,今来已恐邻人非。侧身天地更怀古,回首风尘甘息机。共说总戎云鸟阵,不妨游子芰荷农。

刘禹锡的《金陵五题》前四首用的是律化绝句的正格,而第五首《江令宅》则是仄韵的古绝句。

> 南朝词臣北朝客,归来唯见秦淮碧。池台竹树三亩余,至今人道江家宅。

这都是显而易见,并为人们所熟悉的例子,无需详加说明。

六

根据以上的探索,可以初步得出下列几点结论。

第一，作为对立统一规律的诸表现形态之一，一多对立（对比、并举），不仅作为哲学范畴而被古典诗人所认识，并且也作为美学范畴、艺术手段而被他们所认识、所采用。

第二，一与多的多种形态在作品中的出现，是为了如实反映本来就存在于自然及社会中的这一现象，也是为了打破已经形成的平衡、对称、整齐之美。在平衡与不平衡，对称与不对称，整齐与不整齐之间达成一种更巧妙的更新的结合，从而更好地反映生活。

第三，在一与多这对矛盾中，一往往是主要矛盾面，诗人们往往借以表达其所要突出的事物。

第四，一与多虽然仅是数量上的对立，但也每在其中同时包含着其它一对或数对矛盾，因而能够表现更为丰富的内容。

第五，也有的一多对比或并举只限于显示不同事物在数量上的差异，双方并不存在互相依存的关系，但运用得合适，也能使不相干的事物发生连系，表达了诗人丰富的联想，也同样能给人以艺术上的满足。

这种表现方式，在空间艺术中是常见的。南宋马远的山水构图，将所画景物压缩在整个空间的某一角落里，而使其余部分形成大片空白，因此被称为马一角。清初的八大山人以及当代白石老人所画花卉中，也都出现过类似的布局。这是世人所共知共见的。但由于诗歌是时间艺术，它不用色彩、线条去直接塑造形象，而用语言这种符号来间接描绘形象，所以这种手段虽然也被广泛使用，但又容易被人忽略。这也许就是自来的理论批评家没有就这一现象加以深入探讨的原因①。

---

① 杜甫对广阔的天空飘着一片孤云，似乎特别感到兴趣，所以在诗中一再加以描绘。如《秦州杂诗》二十首之十六中说"晴天卷片云"，《江汉》中说"片云天共远"，《陪诸贵公子丈八沟携妓纳凉，晚际遇雨》中说"片云头上黑"，《野老》（接下页注）

我们认为：从理论角度去研究古代文学，应当用两条腿走路。一是研究"古代的文学理论"，二是研究"古代文学的理论"。前者是今人所着重从事的，其研究对象主要是古代理论家的研究成果；后者则是古人所着重从事的，主要是研究作品，从作品中抽象出文学规律和艺术方法来。这两种方法都是需要的。但在今天，古代理论家从过去的及同时代的作家作品中抽象出理论以丰富理论宝库并指导当时及后来创作的传统做法，似乎被忽略了。于是，尽管蕴藏在古代作品中的理论原则和艺术方法是无比地丰富，可是我们却并没有想到在古代理论家已经发掘出来的材料以外，再开采新矿。这就使我们对古代文学理论的研究，不免局限于对它们的再认识，即从理论到理论，既不能在古人已有的理论之外从古代作品中有新的发现，也就不能使今天的文学创作从古代理论、方法中获得更多的借鉴和营养。这种用一条腿走路的办法，似乎应当改变；直接从古代文学作品中抽象出理论的传统方法，也似乎应当重新使用，并根据今天的条件和要求，加以发展。基于这种想法，我作了这样一次尝试。对一与多在古典诗歌中存在诸形态的探索，可能是失败的；但我写此文的动机却希望得到理解，我的看法也希望引起讨论。

（1981年10月，南京）

（接上页注）中说"片云何意旁琴台"。而王辟之《渑水燕谈录》卷七，"书画"门云："翟院深，营丘伶人，师李成山水，颇得其体。一日，府院张乐，院深击鼓为节，忽停挝仰望，鼓声不续。左右惊愕，太守召问之，对曰：'适乐作次，有孤云横飞，淡伫可爱。意欲图写，凝思久之，不知鼓声之失节也。'太守笑而释之。"这两位异代不同行的人所具有的共同爱好，虽不无巧合，但恰好证明艺术中的一多对比之美，诗画一致。

相同的题材与不相同的主题、形象、风格

——四篇桃源诗的比较研究

一

题材的因袭是文学艺术创作中常见的现象。人类生活的继承和发展,以及对于生活中道德、伦理观念、审美观念等的继承和发展,使得每一位想有所成就的文学艺术家不能不在前人已经取得的成绩的基础上,有所创造,为人类增加一些新的精神财富。但这并不是一件轻而易举的事情。

1829年12月25日,爱克曼在和歌德谈话时,记录了歌德这样两句话:

> 莎士比亚给我们的是银盘装着金橘。我们通过学习,拿到了他的银盘,但是我们只能拿土豆来装进盘里。

接着,歌德又说:

> 如果你想认识莎士比亚的毫无拘束的自由心灵,你最好去读《特洛伊勒斯与克丽西达》,莎士比亚在这部剧本里以自己的

方式处理了荷马史诗《伊利亚特》中的材料①。

很显然,歌德关于银盘、金橘和土豆的比喻所涉及的范围是很广的。但其对以自己的方式处理传统题材的赞赏,应当说,正是使自己在拿到银盘以后,如何才能够不将土豆而仍然将金橘装进去的可贵的启示。我国优秀的古典诗人用创作实践证明了他们很理解这一点。本文就想以四篇著名的桃源诗为例,谈谈这个问题。

二

压迫与反压迫——抵抗或逃避,大概是自有阶级以来,人类社会中最具有普遍性的生活现象之一。早在春秋时代,孔子已经概括出逃避的四种方式:"贤者辟世,其次辟地,其次辟色,其次辟言。"②当然,这四避,是指如何处理统治阶级的内部矛盾,同时主要的也是指如何对待精神压迫。统治阶级成员对待精神压迫犹然如此,那么,被统治阶级对待物质压迫,除了在条件成熟时体现为反抗——以暴力反暴力之外,大量普遍的情况是逃避——搀和着希望的逃避,就更是势所必至了。《诗经·魏风·硕鼠》云:

硕鼠硕鼠,无食我黍。三岁贯女,莫我肯顾。逝将去女,适

---

① 朱光潜译《歌德谈话录》第93—94页。
② 见《论语·宪问》篇。辟,避古字。

被乐土。乐土乐土①,爰得我所。

但这个乐土,(或如诗第二、三章中所说的乐国、乐郊)究竟是个什么样子,这位民间诗人并没有描绘出来。战国时代产生的《老子》在第八十章中写道:

甘其食,美其服,安其居,乐其俗。邻国相望,鸡犬之声相闻,民至老死不相往来。

才算是为乐土勾画出了一个简略的轮廓。

汉末以迄魏、晋,漫长而严酷的阶级斗争和民族斗争,使广大人民遭受到史无前例的灾难。在生活实践中,人们更感到有"适彼乐土"之必要,他们有时也的确找到了一些相对来说是乐土的地方,因而在文学作品中,也开始出现了乐土以及生活在这些乐土中的人民的形象,虽然还很模糊。如刘敬叔《异苑》卷一云:

元嘉初,武陵蛮人射鹿,逐入石穴,才容人。蛮人入穴,见其旁有梯,因上梯。豁然开朗,桑果蔚然,行人翱翔,亦不以怪。此蛮于路砍树为记,其后茫然,无复仿佛。

---

① 俞樾《古书疑义举例》卷五,《重文作二画而致误例》云:"古人遇重文,止于字下加二画以识之,传写乃有致误者。如《诗·硕鼠》:'逝将去女,适彼乐土。乐土乐土,爰得我所。'《韩诗外传》两引此文,并作'逝将去女,适彼乐土。适彼乐土,爰得我所。'又引次章亦云:'逝将去汝,适彼乐国。适彼乐国,爰得我直。'此当以韩诗为正。……因叠句从省不书,止作'适=彼=乐=土',传写误作'乐土乐土'耳。"

即其一例。它很可能与陶渊明的《桃花源记》及《桃花源诗》同出一源,是晋、宋之间流传荆、湘一带的一种南方传说①。

但陶渊明是一个在思想上和艺术上都有独创性的大诗人②。这一非常简陋的民间传说,到了他的手上,就成了寓意丰富而深刻的艺术品。从《桃花源记》和《桃花源诗》这两篇互相关联的作品中可以看出,作者所企图生活于其中的,以及努力显示给读者的,乃是一个不乱而无税的理想世界③。

---

① 此点本唐长孺先生说。唐说见《读〈桃花源记旁证〉质疑》,载所著《魏晋南北朝史论丛续编》。唐先生又分析《异苑》与陶氏诗文之关系云:"刘敬叔与渊明同时而略晚,他当然能够看到陶渊明的作品,然而这一段却不像是《桃花源记》的复写或改写,倒像更原始的传说。我们认为陶、刘二人各据所闻的故事而写述,其中心内容相同,而传闻异辞,也可以有出入。敬叔似乎没有添上什么,而渊明却以之寄托自己的理想,并加以艺术上的加工,其作品的价值就不可同日而语了。在这里我们还应该提出《异苑》的蛮人也是在武陵发现这个石穴的。"除了"他当然能够看到陶渊明的作品"这句话,在当时的水陆交通与文化交流都不发达,而陶渊明又寡交游的许多条件之下,略嫌武断之外,其它论点都是有说服力的,可信的。《异苑》而外,唐先生还举《太平御览》引《武陵记》、《云笈七签》载《神仙感遇传》及《太平寰宇记》引用《周地图记》等类似材料来作比较,进一步证明了这种传说当时流行之广,充实了我们对于其社会背景的深入理解,也是很有益的。

② 关于陶渊明在哲学思想上的独创性,请参看陈寅恪《陶渊明之思想与清谈之关系》,载所著《金明馆丛稿初编》。

③ 唐先生又说:"他(陶)所说的'秦时乱',既不像后来的御用史学家以农民起义为'乱',也不指刘、项纷争。在他的诗中开头就是'嬴氏乱天纪,贤者避其世',显然是承用汉代以来'过秦'的议论,下面特别提到桃花源中人的生活是'春蚕收长丝,秋熟靡王税',通篇没有一句说到逃避兵乱的话。由此可见,他所说的'乱'是指繁重的赋役压迫。""蛮族人民渴望摆脱外来的封建羁绊,以便保持其分隔的、狭隘的但是比较平静的公社生活。""《桃花源记》和《异苑》所述故事是根据武陵蛮族的传说,这种传说恰好反映了蛮族人民的要求。"这些说法,则似求之过深。姑不论繁重的赋役压迫只能成为致乱之由,而不能即指为乱,而且任何作家在反映一个题材时,都和他所关心注意的某一特定方面分不开。陶渊明并非蛮人,也找不出他和蛮人有何特殊关系,为什么诗人要借写"秦时乱"去反映他们渴望摆脱封建羁绊的愿望? 如果作家的创作意图可以决定他的取材这一原则是可以成立的,则唐说(至少就文学角度来说)(接下页注)

相同的题材与不相同的主题、形象、风格

在这个世界中,和平代替了战争,宁静代替了纷嚣,富饶代替了贫困,淳朴代替了智慧,诚实代替了虚伪,欢乐代替了苦恼。人们完全与外界隔绝,而以自己辛勤的劳动过着没有剥削、压迫的幸福生活。这,就是《老子》第八十章所写过的,不过更为清晰了,形象化了。《记》中"鸡犬相闻"一句,即出于前引《老子》第八十章①,而《诗》中"于何劳智慧"一句,也出于《老子》第十八章:"智慧出,有大伪。"陶渊明这两篇作品,概括了古代劳动人民"适彼乐土"的愿望,和孔子避世避地、《老子》小国寡民的思想。

这也就说明,桃源传说这一题材在陶渊明首创以后,历代都加以重视,能够广泛而长远地流传,是有其深厚的社会根源的。它表达了我们善良的先民在漫长的历史时期中积累起来的一种很强烈的感情,即对美好生活的向往,对剥削压迫的厌恶。当然,不同的阶级,有不同的政治、经济要求,然而这些不同的要求,在诗人的作品中,却由对现实的否定这个共同点将它们统一起来了。正是由于这一共同点的存在,陶渊明的这两篇作品,既反映了洁身自好、不肯同流合污的知识分子(其中包括他自己)避世避地的思想感情,又同时反映了在封建社会小农经济制度下生活的普通人民"适彼乐土"的思想感情,而让他们和平共处在那个小国寡民的世界里。在诗人笔下,人们感到,在那里生活和工作,是愉快的,美丽的。诗人借这些向往和咏叹来减轻现实生活对自己的压力。这就是陶渊明的创作意图,也就是

(接上页注)就难以成立了。这和洪迈《容斋三笔》卷十,"桃源行"条所说:"予窃意桃源之事,以避秦为言,至云'无论魏、晋',乃寓意于刘裕,托之于秦,借以为喻耳。"结论虽不同,但都不免于附会。

① 不知道为什么古直在《陶靖节诗笺定本》中却引《孟子·公孙丑上》的"鸡鸣狗吠相闻"来笺这一句,却不引更恰切的《老子》。

关于桃源传说的文学作品首创的主题思想。

由于千百年来,在现实生活中仍然不断地、反复地出现着令人感觉窒息,因而需要逃避的环境,所以陶渊明所描绘的乌托邦,就总是在激动着人心,引诱着人们的向往。并因此而产生了大量追加的神话传说和附会的古迹,还有大量的咏叹诗文。除了方志所载,甚至还有几种专门收辑有关桃源诗文的总集①。

三

我们现在想就这些题材相同的作品中,再选出最著名的几篇,就主题、形象、风格等方面,与陶作作些比较,看看另外一些作家是怎样以自己的方式处理桃源题材的。

在陶渊明以后,以桃源传说为题材进行创作而提出新主题的,首先是王维的《桃源行》。据须溪先生校本王集,题下注明是诗人十九岁时所作②。王诗将陶诗中对那个无税的小国寡民世界的向往,改为对神仙世界的向往。古人多认为这是由于王维对陶的诗文未能看清③,有的人还具体地指出,这是由于误解了陶诗"奇踪隐五百,一朝敞神界"二句④,因此,他才将桃源中人说成是"初因避地去人间,及

---

① 请参看《四库全书总目》卷一百九十二,宋姚孳编《桃花源集》一卷及明冯子京编《桃花源集》三卷的提要。
② 赵殿臣笺注《王右丞集》卷末年谱序云:"须溪校本于诗题下时有细字云年若干时作,又云时为某官,又云在某处作。若此者,或系夏卿(王缙)进本原文,或系后人附注。岁远年久,无善本可参校,然要必有所据,非凭臆率书。"今从其说定此诗作年。
③ 参看《古典文学研究资料汇编·陶渊明卷》下编,《桃花源诗》部分。
④ 吴子良《荆溪林下偶谈》卷二,"渊明《桃源记》初无仙语,盖缘诗中有'奇踪隐五百,一朝敞神界'之句,后人不审,遂多以为仙。"

至成仙遂不还",而桃源则是难见难寻的"灵境"、"仙源"。

这些论点的持有者,企图用考证学或历史学的方法去解决属于文艺学的问题,所以议论虽多,不免牛头不对马嘴。他们不知道,只有作家的创作意图,才能决定题材的取舍,而不是反过来。不论是从一个事件的发生、发展或结局中,或者从一个事物的某一方面的取材,其区别都由于不同的作者的关心与着重点的不同①。王维在关于桃源传说的创作中从事主题的更新,是受他自己思想感情的支配的,而他的思想感情,又不能不受当时社会风气、政治情况的支配。

现在一些文学史论述王维的思想,大都区分前后两期,以为"前期具有一定的向往开明政治的热情",而忽略了他早已有其消极的一面②。或则虽然比较细致地指出了他后来的消极思想与他母亲长期虔诚奉佛有关③,但又忽略了他所受的道教影响。李唐一代,道教盛行,与佛教竞争激烈。玄宗朝代,还是一个尊道抑佛的时期④。生活在那一时代的王维,不可能不同时受到它们的影响。因此,他也曾写过《贺古乐器表》、《贺玄元皇帝见真容表》和《贺神兵助取石堡城表》等荒谬绝伦的宣扬道教迷信的文章。(当然还有更多的宣传佛教的文章。)这些文章虽然都写于天宝年间,即属于后期思想的范围,但如果他早年思想与道家绝无关涉,他是不可能这样写的。而十九岁时所写的《桃源行》中所反映的对神仙世界的向往之情,正可为王维早

---

① 参看王朝闻:《题材与主题》,载《新艺术创作论》。
② 游国恩等《中国文学史》第四编《隋唐五代文学》,第二章《盛唐山水田园诗人》,第二节《王维》。
③ 文学研究所《中国文学史》,唐代文学,第三章《开元天宝诗人》,第二节《王维》。
④ 参看范文澜《中国通史简编》,第三编《封建经济基础扩展的帝国底出现到军事封建的大帝国的建立——隋至元》,第七章《唐五代的文化概况》,第四节《道教的流行》。

年就具有道家神仙思想作证。

另外一方面,将一切可以改造利用的材料加以改造利用,正是统治阶级和宗教徒所惯于使用的手段。在陶渊明写出有关桃花源的两篇作品之后,道教徒就已经从事于这一传说的神化工作了。关于这方面,较早的记载有刘禹锡的《游桃源一百韵》,这首长诗表明,到了唐朝,朝廷已经将桃源当为神仙窟宅,列入祀典。

> 绵绵五百载,市朝几迁革,有路在壶中,无人知地脉。皇家感至道,圣祚自天锡。金阙传本枝,玉函留宝历。禁山开秘宇,复户洁灵宅。(原注:诏隶二十户免徭,以奉洒扫。)蕊检香氛氲,醮坛烟幂幂。

而且在那个地方,还出现了"近世仙"白日飞升的事,如诗中一位"羽人"(道士)所说的:

> 明灯坐遥夜,幽籁听浙沥。因话近世仙,耸然心神惕。乃言瞿氏子,骨状非凡格,往事黄先生,群儿多侮剧。警然不屑意,元气贮肝膈。往往游不归,洞中观博弈。言高未易信,犹复加诃责。一旦前致辞,自云仙期迫。言师有道骨,前事常被谪。如今三山上,名字在真籍。悠然谢主人,后岁当来觌。言毕依庭树,如烟去无迹。

此外,唐末康骈的《剧谈录》曾载:"渊明所记桃花源,今鼎州桃花观即是其处。自晋、宋以来,由此上升者六人。"宋张君房《云笈七签》

引司马紫微《天地官府图》说桃花源是"白马玄光天",由一位谢真人主管①。这些,都可以说是陶渊明诗文被道教徒利用而踵事增华的结果,也是王维这一新主题的社会背景。由于王维写这篇诗的时候,还没有长期隐遁生活的实践经验,所以我们不能从他们两个人曾经历过物质条件悬殊的隐遁生活,来说明其有关桃源的作品主题歧异的原因。这是我们在讨论这个问题时,应当注意的。

  王维诗中的灵境以及其它作品记载中的神化桃源之说,到了中唐时代,遭到了韩愈的批判。在《桃源图》中,他一上来就正面提出"神山有无何渺茫,桃源之说诚荒唐",而以"世俗宁知伪与真,至今传者武陵人"作结。对于这一涂抹着浓厚道教色彩的传说,毫不容情地加以抨击。

  关于韩愈写作此诗的背景,以及韩愈反对二氏的斗争,当代学者论述已详②,本文可以不必重复。所要加以补充的是:韩愈这篇诗与另外一些反对道教迷信的诗有所不同。如《谁氏子》、《谢自然诗》是以议论为主,没有鲜明的客观形象。《华山女》中那个女儿的形象是鲜明的,讽刺手法的使用也很成功,但其主题也和前举两篇一样,来自作家对现实生活的认识,与历史无关。《桃源图》则不仅有晋、宋以来踵事增华的传说在前,有陶、王有关这些传说的成功作品在前,同时,卢汀在请韩愈赋诗时他本人也已加上题跋。所以诗云:"武陵太守好事者,题封远寄南宫下。南宫先生忻得之,波涛入笔驱文辞。文工画妙各臻极,异境仿佛移于斯。"③窦常所寄之画与卢汀所撰之文

---

① 见钱仲联《韩昌黎诗系年集释》卷八,《桃源图》注引。
② 参看上引钱氏韩诗《集释》及陈寅恪:《论韩愈》(载《金明馆丛稿初编》)等。
③ 据陈景云《韩集点勘》考订,武陵太守乃窦常,南宫先生乃卢汀。

今日虽不可见,然据韩诗所描写,其主题当远于陶而近于王。所以《桃源图》的主题思想,就不能不兼对历史传统及现实生活两个方面。如我们所看到的,《桃源图》就既不着眼于对小国寡民的向往,也不寄心于仙源的追寻,而是依据自己一贯的哲学政治观点,揭露了桃源神仙之说的荒唐,从而显示了它的主题的独特性。

对于历代人物和事件的咏叹,是王安石诗中所反复出现的题材。在这些诗篇中。他发抒了自己的社会、政治和哲学观点。继晋、唐诸家而作的《桃源行》乃是其中之一。

在封建社会中,君臣是与父子紧密地联结在一道的伦常关系,而王安石在封建专制主义已比前代更为发展,君权比前代更为集中的宋代,却公然在诗中提出对桃源中"儿孙生长与世隔,虽有父子无君臣"那种理想社会的赞美。历代文人可以将历史看成一部连续不断的"相斫书",但对于本朝之取得天下,则无不认为是神功圣德,天与人归,光明正大。可是王安石在此诗中却说:"闻道长安吹战尘,春风回首一沾巾。重华一去宁复得,天下纷纷经几秦。"这也就是认为:三代以下,无非以暴易暴,可是老百姓呢,却是宁愿保持家庭的纯朴关系,而憎恨那个从来就使他们不得安宁的、剥削压迫他们的封建制度的。王安石的这些见解,显然不仅和他自己的政治思想有关,也同时受到了陶渊明原作的影响,但比陶渊明更为彻底。陶赞赏"秋熟靡王税",王则指出,"靡王税"的根源在于"无君臣"。陶说"嬴氏乱天纪,贤者避其世",王则指出,自从天下为公的唐虞之世过去以后,历史无非是秦代影像的重叠。这在十一世纪,真是一种非常大胆的见解。这种见解,当然也反映了作者的政治思想,但已远远超出了他的变法思想的范围。

在王安石笔下,陶渊明的诗文中的思想得到了发扬,这也正是他以自己的方式继承和发挥了这个古老题材的结果。

就主题说来,王维诗是陶渊明诗的异化,韩愈诗是王维诗的异化,而王安石诗则是陶渊明诗的复归和深化。主题的异化和深化,乃是古典作家以自己的方式处理传统题材的两个出发点,也是他们使自己的作品具备独特性的手段,这是从上面的讨论中可以看出来的。

四

主题是作者认识生活并进而概括和提炼生活的结果。作品的主题,离不开依据生活所创造的艺术形象,它使人们通过生动的形象看到生活的本质。所以,主题的独特性和作品形象的独特性是不能分离的。

锺嵘《诗品》虽然只将陶渊明列入中品,但称其"文体省净,殆无长语。笃意真古,辞兴婉惬,每观其文,想其人德",倒是真能搔着痒处。即以《桃花源记》与《桃花源诗》而论,也同样显示了锺嵘所标举的这样一些特征。

《记》文纯用客观手法进行描写,在平铺直叙中,以省净的文风再现了避世者的生活的生动形象。在作者笔下,一切环境人物都是习见的,但用"并怡然自乐"略加点明,又用"不知有汉,无论魏晋"指出怡然自乐的根源,就使人感到"此中人"与"外人"完全生活在两个世界了。《诗》则就《记》中所述加以补充和赞叹。这种补充,基本上也还是从渔人所闻所见着笔的,与《记》文同。但在赞叹方面,则首以四皓作陪,尾则归到自己。诗人终于也闯进自己所创造的世界来,因此可以使读者因其人而想其德,也同时看见了作品的倾向性了①。《记》与《诗》虽然是各自独立的,同时也是互相补充的,是合之则双美,离之则两伤的。

这两篇作品,虽然有传说作根据,显然仍属寓意之文。但其借以表达所寓之意的形象,则仍然不能脱离作者自己长期沉浸在其中的宁谧的农村生活。他只是将这种生活渗透着自己的理想而已。

正因为他写的乃是自己所熟习的世俗生活,陶渊明笔下的桃花源中的劳动场面与社会情态,普通农村人民的淳朴和他们安于淳朴那种怡然自乐的情景,才如此亲切感人。

> 相命肆农耕,日入从所憩。桑竹垂余荫,菽稷随时艺。春蚕收长丝,秋熟靡王税。荒路暖交通,鸡犬互鸣吠。俎豆犹古法,衣裳无新制。童孺纵行歌,斑白欢游诣。草荣识节和,木衰知风厉;虽无纪历志,四时自成岁。怡然有余乐,于何劳智慧。

以上这十八句诗是对桃源中人民生活的具体描写,也是诗中最主要的部分。但是这个题材到了王维手中,这一类的描写却全部消失了。这是因为王维要写的既是"初因避地去人间,及至成仙遂不还"的桃源,就不可能与陶渊明所要突出的小国寡民的形象一致。但既有陶的诗文在前,桃源就具有大致上的既定格局,又不能和陶太不一致。这就只有在增减轻重上做工夫了。王维之所以让陶诗中所写那些情景消失在他的作品里,正是因为他已将渔人之偶入桃源,重加

---

① 吴嵩《论陶》说:"'嬴氏乱天纪,贤者避其世'与结语对照,渊明生平尽此二语矣。"(见吴瞻泰《陶诗汇注》附录)可以参照。

处理,成为"俗客"误入"仙源",而陶诗那些劳动场面与社会情态,显然与人们(包括王维自己)所想象的仙境不大协调之故。一方面有关世俗生活的描写有所删除,另一方面有关仙源景色的描写就有所增加。他通过渔人的感觉:

遥看一处攒云树,近入千家散花竹。
月明松下房栊静,日出云中鸡犬喧。

将这灵境写得极其幽美而恬适,这正是陶诗中所缺少的,乃至陶诗中所写桑、竹、菽、稷,到王诗中也被花、竹、松代替了,也就是经济植物被观赏植物代替了。同是一竹,桑竹连文与花竹连文给人的印象就全然不同。这用意都在加深那个存在于作者精神世界,而在现实世界中却"无处寻"的仙境对读者的感染力。

王维也是个大画家,他以"诗中有画,画中有诗"为苏轼所赞叹[①]。《桃源行》不仅在结构上紧凑而又超脱,在灵境的描摹上也只略加点染,颇似南宗山水,使人读来有恍若身临其境、心向往之之感。

韩诗不是对这一古代传说的直接赋咏,而是对绘有这一传说的一幅图画的赋咏。这幅图画的主题,与陶渊明诗文异趣,而与王维的诗相同。但韩愈对于这一古代传说的理解,却正好反过来,与王维异趣,与陶渊明相同。这样,韩愈所要加以赋咏的这幅图画的主题,和他所要写的诗的主题,就恰好处在对立的地位。但是,送这幅图画的窦常与接受这幅图画、并请韩愈加以赋咏的卢汀,都是韩愈的朋友。

---

① 苏轼《东坡题跋》卷五《书摩诘蓝田烟雨图》:"味摩诘之诗,诗中有画;观摩诘之画,画中有诗。"

因此，他在礼貌上既不便公开非议；而在理性上，又不能屈己从人。这些矛盾，就决定了韩愈在写作这篇诗时，必须采取适应这样一些矛盾的两全其美的手法。

他采用怎样的手法呢？就是如金德瑛所说，一方面，"一一依故事铺陈"，另一方面，又通过"当时万事皆眼见，不知几许犹流传"，从情景虚中摹拟，从而有异于"前人皆于实境点染"。如诗中依据图画所描绘的：

架岩凿谷开宫室，接屋连墙千万日。
种桃处处惟开花，川原远近蒸红霞。

形象都非常具体，但在"当时"二句出现以后，就化实为虚了。金德瑛很敏感地看出了韩诗在构思和表现上的这些特点[①]，但可惜他却仅从技巧上指出韩愈化实境点染为虚摹的事实，却没有认识到，其所以要这么写，是为了表达自己的观点，是和篇首"神仙"二句及篇尾"世俗"二句相照应的。正是为了证实桃源神仙之说的渺茫、荒唐，而悲悯世俗之不知伪与真，才对实境加以虚摹。将宁知真伪归之世俗，文工画妙归之窦、卢，就于文于画，但取其工妙，却不涉及其主题，从而将这种对立缓和了。另外，程学恂指出此诗之特点在于"起结提破，中间乃详为衍叙"[②]，也只看到首尾之议论与中幅之描写在全诗结构上统一的一面，而忽略了其更为重要的矛盾的一面，这乃是"未达一

[①] 金说载陆以湉《冷庐杂识》卷七，下引金说均出此。
[②] 见《集释》引所著《韩诗臆说》。

间"。只有何焯说"观起结,命意自见,中间铺张处皆虚矣。章法最妙"①,才算是将这个问题简明扼要地讲清楚了。

以上三篇,陶作是写传说中被隔绝了的人间景象,王作是写神仙世界,韩作也写仙境,但却同时暗示此境并不存在。虽然用意不同,但都对桃源的环境及其中的人物生活作了形象性的描绘,一面有因袭,一面有发展,有补充。这在上面已有举例。即便在叙述方面,也是如此。如陶文云:

> 自云:先世避秦时乱,率妻子邑人来此绝境,不复出焉,遂与外人间隔。问今是何世,乃不知有汉,无论魏晋。此人一一为具言所闻,皆叹惋。

王诗则云:

> 初因避地去人间,及至成仙遂不还。峡里谁知有人事?世中遥望空云山。

韩诗则云:

> 初来犹自念乡邑,岁久此地还成家。渔舟之子来何所,物色相猜更问语。大蛇中断丧前王,胡马南渡开新主。

他们彼此之间,既有继承,又有创造,各自选择了表达自己的主题的

---

① 《集释》引。

最恰当的手段。

在上举三家非常成功的作品之后,王安石写出了表现方法全然不同,而成就却可以与之比美的《桃源行》。所以方东树《昭昧詹言》卷十二评韩愈《桃源图》云:"凡一题数首,观各人命意归宿,下笔章法,辋川只叙本事,层层逐叙夹写。此只是衍题。介甫纯以议论驾空而行,绝不写。"又评王安石《桃源行》云:"此与《张良》、《韩信》、《明妃曲》,只用夹叙夹议。但必有名论杰句,以见寄托。无写,以叙为议,以议为叙。"先师胡翔冬先生评王安石此诗,也说:"桃花源诗,有故神其词,托之仙境者,如王维云'初因避地去人间,及至成仙遂不还'是也。又有讥其谬者,如韩愈云'神仙有无何渺茫,桃源之说诚荒唐'是也。公诗于仙境非仙境置若罔闻,独取陶公'先世避秦时乱来此'一语作骨子,寄兴深微,真不可及。"

二家之说,对于王安石这篇作品的独特性,都作了扼要的说明。方东树指出了一题数首,就必须命意归宿与下笔章法各人不同,这是非常正确的。我们所要补充或强调的,只是两者之间的关系非常密切。正由于命意不同,才必需而且必然会下笔不同,两者不能割裂开来理解。至于他说安石此诗,不事描写,但以夹叙夹议见长,而其所以能卓然自立,乃是因为有名论杰句,以见寄托,即胡先生所说的"寄兴深微"。则尤为精到。我们多少年来,在理论上,脱离了民族传统、文学样式等特征,机械地将形象思维与抽象思维,描写与叙述、议论,含蓄与刻露的区分绝对化了,割裂了,结果许多文学现象解释不通,甚至于整个宋诗都被斥为"味同嚼蜡"。王安石这篇单刀直入,几乎全无景物铺陈即方东树的所谓"写"。但以议论见长的宋诗,不正是以其"虽有父子无君臣","天下纷纷经几秦"这样一些名论杰句,反映了自己先进的历史观点和政治思想,显示了诗人自己崇高的形象,从而赢得了广大读者的喜爱吗？它以其主观色彩特别浓厚,重议论不重铺陈的特点,不仅将自己和在其以前出现的杰作区分开来了,而且还能和它们分庭抗礼。

五

歌德认为:"总的来说,一个作家的风格是他的内心生活的准确标志,所以一个人如果想写出明白的风格,他首先就要心里明白,如果想写出雄伟的风格,他也首先要有雄伟的人格。"[1]所谓内心生活,也必然从每个人的阶级地位、社会经历、思想感情中来。一位作家在认识生活并创造性地回答生活中提出的问题的时候,他必然会同时显示其独特的格调、气派。这也就成为他内心生活的准确标志。从以上所举四篇桃源诗来看,它们所呈现的风格是各不相同的,具有独特性的,而其独特性则正与诗人的内心生活一致。

前人已有注意这四篇诗风格的歧异而加以比较的。如张谦宜《絸斋诗谈》卷四云:

> 陶诗他且勿论,即如咏桃源一诗,摩诘之绮丽,昌黎之雄奇,皆不如其浑朴,便见古人地步真高。

又王士禛《池北偶谈》[2]云:

---

[1] 《歌德谈话录》第39页。
[2] 《集释》引。

> 唐宋以来,作《桃源行》最佳者,王摩诘、韩退之、王介甫三篇。观退之、介甫二诗,笔力意思甚可喜。及读摩诘诗,多少自在。二公便如努力挽强,不免面赤耳热,此盛唐所以高不可及。

这些议论,如果将批评家个人的爱好和宗尚排除存外,仅就其所指陈的风格特色而论,基本上都是符合实际的。

我们在上面曾经引用《诗品》指陈陶渊明"文体省净"的特点。唐庚《唐子西文录》亦云:

> 唐人有诗云:"山僧不解数甲子,一叶落知天下秋。"及观渊明诗云:"虽无纪历志,四时自成岁。"便觉唐人费力如此,如《桃花源记》言:"尚不知有汉,无论魏晋。"可见造语之简妙。盖晋人工造语,而渊明其尤也。

其所谓简妙,也就是省净。惟其省而能净,所以简中见妙,或寓妙于简。唐庚所举的两个例子,恰巧都在桃源诗文中,应当不是偶然的。陶诗的风格并非单一的,论之全人,不可偏废,鲁迅先生对此曾有很精当的、人所共知的说明[①]。但多样的风格虽然可以存在于一位作家身上,却难以同时存在于一篇作品当中。风格的形成,往往是与作品的主题以及它所展示的形象息息相关的。同时,存在于一位作家身上的风格的多样性,也并不否定其中还有主次。省净、简妙从而使人感到浑朴,这正是陶渊明风格中最引人入胜的地方[②],桃源诗文不能

[①] 《题未定草》(六)、(七),载《且介亭杂文》二集。
[②] 朱光潜先生论陶诗风格,甚有精义,可参看。朱说见所著《诗论》第十三章,载《朱光潜美学文集》第二卷。

算是陶集中的最高成就，但人们却可以从中看出陶渊明风格这一显著的特点，因为这些作品的题材和主题，乃是他所最倾心的。他的人格、风格不能不与之密切地结合在一起。

王维写《桃源行》的时候，正处在风华正茂的十九岁。他早年富艳的才情渗透在那个虚无缥缈的神仙世界之中，就使得这个作品呈现着一种绮丽的风格，如张谦宜所指陈的。王士禛说它自在，也应当是指少年王维作品中弥漫着的青春的色彩与气息在生动活泼的语言中的自然流露，因而毫无雕琢的痕迹。王维笔下的灵境不是枯寂凄黯的，而是幽美恬适的。他以自在的笔触描绘了仙源中人自在的生活。

陈兆奎还独具慧眼地看出了王维的《桃源行》和张若虚的《春江花月夜》这两篇名作之间的传承关系。他认为《春江花月夜》"秾不伤纤，局调俱雅。前幅不过以拨换字面生情耳。自'闲潭梦落花'一折，便缥渺悠逸。王维《桃源行》从此滥觞。"[①]这实在是一个很细致的观察。王维《桃源行》虽非以拨换字面生情[②]，然前幅多属铺叙，与其《夷门歌》手法相近，但最后一折：

> 当时只记入山深，青溪几曲到云林。春来遍是桃花水，不辨仙源何处寻。

其缥渺悠逸，确与《春江花月夜》结尾，特别是最后的"斜月沉沉藏海雾，碣石潇湘无限路。不知乘月几人归，落月摇情满江树"四句风神

---

① 见《王志》卷二，"论唐诗诸家源流答陈完夫问"条所附陈兆奎按语。
② 张诗也非如此。这个问题，需要另作说明，这里暂不涉及。

酷似,具有渊源。这种缥缈悠逸的风格,也就是王士禛所说的"自在"在特定环境中的表现,它与全诗的绮丽不是互相排斥而是合色的。

张谦宜认为韩诗此篇雄奇,金德瑛认为它雄健壮丽,王士禛以"努力挽强"为喻,虽含贬义,也还是符合事实的。这是韩诗主要的风格特征,几乎无所不在,哪怕是从一些绝句诗中,也可以看出来。陶、王两家作品中的桃源,并无蓝本,全凭作者根据自己的生活经历,审美观念,加以创造性的想象所形成。所以,在诗人们作品中虽然写的都是一个地方,而这个地方是什么样子,却因人而异。陶渊明向往的那个世界是幽美恬适的,王维向往的那个世界则是缥缈悠逸的。他们所想象的,显然与他们固有的风格非常协调,因为他们在构思的过程中,已经很自然地意识到这种协调的必要性。但韩诗却面对着一幅图画,这幅图画中的景色,及其所呈现的风格,乃是画家事先规定了的,所题之诗不能和它唱对台戏。这幅图画的风格如何,我们今天不得而知,但从韩诗中可以看出它描写很少,叙述议论较多,而就其中少量描写来看如前举"架岩"二句、"种桃"二句,其所选取的也是壮丽而非幽美或缥缈的形象,它们是与波澜起伏的叙述,发扬蹈厉的议论相一致的。

王安石虽然有时也嘲笑韩愈,如在《韩子》中说他"力去陈言夸末俗,可怜无补费精神",但在创作时却往往又是韩愈的追随者。王士禛论桃源诗,以二家并列,称之为"努力挽强,不免面赤耳热",是有根据的。我们所不同意的,乃是自在是否就一定是高,而"努力挽强"就一定是下这样一种以盛唐某些诗人所表现的神韵为极致的意见。

王安石这篇诗虽"于仙境非仙境置若罔闻",有异于韩愈之认为"桃源之说诚荒唐",其不依故事铺陈,也不同于韩愈之先叙画图,次及本事,先事描写,后加议论。因而两诗主题手法虽均有区别,但其以雄伟的风格驱使议论,又有异中之同。读者可以从这些方面看出韩、王诗学渊源。但王诗之精悍简劲,仍然有自己的独特风格,则又是与其诗所反映的时间跨度非常之长,生活内容涉及较广,识度议论突破传统这些方面相联系的。

以上以四篇桃源诗为例,略论相同的题材与不相同的主题、形象、风格之间的或即或离的错综关系,主要是受到金德瑛的启发。这位对文学颇有真知灼见的乾隆元年(1736)状元说:

> 凡古人与后人共赋一题者,最可观其用意关键。如桃源,陶公五言,尔雅从容,"草荣""木衰"八句,略加形容便足。摩诘不得不变七言,然犹皆用本色语,不露斧凿痕也。昌黎则加以雄健壮丽,犹一一依故事铺陈也。至后来王荆公则单刀直入,不复层次叙述。此承前人之后,故以变化争胜。使拘拘陈迹,则古有名篇,后可搁笔,何用多赘。诗格固尔,用意亦然。前人皆于实境点染,昌黎云:"当时万事皆眼见,不知几许犹流传。"则从情景虚中摹拟矣。荆公云"虽有父子无君臣","天下纷纷经几秦",皆前所未道。大抵后人须精刻过前人,然后可以争胜,试取古人同题者参观,无不皆然。苟无新意,不必重作。世有议后人之透露,不如前人之含蓄者,此执一而不知变也。

本文不过为他的意见作了一点疏证而已。这点疏证也许有助于加深对古典作家在创作方法及表现技巧若干方面的认识。如果我们对这些理解得清楚一些,前些年流行的关于题材、主题的许多奇谈怪论,也许会受到更多的抵制。这,也许就是这篇文章的现实意义吧。

(1980年10月,南京)

读诗举例

——在中国文学批评史师训班上的讲话

我们研究文学批评史的目的,是总结前人对文学理论批评的研究,找出规律,以期有益于今天的文学理论批评和创作。总结前人的研究,又不外两个方面,一是某些理论原则,例如"形神兼备";二是某些具体问题,例如"永明声律"。但不论是总结前者或后者的研究,都得有一个共同的基础,或者说出发点,那就是文学现实,也就是文学作品本身。如果作家不写出作品来,那么,理论家也就失去了研究对象,既不会产生理论原则,也无从评价具体问题了。

由此可以知道,对于从事文学批评史研究的人来说,研究作品是非常重要的。作品是理论批评的土壤。不研究、理解作品,就难于研究和理解理论批评,更无从体会理论与理论之间的内部联系,无从察觉批评与批评之间相承或相对的情形了。因为这些联系和对立,往往是起源于对作家作品以及由之而出现的文学风格的具体评价的。

离开了作品而从事理论的研究,就不免陷于空洞,难以理解问题的实质。例如,研究《文心雕龙》,将主要力量放在《神思》以下二十四篇,或者再加上《原道》以下五篇,这是可以的。因为前者是刘勰当时总结出来的若干理论,而后者则是其所据以立论的纲领。但是,在研究这些篇章的时候,能否将《明诗》以下二十篇排除在考虑之外呢?我看不能。不仅《明诗》以下二十篇应当和其他诸篇合起来研究,而且严可均辑《全上古三代秦汉三国六朝文》、丁福保辑《全汉三国晋南北朝诗》,还有萧统《文选》等也应当时时加以印证。只有这样,才能对某些问题辨析得较为清楚。再如,南宋诗论史上的江西派与反江西派之争,是大家所熟知的。吕本中作了《江西宗派图》,树立旗帜,严羽的《沧浪诗话》以宗盛唐来反对江西诸公,但和严羽同时而略后的方回却在《瀛奎律髓》中进一步提出了"一祖三宗"之说①,完善了江西派的理论。我们若不细读黄庭坚、陈师道、吕本中、杨万里、严羽、四灵、刘克庄、方回等许多诗人的创作,细辨其风格的异同,以联系批评家们从他们风格中抽象出来的理论,就实在很难将江西派与反江西派闹的是一些什么纠纷弄清楚。所以,我们研究文学理论批评史,要想深入一些,细致一些,就决不可脱离当时理论批评家所据以抽象的文学现实,即作品本身。

如何理解作品,是继之而来的另一个问题。研究文学理论批评史,评判古代理论著作的是非高下,这纯粹属于逻辑思维的范畴。但是,阅读作品却不能完全这样。对于我们来说,阅读作品的最终目的是要分析它们,发现其与当时理论批评的关系,使自己的工作能够如实地反映出理论批评发展的历史进程,因此,理智的思辨是完全必要的。但不能忽视,任何文学作品主要是形象思维的产物。它首先是使人发生美感的艺术品。读者总是先被它所感动,然后才进一步理解它的。最后,也许你肯定它,爱好它,或者,反过来。但在最初,你总是从欣赏出发。欣赏是一种感情活动。通过欣赏,你才会产生某种感情,再追究为什么会产生这种感情。通过这样的分析、抽象,才

---

① 《瀛奎律髓》卷二十六,陈与义《清明》评云:"古今诗人当以老杜、山谷、后山、简斋四家为一祖三宗。余可预配飨者,有数焉。"

上升到理论。所以,对于从事文学理论工作的人来说,如何读作品,比较深入地理解作品,是一个不能而且无法回避的问题。

丹麦作家安徒生在其童话《冰姑娘》中说过一句话:"上帝赐给我们硬壳果,但是他却不替我们将它砸开。"我国古诗说:"鸳鸯绣取从教看,莫把金针度与人。"①这些话的意思是一致的。一件已经完成的作品,就是一个富有生命力与魅力的客体,是一件使人无法知道怎样裁制出来的无缝天衣。如何比较准确地理解作家艺术构思,他所要显示的美、情、理,并不是件轻而易举的事情。因此,读者们其中当然包括研究文学批评史的同志们,必须长期地、艰苦地锻炼自己的感受能力和判断能力,要使自己的眼睛成为审美的眼睛,耳朵成为知音的耳朵,而心灵呢,则成为善于捕捉艺术构思和艺术形象的心灵。砸开硬壳果,揭示出作家心灵上的秘密,并且占有它们,对于研究从作品中抽象出来的理论批评,将起着何等不可缺少的作用,这是不须多作解释的。

以下,想就几个侧面具体谈谈如何欣赏诗,理解诗。但"仁者见之谓之仁,智者见之谓之智"②,"诗无达诂"③,古有明训。西方文论也常常提到形象大于思想的问题。所以我的意见,很难一定说是能够与诗人的心灵活动吻合。这里只是贡其一得之愚而已。

---

① 元好问《论诗》三首之二,见施国祁《元遗山诗集笺注》卷十四。元诗盖本佛教禅宗语录《续藏经·古尊宿语录》卷二十一,《舒州白云山海会演和尚初住四面山语录》:"鸳鸯绣了从君看,莫把金针度与人。"又《联灯会要》卷十三引慧南语录:"鸳鸯绣出从君看,莫把金针度与人。"(转引自郭朋《宋元佛教》第一章第四节。)

② 《易·系辞上》。

③ 董仲舒:《春秋繁露·精华》。

形 与 神

　　任何文学作品都是写人类的生活的,它们通过生动的形象,展示人物的内心活动,即以形传神,所以我国古代文艺理论一贯地要求形神兼备,而反对徒具形似。进一步,则要遗貌取神,即承认作家、艺术家,为了更本质地表现生活的真实,使其所塑造的形象更典型化,他们有夸张的权利,有改变日常生活中某些既成秩序的权利。这种对于形的改变,其终极目的也无非是为了更好地传神。

　　白居易的《长恨歌》是唐诗中一篇人们对其主题有争议的杰作。但在艺术上,它却获得了异口同声的赞扬。其中理由之一就是善于以形传神。诗中写唐玄宗作为一个失势的太上皇,在西宫、南内如何靠悔恨、忧伤、寂寞、凄凉来打发那些难以消磨的日子时,用了下列的句子:

　　　　夕殿萤飞思悄然,孤灯挑尽未成眠。

　　为了给这位老皇帝的感情上涂抹一层浓重的暗灰色,诗人挑选萤飞的夕殿这个时间和地点,而以未成眠来证实思悄然,又以孤灯挑尽来见出他内心痛苦之深,以致终夜不能入睡,由"迟迟钟鼓初长夜"到"耿耿星河欲曙天"。我们知道,唐代宫中是用烛而不是用灯来照明的。即使用灯,何至于在太上皇的寝宫中只有一盏孤灯,又何至于竟无内侍、宫女侍奉,而使他终夜挑灯,终于挑尽。这里显然都不符事实①。但是,我们设想,如果作者如实地反映了太上皇不眠之夜,生活在一个红烛高烧、珠围翠绕的环境里,还能够像《长恨歌》这里所描写的那样成功地展示他的精神状态吗?文学欣赏不能排斥考据,不能脱离事实,可也不能刻舟求剑,以表面的形似去顶替内在的神似。

当临邛道士来到仙山求见时,久已脱离人间爱欲的杨太真是丝毫没有思想准备的,所以"闻道汉家天子使",就自然不禁"九华帐里梦魂惊"了。玄宗终宵失眠,太真恬然入梦,这也是一个对照。接着,诗人以下列四句描写了她强烈的内心冲突由发生到解决的过程:

> 揽衣推枕起徘徊,珠箔银屏迤逦开。云鬓半偏新睡觉,花冠不整下堂来。

由梦魂惊而揽衣推枕,徘徊不定,由徘徊不定而决心出见,这个内心斗争胜利的取得无疑地是相当艰苦的。而当胜利以后,便不顾云鬓半偏,花冠不整,迫不及待地走下堂来。从这些细节描写中,我们可以看到诗人是多么成功地通过杨太真的动作刻画了她的精神状态,以语言的音响传达了生活的音响。

以形传神,并不限制在人物的动态方面,诗人笔下出现的人物的静止状态,也和绘画与雕塑中成功的人物一样,是能够使人窥见其丰

---

① 邵博《闻见后录》卷十九就对这两句诗作了如下的评论:"宁有兴庆宫中,夜不烧蜡油,明皇帝自挑灯者乎?书生之见可笑耳。"陈寅恪《元白诗笺证》第一章《长恨歌》则云:"至上皇夜起,独自挑灯,则玄宗虽幽禁极凄凉之景境,谅或不至于是。文人描写,每易过情,斯固无足怪也。"陈先生的意见当然远胜邵博,但也没有能提到理论高度来加以阐明。

富的内心世界的。例如张仲素这首有名的《春闺怨》：

袅袅城边柳，青青陌上桑。提笼忘采叶，昨夜梦渔阳。

古乐府《陌上桑》中那位坚贞而机智的采桑女，在张的这篇诗中，被赋予了思妇的身份。她依然是一位忠诚的妻子，但诗人所描绘的，却侧重在她提笼而忘采叶这一点，而其所以如此，则是由于她沉浸在昨夜的梦境中了。是怎样的梦境呢？诗中有意给读者留下了非常广阔的想象余地。这座女体塑像是静态的，她只是提着笼子，不声不响地站在城边陌上，柳条桑树之间罢了。然而，我们难道不能窥见她心中混合着甜蜜与感伤的情绪和分明而又模糊的梦境吗？

这篇诗，和曹植的《美女篇》可以比观。它们都是继承了，同时又发展了传统的形象；又可以和刘禹锡的《春词》比观，它们都以静态传神，刘诗中的"行到中庭数花朵，蜻蜓飞上玉搔头"，与张诗中的"提笼忘采叶"所采取的艺术手段与所获得的艺术效果是一致的。

曲　与　直

写诗应当注意含蓄，不能像散文那样直说，这是传统的说法，也就是贵曲忌直。这话对不对呢？在一定的条件之下和范围之内，是可以这样说的，但如果将它绝对化，就会走向反面了。事实是，诗每以含蓄、曲折取胜，而有些直抒胸臆、一空依傍的作品，也同样富于诗意，具有极大的艺术魅力，能够表达人类生活中最美好的感情，列入诗林杰作之中而毫无愧色。总之，是不能一概而论，否则，蒙受损失的将不是诗人而是读者。

> 岁岁金河复玉关,朝朝马策与刀环。三春白雪归青冢,万里黄河绕黑山。

柳中庸这首《征人怨》,以精工富丽的语言和雄浑壮阔的风格写边防战士不安定而又艰苦的生活。前两句说调动频繁,行踪不定,时在金河,时在玉关,而和他做伴的,只有马鞭和战刀而已。后两句写以时间言,在三春仍有白雪的时候,又回到了青冢;以空间言,随万里黄河之奔泻,又绕到了黑山。通篇无一怨字,但却非常深刻地将这位征人藏在心底的"频年不解兵"①的怨透露出来了。这就比"君不见沙场征战苦"②之类的写法,更为有力。

王昌龄《长信秋词》之"玉颜不及寒鸦色,犹带昭阳日影来",以及韩翃《寒食》之"日暮汉宫传蜡烛,轻烟散入五侯家",这些被人称赏的名句,其成功之处,也正由于曲。

与此相反,也有的诗人以很坦率的语言,发抒最诚挚的感情。这些作品,也同样深刻动人,不过,其所以深刻动人,却并非由于曲,而是由于直。

梅尧臣在悼念他死去的小女儿的一首短诗《戊子三月二十一日,殇小女称称》中,是用这样两句作结的:

> 慈母眼中泪,未干同两乳。

---

① 沈佺期《杂诗》句。
② 高适《燕歌行》句。

诗人将分娩不久就失去了婴儿的母亲在生理上和心理上的本来并不相关,而在这一特定情况之下,却必然相关的两种现象绾合起来,从而极为成功地表达了海一样深的母子之爱。

另一首类似的成功之作是陈师道的《示三子》:

> 去远即相忘,归近不可忍。儿女已在眼,眉目略不省。喜极不得语,泪尽方一哂。了知不是梦,忽忽心未稳。

这位以穷困和苦吟著名的诗人,因为养不活自己的家口,只好将妻子以及三个儿子、一个女儿都送到在四川做官的岳父处寄食。大概过了三四年,才回到徐州。这首诗写久别乍逢,平铺直叙,至情无文,却感人肺腑。长大了几乎不认识了的儿女们突然出现在眼前,不免感慨万端,喜极而无言,欲笑而先哭。前此屡梦,反以为真,今此相逢,反以为梦。真极!妙绝!谁能说宋人由于直说,就是不懂形象思维呢?谁能说江西派诗人就是反现实主义者、形式主义者呢?

姜夔《鹧鸪天》云"人间别久不成悲",就是"去远即相忘"。晏几道同调词云"今宵剩把银釭照,犹恐相逢是梦中",就是"了知不是梦,忽忽心未稳"。虽男女之情与亲子之爱既不相同,词之与诗语言风格亦异,但其以直致而不以婉曲取胜则没有两样。

在这个问题上,我们很容易想起《国际歌》,想起曾经作为代国歌的《义勇军进行曲》,等等。这些杰作,曾经鼓动了多少好儿好女为人类最壮丽的事业前赴后继,视死如归地去英勇斗争啊!难道能够因为它们写得不含蓄就可以将其排斥在好诗的行列之外吗?

物 与 我

《诗品序》云:"气之动物,物之感人,故摇荡性情,形诸舞咏。"这几句话非常简明地概括了诗中物与我的关系。物即人类社会生活和自然景物,我即诗人的思想感情。触物不免动情,览物所以抒情,融情于物,即可以将主观的思想感情附托在客观的社会生活以及自然景物上。在诗人笔底下,物我成为一体,因而物就与我一样,能够有生命,即有思想感情的了。

李白《劳劳亭》云:

> 天下伤心处,劳劳送客亭。春风知别苦,不遣柳条青。

此诗前半十分平常,后半义异常精警,对照强烈。它"匠"出了在特定的初春时节那种依依不舍之情。其他送别之诗,莫不涉及折柳的风俗——唱与赠,此诗却一反常情,从无柳可折这一现实出发,独标新意,极写伤心。

再如杜牧《赠别》:

> 多情却似总无情,惟觉尊前笑不成。蜡烛有心还惜别,替人垂泪到天明。

小杜此篇与上篇结构不同。它上半写人,用赋;下半咏物,用比,都极为精彩,势均力敌。虽欲强颜一笑,聊以慰藉对方,但满腹牢愁,终于无话可说,所以只有让蜡泪来代表离衷了。《西厢记》中"长亭送别"一场,亦有此意,但戏剧为样式所限制,非唱不可,不能哑场,并不一定有蜡烛静静地流着泪伴着一对离人这般令人耐想。

这未青的柳条和流泪的蜡烛,亦物,亦人;即物,即我。物之与我,景之与情,在这种安排之下,就融为一体了。

诗人经常是而且永远是抒情诗中的主人公。在有些诗中,只见物,不见人,似乎有物无我了。但略加寻究,则诗人只是将景物推到了前台,而在幕后操纵的,仍然是诗人自己。如杜诗《绝句》四首之三:

两个黄鹂鸣翠柳,一行白鹭上青天。窗含西岭千秋雪,门泊东吴万里船。

这篇诗与上面柳中庸那一篇有同有异。通篇以两联对句组成,是其所同。但柳诗四句是写一位征人的动荡生活,句句中有人在,一望而知。老杜这篇所写则是四种各自独立的景物,犹如四扇互不相干的挂屏。只有细加体会,才能发觉其仍是物中有我。前半以黄鹂、白鹭载鸣载飞之乐来反衬自己客居成都之抑郁无聊,有人不如鸟之意。其后半则与作于同时的另一首律诗《野望》的首联"西山白雪三城戍,南浦清江万里桥"两句略同。不过后者接下去,把"海内风尘诸弟隔,天涯涕泪一身遥"的感慨直接地发抒了出来,而此诗却对于吐蕃内侵的忧虑以及一己怀归的心情,只是略加暗示。虽然景物是"状溢目前",而怀抱则"情在词外"①。这就使物我之间的联系似乎更在

---

① 《文心雕龙·隐秀》篇佚文:"情在词外曰隐,状溢目前曰秀。"见张戒《岁寒堂诗话》。

若即若离之间了。而究其终极,还是景中见情,物中有我。

同 与 异

景与情之间的关系还经常表现为情同景异,或者景同情异。于以见主观的精神活动与客观的自然界或社会生活之间各种复杂的关系。

自然景物和社会生活都是千变万化的。诗人的心灵也是如此。如果像前些年某些人所提倡的和奉行的主题决定论或主题先行论所规定的那样,从最丰富的现实与心灵中概括抽象出主题来,然后按照规定公式填充生活材料,那就将文艺本身也取消了。"四人帮"篡党夺权时期充塞文坛的废话与谎言,今天难道不是记忆犹新吗?

古典诗人恪守从生活出发的正确原则,按照所接触所理解的生活及其在特定的时间、空间、条件之下对自己心灵的影响,写出作品来,所以决不会陷于"千部一腔,千人一面"①。

王维《送沈子福归江东》云:

> 惟有相思似春色,江南江北送君归。

又鱼玄机《江陵愁望有寄》云:

---

① 《红楼梦》第一回语。

忆君心似西江水，日夜东流无歇时。

两诗一写送别，一写怀人，异。而俱属离情别绪，则异中见同。前者以相思比作遍于江南江北之春色，乃自空间极言其广，后者以相忆比作长流不停的江水，乃自空间极言其长，义于同中见异。总之是情同景异。

向晚意不适，驱车登古原。夕阳无限好，只是近黄昏。

李商隐是一个很有抱负的人，终身陷入牛李党争，不能自拔，这篇《登乐游原》非常成功地揭示了诗人在登上乐游古原时深沉而又激越，向往而又追悔的无可奈何之感。国忧家恤，尽在其中，勃郁情深，使人读来充满了诗人处无可奈何之境，抒万不得已之情的印象和感受。所以清人管世铭说它篇幅虽小，"消息甚大"①。

王安石的《秣陵道中口占》与此篇机杼正同：

经世才难就，田园路欲迷。殷勤将白发，下马照青溪。

一个早年以天下为己任，高吟"天下苍生待霖雨，不知龙向此中蟠"之句的政治家②，战斗了数十年，终于不能不感到"黄尘投老倦匆匆"之

---

① 管世铭《读雪山房唐诗钞》卷二十七，五绝凡例："李义山乐游原诗消息甚大，为绝句中所未有。"
② 《龙泉寺石井二首》之一："山腰石有千年润，海眼泉无一日干。天下苍生待霖雨，不知龙向此中蟠。"见《王荆文公诗》卷四十七。李壁笺注引叶梦得《石林诗话》云："荆公少以意气自许，故诗语惟其所向，不复更为含蓄。如'天下苍生待霖雨，不知龙向此中蟠'．……皆直道其胸中事。"

并无效果,而以"江湖秋梦艣声中"的闲适退隐为得计,所以魏阙江湖,交萦怀抱,一往情深,形于赋咏①。王之"下马照青溪"与李之"驱车登古原",难道两者不正也是景异情同吗?殷勤两字,说得何等郑重,又包含了多少苦闷、挣扎和酸楚在内!

柳树是祖国诗人对之特别关心的景物之一。但它不但受到许多人的喜爱,也受到一些人的埋怨。同是柳树,在不同作者,或同一作者的不同心情之下,遭受了不同待遇。刘禹锡《杨柳枝词》九首之八云:

> 城外春风吹酒旗,行人挥袂日西时。长安陌上无穷树,惟有垂杨管别离。

韦庄《台城》云:

> 江雨霏霏江草齐,六朝如梦鸟空啼。无情最是台城柳,依旧烟笼十里堤。

在刘的笔下,春天的柳树是如此多情,而在韦的笔下,却又以其无情而遭到责怪。柳树有知,真不免有左右为难之感了。而其实,则只是诗人由于当时感受上的差异,托物喻志,与柳无关。

这些事实告诉我们,创作手法虽然可以是多种多样的,但作家认

---

① 、《壬子偶题》"黄尘投老倦匆匆,故绕盆池种水红。落日欹眠何所忆,江湖秋梦艣声中。"自注云:"熙宁五年,东府庭下作盆池,故作。"见《王荆文公诗》卷四十四。熙宁五年(1072),王安石正同中书门下平章事,可以说是"达则兼善天下"的时候,却写出了这种作品,这是非常值得玩味的。

识世界、反映世界的主观能动作用,始终站在主导地位。

小　与　大

　　文艺作品总是从个别显示一般,即小见大,这是典型化的基本方式之一。但并不是任何人都认识到,或者说承认这一点的。杜牧《赤壁》云:

　　　　折戟沉沙铁未销,自将磨洗问前朝。东风不与周郎便,铜雀春深锁二乔。

宋人许彦周认为诗人不考虑孙吴如果在赤壁之战中失败了,其最严重的后果是政权古所谓宗庙社稷。的消灭,而只担心二乔的命运,乃是"措大不识好恶"。这位书呆子气十足的理论家就没有想到大乔是孙策的遗孀,孙权的嫂嫂,而小乔则是孙刘联军最高指挥官周瑜的夫人。如果她们这两位特级贵妇都成了曹操的战利品,被关进了铜雀台中,那么孙吴的政权还有存在的可能吗?看来,不识好恶,同时也不识即小见大的艺术方法的措大,恐怕还是许颛自己,而不是他所讥讽的小杜①。

---

　　① 许颛《彦周诗话》:"杜牧之作《赤壁》诗云:……意谓赤壁不能纵火,为曹公夺二乔置之铜雀台上也。孙氏霸业,系此一战。社稷存亡,生灵涂炭都不问,只恐捉了二乔,可见措大不识好恶。"何文焕《历代诗话考索》驳之云:"夫诗人之词微以婉,不同论言直遂也。牧之之意,正谓幸而成功,几乎家国不保。彦周未免错会。"《四库全书总目》卷一百九十五,《〈彦周诗话〉提要》也说:"(颛)讥杜牧《赤壁》诗为不说社稷存亡,惟说二乔,不知大乔孙策妇,小乔周瑜妇,二人入魏,即吴亡可知。此诗人不欲质言,变其词耳。颛遽诋为秀才不知好恶,殊失牧意。"

陆游在梦从大驾亲征,尽复汉、唐故地之后,以轻快的笔调写了一首胜利之歌①。它是以如下两句结束全篇的:

凉州女儿满高楼,梳头已学京都样。

从少女们对于梳妆打扮上具有的特殊敏感性显示政治形势的根本改变,诗人也是够敏感的。而当南宋汉族政权被蒙古贵族颠覆以后,汪元量写的组诗《醉歌》中则有如下一篇。

南苑西宫棘露牙,万年枝上乱啼鸦。北人环立阑干曲,手指红梅作杏花。

北方的入侵者在进驻宫苑之后,他们不仅毁坏了那些建筑,使之变得十分荒凉,而且连苑中的红梅也不认识,这就不仅暴露了侵略者的残暴,也显示了其落后和无知。而作者的黍离之痛,也就自然充分流露了。

大小相形也是诗中常见的一种表现形式。它通过自然与社会生活中的差异所产生的比例感,来增强作者所要突出的思想感情。

保存在《南行集》中的苏轼青年时期的诗篇,虽然还没有形成自己独特的风格。但这位天才诗人已经在艺术上升始作了许多有益的探索,为后来的成功奠定了基础。例如《荆州》十首之三:

---

① 此诗题为《(孝宗淳熙七年,1180)五月十一日,夜且半,梦从大驾亲征,尽复汉、唐故地。见城邑人物繁丽,云:西凉府也。喜甚,马上作长句,未终篇而觉,乃足成之》。

朱槛城东角,高王此望沙。江山非一国,烽火畏三巴。战骨沧秋草,危楼倚断霞。百年豪杰尽,扰扰见鱼虾。

这篇诗通过咏叹南平高氏的遗迹,抒发对五代十国割据的感叹,以见当时许多以豪杰自命之徒,在江山一统后,回顾起来,无非如鱼虾之扰扰而已。鲁迅在《哀范爱农》中形容那傲兀而不容于浊世的畸人,有"华颠委寥落,白眼看鸡虫"之句,而自诧"忽将鸡虫做入"的文心之妙[①],正可与苏轼此诗尾联合看。至于杜甫的名句"鸡虫得失无了时,注目寒江倚山阁"[②],以及黄庭坚对它的成功摹仿"坐对真成被花恼,出门一笑大江横"[③],也同属大小相形的有名例句,虽然其艺术上的含义还不止于此。

形神、曲直……等都是我们古代诗论家常常用来评定作品的概念,而这些概念的成立,实由于它们在创作中本来就作为一种客观实际而存在。批评家只是在研究作品之后,将其抽象出来,又回过头再以之去衡量作品而已。个别概念如此,从这些概念中发展出来的历史观点,系统理论何尝不是如此?

人类的认识过程,总是由感性上升到理性阶段,由形象思维而发展为逻辑思维的。所以文学理论批评只能是文学创作经验的总结与抽象,文学批评史只能是文学理论批评的历史发展的如实反映,而决不是某些古人头脑中先验的产物。我们今天研究文学批评史,研究

---

① 十六卷本《鲁迅全集》第七册《集外集拾遗》载《哀范君三章》注引作者此诗附记:"我于爱农之死,为之不怡累月,至今未能释然。昨忽成诗三章,随手写之,而忽将鸡虫做入,真是奇绝妙绝,辟历一声,群小之大狼狈。"

② 见杜甫《缚鸡行》。

③ 见黄庭坚《王充道送水仙花五十枝,欣然会心,为之作咏》。

前人文学理论发生发展的情况及其规律,也就不能把他们那些理论批评的依据,即其所阅读的作品置之度外。这也就是我强调在研究工作中,虽然不妨有所偏重,但决不能将理论和作品横加割裂的理由,以及研究理论批评也决不能放弃欣赏和理解作品的理由。

(1980年5月,上海)

论唐人边塞诗中地名的方位、距离及其类似问题

一

　　边塞是唐诗中习见的主题和题材。诗人们根据自己直接的和间接的生活经验写出来的边塞诗,为数不少。其中有许多是写得非常好的,千百年来,一直传诵人口。

　　既然是边塞诗,当然会在诗中使用一些边塞地名,包括当时的和过去的,中国的和外国的,汉族的和非汉族的。在这方面,有一个值得加以探索的问题是:在某些诗篇(其中包括了若干篇边塞诗的代表作品)里所出现的地名,常常有方位、距离与实际情况不相符合的情况。现在,我们举一些著名的作品为例,将这一现象加以说明,并试拟一个答案如次。

　　　　去年战,桑干源;今年战,葱河道。洗兵条支海上波,放马天山雪中草。匈奴以杀戮为耕作,古来惟见白骨黄沙田。秦家筑城备胡处,汉家还有烽火燃。烽火燃不息,征战无已时。野战格斗死,败马号鸣向天悲;乌鸢啄人肠,衔飞上挂枯树枝。士卒涂草莽,将军空尔为。乃知兵者是凶器,圣人不得已而

用之。

——李白《战城南》

这首诗中出现了四个地名。前两个是当时实际上发生过战争的地方。桑干就是发源今山西省北部,东流入河北省境内的桑干河。葱河指今新疆维吾尔自治区西部的葱岭河,即喀什噶尔河与叶尔羌河流域一带。天宝元年(742),王忠嗣三败奚怒皆于桑乾河。天宝六载(747),高仙芝远征吐蕃,曾经葱岭,沿途以武力开辟道路。诗中所咏,即此二事。两次战役相距五年,说"去年战","今年战",不过极言战事之频繁而已①。后两个地名则是用来泛写当时战争气氛之浓厚的。天山即今新疆境内的天山。条支是当时西域国名,位于今伊拉克国境的底格里斯河与幼发拉底河之间,其地古有大湖,通波斯湾,条支海或即指此。天山山脉虽说分布很广,但究在葱岭附近。高仙芝的部队在那里放马,是完全可能的。至于条支,虽说她曾屡次对唐朝贡,唐朝并曾一度设置都护府于其地,因而也可以说是声威所及的地方②,但将在这个邻近波斯湾的远海洗兵与在天山放马并举,总觉相距过远。

汉家烟尘在东北,汉将辞家破残贼。男儿本自重横行,天子非常赐颜色。摐金伐鼓下榆关,旌旆逶迤碣石间。校尉羽书飞瀚海,单于猎火照狼山。山川萧条极边土,胡骑凭陵杂风雨。战士军前半死生,美人帐下犹歌舞。大漠穷秋塞草腓,孤城落日斗

---

① 参詹锳:《李白诗文系年》"天宝六载"条及舒芜:《李白诗选》本诗注。
② 参邓之诚:《中华二千年史》卷三,《唐代诸族简表》。

兵稀。身当恩遇常轻敌,力尽关山未解围。铁衣远戍辛勤久,玉箸应啼别离后。少妇城南欲断肠,征人蓟北空回首。边庭飘飖那可度,绝域苍茫更何有,杀气三时作阵云,寒声一夜传刁斗。相看白刃雪纷纷,死节从来岂顾勋?君不见,沙场征战苦,至今犹忆李将军。

——高適《燕歌行》

诗序云:"开元二十六年(738),客有从御史大夫张公出塞而还者,作《燕歌行》以示適。適感征戍之事,因而和焉。"考张公即张守珪,据史,开元二十二年六月,他曾大败契丹,十二月,斩契丹王屈烈及可突干;二十三年三月,赴东都献捷,赏赐甚厚;二十四年三月,他使安禄山击奚、契丹,败还;二十五年二月,他再破契丹于捺禄山[①]。诗篇就是以这些事实为基础进行创作的。榆关即今河北省东部的山海关。碣石之名,最早见于《尚书·禹贡》,其位置古来不一其说,就本诗而论,则它应当就是今河北省昌黎县东南的碣石山。蓟北,指蓟州以北。唐河北道蓟州治渔阳县,亦称蓟门,故城在今河北省密云县西南。奚族的故地在今河北省北部及辽宁省南部长城以外地区即旧热河省东南部,契丹故地在今内蒙古自治区中部包括旧热河省东北部。张守珪当时担任着幽州节度使,从范阳今北京出兵和奚、契丹作战,取道

---

① 见《资治通鉴》卷二百十四,高步瀛《唐宋诗举要》卷二本诗注引《旧唐书·玄宗纪》及《张守珪传》所述略同。高氏复云:"《传》又曰:'二十六年,守珪裨将赵堪、白真陁罗等,假以守珪之命,逼平卢军使乌知义邀叛奚余众于湟水之北,初胜后败,守珪隐其败状而妄奏克捷之功,事颇泄,云云。'达夫此诗,盖隐刺之也。"按:本诗只歌颂了一般将士之忠勇苦辛,揭露了主将之骄奢淫佚,并没有描写或暗示张守珪贪功讳败,欺骗政府的行为,则高適作诗时,是否已经知道湟水之役这一事件的内幕,尚是问题。姑记所疑于此,以俟更考。

碣石以出榆关,征人思乡,则从蓟北回首,这都是符合当时情势的。在这篇诗中,和上述三个地名发生矛盾的是大漠、瀚海和狼山。大漠和瀚海在这里是同义语,指今内蒙古自治区中部到西部的沙漠地带,它们位于奚、契丹的西边,按照唐人从沿海进军的道路,是不可能也不必要飞羽书于瀚海的。至于狼山,也就是狼居胥山,则更是远在今内蒙古自治区西部乌兰察布盟境内,与奚、契丹全然无涉。由此可见,后举三个地名乃是用典而非写实,即以汉人和匈奴作战,暗喻张守珪和奚、契丹作战。榆关、碣石等地名是一个现实的系统,而瀚海、狼山等地名则是一个比拟的系统。但四句连贯而下,浑然一气,只有细加寻绎,才能使人感到在方位上有问题。

> 青海长云暗雪山,孤城遥望玉门关。黄沙百战穿金甲,不破楼兰终不还。
>
> ——王昌龄《从军行》

王昌龄这一组诗原有七首,是对唐代西北边境战争的泛咏,所写的空间较为广阔,是可以理解的。但局就此诗而论,则仍然存在着与上举两诗同样的问题。青海就是位于今青海省,古名鲜水或西海、仙海的内陆湖泊,今通称青海湖。雪山位置,诸书所说不一,但从诗中所写来看,则以系指横亘于青海与玉门关之间的祁连山较为恰当。玉门关是汉、唐两代通西域的要道,其位置曾有迁移,今不详说,总之,是在今甘肃省西部[①]。汉楼兰国故地则在今新疆维吾尔自治区婼

---

① 参向达:《两关杂考》,载论文集《唐代长安与西域文明》;劳干:《两关遗址考》,载《历史语言研究所集刊》第十一本。

羌县西。青海之名,始于北朝。所以本诗地名是汉、唐兼用的,正如这组诗所写敌人既有为汉所破之楼兰,也有为唐所破之吐谷浑一样。但此诗既云破楼兰,就事论事,我们就不能不考虑到,这支部队没有从青海出发,越过雪山,再出玉门关的必要;它完全应当走汉以来通西域的老路,经过武威、张掖、酒泉等地以出玉门关。同时,有一座"阴阳割昏晓"的雪山亘在当中,由青海西望玉门关,是不可能的,且不说它们之间的距离也太远了。

胡角引北风,蓟门白于水。天含青海道,城头月千里。露下旗蒙蒙,寒金鸣夜刻。蕃甲锁蛇鳞,马嘶青冢白。秋静见旄头,沙远席箕愁。帐北天应尽,河声出塞流。

——李贺《塞下曲》

这首诗也是泛咏边塞的。其中地名蓟门、青海,已见前释。青冢是王昭君墓,在今内蒙古自治区呼和浩特市南。出塞黄河,则在呼和浩特市的西南流过,再入长城,作为山西和陕西两省的天然分界线。从诗中地名可以看出,只有青冢与黄河距离很近,蓟门远处青冢之东,青海则位于更其辽远的西方,彼此不相及。

以上所举四个例子,可以分为两类。第一、二例是诗人根据某个特定的事件写出来的,第三、四例则是比较概括地反映了当时在边塞戍守和作战的军人们的生活和思想感情。而其中的地名在方位、距离上,都存在着矛盾现象,则是它们的共同之处。

很显然,这不能用诗人们没有亲身经历过那些地方,因而对地理有所不明来解释;更不能用诗人在这方面的知识不够来解释,因为他们都是博极群书的饱学之士,而且有的人还亲自到过边塞,具有或多或少的边塞生活经验。如像王琦《李长吉歌诗汇解》卷四论《塞下曲》所云:"蓟门、青海、青冢皆相去甚远,不在一方。读者赏其用意精奥,自当略去此等小疵。"这种简单化的说法,是我们所难以同意的。

在高步瀛《唐宋诗举要》中,对这种现象有比较合理的看法。如卷八说《从军行》云:"破楼兰不必至青海,此不过诗人极言之耳。"但其书是选注之作,限于体例,无从对这一问题详加论列,因而我们还有另作一个比较完整的答案的必要。

二

从古今中外的文艺史实来看,作家们在其创作实践中,有意识地改变自然的或社会的生活真实,并不是十分罕见的事情。因而我们所能看到的,就不止于唐代边塞诗的地名有方位不合、距离过远这种现象。苏联季摩菲耶夫教授在其所著《文学概论》第四章中,就举出过一些类似的事例,并将其提到理论的高度来加以说明。他曾经举出歌德在其与爱克曼谈话中所谈到的荷兰画家鲁本斯的一幅风景画和莎士比亚的剧本《麦克白》中某些细节的自相矛盾,认为:

> 在许多情况中,作家为了使他所要描写的现象更鲜明地突出,甚至可以违反生活事件的原有次序,借以加强作品的普遍的真实性,获取更大的感动力。歌德曾经举过特出的例子来显示艺术家在处理生活上的这种大胆。他指出在鲁本斯的画中,有些人物的阴影投向画里,有些树丛却把阴影投向看画的人,就好像光线是来自两个相反的方向;他又指出莎士比亚的麦克白夫

人在一幕剧里有小孩,但在另一幕剧中又好像没有。歌德说:莎士比亚是企图:"……给出对于某一场合最鲜明的和最有效的东西","诗人使他的人物每一次都说出那使某种场合能够引起最强烈的印象的话,而不顾拘谨的人们的吹毛求疵——即:是否这些话和他在别处所讲的有显著的矛盾。"①

接着,季摩菲耶夫补充说:

这是和以下的事实相关联的,即:作家因为对生活现象有所选择,可以对事实中的某些环节置之不顾。因此,举例说:德尔曼曾经指出高尔基在《阿托莫诺夫一家的事业》中有这样的错误,就是:娜塔利亚没有脱衣便睡觉了,可是起来时,她"赤着脚,穿着一件衬衣很快地下了地"。一开始,对于她的情况这样地指明是很重要的:她"激动得疲乏了,没有脱衣便睡倒",可是按照她此后的情况来说,她又必须来不及穿衣便向母亲那儿跑去。这里的问题是:作家必须选择具有代表性的细节来描写,借以加强对某个人物的情况的理解。是否高尔基必须写出,娜塔利亚睡着,而且脱了衣服?在评论这类细节时,从局部着眼是很危险的,因为这些细节本来没有单独的意义,它们只为了陪衬作家在某一处想描写的东西而被写出来②。

---

① 这次谈话,朱光潜先生曾译出全文,载《世界文学》1959 年 7 月号。又《学术月刊》1963 年第 4 期所载余渊《歌德论自然与艺术的关系》对于这个问题也有所论述,均可参考。

② 查良铮译,平明出版社本,第 155 至 157 页。

这里所举出的事例是相类的,其所作的解释也是合理的。但为了使这一问题解决得完满具足,我们无妨多举一点事例,再说一点理由。

沈括《梦溪笔谈》卷十七云:

> 书画之妙,当以神会,难可以形器求也。世之观画者,多能指摘其间形象位置,采色瑕疵而已,至于奥理冥造者,罕见其人。如(张)彦远评画言:王维画物,多不问四时,如画花,往往以桃、杏、芙蓉、莲花同画一景。余家所藏摩诘画《袁安卧雪图》,有雪中芭蕉。此乃得心应手,意到便成,故造理入神,迥得天意,此难可与俗人论也。

我们不能拿今天的理论水平来要求北宋时代的人物,却必须肯定沈括对于王维这种"不问四时"的画法的肯定。可是,"黑漆断纹琴"的"俗人"总还是有的。朱翌就是一个。其《猗觉寮杂记》卷上说:"《笔谈》云:王维画入神,不拘四时,如雪中芭蕉。故惠洪云:'雪里芭蕉失寒暑。'①皆以芭蕉非雪中物。岭外如曲江,冬大雪,芭蕉自若,红蕉方开花。知前辈虽画史亦不苟。洪作诗时,未到岭外。存中沈字亦未知也。"

其实,朱翌这种论证是徒劳的。因为据《后汉书·袁安传》李贤《注》引《汝南先贤传》,袁安卧雪的故事发生在洛阳。岭南有雪里芭

---

① 释惠洪《冷斋夜话》卷四,"诗忌"条:"诗者,妙观逸想之所寓也,岂可限以绳墨哉?如王维作画,雪中芭蕉,法眼观之,知其神情寄寓于物,俗论则讥以为不知寒暑。……余尝与客论至此,而客不然余论。余作诗自志其略曰'……雪里芭蕉失寒暑,眼中骐骥略玄黄',云云。"即朱翌此处所指。

蕉和洛阳有无雪里芭蕉是两回事,如果说王维是借岭南景物以写洛中高士,那又不符合这位批评者所要求的"不苟"了。同时,这一说法又怎样使人对画家将春天的桃、杏,夏天的莲花,秋天的芙蓉同作一景的理由进行类推呢？难道世界上也真有一个这四种花儿同时开放的地方和季节①？

正是为了要突出大自然的生机蓬勃,各种花卉生命力的旺盛,画家才有意识地在艺术境界里突破了客观规律的限制,将不可能在同一季节开放的花儿绘制在统一的画面中,形成一个百花齐放的局面,从而更其充分地表现了画家的理想,也满足了人们对于美丽的大自然的爱好。同样,为了要突出地表现袁安宁愿僵卧雪中挨饿,也不肯在大家都困难的时候去乞求帮助,增加别人的负担这一主题,画家实写了雪景,也写了当地雪中所不可能有的翠绿色的芭蕉,以象征主人公高洁的性格,显示出他在饥寒交迫的环境中,也没有被困难所压倒的精神。这样,就比只一般地去写出雪中萧索寒冷的景象,更其有效地塑造了袁安的形象和表现了作品的主题。由此可见,王维之所以这样地做,乃是基于他自己对艺术创造的深邃的体会,是他在实践中"外师造化,中得心源"②的结果。

在《红楼梦》里,也存在着类似的情况。俞平伯《〈红楼梦〉研究》中专有一章,题为《〈红楼梦〉地点问题底商讨》,结论认为:"《红楼梦》所记的事应在北京,却参杂了许多回忆想象的成分,所以有很多江南的风光。"这个结论是我们所同意的。

成为江南风光突出的表现的,是书中所写栊翠庵的红梅花。第

---

① 朱翌以外,类似的意见还不少。参钱锺书:《谈艺录》,"右丞画雪里芭蕉"条。
② 张彦远《历代名画记》卷十载唐张璪语。

四十九回的回目是"琉璃世界,白雪红梅",文字则有如下一段据脂本:

> (宝玉)忙忙的往芦雪庵来,出了院门,四顾一望,并无二色。远远的是青松翠竹,自己却如装在玻璃盒内一般。于是走至山坡之下,顺着山脚刚转过去,已闻得一股寒香拂鼻。回头一看,恰是妙玉门前栊翠庵中有十数株红梅,花开的如胭脂一般,映着雪色,分外显得精神,好不有趣。

接着,第五十回又写了薛宝琴等人作《咏红梅花》的诗,并由宝玉去庵中向妙玉讨了一枝梅花,"这枝梅花只有二尺来高,旁有一横枝纵横而出,约有五六尺长。其间小枝纷披,或如蟠螭,或如僵蚓,或孤削如笔,或密聚如林,花吐胭脂,香欺兰蕙。"

但是,并不是人人都同意《红楼梦》中存在着这些"回忆想象的成分"的。他们有的举出许多书证,考出"北方亦可植梅"①,有的则认为"雪芹原文但云十数株梅,不但未言'成林',亦并未言定非盆中所植"②。总之,是企图肯定这部小说在细节描写上的绝对真实性。这些意见,后来又招致了俞先生在《读〈红楼梦〉随笔》第六条中的驳正。

我们想加以探究的,乃是曹雪芹笔下出现这类细节的意义。总的来说,俞先生在《〈红楼梦〉地点问题底商讨》中所言,"此等处本作行文之点缀,无关大体,因实写北方枯燥风土,未免杀尽风景",还是对的。若单就这两回赏梅、咏梅而言,则它是作家所乐于描写的众姊

---

① 景梅九:《〈石头记〉真谛》卷上。
② 周汝昌:《〈红楼梦〉新证》,第七章《新索隐》,第五十九条"北梅"。

妹的文化生活中的一部分。在这之前,有第三十七、三十八回的海棠社、菊花诗、螃蟹咏;在这之后,又有第七十四回的桃花社、柳絮词。它们写的是秋、冬、春三个不同的季节,在自然景象和人物心情方面都显示了各自的特色。试想,按照曹雪芹的美学观点看来,在大雪以后放晴的天气里,还有什么花木比盛开的红梅更加鲜艳和吸引人如他所写的呢?又还有什么安排比将雪中盛开的红梅位置在那位外冷内热的妙玉的修行之处更富于象征性呢?它不但使众人赏雪赏花的兴致受到鼓舞,他们的生活情趣和新加入姊妹们行列的薛宝琴等三人的诗才得到表现,而且还进一步地暗示了妙玉和宝玉之间的微妙关系。因此,即使红梅本非大观园中所能有,但在这两回书里,却成为非有不可的事物了。

现在,让我们回到本题上来,研究一下出现在唐人边塞诗中的地理上的矛盾现象。

唐代诗人们之所以不顾地理形势的实际,使其作品中的地名出现互不关合的方位或过于辽远的距离的情况,很显然是为了要更其突出地表现边塞这个主题。由于汉、唐以来,中国和外国,汉族和非汉族在相当长远的年代和非常广阔的区域里有过情况极其复杂,和战都很频繁的接触,所以诗人们在反映当前事件的时候,就不能不联想到历史事件,在反映某一地区情况的时候,也往往会联想到另一地区,哪怕它们之间的联系并不密切,甚至很不符合实际。因为不如此,就不容易充分地揭示时间和空间的巨大图景,而这种图景,又是当时表达边塞这个主题所非常需要的。

从前举几个例子中,我们不难看出,作品中出现地理方面的矛盾现象,是和作者的用典这一艺术手段分不开的。如众所周知,汉是唐以前唯一的国势强盛、历史悠久的统一大帝国;就这些方面说,汉、唐两朝有许多可以类比的地方，因而以汉朝明喻或暗喻本朝，就成为唐代诗人的一种传统的表现手法，其例举不胜举。当诗人们写边塞诗的时候，也往往是这样做的。诗中或全以汉事写唐事，专用汉代原有地名；或正面写唐事，但仍以汉事作比，杂用古今地名。由于是用典的关系，所以对古地彼此之间，乃至今地与古地之间的方位、距离不符实际的情况，也就往往置之不顾了。至于全写当时情事的诗篇，偶尔也有这种情况，则纯然是为了以夸张的手段，创造作品所需要的特定气氛，那也是不难体会的。

总的说来，唐人边塞诗中之所以出现这种情况，乃是为了唤起人们对于历史的复杂的回忆，激发人们对于地理上的辽阔的想象，让读者更其深入地领略边塞将士的生活和他们的思想感情，而这一点，作者们是做到了的。古代诗人们既然不一定要负担提供绘制历史地图资料的任务，因而当我们欣赏这些作品的时候，对于这些"错误"，如果算它是一种"错误"的话，也就无妨加以忽略了。

我们都知道，艺术的真实是根源于生活的真实的，所以在创作中，作家们应当尊重历史和生活的真实。但是艺术又并非自然和历史、社会的机械的翻版，它不可能，也没有必要一点一滴地都符合生活真实及科学要求。只有并不拘拘于现实中部分事实的真实性，才能够获得更高级、更集中的典型性。上述这些著名的事例所涉及的矛盾现象，对于整个作品说来，虽然都是一些细节，也是体现了而不是违背了这一根本法则的①。

---

① 有一种意见认为，作品中的地名不能作为细节来看，这是正确的。一个地方不能成为细节，正如一个人物不能成为细节一样，但是，如果有些事情和某地、某人连系了起来，有了活动，那就成为细节了。边塞诗中的地名，显然和地名词典（接下页注）

但这里面却还存在一些值得考虑的问题。例如歌德在评价鲁本斯的时候,一方面,肯定了他那种在一幅画中让光线来自两个相反方向的独特表现方法,认为这是鲁本斯"用他的心灵站在自然的上面,使她符合他更高的目的";另一方面,又特别强调细节真实的重要性,认为"艺术家必须在细节上忠实地、虔诚地描摹自然",赞美鲁本斯的记忆力是"那样惊人,以至他把整个自然都装在他的头脑里,在最微小的细节上,她都听他的支配"[1],似乎自相矛盾。而恩格斯在其关于现实主义的著名解释中说:"现实主义是除了细节的真实之外,还要正确地表现出典型环境中的典型性格。"[2]又说明了,典型环境、性格决不是和细节的真实性互相排斥的。那么,细节和典型之间的关系究竟是怎样的呢?

对于从王维的画到高尔基的小说中所出现的上述事例进行探索的结果,我们认为:为文艺创作所不可缺少的细节描写当然并不等于典型环境与典型性格的本身,某些作品正是由于虽然有比较生动的细节,却没有能提高到典型化而失败了的;但没有细节,就无法使环境和性格具备典型性,那也很清楚。因此,作家们有责任选择最足以帮助其作品达到典型化程度的细节来加以描写,而排斥那些可能妨害典型化,无助于构成典型环境及典型性格的细节,即使它们孤立起来看是非常成功的。

从大量的文艺史实看来,细节也是多种多样的。它们有的来自

(接上页注)中的地名不同。它们的出现,是伴随战争事态的。如李白的"洗兵条支海上波",高适的"单于猎火照狼山",王昌龄的"青海长云暗雪山",李贺的"蓟门白于水"之类,就全诗所展示的战争图景整体而论,都是局部的细节。因此,我们不能把这些地方和诗人想象中在这些地方的军事行动割裂开来,而仅将它们当作地理名词来考虑。

[1] 用余渊先生的译文,见第173页注一。
[2] 《给哈克纳斯的信》,《马克思、恩格斯、列宁、斯大林论文艺》第20页。

作家们对生活的忠实的、虔诚的模仿,像歌德所说的那样。在写真人真事的作品中,这种细节是常见的。其次,也有的来自不同的时间和空间,但它们是类似的、大同小异的、彼此之间没有矛盾的,经过作家的酝酿、消化,重新处理以后,就变成了完整而统一的,服从于情节和主题,有助于形象塑造的细节。这两种情况,是大量普遍的。然而还有另外一种,那就是作家为了使其所要描写的典型环境、性格更为鲜明突出,以便获得更大的艺术效果,他选择了一些违反自然规律或社会生活原有次序的细节来加以描写,这些细节本身虽然并不具有普遍性,反之,甚至富有特殊性,但是,对于完成那一位作家所规定的主题,并使其作品上升到典型化的高度来说,却又是必需的。于是,就有了王维的《袁安卧雪图》中雪里芭蕉等等情况的出现。

所以细节一般应当是真实的,但它也是可以虚构的。在真实的细节无助于使自己的作品达到更高级、更集中、更富于典型性的情况下,作家们保留虚构某些"反常"的,或者"错误"的细节的权利,以便保证它在整体上达到这个目的。这也正是在上举事例中,王维等的创作实践所告诉我们的。正由于此,歌德既要求细节的真实,又肯定鲁本斯大胆地处理画中的光线问题,就并非出尔反尔;同时,还可以知道,恩格斯要求细节的真实性,也正是以其有助于典型化为前提的①。

这些显得有些特殊的事例,仔细研究起来,既共有其理论的依

---

① 有一种意见认为:艺术形象虽说是可以虚构的(当然典型化,就艺术创造来说,就是一种可以使生活呈现其最本质的真实的虚构),但构成形象的最小单位,即细节,却不能虚构。但这样一来,我们就不可避免地要接受一个我们无法接受的结论,即:全部真实的细节可以构成一个虚构的或典型的形象。同时,在细节描写中,幻想和想象都被排除了。

据,又各有其具体的需要,因而我们对之进行评价的时候,就不能不考虑到文艺的特点,从而探求作者的用心。既不可以像王琦论李贺的《塞下曲》那样率意地称之为"小疵",也无需像朱翌、景梅九等人那样为王维和曹雪芹进行学究式的辩护,这是一面。另外一面,也不能由于有了这样一些事例,就可以认为:艺术的真实可以完全背离自然的及历史、社会的真实,爱怎么写就怎么写,爱怎么画就怎么画了。还得承认,这些事例是存在的,然而毕竟是特殊的。这样一些细节的出现,只有当其非如此就不能更好地使作品在整体上获得更高的真实性、典型性时,才是有意义的和不可缺少的;作家们也只有当其感到非得突破一般的描写方法就无法获致自己所要达到的效果时,才会认为这种特殊方法是必要的。这对于现实主义作品说来是如此,对于浪漫主义作品说来也是如此。我们知道,浪漫主义,就其总趋向来说,虽然有很大的夸张和虚构成分,然而它从不拒绝将真实的细节也包括在其拥有的艺术手段之内。

因此,在研究或肯定这些特殊事例的内在意义、艺术效果的同时,反对那些在细节描写上毫无理由地背离真实性的作品,仍然非常必要。在1934年6月21日复西谛信中,鲁迅指出:

> 但德高望重如李毅士教授,其作《〈长恨歌〉画意》,也不过将梅兰芳放在广东大旅馆中,而道士则穿着八卦衣,如戏文中之诸葛亮,则于青年又何责焉[①]?

---

① 见张望编《鲁迅论美术》第206页。

可见鲁迅对造型艺术的细节之应当符合历史真实,要求是严格的。在张彦远《历代名画记》卷二及谢肇淛《文海披沙》卷五中,对于历代画家作品在细节上不应有的失真,也有类似的指责,可以参看。

高尔基在《给青年作家》中说:"艺术文学并不是从属于现实底部分事实的,而是比现实底部分事实更高级的。"他又说:"文学的真实并不是脱离现实的,而是和它紧密地连结着。"①这是一个辩证的、全面的看法,虽然并非专指细节描写而言,对于细节描写肯定也是适用的,因而可以作为我们评判前述问题是非的准则。

三

当然,诗篇里的地名出现方位不合、距离过远的情况,并不限于唐朝人写边塞的作品。《颜氏家训·文章》篇曾经指出,在南朝作品里,这种情况就已出现了。

> 文章地理必须惬当。梁简文《雁门太守行》乃云:"鹅军攻日逐,燕骑荡康居。大宛归善马,小月送降书。"萧子晖《陇头水》云:"天寒陇水急,散漫俱分泻,北注徂黄龙,东流会白马。"此亦明珠之颣,美玉之瑕,宜慎之。

卢文弨《〈颜氏家训〉补注》于所举前诗下注云:"此殆言燕、宋之军,

---

① 以群译《给初学写作者》,平明出版社本,第93页。

其与此诸国皆不相及也。"又于后诗下注云:"陇在西北,黄龙在北,白马在西南。地皆远隔,水焉得相及?"这可能是有关本问题的最早文献。当然,如我们上面所研究的,颜之推认为"文章地理必须惬当"之说,也不能绝对化①。

由于以边塞生活为主题的诗篇,往往更其需要以空阔辽远的环境作为它们的背景,这种情况在边塞诗中出现,就个人泛览所及,就比其它的诗篇似乎多一些。而且,当人们接触到这类有点"反常"的地理现象时,又往往并不能够一下子就找到它的答案。为此,我们讨论这个在文艺史上久已存在的问题,而着重举出唐人边塞诗中的地名为例,其目的固然是为了解决这个问题本身,同时,也希望这样一些探索有助于近年来在古代诗歌研究中曾经引起争论的类似问题的解决。

首先,可以继续研究一下王之涣《凉州词》中的地理问题。这个问题是清人吴乔在其《围炉诗话》卷三中以校正诗中文字的形式提出的,后来吴骞则在其《拜经楼诗话》卷四中宣布了对前者的异议。吴骞说:

> 王之涣《凉州词》"黄河远上白云间",计敏夫《唐诗纪事》作"黄沙直上白云间"。此别本偶异耳。而吴修龄(乔字)据以为

---

① 王利器《〈颜氏家训〉集解》卷四指出:"("鹅军"四句)乃梁褚翔诗,非简文诗也。梁简文《从军行》云:'先平小月阵,却灭大宛城。善马还长乐,黄金付水衡。'见《乐府诗集》卷三十二,此盖相涉而误。"褚诗见《乐府诗集》卷三十九,惟"鹅"作"戎"。又谓"(《龙头水》)及《雁门太守行》所俗陈之地理,皆以夸张手法出之,颜氏以为文章瑕颣,未当。"且白马当指《史记·燕世家》所载白马津,始与"东流"义会,而不当如赵曦明《注》之远摭《汉书·西南夷传》之白马氏实之,盖为白马氏则不得言"东流会"也。其说皆是,所当参证。

证,谓作"黄河远上"者为误,云:"黄河去凉州千里,何得为景?且河岂可言'直上白云'耶?"然黄河自昔云与天通,如太白"黄河之水天上来",尉迟匡"明月飞出海,黄河流上天",则"远上白云"亦何不可?正以其去凉州甚远,征人欲渡不得,故曰"远上白云间",愈见其造语之妙。若作"黄沙直上白云间",真小儿语矣。

两吴这种对立的意见也分别为现代学者所持有,如叶景葵、王汝弼、稗山就和吴乔的看法基本上是一致的,而卜冬、林庚则基本上支持吴骞的论点,虽然彼此之间也小有出入①。

在上举几位的著作中,林、王两先生的讨论是比较细致深入的。林先生认为《凉州词》中的凉州并非专指凉州城它在汉时治陇城,即今甘肃省秦安县东北;三国以后移治武威,即今甘肃省武威县,而是泛指汉、唐时代陇右、河西一带的凉州辖区。其中某些区域本为黄河所经流,故诗中自可出现黄河。"一片孤城"系指某座位置在黄河边上现在可能已经不复存在的城堡。玉门关则是作者初入凉州境内,不禁想到了整个凉州,因而提到的,仍是一个历史的泛写。所以诗题有凉州,诗句有黄河、孤城和玉门关,并没有什么矛盾。

王先生不同意上述林先生的论点,他认为:唐人对凉州的基本概

---

① 请看下列文章。叶景葵:《卷庵书跋》,《万首唐人绝句》篇;卜冬:《王之涣的〈凉州词〉》,《文学研究》1958 年第 1 号;林庚:《略说凉州》,《文学遗产》第 389 期,《光明日报》1961 年 11 月 19 日;王汝弼:《对王之涣的〈凉州词〉的再商榷》,《文学遗产》第 421 期,《光明日报》1962 年 7 月 1 日;林庚:《作者来信》(有关〈凉州词〉的问题),《文学遗产》第 423 期,《光明日报》1962 年 7 月 15 日;稗山:《"黄沙直上"与"黄河远上"》,《文汇报》1962 年 8 月 30 日。

念,只能是今天所谓河西走廊一带;而乐章上的凉州,则和西凉同一概念,在今甘肃省敦煌、酒泉一带,而不在武威,所以吴乔所说"黄河去凉州千里,何得为景",并不算错。"一片孤城",即指玉门关而言,它位于敦煌西边,仍在凉州(西凉)境内,并不是黄河边上一座什么不知名的城堡,故诗中可以同时写到。至于黄河之与玉门关,则相隔千里,把它俩作为一个场景里的事物来写,无论如何也是说不过去的。所以诗篇起句之"黄河远上"必为"黄沙直上"之误无疑。

如果以上的复述没有歪曲两位先生文章中有关诗篇地名部分的基本论点,我们就可以发现一个有趣的事实,即:他们的论点是相反的,方法却是一致的,都企图通过沿革地理的考证来解决诗中地理上的矛盾现象;同时,他们的意见就具体问题说是相反的,就原则方面说却又是一致的,都认为诗中存在着地名距离过远的情况是不合理的。因此,王先生才在肯定孤城就是玉门关的前提下,坚决反对黄河出现在诗中;而林先生则在肯定黄河可以在诗中出现的前提下,不能不和一般的说法立异,将孤城说成是黄河边上的一座不知名的、今天无从考证的城堡,并从历史上最广泛的行政辖区来解释凉州的地域。

照我们看来,诗中黄河的河字并非误文[①],孤城即指玉门关。至于凉州具体指的什么地方,系州治所在抑系全部辖区,或仅西凉一带? 如系州治,是陇城抑系武威? 那就很难说。因为从音乐史上说,

---

① 此诗异文,卜先生文中举列很详,这里不复出。王先生为了要证明"黄河"之当作"黄沙",竟斥唐芮挺章《国秀集》所载本诗"黄河直上白云间"句为"本身就说不过去",又根据元辛文房《唐才子传》引此诗作"黄沙",而辛《传》多本之薛用弱《集异记》,遂从而推证《集异记》古本亦当作"黄沙"。从校勘学的角度说来,这些理由都很不充分,未免主观武断。至于他还说,"黄河"之必为"黄沙","有无数的版本可为外证",则更是无稽之谈了。

凉州词曲调虽然来自西凉①,今传曲辞却每每是泛咏边塞的。不论怎样,这首诗中的地名,彼此的距离的确是非常辽远的,而当时祖国西北边塞荒寒之景,征戍战士怀乡之情,却正是由于这种壮阔无垠的艺术部署,才充分地被揭示出来。还应当指出,唐代以黄河与玉门关合写在一首诗里的,并非只有王之涣一人。在他之前,刘希夷在其《从军行》中就既有"将军玉门出",又有"军门压黄河"之句,不过这首诗写得不好,不大为人注意而已。这是可以助林先生张目的。而林先生最后举王褒《渡河北》诗"常山临代郡,亭障绕黄河",来说明诗人对于地理位置的泛写,则事实上已经接触到本文所讨论的问题和本诗问题解决的方法了。

在这里,我们并不打算全面地分析《凉州词》,而只是对其中有过争论的地理问题提出了一点看法。它对于这首诗在今后的深入地讨论,或许不无帮助。

其次,我们也想对岳飞《满江红》词的真伪问题谈一点不成熟的看法。它和以上讨论的唐人边塞诗中的地名问题是有着某种联系的。在《岳飞〈满江红〉词考辩》②中,夏承焘补充和发挥了余嘉锡在《〈四库提要〉辨证》卷二十三,《岳武穆遗文》篇中认为《满江红》不出于岳飞之手的意见。他通过对于词中贺兰山这个地名的研究,得出了此词是明朝人所伪托的结论。夏先生说:

---

① 《通典》卷一百四十六:"自周、隋以来,管弦杂曲将数百曲,多用西凉乐。"《乐府诗集》卷七十九引《乐苑》:"凉州,宫调曲,开元中西凉都督郭知运进。"洪迈《容斋随笔》卷十四,"大曲伊凉"条:"今乐府所传大曲,皆出于唐,而以州名者五,伊、凉、熙、石、渭也。凉州今转为梁州,唐人已多误用,其实从西凉府来也。"这些材料说明,凉州词的曲调当出自唐之凉州(西凉府,即今武威)一带。至于诗人依调作词,或乐工依调配词,其心目中之凉州究指何处,则是另外一回事。

② 载日本京都大学《中国文学报》第16册。

以地理常识说,岳飞伐金要直捣金国上京的黄龙府,黄龙府在今吉林境,而贺兰山在今西北甘肃河套之西,南宋时属西夏,并非金国地区。这首词若真出岳飞之手,不应方向乖背如此!有人以为这词借匈奴以指金人,贺兰山可能是泛称边塞,同于前人之用"玉门、天山"一类地名。但以我所知,贺兰山在汉、晋时还不见于史籍,四史里无此一词①。……唐人有用贺兰山入诗的,如王维《老将行》:"贺兰山下阵如云,羽檄交驰日夕闻。"卢汝弼《和李秀才边庭四时怨》:"夜半火来知有敌,一时齐保贺兰山。"顾非熊《出塞》三首之一:"贺兰山下果园成,塞北江南旧有名。"都是实指其地。

接着,作者又引用了许多宋、明人在文籍中用贺兰山一词的例子,说它们也都是实指而非泛称,认为《满江红》也是如此;而词中实指贺兰山又和明代北方边患史实完全符合,所以此词必出于明代有心人所依托,是用来鼓舞人民御侮的斗志的。

总之,局就夏文中关于贺兰山这个地名的论点来说,他是首先肯定唐诗中的贺兰山都是"实指其地",因而岳词中的贺兰山也只能是"实指其地"。接着,他认为既然此词中之贺兰山系实指,则出于岳飞之手为不可能,因为方向过于"乖背"了。

我们现在先来就夏先生举的例子检查一下唐诗中的贺兰山一词

---

① 夏先生文原注引谭其骧说:"《隋书·地理志》灵武郡弘静县有贺兰山,这当是贺兰山见于史籍之始。"按:《隋志》此条,高步瀛《唐宋诗举要》卷二,王维《老将行》注早已引用。

是否全是"实指其地"。这,还得要先把"实指"这个概念澄清一下。所谓"实指",按照我们的理解,应当是实际存在的地名和某一诗篇中所反映的实际发生过的具体事实不论它是大的或小的,国家、社会的或个人的。相一致的意思,如果脱离了这种具体情况,那就无法分别孰为实指,孰为泛称。因为像玉门、天山这类地名,也并非像《山海经》或《穆天子传》中的某些地名一样,完全出于虚构。一般说来,诗篇中的地名,除了用神话中的典故的,如《长恨歌》的海上仙山之类而外,都是客观存在的。当我们发现若干个地名出现在某一诗篇里,而它们彼此之间又发生方位不合、距离过远等矛盾现象时,我们就将其中能和反映在这一诗篇中的具体事实相一致的地名称为实指的,而将其不相一致的称为泛称的。以李白的《战城南》为例,桑干源、葱河道可算实指,而天山、条支则是泛称。以高适的《燕歌行》为例,榆关、碣石可算实指,瀚海、狼山则是泛称。但还有更多的诗篇,只是泛咏某种生活现象或思想感情,并不专指某一具体事实的。在这种情况下,它们之中所出现的地名,尽管也同样地有矛盾现象,却无法对其孰为实指,孰为泛称强加分别了。例如王之涣《凉州词》中的黄河与玉门关,我们又拿什么标准去说这个是实指,那个是泛称呢?

  以上所作的澄清倘若符合于事实和逻辑的话,那我们就可以看出,唐诗中的贺兰山,并非如夏先生所说,"都是实指其地"的。

  如王维《老将行》这篇万口传诵的名作,是以统治者刻薄寡恩与老将军壮心不已的矛盾冲突为主题的。这种事实和心情,在当时有其普遍性。作者通篇以汉喻唐,成功地表达了许多军人的呼声,从而使这篇诗具有典型意义。但从历代王诗研究的成果来检查,还没有人将它和唐代某一次对外战争或某个人的具体遭遇联系起来。当然,它通篇都使用着汉朝的史实和地名,如疏勒、云中、三河、五道等,却又用了贺兰山这个不见于汉史的地名。我们认为,这决不是没有用意的。"贺兰山下阵如云"一句,正好透露了诗人的现实感,证明了他是在借古喻今。但贺兰山,作为唐朝和西北诸族,特别是和吐蕃的战场,是经历过多次"阵如云"的局面的,诗中所说,究竟是哪一次呢?却谁也无从指实。那么,这个贺兰山和李白《战城南》中的天山、王之涣《凉州词》中的玉门关又有什么不同呢?

我们再看卢汝弼的《和李秀才边庭四时怨》:

春风昨夜到榆关,故国烟花想已残。少妇不知归未得,朝朝应上望夫山。

卢龙塞外草初肥,雁乳平芜晓不飞。乡国近来音信断,至今犹自着寒衣。

八月霜飞柳半黄,蓬根吹断雁南翔。陇头流水关山月,泣上龙堆望故乡。

朔风吹雪透刀瘢,饮马长城窟更寒。半夜火来知有敌,一时齐保贺兰山。

这一组诗,如题所示,是按照季节来泛写边防军人的生活的。从地理上考察,它东起榆关,西迄贺兰山,背景非常广阔,作者的用意显然在于广泛地反映征戍者的生活和思想感情。虽然它分成了四章,每章所写季节、地域和情事各不相同,却是互相联系和补充的。如果将季节和地名另行组合,例如写春天的长城窟和贺兰山,夏天的陇头和龙堆,也全无不可,如果诗人愿意那样构思的话。在这种情况下,我们又怎么能肯定贺兰山是"实指其地"呢?如果认为贺兰山由于是隋、唐以来才出现的地名,所以是实指的,那么,这组诗中其余的汉代早就有了而唐代也仍旧用着的地名是否也是实指的呢？应该说,这些地名虽然都是实有的,在本诗中却并非实指的①。

至于《满江红》中的"驾长车踏破贺兰山缺"句,我们认为:它是应当和下文"壮志饥餐胡虏肉,笑谈渴饮匈奴血"两句联系起来并等同起来看的。它们都是用典故来借古喻今。匈奴即胡虏是汉朝经常与之斗争的对手,贺兰山则是唐朝和外族交锋的战场。既以匈奴比金源,又以贺兰山比东北边塞,这是完全没有什么说不过去的。而且,应当特别指出的是,这句词不只是用了古典,同时还用了今典。阮阅《诗话总龟》前集卷三引《古今诗话》:"姚嗣宗诗云:'踏碎贺兰石,扫清西海尘。布衣能效死,可惜作穷鳞。'韩魏公安抚关中,荐试大理评事。"此事及此诗在宋代流传很广,所以除了《古今诗话》之外,洪迈《容斋三笔》、邵博《邵氏闻见录》、陈鹄《西塘集耆旧续闻》、释文莹《湘山野录》、蔡絛《西清诗话》、江休复《江邻幾杂志》、吴曾《能改斋漫录》、张端义《贵耳集》等,均曾加以记载。而《容斋三笔》卷十一、《邵氏闻见录》卷十六、《西塘集耆旧续闻》卷六及《能改斋漫录》卷十一所载此诗,首句"踏碎"正作"踏破",与词语相同。据徐梦莘《三朝北盟会编》卷二百七引《岳侯传》及卷二百八引《林泉野记》,岳飞在青年时代,曾经作过安阳昼锦堂韩家的佃客;因此,他又有很早便知道韩琦这件佚事,熟习姚嗣宗这篇小诗的可能。这也足以作为词语是兼用今典的旁证②。姚诗所云,虽系指西夏,如夏先生所说,

---

① 夏先生所举唐诗第三个例子,覆检《全唐诗》卷五百九顾非熊集无之,而别有《出塞即事》七律二首,其第二首有"贺兰山便是戎疆,此去萧关路几荒"两句,倒可以说是"实指其地"的。

② 本文定稿后,才见到谷斯范发表在《浙江日报》1962年10月14日的《也谈岳飞〈满江红〉词——与夏承焘同志商榷》一文。谷先生认为岳词"用贺兰山（接下页注）

但贺兰山一词既然是唐人诗中所固有,因而岳飞作《满江红》时,尽管在字句上袭用了姚诗成语,就是用了今典,也决不排斥他在史实上仍旧以唐事为喻,就是同时用着古典。我们既不能禁止诗人用典,也不能规定诗人用典时,用了汉事就不能用唐事,或者非以古之东战场比今之东战场,古之西战场比今之西战场不可,这个道理十分清楚。所以,这样一种推论是难以接受的,即:词中出现贺兰山这个地名,就是"方向乖背",既然"方向乖背",这首词就不能出自岳飞之手。

以唐诗中之贺兰山之皆为实指来断定《满江红》中之贺兰山也当为实指,这种逻辑本身就存在着问题。上面既然证明了唐诗中的贺兰山尽有不能认为是实指的,对于诗、词中这个实际上并不存在的传承关系就无需再加讨论了。

余、夏两位先生是从不同的角度来证明岳飞《满江红》之为伪作的。余先生主要是从流传来历着眼的,在那方面,学初的《岳飞〈满江红〉词真伪问题》已经作过一些分辩[①]。夏先生主要是从地理方面着眼的,在这方面,希望本文的商榷能够引起进一步的研究。

生活的真实与艺术的真实之间的关系,细节描写的真实性与典型环境、性格之间的关系,都是文艺学上非常重要的,需要不断地加以细致深入研究的问题。本文仅就其中某些事例进行了一点肤浅的探索,并对近年来古典作品研究中与之相关联的一两个问题表示了一点不成熟的意见。由于理论水平很低,掌握的资料也不够充分,必

(接上页注)泛指边塞",与拙作同。其指出韩琦曾经在贺兰山地区与西夏作战,岳飞为韩家佃客,"无疑能从韩家的老兵嘴里,听到当年和西夏打仗的故事,……从那时候起,可能贺兰山的印象已深深留在他的记忆里",所以后来写入词中,则为拙作所未及,可与我的论点互相补充。

① 载《文史》第1期。

然存在着不少的错误,因此,我殷切地期望获得同志们的指教。

〔附记〕

　　周煦良先生往年见告:英国诗人济慈在其《圣阿格尼节前夜》第二十五节中,曾经描写了冬夜月光照射着彩色玻璃的嵌花窗户,使得缤纷的彩色落在马黛琳的身上。考尔文的《济慈传》在谈到这一点的时候,说:"日常经验可以证明,月光并没有能力透射玻璃的颜色,像济慈在这一节中所写的。但这如果算是错误,我们就应当感谢这个错误。"这也是歌德所指出的诗人为了"给出对某一场合最鲜明和最有效的东西",而不惜"违反生活事件中的原有次序"的一个例证。

(1963年5月,武昌)

张若虚《春江花月夜》的被理解和被误解

在古代传说中,卞和泣玉和伯牙绝弦是非常激动人心的。它们一方面证明了识真之不易,知音之难遇;而另一方面,则又表达了人类对真之被识,音之被知的渴望,以及其不被识不被知的痛苦的绝望。当一位诗人将其心灵活动转化为语言,诉之于读者的时候,他是多么希望被人理解啊!但这种希望往往并不是都能够实现的,或至少不都是立刻就能够实现的。有的人及其作品被湮没了,有的被忽视了,被遗忘了,而其中也有的是在长期被忽视之后,又被发现了,终于在读者不断深化的理解中,获得他和它不朽的艺术生命和在文学史上应有的地位。

在文坛上,作家的穷通及作品的显晦不能排斥偶然性因素所起的作用,这种作用,有的甚至具有决定性。但在一般情况下,穷通显晦总是在一定的历史社会条件下发生的,因而是可根据这些条件加以解释的。探索一下这种变化发展,对于文学史实丰富复杂面貌形成过程的认识,不无益处。本文准备以一篇唐诗为例,研究一下这个问题。

张若虚的《春江花月夜》今天已成为家喻户晓的唐诗名篇之一。当代出版的选本很少有不选它的,而分析评介它的文章,也层见叠出。但是回顾这位诗人和这一杰作在明代以前的命运,却是坎坷的。

从唐到元,他和它被冷落了好几百年。

钟嵘《诗品》卷中评鲍照云:"嗟其才秀人微,故取湮当代。"张若虚也正是这样一个人。他的生平,后人所知无多①。他的著作,似乎在唐代就不曾编集成书②,现在流传下来的,就只有见于《全唐诗》卷一百十七的两篇诗,一篇极出色的《春江花月夜》它同时作为乐府被收入卷二十一的相和歌辞中。和另一篇极平常的《代答闺梦还》。

张若虚既无专集,则《春江花月夜》只有通过总集、选本或杂记、小说才能流传下来。但今存唐人选唐诗十种,依其编选断限,只芮挺章《国秀集》有将其诗选入之可能,然而此集并无张作。又今传唐人杂记小说似亦未载张诗。据友人卞孝萱教授所考,现存唐人选唐诗十种之外,尚有已佚的唐人选唐诗十三种③,此十三种,宋时大抵还在,张诗或者即在其内,因此得以由唐保存到宋。

但宋代文献如《文苑英华》、《唐文粹》、《唐百家诗选》、《唐诗纪事》等书均未载张作。我们今天所能见到的最早的《春江花月夜》,是《乐府诗集》卷四十七所载。这一卷中,收有清商曲辞吴声歌曲《春江花月夜》共五家七篇,而张作即在其中。

这篇杰作虽然侥幸地因为它是一篇乐府而被凡乐府皆见收录的《乐府诗集》保存下来了,但由宋到明代前期,还是始终没有人承认它

---

① 明高棅《唐诗品汇》卷三十七将他列入"有姓氏,无字里世次可考九人"中的一人。迄今为止,只有胡小石(光炜)师所撰《张若虚事迹考略》尽可能地搜集了有关这位诗人的资料,然仍甚简略。此文初载艺林社编《文学论集》,亚细亚书局1929年出版,现收入《胡小石论文集》。

② 《旧唐书·经籍志》及《新唐书·艺文志》均未著录张集,亦未著录张氏其它著作。

③ 卞先生所撰《失传之唐人选唐诗小考》尚未发表,此据其1981年6月20日致作者信。

是一篇值得注意的作品,更不用说承认它是一篇杰作了。

元人唐诗选本不多,成书于至正四年(1344)的杨士宏《唐音》是较好的和易得的。其书未录此诗。明初高棅《唐诗品汇》九十卷,拾遗十卷。虽在卷三十七,七言古诗第十三卷中收有此诗,但他另一选择较严的选本《唐诗正声》二十二卷,则予删削,可见在其心目中,《春江花月夜》还不在"正声"之列①。

但在这以后,情况就有了改变。嘉靖时代(十六世纪中叶),李攀龙的《古今诗删》选有此诗②,可以说是张若虚及其杰作在文坛的命运的转折点。接着,万历三十四年(1606)成书的臧懋循《唐诗所》卷三,万历四十三年(1615)成书的唐汝询《唐诗解》卷十一及万历四十五年(1617)成书的锺惺、谭元春《唐诗归》卷六选了它。崇祯三年(1630)成书的周珽《删补唐诗选脉笺释会通评林》七言古诗,盛唐卷二,崇祯四年(1631)成书的曹学佺《石仓历代诗选》唐卷二十,明末成书而具体年代不详的陆时雍《唐诗镜》卷九,盛唐卷一及王夫之《唐诗评选》卷一选了它。清初重要的唐诗选本,也都选有此诗。如成书于康熙元年(1662)的徐增《而庵说唐诗》卷四,成书于康熙五十二年(1713)的《御选唐诗》卷九,成书于乾隆二十八年(1763)的沈德潜《重订唐诗别裁》卷五,成书于乾隆六十年(1795)的管世铭《读雪山房唐诗钞》卷八等。其中几种,还附有关于此诗的评论。自此以

---

① 《唐诗正声》二十二卷,《增订四库简明目录标注》卷十九著录,云:"又一本称《正音》,三十二卷。"未见,不知有张氏此诗否。

② 《四库全书总目》卷一百八十九,《李攀龙〈古今诗删〉提要》云:"流俗所行,别有攀龙《唐诗选》。攀龙实无是书,乃明末坊贾割取《诗删》中唐诗,加以评注,别立斯名。"我未能见到《古今诗删》,知道《诗删》中有张若虚的《春江花月夜》,是根据托名李编的《唐诗选》卷二所载此诗而推断出来的。

后，就无需再列举了。

再就诗话来加以考察，则如胡仔《苕溪渔隐丛话》前后集、魏庆之《诗人玉屑》，何文焕《历代诗话》所收由唐迄明之诗话二十余种，郭绍虞《宋诗话辑佚》所收诗话三十余种，均无一字提及张若虚其人及此诗。诗话中最早提到他和它的，似是成书于万历十八年（1590）的胡应麟《诗薮》。

《春江花月夜》的由隐而之显，是可以从这一历史阶段诗歌风会的变迁找到原因的。

首先，我们得把这篇诗和初唐四杰的关系明确一下。《旧唐书·文苑传上》云："杨炯与王勃、卢照邻、骆宾王以文词齐名，海内称为王、杨、卢、骆，亦号四杰。"这一记载说明四杰是代表着初唐风会的、也被后人公认的一个流派①。他们的创作，则不仅是诗，也包括骈文，而诗又兼各体。

既然四杰并称是指一派，那么即使其中某一位并无某体的作品，谈及其对后人影响时，也无妨笼统举列。如今传杨炯诗载在《全唐诗》卷五十的，并无七古，而后人论擅长七古之卢、骆两人对后世七古之影响，也每举四杰，而不单指两人。明乎此，我们就可以知道，许多人认为张若虚的《春江花月夜》属于初唐四杰一派，是很自然的了。

胡应麟《诗薮》内篇卷三云：

张若虚《春江花月夜》流畅婉转，出刘希夷《白头翁》上，而

---

① 闻一多《四杰》一文（载《唐诗杂论》，《闻一多全集》第三册。）认为王、杨长于五律而卢、骆长于歌行，因此四杰应当分为两组，是不对的。刘开扬《论初唐四杰及其诗》（载《唐诗论文集》）已加辨证，我们同意刘先生的意见。

世代不可考。详其体制,初唐无疑。

这是依据诗的风格来判断其时代的。胡应麟所谓初唐,即指四杰。故《诗薮》同卷又云:"王、杨诸子歌行,韵则平仄互换,句则三五错综,而又加以开合,传以神情,宏以风藻,七言之体,至是大备。"又云:"王、杨诸子……偏工流畅。"又管世铭《读雪山房唐诗钞》卷八,七古凡例云:

> 卢照邻《长安古意》,骆宾王《帝京篇》,刘希夷《代悲白头翁》,张若虚《春江花月夜》,何尝非一时杰作,然奏十篇以上,得不厌而思去乎?非开、宝诸公,岂识七言中有如许境界?

这段话既肯定了这些七言长篇是杰作,又指出了它们境界的不够广阔高深,而对于我们所要证明的问题来说,管氏所云,也与胡氏合契,即《春江花月夜》的结构、音节、风格与卢、骆七古名篇的艺术特色相与一致。

如果这两家之言还只是间接地说到这一点,那么,沈德潜《唐诗别裁》卷五则直截了当地说明了这篇作品"犹是王、杨、卢、骆之体"。

正因为张若虚这篇作品是王、杨、卢、骆之体,即属于初唐四杰这个流派,所以它在文学史上,也在长时期中与四杰共命运,随四杰而升沉。

如大家所熟知的,陈子昂以前的唐代诗坛,未脱齐、梁余习。四杰之作,对于六朝诗风来说,只是有所改良,而非彻底的变革[①]。所以

---

① 彭庆生《陈子昂诗注》附录诸家评论中,论及此点者不少,可以参阅。

当陈子昂的价值为人们所认识,其地位为人们所肯定之后,四杰的地位便自然而然地下降了。杜甫《戏为六绝句》之二云:

> 王杨卢骆当时体,轻薄为文哂未休。尔曹身与名俱灭,不废江河万古流。

又之三云:
> 纵使卢王操翰墨,劣于汉魏近《风》《骚》。龙文虎脊皆君驭,历块过都见尔曹。

不管后人对这两篇的句法结构及主语指称的理解有多大的分歧①,但有一点是明确的,即当时有人对四杰全盘否定,而杜甫不以为然。

在晚唐,李商隐《漫成五章》之一云:

> 沈宋裁辞矜变律,王杨落笔得良朋②。当时自谓宗师妙,今日惟观对属能。

在北宋,陈师道《绝句》云:

> 此生精力尽于诗,末岁心存力已疲。不共卢王争出手,却思

---

① 郭绍虞《杜甫〈戏为六绝句〉集解》对诸家异说,搜罗详尽,分析精审,可以参阅。
② 马茂元《论骆宾王及其在"四杰"中的地位》(载《晚照楼论文集》)引此诗。注云:"这里举'王、杨'以概'卢、骆',是因为受到诗句字数的限制;不说'卢、骆'或'四杰'而说'王、杨',是因为平仄声和对仗的关系。"此说甚是。杜、李之举卢、王以概四杰亦同。

陶谢与同时。

李商隐和陈师道虽然非常尊敬杜甫,但却缺少他们的伟大前辈所具有的那样一种清醒的历史主义观点,即首先肯定四杰在改变齐、梁诗风,为陈子昂等的出现铺平道路的功绩,同时又看出了他们有其先天性的弱点和缺点,即和齐、梁诗风有不可分离的血缘关系。胡震亨《唐音癸签》卷二十五云:

> "当时自谓宗师妙,今日惟观对属能。"义山自咏尔时之四子。"尔曹身与名俱灭,不废江河万古流。"杜少陵自咏万古之四子。

这话很有见地。要补充的是:李商隐和陈师道这种片面的看法,也是时代的产物,只是他们不能像杜甫那样坚持两点论罢了。陈子昂《陈伯玉文集》卷一,《与东方左史虬〈修竹篇〉序》已经指斥"齐、梁间诗采丽竞繁,而兴寄都绝。"而韩愈的抨击就更加猛烈,在《荐士》中说:"齐梁及陈隋,众作等蝉噪,搜春摘花卉,沿袭伤剽盗。"将其说得一无是处了。而文学史实告诉我们,韩愈这种观点,对晚唐、北宋诗坛具有很大的影响和约束力。

《四库全书总目》卷一百六十五,《薛嵎〈云泉诗〉提要》云:

> 宋承五代之后,其诗数变,一变而西昆,再变而元祐,三变而江西。江西一派,由北宋以逮南宋,其行最久。久而弊生,于是永嘉一派以晚唐体矫之,而四灵出焉。然四灵名为晚唐,其所宗实止姚合一家,所谓武功体者也。其法以清切为宗,而写景细

琐,边幅太狭,遂为宋末江湖之滥觞。

其所为宋诗流变勾画的轮廓,大体如实。根据我们对"诗分唐宋乃风格性分之殊,非朝代之别"的认识①,则宋代诗风,始则由唐转宋,终于由宋返唐,虽四灵之作,不足以重振唐风,但到了元代,则有成就的诗人如刘因、虞、杨、范、揭、萨都剌、杨维祯,都无不和唐诗有渊源瓜葛,而下启明代"诗必盛唐"的复古之风②,也是势有必至的。

从李东阳到李梦阳,他们之提倡唐诗,主要是指盛唐,并不意味着初唐四杰这一流派也被重视。真正在杜甫《戏为六绝句》以后,几百年来,第一次将王、杨、卢、骆提出来重新估价其历史意义和美学意义的,则是李梦阳之伙伴而兼论敌的何景明。

《何大复先生集》卷十四有《明月篇》一诗,诗不怎么出色,但其序却是文学批评史上的重要文献。其文云:

> 仆始读杜子七言诗歌,爱其陈事切实,布辞沉着,鄙心窃效之,以为长篇圣于子美矣。既而读汉、魏以来歌诗及唐初四子者之所为而反复之,则知汉、魏固承《三百篇》之后,流风犹可征焉。而四子者,虽工富丽,去古远甚,至其音节,往往可歌。乃知子美辞固沉着,而调失流转,虽成一家语,实则诗歌之变体也。夫诗,本性情之发者也,其切而易见者,莫如夫妇之间,是以《三百篇》首乎雎鸠,六义首乎风。而汉、魏作者,义关君臣朋友,辞必托诸

---

① 钱锺书说,见《谈艺录》此条。
② 《明史·李梦阳传》:"梦阳才思雄骛,卓然以复古自命,……倡言文必秦汉,诗必盛唐,非是者勿道。"

夫妇,以宣郁而达情焉,其旨远矣。由是观之,子美之诗博涉世故,出于夫妇者常少;致兼雅颂,而风人之义或缺,此其调反在四子之下欤?"

即使在"诗必盛唐"的风气之下,这种意见也是很令人震惊的,因为它和传统观点距离得太远了。认为四杰歌行在杜甫之上,有谁敢承认呢?无怪王士禛《渔洋山人精华录》卷五,《戏仿元遗山论诗绝句三十二首》之二十一有"接迹风人《明月篇》,何郎妙悟本从天,王杨卢骆当时体,莫逐刀圭误后贤"之叹了①。

何、王二人所论,谁是谁非,不属于本文范围,姑不置论,但何景明以其当时在文坛的显赫地位,具此"妙悟",发为高论,必然会在"后贤"心目中提高久付湮沉的"王杨卢骆当时体"的地位,则是无疑的。四杰的地位提高了,则属于四杰一派的作品也必然要被重视起来。这也就是为什么自李攀龙《古今诗删》以下,众多的选本中都出现了张若虚《春江花月夜》的理由所在。这篇诗是王、杨、卢、骆之体,故其历史命运曾随四杰而升沉。这是我们理解它的起点。

当明珠美玉被人偶然发现,发出夺目的光彩之后,它就不容易再

---

① 《四库全书总目》卷一百七十一,《〈大复集〉提要》云:"王士禛《论诗绝句》……乃颇不以景明为然,其实七言启自汉氏,率乏长篇。魏文帝《燕歌行》以后,始自为音节。鲍照《行路难》始别成变调,继而作者,实不多逢。至永明以还,蝉联换韵,宛转抑扬,规模始就。故初唐以至长庆,多从其格,即杜甫诸歌行,鱼龙百变,不可端倪,而《洗兵马》、《高都护骢马行》等篇,亦不废此体。士禛所论,以防浮艳涂饰之弊则可,必以景明之论足误后人,则不免于惩羹而吹齑矣。"按何、王两家立论虽然针锋相对,但都是将"风人之义"与流转之调,即内容与形式作为一个有机统一体来讨论的。《提要》却偏就七言长篇形式多变这一点来扬何抑王,未免隔靴搔痒。又按沈德潜《说诗晬语》卷上云:"四语一转,蝉联而下,特初唐人一法,所谓'王杨卢骆当时体'也。"这种说法,也只是从形式上着眼,不免简单化,其失与《提要》同。

被埋没了。后来者的责任只是进一步研究它,认识它,确定它的价值。从晚明以来的批评家对这篇杰作的艺术特色,作了许多有益的探索,其中涉及主题、结构、语言、风格等。这些,已别详拙撰《张若虚〈春江花月夜〉集评》,这里就不再复述。

值得注意的是,经过许多人长期研究之后,清末王闿运在这个基础上,大胆地指出了这篇作品之于四杰歌行,实乃青出于蓝而胜于蓝,冰生于水而寒于水。陈兆奎辑《王志》卷二,"论唐诗诸家源流答陈完夫问"条云:

> 张若虚《春江花月夜》用《西洲》格调,孤篇横绝,竟为大家。李贺、商隐,挹其鲜润;宋词、元诗,尽其支流,宫体之巨澜也。

这为后人经常引用的"孤篇横绝,竟为大家"的评语,将张若虚在诗坛上的地位空前地提高了。因为"大家"二字,在我国文学批评术语中,有其特定的含义,它是和"名家"相对而言的。只有既具有杰出的成就又具有深远的影响的人,才配称为"大家"。只靠一篇诗而被尊为"大家",这是文学史上绝无仅有的。王、杨、卢、骆四人就从来没有获得过这种崇高的称号。因此,这一评语事实上是认为,张若虚的《春江花月夜》,一方面,是出于四杰王氏对前人此论没有提出异议,而另一方面,又确已超乎四杰。这是对此诗理解的深化。

抗日战争时期,闻一多在昆明写了几篇《唐诗杂论》,其中题为《宫体诗的自赎》的一篇,对张若虚这篇杰作,作了尽情的歌颂。闻先生认为:"在这种诗面前,一切的赞叹是饶舌,几乎是亵渎。"诗篇的第十一句到第十六句,比起篇首八句来,表现了"更夐绝的宇宙意识,一个更深沉更寥寂的境界,在神奇的永恒面前,作者只有错愕,没有憧憬,没有悲伤"。对于第十一、十二、十五句中提出的每一问题,"他得到的仿佛是一个更神秘的更渊默的微笑,他更迷惘了,然而也满足了。"对于第十七句以下,开展了征夫、思妇的描写,则认为"这里一番神秘而又亲切的,如梦境的晤谈,有的是强烈的宇宙意识,被宇宙意识升华过的纯洁的爱情,又由爱情辐射出来的同情心"。闻先生因此赞美说:"这是诗中的诗,顶峰上的顶峰。"

将近四十年之后,李泽厚对上述闻先生对此诗的评价,进一步作出了解释①。他不同意闻先生说作者"没有憧憬,没有悲伤"的说法,而认为:"其实,这首诗是有憧憬和悲伤的,但它是一种少年时代的憧憬和悲伤,……所以,尽管悲伤,仍然轻快,虽然叹息,总是轻盈。""永恒的江山,无限的风月给这些诗人们的,是一种少年式的人生哲理和夹着悲伤、怅惘的激励和欢愉。闻一多形容为'神秘'、'迷惘'、'宇宙意识'等等,其实就是这种审美心理和艺术意境。"李先生的说法,比起闻先生来,显然又跨进了一步,将这篇诗的含义说得更明确,更能揭示它的哲学和美学的价值。

闻、李两位的论点显然不是王闿运及其以前的批评家所能措手的。与此相较,我们对梁启超《中国韵文里头所表现的情感》一文载《饮冰室合集》。中有关此诗的评论,也感到平庸。只有接受过现代的哲学、美学以及对马克思主义有所研究的学者才能得出前所未有的新结论。他们对此诗意义的探索,无疑地丰富了王氏所谓"孤篇横绝,竟为大家"二语的内涵,即提高了这篇作品的价值和地位。而其所以能发前人之所未发,也显然带有鲜明的时代烙印。这,应当说,是对

---

① 见所著《美的历程》第七章《盛唐之音》,第一节《青春·李白》。

此诗理解的进一步深化。

以上,就是张若虚这篇《春江花月夜》由明迄今的逐步被理解的情况。与此同时,它也难免有被误解的地方。如王闿运和闻一多都将张氏此诗归入宫体,现在看来,就是一种比较重要的,不能不加以澄清的误解。

《旧唐书·音乐志》二云:

> 《春江花月夜》、《玉树后庭花》、《堂堂》,并陈后主作。叔宝常与宫中女学士及朝臣相和为诗,太乐令何胥又善于文咏,采其尤艳丽者以为此曲①。

这,也许就是王、闻二位将张若虚的《春江花月夜》当成宫体的依据。他们一则赞美它是"宫体之巨澜",一则肯定它"替宫体诗赎清了百年的罪",着眼点不同,然而都是误解。

这是因为,在历史上,宫体诗有它明确的定义。《梁书·简文帝纪》云:

> 雅好题诗,其《序》云:"余七岁有诗癖,长而不倦。然伤于轻艳,当时号曰宫体。"

同书《徐摛传》云:

---

① 《乐府诗集》卷四十七引此文作《晋书》,显属误记。《晋书》怎么能记陈后主的事呢?郭茂倩未免太疏忽了。

> 摛属文,好为新变,不拘旧体,为太子家令,兼掌管记,寻带领直。文体既别,春坊尽学之。宫体之号始此。

《隋书·经籍志》集部序云:

> 梁简文之在东宫,亦好篇什。清辞巧制,止乎衽席之间;雕琢蔓藻,思极闺闱之内。后生好事,递相放习,朝野纷纷,号为宫体。流宕不已,迄于丧亡;陈氏因之,未能全变。

唐杜确《〈岑嘉州集〉序》云:

> 梁简文帝及庾肩吾之属,始为轻浮绮靡之辞,名曰宫体。自后沿袭,务为妖艳。

这都是宫体的权威性解释。根据这些材料,可见宫体的内容是"止乎衽席之间","思极闺闱之内",而风格是"轻艳"、"妖艳"、"轻浮绮靡",始作者则是为太子时的萧纲以及围绕在他周围的宫廷文人如徐摛、庾肩吾诸人。

如果上面所说的符合于历史事实,那么,我们就不能不承认,宫体和另外大量存在的爱情诗以及寓意闺闱而实别有托讽的诗是有本质上的区别的,在描写肉欲与纯洁爱情所使用的语言以及由之而形成的风格也是有区别的,不应混为一谈。而王闿运与闻一多的意见恰恰是以混淆宫体诗与非宫体的爱情诗的界限为前提的。

在王简辑《湘绮楼说诗》卷一中,王闿运曾认为:"沈休文旧有

《六忆诗》,亦宫体也。"这话是有道理的①。但他称张若虚《春江花月夜》为"宫体之巨澜",这个宫体,就已经超出了它的原始意义②。而为了证明这一论点,他竟认为二李以及宋词、元诗都和这一杰作有渊源关系,又扯得更远了。王氏弟子陈兆奎在他的老师这段意见之后,加了如下的按语:

> 奎案:昌谷五言不如七言,义山七言不如五言,一以涩炼为奇,一以纤绮为巧,均思自树一帜,然皆原宫体。宫体倡于《艳歌》、《陇西》诸篇。子建、繁钦,大其波澜;梁代父子,始成格律。相沿弥永,久而愈新。以其寄意闺闼,感发易明,故独优于诸格。后之学者,已莫揣其本矣。

进一步说明了王氏师弟之所谓宫体,实即以男女之情为题材的抒情诗,所以他们进而把爱情诗的源流当作宫体的源流。这是一种既没有文献根据,也完全不符合历史事实的说法。因此,我们认为,王闿运对张若虚以孤篇而成大家的评语,固然可以使我们加深对于《春江

---

① 王瑶《中古文学风貌》第四篇《隶事·声律·宫体——论齐、梁诗》云:"宫体之名虽始于梁简文帝,但这种内容和发展的趋向却是宋、齐以来就逐渐显著了。正和追求形式美的情形一样,内容也在逐渐地变化,这变化是有意的,它象征着宫廷和士大夫生活的堕落。从山水到宫闱,虽然同样是有闲,同样是诗,但由逃避到刺激,诗和生活同样堕落到了极限。如果我们要选一个有代表性的人物来检讨,最好还是沈约,因为他最懂得什么是当时对文学的要求,和文学需要顺着那个方向发展,而且又寿高位显,对别人奖掖提倡的影响很大。虽然他死时梁简文帝才十岁,宫体之名还未成立,但他集子里已然有了很多这一类的诗。"所论极为精当。

② 如果我们要追溯张若虚这篇诗的渊源,除了形式显然出于四杰歌行之外,在意境、布局各方面,实在深受南朝乐府民歌《西洲曲》的影响,所以王氏也说它"用《西洲》格调"。其所写离妇之思也与宫体情调截然不同,而与《西洲曲》接近。

花月夜》的理解,但他认为这篇诗乃是宫体,却是一种误解。

同样,闻一多也把宫体诗的范围扩大了,虽然他走得没有王氏师弟那么远。在这方面,闻先生的观点是矛盾的。一方面,他清醒地指出:"宫体诗就是宫廷的,或以宫廷为中心的艳情诗,它是个有历史性的名词。所以严格的讲,宫体又当指以梁简文帝为太子时的东宫及陈后主、隋炀帝、唐太宗等几个宫廷为中心的艳情诗。"这是完全正确的。可是,另一方面,接着他又把初唐一切写男女之情乃至不写男女之情的七言歌行名篇,都排起队来,认为是宫体诗,说它们的出现是宫体诗的自赎。这些作品有卢照邻的《长安古意》,骆宾王的《艳情代郭氏答卢照邻》、《代女道士王灵妃答李荣》、刘希夷的《公子行》、《代悲白头翁》,而排尾则是张若虚的《春江花月夜》。结论是:"《春江花月夜》这样一首宫体诗,……向前替宫体诗赎清了百年的罪。"但这些与"以宫廷为中心的艳情诗"关涉很少,甚至毫无关涉的作品,有什么理由说它们是宫体或是宫体经过异化后的变种和良种呢?闻先生没有论证。我们检验一下两者的血缘关系,实在无法承认这是事实。

梁、陈文风,影响初唐,这是不成问题的,但已经发生变化的隋代文风也同样影响初唐,而闻先生却没有付与足够的注意,所以他主观地认为,"北人骨子里和南人一样,也是脆弱的,禁不起南方那美丽的毒素的引诱,……除薛道衡《昔昔盐》、《人日思归》、隋炀帝《春江花月夜》三两首外,他们没有表现过一点抵抗力"。从作家当时的创作实践来看,这些话也都是不符合事实的。和闻先生选出来作为这一个历史时期污点的标本的若干篇宫体诗对照,标举雅正的沈德潜在他所选的《古诗源》中,也选了若干首北朝及隋诗,这些作品,正显示有些诗人禁得起南方那美丽的毒素的引诱,他们表现了相当强的抵

抗力。在《古诗源·例言》中,沈氏已经指出:

> 隋炀帝艳情篇什,同符后主,而边塞诸作,矫然独异,风气将转之候也,杨处道(素)清思健笔,词气苍然。后此射洪、曲江,起衰中立,此为之胜、广矣①。

而《隋书·文学传序》对于这一时期的文学,更有一段在今天看来基本上仍然正确的叙述。它说:

> 梁自大同之后,雅道沦缺,渐乖典则,争驰新巧。简文、湘东,启其淫放;徐陵、庾信,分路扬镳。其意浅而繁,其文匿而采。词尚轻险,情多哀思。格以延陵之听,盖亦亡国之音乎!周氏吞并梁、荆,此风扇于关右。狂简斐然成俗,流宕忘反,无所取裁。高祖初统万机,每念斫雕为朴,发号施令,咸去浮华。然时俗词藻,犹多淫丽,故宪台执法,屡飞霜简。炀帝初习艺文,有非轻侧之论。暨乎即位,一变其风。其《与越公书》、《建东都诏》、《冬至受朝诗》及《拟饮马长城窟》,并存雅体,归于典制。虽意在骄盈,而词无浮荡,故当时缀文之士,遂得依而取正焉。

这些论述都证明了,和宫体诗,更正确地说是和梁、陈轻艳的诗风相对立,早在卢照邻的《长安古意》等篇出现之前,已经有许多作为新时

---

① 沈氏另一著作《说诗晬语》卷上亦载此说。又刘熙载《艺概》卷二云:"隋杨处道诗甚为雄深雅健。齐、梁文辞之弊,贵清绮不重气质,得此可以矫之。"可与沈说参证。

代新局面先驱的作品，而这，一方面在文学上，是许多有见识的作家抵抗毒素的结果，另一方面，在政治上，是隋帝国统一后，要求文艺服从当时政治需要的结果。

隋炀帝在中国文学史上是一个不可忽视的作家，有一种比较独特的二重性。他是宫体诗的继承者，又是其改造者。就拿《春江花月夜》来说吧，据《旧唐书·音乐志》的记载，陈后主等所撰的，无疑地是属于宫体的范畴，虽然它们已经亡佚，今天无从目验。但隋炀帝所写如下两篇：

> 暮江平不动，春花满正开。流波将月去，潮水带星来。
> 夜露含花气，春潭漾月辉。汉水逢游女，湘川值两妃。

闻先生也不能不将其归入对南方美丽毒素的引诱有抵抗力的作品之列。

《乐府诗集》卷四十七收《春江花月夜》七篇，以上面隋帝两篇为首，以下是隋诸葛颖一篇：

> 花帆度柳浦，结揽隐梅洲。月色含江树，花影拂船楼。

唐张子容两篇：

> 林花发岸红，气色动江新。此夜江中月，流光花上春。分明石潭里，宜照浣纱人。
> 交甫怜瑶佩，仙妃难重期。沉沉绿江晚，惆怅碧云姿。初逢花上月，言是弄珠时。

这五篇,就是张若虚在写《春江花月夜》时所能读到的部分范本。闻先生既然将隋炀帝的那两篇放在对南方美丽的毒素有抵抗力的作品范畴之中,那么,似乎也难以将诸葛颖和张子容的三篇放在对毒素有抵抗力的作品范畴之外。

由此可见,作为乐府歌辞的《春江花月夜》虽然其始是通过陈后主等的创作而以宫体诗的面貌出现的,但旋即通过隋炀帝的创作呈现了非宫体的面貌。而张若虚所继承的,如果说他对其前的《春江花月夜》有所继承的话,正是隋炀帝等的而非陈后主等的传统。作品俱在,无可置疑。

闻先生忽视了在隋代就已经萌芽的诗坛新风,而将宫体诗的"转机"下移到卢、骆、刘、张时代,这就无可避免地将庾信直到杨素、隋炀等人的努力抹杀了,而同时将卢、骆、刘、张之作,划归宫体的范畴,认为他们的作品的出现,乃是"宫体诗的自赎",就更加远于事实了。这也只能算是对《春江花月夜》的误解。

王闿运与闻一多所受教育不同,思想方法亦异,但就扩大了宫体诗的范围而导致了对《春江花月夜》的误解来说,却又有其共同之点。这就是对复杂的历史现象理解的表面性和片面性。

以上,就是我们所知道的从明代以来这篇杰作的被理解和被误解的大概情况。每一理解的加深,每一误解的产生和消除,都能找出其客观的和主观的因素。认识,是无限的。今后,对于张若虚《春江花月夜》的理解将远比我们现在更深,虽然也许还不免出现新的误解。

(1982年2月,南京)

张若虚《春江花月夜》集评

张若虚《春江花月夜》从明代以来始见重于世,被采入多家选本,亦或加以句释、节解、眉批、总评,其中不乏胜义。近年评论此诗的书刊不少,但有的蔑视前贤旧说,不屑采择;有的沿袭前贤旧说,无暇指明。因此无法使人看出古今学者在此诗研究工作中继承和发展的轨迹,也无法使人看出它几百年来在读者的认识中逐步深化的过程。为了弥补这一缺陷,今就个人阅读所及,抄成集评,以供参考。限于见闻,必多遗漏,当在今后续加增订。

凡句释置当句之下,节解置当节之下,总评置全诗之后,眉批则依据文义,插入所涉句下或全诗之后。其中《而庵说唐诗》之评,虽列全诗之后,而实系逐句逐节疏解,故抄时亦加分析,列入当句当节之下。另有几家所论,虽非出自选本,但系总评性质,也收入总评中。各本评语有互见者,不重出。其有"后皆指前公相袭"者,也两存之。

引用资料如次:

胡应麟:《诗薮》上海古籍出版社新刊王治安校本。内篇卷三。

唐汝询:《唐诗解》万笈赏刊本。卷十一。

锺惺、谭元春:《唐诗归》万历刊本。卷六。

陆时雍:《唐诗镜》明刊本。九,盛唐卷一。

周珽:《删补唐诗选脉笺释会通评林》崇祯刊本。七言古诗,盛唐二。此书眉批采王世懋、汪道昆、蒋一葵、唐汝询、谭元春、锺惺、周启陛、陆时雍、周珽、黄家鼎十家,总评采胡应麟一家。

王夫之:《唐诗评选》上海太平洋书店排印《船山遗书》本。卷一。

徐增:《而庵说唐诗》康熙刊本。卷四。

吴昌祺:《删订(唐汝询)唐诗解》诵懿堂刊本。卷六。

沈德潜:《唐诗别裁》上海古籍出版社新刊富寿荪校本。卷五。

管世铭:《读雪山房唐诗钞》湖北官书处光绪刊本。卷八,七古凡例。

王尧衢:《唐诗合解》光绪刊本。卷三。

陈兆奎辑、王闿运撰:《王志》光绪刊本。卷二,"论唐诗诸家源流答陈完夫问",附陈兆奎按语。

春江潮水连海平

锺惺曰:便象潮水。

徐增曰:先出春江二字。潮字取其来去,水来去则有情。潮生于海,故又用海。江水自上而下,海潮自下而上,故江水连海平也。须看他字字用意。

海上明月共潮生

徐增曰:带海字以出月字,仍不离潮字,潮盖应月而生者。

滟滟随波千万里

徐增曰:滟滟是水中月光。波动而月光为动。千万里,极言水之连处。

何处春江无月明

徐增曰:此二句是承首二句,其意又欲启花字也。

王尧衢曰:首出春江二字,次出月字,便承二句,以启花字。○江水下海,海潮入江。春江水涨,故用海潮以见水大。潮来潮去,江竟与海平矣。且海潮应月而生，故即海带潮以出月字。滟滟，水月光也。随波者，月也。曰千万里，曰何处无，见水月之远，两不相离，正承上连海、共潮也。

江流宛转绕芳甸

徐增曰：芳甸，有花处也。谢朓诗："杂英满芳甸。"看他又不便出花字，又从江字下来，而缀一流字。流能宛转绕有花之甸，水何其有情！

月照花林皆似帆按：似，一作如。**霰**

钟惺曰：入花，轻妙不觉。后更不说花，止带"昨夜闲谭梦落花"一语，妙在下一梦字，又似不实说，觉通篇春江月夜四字中，字字是花。

徐增曰：方出花字，又将月字伴出。霰者，雨雪杂下也。柳恽诗："春花落如霰。"皆字承水绕芳甸，月照花林。水光滟滟，花光离离，相交不定，故云如霰也。

吴昌祺曰：（春江花月夜）五字以月为主，江次之，而春与花则带入也。夜则不必言而无非夜矣。

空里流霜不觉飞

钟惺曰：静。幻。

徐增曰：因霰字又生一霜字来。春夜安得有霜？霜又岂是流的？空里月光射下如流霜，然作者此时眼光撩乱，看不定春江花月夜五个字，字多乱用，把霜当起水来，我读去亦儿眼看不定。不觉飞，夫霜飞则寒，春夜不寒，故不觉也。

汀上白沙看不见

周启陆曰：空里、江帆按：江，汀之误。上二语，状月光极静幻。

徐增曰：江畔平浅处为汀。汀上白沙原不看见。只因月光与水光相应射，花光又隐现其间，故看不见，不是要去看白沙也。上来八句，将春江花月四字逐字吐出，不必出夜字，而夜字已在其中矣。

王尧衢曰：一句将江流带起花字之影，一句将月伴出花字。二句描月夜。总上共八句，春江花月逐字吐出，而夜字在内矣。○江字下添字字，帆按：字字，流字之误。正接上滟滟随波句意。宛转绕，正其流之有情也。芳甸，有花之处。谢朓诗："杂英满芳甸。"江流宛转绕之，盖又无处非花林矣。于是以月伴花，曰月照花林如霰者，从夜见水、月、花光交杂，如雨雪之杂也。又从霰字生出霜字，曰流霜，月光照处，如霜之流。以其是春夜不寒，故又不觉霜飞也。江畔浅处有沙之地曰沙。帆按：曰沙，曰汀之误。江既有水、月、花光相为映射，则汀上之白沙看不见矣。

江天一色无纤尘

徐增曰：此句把前春字花字□□扫干净，盖欲另提月字也。

吴昌祺曰：江天句，正接上二句。

皎皎空中孤月轮

徐增曰：是独见月也。单论月，那个不看见？兼春兼花处，能有几个受用？故独把孤月来感叹。

江畔何人初见月

周启隆曰：江畔何人数句，岑嘉州《花树歌》亦此意。

徐增曰：江上人何止恒河沙数，那一个人是最初见月者？问得奇。

江月何年初照人

锺惺曰：问得幻，想达见。

徐增曰：自有天地，便有此江，便有此江上之月，夜夜处处照人，却是何年照超人的？问得又奇。首八句使人火热，此处八句又使人冰冷。然不冰冷，则不见火热。此才子弄笔跌宕处，不可不知。江畔那一个人最初见月，江月又那一年初来照人，见人自人，月自月，初无交涉。自因月之有照，人之有见，遂弄出无限风光，无限烦恼来，真无可奈何之事也。

吴昌祺曰：妙语。

王尧衢曰：此下将入情事，暂放春花，单言江月，而过出人字。以春花有见有不见，而月则无人不见也。○江字下又用天、空两字，便见月所从出，古今所山帆按：山，由之误。代谢。人生其间，真觉茫茫无际。无纤尘乃见是空。皎皎月轮，独照万古，故见是孤。自天地初分，即有此月此江，又谁知是那一个人始初见月？那一夜月始初照人？人有死生，世有古今，而月则常常如此。这个根底，有何人穷究得出？下二句交互言之，无限感叹，以下便承此意畅发。

人生代代无穷已

徐增曰：人生人死，人死人生，相代而来，无有穷止，并不见一个古人。

江月年年祇帆按：祇，一作望。**相似**

徐增曰：月圆而缺，月缺而圆，年年相望，只自如此，从无有两样明月。人那里及得月之长在？

不知江月待帆按：待，一作照。**何人**

徐增曰：月不择人而照，安知其照定那一人。

但见长江送流水

徐增曰：止见月照江中，光同流水，滚滚东下，不复返而已。月真是无清帆按:清,当作情。之物也。

吴昌祺曰:言月惟照江也。

王尧衢曰:承上将人月关情处一叹,而仍转到江流水。此水字从首句潮水来。○人之生死,代谢无穷;月之圆缺,年年无异。人知人之望月如此,不知月之照人何如?盖月无情,而情生于望月者耳。月照何人既不可知,但见江水汤汤,日夜流而不返,则是江流又一无情之物也。

白云一片去悠悠

汪道昆曰:白云一片数语,此等光景,非若虚笔力写不到,别有一种奇思。

徐增曰:此句另起,又请出白云来说。有意无意,不可方物。白云是去来无定者,与流水略不同,以兴起下文。一片去悠悠,是言捉摸不定。此一句内具有无穷妙意。

青枫浦上不胜愁

徐增曰:长沙有青枫江,然不必拟定。江上多枫树。枫经霜则红,春时叶青。用青字者,要关着春字也。青枫浦则是江。白云自去,何尝要人愁,而青枫浦上则有不胜其愁者矣。云若霎时便过,不见踪影,人也罢了,独因他悠悠而去,渐去得远,人在月下,看得子细良久,则在外者思想归去,在家者又怀念远人,此所以不胜愁也。

谁家今夜扁舟子

徐增曰:今夜泊舟于江上者,不知其为谁氏之子。至此,始出夜字。

何处相思明月楼

蒋一葵曰:绮回曲折,转入闺思,言愈委宛轻妙,极得趣者。

唐汝询曰：翻复播美，帆按：美字疑误，或是弄字。写己客思，转入闺情。一篇开合，全在"谁家今夜扁舟子，何处相思明月楼"两句。

徐增曰：楼是闺人所居之处。今夜扁舟子既不知其为谁家，又安知其相思在何处之楼哉？此四句是言作客之愁思。

吴昌祺曰：以上只说江月，至此则忆家，言家中月色恼人也。

王尧衢曰：此以江云生起愁来，又暗出夜字，转过明月，以言客思闺情，伏下文之木帆按：木，本之误。也。○白云只有一片，而又去得悠悠，又是一无情之物也。因上文有无纤尘三字，故此云一片，已不免秽滓太清。去悠悠，去之不定，有似游子。青枫浦上人视此浮云，自伤流荡，所以不胜愁也。青枫江上多枫，枫叶青，又关着春字。扁舟子，是游子也。楼上人，是怀游子者也。今夜扁舟中，不知是谁家之子，又安知思此游子者之闺人住在何处楼哉？

可怜楼上月徘徊

徐增曰：月却不比白云，偏要照着楼上，徘徊不去。

应照离人妆镜台

徐增曰：良人不在家，而谓其妇是离人，应是想象月在楼上，断无不照着妆镜台者，非正见也。

玉户帘中卷不去

徐增曰：月光照入室内，离人对此不耐，欲将帘卷月，而光只自不去。

捣衣砧上拂还来

徐增曰：离人在月下捣衣怨苦，初疑砧上是霜，及去拂拭，而光不动。此四句是从客子意中想象离人月中之境况。

王尧衢曰：此从月下言闺情，从扁舟子意中想出。○可怜，是客子意中可怜也。离人,客子谓其妇也。应,是遥度之词。徘徊,楼上之月不去也。反照白云之去。月在楼上照离人,断无不照着镜台。下二句,描徘徊不去之月光也。帘,卷得去;月,卷不去。捣衣砧上,只疑得霜,然拂拭亦不能去。视此月光之不去,反形游子之不来。客子料离人在楼必定多愁,故先冠以可怜二字。

此时相望不相闻

徐增曰:江上客与楼上人虽非一处,而见月则同,此时此际,相望而不能相通信息也。

吴昌祺曰:此下为其妇之词。

愿逐月华流照君

徐增曰:放过客子,单就楼上人说,愿逐月华以照夫君之前。不言光而言华者,亦欲关着花字也。

鸿雁长飞光不度

徐增曰:月华岂易逐得,则便想着鸿雁。鸿雁长乘月而飞,则满身是光,则光似可藉鸿雁以度,而不知月照一天下,一处有一处之光,分毫不可假借。但凭鸿雁那处去,而此处之光一些移不得去,故鸿雁度而光不度也。

吴昌祺曰:不度者,不去也。

鱼龙潜跃水成文

唐汝询曰:鸿雁鱼龙二语,写景入细处。

徐增曰:鸿雁如此,又去想着鱼龙。楼头月光,鸿雁既担不去;浦上月光,鱼龙或可送来,而孰知其还不如鸿雁多也。因念曰:江上定有鱼龙。然鱼龙在水,其身非月光之所得照。在水底不见谓之潜。即在水底跃,亦不过在水面发一大圆月光,照其成文而已。君即欲逐月华而照我,又不成虚话哉!

　　王尧衢曰:此时,客子离人,同时望月,而音信不相闻问。以下便于帆按:于字疑误。开客子,单说楼上离人。○帆按:○号以意补。楼上人想月之光华照到夫君身上,愿随月华流照到夫君之前。复又转语云:月华安可逐也? 即如能飞者,鸿雁。雁飞在月光中。此处月光,鸿雁不能带去,故曰不度。又想浦上之月,鱼龙或可带来。谁知鱼龙潜藏水底,并月光又照不着。即其在水中跳跃,从月下视去,不过成水面波纹而已。然则逐月流照,岂不诬哉!

昨夜闲潭梦落花

　　锺惺曰:入此大妙。

　　徐增曰:此下八句是结,前首八句是起。起用出生法,将春、江、花、月,逐字吐出,结用消归法,又将春、江、花、月,逐字收拾。此句不与上连,而意则从上滚下。夜间望月,不觉又成昨矣。身在闺中,心属江上,于其间想出潭字。潭意是深,而又谓之闲。两不相涉,即是闲也。闲则想,想则梦。如此良夜,各各寂寞,总复关情,究竟是梦影边事。红颜易老,有如花落,故梦落花也。复出花字、夜字。

可怜春半不还家

　　徐增曰:夜已昨矣,花又落矣,而春则过半矣。半字,见春止剩一半,还家尚可及得。不还家,则负此春,宁不为可怜? 复出春字。

江水流春去欲尽

　　锺惺曰:深。

　　徐增曰:其所剩一半之春,又不是牢在此不去的。汝看江水之流,把春流到将完之际矣。欲字中含情无限。复出江字,而江水亦非复宛转绕芳甸之水矣。

江潭月落复西斜

徐增曰：说落花则于闲潭，说落月则江潭共之。花，有处有，有处无，而月则无处不有。春欲尽，止剩是月，又将要落下而西斜矣。复出月字，而月又非共潮生之初月矣。

王尧衢曰：此下八句作结，将春、江、花、月、夜五字，逐字收拾。〇昨夜，是望月之夜已成昨矣，乃转夜而言月，从月而想夜间之梦。闲潭犹闺中之幽闲，落花犹美人之迟暮。由思起梦，因梦生怜。此可怜，是闺人心事。昨夜恰梦落花，此时却是春半。还家犹不负春，乃春半不还，渐渐而至于春之欲尽。此江流不歇，此春日难留，是江水把春来流尽者。春既欲尽，只有江潭之月，犹赖徘徊，乃复又西斜欲落矣。春江花月全然辜负了。

斜月沉沉藏海雾

徐增曰：月一斜，则沉沉落下。藏海雾，则月不见了。

碣石潇湘无限路

徐增曰：碣石，海旁山也。按《禹贡》，在冀州北平西南河口，三国时已渐沦于海，去岸百余里。此带言海。潇湘之水，源出广西阳海山，流出分水岭，分派北流入长沙界。湘犹相，言有所□也。永州与潇水合，曰潇湘；衡阳与蒸水合，曰蒸湘；沅州与沅水合，曰沅湘。会众流以达于洞庭。无限路，则江不见了。

不知乘月几人归

徐增曰：人又不归，则春又过了。

落月摇情满江树

锺惺曰：落月摇情，情满江树。摇字，满字，幻而动，读之目不能瞬。

徐增曰：落月，则夜又尽了。满江树，则花又无了，使人摇情无定，伤天涯之甚远，叹离人之将老。如此花月良夜，人生一世能得几次，而乃虚度过去耶？闲潭之梦，至此醒矣。陈后主当为猛省。

吴昌祺曰：春半不还，而春又去，月已没矣。一北一南，为路甚赊。不知有归人否？有归人，则君或在其中也。能无对落月而情伤乎？

王尧衢曰：此将春江花月一齐抹倒，而单结出个情字，可见月可落，春可尽，花可无，而情不可得而没也。○月斜而至沉于海雾，月全无有也。此篇首以海潮起，故并海字结。碣石，海旁之山。潇湘，连江之水。从江溯海，其路无限，江安可尽耶？春去矣，月落矣，而人又不归。乘月无人，即有，有谁知得？故曰"不知乘月几人归"，并归结人字。落月，则夜又尽。满江树，则花又无了。余情袅袅，摇曳于春江花月之中，望海天而杳渺，感今古之茫茫，相帆按：相，疑当作想。离别而相思，视流光而如梦。千端万绪，总在此情字内，动摇无已，将全首诗情，一总归结其下。添不得一字，而又余散帆按：散字疑误，或是味字。无穷。此古诗之所难于结也。

〔总评〕

胡应麟曰：张若虚《春江花月夜》，流畅婉转，出刘希夷《白头翁》上，而世代不可考。详其体制，初唐无疑。帆按：周珽《删补唐诗选脉笺释会通评林》引此条，"初唐无疑"四字作"固初唐高倡也"。

王世懋曰：句句以春江花月妆成一篇好文字。

唐汝询曰：此望月而思家也。言月明而当春水方盛之时，随波万里，靡所不照。霜流沙白，状其光也。因言月之照人，莫辨其始。人有变更，月长皎洁，我不知为谁而输光乎？所见惟江流不返耳。又睹孤云之飞而想今夕，有乘扁舟为客者，有登楼而伤别者，已与室家是也。遂叙闺中怅望之情,久客思家之意。因落月而念归路之遥,恨不能乘月而归,徒对此江树而含情也。帆按:吴昌祺《删订〈唐诗解〉》略有删改,今从原本。

锺惺曰:浅浅说去,节节相生,使人伤感。未免有情,自不能读,读不能厌。

又曰:将春江花月夜五字炼成一片奇光,分合不得,真化工手。

谭元春曰:春江花月夜,字字写得有情,有想,有故。

陆时雍曰:微悄渺思,多以悬感见奇。

周珽曰:语语就题面字翻美,帆按:美字疑是弄字之误。接笋合缝,铢铢皆称。伯敬云:"浅浅说去,节节相生,奇光分合不得。帆按:奇光六字,见锺评另条,此系误入,应删。使人伤感,未免有情,自不能读。之帆按:之上脱读字。不能厌。"诚哉斯言也。

黄家鼎曰:五色分光,合成一片奇绵。帆按:绵,疑锦之误。不是补天手,未免有痕迹。

王夫之曰:句句翻新,千条一缕,以动古今人心脾,灵愚共感。其自然独绝处,则在顺手积去,宛尔成章,令浅人言格局,言提唱,言关锁者,总无下口分在。

沈德潜曰:前半见人有变易,月明常在,江月不必待人,惟江流与月同无尽也。后半写思妇怅望之情,曲折三致。题中五字安放自然,犹是王、杨、卢、骆之体。

管世铭曰:卢照邻《长安古意》、骆宾王《帝京篇》、刘希夷《代悲白头翁》、张若虚《春江花月夜》,何尝非一时杰作,然奏十篇以上,得不厌而思去乎?非开、宝诸公,岂识七言中有如许境界?何大复未之思也。

王尧衢曰:此篇是逐解转韵法。凡九解:前二解是起,后二解是收。起则渐渐吐题,收则渐渐结束。中五解是腹。虽其词有连有不连,而意则相生。至于题目五字,环转交错,各自生趣。春字四见,江字十二见,花字只二见,月字十五见,夜字亦只二见。于江则用海、潮、波、流、汀、沙、浦、潭、潇湘、碣石等以为陪;于月则用天空、霰、霜、云、楼、妆台、帘、砧、鱼、雁、海雾等以为映。于代代无穷乘月望月之人之内,摘出扁舟游子、楼上离人两种,以描情事。楼上宜月,扁舟在江。此两种人,于春江花月夜,最独关情。故知情文相生,各各呈艳,光怪陆离,不可端倪,真奇制也。

王闿运曰:张若虚《春江花月夜》用《西洲》格调,孤篇横绝,竟为大家。陈兆奎按:《春江花月夜》,萧杨父子时作之,然皆短篇写兴,即席口占。至若虚乃扩为长歌,秾不伤纤,局调俱雅。前幅不过以拨换字面生情耳。自"闲潭梦落花"一折,便缥渺悠逸。王维《桃源行》,从此滥觞。李贺、商隐,挹其鲜润;宋词、元诗,尽其支流。宫体之巨澜也。陈兆奎按:昌谷五言不如七言,义山七言不如五言,一以涩炼为奇,一以纤绮为巧,均思自树一帜,然皆原宫体。宫体倡于《艳歌》、《陇西》诸篇。子建、繁钦,大其波澜;梁代父子,始成格律。相沿弥永,久而愈新。以其寄意闺闼,感发易明,故独优于诸格。后之学者,已莫揣其本矣。

(1982年3月,南京)

李白《丁都护歌》中的"芒砀"解

云阳上征去,两岸饶商贾。吴牛喘月时,拖船一何苦!水浊不可饮,壶浆半成土。一唱《都护歌》,心摧泪如雨。万人凿盘石,无由达江浒。君看石芒砀,掩泪悲千古!

这首《丁都护歌》是李白集中为数不多的直接反映当时劳动人民在封建统治阶级压迫下的痛苦生活的作品之一。它和诗人的其它名篇一样,一直为读者所爱好,传诵。

可是,由于有些注家对诗中"芒砀"一词没有能够作出正确的解释,就使人们感到,其所述情事,有些费解。现在,我们试图将这个问题加以澄清。

《汉书·高帝纪》:

高祖隐于芒、砀山泽间。(应劭注:"芒属沛国,砀属梁国。二县之界有山泽之固,故隐其间。")

芒、砀山泽,在今安徽省砀山县境内。不少注解李诗的书认为:"君看石芒砀"句中的"芒砀",就是指芒、砀诸山[①],而"石芒砀"则是指产于

---

① 请看杨齐贤集注、萧士赟补注:《分类补注李太白诗》卷六,王琦注:《李太白全集》卷六,马茂元:《唐诗选》上册,第238—239 页。(下引诸家说均出此。)

此山的文石①,诗中所咏,即系将在此山开采的石头用船运往位于长江南岸的云阳(今江苏省丹阳县)的事。

但这一说法,无论从诗中地理及诗句语法来看,都有其窒碍难通的地方。

先谈地理上的问题。诗篇一上来就写道:"云阳上征去,……拖船一何苦!"非常明确地表明了是从云阳拖船。"上征"一词,出自《离骚》:"驷玉虬以乘鹥兮,溘埃风余上征。"本是说从地下到天上。我国地势基本上是西北高,东南低,所以习惯上往西往北走,就叫西上北上,往东往南走,就叫东下南下。王琦引冯衍《显志赋》"溯淮流而上征"来注"云阳上征去",正由于此。那么,如果是从皖北的芒、砀诸山采石,南运苏南的云阳,怎么能说是"云阳上征去"呢?应当说"芒砀下航去"才对。这显然是个矛盾。

为了解决这个矛盾,马茂元先生作了如下的解释:

> 征,征途。上征,犹言启运。"云阳上征去"是上征云阳去的倒文。文石采自芒、砀,由运河向南运至云阳。"两岸",指运河两岸。

稍加检核,就可以看出,此说是难以成立的。一是因为释征为征途,上征为启运,都缺乏训诂学上的根据;二是以两岸为运河两岸,在诗中全无可稽;三是以"云阳上征去"句为倒文,也不大说得过去。还有

---

① 王、马说。杨氏引《汉书》释"芒砀"为山名,又释"石芒砀"为"视盘石芒砀然",意谓盘石(大而多)有如芒、砀诸山,与诸家不同。萧氏虽然也认为"芒砀"乃指芒、砀诸山,但并不认为诗中所咏系指开采山石,南运云阳。这些歧见是基于他们对诗中所咏情事的理解各有不同而产生的,并见下。

人认为是在芒、砀采石,而由云阳开船去负担南运的任务,那么,船离云阳的时候,还是空的,既非重载,拖船北上就不太费力,为什么诗人要强调"上征"时"拖船一何苦"呢?

由此可见,这些迂曲的说法并不能解决"云阳上征去"与作为山名的"芒、砀"之间所产生的矛盾。

再谈语法上的问题。我们指的是根据古代韵文的语法,在"君看石芒砀"这句诗中,"芒砀"一词究竟应当怎样理解才算正确的问题。为了便于比较,仍用李诗作为例证。

如大家所熟知,依照古代韵文的语法,当一个形容词与一个名词相结合而构成词组时,这个形容词是既可前置,又可后置的。以巉岩、浩荡、萧飒这三个形容词为例,李白在下列诗句中,即皆用于前置,作为定语来修饰后面的名词:

巉岩容仪。

——《上云乐》

浩荡深谋喷江海。

——《述德兼陈情上哥舒大夫》

萧飒古仙人。

——《古风》其二十

而他在另外三句诗中,则又用于后置,作为谓语来描述前面的主语:

石头巉岩如虎踞。

——《金陵歌送别范宣》

洪波浩荡迷旧国。

——《梁园吟》

胡霜萧飒绕客衣。

——《豳歌行上新平长史兄粲》

这两种方式都是习见的。

可是，如果是用一个名词，特别是专门名词作为定语来修饰另外一个名词时，一般就只能前置，而不能后置。这从下举各例中可以看出来：

东上蓬莱路。

——《古风》其二十

片片吹落轩辕台。

——《北风行》

巢在昆山树。

——《赠溧阳宋少府陟》

在这些诗句里，我们不能将蓬莱、轩辕、昆山当作后置的定语使用，而将"蓬莱路"写成"路蓬莱"，将"轩辕台"写成"台轩辕"，将"昆山树"写成"树昆山"。如果是在散文里，还可以借助于助词之及者，并在那个作为后置定语的名词之前，加上一个合适的动词，将它们写成"路之去蓬莱者"，"台之名轩辕者"以及"树之植昆山者"，虽然有些别扭，倒也勉强可通，而在格律、音韵等等限制之下，却无法将这样一种形容短语安放在诗句里。

由此可见，将"石芒砀"释为"石之产芒、砀者"，是不符合古代韵文语法的。

以上证明，无论从地理或语法的角度来探究，"芒砀"虽然也是山名，但李白在《丁都护歌》中，却并没有将它当作山名来使用①。

我们认为，《丁都护歌》中的"芒砀"是一个性状形容词，它以后置的方式与名词"石"结合，成为"石芒砀"这样一个主谓结构。它和杜甫《王兵马使二角鹰》诗"悲台萧瑟石巃嵷"句中的"石巃嵷"，苏轼《游金山寺》诗"中泠南畔石盘陀"句中的"石盘陀"，是完全一样的。

朱骏声《〈说文〉通训定声》"壮部"十八芒字下云：

> 《诗·长发》："洪水芒芒。"《元（玄）鸟》："宅殷土芒芒。"传："大貌。"《左·襄四年》："芒芒禹迹。"注："远貌。"《淮南·俶真》："其道芒芒昧昧。"注："广大之貌。"《补亡诗》："芒芒其稼。"注："多貌。"

又砀字下云：

> 或曰：芒砀，叠韵连语。假借为宕。《淮南·本经》："元元至砀而还照。"注："大也。"《甘泉赋》："回飙肆其砀骇兮。"注：

---

① 前人注释，认为"芒砀"不作山名解的，有胡震亨。其《李诗通》卷二云："芒，石棱；砀，石文。指所凿盘石言。"（下引胡说均出此。）按：芒有锋利之义，故与铓通用。《汉书·贾谊传》："一朝解十二牛而芒刃不顿者。"颜师古注："芒刃，谓刃之利如毫芒也。"《文选》卷三十五张协《七命》："启雄芒。"李善注："芒，锋刃也。"皆假为铓字。引申其义，则石芒自亦可指石棱。砀之本义为文石，解为石文，也无不可。所以将两字孤立起来看，胡说似若可通，但"芒砀"既系一个叠韵连绵词（详下），而如王国维《观堂集林》卷一，《肃霜涤场说》所指出的："……古之连绵字，不容分别释之。"因而他认为"芒砀"一词在本诗中并非山名，虽然是对的，而分释为石棱、石文，却仍然错了。

"过也。"《长笛赋》："眩硠磕以奋肆。"注："突也。"

朱氏在这里所辑录的故训表明，芒、砀两字，有大、广、多、远、过、突这样一些相同、相通或相近的意义，它们又同属一个韵部，因而在构成一个叠韵连绵词的时候，自然也就具有同样的意义。李白在本诗中，以之形容石大且多，是很精确的。

古汉语中通假字很多，它们在形、音、义各方面的变易都非常繁复。程瑶田《通艺录》《果蠃转语记》曾举果蠃这个叠韵连绵词为例，王国维《肃霜涤场说》曾举肃霜、涤场这两个双声连绵词为例，展示了叠韵及双声连绵词变易多端的情况①。程氏并对这种情况作了如下的概括：

> 双声叠韵之不可为典要而唯变所适也，声随形命，字依声立。屡变其物而不易其名，屡易其文而弗离其声。物不相类也，而名或不得不类。形不相似，而天下之人皆得以是声形之，亦遂靡或弗似也。

就芒砀一词而言，也有同样的情况，今略举如下。芒砀，或作旁唐，《文选》卷八司马相如《上林赋》：

> 瑌玉旁唐。（李善注引郭璞曰："旁唐，言磐礴也。"《文选》卷十二郭璞《江赋》："荆门阙𬮱而磐礴。"李替注："磐礴，广大

---

① 参看殷孟伦《〈果蠃转语记〉疏证》，载《四川大学文学院集刊》第1、2期，1943。

貌。"《汉书·高帝纪》应劭注:"砀,音唐。"颜师古注:"砀,亦音宕。")

或作沆砀,《汉书·礼乐志》载《郊祀歌》:

> 西颢沆砀。(颜师古注:"沆砀,白气之貌也。")

或作莽荡,《文选》卷九班彪《北征赋》:

> 野萧条以莽荡。(五臣注,张铣曰:萧条、莽荡,旷远之貌。)

或作茫荡,王绩《东皋子集》卷下,《无心子传》:

> 游乎茫荡之野。

或作旷荡,李白《大鹏赋》:

> 不旷荡而纵适。

或作漭荡,李白《送王屋山人魏万还王屋》:

> 漭荡见五湖。

唐人诗句以芒砀作形容词使用而为人所习知的,还有韩愈的《苦寒》:

芒砀大包内。(钱仲联《韩昌黎诗系年集释》卷二引方崧卿《韩集举正》:"芒砀乃茫荡也。芒,平上声通。李白诗:'君看石芒砀,掩泪悲千古。'古书茫只作芒,砀与荡通。《诗》:'洪水芒芒。'《庄子》:'芒乎何之。'皆茫字也。又:'吞舟之鱼,砀而失水。'《汉志》:'西颢沆砀。'皆荡意也。大包,以宇宙言也。")

而韩诗以"芒砀"前置,修饰"大包",李诗以"芒砀"后置,描述"石",也正符合性状形容词既可放在名词之前,又可放在名词之后的规律。

由此可见,"芒砀"在《丁都护歌》中应理解为是一个叠韵形容词,实无疑义。

现在,可以附带讨论一下此诗所咏情事或其本事问题。"芒砀"一词的正确理解,对于我们正确地理解全诗,也是有帮助的。

此诗虽然篇幅不长,但所咏何事,则注家们颇有歧见,列举起来,共约六说。杨齐贤云:

> 此意谓行船于河,河水浑浊不可饮,虽使万人凿石以通江水,终不能得。当热而渴饮,千古之人视盘石芒、砀然,岂不悲哉!

萧士赟云:

> 此篇之意,是咏秦皇凿北坑以压天子气之事①。徒尔劳民凿

---

① 按:北坑当作北冈。《艺文类聚》卷六引《地理志》:"秦望气者云:'东南有天子气。'使赭衣徒凿云阳北冈,改名曰曲阿。"《太平御览》卷五十八引董览《吴地志》:"曲阿,秦时名云阳。太史云:'东南有天子气,在云阳之间。'故凿北冈,令曲而阿,因名曰曲阿。"

石,而不知真主已在芒、砀山泽间矣,非人力之所能胜也。触热拖船,就饮浊水,征夫之苦,徒兴千古之悲耳。

萧氏引或说云:

此诗乃是为韦坚开广运潭而作,借秦为喻耳。按唐史,天宝初,江淮南租庸等使韦坚引淮水抵苑东望春楼下为潭①,以聚江、淮运船,役夫匠通漕渠,发人丘陇,自江、淮至京城,民间萧然愁怨,二年而成。三月,上幸望春楼观新潭,名其潭曰广运②。太白之诗,其为是欤?

萧氏又一说云:

吴孙权时,亦尝遣校尉陈勋将屯田及作士三万人凿句容中道,自小其至云阳西城,通会市,作邸阁③。今以首句观之,似咏此事。

胡震亨云:

白词"云阳上征去",咏润州埭牐牵挽之苦。……先是,润州

---

① 按:淮水当作浐水。《旧唐书·玄宗纪》,天宝元年:"是岁,命陕郡太守韦坚引浐水开广运潭于望春亭之东以通河、渭。"《资治通鉴》卷二百十五:天宝二年三月,"江淮南租庸等使韦坚引浐水抵苑东望春楼下为潭"。淮水是无从引到长安的。
② 此事,两《唐书·韦坚传》并载之,但萧注行文,大体依据《通鉴》。
③ 见《三国志·吴志·孙权传》赤乌八年。

不过江,开元中,刺史齐澣始移漕路京口塘下,直达于江,立埭收课,事详澣本传①。澣新河在江北者,白尝作诗颂美②。此独言其苦。瓜步岸卑易开,润州岸高难开,地势至今然,白诗并纪实也。

王琦云:

> 考芒、砀诸山,实产文石③。或者是时官司取石于此山,僦舟搬运,适当天旱水涸,牵挽而行,期令峻急,役者劳苦,太白悯之而作此诗。……"君看石芒砀,掩泪悲千古"者,谓芒、砀产此文石,千古不绝,则千古实为民累,有心者能不睹之而兴悲哉④!

异说虽多,有的却完全不足据信。如由于"芒砀"一词已被证明不能解为山名,则萧士赟认为此诗是说秦始皇虽凿云阳北冈以压天子气,而不知汉高祖已隐于芒、砀山泽间,以及王琦认为系自芒、砀采石,南运云阳之说,已不攻自破。

萧氏的又一说,只是就孙吴时陈勋曾在云阳一带开路,与诗中云阳强为牵合,而此事与诗里所描写的情景,很不相干,其为附会,不待

---

① 齐澣,两《唐书》并有传(旧书入《文苑》),皆载此事。
② 这是指李集中《题瓜洲新河饯族叔舍人贲》一诗中有"齐公凿新河,万古流不绝,丰功利生人,天地同朽灭"诸句。
③ 《说文解字》九篇下:"砀,文石也。"段玉裁注:"《地里志》:'梁国砀山出文石。'……师古云:'山出文石,故以名县也。'按:以砀名山,又以砀名县,本为文石之名。"砀山出文石,见于《汉书·地理志》,芒山是否也出文石,则不可知。王氏称"芒、砀诸山,实产文石",而冠以"考"字,似欠严谨。
④ 近人选注的唐诗或李诗多从王说,不更列举。

详辩。

萧氏所引或说,以为诗咏韦坚开广运潭事,但诗中既全未涉及他的聚敛邀宠,而且这一漕渠工程,是起自江、淮,引浐水以达长安,工程重点都在长江以北,而从诗中所用云阳、吴中等语来看,却偏指江南,可见其附会的程度也不下于前说。所以王琦说:"琦尝以全篇诗意参绎(萧注所说)三事,知其皆非也。"

杨齐贤的说法,不算穿凿,但他认为凿石的目的,不是为了将它北运江边,而是"以通江水",使"行船于河"的人免于再饮浑浊的水。这样,就把拖船之苦局限在缺乏清洁饮水这一点上。这种片面的理解,显然不合全诗情事,也说明他忽略了诗篇所具有的深度和广度,即诗人所揭露的,乃是封建统治阶级"力役之征"的黑暗面,而这在当时,是具有深刻、普遍的意义的。

胡震亨比较谨慎。他只泛言此诗是"咏润州埭牐牵挽之苦",虽然也征引了齐澣开河移漕之事,但只是用以说明"润州岸高难开",从而证实此诗描写所具有的真实性,并没有硬说从"云阳上征"拖船的水道也是齐澣所开。王琦除了误解"芒砀"一词之外,所说大体上与胡氏相同。在旧注中,它们是大体正确的。

萧士赟认为:"太白乐府每篇必櫽括一事而作,非泛然而言者。"这个意见值得重视。但诗人所櫽括的事,是否一定有书面纪录流传下来,从而一定为后人所知道,则完全是另外的问题。唐代"差役之法,凡诸官吏,殆无不因以虐民。甚有非关公事,亦加役使者。而运输之事,尤为劳弊"[①]。这种事情,成千上万,史籍何能尽载?后人何

---

① 引自吕思勉《隋唐五代史》,第1179页。

能尽知？李白在游览云阳的时候,见到劳动人民就地取石,或由它处取石经过其地,并从水路运到江边的情况,有所感发,就写下了这篇作品,也正是"非泛然而言者"。如果一定要在史籍上找出它的本事,甚至以诗中个别词汇为依据,来探求诗意,那就不免陷于"深文周内",成为"固哉高叟"了。

根据以上粗略的论述,我们认为:在古今注家中,复旦大学中文系古典文学教研组选注的《李白诗选》,释"上征"为"向上游(北方)行舟","石芒砀"为"石头又大又多的意思",并说全诗是"写劳动人民在炎热季节里拖船的痛苦实情。……诗里表现了诗人对劳动人民的同情",其说可称简当。

(1977年6月,南京)

关于李白和徐凝的庐山瀑布诗

一

作为一个富有特色的风景区和休养胜地,矗立在鄱阳湖畔的庐山,从古以来就以她奇秀的风姿吸引着作家、艺术家的灵心与彩笔。各人根据自己对庐山的独特的观察与体验而写出来的诗文,绘出来的图画,丰富了祖国的文学艺术。

这些作品自然存在着异同之别,高下之分,其间出现的一些问题也有许多是值得我们今天玩索和借鉴的。这里,只将自己见到的历来有关李白和徐凝两位唐代诗人所写的歌咏庐山瀑布的两首七言绝句的文献加以记录和讨论。

二

王琦注本《李太白文集》卷二十一收有《望庐山瀑布》二首,一首五古,一首七绝,词云:

> 西登香炉峰,南见瀑布水。挂流三百丈,喷壑数十里。欻如

飞电来,隐若白虹起。初惊河汉落,半洒云天里。仰观势转雄,壮哉造化功。海风吹不断,江月照还空。空中乱潈射,左右洗青壁。飞珠散轻霞,流沫沸穹石。而我乐名山,对之心益闲,无论漱琼液,且得洗尘颜,且谐夙所好,永愿辞人间。

　　日照香炉生紫烟,遥看瀑布挂前川。飞流直下三千尺,疑是银河落九天。①

这两首诗大约同时写于唐玄宗开元十四年(726),即诗人二十六岁的时候②。这是一个才情横溢的青年面对着与他所已经熟悉了的蜀中山水风格很不相同的新境界所发出的由衷的赞叹。他用纵横铺排的赋体写了一首五言古诗,"言之不足",又写上一首七言绝句,更其集中地刻画了瀑布本身的令人惊心动魄的雄伟形象。绝句显然是古诗中所表现的景物在诗人构思中更其典型化的再现。

---

　　① 这两首诗,校以敦煌石室所出唐人选唐诗残卷及李集各本,文句间有异同。今以无关本文论旨,不更举列。
　　② 这两首诗的作期,约有三说。黄锡珪《李太白年谱》所附《李太白编年诗目录》定为肃宗"至德元年(756。按:即玄宗天宝十五载,元年亦当作元载。)六月,白隐居庐山作。"詹锳《李白诗文系年》系之于开元十四年,并加以考证说:"任华《杂言寄李白》:'登庐山,观瀑布,"海风吹不断,江月照还空,"余爱此两句。'指此诗第一首。华诗下文又云:'中间闻道在长安,及余戾止,君已江东访元丹。'则《望庐山瀑布》诗盖入京以前作也。按白虽屡游庐山,而大都在去朝以后;其在天宝以前者,约当是时。"复旦大学中文系古典文学教研组选注的《李白诗选》将这两首诗归入第二部分(不编年)中,并加推断说:"根据'且谐夙所好,永愿辞人间'两句推测,大约是晚年准备隐居庐山时所作。"黄锡珪大约以为李白平生只在至德元载上过庐山,所以李诗编年,便将其所有的庐山诗都编入这年,这显然与事实不符。复旦《李白诗选》的推断也很勉强,因为李白的出世思想形成得很早,《诗选》第一部、第一期《登峨嵋山》的解题就曾指出:"李白在青年时代曾相信道教,热中于修仙学道。"那么,"辞人间"是"夙所好",何须在晚年准备隐居庐山时才具有呢? 因此,我们这里采取了詹锳先生的意见。

历来的读者对这两首诗是很珍视的。如王注李集卷三十三,附录三载明杨荣《李白赞》云:"匡庐之山,神秀所锺。瀑布千尺,宛然飞虹。伟哉谪仙,银河在目,咳吐天风,灿然珠玉。"这篇赞主要是概括了李白自己的诗句写成的,《望庐山瀑布》则是其基本材料。可见在杨荣的心目中,这两首诗乃是李白的性格、精神的象征。

　　古代诗论家对这两首诗还作过一番比较。宋葛立方《韵语阳秋》卷十三云:"以余观之,'银河一派'①犹涉比类,未若前篇云'海风吹不断,江月照还空',凿空道出,为可喜也。"胡仔《苕溪渔隐丛话》后集卷四也说:"太白前篇古诗云:'海风吹不断,江月照还空。'磊落清壮,语简而意尽,优于绝句多矣。"我们承认,五古中这两句,以白描的赋体形容瀑布,的确具有陆机《文赋》中所说"体物而浏亮"之妙,也很富于创造性,是应当给与很高的评价的。在葛、胡之前,与李白同时的诗人任华在其《杂言寄李白》中,也说:"余爱此两句。"但是否就可以由此得出结论说"优于绝句多矣"呢? 不能。这不特是因为从描写手段看来,固定地认为"凿空道出"胜于"比类",即赋优于比,不够恰当;从风格看来,"磊落清壮"为两诗所同;也因为三家所举的两句只是"一篇之警策",可并不是全篇。如果就全篇而论,则真正能够"语简而意尽"地概括庐山瀑布的形象的,倒是后者而不是前者。古诗从"挂流三百丈"句起,至"流沫拂穹石"句止,共十四句,都是正面描摹,绝句的后两句也是这样。两相比较,显然前者比后者丰富,而后者比前者精炼。它虽然不能包涵却已经概括了前篇中所表现的中心形象。因此,我们没有必要对他们强加抑扬;同时,还必须认识到,李白,作为

----

① "帝遣银河一派垂,古来唯有谪仙词。"是苏轼赞美李白这首绝句的话,见后。葛立方这里是摘取苏诗中四字来代表这首诗。

一个伟大的诗人,在同一题目之下,写了一首五古之后,再写一首七绝,决非随便地自行重复,而是有意识地互相补充。

总之,这首七绝传诵千年,直到今天,还为人们所爱好,甚至比那首五古流传得更其广泛一些,并不是偶然的。

三

过了一个世纪,约在唐宪宗元和时代(806—820),另一位诗人徐凝又写了一首题为《庐山瀑布》的七绝见《全唐诗》卷四百七十四:

> 虚空落泉千仞直,雷奔入江不暂息。今古长如白练飞,一条界破青山色。

这首诗在当时也很有名。《唐诗纪事》卷四十一"徐凝"条引宋潘若冲《郡阁雅谈》,就有"凝官至侍郎,多吟绝句①,曾吟《庐山瀑布》,脍炙人口"的记载。并且,据说,徐凝在应乡贡荐举中,还凭仗这首诗击败了他的对手张祜("祜",或作"祐",误)。

这段佚闻见于唐范摅《云溪友议》卷中"钱塘论"条。宋人著述如王谠《唐语林》卷三"品汇"门、计有功《唐诗纪事》卷四十一"徐凝"条、旧题尤袤《全唐诗话》卷三"徐凝"条均加转载。其中《唐语

---

① 《全唐诗》存凝诗一卷,除断句外,计五律三首、七律一首、五绝十七首、七绝八十首,无古诗。《郡阁雅谈》(《宋史·艺文志》作郡阁雅言)说他"多吟绝句",是信而有征的。

林》系直录《友议》原文,《唐诗纪事》则略有改动,《全唐诗话》又全据《纪事》。现在节录《云溪友议》,并附著他本的重要异文,如下①:

> 致仕尚书白舍人初到钱塘(此句,《纪事》作"乐天为杭州刺史"),令访牡丹花。独开元寺僧惠澄近于京师得此花栽,始植于庭。……会徐凝自富春来,未识白公,先题诗曰:"……"白寻到寺看花,乃命徐生同醉而归。时张祜榜舟而至,甚若疏诞。然张、徐二生,未之习隐("隐",《语林》作"稔"),各希首荐焉。中舍("中舍",《纪事》作"白")曰:"二君论文,若廉、白之斗鼠穴,胜负在于一战也。"遂试《长剑倚天外赋》、《余霞散成绮》诗,试讫解送,以凝为元,祜其次耳。张曰:"祜诗有'地势遥尊岳,河流侧让关。'多士以陈后主'日月光天德,山河壮帝居',此则徒有前名矣。"又祜《题金山寺》诗曰(原注:此寺,大江之中):"树影中流见,钟声两岸闻。"虽綦毋潜云:"塔影挂霄汉,钟声和白云。"此句未为佳也。祜(《语林》"祜"下有"又有"二字)《观猎》四句及《宫词》("四句"二字,据下文当在"宫词"之下),白公曰:"张三作猎诗,以较王右丞,余则未敢优劣也。"……白公又以《宫词》四句之中皆数对,何足奇乎?然无徐生云:"今古长如白练飞,一条解("解",《语林》作"界")破青山色。"徐凝赋曰:"谯周室里,定游、夏于立("立",《语林》作"丘")、虞;马守帷中,分《易》、《礼》于卢、郑。如我明公荐(《语林》"荐"下有"拔"字),

---

① 《友议》用古典文学出版社排印本,《语林》用湖北官书局刊本,《纪事》用中华书局排印本。王定保《摭言》卷二,"争解元"门及《诗话总龟》前集卷三引李颀《古今诗话》所载过略,不更校录。

关于李白和徐凝的庐山瀑布诗

岂惟偏党乎?"张祜亦曰:"虞韶九奏,非瑞马之至音;荆玉三投,伫良工之必鉴。且鸿钟运击,瓦缶雷鸣,荣辱纠绳,复何定分?"祜遂行歌而迈,凝亦鼓枻而归。二生终身偃仰,不随乡试者乎!(自"祜其次耳"以下,《纪事》作:祜曰:"祜诗有'地势遥尊岳,河流侧让关。'又《题金山寺》诗曰:'树影中流见,钟声两岸闻。'虽綦毋潜云:'塔影挂霄汉,钟声和白云。'此句未为佳也。"凝曰:"美则美矣,争如老夫'今古长如白练飞,一条界破青山色。'"凝遂擅场。祜叹曰:"荣辱纠纷,亦何常也!"遂行歌而迈,凝亦鼓枻而归。自是二生不随乡试矣。白又以祜《宫词》四句皆数对,未为奇也。)先是,李补阙林宗、杜殿中牧,与白公辇下较文,具言元、白诗体舛杂,而为清苦者见嗤,因兹有恨也。

只要略加审查,就可以发觉,这段佚闻中有许多部分绝非史实而是范摅所妄造或传自其他中、晚唐人的物语①。被他写得来有声有色

---

① 《云溪友议》所载佚闻,颇多"委巷流传,失予考证"之处,《四库提要》卷一百四十已有所揭发。以本条而论,他说白居易到杭州作刺史之前,与徐凝不相识。考白居易元和十年(815)贬江州司马,十三年冬除忠州刺史,直至十四年春方离江州,在江州首尾五年。其任杭州刺史,则在穆宗长庆二年(822)七月,十月始到杭州,其赏牡丹至早也要在三年春天。而《全唐诗》凝集有《寄白司马》诗云:"三条九陌花时节,万户千车看牡丹。争遣江州白司马,五年风景忆长安。"此诗分明作于元和十四年,即算来白居易已贬江州五年的时候。因为白除江州刺史,诏书下达,是在十三年十二月二十日。这个消息,在他处的徐凝当然不可能立刻知道,所以次年春天寄诗,仍然当他还在江州作司马,而有"五年风景忆长安"之句了。由此可见,白、徐决非长庆三年才在杭州认识的。本条又说"先是,……杜殿中牧与白公辇下较文",考杜比白小三十一岁。杜于文宗大和元年(827)进士登第,时年二十五。白于三年即归洛阳,从此没有再出来。两家文集、传记中绝无交往之迹。而且,如果还是"先是",即其事还在长庆三年之前的话,那么杜牧就刚刚或者不到二十岁,似乎更无从和当时已负盛名的白居易"较文"了。这些情节,都出于伪造,是毫无疑问的。《唐诗纪事》引用《云(接下页注)

的徐、张文战,多半根本就没有这回事儿。因而我们在这里并不打算对这些情节的真伪进行追究。可是,其所反映的文学思想和这种思想所形成的历史背景,却不无值得探索的地方。

这就是说:从现存的两家作品看来,张祜的诗,成就实在徐凝之上①,而白居易,作为一个伟大的诗人,具有高度创作水平和鉴赏能力,这都是当时及后世所公认的。那么,这段佚闻的制造者,为什么要伸徐屈张,并将这种特殊的见解嫁名于白居易呢?更其令人难解的是:按照这位佚闻制造者的安排,白居易,或者如《唐诗纪事》所载,是徐凝自己,竟把《庐山瀑布》这一首实在并不高明的诗当成了杰作,仿佛神怪小说中的镇山之宝,一经祭起,就可以降服对方,这种想法又是怎样产生的?

对于前一点,《唐诗纪事》"徐凝"条引皮日休论曾作过一番解释。

> 乐天荐徐凝,屈张祜,论者至今郁郁,或归白之妒才也。余读皮日休论祜云:"……祜初得名,乃作乐府艳发之词,其不羁之状,往往间见。凝之操履,不见于史,然方干学诗于凝,赠之诗曰:'吟得新诗草里论。'戏反其词,谓'村里老'也。方干,世所谓简古者,且能讥凝,则凝之朴略椎鲁,从可知矣。乐天方以实行求才,荐凝而抑祜,其在当时,理其然也。……元、白之心,本乎立教,乃寓意于乐府雍容宛转之词,谓之'讽谕',谓之'闲

(接上页注)溪友议》,删去"较文"一节,可能是看出了破绽。元辛文房《唐才子传》于卷六徐、张两传中,不采范书一字,是很有史裁的。明胡震亨《唐音癸签》出于计、辛两书之后,其卷二十五中反有"初,杜与白论诗不合;而祜亦尝觅解于白,失其意"之说,显属失考。

① 唐末张为著《诗人主客图》,以白居易为广大教化主,张祜为入室,徐凝为及门。二人品第相差两级。后来的诗论家对于张为的这一意见是没有异议的。

适',既持是取大名,时士翕然从之,失其旨,凡言之浮靡艳丽者,谓之元、白体。二子规规攘臂解辨,而习俗既深,牢不可破,非二子之心也,所以发源者非也。可不戒哉!"

和我们的看法不同,皮日休是相信徐、张文战是实有其事的;同时,上述解释也还有不够完全恰当的地方,如他认为"元、白之心,本乎立教",似乎闲适、艳情之作,只是一种手段,拿《白氏长庆集》卷四十五《与元九书》、《元氏长庆集》卷三十《叙诗寄乐天书》及其它相关材料来对照,显然把两家诗歌内容和文学主张看得过于简单,因而也就不符合于事实。可是,由于他的启发,我们却领悟到这段佚闻透漏了一个情况,即在当时,元、白诗中"雍容宛转"、"浮靡艳情"之词,比用以"立教"的,即"为时而著,为事而作"的诗文,更加流行一些;同时,又体现了一个要求,即有的人却希望对这种不健康的所谓"元、白体"加以抑制。这段佚闻,很可能就是上述思想通过"托古改制"的形式的反映。所以,皮日休的解释还是比较合理的和有价值的。

对于后一点,我们也想作一点推测。从范摅叙述得不够清晰的话看来,似乎李林宗和杜牧先在长安就对白居易提过意见,说他和元稹的诗体舛杂,在这种风气支配之下,诗风清苦的作家,每每被人嗤笑,不免抱怀才不遇之恨。白居易接受了这个意见,所以在杭州考试徐、张的时候,便有意地伸徐而抑张。据《云溪友议》所载,白居易是将张祜那首著名的《宫词》——"故国三千里,深宫二十年。一声《河满子》,双泪落君前。"——来和徐凝的《庐山瀑布》作比较的;据《唐诗纪事》所引,徐凝是将自己那一首诗来和张祜的"地势遥尊岳,河流侧让关",及"树影中流见,钟声两岸闻"等句作比较的。无论从哪一种记载看,徐诗朴拙,近乎"清苦",张诗工巧,邻于"艳发",都是一目瞭然，无须再加说明。可见这段佚闻中对两家的抑扬，实质上是在提倡一种有如后来北宋陈师道在其《后山诗话》中所提倡的"宁拙毋巧，宁朴毋华"的诗歌风格。

从韩愈以下，中、晚唐某些诗人对于艺术技巧的独创性和语言风格的多样性的追求是很突出的。卢仝、刘叉发展了韩的奇怪；孟郊、贾岛进而沉溺于僻苦；李贺于奇怪僻苦之外，又加上脂艳粉光和神秘气氛；温庭筠、李商隐在不同程度上受着李贺的影响，而侧重于绮丽。当然，这里指出的都不是每一位诗人风格的全貌。这许多诗人的精神面貌、语言风格虽然各不相同，在艺术上倾向于追求精工奇丽却无二致。而另一方面，作为这些人的对立面出现的，则是一些通俗诗人。聂夷中、杜荀鹤、胡曾、罗隐等是其代表。他们从白居易及其他白派诗人元稹、李绅、王建、张籍等那种比较平易近人的风格传统出发，以朴质的语言来从事创作，却走得更远了一些，有时不免于椎鲁，有时又不免于滑率①。"言之无文，行而不远"，这就在某种程度上对于他们作品的内容，特别重要的是对白居易的"为时而著，为事而作"的优良传统同样有所继承的思想内容，反而有所损害，因而总的说来，成就不大。这些人的作品是或多或少地流传下来了，可是他们的理论却完全湮没无闻。生活于晚唐懿宗、僖宗时代即九世纪下半期的范摅，在他记载的这段佚闻中所透露出来的文学思想，倒是和这些通俗诗人的创作实践很契合的。这是不是就是他们的文学见解呢？而这种见

---

① 唐李肇《国史补》卷下，"叙时文所尚"条云："元和以后，为文章，则学奇诡于韩愈，学苦涩于樊宗师；歌行，则学流荡于张籍；诗章，则学矫激于孟郊，学浅切于白居易，学淫靡于元稹。俱名为元和体。大抵……元和之风尚怪也。"所论也大致可以看出元和时代文坛变化情况，这种变化的影响，在晚唐还是存在的。

解,对陈师道等江西派诗人的理论,又是否起着一种不甚明显的先驱作用呢?

由于史料的缺乏,我们现在还很难将这一条假定的线索的许多环节联系起来。这里提出的,只是一个极不成熟因而可能完全错误的看法。

四

在徐凝吟《庐山瀑布》之后,时间又向前推进了近三个世纪。宋神宗元丰七年(1084),苏轼从黄州移汝州,过九江时,游览了庐山。《学津讨原》本《东坡志林》卷一,"记游庐山"条曾经自述其事,略云:

> 仆初入庐山,山谷奇秀,平生所未见,殆应接不暇,遂发意不作诗。……是日,有以陈令举《庐山记》见寄者,且行且读,见其中云徐凝、李白之诗,不觉失笑。旋入开元寺①,主僧求诗,因作一绝云:"帝遣银河一派垂,古来唯有谪仙词。飞流溅沫知多少,不与徐凝洗恶诗。"

陈令举,名舜俞,是苏轼的朋友。他的《庐山记》是有关庐山的名著之一。其中谈到徐凝、李白诗的,见于《叙山南篇》第三,节取如次:

---

① "开元寺",应作"开先寺"。冯应榴《苏文忠诗合注》卷二十三,《开先漱玉亭》诗注曾详加辨订。王文诰《苏文忠公诗编注集成》卷三十三引《东坡诗话》也正作"开先"。

由古灵(庵)至开先禅院十里。……瀑布在其西。山南山北有瀑布者,无虑数十处,故贯休题庐山云:"小瀑便高三百尺,短松多是一千年。"惟此水著于前世。唐徐凝诗云:"今古常如白练飞,一条界破青山色。"李白诗云:"飞流直下三千尺,疑是银河落九天。"即此水也①。香炉峰与双剑峰相连属,在瀑水之旁。……上山七里至永泰院,……永泰之前有文殊台,与香炉、双剑峰相为高下。瀑布前在山下,皆仰而望之,固为雄伟;至文殊台,则平视之,然后知"轰雷"、"飞练",皆赋象之不足也②。……凡庐山之所以著于天下,盖有开先之瀑见于徐凝、李白之诗,康王之水见于陆羽之《茶经》,至于幽深险绝,皆有水石之美也。

---

　　① 以李、徐所咏为开先瀑布,前人的意见是一致的。李集王琦注引《太平御览》卷七十一所载周景式《庐山记》云:"泉在黄龙南数里,即瀑布水也,土人谓之泉湖。(两"泉"字,王注均据误本《御览》作"白水",今依宋本校正。)其水出山腹,挂流三四百丈,飞湍于林峰之表,望之若悬索,注水处石悉成井,其深不测也。"吴宗慈《庐山志》卷五,"瀑布水"条亦据明桑乔《庐山纪事》引周记,注云:"此谓山南之黄龙山,即山麓有温泉者,特相距约十五里。"这条注用意在于怕人误会黄龙是指山北的黄龙潭或黄龙寺。又敦煌本唐人选唐诗残卷载李诗五古,题作《望瀑布水》,明本《万首唐人绝句》卷二载李诗七绝,题作《望庐山瀑布水》,也足以证明李诗所咏为开先瀑布,因为瀑布水(或简称布水)原是庐山诸瀑中最大的开先瀑布的专名。查慎行《苏诗补注》(一名《补注东坡编年诗》)卷二十三也引《太平寰宇记》云:"瀑布在庐山东,亦名布水,源出高峰,挂流三百丈许,远望如匹布,有徐凝题诗。"

　　② 吴宗慈《庐山志》副刊之四,《庐山古今游记丛钞》卷下载黄宗羲《匡庐游录》云:"以余观之,文殊塔一峰,乃古之所谓香炉峰耳。太白诗:'西登香炉峰,南见瀑布水。'又云:'日照香炉生紫烟,遥看瀑布挂前川。'此峰正在瀑布之西,登此峰而望瀑布,正在其南。若今之所谓香炉峰者,悬隔一山,全然不见,太白何所取义而云耶?若云山北之香炉峰,其峰于庐山为东,登之亦无瀑布可见,不相涉也。"吴宗慈注云:"梨洲以文殊塔地即香炉峰,虽属创论,自具理证,吾未敢驳之。"陈舜俞以为文殊台是看开先瀑布的好所在,也足为黄说佐证,虽然对于这一点,我们还不能匆促地作出结论。

苏轼看了他朋友的著作为什么要"失笑"呢？很显然，他没法同意陈舜俞一再地将李、徐两诗相提并论这种做法。当然，陈舜俞也认为两诗是有高下的。可是他却将形成高下的原因机械地归之于李白是"西登"而"南见"，即能"平视"瀑布的全貌，而徐凝则是"仰而望之"，所以只能用"轰雷"指徐诗第二句"雷奔入江不暂息"、"飞练"指徐诗第三句"今古长如白练飞"。来形容，因而产生了"赋象不足"的艺术效果。这也就是说：两诗的优劣并不决定于诗人对生活是否熟悉，技巧是否精湛，而是决定于他们欣赏瀑布的地理位置是否安排得恰当，如果徐凝不是"仰而望之"而是"平视"瀑布的话，也许他就可以写出更好的"赋象"很"足"的诗篇来了。精通创作的苏轼当然更不能同意这种机械论。

后来苏轼将这首绝句收入集子，并给它另外安了一个长题：

> 世传徐凝瀑布诗云"一条界破青山色"，至为尘陋。又伪作乐天诗称羡此句，有"赛不得"之语。乐天虽涉浅易，然岂至是哉？乃戏作一绝。

关于"伪作乐天诗称羡此句"，我们还没有见到更详细的材料，也无缘看到那篇伪诗。但如释惠洪《冷斋夜话》卷四，"元章瀑布诗"条云："米芾元章，豪放戏谑有味，……尝大字书曰：'吾有瀑布诗，古今"赛不得"，最好是"一条界破青山色"。'人固以怪之。其后题云：'苏子瞻曰："此是白乐天奴子诗。"'见者莫不大笑。"又阮阅《诗话总龟》前集卷七引《百斛明珠》载苏轼语说："如白乐天赠徐凝、韩退之赠贾岛之类，皆世俗无知者所托。"都可以看出苏轼对于此诗及此事之深为不满，而加以非笑的情况。也不难看出，这一拙劣的伪造与《云溪友议》所载佚闻关系密切，"赛不得"的传说，正是那段佚闻"踵事增华"的结果。苏轼对唐人小说是很熟悉的，这个诗题当然也就包括了对于《云溪友议》的批驳。而其说白居易"浅易"，斥徐凝"尘陋"，也正可以为我们前面所提出的对于徐凝这种诗的肯定基于怎样的一种文学思想和历史背景的假设作一个旁证。

我们认为：苏轼对于李、徐两诗的评价是正确的，但这个结论，须要对于作品作一点具体的分析、比较来加以丰富。

这两首诗的题材全然相同，描写手段也基本相同——主要是用比喻的方式来描摹自然景物。因此，我们可以从如下的几个方面来进行分析、比较它们的异同，以及由此而导致的高下：哪首诗的比喻更能如实地表达庐山瀑布的形体特征、诗人的精神面貌和两者的融合？哪首诗所使用的比喻本身更符合于生活的逻辑？还有，哪首诗的比喻更其新鲜而富于创造性？

首先，就表现这个水位很高、流量很大的瀑布所具有的居高临下，奔腾倾泻的雄伟形态来说，两诗的描绘都是很刻意的。李诗"银河"之喻，固然给人印象极深；徐诗"飞练"之喻，也使人有生气蓬勃之感①。可是，从全首看，李诗却用第一句描写了香炉峰，陪衬了瀑布水；又用第二句描写了诗人自己的活动，使人们有可能想象他那种登高望远、遗世独立、精神与天地相往来的风貌，从而大大地扩张了诗的容量。对比之下，就不能不使人感到徐诗四句纯属客观描写的单

---

① 清翁方纲《石洲诗话》卷二云："徐凝《庐山瀑布》诗：'千古长如百练飞，一条界破青山色。'白公所称，而苏公以为恶诗。《芥隐笔记》谓本《天台赋》'飞流界道'之句。然赋与诗自不相同，苏公固非深文之论也。至白公称之，则所见又自不同。盖白公不于骨格间相马，惟以奔腾之势论之耳。"其论徐诗也具有奔腾之势，和我们这里的意见是一致的，但他对苏轼的意见，仍然缺乏充分的说明。

调,显出其诗中无我的缺点。

其次,李诗第一句写山,山名香炉峰,山头云气笼罩,很像香烟,诗人极其活跃地联想到香炉在烧香时要生烟的事实,从而创造了这个形容在阳光之下云霞环绕的天半高峰的绝妙比喻。第三四句写瀑,以银河作比,也正因为银河是天界所固有,从地面望上去,它永远是个弧形,像是要落下来。这样,以银河欲落之假象来比拟瀑布下泻之真相,就显得非常贴切。徐诗以白练飞比瀑布之下落,以雷声比瀑声之响亮,当然是可以的。但是,用白练将青山单一的颜色界破,有什么意义呢?在自然界和人类社会生活中又有什么根据呢?对于"雷奔"之后接以"入江",也可以提出同样的疑问。由此可见,李诗中用来比拟的和被比拟的事物形象,是有机地结合着的,而徐诗则恰恰相反,由于想象缺乏生活现象作为根据,所以用来比拟的和被比拟的事物形象就不能不是拼凑起来的,因而也不能不给人以一种朴拙乃至于"尘陋"的印象了。《世说新语·言语》篇载:"谢太傅安寒雪日内集,与儿女讲论文义,俄而雪骤。公欣然曰:'白雪纷纷何所似?'兄子胡儿谢朗曰:'撒盐空中差可拟。'兄女谢道蕴曰:'未若柳絮因风起。'公大笑乐。"谢道蕴和谢朗的得失,也正是李白和徐凝的得失。

再次,李诗中那两个比喻非常新鲜,是诗人自己对自然界深入体察以后的收获。"银河"之喻,在他以前,似乎还没有人这样说过,因而注李诸家都不曾为之注明出处。"紫烟"之喻,当是受了晋释慧远《庐山记》中"气笼其上,则氤氲若香烟"的启发,却比原作远为生动鲜明。而徐以"飞练"喻瀑布,则是前人所已有①,以雷声喻水声,尤

---

① 从《佩文韵府》卷七十六上收录得很不齐全的韵藻来看,在徐凝以前,用练比喻瀑布、水流的,就有郦道元的《水经注》、谢朓的诗、王季友的赋等。"飞练"(接下页注)

其常见,吸引力就自然要弱得多。当然,我们毫无在创作中绝对不可以重复前人已经用过的比喻的意思,但李诗创造、发展得这么好,徐诗又因袭得那么差,如果等量齐观,就未免太不公道了。

苏轼是一个非常善于运用比喻的诗人。奇妙而确切的比喻是他创作中显著的艺术特色之一。他极赞李白"银河"之喻,而斥徐凝"界破"之句为"恶诗",这种见解,如上所分析,是令人信服的[①]。

五

以上,我们比较了李白《望庐山瀑布》二首,探索了徐凝的《庐山瀑布》被某些人推重的原因,并论证了苏轼的李、徐优劣论的正确。

从这些拉杂的讨论中,我们有如下两点体会:

《云溪友议》所载佚闻,如果我们的推测有几分可以成立的话,蕴藏着一些值得注意的文学批评史料。类似的情况,在古代的记载中,恐怕还不少。我们有必要对这些比较边远地区的矿藏进行一些更细致的勘查,才能使古代文艺理论遗产这张还有许多空白的地质图更加精密充实一些,从而发掘得更深广一些。此其一。

(接上页注)条引《水经注》云:"悬流飞瀑,望之连天,若曳飞练于宵中矣。"当即徐诗所从出。然与李诗"紫烟"之喻本诸慧远《庐山记》的情况恰巧相反,李诗可谓冰寒于水,徐诗却未能青胜于蓝。

① 除上引文献外,清潘德舆《养一斋诗话》卷五曾经论及张祜、徐凝两家的优劣,白居易伸徐屈张的缘由与苏轼对徐诗的评价诸问题,但都未能洞见症结。袁枚《随园诗话》卷十一认为徐诗的后两句"的是佳语",苏轼以为"恶诗",只是嫌其不"超脱",所言也似未中的。明王思任《庐游杂咏》集中《开先观瀑》云:"徐凝浅俗犹非恶,李白夸张未免攻。领骂开先摹瀑布,银钗两朵鬓芙蓉。"首句与袁枚之意略同,但全诗用意在标榜其末句比喻之妙。今均存而不论。

再则，我国的古典文学批评一向具有短小精悍的特色，有时甚至用省略过程，直抒结论的方式表达。诗人们的意见尤其如此。而由于他们具有丰富的创作经验和精湛的艺术技巧，那些意见又是值得重视的。为了要充分地、完整地理解它们，就需要下一番疏通证明的工夫。上述苏轼对李白，徐凝庐山瀑布诗的意见，就是一例。

(1962年8月，武昌)

李颀《杂兴》诗说

《杂兴》是与王维、高適、岑参并称王、李、高、岑的盛唐诗人李颀集中为人所注目的诗篇之一。所咏本事见《晋书·温峤传》：

> （峤）旋于武昌，至牛渚矶，水深不可测。世云：其下多怪物。峤遂毁犀角而照之。须臾，见水族覆火，奇形异状，或乘马车着赤衣者。峤其夜梦人谓己曰："与君幽明道别，何竟相照也！"意甚恶之。峤先有齿疾，至是，拔之，因中风，至镇，未旬而卒。

最早谈到这篇《杂兴》的，是李颀杰出的晚辈白居易。《白氏长庆集》卷十五，《放言》五首序云：

> 元九在江陵时，有《放言》长句诗五首，韵高而体律，意古而词新。余每咏之，甚觉有味①。虽前辈深于诗者，未有此作。唯李颀有云："济水至清河自浊②，周公大圣接舆狂。"斯句近之矣。

宋计有功《唐诗纪事》卷二十，"李颀"条下收录了这个材料，但无所

---

① 元稹《放言》七律五首，见《元氏长庆集》卷十八。
② "至"，《全唐诗》李集及各选本均作"自"，当据正。

发明。到了晚清,文廷式在《纯常子枝语》卷六中也自称最喜白居易所提到的那两句,说是:"别有神会,非徒摘句嗟赏而已。"评价虽高,可惜没有说出个所以然。与文氏同时的王闿运才对这篇诗作了比较详细而深刻的阐发,见王氏弟子陈兆奎编的《王志》卷二,"论歌行运用之妙答陈完夫问"条。今全录如下,以便讨论:

  沉沉牛渚矶,旧说多灵怪。行人夜秉生犀烛,洞照洪深辟滂湃。乘车驾马往复旋,赤绂朱冠何伟然。波惊海若潜幽石,龙抱胡髯卧黑泉。水濒丈人曾有语,物或恶之当害汝。武昌妖梦果为灾,百代英威埋鬼府。

  以上平叙,咏史常例。

  青青兰艾本殊香,

  入正意,却用兰艾,与题无干。此作者之意,以喻小人不可极之耳。然于文势极突兀,有辟易万人之概。盛唐以后,无此接法,专恐人不知耳,便无诗意。

  察见泉鱼固不祥。

  挽入本意,引古语作证。此亦善用典①。

  济水自清河自浊,周公大圣接舆狂。

  小时见元微之举此二句,以为古今诗人不能复下语,心窃疑之②。

---

  ① 我国文学中所谓典,大体上包括成语和故事两个方面。这句诗是用了一句古代成语,所以说是"用典"。《列子·说符》:"察见渊鱼者,不祥。"《韩非子·说林上》引古谚作"知渊中之鱼者,不祥"。《史记》及《汉书》的《吴王濞传》均作"察见渊中鱼,不祥"。李诗改"渊"为"泉",是避唐高祖李渊的讳。

  ② 遍检《元氏长庆集》及另外一些资料,没有发现元稹关于《杂兴》一诗的评语,可能是王氏误记,将白居易当作元稹了,俟再考。

及后尽学三唐及六朝歌行,乃知此二句神力,所谓千里黄河与泥沙俱下;只是将不相干话从容说来,如恰合题分也(并非恰合,故特加"如")。前乎此者,如《古剑篇》"正逢天下无风尘"四句,《春江花月夜》"此时相望不相闻"四句;后乎此者,《远别离》"海水直下万里深"二句,《白头吟》"此时阿娇……"一句,《江夏赠韦冰》"头陀云月……"四句,皆是此法门。若杜诗此等处尤多,然不免拉扯形迹,由其天分不及故耳。若韩退之以后,则乱道矣。卢仝、刘叉亦时得之,而微之《望云骓》诗专模此意,亦自从横开合,不可方物。要归于清谈挥麈,无一毫作态,乃为佳耳。然微之称此二句本意则是取其说理,又便其不拘检,与己意合,非知此诗之境者。何以知之?以其五言知之。盖五古亦有此一境,而元、白全未梦及也。以其知此二句之妙,故歌行颇跌宕舒卷。

千年魑魅逢华表,九日茱萸作佩囊。

再足两句,挽入本意,亦不可少。

善恶死生齐一贯,只应斗酒任苍苍。

右李东川《杂兴》诗,歌行之极轨也。其余名篇,了然易见,唯此不易知也。余平生数四拟之,唯《回马岭柏树歌》稍似,附录于后:

泰山兮岿嶷,下宜柏兮上宜松。松是仙人家,柏作神鬼宫。秦皇昔日无仙才,欲攀松树望蓬莱。飘风骤雨不能下,独立徘徊一松下。后来封禅凡几君,时君无德况群臣。霍家都尉死山顶,汉武匆匆旋玉轮。自此群臣陪法驾,行到松前尽回马。南看十里柏阴阴,肃肃泠泠无妄心。乘舆去后此阴在,士女时来听玉琴。我昔南行桂阳道,参天翠柏如云扫。株株自谓栋梁材,千年枉向荒山老。岂知此山百万株,云间各有神明扶。八十七君屡兴废,明堂梁栋皆丘虚。从臣同来见此柏,亦言名字垂金石。当时解笑秦汉君,今日几人如李霍?龙藏麟见古今殊,大圣栖栖非小儒。颍水牵牛渭投钓,阿衡负鼎闵怀珠。社栎十围欺匠石,卞珪三刖困泥涂。日暮长风送归客,且从松子访盈虚。

杜诗:"宫中圣人奏云门,天下朋友皆胶漆。"锺伯敬以为"孔硕"、"肆好"之音①,心、琴二韵,可以相比,亦东川别派也。

在这条答问里,王闿运着重地解释了《杂兴》在艺术表现手法上的特色,即他所谓"不易知"之"一境",也捎带着提出了另外一些关于诗歌的意见。对于后者,在这篇短文里不准备多涉及,因为对于理解《杂兴》的表现手法说来,捎带着提出的意见是不关紧要的;同时,其中有些问题,例如古典作家们运用这一手法的优劣如何,又不是三言两语可以说得清楚的。

王氏及其弟子还有一些泛论李颀七言歌行的话,对我们剖析《杂兴》的艺术特色及王氏对它的评论是有帮助的。如王简编《湘绮楼说诗》卷三:

宋人虽跅弛如苏、黄,颓放如杨、陆,未有能泥沙俱下者。前唯李东川之歌行、陆士衡之五言足当此四字,而格调迥超,不露筋骨。

《王志》卷二,"论唐诗诸家源流答陈完夫问"条附陈兆奎按语:

---

① 杜甫诗见《忆昔》二首之二,锺惺评见《唐诗归》卷二十。

>若夫雍容包举,跌荡生姿,则东川独擅矣。

宋育仁《三唐诗品》卷二,"李颀"条:

>七言,变离开阖,转接奇横。沉郁之思,出以明秀。

概括以上的意见,可以知道,王氏师弟一致认为:李颀的七言歌行在艺术上具有如下的两个基本特征,一是夭矫多姿,即所谓"文势突兀"、"泥沙俱下"、"跌荡生姿"、"变离开阖,转接奇横";二是自然合度,即所谓"从容说来"、"雍容包举"、"不露筋骨"、"无一毫作态"、不"拉扯形迹",而这两个特征,又是高度地、有机地统一在每一篇成功的诗作之中的。这些意见,我们认为,是符合实际的。李颀的七言歌行确实具有这种艺术特征,而《杂兴》一诗,对于这种特征说来,又具有其代表性。虽然王闿运称这篇诗为"古今诗人不能复下语",评价不免过高。

无庸置疑,夭矫多姿与自然合度的有机统一这种艺术特征,并不只是李颀一个人所追求和具有的。许多杰出诗人的作品都具有这种特征。并且,由于他们是从各人对于生活的富有独创性的观察、体验、分析、研究出发以进行其创作,也就不可避免地同时形成了自己对于生活富有独创性的表现手法,所以构成这种艺术特征的方式方法也是因人而异,甚至是因篇而异的。《杂兴》通过关于晋代一位著名人物的神奇传说的感兴,表达了诗人"善恶死生齐一贯,只应斗酒任苍苍"的道家思想。为了充分发抒这种思想,他选择了自然界和人类社会中许多相反而并存的事物、现象作为素材,写成诗句,来服务于主题。从"青青兰艾本殊香"以下,既是比喻,又是议论;既相反,又相成。是议论,但不是出之以抽象的说理,而是出之以具体的比喻;是比喻,但不是出之以牵强的拉扯,而是出之以活跃的联想。深沉而又奔放的思想感情和生动而又丰富的联想相结合,就使得这几句诗起得突兀,收得斩截;既夭矫,又自然,从而形成了全诗的特色。

但如王闿运所举与李诗同一"法门"的另外一些名篇,其具体写法就并不全是这样的。如郭元振《古剑篇》一起八句,极力形容宝剑之犀利贵重,却忽然接以"正逢天下无风尘,幸得周防君子身"两句,表面上是说剑的"幸",实际上正是诗人在倾吐着英雄人物生不逢时的不幸。再接上"精光黯黯青蛇色,文章片片绿龟鳞"两句,则对于宝剑进一步作了正面的补充描写,转过头又与上文关合了起来。张若虚《春江花月夜》是一篇富有魅力的春之颂歌。在歌颂美丽的春天的同时,诗人也以高度的同情,代人们诉说了离情别绪。"此时相望不相闻,愿逐月华流照君。鸿雁长飞光不度,鱼龙潜跃水成文"四句,便是对于离人思妇的内心活动的精确描绘。据古代传说,鸿雁和鱼都能给人捎信(在这里只是为了和鸿雁两字相对成文才加上的),但事实上,远走高飞的鸿雁并不能将楼前的月光带给离人(这月光中蕴藏着一个女子对于一个男子的怀念),而暗暗跳起的鱼儿,也不过使水面摇荡着波纹,并没有给人捎个信儿。那么,"愿逐月华流照君"就终于不能不是无从实现的痴想了。这种内心描写是复杂而委宛的、一波三折的、既新鲜而又合情合理的。再就王氏所举的李白诗三篇而论,它们尽管出自同一作家之手,表现方式却各不相同。《远别离》的'海水直下万里深,谁人不言此离苦'两句是先以一个非常巨大的形象作为暗喻,然后才说明本意。这就使读者感到奇峰突起,沉雄有力。《白头吟》本是咏叹卓文君和司马相如这个古代著名的恋爱故事的,一起六句却避免直接接触本题,但以鸳鸯起兴,下面似乎该着题了,却又节外生枝,岔进

"此时阿娇正娇妒"一句,阑入长门买赋的故事,并且凭空创造了一个情节,说司马相如之所以想聘茂陵女为妾,是因为卖赋给陈皇后以后,有了很多黄金的缘故。这样,就丰富了这个悲剧的内容[①],使人们十分自然地更其关注和同情卓文君的命运。《江夏赠韦南陵冰》本是诗人遇赦东还,重逢旧友,悲喜交萦之作。然而在称道"风流贤主人"之后,继以"头陀云月多僧气,山水何尝称人意。不然鸣筑按鼓戏沧流,呼取江南女儿歌棹讴。"又似乎当前风物,一无可取,也无从借以解闷宽忧了。在诗篇终了时,诗人又再度来一个反跌,以"且须歌舞宽离忧"结束。总的说来,这种情绪上的剧烈变化,虽然不免使人感到意外,却并不是难以接受的。

为了减省笔墨,对王闿运所举其他诗人具有这一"法门"的一些作品,就不再举列加以分析。应当指出的是,郭、张、二李的这些诗篇,具体写法虽与《杂兴》不同,但却都具有夭矫多姿和自然合度的有机统一这个艺术特征,用王氏的语言来说,就是既"纵横开合,不可方物",又能"清谈挥麈,无一毫作态"。同时,更其值得注意的是,这些诗人们并不是在互相剽袭,用同一表现手法获得这种艺术特征;反之,却是每一个人都是用自己独特的方式来获得的。杰出的诗人不重复别人,伟大的诗人甚至不重复自己,在这里,我们又一次得到证明。只有王氏自认为"稍似"《杂兴》的《回马岭柏树歌》,"龙藏麟见古今殊"以下六句,显然是《杂兴》"青青兰艾本殊香"以下六句亦步亦趋的摹仿。费尽心力,去造作假古董,乃是王闿运在写作上一向努力走着的魔道。因此,虽然由于他对古典诗歌曾经反覆钻研从而具

---

① 元好问《遗山乐府》卷下,《鹧鸪天·薄命妾辞》三首之三有句云:"早教会得琴心了,醉尽长门买赋金。"证明他对于李白《白头吟》的理解是深刻的。

有一定深度的理解,在创作上却始终走不出那条死胡同,因而其作品就始终只能追随前人,而不能跨越前人。这是应当分别观之的。

每一位诗人都可以而且应当用自己独特的表现手法来获得夭矫多姿与自然合度的有机统一这种艺术特征,这是肯定的。但同时,还应当进一步地指出:和任何其它的艺术特征、风格、手法的获得一样,首先必须深入生活,学习生活。从以上所举的一些例子当中,我们可以看出,诗人们通常是利用丰富而奇妙的联想来进行构思和描绘的。这样,就往往使其作品显得奇横变幻,难以捉摸,给读者以新鲜的感受和喜悦。这只有熟悉了自然和社会,往古与来今,并且发现了,掌握了它们之间的内在的和外在的联系和异同,才有可能;也只有这样,才能使得那些联想符合于现实的和可能的生活实际。它们可以是新奇的,然而并非是人们所不能理解的;可以是辽远的,然而并非是人们所无从设想的。否则,就无法自然合度,而只能算是"拉扯形迹",甚至是"乱道"了。既出乎意料之外而又在情理之中的联想,在创作中,是只有既根源于现实生活,又不拘于生活的表面现象,才能够丰富地采获,从而加以恰如其分的表达的。

疏证了王闿运对于《杂兴》的解释和评价以后,对于前引白居易对"济水自清河自浊,周公大圣接舆狂"两句赞为"韵高而体律,意古而词新",就比较容易理会了。所谓"韵",是指诗中风韵,即风格而言。如王氏所说,这两句诗是具有"千里黄河与泥沙俱下,只是将不相干话从容说来,如恰合题分"的气概的。这就必然会给人以风格高迈,不同凡响的感觉。所谓"体",是指诗的体制而言。这两句诗的声律与七律平起式的第二联或仄起式的第三联完全符合,一览可知;而在长篇转韵的杂言或七言古诗中间以律句,则是长庆体构成悦耳音节的艺术手段上一个久已公开的秘密。正由于李颀在《杂兴》的这两句中也体现了这一点,所以白居易在赞赏元稹《放言》为"体律"时,也就无妨引以为比了。"意古"指诗中所写的道家委心任运,各遂其性,各全其天的思想,由来已久;"词新"则指其中由巧妙的联想所构成的比喻新异动人。白居易这两句话主要地是用以评论元稹的《放言》,但既引李诗来相比况,也就证明了《杂兴》这两句也同样具备着这样一些特点。这个评语在李诗方面的具体涵义,大略如此。它和《王志》所说,是可以互相沟通和补充的。

关于李颀的生平事迹,今日所知无多。但依据他的交游和作品,可以断定,他一生中多数的岁月是在八世纪上半期,即唐玄宗开元、天宝时代度过的。这个文学史上习惯地称之为盛唐的时代,正是唐代封建经济发达已经到了顶点的时代。在表面上,这个历史时代的社会、政治、文化生活,都显得十分活跃,绚烂多彩。然而也就是在这件五光十色的外衣里面,错综复杂的阶级矛盾和种族矛盾正在日积月累地孕育着,生长着,发展着。这种巨大的社会现实,不可能不在诗人们的生活和创作中反映出来。在盛唐诗坛上流行着,激荡着的浪漫主义精神,就是当时社会矛盾的集中反映。在李白、杜甫、王维、王昌龄、高适、岑参、李颀以及其他许多著名诗人的生活和创作中,我们不仅看到了现实主义精神和浪漫主义精神往往同时可是又在不同比例、不同程度上既支配着他们每一个人的生活态度,也支配着他们每一个人的美学观点和创作方法;同样地,积极的浪漫主义精神和消极的浪漫主义精神也往往同时而又在不同比例、不同程度上支配着他们每一个人的生活和艺术。立功边塞和归隐山林是盛唐具有浪漫主义气质和色彩的诗人们所共同喜爱的,因而可以说是在那一个历史时代里具有普遍性的主题。一般地说,我们可以认为:诗人们积极的浪漫主义精神主要地是通过前者而体现的,其消极的浪漫主义精神则主要地是通过后者而体现的。立功边塞与归隐山林,儒家的用世思想与佛、道的出世思想,……以及其它许多矛盾,在诗人们思想、感情和创作实践中的对立和统一,就使得他们在艺术上也呈现了非常复杂的声音、颜色、情调、气氛。我们在评价李颀的时候,当然不会,也不应当忘记他那些面对现实的以及具有进取精神与健康情调的作品,如《古从军行》、《古意》、《送陈章甫》、《别梁锽》等名篇;但同时,更不应当忽视这样一个更其基本和重要的事实,即从他现存的全部作品看来,出世思想确实是占着主要地位的,消极的浪漫主义精神是更其浓重的。殷璠《河岳英灵集》卷上已经指出:

> 颀诗发调既清,修词亦秀。杂歌咸善,玄理最长,故其论道家①,往往高于众作。

殷璠对李颀的称颂,在今天看来,恰好击中了他的创作在内容方面的主要弱点。

还应当注意到,李颀作品中所反映的,受着自己阶级意识支配、失意环境刺激以及道家思想熏陶而形成的落后的世界观,往往伴随着愤慨的激情,以变化跳脱、奔放流转,因而令人感到富有气势的文学语言表达出来。这就使读者容易为其作品表面上的悲壮慷慨所吸引,因而放松了对于存在于其骨子里的消极颓废的思想、感情的批判。近年来所出版的几部中国文学史,对这位诗人都只作了近于全

---

① "故其论道家",《四部丛刊》影明本《河岳英灵集》作"故论其数家",上海古籍出版社《唐人选唐诗(十种)》本载毛斧季、何义门校文俱作"故其论家",均不甚可解,今从《唐诗纪事》卷二十所引。

盘肯定的介绍,和上述这种认识不能说没有关系。

《杂兴》显然是通过一个古代神奇传说宣传了为诗人自己所已接受了的道家的宿命论和唯无是非观,虽然在表现手法上,它有其独特的成就。我们在肯定这篇作品艺术成就的同时,指出它在思想内容上的缺点,也是必要的。

对于这样一篇作品进行了一些肤浅的探索,主要是因为受到高尔基的启发。在《论文学》①一文中,这位著名作家说:

> 不仅要向古典作家学习,而且也要向敌人学习,如果这敌人是聪明的话。学习并不就是模仿什么,而是要精通技术的方法。……在对于向古典作家学习的恐惧中,有一种可笑的观念,仿佛害怕古典作家会抓着学生的腿,拖到自己的坟墓中去似的。

在今天,我们有马克思主义和党的"双百"方针的正确指导,在研究工作中,不必过于对古典作家将我们拖进他们的坟墓中去的可能性抱着"因噎废食"的戒心了;反之,却需要以"不入虎穴,焉得虎子"的精神来钻研古典作家和作品,使得一切有价值的遗产都用来为今天服务——古为今用。这篇短文,就算是个人学习的一次尝试吧。

(1961 年 12 月,武昌)

---

① 《论文学》的译文,载《人民文学》1953 年 7、8 月号。

李颀《听董大弹胡笳声兼语弄寄房给事》诗题校释

1959年,我国学术界进行了一次关于蔡文姬《胡笳十八拍》的讨论。在这次讨论中,有些文章曾引用了唐代诗人李颀送给当时著名琴客董庭兰的一首诗作为有助于自己论点的资料,并按照各自的理解,对这首诗的内容和它的题目作了不同的解释。这些文章后来都收集在《〈胡笳十八拍〉讨论集》中。最近重读了这本书,感到学者们对于李颀这首诗,主要的是对它的题目的解释,仍然有值得商榷之处。

诗云:

蔡女昔造胡笳声,一弹一十有八拍。胡人落泪沾边草,汉使断肠对归客。古戍苍苍烽火寒,大荒阴沉飞雪白。先拂商弦后角羽,四郊秋叶惊摵摵。董夫子,通神明,深松窃听来妖精。言迟更速皆应手,将往复旋如有情。空山百鸟散还合,万里浮云阴且晴。嘶酸雏雁失群夜,断绝胡儿恋母声。川为净其波,鸟亦罢其鸣。乌珠部落家乡远,逻娑沙尘哀怨生。幽音变调忽飘洒,长风吹林雨堕瓦。迸泉飒飒飞木末,野鹿呦呦走堂下。长安城连东掖垣,凤皇池对青琐门。高才脱略名与利,日夕望君抱琴至。

如大家所看到的,此诗本身并不难懂,但是它的题目的文字,在各种不同的书本中,却有些出入;尽管出入并不太大,但由此却引申出一些相去甚远的意见来。因此,我们想到,如果正确地理解了这首诗的题目,也就比较容易理解它的本文;而将这首诗弄清楚了,董庭兰和《胡笳十八拍》的关系也就可以弄清楚了。今列举所见到的诗题文字各本异同及有关诗题各家论点如次,以便讨论。

李颀集单行本罕见。就我所看到的较早资料说,此诗题目,《河岳英灵集》卷上、《唐文粹》卷十二、《唐诗纪事》卷二十、《唐音》卷四作:

听董大弹胡笳声兼语弄寄房给事

毕力忠《十家唐诗》本《李颀诗集》、黄贯曾《唐诗二十六家》本《李颀集》卷二、朱警《唐百家诗》本《李颀集》、《唐诗纪》卷一百二、《全唐诗》卷一百三十三作:

听董大弹胡笳声兼寄语弄房给事

《唐诗品汇》卷三十、《删订〈唐诗解〉》卷九作:

听董大弹胡笳兼寄语弄房给事

《文苑英华》卷三百三十四、《全唐诗》载一本作:

听董庭兰弹琴兼寄房给事

以上所引各书，除《删订〈唐诗解〉》及《全唐诗》之外，都是明刻本。但《删订〈唐诗解〉》系就唐汝询《唐诗解》删订，而唐书出于高棅《唐诗正声》和李攀龙《唐诗选》①；今本《全唐诗》则出于季振宜《全唐诗》和胡震亨《唐音统签》②。可见这些异文，至迟在明代都已出现了。

对于这种分歧的现象，李鼎文在其《〈胡笳十八拍〉是蔡文姬作的吗？》中，是这样解释的：

"弄"是琴曲的名称，"声"指《胡笳十八拍》的"曲"，"语"指《胡笳十八拍》的"词"。"声兼语"就是"曲"和"词"。足见当时董庭兰是边弹琴边唱词的。在《四部丛刊》明翻宋刊本《河岳英灵集》里，李颀的这首诗的题目没有错误，但到《全唐诗》里却成了《听董大弹胡笳声兼寄语弄房给事》，到蘅塘退士编选的《唐诗三百首》里，又成了《听董大弹胡笳兼寄语弄房给事》，这真是不知所云了。

萧涤非的《〈胡笳十八拍〉是董庭兰作的吗？》一文，系针对李文而发，但对李文中"声兼语"就是"曲"和"词"的说法，认为"是不错的"，仅仅补充了"'语弄'二字似应连文"一点。

叶玉华在其《蔡文姬〈胡笳十八拍〉四论》中对"声兼语"三字虽然也是从音乐角度加以解释，但立论和李、萧两先生不同。叶先生说：

---

① 参吴昌祺：《删订〈唐诗解〉序》；《四库全书总目》卷一百九十三，《〈唐诗解〉提要》。

② 参《四库全书总目》卷一百九十，《〈全唐诗〉提要》；俞大纲：《纪〈唐音统签〉》，载《历史语言研究所集刊》第七本第三分。

歌的"声曲折"处称"曲",歌的细碎很象单音节的汉语处称"语"。例如"小弦切切如私语","弦上黄莺语"是就弦乐而言;吹的管乐方面如"永夜角声悲自语",这"角声"似指角制的胡笳声,也如"山楼粉堞隐悲笳"。吹洞箫声可以"如泣如诉",悲和诉也是形容乐曲中的"语"的情况。至于唐、宋乐曲中的"乐人致语"、"竹竿子念语",指的是歌剧中的道白,并非歌词。乐曲中有声和语,两者指的是音调。因此蔡文姬或董大的《胡笳十八拍》都应是声兼语的。如依李说,"语"是指词句的,我们如今所读的只抄歌词而不录"声曲折"的本子,岂不是也可以命名为"胡笳语"了吗?当然不能如此。

刘大杰的《再谈〈胡笳十八拍〉》则认为董大不可能边弹边唱,因而李先生所释"语"字义是不对的。他并对题中文字提出了很谨慎的保留意见。刘先生说:

在李颀那首《听董大弹胡笳声兼语弄寄房给事》的诗里,自首至尾是描绘琴和琴的声音,没有一句提到歌词,可知李颀听的只是琴声,董大只是弹琴,并没有唱词。"语弄"二字,应作何解,尚待研究。薛易简与董庭兰同时,也以弹胡笳著名,以琴待诏翰林。他曾撰《琴诀》七篇,有一篇言琴病。他说弹琴时,大病有七,小病有五。……① 可见弹琴时要精神专注,严肃认真,是不能边弹边唱的。说董大一面弹琴一面唱曲,实无其事。因此,"语

---

① 此处介绍"七大病"内容,今略去。

弄"一词,是不是琴曲中的一个专门用语,我们今天无法知道了。唐人有用"平弄"者,李贺《〈箜篌歌〉序》云"朔客有花娘,善平弄",乃弹奏之意。有用"引弄"者,如沈亚之《歌者叶记》云"当引弄,及举音,则弦工吹师,皆失执自废",乃演唱之意。还有"调弄"、"舞弄"、"倮弄"①各种用语,独无"语弄",是不是那首诗的题目有错误呢?也很可能。我看到的那个题目,已经有四种不同的样子。《河岳英灵集》虽是古本,其中错误很多,前人已详言之,因此它也不完全可信。

对于以上诸家的论点,我们有下列一些不成熟的看法。首先,李、叶两先生对于"语"字的解释,都是没有根据的,也不能认为是正确的。《荀子·正名》篇说得好:"散名之加于万物者,则从诸夏之成俗曲期。""约定俗成,谓之实名。"在唐代,无论是音乐艺术或音乐理论都已经相当发达了。如果诗题这个"语"字可以作歌词解,或作"歌的细碎很像单音节的汉语处"解,为什么在大量的文献中,只留下这么一个空前绝后的单文孤证呢?不错,叶先生也曾举出杜甫和白居易的诗、韦庄的词为证,但那些"语"字显然只是一种比喻,用人语或鸟语来譬况管弦声音的美妙或悲伤,而决非是当作一个音乐的专门名词来使用的。"语"字的意义若是真如叶先生所说,则在杜、白诗里与此两句中的"语"字作对的"中天月色好谁看"的"看"字,"大弦嘈嘈如急雨"的"雨"字,又该怎样解释呢?

正由于两家对"语"字的解释迂曲难从,因而其所说"声兼语"或

---

① 按:"倮",当作"儽"。

萧先生所说"声兼语弄"之义也就不能成立。就所见到的文献说,我们还没有发现用这样的三个字或四个字连文来表示一个音乐概念的,甚至连与之相类似足以供比勘的材料也没有。诗题如此连文,其本身文理既可怀疑,而诸家所说,更不免望文生义。

刘先生对"语弄"二字认为难解,从而推想诗题可能有误,是一个敏锐的、有启发性的见解。他反对李先生说的"声兼语"就是"曲"和"词",认为诗中并没有描写董庭兰边弹边唱,也是对的,但说"弹琴时要精神专注,严肃认真,是不能边弹边唱的",却不符合事实。因为从道理上说,边弹边唱并不排斥精神专注,严肃认真;而从文献上说,边弹边唱的记载又是相当多的,如《史记·赵世家》载武灵王"梦见处女鼓琴而歌";《搜神记》卷一载汉淮南王安"援琴而弦歌";《太平御览》卷五百七十九引郑缉之《东阳记》载晋王质"见童子四人弹琴而歌"。可见此事历代都有,既见于正史,也见于小说杂记。

总之,从已经发表的意见看来,李颀这首诗的题目似乎没有得到一个令人满意的解释。在刘先生的启发之下,反复思考的结果,我们认为其关键在于题目文字存在着校勘学上所谓多重的错误。诗题原来应作:

听董大弹胡笳声兼寄语房给事

由于既有衍文又有倒文,以讹传讹,以致横说竖说都无法通顺。今将浅见试加申论,聊备一说。

为了便于说明问题,这里先从"弄"字的意义谈起。"弄",作为声乐技艺的一个专门术语,涵义相当广泛而复杂①。其在本诗,则有人因为诗题有作"兼寄语弄房给事",而将它解为嘲戏之义的,如《唐诗品汇》和唐汝询《唐诗解》;也有人因为诗题有作"兼语弄寄房给事",而以为"语弄"应当连文的,如萧先生。《唐诗品汇》引《增韵》"弄,戏也",以释此"弄"字。《唐诗解》则云:"琯以任庭兰而覆王师,竟以罪斥,所谓'弄'者,岂有意乎?"撇开这句话中不符合史实的部分不谈②,局就其释"弄"为嘲戏之义而言,也是既不符合诗意,也不符合唐人对弄字的用法的。诗中牵涉到房琯的最后四句,不过是形容他历位清华,而脱略名利,独重董大的琴艺,借以更进一层地赞美这位音乐家而已,实在看不出其中有什么嘲戏的意思。再就唐人诗题用字的习惯来考察,则凡涉嘲戏的,都直用其字,如周繇有题为《嘲段成式》的诗,韦应物有题为《答畅书因亦戏李二》的诗,间有称为谑的,如刘禹锡有题为《城内花园,颇曾游玩,令公居守,亦有书期,适春霜一夕委谢,书实以答令狐相公见谑》的诗,却没有用弄字的。反之,其用弄字的,如顾况的《越中席上看弄老人》、白居易的《弄龟罗》、李贺《〈申胡子觱篥歌〉序》中的花娘"称善平弄",都不作嘲戏解。因此,唐汝询等的说法是难以成立的。萧先生认为"语弄"似应连文,但未申述所以,从他赞成李先生对"语"字的解释来推测,可能认为"语弄"也就是歌词。但"语"字不能这么解释,具如前论,则"语弄"自亦无从以此为说。

---

① 参任半塘:《唐戏弄》,第一章《总说》。
② 据两《唐书·房琯传》,琯于肃宗至德元载(756)讨安禄山,败于陈涛斜,与宠信董庭兰并无关系。李颀此诗当作于玄宗天宝五载(746)琯试给事中之后,而远在安禄山叛乱以前。故唐氏"琯以任庭兰而覆王师"云云,完全是乱说。潘德舆《养一斋杜李诗话》卷二对此事有较详细的考论,可参看。

李先生认为诗题这个"弄"字乃指琴曲而言,却是不错的。具体地说,"弄"是指的胡笳弄,也就是诗句中的"胡笳声"。《乐府诗集》卷五十九,蔡琰《胡笳十八拍》解题引唐刘商《胡笳曲序》说,"胡人思慕文姬,乃卷芦叶为吹笳,奏哀怨之音,后董大以琴写胡笳声为十八拍,今之胡笳弄是也"①。可见胡笳声与胡笳弄,在诗题中系同物而异名,就其音言,则谓之"声";就其曲言,则谓之"弄"。而这一"弄"字,在本题中也只有与"胡笳"二字连文,合成胡笳弄一词,于义方合。

　　但是,在一个短短的诗题中,既称胡笳声,又称胡笳弄,是没有可能,也没有必要的。那么,今本却有"声"、"弄"并见的,又是怎么一回事呢? 最大的可能是诗题原作"听董大弹胡笳声……",有人在"声"旁记一"弄"字以释其义,传写之际,混入正文,就变成了"听董大弹胡笳声弄……"或"听董大弹胡笳弄声……"了;后之校者,不知"弄"之为衍文,却误以为它当作嘲戏解,应位于"兼寄语"之下,"房给事"之上,因而将其乙转,把全题写成如《十家唐诗》等本所作,就此流传下来。此外,也有在传写中将"兼寄语弄"误倒为"兼语弄寄",如《河岳英灵集》等本所作;还有的是原来文字和《十家唐诗》等本相同,在传写中却脱去"声"字,如《唐诗品汇》等本所作。至于《文

---

① 按《新唐书·音乐志》云:"丝桐唯琴曲有胡笳声。"这说明了并不是当时所有各种乐器的曲谱都是可以互翻的。将盛行于唐代的胡乐之一——胡笳翻为琴曲,可以说是给琴这一极其古老的乐器注入了新的生命活力。董庭兰的演奏之所以博得人们的欢迎,除了他自己的技法高超之外,这应当也是原因之一。《太平广记》卷三十四载裴铏《传奇》,"崔炜"条:南粤王赵佗四侍女"遂命炜就榻鼓琴,炜乃弹胡笳。女曰:'何曲也?'曰:'胡笳也。'曰:'何为胡笳,吾不晓也。'炜曰:'汉蔡文姬,即中郎邕之女也,没于胡中;及归,感胡中故事,因抚琴而成斯弄,象胡中吹笳哀咽之韵。'女皆怡然,曰:'大是新曲。'"这里所写情节虽属虚构,但自然也反映了唐人对胡笳弄的评价,可与诸家文中已经引用的资料如戎昱《听杜山人弹胡笳》、元稹(一作无名氏)的《小胡笳引》等参照。

苑英华》等本所作,则可能是有人感到各本异文纠纷太多,无从订正,因而根据诗意,另加拟定的,所以文义最为明白,而且与其它各本都不相近。由于种种原因而改动书名或篇名,我们知道,从目录学和校勘学的角度看来,并不是很特殊的情况。

这当然只是一种推测,而且由于我们已经无从详细地知道李集及唐诗诸总集的版本源流,这种推测今后也不容易得到进一步的证实,但就事理而论,还是有其一定的根据的。它一方面根据校勘学上前人已经总结出来的成例,另一方面则根据唐人使用有关词汇的习惯。

俞樾《古书疑义举例》卷五,《以旁记字入正文例》云:

> 王氏念孙曰:"书传多有旁记之字误入正文者。《赵策》:'夫董阏于,简主之才臣也。'阏与安古同声,即董安于也。后人旁记'安'字,而写者并存之,遂作'董阏安于'。《史记·历书》:'端蒙者,年名也。'端蒙,旃蒙也。后人旁记'旃'字,而写者并存之,遂作'端旃蒙'。《刺客传》:'臣欲使人刺之,众莫能就。'众者,终之借字也。后人旁记'终'字,而写者并存之,遂作'众终莫能就'。《汉书·翟方进传》:'民仪九万夫。'仪与献古同声,即民献也。后人旁记'献'字,而写者并存之,遂作'民献仪九万夫'。"按:此皆旁记字之误入正文者也。

这一成例证明,李诗题目原作"弹胡笳声",由于旁记"弄"字之误入而变成了"弹胡笳声弄"或"弹胡笳弄声",是可能的。至于我们拟定原文当作"胡笳声"而不是作"胡笳弄",则一是因为诗句中有"胡笳声"之文,二是弄指乐曲或琴曲,更为后人所熟知,而旁边记注之字,总是以易注难,以习见注不习见,没有反其道而行之的。

俞书同卷又有《因误衍而误倒例》云:

> 校古书卤莽灭裂,有遇衍字不加删削,而以意移易使成文理者。《大戴记·哀公问于孔子》篇:"君何以谓已重焉。"此本作"君何谓以重焉。""以重"即"已重",以已古字通也。后人据《小戴记》作"已重",旁记"已"字,因而误入正文,校者不知删削,乃移"以"字于"谓"字之上,使成文理。此因误衍而误倒者也。

这一成例证明:李诗题目原作《听董大弹胡笳声兼寄语房给事》,由于后人于"声"旁所记"弄"字被误写入正文,校者不知删削,却将"弄"字移下,使成文理,也是可能的。

至于当诗题已经错成如《十家唐诗》等本所作,其中"兼寄语弄"又颠倒为"兼语弄寄";或"胡笳声"又脱落"声"字,这种歧中有歧的情况,也是校书时并不很罕见的①。

上面已经论证了"语"字不当如李、叶两先生所释,"声兼语"或"声兼语弄"不当连文;现在,我们要进一步地论证"寄语"及"兼寄语"之应当连文,作为诗题文字有因误衍而误倒的情况的旁证。

从此诗文义上考察,"语"即言语之语,"寄语"即寄言、寄声,犹今天之说传话。舍此之外,似乎也难以再找到更为平易近人的解释。"寄语"连文,早见于唐以前的诗作。鲍照《代少年时至衰老行》云:"寄语后生子,作乐当及春。"即是一例。唐人诗中用得更多,如杜甫

---

① 参徐复:《校勘学中之二重及多重误例》,载《新中华》复刊第三卷第11期。

集中,即曾四见:

寄语恶少年,黄金且休掷。
————《驱竖子摘苍耳》

清朝遣奴仆,寄语逾崇冈。
————《秋行官张望督促东屯耗稻向毕,
遣女奴阿稽、竖子阿段往问》

寄语杨员外,山寒少茯苓。
————《路逢襄阳少府入城,戏呈杨员外绾》

寄语舟航恶年少,休翻盐井横黄金。
————《滟滪》

而唐人一诗之赠两人或及两事者,其题中又每用副词兼字,加在一个及物动词之前,如兼寄、兼呈、兼示等等:

奉送五叔入京兼寄綦毋三
————李颀

双笋歌送李回兼呈刘四
————李颀

听曹刚琵琶兼示重莲
————白居易

也有在兼寄等字之下再增一字,即连用两动词的,例如:

送台州李使君兼寄题国清寺
————刘长卿

> 发广陵留上家兄兼寄上长沙
>
> ——韦应物
>
> 送僧仲剬东游兼寄呈灵澈上人
>
> ——刘禹锡

李颀此诗题目,就其词意说,最近《听曹刚琵琶兼示重莲》,而"兼寄语"连文,则正是"兼寄题"、"兼寄上"、"兼寄呈"之比。这些可供类推的资料告诉我们,认为李诗原题当作《听董大弹胡笳声兼寄语房给事》,今传各本异文,乃是传写中误衍、误倒、误脱以及另拟所致,这一揣度或许不甚远于事实。

如果这一推理的校勘能够成立,或者退一步说,只是由于上述的讨论而将"语"或"语弄"不能当作一个音乐术语来解释这一点肯定了下来,那我们就自然可以得出李颀此诗只能证明董庭兰和《胡笳十八拍》的曲有关,而不能证明他与《胡笳十八拍》的词有关的结论。当然,诗中所描写的全为琴声,不及诗句,也有力地证明了这点。

(1963 年 5 月,武昌)

读岑参《走马川行奉送出师西征》记疑

君不见:走马川行雪海边,平沙莽莽黄入天。轮台九月风夜吼,一川碎石大如斗,随风满地石乱走。匈奴草黄马正肥,金山西见烟尘飞,汉家大将西出师。将军金甲夜不脱,半夜军行戈相拨,风头如刀面如割。马毛带雪汗气蒸,五花连钱旋作冰,幕中草檄砚水凝。虏骑闻之应胆慑,料知短兵不敢接,车师西门伫献捷。

多年以来,每次读到这篇作品的时候,总为诗人壮烈的情怀、诗篇绚烂的色彩和铿锵的音节所感动;同时,也认为它的文字的讹误还有待于订正,形式的渊源还有待于阐明。今记所疑,并申述自己不成熟的看法如次。

首先,我怀疑篇首"走马川行雪海边"一句中的"行"字是由题中"行"的窜入而误衍的,它本来应当作两个押韵的三字句,即"走马川,雪海边",虽然我所见到的各种岑集及唐诗总集都有此一"行"字[①]。

---

① 岑集传世诸旧木、善本载在邵懿辰《〈四库简明目录〉标注》卷十五、《北京图书馆善本书目》卷六及《中国丛书综录》者,除《四部丛刊》初编所印两种之外,我都没有机会看到,不知道有没有无"行"字的本子。惟中国科学院文学研究所所编的《中国文学史》唐代文学第三章第三节引此诗作"走马川,雪海边",然未说明依据何本。

前人论到这一点的,有吴仰贤,所著《小匏庵诗话》卷一云:

> 岑嘉州《走马川行》起云:"走马川行雪海边。""行"字是衍文。此诗逐句用韵,每三句一转,通体一格。若加"行"字,不词甚矣。

盛静霞、蒋礼鸿《〈唐诗选〉注解的商榷》赞同这个说法,但也仅就韵例立论,理由似乎不够充分①。

我们认为,要充分证明"行"字之确为衍文,最好的办法是绕一个弯子,先正确理解"川"字在本诗中的意义。马茂元《唐诗选》本诗解题云:"'川'字与河同义。"②诸家注虽然没有这样明说,而且对走马川之位置多不能详,但也没有否认川、河同义的。然而这种说法,虽不违背故训,以说本诗,却不恰当。这从诗中"轮台九月风怒吼,一川碎石大于斗,随风满地石乱走"三句便可以看出来。若如马先生之说,释川为河,则"一川"之川,当指河床。可是将上下文连系起来考察,则"一川"之川,分明就是"满地"之地。由于狂风怒吼,所以走石飞沙。如果这"大如斗"的石头是指在河床中的而言,则当时已是塞外九月,"五花连钱旋作冰,幕中草檄砚水凝"的时候,河床当然更不可能不结冰;即使水流湍急,没有结冰,或河床干涸,无从结冰,碎石

---

① 见《文学遗产》增刊11辑。
② 见该书上册第174页。马先生本闻一多《岑嘉州系年考证》(见《全集》第三册《唐诗杂论》)之说,以诗中西征为征播仙,又进而以为播仙城即且末城;走马川为且末河,即今车尔成河,其说皆非。今以与本题无关,不更涉及,请读者参阅陈铁民:《岑嘉州系年商榷》,载《北京大学学报(哲学社会科学版)》1963年第3期;胡大浚:《岑参"西征"诗本事质疑》,载《甘肃师大学报(哲学社会科学版)》1981年第3期。我初解此诗,也从闻、马之说,今始知其误。

既在河中,也只能顺着水流方向及河床高低而朝着一定方向转动,不可能"满地""乱走"。由此可见,这个川字应当别作解释①。

其实,"川"在这里就是平原的意思。它最初应当是指某一条河流流域的平原,引申起来,则泛指一切平地,亦可连称川原。故杜甫《垂老别》云:"伏尸草木腥,流血川原丹。"再以古代文籍中常见的秦川一词为例,我们都知道,它是泛指关中平原的。如《三国志·诸葛亮传》:"将军身率益州之众,以出秦川。"谢灵运《〈拟魏太子邺中集诗〉序》:"家本秦川,贵公子孙。"王维《和太常韦主簿五郎温汤寓目之作》:"汉主离宫接露台,秦川一半夕阳开。"杜甫《乐游园歌》:"公子华筵势最高,秦川对酒平如掌。"都是些眼面前的证据。这样一种用法一直保存在现代汉语的北方话和文学语言当中,如《白毛女》的唱词:"清清的流水蓝蓝的天,山下(那个)一片米粮川。"即是一例。

应当继续指出的是,在唐代的西北地区,以川命名的地方尤为习见。今就两《唐书》举出几个例子。

> 薛延陀以同罗、仆骨、回纥、靺鞨、霫之众度漠,屯于白道川。
> ——《旧唐书·太宗纪》

蕃相尚结赞请改会盟之所于原州之土梨树。神策将马有麟奏:土梨地多险阻,恐蕃军隐伏,不如平凉川,其地坦平,又近

---

① 上引胡大浚先生文认为"走马川即伊塞克湖附近之砾石河川",这种河川是"天山山谷中山洪冲刷所形成"。并解释其得名之由说:"西北高原中之季节河,有水成河,干涸则为一马平川,在群山之中,正是走马之地,因命之曰走马川,也是合理的。"胡先生在"川"与"河"之间,找到了一个共同点,即地点只是一个,有水则为河,无水则为川,这的确"是合理的"。问题在于其结论尚未能从文献上完全落实,而只是一种推测。

泾州。

——《旧唐书·德宗纪》

又二十余日,至特勒满川,即五识匿国也。

——《旧唐书·高仙芝传》

幽州范阳郡……城内有经略军,又有纳降军,本纳降守捉城,故丁零川也。

——《新唐书·地理志》

哥舒翰破吐蕃临洮西之磨环川,即其地置神策军。

——《新唐书·兵志》

走马川也正是秦川、白道川、平凉川之比,而《乐游园歌》及《旧唐书·德宗纪》两条资料,更无异为"川"字作了明白的解释。如果将这一点肯定了下来,"轮台九月风夜吼"三句的意思便也迎刃而解了。

走马川之"川"既是指平原地区,那么,我们就无法否认:"走马川行雪海边"这句诗是讲不通的。因为既非河流,当然就无法"行"于雪海边,而只能位于雪海边,只有将这一衍文删去,诗句才文从字顺。至于《唐百家诗选》卷四及《唐诗纪事》卷二十三载此诗首句作"君不见走马沧海边",一则与诗题以走马川为地名不合,二则古人无称内陆湖泊或沙漠为"沧海"者,三则文句稚弱,与全诗不称,可以断其为浅人所妄改,不足深论。

校订了诗句的这一衍文,也就证明了:全诗除了按照古乐府的某种惯例,以"君不见"领起外,都是句句用韵,三句一转,并且最初三句是用三、三、七的句法组成。这对于我们探究本诗形式的渊源是有帮助的。

沈德潜《说诗晬语》卷上云:

> 三句一转，秦皇《峄山碑》文法也。元次山《中兴颂》用之，
> 岑嘉州《走马川行》亦用之，而三句一转中又句句用韵，与《峄山
> 碑》又别。

这是提出本诗形式渊源问题的较早文献。但从今传《峄山刻石》以及全部秦刻石看来，一则它们都是四言诗而非七言或三七杂言诗，二则它们都是三句才押一韵而非每句押韵，三则它们有的通篇一韵，如《泰山刻石》，有的十余句之后才转一韵，如峄山及之罘刻石，而非每三句就转韵。因此，虽然在文义上它们是每三句一转，和《走马川行》有其相似之处，但毕竟很难仅凭这一点来证明两者彼此之间有何源流上的关系。

宋长白《柳亭诗话》卷三，《三句诗》条曾指出汉高祖的《大风歌》是"三句诗"，又引了崔骃的七言三句诗、阮籍的《大人先生歌》及明人伪作的岑之敬的七言三句诗①，说人们看到《玄怪录》所载唐人七言三句诗"杨柳袅袅随风急，西楼美人春梦中，翠帘斜卷千条入"，"以为奇创"，实则"汉、魏、六朝已先见矣"。又说："岑嘉州《走马川》三句一韵，黄鲁直《画马试院中作》亦三句一韵，则长篇也。"这些看法，比沈德潜略为进了一步。可是，其所举《大风歌》、《大人先生歌》，都是带有"兮"字的楚调，不是严格的七言三句，因而除崔作外也都不能看成是《走马川行》所本。但"汉、魏、六朝已先见矣"这句话，倒被宋长白说对了，虽然他并没有能够举出更恰当的和更多的证据。

---

① 《古诗纪》等书所载岑之敬作七言三句诗一首，系明杨慎伪造，辨见丁福保《全汉三国晋南北朝诗·绪言》。

别署常庸的平步青所著《霞外攟屑》卷八上,"走马川体……"条,对此也有所论列。他说:

> 纪文达评苏诗《次韵黄鲁直画马代苑中作》云:"此体本之嘉州《走马川》诗,嘉州又本之《峄山碑》,但碑是四言耳。"庸按:郭麐《灵芬馆诗话》卷一云:"《走马川》诗,三句一换韵,后山谷诸人效之,号《走马川》体。不知以前即有之,富嘉谟《明冰篇》是也。"《柳亭诗话》卷十二则云:"富嘉谟《明冰篇》曰:'阳春二月朝始暾,春光澹(潭)沱(沲)度千门,明冰时出御至尊。'每三句换韵,凡七转,即古乐府之解数也。后人合为一首,误。"富诗见《文粹》卷十七,柳亭说亦臆度也。

纪昀(谥文达)的说法与沈德潜略同。郭麐指出富嘉谟的《明冰篇》这首七言诗也是句句用韵,三句一转,而其时代则在岑前,不失为一个新的发现。但《明冰篇》这种形式又是从何而来,《灵芬馆诗话》却没有进一步交代。《柳亭诗话》在卷三中谈到《走马川行》,在卷十二中谈到《明冰篇》,而不曾将两诗联系起来加以考察,也未免失之交臂。但其所说《明冰篇》之每三句一换韵,"即古乐府之解数",对我们还是有启发的。试看下文所举出的一些歌谣,就可以证明,这个意见并非全是"臆度"。

文学史实昭示我们,一般说来,文艺形式总是人民群众所创造的。它们是集体的,而非个人的产物。沈德潜之流只知道朝上看,想从"高文典册"中找出岑参这篇诗形式上的渊源,就只能白费气力。可是,如果反过来,注视一下汉、晋以来人民的口头创作,就可以发现,原来三、三、七言三句和七言三句乃是这一历史时期中歌谣的两种基本形式。

> 大鸿胪,小鸿胪,前后治行曷相如。
>
> ——《三国志·裴潜传》注引《魏略》载鸿胪中语
>
> 局缩肉,数横目,中国当败吴当复。
>
> ——《晋书·五行志》载童谣
>
> 脱青袍,着芒屩,荆州天子挺应着。
>
> ——《南史·侯景传》载童谣
>
> 刹者配姬以放贤,山崩水溃纳小人,家伯罔主异哉震。
>
> ——《诗纬泛历枢》载《擿洛谣》
>
> 兽从北来鼻头汗①,龙从南来登城看,水从西来河灌灌。
>
> ——《晋书·五行志》载童谣
>
> 中兴寺内白凫翁,四方侧听声雍雍,道人闻之夜打钟。
>
> ——《北齐书·上洛王思宗子元海传》载童谣

以上择录的这些例子还是限于句句用韵的,其第一句不押韵的,为数就更多。我们认为:《走马川行》那种被人们称为富于创造性的形式,正是由上面所举两式歌谣发展而来的。它首三句采取了第一式,而其后的十五句则将第二式重复了五次。将这两种形式的歌谣有机地结合起来,形成一个整体,扩充成为长篇,则是诗人独特的贡献。正因为它是以三句作为一个基本结构,约略相当于古乐府的一解,所以意思是三句一转,韵脚也是三句一变,平仄交替,从而"形成强烈的声

---

① "兽",本作"虎",唐人修《晋书》避讳所改。唐高祖李渊的祖父名虎。

势与急促的音调"①。这种说法,当然也只是一种推测,但《朝野佥载》载骆宾王为裴炎造谣云:"一片火,两片火,绯衣小儿当殿坐。"就是利用了当时流行的这种歌谣形式来从事政治斗争的②。据此,岑参也未尝没有注意到这些歌谣和在它们的形式影响之下形成的《明冰篇》而加以发展的可能。

(1963年5月,武昌)

---

① 中国科学院文学研究所编《中国文学史》评本诗语。
② 据《太平广记》卷二百八十八所载,今本《朝野佥载》佚去此条。《资治通鉴》卷二百三,胡三省注引《考异》也收有这一条材料,并云:"此皆当时构陷炎者所言耳,非其实也。"我们认为,即使此谣非骆宾王所造,也是一首出于裴炎的反对派之手的拟作,同样足以证明这类口头创作的形式已为当时社会中的上层分子所注意和利用。

杜甫《诸将》诗"曾闪朱旗北斗殷"解

用几首律诗组成一个整体,来反映比单篇律诗所能反映的远为广阔深刻的历史和现实、思想和感情,是杜甫对古典诗歌艺术形式的重要发展和贡献的一个方面。他先是继承了他祖父杜审言的传统,用五言律诗来这么写的,到了四川以后,进入他创作生活的后期,则扩充到七言律诗。《诸将》五首、《秋兴》八首、《咏怀古迹》五首等,就是他在这方面留给后人的宝贵遗产。

《诸将》五首曾被某些有见识的批评家推为杜诗七律的压卷之作,如管世铭《读雪山房唐诗钞》卷十八,七律凡例云:

> 少陵七律自当以《诸将》为压卷。关中、朔方、洛阳、南海、西蜀,直以天下全局运量胸中。如借兵回纥,府兵法坏,宦官监军,皆关当时大利大害,而廷臣无能见及者。气雄词杰,足以称其所欲言。

这个评语,从诗人的政治见解和艺术手段两方面立论,大体上是可以同意的。

这一组诗所依据的历史背景,所反映的政治局势,所表达的诗人心情,所使的典故,所用的语言,古今注家都曾经一一疏证解释,绝大部分是正确的。所以今天读起来,并没有什么困难。但是,其第一首的第六句"曾闪朱旗北斗殷",可能多数注家都讲错了。现在试加订正,以供参考。

这句诗中的"殷"字,某些古本如《〈文苑英华〉辩证》卷八所称孙觊本杜诗。作"闲"。有的注家就依以立论。王嗣奭《杜臆》卷六云:

> "北斗"指京师,而宿卫之士,空闪朱旗,有名无实,故谓之"闲"。按《唐志》:"李林甫请停上下鱼书,自是徒有兵额、官吏,而戎器、驼马、锅幕、糗粮并废矣。时府人目上番宿卫者曰侍官,言侍卫天子也。是时,卫佐悉假人为僮奴,京师人耻之,互相诟骂必曰侍官;而六军宿卫皆市人,及禄山反,皆不能受甲矣。"所云闲闪朱旗,盖此辈也。

但杜甫的父亲名闲,唐人还保存着南北朝以来国讳之外,兼重家讳的风气,断无以父名入诗的道理。这个"闲"字,实际上是后人改的。钱谦益笺注《杜工部集》卷十五引彭叔夏《〈文苑英华〉辩证》仇兆鳌《杜诗详注》卷十六所引略同。云:

> 《汉书》有"朱旗绛天"。杜云"曾闪朱旗北斗殷",则是因"朱旗绛天"闪见斗亦赤也。本是"殷"字,于颜切,红色也。修书时,宣宗讳正紧,或改作"闲"。今既祧不讳,则"殷"字何疑①?

---

① "修书时",指北宋初年李昉等修《文苑英华》的时候。"讳正紧",是指要严格地避宋太祖赵匡胤的父亲的讳。他名弘殷,庙号宣祖。所以到了南宋彭叔夏作《辩证》时,才能够说"今既祧不讳,……"仇兆鳌误以为是指唐宣宗,因此在(接下页注)

因此,《杜臆》以"闲"字作主要依据,认为这句诗是说"宿卫之士……有名无实",也就不可信了①,虽然他认为朱旗是指唐军并没有大错。

较为通行的,则有如下一些说法。钱注对此诗第三联"见愁汗马西戎逼,曾闪朱旗北斗殷"连串起来解释说:

> 指西戎入犯之促数,故曰"见愁汗马";指胡虏焚宫之烟焰,故曰"曾闪朱旗"。所以告诫长安之诸将者如此。

杨伦《杜诗镜铨》卷十三引张𬘘《读书堂杜诗注解》释下句云:

> 言朱旗闪而北斗皆赤,见胡氛蔽天意。

此外,今人冯至、浦江清等《杜甫诗选》卷七及萧涤非《杜甫研究》下卷都说此联下句是指唐代宗广德元年(763)吐蕃攻入长安,上句是指代宗永泰元年(765)吐蕃再度入寇。浦先生等以为"闪烁的朱旗曾经使北斗变成殷红色"是"比喻长安遭兵乱";萧先生以为"是说吐蕃势盛,闪动朱旗而北斗亦为之赤"。各家所说虽然小有出入,但认为这一联诗都是写李唐王朝当时的敌人吐蕃的活动,朱旗是指敌人的

(接上页注)引用《辩证》时,在"宣宗"上加一"唐"字。唐宣宗李忱,初名怡,两字都与殷字无关涉,而且宋朝人何以要避唐讳?虽然仇氏这一错误可能是由于彭叔夏将宣祖或宣帝写成了宣宗而引起的,但他处理这条资料时,也未免太大意了。又按今本《〈文苑英华〉辩证》卷八,"避讳"门云:"世谓子美不避家讳,诗中两押'闲'字,……《诸将》诗:'曾闪朱旗北斗殷。'殷,于颜切,红色也。用班固《燕然铭》'朱旗绛天'之意。或者当国初时,宣祖讳殷正紧,音虽不同,字则一体,遂改为'闲'耶?"钱、仇两注所引虽大意相同,而文字颇有出入,疑别有所本,俟再考。

① 仇注引用《杜臆》,只存其所抄《唐志》那段材料,而删去其牵扯到"闲"字的部分解释,也正由于此。

旗帜,或者象征敌人的力量,则是一致的。

我们认为:钱谦益对上句的解释是准确的,也就是说,"西戎逼"是"促数"的,"见愁"的"见"(现)字,应当包括763年和765年唐朝两度被攻的史实;至于对下句的解释,则各家都张冠李戴了。它的用意是在以汉喻唐,回忆过去隆盛时期军容的强大。诗人在这一联里,是用《文心雕龙·丽辞》篇所谓反对的方式,以一今,一昔;一衰,一盛;一敌强我弱,一敌弱我强的形势,作出强烈的对比,发抒了对祖国安危的深切关怀。这一联的对仗,在这五首诗中,和第二首的"胡来不觉潼关隘,龙起犹闻晋水清",是一样的方式;而和第四首的"越裳翡翠无消息,南海明珠久寂寥"那种正对,或第五首的"正忆往时严仆射,共迎中使望乡台"那种串对(流水对)都不一样。

这一不同于多数注家的解释,是以对于朱旗这个有着深远历史意义的词的探索为依据的。

如大家所熟知,汉是唐以前国祚最长、国力最盛的统一大帝国,唐代诗人乐于以汉朝比本朝,以汉事写唐事,其例证不胜枚举。

我们也知道,红色是汉朝人认为最尊贵的颜色。这一点,早在汉高祖起兵的时候,就规定下来了。《史记·高祖纪》对此有明确的记载:

> 旗帜皆赤。由所杀蛇白帝子,杀者赤帝子,故上赤。

在《淮阴侯列传》中,叙述汉赵之战,也一再提到"拔赵帜,立汉赤帜","立汉赤帜三千","壁皆汉赤帜"。撇开赤帝子斩白帝子的神话不谈,汉上(尚)赤,用赤帜总是事实。

赤帜也就是朱旗。在文献上,至迟在东汉初年,文学作品中就多次出现过朱旗这个词。以最著名的作家作品见于《文选》者为例，则如：

> 玄甲耀目，朱旗绛天。
>
> ——班固：《封燕然山铭》
>
> 爰兹发迹，断蛇奋旅。神母告符，朱旗乃举。
>
> ——班固：《汉书·叙传》①
>
> 高祖膺箓受图，顺天行诛，仗朱旗而建大号。
>
> ——张衡：《东京赋》

到了三国时代，蜀汉是自认为继承了刘氏王朝的正统的，所以在其诏书中也沿用过这个词。《三国志·蜀志·后主传》裴注引《诸葛亮集》载其《为后帝伐魏诏》云：

> 欲奋剑长驱，指讨凶逆，朱旗未举，而丕复陨丧。

汉、魏以下，也不乏书证，无须更加列举。

这些证据无可争辩地说明，朱旗是个褒义词，也是个庄严的含有政治内容的名词。它只能用来代表自己国家的、正面的，而决不能用来代表敌人的、反面的力量。这些含义，一直沿用到今天，不过它已经改称为红旗了。杜甫是一位"熟精《文选》理"②的诗人，近代学者李详所著《杜诗证〈选〉》一书，有力地证明了这一点。对班固、张衡的这些作品，当然很熟习；

---

① 《文选》卷五十题作《史述赞·述高帝纪第一》，今用《汉书》原篇名。
② 杜甫《宗武生日》句。

诸葛亮更是他所非常敬佩的一位历史人物,在诗篇中曾多次加以歌颂,对其著作也不应当怎么生疏。因此,可以想见,杜甫对于班、张、诸葛所使用过的朱旗这个词的含义,也决不至于缺乏正确的理解。那么,当我们读到他这一句诗的时候,又怎么能够模糊地或轻率地断定诗人是在用朱旗代表他当时所认为的敌人呢?

在上举文献中,与杜甫这一句诗关系密切,因而特别值得注意的是《封燕然山铭》。这篇文章是东汉窦宪大破匈奴之后,刻石勒功,记载汉朝威德的。其中"玄甲耀日,朱旗绛天"两句,极其生动地描绘了汉朝胜利大军壮盛的军容。这也正是杜甫"摅怀旧之蓄念,发思古之幽情"①的所在。"曾闪朱旗北斗殷",也可以说,就是"朱旗绛天"的译文。"绛"在这里是个动词,意为闪耀着红光。"天",杜诗里用"北斗"代替了。诗人热爱祖国,面对今日的衰微,愁敌进逼;遥想先朝的强盛,克敌扬威,因而写出这一联对比极其强烈的诗句,不是很自然的吗?

因此,我们也认为,在前人著作中,《〈文苑英华〉辩证》虽然只是极其简略而且近乎不加说明地指出载在《后汉书·窦宪传》的《封燕然山铭》中有"朱旗绛天"这句话,倒是真正把问题提到了点子上。如果体会了彭叔夏的用意,许多附会和误会是不至于发生的。

正因为人们从来不曾在文献中见过把朱旗当成贬义词来使用,以它代表敌人或反面力量,所以在解释这句杜诗时,要认为它是代表吐蕃的,就难以自圆其说。于是,只好将它或牵强地说成是"烟焰",或笼统地说成是"胡氛",或认为是"比喻长安遭兵乱",或认为"是说

---

① 班固《西都赋》句。

吐蕃势盛"。到头来都不能符合诗意。

这一事例说明，弄清楚某些词的历史意义，对于正确理解古代作品来说，有时是很必要的。

(1976年5月，武昌)

读冯至先生《杜甫传》

中华民族是一个有光荣的革命传统和优秀的历史遗产的民族。在过去漫长的年代中,祖先给我们创造了丰富的、光辉灿烂的文化。随着人民政权的建立,这些遗产都已经被我们合理合法地全部接收过来。现在处理遗产问题的主要关键就是要遵循"剔除其封建性的糟粕,吸收其民主性的精华"的马克思主义原则,用严肃认真的态度,细致深入的方式,来从事具体的工作。只有这样,才能发现问题,解决问题。也只有这样,才能使理论贯彻到实际中去,使实践提高到原则上来。基于这样一种理解,我们对冯至先生以他多年的辛勤工作完成的《杜甫传》的出版,是十分欢迎的。

这一本书有许多值得肯定的优点。首先,作者尽可能详细地占有一切材料,并且很仔细地审查了这些材料,然后才加以使用。这是完全符合马克思主义对于历史科学的要求的。在《前记》中,作者自己提到,"力求每句话都有它的根据,……由于史料的缺乏,空白的地方只好任它空白,不敢用个人的想象加以渲染"。这是事实。不仅如此,作者对于古代学者们所没有发现或没有解决、但却为现代学者们发现了或解决了的某些细节,也不曾忽略。例如杜氏的世系页2、杜并的年岁页6、剑器舞页14诸问题都是。

再则,我们也不会忘记,冯至先生是一位优秀的作家。鲁迅先生在《新文学大系·小说二集》的序言中,曾经提到作者早年的"幽婉的名篇",并且肯定他早期的成就,称他"后来是中国最为杰出的抒情诗人"。在这部传记里,作者是适度地发挥了自己在这一方面的长处的。由于对于材料所持的一种慎重态度,也由于材料的缺乏,使他不得不尽可能地采用杜甫自己的作品作为原料来加以改写。这,基本上就是一种将诗译成散文的工作。这一工作,如我们所理解,是相当困难的。但作者却用他所擅长的抒情的笔调,谨严而又流畅地完成了他自己所规定的任务。必须承认,这本书是富于感染力的。而这种感染力的获得,应当归功于作者的艺术修养。

同时,作者也尽可能地运用历史主义的观点进行自己的工作。作者要求自己"不违背历史"《前记》。所谓不违背历史,我们想,它是包含着两层意思的。第一是材料的真实性和丰富性,第二是判断的正确性和深刻性。后者的取得必须以前者为基础,但一部著作具备了前者,却并不一定就也具备着后者。冯至先生在掌握材料这方面,如前所说,态度和方法都是很谨严的,而就其分析批判这方面说,也有许多好的意见,例如在《侍奉皇帝与走向人民》这一章里,他指出了杜甫伟大成就的根源是靠拢人民,在《悲剧的结局》这一章里,他指出了杜甫的进步性发展到759年就达到了顶点之类。

传记在文学中自来就有它的特殊性。它的材料是真人真事,因而要求如实反映的程度就比其它的作品更高。同时它本身又是文学创作,因而要求的艺术技巧并不下于其它作品。其它的作品,是由生活的真实发展为艺术的真实的,因而并不排斥、甚至于鼓励幻想与夸张。但传记,却是要使生活的真实和艺术的真实高度有机地统一起来,因而必须完全历史地处理问题。而在今天,要把八世纪的一个伟大的诗人介绍给新社会的人民,则这件工作本身就是批判地接受古典遗产的实践,是爱国主义教育的实践,我们就完全有理由要求作者用历史唯物主义的高度原则来反映历史的真实,来创造历史人物栩栩如生的形象。

在历史唯物主义的高度原则指导之下,历史地运用材料,艺术地描绘人物,这是我们对传记文学的基本要求。《杜甫传》显示了它的作者在这些方面的努力,和它本身在这些方面所达到的一定程度的成绩,使今天的传记文学以及接受杜甫的遗产的工作得到一个较好的开始,使祖国这样一位伟大的诗人比过去更其广泛地为人民群众所熟悉、所热爱。这一切,就是《杜甫传》的主要成就所在。而这些成就,是和作者长期的劳动分不开的。

以下,想简单地谈一谈我们对于这本著作感觉不满足的地方。

我们认为,《杜甫传》的主要缺点乃是还没有能够完全做到历史地处理问题。不错,冯至先生对于材料的处理是慎重的,而且也初步地对杜甫进行了一些分析批判,这都是符合于历史唯物主义的要求的。但对于如何在李唐帝国的历史,同时也是中国封建社会的历史的转折点上产生了这样一个杰出的天才诗人,却没有从阶级关系上加以深入的分析。作者曾经不惮烦劳地研究了一向被人忽略了的诗人的母系,这自然也是必要的,然而对于当时社会的特质、阶级的动态却几乎完全没有触及,因而也就大大地妨碍了我们对于这个伟大诗人和他所生活的环境的理解。这是不能不令人感到遗憾的。

恩格斯说:"据我看来,现实主义的意思是,除细节的真实外,还要真实地再现典型环境中的典型人物。"①一切具有进步性的文学艺术基本上都是现实主义的,或带有现实主义性质的因素的。而传记,

---

① 恩格斯《致玛·哈克奈斯》(1888 年 4 月),见《马克思恩格斯选集》第四卷,第 461 至 463 页。

则由于它的内容的决定,其创作方法必然是不能和现实主义违背的。现实生活中的环境与人物,在某一意义上原来也可能具有典型性。因此,要求正确地表现出典型环境中的典型性格,不仅是一般创作中的问题,同时也是写真人真事的传记文学中的问题。

杜甫所生活着的开元、天宝时代以及生活在这样一个时代中的天才诗人,我们认为,正都是具备着典型的意义的。

开元、天宝时代之典型的意义,在除了它显示着中国封建社会一般的特征而外,还表现在均田制度之开始彻底破坏,为中国封建社会前后期的区分,画上了一根鲜明的红线。由于封建社会中的主要阶级矛盾是存在于农民和地主之间,历来在土地问题上就呈现着不彻底的国有与无限制的兼并两种近于循环的变革。但经过755年开始的变乱,这种变革就终止了。这个作为缓和农民与地主之间的矛盾的主要手段——均田制度的完全放弃,必然不可避免地使两个敌对阶级之间的矛盾深刻化和复杂化。土地兼并之无限制地进行和由之而引起的租庸调制的崩溃与府兵制的变更,统治阶级内部的斗争和由之而引起的异族入侵与藩镇割据的形成,这些在安史之乱前后发生的政治社会现实,不仅严重地影响了当时人民的生活,动摇了李唐帝国统治的基础,而且也在一定程度上画出了此后一千年左右中国社会发展的草图。这乃是开元、天宝时代具有特殊历史意义的社会情况,也就是杜甫所生活着的大环境。这个大环境对于杜甫的个人生活和创作道路,是具有决定性的作用的。但作者描写杜甫的生活环境时,却对这一切很少具体的分析和说明。由于没有站在高处去看这些最基本的历史事实,所以就不能不随着诗人的脚印,亦步亦趋,因而就显得所写的仅仅是些细节的真实了。

仅仅局限于杜甫的家庭、经历、游踪、友谊这些小环境,而没有着眼于那一个时代的一切巨大的变革,因此对于杜甫的思想的发展,也不能作出科学的说明。我们知道,杜甫出身于一个没落的小官僚家庭。在统治阶级中,他是属于中间阶层的。而同时,他又是进士词科集团中的人物虽则他并没有"及第"。进士词科集团,是李唐皇室为了对抗从北朝以来就在政治上拥有巨大势力的山东旧族而提拔起来的新兴力量。特别看重进士词科的风气,盛于唐高宗和武则天时代,而凝固于开元、天宝以来。利禄的道路使知识分子特别着重文学的钻研。而这些应进士科举的知识分子,最初又多半出身庶族地主,一方面他们固然和大官僚地主在土地占有的关系上共同剥削着农民,而另一方面,又在政治经济各方面在某种程度上和广大的人民一同受着大官僚地主的压迫和抑遏。这样,就使他们比较容易关心和注意人民的疾苦。因而当他们作为一个政治上的新兴力量在社会中上升的时候,其主张就更是比较接近人民的愿望。这些人,在安史乱前朝野沉酣的状况中,已经朦胧地感到当时的危机,而残酷的战争所引起的巨大社会变革,更使他们进一步受到了广大人民通过生活形象所给与的教育,也就使他们敢于正视惨淡的人生,一步一步地走向人民,站立起来为人民的痛苦而歌唱,因而形成了八世纪中叶以后的现实主义诗风。社会制度的巨大变革,进士词科集团的上升,安史之乱所给与人民的灾害以及出身进士词科集团的作家们从人民生活中所获得的思想教育,决定了天宝乱后唐诗的创作内容和创作方法。而杜甫,就是在这一特定历史情况下产生的典型人物——一个天才的现实主义者。我们知道,典型性往往是和一定社会—历史现象的本质相一致的。典型不仅是最常见的事物,也是最充分、最尖锐地表现一定社会力量的本质的事物。因此,如果我们不从一些主要的历史现象去了解杜甫所生活着的时代,也不将他出生的阶级和所从属的政治集团的力量作为当时表现一定社会力量的本质的事物来认识，从而探究杜甫创作力量的根源，则杜甫的出现将是十分偶然的，其伟大的业绩也将是"天生"的。但这些最主要的问题，作者却完全没有接触到。

正因为作者没有掌握住马克思主义的最基本的阶级分析法则，因而有的时候也看出了问题，但却解决不了问题。例如他曾经屡次提到杜甫的性格有他庸俗的一面页3、页78、页185等，但对于构成杜甫庸俗性格的因素，却没有指出。如果我们注意了中间阶层所特有的两面性、动摇性，则不仅可以认识到杜甫这一性格的根源，而且更可以认识到杜甫性格的发展过程，就是他对于庸俗性格的排斥过程。庸俗的事业观点，求官职的不择手段，乃是当时这些中间阶层的普遍性格，而杜甫却在生活中逐渐超越了这种性格，所以才显出他的伟大。但是，作者却并没有把杜甫性格中的庸俗成分和超庸俗成分彼此之间的矛盾揭发出来。因此对于自己所叙述的杜甫基本上是一个人生道路上的战士，有时候又是一个庸人，就令人很难理解了。

冯至先生没有能够完全做到历史地处理问题，还表现在他对杜甫的创作的某些论点上。例如他论到杜甫的艺术技巧时，一再提到诗人对于人民语言的吸收页9、页48、页185等。自然，指出这一点是重要的，如果我们承认杜甫的艺术技巧有许多值得肯定的地方，这正是其主要优点之一。但同时也得认识清楚，在杜甫那个时代还没有将学习人民的口头语言提高到具有头等重要性来认识的可能，诗人主观上也并不曾这样地认识这个问题。他只是在对人民的接近中，对人民生活的同情中，为了恰当地表现人民，因而吸收了人民的语言的。而另一方面，杜甫又在极其广博地向古典遗产学习着。元稹的杜甫墓志，曾经赞美他"上薄《风》《雅》，下该沈宋，言夺苏李，气吞曹刘，掩颜谢之孤高，杂徐庾之流丽，尽得古人之体势，而兼今人之所独专。"秦观《进论》所说,也大致相同。他们所提出的那些被杜甫跨越了的作家,事实上杜甫在自己的诗篇中就反复提到了。杜甫之向这些作家学习,一再说明是"不薄今人爱古人",是"转益多师是汝师"《戏为六绝句》。而在《偶题》一首中,他更写出"前辈飞腾入,余波绮丽为。后贤兼旧制,历代各清规"这种富于历史观点的意见。这说明,杜甫不仅从他所接触的人民生活里学习了语言,也在对古典遗产的研究中吸收了自己所需要的养分,因而使自己具备了能够充分表现生活的高度艺术技巧。

必须指出,追求艺术技巧,只要不是为技巧而技巧,决不是作家的错误,反之,倒是对于任何作家都是必要的。杜甫诗中有许多论到创作技巧的甘苦之谈。这许多诗,从年代上考察,多数是诗人晚年写的。这些宝贵的经验,正是诗人从其数十年的创作生活中总结出来的,因而我们今天就必须加以全面的谨慎的研究。只有这样,才能对杜甫的作品理解得更深。

但冯至先生对于这些问题的认识却是片面的。他肯定杜甫勇敢地吸收人民语言,却忽略了杜甫在学习古典遗产方面的成就。冯至先生甚至于这样说:"但是到了夔州,他又把一部分的精力用到雕琢字句、推敲音律上边去了。他在《遣闷戏呈路十九曹长》里说'晚节渐于诗律细',又在《解闷十二首》里说'颇学阴何苦用心',并且在指导他的儿子宗武学诗时,也教他熟读《文选》,以便从中采撷词藻;这好象他又要把诗歌扯回到'研揣声病,寻章摘句'的时代里去。"页163至164。很显然,这些看法是值得考虑的。诗律要细,这是今体诗的特定要求。用心很苦,正是希望正确地、充分地表达内容的必然现象。《红楼梦》写了十年,删改五次,托尔斯泰的某些小说,甚至易稿十余次。伟大的作家都是这样对待自己的劳作的,并不只是杜甫才"为人性癖耽佳句,语不惊人死不休"《江上值水势如海聊短述》。至于说要儿子熟读《文选》,仅是为了"以便从中采撷词藻",在事实上也是没有什么根据的。作者也知道上引的那些话没有严密的概括性,因此他不得不接着说:"但杜甫夔州时代的诗并不是每一首都是这样写成的。"我们认为,问题倒并不在于杜甫是否用两样手法在写诗,而是在于作者对于杜诗的艺术性缺乏系统的、深刻的研究,因而也就缺乏一些敢于肯定的勇气。但列宁却曾这样地问过:"为什么要向真正的美回过头去呢?难道就因为它是古旧的吗?"《和蔡特金的谈话》。在这一本传记中,我们不能找出作者对于诗人作品的全面深入的意见,可以说是另外一个较大的缺点。

此外,冯先生也还有些失于检点的地方,如引用分析《桃竹杖引赠章留后》一诗中"噫!风尘澒洞兮豺虎咬人,忽失双杖兮吾将曷从?"二句,竟在咬字下用逗号,人字属下行页144。这显然是不通章句了。

以上就是我对于这本书所已经达到的和还没有达到的成就的一些看法。这些看法是不成熟的,肤浅的,希望得到冯至先生和其他同志的批评。

(1953年4月,武昌)

韩愈以文为诗说

以文为诗是北宋人所概括出来的韩愈诗歌的艺术手段之一。对于这一艺术手段，当时就有截然相反的评价，引起了争论。陈师道《后山诗话》①云：

> 退之以文为诗，子瞻以诗为词，如教坊雷大使之舞，虽极天下之工，要非本色。

---

① 《后山诗话》一书，前人多疑其非真出陈师道之手。陆游《渭南文集》卷二十六，《跋〈后山居士诗话〉》云："《（后山）谈丛》、《（后山）诗话》皆可疑。《谈丛》尚恐少时所作，《诗话》决非也。意后山尝有诗话而亡之，妄人窃其名为此书耳。"方回《桐江集》卷三，《读〈后山诗话〉跋》云："《后山诗话》二卷，回读之，非后山语也。"《四库全书总目》卷一百九十五，《〈后山诗话〉提要》云："其出于依托，不问可知。"又云："疑南渡后旧稿散佚，好事者以意补之耶？"三家所论，都有证据，今从略。郭绍虞在其《大学丛书》本《中国文学批评史》上卷第六篇第二章中则说："考《后山集》二十卷，为其门人彭城魏衍所编。衍记《诗话》、《谈丛》各自为集，而今本皆入集中，则非魏氏手录之旧可知。《四库总目提要》据陆游《老学庵笔记》定为出于依托，所见亦是。（千帆按：陆说见于《渭南文集》，非《老学庵笔记》，《提要》误记。）然魏衍既言《诗话》、《谈丛》各自成集，则后山之有是二书，自无可疑。今本所传，亦未必全出好事者以意补之。或后山原有此著，未及成书，后人编次，遂不免有所增益耳。"郭先生此说，比前人为合情理。张戒是南宋初年人，其《岁寒堂诗话》卷上已经提到陈师道等人认为韩愈于诗本无所得的话，也足为今传本《后山诗话》中这一类的议论是出于他们本人而非后人所依托的佐证。

又引黄庭坚云：

> 诗文各有体，韩以文为诗，杜以诗为文，故不工尔。

魏庆之《诗人玉屑》卷十五引魏泰《临汉隐居诗话》云：

> 沈括存中、吕惠卿吉甫、王存正仲、李常公择，治平①中同在馆下谈诗。存中曰："韩退之诗乃押韵之文耳，虽健美富赡，而格不近诗。"吉甫曰："诗正当如是。我谓诗人以来，未有如退之者。"②正仲是存中，公择是吉甫，四人交相诘难，久而不决。公择忽正色谓正仲曰："君子'群而不党'③，公何党存中也！"正仲勃然曰："我所见如是，顾岂党耶？以我偶同存中，遂谓之党，然则君非吉甫之党乎？"一座大笑④。

以上记载表明，这些意见和争论所涉及的有两个方面，一是对韩诗的评价，二是所据以进行评价的原则，即任何一种文学样式是否必须具有为其它样式所不能触动的体格，或为其它样式所无从仿佛的本色。可见，这既是一个诗史上的问题，同时又是一个诗论史上的问题。这问题由北宋到现代，争论不休，已近千年，可是还没有得出一个能为

---

① 治平，宋英宗赵曙年号，公元 1064 年—1067 年。
② 元稹《唐故检校工部员外郎杜君墓系铭》："苟以其能所不能，无可无不可，则诗人以来，未有如子美者。"吕惠卿在这里是套用元稹的话，暗示他认为韩愈的诗胜过杜甫。
③ 《论语·卫灵公》篇语。
④ 何文焕辑《历代诗话》本《临汉隐居诗话》无此条，但魏泰另一著作《东轩笔录》卷十二载之。释惠洪《冷斋夜话》卷二，"馆中夜谈退之诗"条也载有这个佚事。

大家所公认的结论。

现在,我们想先就以文为诗这一艺术手段,以及由之而引起的这场争论的历史背景、以文为诗所涉及的范围、以文为诗的具体内容和前人对以文为诗的一些误解等方面,略作说明,然后再来试行对这一并不限于韩愈所专有的古典诗歌艺术手段进行评价。对于这个长期存在的、内容相当复杂的问题,自己是没有能力完满地给以解决的,本文的用意只在抛砖引玉。

首先,我们应当注意到这样一个历史事实,即:以文为诗这一艺术手段,虽然早在中唐时代产生的韩诗中就已出现了,存在了,但是将以文为诗当作一个诗歌创作上的问题来加以反对或者赞成,却始于北宋中叶。而北宋中叶,如我们大家都知道的,从文学发展的趋势来看,则是古文(散文)已经取代了时文(骈文)而成为主要文体的时代,又是诗歌的风格由唐转宋,出现了宋诗的独特面目的时代①。而在此以前,韩愈的古文和诗歌,虽然出自一手,它们的遭遇却并不是

---

① 钱锺书《谈艺录》,"诗分唐宋乃风格性分之殊,非朝代之别"条略云:"唐诗、宋诗,亦非仅朝代之别,乃体态、性分之殊。天下有两种人,斯分两种诗。……唐诗多以丰神情韵见长,宋诗多以筋骨思理见胜。严仪卿首创断代言诗。《沧浪诗话》即谓本朝人尚理,唐人尚意兴云云。曰唐曰宋,特举大概而言,为称谓之便,非曰唐诗必出唐人,宋诗必出宋人也。故唐之少陵、昌黎、香山、东野,实唐人之开宋调者;宋之柯山、白石、九僧、四灵,则宋人之有唐音者。"又云:"夫人禀性各有偏至,发为声诗,高明者近唐,沉潜者近宋,有不期而然者。故自宋以来,历元、明、清,才人辈出,而所作不能出唐、宋之范围,皆可分唐、宋之畛域。唐以前之汉、魏、六朝,虽浑而未划,蕴而不发,亦未尝不可以此例之。叶横山《原诗》内篇云:'譬地之生木,宋诗则能开花,木之能事方毕。自宋以后之诗,不过花开而谢,谢而复开。'蒋心余《忠雅堂集》卷十三,《辩诗》云:'唐宋皆伟人,各成一家诗。宋人生唐后,开辟真难为。元明不能变,非仅气力衰,能事有止境,极诣难角奇。'可见五、七言分唐、宋,譬之太极之两仪,本乎人质之判玄虚明白(原注:见刘邵《人物志·九征》篇),非徒朝代、时期之谓矣。"本文这里所说由唐转宋,主要也是指风格上的推陈出新而言。

一致的。

先就文说,韩愈提倡古文,在当时是一场激烈的斗争,他是受到过许多非难的。在这些人当中,甚至有官高望重,曾经一度是韩愈顶头上司的裴度在内①,其所承受的压力不可谓之不重。但是,这个新兴的文学运动,终由于有利的客观条件和韩愈及其伙伴们的主观努力,获得了极大的成功。在韩愈死后不久,李汉为他编集作序,就已经指出:

> 时人始而惊,中而笑且排,先生益坚,终而翕然随以定。呜呼!先生于文,摧陷廓清之功,比于武事,可谓雄伟不常者矣。

在这以后,为韩文唱赞歌的声音就一天比一天高。宋代宋祁修《新唐书》,在《文艺传序》中说:

> 唐有天下三百年,文章无虑三变。高祖、太宗,大难始夷,沿江左遗风,缀句绘章,揣合低昂,故王、杨为之伯。玄宗好经术,群臣稍厌雕琢,索理致,崇雅黜浮,气益雄浑,则燕、许擅其宗。是时,唐兴已百年,诸儒争自名家。大历、贞元之间②,美才辈出,

---

① 《全唐文》卷五百三十八,裴度《寄李翱书》告诫李不可"以时世之文多偶对俪句,属缀风云,羁束声韵,为文之病甚矣,故以雄词远致一以矫之。"他认为:"文之异,在气格之高下,思致之浅深,不在其磔裂章句,隳废声韵。"他又指责韩愈"恃其绝足,往往奔放,不以文立制,而以文为戏。"从总的倾向看来,裴度还是主张维持原来的骈体而反对新兴的散体的,恐怕"在古文与骈文两种文章形式互争雄长的当时",并不能算"是一种折衷派",如《中国历代文论选》所说的(见该书1962年版上册第456页)。
② 大历,唐代宗李豫年号。贞元,德宗李适年号。大历、贞元之间,公元766年—805年。

> 擩哜道真,涵咏圣涯,于是韩愈倡之,柳宗元、李翱、皇甫湜和之,排逐百家,法度森严,抵排魏、晋,上轧汉、周,唐之文完然为一王法,此其极也。

《后山诗话》又引苏轼云:

> 子美之诗、退之之文、鲁公之书,皆集大成者也。

这真是李汉所谓"终而翕然随以定",即到了北宋中叶,韩文在文坛上已建立了它确乎不可拔的地位。

但韩诗的遭遇却远非如此。在宋诗的新面貌形成以前,它并不受重视,它在诗坛上所受到的待遇是冷淡的。

唐玄宗开元时代、宪宗元和时代和宋哲宗元祐时代,被诗论家称为三元,认为是五、七言诗的三个极盛时代①。在元和时代有成就的诗人中,元稹、白居易、刘禹锡、柳宗元等固然是自立门户,与韩愈"不相菲薄不相师"。就是作风与韩愈比较接近的诗人如孟郊、贾岛、卢仝等也各具面目。韩门弟子能诗的不多,其中张籍最有诗名,而所作也与韩诗风貌绝异。总之,在许多人都追随韩愈,从事古文运动的时候,他的古文,他的古文理论的影响都是显著的,而他的诗歌,虽然生面别开,但并没有引起时人足够的重视,发生较大的影响。

元和以后,唐代诗风逐渐衰落,晚唐重要诗人如杜牧,也只赞美韩愈的文章。《樊川诗集》卷二,《读韩杜集》云:

---

① 陈衍《石遗室诗话》卷一载其与沈曾植论诗云:"余谓诗莫盛于三元,上元开元,中元元和,下元元祐也。君谓三元皆外国探险家觅新世界,殖民政策开埠头本领。"

杜诗韩笔愁来读,似倩麻姑痒处搔。天外凤皇谁得髓?无人解合续弦胶。

读两家集,而于韩,只称其文①,不及其诗;于杜,只称其诗,不及其文,界限分明。李商隐在《韩碑》中,同样极力赞美韩文,甚至说《平淮西碑》可以比美汤盘、孔鼎,"公之斯文若元气",但他遍学各家诗,对前代诗人,常有拟作,见于题目,如《齐梁晴云》、《效徐陵体赠更衣》、《杜工部蜀中离席》、《拟沈下贤》、《效长吉》等,而除这篇被何焯评为"可继《石鼓歌》","与韩《石鼓》诗气调魄力旗鼓相当"的《韩碑》而外②,也绝少学韩之作。唐人论诗的文献流传至今的不算太少,而真能道出韩诗的风格特征的,似只有司空图。《司空表圣文集》卷二,《题柳柳州集后》云:

韩吏部歌诗数百篇,其驱驾气势,若掀雷抉电,撑扶于天地之间。物状奇怪不得不鼓舞而徇其呼吸也。

---

① 韩笔即韩文。以诗与笔对举,亦如以文与笔对举,始于六朝,而唐人沿用。《学海堂初集》卷七,梁国珍《文笔考》云:"文笔而外,又有以诗与笔对言者。《南史·沈约传》:'谢玄晖善为诗,任彦昇工于笔,约兼而有之。'《庾肩吾传》:梁简文与湘东王书曰:'诗既如此,笔又如之。'又曰:'谢朓、沈约之诗,任昉、陆倕之笔。'《任昉传》:'昉以文才见知,时谓任昉笔、沈约诗。'又刘孝绰称弟仪与威云:'三笔六诗。'(三,孝仪。六,孝威。)是又以诗笔对言。"又侯康《文笔考》云:"至唐则多以诗笔对举,如'贾笔论孤愤,严诗赋几篇。'少陵句也。'王笔活龙凤,谢诗生芙蓉。'飞卿句也。'杜诗韩笔愁来读。'牧之句也。'朝廷左相笔,天下右丞诗。'时人目王缙、王维语也。'孟诗韩笔。'时人目退之东野语也。'历代词人,诗笔双美者鲜。'殷璠语也。"唐时文笔之分,已不甚严,所以文笔对举者不多,而诗笔对举则仍旧贯。

② 何评见沈厚塽《李义山诗集辑评》卷上。管世铭《读雪山房唐诗钞》卷八,七律凡例也说:"李义山《韩碑》语奇句重,追步退之。"

此外罕见。而且司空图的诗风,也与韩愈绝不相类,他虽赞美可是并不学习韩诗。由五代到北宋初年,情况也大致如此。大体上,在北宋中叶欧阳修主持文坛以前,韩诗是没有受到重视的。他的诗歌既然无人学习,他独特的风格以及形成其风格的艺术手段其中包括以文为诗。无人注意研究,加以优劣,就是很自然的事情了。

欧阳修及其声应气求的友人和后辈改变了这个局面。和由中唐以迄宋初只重视韩文而不重视韩诗的许多作家们不同,欧阳修既是一位古文家,又是一位诗人,他既爱好韩文,又爱好韩诗。在《欧阳文忠公文集》卷七十三,《记旧本韩文后》中,他记载了自己自幼对于韩文的爱好,以及韩文在他的提倡之下,日益盛行的情况。至于他对韩诗的欣赏和推崇,则如其《六一诗话》所云:

> 退之笔力无施不可,而常以诗为文章末事。故其诗曰"多情怀酒伴,余事作诗人"也[1]。然其资谈笑,助谐谑,叙人情,状物态,一寓于诗,而曲尽其妙。此其雄文大手固不足论,而余独爱其工于用韵也。盖其得韵宽,则波澜横溢,泛入旁韵,乍还乍离,出入回合,殆不可拘以常格,如《此日足可惜》之类是也[2]。得韵窄,则不复旁出,而因难见巧,愈险愈奇,如《病中赠张十八》之类是也。余尝与圣俞论此,以谓如善驭马者,通衢广陌,纵横驰逐,惟意所之;至于水曲蚁封,疾徐中节,而不少蹉跌,乃天下之至工也。

---

[1] 《和席八十二韵》句。
[2] 钱仲联《韩昌黎诗系年集释》卷一引诸家论此诗用韵情况颇详,请参看。

又《文集》卷二,《读〈蟠桃诗〉寄子美》云:

> 韩孟于文词,两雄力相当,篇章缀谈笑,雷电击幽荒。众鸟谁敢贺,鸣凤呼其皇。孟穷苦累累,韩富浩穰穰。穷者啄其精,富者烂文章,发生一为官,揪敛一为商,二律虽不同,合奏乃锵锵。

这些议论对于韩愈以及孟郊诗风的具体而准确的指陈,当然值得我们注意和重视,但更其值得我们注意和重视的,则是《诗话》所论,实质上已经接触到了以文为诗的问题。他认为韩诗之所以能够成功地表现多方面的内容,而且"曲尽其妙",是由于"雄文大手"的"笔力无施不可",同时,他又指出,韩愈"以诗为文章末事"。从这些意见中,不难看出,韩愈的古文对于他的诗歌的影响是多么显著。韩愈是唐代的,而欧阳修则是宋代的古文运动的中坚人物。欧文学韩,诗也学韩。欧阳修对于韩愈以文为诗深有体会,理所当然。而后人对此,也有见及的。金赵秉文《闲闲老人滏水文集》卷十九《与李天英书》云:

> 杜陵知诗之为诗,而未知不诗之为诗。而韩愈又以古文之浑浩溢而为诗,然后古今之变尽矣。

"以古文之浑浩溢而为诗",与以"笔力无施不可"的"雄文大手"来写诗,"以诗为文章末事",含意是一致的。

以文为诗在当时引起了争论,与北宋诗人在欧阳修影响之下学习韩诗有直接的关系。欧诗学韩,是由宋迄清的批评家所公认的。如张戒《岁寒堂诗话》卷上云:

> 欧阳公诗学退之,又学李太白。

吴之振《宋诗钞》,《欧阳文忠诗钞》小引云：

> 其诗如昌黎,以气格为主。昌黎时出排奡之句,文忠一归之于敷愉,略与其文相似也。

刘熙载《艺概》卷二,《诗概》云：

> 东坡谓欧阳公"论大道似韩愈,诗赋似李白"①。然试以欧诗观之,虽曰似李,其刻意形容处,实于韩为逼近耳。

而方东树《昭昧詹言》卷九云：

> 六一学韩,才气不能奔放,而独得其情韵与文法,此亦诗家深趣。

则更明白地指出了欧之学韩,也学其以文为诗。诸家所论,各有偏至。要而言之,欧阳修诗、文皆学韩,所学包括以文为诗这一艺术手段,但两人个性气质不同,因而韩偏于排奡雄奇的阳刚之美,而欧却偏于敷愉纡徐的阴柔之美,学而能变,因此各擅胜场,自具面目,却是无可争论的事实。

---

① 苏轼《〈居士集〉序》语,见《欧阳文忠公文集》卷首,《东坡集》卷二十四。

由于欧阳修的提倡,以及他和他的伙伴们的创作实践,宋诗的独特面目和风格便逐渐形成,而宋诗的独特面目和风格的形成,又是和学韩包括学他的以文为诗。分不开的。在与他同时或稍后的诗人中,诗文兼擅的人如王安石、苏轼固然学韩诗,即仅以诗名的人如苏舜钦、梅尧臣、王令、黄庭坚等也或多或少地受到韩愈的影响,不管其是否自觉,也不管其人主观上是否赞成韩诗,或是否赞成其以文为诗。

这一点,前人也已见及。叶燮《原诗》内篇云:

> 韩愈为唐诗之一大变。其力大,其思雄,崛起特为鼻祖。宋之苏、梅、欧、苏、王、黄,皆愈为之发其端,可谓极盛。

近代李详自序其《韩诗萃精》云:

> 宋欧阳永叔稍学公诗而微嫌冗长①,无遒丽奇警之语。东坡以豪字概公②,虽能造句,而不能纬以事实,如水中着盐,消融无迹。黄鲁直诗于公师其六七,学杜者二三。举世相承,谓黄学杜。起山谷而问之,果宗杜耶?抑师韩也?悠悠千载,谁能喻之?

陈三立为程学恂《韩诗臆说》题辞云:

---

① 陈衍《宋诗精华录》卷一评欧诗《沧浪亭》云:"案此诗未免词费,使少陵、昌黎为之,必多层折而无长语,《渼陂行》、《山石》可参看也。"可与李说互证。
② 冯应榴《苏文忠诗合注》卷十六,《读孟郊诗》二首之一:"要当斗僧清,未足当韩豪。"僧指贾岛,岛初为僧,法名无本。

宋贤效韩,以欧阳永叔、王逢原为最善。

夏敬观《说韩》[①]云:

> 宋人学退之诗者,以王荆公为最。王逢原长篇亦有其笔。欧阳永叔、梅圣俞亦颇效之。诸公皆有变化,不若荆公之专一也。

诸家对北宋著名诗人所受韩愈影响的巨细如何,看法虽有出入,但认为其时大家无不受到韩诗的沾溉,则所见略同。

非常值得玩味的是,宋诗的两个中坚人物苏轼和黄庭坚自己对韩诗是"颇有微词"的,如《后山诗话》载苏轼云:

> 退之于诗,本无解处,以才高而好尔。

胡仔《苕溪渔隐丛话》前集卷十八引《王直方诗话》载洪龟父云:

> 山谷于退之诗,少所许可。

而评论家却偏偏指出了他们与韩愈之间的传承关系。特别是苏轼,这个认为韩愈"于诗本无解处"的人,却有人特别提出他在以文为诗这一艺术手段上与韩愈的渊源。赵翼《瓯北诗话》卷五云:

---

① 未见其书。此据《韩昌黎诗系年集释》卷首,《诸家诗话》引。

> 以文为诗,自昌黎始,至东坡益大放厥词,别开生面,成一代之大观。①

这就说明了,北宋中叶的诗人想通过学习韩诗来创造自己的独特面貌和风格,在欧阳修的提倡和其他诗人的支持之下,已成为一种不可逆转的潮流而弥漫诗坛,即使是有人主观上不赞成也罢,在客观上,总还是无可避免地、或多或少地受到了这种风气的影响。我们知道,在文学史上,这种文艺理论和创作实践之间的矛盾存在于一个作家身上,也并非十分罕见的现象。如孟棨《本事诗》,《高逸》第三载李白云:"梁、陈以来,艳薄斯极,沈休文又尚以声律,将复古道,非我而谁欤?"又云:"兴寄深微,五言不如四言,七言又其靡也,况使束于声调俳优哉?"可是,他的创作实践证明,他的"复古",实是变新,在形式上,他毫不排斥七言诗、今体诗。除五言古诗之外,他也给后人留下了为数众多的极其精警夺目的七言和杂言古诗、五言律诗和五七言小律诗律化了的绝句。这,正好和苏、黄不满韩诗,可又不由自主地沿着韩愈已经开辟出来的道路前进比类。

从以上的叙述中,我们可以知道,韩愈的诗歌以及他的以文为诗这一艺术手段之被人注意,引起争论,在当时表面上只是一个对前代诗人评价的问题,而实质上则是诗歌创作道路应当怎么走的问题,一个具有现实意义的问题。一派人认为诗有诗的体格,文有文的体格,以文为诗,就丧失了它的本色,而另一派人则认为"诗正当如是"。

---

① 吴乔《围炉诗话》卷五也说:"子瞻诗美不胜言,病不胜摘。大率多俊迈而少渊渟,得瑰奇而失详慎,多粗豪、滑稽、草率,又多以文为诗。然其才古今独绝。"吴氏对苏诗总的评价,与赵不同,但认为苏轼以文为诗,则是一致的。

在"穷则变,通则久"①,"若无新变,不能代雄"②,"为文章者有所法而后能,有所变而后大"③,这样一些原则支配之下,宋代诗人终于通过学习韩愈当然也学习其他前代诗人。及其以文为诗的艺术手段当然也学习其他诗人以及韩愈所拥有的其他艺术手段,加以发展变化,使之渗透在自己所要表现的生活之中,形成了不同于唐诗的独特面貌和风格。这,历史已经为我们作出了结论,不用多说了。但是,追溯一下韩诗被后人认识和学习的过程,研究一下以文为诗的意义和是非,对现代文学的发展和创作却不是没有借鉴作用的。

在具体说明什么是以文为诗这个问题之前,我们不得不对以文为诗在韩诗中所涉及的范围加以确定。因为古今论家对于韩愈以文为诗这一艺术手段加以优劣,可能和他们所理解的它在全部韩诗中所涉及的范围有关。这些人,无论是反对或赞成韩愈以文为诗,却似乎都认为这是韩诗的主要艺术手段,即使没有认为它是韩诗的唯一艺术手段。他们忽略了,这仅仅是韩愈在从事诗歌创作时所拥有的诸艺术手段之一,除此而外,韩愈还拥有许多其它的手段,通过各种手段,他才能够使得自己的诗作丰富多彩。如《瓯北诗话》卷三云:

> 韩昌黎生平所心摹力追者惟李、杜二公。顾李、杜之前,未有李、杜,故二公才气横恣,各开生面,遂独有千古。至昌黎时,李、杜已在前,纵极力变化,终不能再辟一径。惟少陵奇险处尚有可推扩,故一眼觑定,欲从此辟山开道,自成一家,此昌黎注意

---

① 《易·系辞下》语。
② 萧子显《南齐书·文学传论》语。
③ 姚鼐《惜抱轩集》卷八,《刘海峰先生八十寿序》引周书昌语。

所在也。然奇险处亦自有得失。盖少陵才思所到,偶然得之,而昌黎则专以此求胜,故时见斧凿痕迹,有心与无心异也。真实昌黎自有本色,仍在文从字顺中自然雄厚博大,不可捉摸,不专以奇险见长,恐昌黎亦不自知,后人平日读之自见。若徒以奇险求昌黎,转失之矣。

此外,在同书中,还指陈了韩诗在用语,押韵,创格,创句法等各种艺术手段,以及由这些手段形成的艺术特色。这当中,有的和以文为诗有关,例如"文从字顺中自然雄厚博大,不可捉摸",与韩文擅长布局,变幻莫测,气韵深稳而堂庑开阔相通。至于奇险,则似当从楚《骚》、汉赋来寻找其渊源,不能认为它与韩文有什么内在联系。但黄庭坚、陈师道等人,却将以文为诗这一点作为韩诗"不工",或虽工而"非本色"的症结所在。这就成了以偏概全,显然不符事实。

人们如果通读韩愈的全部诗歌,就可以看出,以文为诗不仅不是韩诗唯一的艺术手段,就是作为诗人所拥有的诸艺术手段之一,它所涉及的范围也是有局限的。韩集只是有部分作品存在着以古文为古诗的情况,尤其是为七言古诗。

魏、晋以前,不论诗、文,都是单复兼行,魏、晋以来,由单趋复,对偶之外,又加声律,先是骈文出现,然后诗歌也由新变体发展成为今体律绝诗。就形式论,古诗近于古文,而律绝诗近于骈文。因此,以文为诗,古诗接受古文的影响易,而律、绝接受古文的影响,即使不是不可能,也很困难。同时,韩愈又并非一位骈文家而是一位伟大的古文家。由于这两点,韩愈的以古文为古诗,就成为理所当然,势有必至。

在古诗中,七言比起五言来,又本来更其富于流利、开张、曲折、

顿挫这样一些笔法和章法,和古文相近。因而以文为诗,就可以使它本来具有的这样一些特点更加突出。《昭昧詹言》卷十一云:

> 诗莫难于七古。……观韩、欧、苏三家,章法剪裁,纯以古文之法行之,所以独有千古。

作旧体诗是否"莫难于七古",是可以讨论的,但方东树指出韩愈及欧、苏都以古文为七古而获得成功,却也是事实。

至于高步瀛《唐宋诗举要》卷五引吴北江评韩愈的七言律诗《左迁蓝关示侄孙湘》的颔联"欲为圣朝除弊事,肯将衰朽惜残年"云:"大气盘旋,以文章之法行之。"则似认为律句的开合动荡,也自古文中来,恐不尽然。如其有之,也只是个别现象。

以文为诗这一其所涉及的范围是有局限的艺术手段的具体内容,概括起来,大致上有两个方面,一方面是以古文的章法、句法为诗,另一方面是以在古文中常见的议论入诗。现在,试就这两个方面略加申述,也附带对古今论家的若干歧见加以讨论。

先谈第一个方面。文学作品自来具有各种不同的样式,它们在特定的民族的和历史的条件之下,被人民群众创造出来;各自拥有其独特的与最适合其所要表现的内容相结合的形式上的特色,从而与其他样式区别开来。这也就是所谓"诗文各有体"。但是,样式与样式之间,例如诗与文之间,并没有,也不可能隔以不可逾越的铜墙铁壁。它们肯定有区别,又必然在某种程度上有关联,因而可以互相渗透至于渗透的结果即艺术效果如何,又当别论。韵律是诗歌的主要艺术特征,中外所同。但在外国,它并没有妨碍散文诗的出现而且它到后来还进入了中国的诗坛。而在中国,它也没有妨碍以文为诗,而且两者都获得了成功。

韩愈是一位伟大的古文家。他对古文的独特造诣使他在从事诗歌创作时，情不自禁地使用了作古文的技巧以显其所长，这是完全可以理解的。他不但以古文为古诗，而且还以古文作小说①。这正如同我们在艺术史所看到过的，长于书法的人，画起兰花和竹子来，也常使用作草书的笔法，因而自具特色，别有风味②。

由此可见，韩愈以文为诗，其实际意义就在于要突破诗的旧界限，开拓诗的新天地，这不但有助于形成他自己的独特面目，而且成为宋诗新风貌的先驱。

刘辰翁《须溪集》卷六，《赵仲仁诗序》云：

> 文人兼诗，诗不兼文也。杜虽诗翁，散语可见。惟韩、苏倾竭变化，如雷霆、河、汉，可惊可快，必无复可憾者，盖以其文人之诗也。

---

① 韩愈以古文作小说这个事实，是陈寅恪先生首先注意到并对之加以研究的，见其所著《韩愈与唐代小说》，载 Harvard Journal of Asiatic Studies 第一卷第一期，1936年；由我译载《国文月刊》第57期，1943年；又《元白诗笺证稿》，第一章《长恨歌》。

② 以人所熟知的清代书画家郑燮为例，其自题画竹有云："与可画竹，鲁直不画竹，然观其书法，罔非竹也。瘦而腴，秀而拔；欹侧而有准绳，折转而多断续。吾师乎！吾师乎！其吾竹之清癯雅脱乎！书法有行款，竹更要行款；书法有浓淡，竹更要浓淡；书法有疏密，竹更要疏密。此幅奉赠常君酉北。酉北善画不画，而以画之关纽，透入于书。燮又以书之关纽，透入于画。吾两人当相视而笑也。与可、山谷亦当首肯。"（中华上编《郑板桥集》第162页）这是他自讲其书画之相通。蒋宝龄《墨林今话》卷一云："板桥道人郑燮……书，隶楷参半，自称六分半书，极瘦硬之致，亦间以画法行之，故心余太史诗有云：'板桥作字如写兰，波磔奇古形翩翻；板桥写兰如作字，秀叶疏花见姿致。'……可谓抉其髓矣。"（同上第250页）这是别人论其书画之相通。

合前引赵秉文"昌黎以古文浑浩溢而为诗,而古今之变尽"的话来看,则以文为诗这种艺术手段对于韩诗及苏轼等宋代诗人创作所产生的积极影响大体可见。

韩愈在写诗时,怎样运用了写古文的艺术手段,这是一个只有"起韩愈而问之"才能获得准确答案的问题,但我们也无妨引用一点前人对这一方面的探索作为参考。如《琴操》十首,《韩昌黎诗系年集释》卷十一引朱彝尊评语云:

> 《琴操》果非《诗》、《骚》,微近乐府,大抵稍涉散文气。昌黎以文为诗,是用独绝。

又引夏敬观《说韩》云:

> 《琴操》、《皇雅》一类诗,皆非深于文者不能作。退之、子厚,皆文章之宗匠也。

《山石》,《集释》卷二引方东树《昭昧詹言》云:

> 只是一篇游记,而叙写简妙,犹是古文手笔。

《石鼓歌》,《集释》卷七引汪佑南《山泾草堂诗话》云:

> 如许长篇,不明章法,妙处殊难领会。……首段叙石鼓来历,次段写石鼓正面,三段从空中著笔作波澜,四段以感慨结。妙处全在三段凌空议论,无此即嫌平直,古诗章法通古文,观此

益信。

当然，这都是前人的体会，未必尽合诗人本意，但这些评论有助于我们理解什么是以文为诗，则是没有疑问的。

此外，化复句为单句，乃是古文（散文）异于时文（骈文）的显著特点。韩愈在古诗中，有的地方故意避免对仗，如《此日足可惜一首赠张籍》中"淮之水舒舒，楚山直丛丛"二句，强幼安《唐子西文录》就指出这是"故避属对"，而这种"故避"，显然与以文为诗有关，所以韩集中古诗，尤其是七言古诗，很多是通首不对的，其中包括得有如《此日足可惜一首赠张籍》、《山石》及《八月十五夜赠张功曹》这样一些名作。黄钺《韩诗增注正讹》卷四评《游青龙寺赠崔大补阙》也曾经指出："公七言古诗间用对句，惟《桃源图》及此篇、《赠崔立之》三篇而已。"

还有，以古文中习见的句法及语尾虚字入诗，也是以古文为古诗这样一种艺术手段的组成部分。如《符读书城南》之"乃一龙一猪"，《送区宏南归》之"子去矣时若发机"，《陆浑山火和皇甫湜用其韵》之"溺厥邑囚之昆仑"等句，其句法和节奏都远于诗而近于文，而《嘲鲁连子》之"顾未知之耳"，《符读书城南》之"学与不学欤"，《古风》之"无曰既蹶矣"等句，则使用虚字结尾，全同散体。当然，这在韩诗中为数很少，也不是以文为诗的主要表现。

再说第二个方面。文学作品的内容，不外情、理、事三端，所以抒发感情，议论道理，描绘事物也就成为文学的基本功能，而不问其使用何种体裁来加以表达。诗可以抒情，所以有抒情诗，同时还可以叙事和说理，所以也有叙事诗和哲理诗。散文也是一样，既有抒情文，又有叙事文和说理文。这，丝毫也不排斥任何文学作品中所必具的通过形象思维而获致和显示的形象性。但由于汉语古典诗歌的历史发展道路的规定，我们的诗歌多半用来抒情，而较少用来叙事和说理。散文则多半用来叙事和说理，而较少用来抒情。所以，比起抒情诗来，汉语文学中的叙事诗和哲理诗不算是发达的。但这决不意味着，抒情诗中没有叙事和说理的成分。恰恰相反，叙事和说理的成分常常和作为诗篇主体的抒情成分有机地结合在一起，而形成一件完整的艺术品。

单就诗中说理，即以议论为诗来说，周代民间歌手所创作的诗篇如《诗经·魏风·伐檀》中就有"彼君子兮，不素餐兮"这种阶级感情非常强烈的、一针见血的议论。稍后，伟大诗人屈原在其作品中发议论、说道理的地方就更多。汉、魏、六朝以迄唐代，在抒情诗中发议论的传统，从来没有中断过。韩愈以古文为诗，当然也就顺理成章地将这种原来主要由散文来负担的职责带进诗里。比起他的前辈的诗作来，韩诗中的议论成分带有更大的比重，而出现也更经常。

这里，也无妨征引一点前人有关这方面的具体评论。如《谢自然诗》，《集释》卷一引顾嗣立《昌黎先生诗集注》云：

> 公排斥佛、老，是平生得力处。此篇全以议论作诗，词严义正，明目张胆，《原道》、《佛骨表》之亚也。

又引程学洵《韩诗臆说》云：

> 韩集中惟此及《丰陂行》等篇，皆涉叙论直致，乃有韵之文也，可置不读。篇末直与《原道》中一样说话，在诗中为落言诠矣。

又如《桃源图》,《集释》卷八引翁方纲云:

> 即仍《原道》大议论,而于叙景出之。

《谢自然诗》和《桃源图》,用意都在于揭露迷信的虚妄,所以论者认为与排斥佛、老的一些文章用意相同。但我们玩索两诗,其发议论相同,而艺术效果却有差别,则问题所在,不在是否能以议论入诗,而在是否善于以议论入诗可知。这一点,我们在后面还要较详细地加以申论。

韩愈扩大了以议论入诗的容量,对于宋诗影响很大。欧阳修举出韩诗有"资谈笑,助谐谑,叙人情,状物态"各种内容。而在这资、助、叙、状之中,也自然有议论在内,这是覆按韩集而可知的。欧阳修也有意效法韩愈在题材和手法方面的这种措施,又是覆按欧集而可知的。在这种风气支配之下,以议论为诗也就成为宋诗新面貌的组成部分。所以严羽《沧浪诗话·诗辨》说:"近代诸公乃作奇特解会,遂以文字为诗,以才学为诗,以议论为诗。夫岂不工,终非古人之诗也。"从这种带有贬义的评论中,我们正看出了宋人所受韩愈的以古文、议论为诗的影响是广泛的。

以上,简单地说明了以文为诗在两个方面的内容。现在,再讨论一下某些反对或赞成以文为诗,却为我们所不能同意的意见。

有些人反对以文为诗,是因为他们认为:诗文各有体,各有本色,各有所应当表现的内容以及表现那些内容的艺术手段。诗与文之间的界限是不可逾越的。如果打破了这个界限,以文为诗,就是"不工",或"虽极天下之工而非本色",或"夫岂不工,终非古人之诗也"。这些人墨守成规,守常而不知变。他们不考虑,诗是要"本色"呢,还是要"工"？今人应当作"古人之诗"呢，还是应当作今人之诗？所以他们反对韩愈在诗歌方面以古文的章法、句法入诗、以议论入诗这种革新手段，而某些人在创作实践上，又不得不跟着这种他们所反对的风气走。正是由于跟着这种风气走，才使得他们的作品中呈现的新面貌更为丰富。这，正证明了他们其中包括著名的诗人苏轼和黄庭坚。的反对是不正确的和徒劳的。

在这里，应当探讨一下以议论入诗的问题。严羽认为宋人以议论为诗，虽工而非古人之诗，虽含贬义，确是实情。明人屠隆《由拳集》卷二十三，《文论》中却进一步说："宋人多好以诗议论，夫以诗议论，即奚不为文而为诗哉？"则是干脆说诗是不能有议论的，如果你要议论，去作文好了，别作诗。应当承认，严羽、屠隆等人的说法，无论就诗文两种样式的区分来说，或就针对具体历史时期的诗坛风尚加以评论来说，都有其合理的、正确的方面，但他们却忽略了，议论是《诗》、《骚》中早就存在的。韩愈以及追随他的宋人以古文立论之法入诗，只是踵事增华，并非自我作故；同时，也只是扩充了诗歌议论的成分，而非只在诗中说理，不在诗中抒情。韩愈及宋人的许多含有议论成分的好诗，无一不是抒情与说理非常巧妙的融合。

古人没有抽象思维和形象思维这样两个名词，但他们可能直觉地感到这两种客观存在的思维方式的区别。翁方纲评《桃源图》说，"即仍《原道》大议论，而于叙景出之"，可以看出此中消息。在我们看来，议论或说理，其思维方式虽然是抽象的，但其表达方式却可以是形象的。许多诗人善于通过具体形象的描绘，来抒发哲理，评量事物。而同时，在抒情诗中出现的议论，如果运用恰当，则不仅不会削弱，反之，还能够加强诗歌的形象，从而加强抒情诗中主人公其中包括诗人自己的形象。这是通过作家们的实践已经形成的事实。

以形象的方式来发表议论,以议论的方式来加强形象,可以说是自古有之。我们读《庄子》、《韩非》等子书,《左传》、《史记》等史书,不难发现。自称"非三代两汉之书不敢观"的古文大师韩愈,从其前辈的著作中继承了这种传统,发为文章。因此在韩文中,这种手段也不难发现。如果举例,则一直为人传诵的《进学解》、《杂说》、《圬者王承福传》、《送孟东野序》等,就是两者兼备的。

　　韩愈以文为诗,自然也就将这样一些手段带进诗里。例如《荐士》的前半,实质上是对由周到唐的诗歌以及对孟郊诗歌的述评,而其议论中却充满了形象。再如《孟东野失子》,作者自称是"惧其伤也,推天假其命以喻之"。评者也说"此诗意旨与《列子·力命》篇略同,而语较奇警"①。也是以一组完整的形象来发议论,而取得艺术上的成功的一个好例。另外一方面,诗中的议论,即使其语言并不怎么富于形象性,只要能够巧妙地和抒情、叙事等其它部分结合在一起,也是可以加强诗篇整体的包括诗人自己的。形象的。《谒衡岳庙遂宿岳寺题门楼》,在描写了老庙令要诗人卜卦这个细节之后,发议论道:"窜逐蛮荒幸不死,衣食才足甘长终。侯王将相望久绝,神纵欲福难为功。"《记梦》在描写游历一个幻想世界之后,也发议论道:"乃知仙人未贤圣,护短凭愚邀我敬。我能屈曲自世间,安能从汝巢神山。"这些议论,既表现了作者的思想,也表现了作者的个性,从而加强了他自己的形象。

　　由此可见,问题不在于诗中是否可以发议论,而在于是否善于在诗中发议论。程学洵所指出的《谢自然诗》、《丰陵行》等篇,"叙论直

---

① 《韩昌黎诗系年集释》卷六引程学洵《韩诗臆说》。

致",只能作为韩愈运用这一手段而没有成功的例子,却不能作为不能以议论为诗的证据。

有的人反对以文为诗,是因为他认为:"诗要用形象思维,不能如散文那样直说。"这种意见似乎可以用下列公式表明。

诗——→形象思维——→(曲说)
文——→(抽象思维)——→直说

但事实表明,一方面,诗的确是比散文更为精练、含蓄、曲折,可是,另一方面,这种区分又仅仅是相对的。将诗与散文、形象思维与抽象思维、曲说与直说的区分绝对化,就不仅不符合诗人、作家们的艺术实践,在理论上也说不过去。这里,无妨分几点加以说明。

第一,诗当然要用形象思维,但形象思维并不限于曲说,它也可以直说。用传统的文学术语来说,则是既可以用比兴来表现,也可以用赋体来表现。前人解释赋、比、兴,颇有出入。朱熹《诗集传》卷一,《〈葛覃〉传》云:"赋者,敷陈其事而直言之者也。"《〈螽斯〉传》云:"比者,以彼物比此物也。"《〈关雎〉传》云:"兴者,先言他物以引起所咏之词也。"朱说在过去虽较流行,但还不够圆融周洽①。可是,即使根据这种说法,则这三种表现手段,也无例外地都是形象思维的产物,所以决不能把直说("直言")和"敷陈"排斥在形象思维、形象性之外。在古今中外的诗人作品中,"敷陈其事而直言之"的杰作是极

---

① 参看吴枝培:《赋比兴诠证》,载《南京大学学报(哲学社会科学)》1978年第2期。

多的,它们也都是富于形象性的①。那么,怎么能够把诗和直说对立起来呢?

第二,散文许多都是抽象思维的产物,但并不是写散文只能用抽象思维,它也可以用形象思维。不仅可以用形象思维的方式写出富于形象性的抒情散文,甚至于也可以用形象思维的方式写出富于形象性的说理散文。关于前者,例不胜举,关于后者,我们只要想到"寓言十九"的《庄子》及其历代的效法者,就不会怀疑了。又怎么能够把散文与形象思维对立起来呢?

第三,以形象思维为基础的文学作品,在塑造人物时,从来不排斥来自抽象思维的某些议论,反之,有时还倚仗一些议论来加强人物形象,使之被塑造得更为完美和突出。试想,如果《三国志·诸葛亮传》和《三国演义》中没有诸葛亮的隆中对,《红楼梦》中没有贾宝玉鄙视功名利禄的谈话,这两个人物形象岂不是要大为减色吗?史传、小说如此,诗歌何独不然?不过诗中的议论多半出自诗人之笔而非出自作者所塑造的书中人物之口而已。韩愈及宋人以文为诗,其中包括以议论为诗,也正因为这也是一种可以而且值得采用的艺术手段。经验证明,在创作过程中,将形象思维与抽象思维截然划分,不

---

① 顺便提到,在赋、比、兴中,比兴当然是诗人们所经常使用的,但赋却是更其基本,更其普遍使用的手法,而且三者往往是结合在一起的。因为比兴所涉及的只能是每首诗的某一部分或某些部分,而赋则可涉及一首诗的全篇。《诗经》中全篇"敷陈其事而直言之"的诗,有的是;全篇"以彼物比此物"的诗,我们还可以举出《小雅·鹤鸣》。但王夫之《薑斋诗话》卷下已经说:它"全用比体,不道破一句",是"《三百篇》中创调",后人效法的也并不多。至于"先言他物以引起所咏之词",则原来就只涉及一首诗的一部分,主要是在开头,根本不可能在全篇中都使用兴体。另外,根据我们今天的理解,赋的"敷陈其事而直言之",其中就兼有象物、抒情的成分,它们是不可能脱离形象思维的。由此可见,作诗,赋是不能不用的,比兴则可以用,也可以不用。

但是不必要的,而且有时还是不可能的。

第四,散文是既可直说,也可曲说的,并非全是直说。谁能认为像《史记·伯夷传》、韩愈《送董邵南序》之类的文章是直说的呢？散文中千回百折的篇章可多得很。

还有人赞成韩愈以文为诗,是因为他认为韩诗"既有诗之优美,复具文之流畅,韵散同体,诗文合一"①。而反对此说的,则认为韩愈多数的古体诗,都是些"晦词僻字,拗腔硬语"的堆积,"韩诗和韩文的要求恰恰相反。韩文的要求,是化难为易,……而韩诗的要求,是化易为难。"所以韩诗是说不上流畅的,亦即说不上韩愈以文为诗是成功的②。

在这里,我们看到了一件很有趣味的、同时也是值得警惕的事实,即这两种意见是相反的,而达成这种相反的意见的思想方法却是相同的。两种意见的持有者都以偏概全,有意或无意地忽略了存在于韩愈诗歌艺术中的复杂性,而企图以有利于自己论点的某一部分事例来掩盖不利于自己论点的另一部分事例。如韩文有其流畅即易的一面,也有其奥涩即难的一面,韩诗也是如此。而论者却各取所需以证成己说,于是在肯定韩愈以文为诗者的眼中,韩文只剩下流畅的一面,而在否定韩愈以文为诗者的眼中,韩诗也只有堆积"晦词僻字,拗腔硬语"的篇章才算是代表作了。再如韩愈的古文和诗歌艺术,既有其相同因而可以相通的一面,也有其相异因而互不相关的一面,而一方只看到"韵散同体,诗文合一",另一方却又只看到韩文"化难为易",韩诗"化易为难"。实则韩诗有可视为与散文"同体"、"合一"

---

① 陈寅恪:《论韩愈》,载《历史研究》1954 年第 2 期。
② 黄云眉:《谈陈寅恪先生〈论韩愈〉》,载《文史哲》1955 年第 8 期。

的,也有与散文了不相涉的;韩文有"化难为易"的,也仍然有难懂难学的,韩诗有"化易为难"的,也仍然有易懂易学的。韩集具在,班班可考。因而这两种带有很大的片面性的意见,也都不能为我们所赞同。

总的说来,韩愈以文为诗以及北宋人学韩愈以文为诗,还有由于这种创作实践而引起的争论,都是一定历史条件下的产物。它们都和古文运动有关。

以文为诗,和以诗为词一样,表现了祖国古典作家在艺术上打破常规,不拘一格的创造性。它对宋诗新风貌的形成具有积极的影响。无论是以古文的章法、句法还是以议论入诗,都使得艺术表现增加了新的手段,使得诗歌可以更其自如地表达生活内容,少受限制,从而使得诗人们可以对生活摄取得更广,开发得更深。

叶燮《原诗》内篇论韩"为唐诗之一大变",北宋名家皆韩"为之发其端",已见前引。在那段文字之后,他继续写道:

> 愈尝自谓"陈言之务去"①,想其时陈言之为祸,必有出于目不忍睹,耳不堪闻者。使天下人之心思智慧,日腐烂埋没于陈言中,排之者比于救焚拯溺,可不力乎?而俗儒且栩栩俎豆愈所斥之陈言,以为秘异,而相授受,可不哀耶?

又云:

---

① 《答李翊书》:"当其取于心而注于手也,惟陈言之务去,戛戛乎其难哉?"

> 至于宋人之心手，日益以启，纵横钩致，发挥无余蕴，非故好为穿凿也。譬之石中有宝，不穿之凿之，则宝不出，且未穿未凿之前，人人皆作模棱皮相之语，何如穿之凿之之实有得也？如苏轼之诗，其境界皆开辟古今之所未有，天地万物，嬉笑怒骂，无不鼓舞于笔端，而适如其意之所欲出，此韩愈后之一大变也，而盛极矣。

叶燮这些话显然有其不足之处，因为他对以文为诗的末流给古代诗歌所带来的损害没有给予足够的重视①，但其对韩诗和宋诗出现的历史意义及其推陈出新的功绩是分析得很深刻的。韩愈的陈言务去，宋人的"纵横钩致"，"穿之凿之"，当然使用了各种艺术手段，而在这诸手段之中，以文为诗必居其一。

当然，另外一方面，我们也应当看到，以文为诗，在宋代也发生过坏的影响。当时有些人用诗来讲哲理，道学家邵雍的《伊川击壤集》，在这一方面是有代表性的。在这样一些作品中，形象性完全丧失了，它们不能算是诗，而只能算是口诀或歌括，读起来真是味同嚼蜡。但不懂诗要用形象思维的，在宋代作者中只占极少数。多数人以文为诗，并没有放弃形象思维，其作品并不缺少形象性。由此可见，他们并非不懂形象思维。为了证明这一点，我们可以用《宋诗钞》、《宋百家诗存》及各大家、名家的别集，一首一首地加以判断，统计出数字来。清朝的乾隆皇帝，把陈腐不堪的议论加上之乎者也一古脑儿塞进了他"御制"的七言律诗里，可算得把以文为诗糟践到极点了，但这还是要由他文责自负，株

---

① 参看王水照：《宋代诗歌的艺术特点和教训》，载《文艺论丛》第五辑，1978年。

连不到韩愈、苏轼等人。以文为诗到今天仍然不失为一种有生命力的艺术手段,如果用得恰当的话。这在现代诗人的作品中也可以看出,虽然此文已是今文而非古文。

(1979年1月,南京)

李商隐《锦瑟》诗张《笺》补正

李商隐诗从宋以来,注解很多。近人张采田博考众说,参稽旧史,断以己意,著《玉溪生年谱会笺》四卷,在各注中,最为精审。

《锦瑟》是旧编李集的开卷诗,根据唐代进士行卷,特选有代表性的作品列为卷首的习惯,这可能是出于作者自己的安排①。这篇诗向称难解,异说纷纭,莫衷一是。《会笺》后出,比较能够贯通全篇,阐明诗意,但也还有一些疏忽和误会的地方。今录诗及张说于下,略加补正。

> 锦瑟无端五十弦,一弦一柱思华年。庄生晓梦迷蝴蝶,望帝春心托杜鹃。沧海月明珠有泪,蓝田日暖玉生烟。此情可待成追忆?只是当时已惘然。

《会笺》系此诗于唐宣宗大中十二年(858),笺云:

> 此全集压卷之作,解者纷纷,或谓寓意青衣②,或谓悼亡③,

---

① 参看拙著《唐代进士行卷与文学》第二章。
② 见刘攽《中山诗话》、许顗《彦周诗话》及胡仔《苕溪渔隐丛话》前集卷二十二引黄朝英《靖康缃素杂记》(今本《缃素杂记》佚此条)。
③ 见沈厚琅《〈李义山诗集〉三家评》卷上引朱彝尊说、纪昀《李义山诗话》卷下《抄诗或问》引汪存宽(香泉)说及冯浩《玉溪生诗详注》卷四等。张氏旧说(接下页注)

迄不得其真象;惟何义门云:"此篇乃自伤之词,骚人所谓'美人迟暮'也。"①其说近似。盖首句谓行年无端将近五十②。"庄生晓梦",状时局之变迁;"望帝春心",叹文章之空托;而悼亡、斥外之痛,皆于言外包之。"沧海"、"蓝田"二句,则谓卫公毅魄久已与珠海同枯,令狐相业方且如玉田不冷。卫公贬珠崖而卒,而令狐秉钧赫赫,用"蓝田"喻之,即"节彼南山"意也③。结言此种遭际,思之真为可痛,而当日则为人颠倒,实惘然若堕五里雾中耳,所谓"一弦一柱思华年"也。疑义山题此以冠卷首,后人因之,故诸本皆首此篇也。义门又谓:"义山集三卷,犹是宋本相传旧次,始之以《锦瑟》,终之以《井泥》,合二诗观之,则吾谓自伤者,更无可疑矣。"斯真定论,诸家肛说,亦可以少息也哉!又案:《困学纪闻》引司空表圣云:"戴容州谓:'诗家之景,如蓝田日暖,良玉生烟,可望而不可置于眉睫之前也。'李义山'玉生烟'之句,盖本于此。"④此说是也。可望而不可前,非令狐不足当之,借喻显然。

(接上页注)亦同,见所著《李义山诗辨正》。(张氏先著《玉溪生年谱补征》,《补征》成后,再批《三家评》本,论其得失,其后又将《补征》修订,改名《会笺》,正式刊行。所以对于《会笺》来说,《三家评》本的批语乃是旧说。吴丕绩先生将《三家评》本的批语辑为《玉溪生诗辨正》,说它"是张氏编写《会笺》后的另一著作",似与事实略有出入。)

① 屈原《离骚》:"惟草木之零落兮,恐美人之迟暮。"何焯说亦载沈辑《三家评》本。

② 按李商隐即卒于大中十二年。其生年冯浩《玉溪生年谱》定为唐宪宗元和八年(813),钱振伦《〈樊南文集〉补编注》定为元和六年,张氏定为元和七年,即共享年有四十六岁、四十八岁及四十七岁三种不同的说法,但都可认为年近五十。

③ 《诗·小雅·节南山》:"节彼南山,维石岩岩,赫赫师尹,民具尔瞻。"

④ 王应麟《困学纪闻》说,见该书卷十八。司空图说见其《与极浦书》。载《司空表圣文集》卷三。戴叔伦曾任容管经略使,故称戴容州。

我们平常认为一个作品难解,其含义也是多方面的,或指语言艰深,或指典故偏僻,或指背景复杂,或指主题模糊,等等。过去的注释评论诸家,大都是通过诗中所用典故,探索作者事迹,来论证《锦瑟》的意旨。在这方面,是有成绩的。如张氏所概括,许多不正确的见解已被澄清,诗为自伤"美人迟暮"之作,已成为多数读者可以接受的结论。

但是,由于这篇诗所用典故都是习见的,语言粗看上去也似乎明白晓畅,没有什么难以通解的地方,其中存在的问题就反而被忽略了;而这种忽略,不用说,对于全诗的理解不利。

这些问题,在诗的第二、第三两联中都存在着。如次联出句用《庄子·齐物论》所载庄周梦蝶的寓言来比喻自己在世事变化中的迷惘心情,本很清楚,但有的注家如冯浩等,却因为要证实《锦瑟》是悼亡之作,硬拉上见于《庄子·至乐》的庄周丧妻故事,说"义山之用典颇有旁射者"[①]。用某书中一个典故,就被认为此书中的其他典故也可以包括在内,这种"旁射"的推理方式,也实在有点过于离奇。张《笺》不取,可谓有识。但他对于对句所用望帝故事,却似乎忽略了作者的深意,所以释此句时,只泛泛地说是"叹文章之空托"。这是很不全面的,需要进一步加以阐明。

《太平御览》卷八百八十八引《蜀王本纪》云:

> 有一男子,名曰杜宇,从天堕,止朱提,自立为蜀王,号曰望帝,治汶山下邑郫。望帝积百余岁。荆有一人名鳖灵,其尸亡

---

① 意见和冯浩相同的,还有宋翔凤,见所著《过庭录》卷十六,及何焯评引饮光说。

去,荆人求之不得。鳖灵尸随江水上至郫,遂活,与望帝相见。望帝以鳖灵为相。时玉山出水,若尧之洪水。望帝不能治,使鳖灵决玉山,民得安处。鳖灵治水去后,望帝与其妻通,惭愧,自以德薄,不如鳖灵,乃委国授之而去。

又卷九百二十三引同书云:

望帝去时子鸪鸣,故蜀人悲子鸪而思望帝。望帝,杜宇也。

《文选》卷五,左思《蜀都赋》刘渊林《注》引《蜀记》云:

有人姓杜名宇,王蜀,号曰望帝。宇死,俗说云:宇化为子规。子规,鸟名也。蜀人闻子规鸣,皆曰:望帝也。

杜鹃就是子鸪,亦即子规(鸪)。它在农历暮春三月啼叫,所以说"望帝春心托杜鹃"。

之所以把这些材料都抄录出来,是想和大家共同考察一下,出现在古代神话中的望帝,是一个什么样的形象。

早在李商隐写《锦瑟》以前,诗人们就多次用过这一典故。其专门以它为题材的著名作品为人们所熟知的,则有鲍照《拟行路难》十八首的第七首、杜甫的《杜鹃行》及《杜鹃》。鲍诗有人认为是为晋恭帝司马德文作,也有人认为是为宋少帝刘义符作[①]。杜诗则注家几乎

---

① 见黄节《鲍参军诗注》卷三引朱乾《乐府正义》及陈沆《诗比兴笺》。

一致认为是为唐玄宗李隆基作。总之，在鲍、杜这两位大诗人看来，望帝是一位皇帝的形象，而且是一位被迫退了位的皇帝的形象，所以他们才用他来影射晋恭帝或宋少帝和唐玄宗。

可是，这样一来，就出现了一个问题：李商隐既不是一位退位的皇帝，怎么可以用望帝来自比呢？回答是：他虽然不是一位皇帝，但也不得其位，此其一。而更重要的是，第二，望帝固然是个退位皇帝的形象，同时还是个自觉做错了事，感到非常悔恨的形象，而李商隐则正是这么一个人。望帝托杜鹃之口啼出的春心，也就是李商隐不由自主地陷入当时激烈的政治派别斗争，倒了一辈子的楣，因而在垂老之年感到极为悔恨的心情。这种心情，我们在他的其它诗篇中也可以找到。其写得十分明白的，则如《有感》：

> 中路因循我所长，古来才命两相妨。劝君莫强安蛇足，一盏芳醪不得尝。

如《幽居冬暮》：

> 羽翼摧残日，郊原寂寞时。晓鸡惊树雪，寒鹜守冰池。急景倏云暮，颓年寝已衰。如何匡国分，不与夙心期？

其写得比较隐约的，则如《风雨》：

> 凄凉《宝剑篇》，羁泊欲穷年。黄叶仍风雨，青楼自管弦。新知遭薄俗，旧好隔良缘。肠断新丰酒，消愁斗几千。（冯《注》卷六云：“'新知'，谓婚于王氏；'旧好'，指令狐。'遭薄俗'者，世

风浇薄,乃有朋党之分,而怒及我矣。")

这些作品,也就是所谓春心的流露。张采田因为没有意识到望帝也是一个自觉做错了事而感到悔恨的形象,因此就无从深刻理解李商隐这句诗。《锦瑟》首先把望帝的形象的这一方面突出出来,为"美人迟暮"这个主题服务,可以说,是很富于创造性的。

现在,让我们进而研究三联两句中存在的问题。首先,可以注意一下出句中沧海这个词。大家都知道,古人称今南海海域为南海,亦称涨海①。东海、黄海、渤海等海域则通称沧海。如《初学记》卷六所云:

> 按东海之别有渤海,出《说文》②。故东海共称渤海,又通谓之沧海。

汉代所置沧海郡,故地在今吉林省境。曹操《步出夏门行》云:

> 东临碣石,以观沧海。

据黄节《汉魏乐府风笺》卷十二所考订,此碣石指《汉书·地理志》所载骊成县今河北省乐亭县西南。的大碣石山,面临渤海。杜甫《诸将》五首

---

① 鲍照《芜城赋》:"南驰苍梧涨海。"《初学记》卷六:"按南海大海之别有涨海。(谢承《后汉书》曰:"交趾七郡贡献皆从涨海出入。")"《旧唐书·地理志》:"循州海丰县南五十里即涨海,渺漫无际。"

② 按《说文》十一篇,"水部"瀚字下云:"勃瀚,海之别也。"当即此所指。

331

之三：

> 沧海未全归禹贡，蓟门何处尽尧封？

杨伦《杜诗镜铨》卷十三指出，出句是"指淄、青等处"，即当时被藩镇李正己等割据，今位于山东、江苏两省沿东海的各州。可见曹、杜诗中所言沧海，位置均很明确。

但同时，也还有另一个人所共知的事实，即在我国海域中，出珠的并非沧海而是南海。《太平御览》卷八百二引《邹子》：

> 珠生于南海。

又引张勃《吴录·地理志》：

> 朱崖珠官县出明月珠。

珠官县置于三国孙吴，故治在今合浦县南。杜甫《自平》：

> 自平中官吕太一，收珠南海千余日。

又《诸将》五首之五：

> 越裳翡翠无消息，南海明珠久寂寥。

还有许多歌咏南方风土的唐人作品，也都涉及珠事。如张籍《送海客归旧岛》云：

> 海上去应远，蛮家云岛孤。竹船来桂蠹，山市卖鱼须。入国自献宝，逢人多赠珠。却归春洞口，斩象祭天吴。

王建《南中》云：

> 天南多鸟声，州县半无城。野市依蛮姓，山村逐水名。瘴烟沙上起，阴火雨中生。独有求珠客，年年入海行。

皆其显证。那么，李商隐为什么要将诗句写成"沧海月明珠有泪"，而不写成"南海或涨海月明珠有泪"呢？

当然，我们在讨论这一点的时候，不应当也不会忘记，在李商隐之前，已经有人将沧海认作是出珠的地方了。杜甫《岳麓山道林二寺行》：

> 地灵步步雪山草，僧宝人人沧海珠。

又《暮秋枉裴道州手札，率尔遣兴寄，近呈苏涣侍御》：

> 盈把那须沧海珠，入怀本倚昆山玉。

元稹《古题乐府·估客乐》：

> 求珠驾沧海，采玉上荆衡。

都是在李商隐以前著名诗人的作品,为他所得见的。杜诗中既言南海出珠,又言沧海出珠,乃至元稹仅言沧海出珠,当然是认为抒情诗并非地理志,可以无须那么确实。但李商隐素以用事精切见长,而且他在大中元年还到过岭南,在桂林住过一年①,对于南方风土出产,相当熟悉,《锦瑟》一篇,则是他已在桂林旅居之后的作品,那么,他在此诗中宁愿沿袭前人之误用或泛用,就值得深思了。在我们看来,他是有意这样做的。

其用意就在于"谬悠其词",免得把诗句暗指李德裕被贬崖州的事说得太露骨。崖州产珠,故又名珠崖②。如果说南海,就更容易使人联系时事,而说沧海,则比较空泛,等于涂上了一层保护色,不易察觉了。唐时文字之祸虽不如后世之烈,但刘禹锡因诗涉讽刺,被贬远州,则是人所共知的事情③。何况李商隐当时正有求于令狐绹,又何必把对李德裕的同情写得过于明显呢?可以说,这既是诗歌的艺术,也是政治的策略;更其具体地说,这是服从于政治策略的诗歌艺术。

其次,这一句中的"珠有泪"三字,看上去虽然并不扎眼,但细想起来,也不大好解释。朱鹤龄《〈李义山诗集〉笺注》卷上及高步瀛《唐宋诗举要》卷五都引用张华《博物志》所载鲛人泣珠传说来释此事。按《指海》本《博物志》卷二云:

> 南海外有鲛人,水居为鱼,不废织绩,其眼能泣珠。(《御

---

① 参看《会笺》卷三,"大中元年"、"二年"条。
② 《汉书·地理志》:"自徐闻南入海,得大洲方千余里,元封元年,略以为珠崖、儋耳郡。"应劭《注》:"郡在大海中,崖岸之间出真珠,故曰珠崖。"
③ 见孟棨《本事诗》,《事感》第二及两《唐书》刘传等。

览》七百九十引止此,与今本同。)从水出,寓人家,积日卖绢。将去,从主人索一器,泣而成珠,满盘,以与主人。(此上二十八字,原并脱去,依《御览》八百三补正。)①

左思《吴都赋》云:

> 泉室潜织而卷绡,渊客慷慨而泣珠。

也是指的这一神奇传说。

但如此说,则概括其意,也只能作"鲛(人)有泪",而不能作"珠有泪"。当然,也不妨牵强地说,"珠有泪"即珠中有泪或珠为泪变之意,然而这和前人的理解可不相同。北宋博学能文、精于训诂、诗风和李商隐有相近之处的宋祁,在他的《落花》一诗中写道:

> 沧海客归珠迸泪,章台人去骨遗香。

出句显然胎息李诗。宋祁以迸字代替也就是解释有字,可见他是认为"珠有泪"就是珠出了泪,而非珠中含泪。这样,问题就又来了。珠是珠贝将进入其体中的异物裹上其所分泌的珠质而形成的,并非一种长着泪腺的动物,怎么能出泪呢?李、宋两位写诗的时候,又是怎样理解和使用这个泣珠传说的呢?

问题的答案并不远,就在《后汉书·循吏传》里。《传》云:

---

① 按:"水居为鱼",为当作如。"积日卖绢",绢当作绡。旧题郭宪《汉武帝别国洞冥记》卷二也载有这个传说。

> 孟尝迁合浦太守,郡不产谷实,而海出珠宝,与交趾比境,常通商贩,贸籴粮食。先时,宰守并多贪秽,诡人采求,不知纪极,珠遂渐徙于交趾郡界。于是行李不至,人物无资,贫者死饿于道。尝到官,革易前弊,求民利病,曾未岁余,珠去复还。百姓皆反其业,商贾流通,称为神明。

而与李商隐大略同时的人所著《玉泉子》也载有如下一个故事:

> 杜黄裳知贡举,……其年(尹)枢状头及第。试《珠还合浦赋》,成,或假寐,梦人告曰:"何不序珠来去之意?"既寤,乃改数句。及谢恩,黄裳谓之曰:"序珠来去之意,如有神助。"①

从上引文献可以看出,从汉到唐,珠这个词,不仅指珠本身,也兼指产珠的贝,即今所谓珠贝或珠母。②"海出珠宝"之珠,指前者,而"珠遂渐徙"、"珠去复还"、"序珠来去"的珠,则指后者。我们如果再看一下《全唐文》卷六百十九所载尹枢的《珠还合浦赋》,这一事实就更为显然。《赋》中有云:

> 骇浪浮彩,长川再媚,回夜光之错落,反明月之瑰异,非经汉

---

① 《太平广记》卷一百八十"尹极"条引《闽川名士传》亦载此事,尹枢作尹极,误;又以梦人告以当于赋中序珠来去之意为林藻事,则不能确定哪一个记载是正确的,因《全唐文》卷五百四十六只载林藻所作《冰地照寒月赋》一篇,其《珠还合浦赋》已佚,无从取以与现存尹枢赋比较。

② 江少虞《宋朝事实类苑》卷十七"唐质肃"条:"门吏搜之,乃金巨弁一枚,上缀巨蚌,灿然不知其数。"此条出释文莹《湘山野录》,乃北宋人语,显然以蚌代珠,和唐人以珠代蚌(珠贝)正同,亦可证二词其时通用。

女之怀,宁泣鲛人之泪。

这是形容珠的。又有云:

> 于是焕清濑,辉浅湾,奔璀璨,走斓斑。……想沿洄于旧渚,念涵泳于通津。

则是形容珠贝的。珠既然可以作为产珠的珠贝的代称,引申起来,自然也就无妨作为可以泣珠的鲛人的代称了。所以,"珠有泪"和"珠迸泪",也就是鲛人泣泪。如此解释,这句诗念起来就文从字顺了。译成口语,大致是:在南海的月明之夜,鲛人在哭泣着。这也就是李商隐所想象的李德裕被贬为崖州司户后的忧伤的形象。李德裕有一首题为《登崖州城作》的小诗:

> 独上高楼望帝京,鸟飞犹是半年程。青山似欲留人住,百匝千遭绕郡城。

这一凄凉的独白,依照李商隐的体会,大概就是那个鲛人在南海月光下用自己的泪水写成的吧。

如果以上对"沧海月明珠有泪"这句诗的解释不太远于事实,则对比之下,张采田认为它是指"卫公毅魄久已与珠海同枯"之不妥当,就显而易见了。因为原句既未涉及李德裕的死亡虽然作《锦瑟》时,李已死了,更没有提到珠海的枯竭,彼此之间,简直完全对不上号。

张氏解三联对句,认为是说"令狐相业方且如玉田不冷",比解上句略胜一筹,但也不是没有问题的。因为这一联的句法是相同的,

"珠有泪"和"玉生烟"是句子的主要部分,而"沧海月明"和"蓝田日暖"则是句子的从属部分。"玉田不冷"不过是"蓝田日暖"的改写,而"玉生烟"这主要的三个字却被忽略过去了。这种说法,显然不能充分表达诗人本意。并且,正是在"玉生烟"三个字里面,作者又做了一点小文章,有待后人抉发。

为了便于理解这句诗,我们可以先读一下李贺《老夫采玉歌》的开头四句:

> 采玉采玉须水碧,琢作步摇徒好色。老夫饥寒龙为愁,蓝溪水气无清白。

王琦《〈李长吉歌诗〉汇解》卷二云:

> 《山海经》:"耿山多水碧。"郭璞《注》:"亦水玉类。"琦谓:水玉是今之水精,水碧是今之碧玉。……《太平寰宇记》,"蓝田山在蓝田县西三十里,一名玉山,……灞水之源出此。"《三秦记》:"有川方三十里,其水北流,出玉。"今蓝田犹出碧玉,世谓之蓝田碧。诗言玉产蓝溪水中,因采玉而致蓝溪亦不安静,不特役夫受饥寒之累,即水中之龙亦愁其骚扰,至于溪水为其翻搅,有浑浊而无清白矣。

此注能明诗意,其缺点是忽略了水和气应当分别开来讲。气指溪上的云烟。山高水深,其上都容易出现云烟。而云、烟、雾、气等字,在古代汉语中,又常可通用和连用。所以李商隐诗中的烟,也就是李贺诗中的气。虽然两诗所写的气氛很不相同。《采玉歌》写的是狂风暴雨中水上的雾气,以陪衬老夫的愁苦;而《锦瑟》写的是晴和阳光下山间的烟云,以象征令狐绹的权势。

从气象学的角度说,云雾之类,都是水蒸气凝聚成微小水滴在空中浮游的形态。它们并不是从山上或水中生出来的。但过去一般都这么认识,虽然不合事理,也就只好随它。然而即使这样,至多也只能说玉山生烟,怎么能够说"良玉生烟"或"玉生烟"呢?玉怎么能生烟呢?

这个问题是无法从现代自然科学或古代习惯认识来回答的,它只能从古代迷信中获得回答。原来,古代有一种称为望气术的迷信。根据这种迷信,凡是伟大的人、珍奇的物所在的地方,天空就会出现云气,而人们看到这种云气,就可以发现这些人和物。如《汉书·高帝纪》所载:

> 高祖隐于芒砀山间,吕后与人俱求,常得之。高祖怪问之。吕后曰:"季所居上常有云气,故从往,常得季。"

又《史记·天官书》云:

> 大水处、败军场、破国之墟,下有积钱。金宝之上皆有气,不可不察。

即其二例。由此可见,所谓"玉生烟",也就是地中有良玉,天上有云气之意。它是用以比喻令狐已经当上了宰相,上应天象,"可望而不可前"了。

在这句诗的解释里,张氏还以蓝田山和南山相比附,以为它同时也是以山来形容令狐的"秉钧赫赫",和《节南山》中所写太师尹氏相同。这却未免节外生枝,画蛇添足。因为它既然如上所论证是以良玉比令狐,那么,就不能又用产玉的山来比他,从而造成读者印象上的重叠和混乱,这是精通创作艺术的李商隐所十分清楚的。如果说,蓝田在长安附近,蓝田之玉生烟,以比令狐绹在京城得势;沧海南海离长安极远,沧海之珠有泪,以比李德裕在崖州发愁,那就都说得通了。

高步瀛认为,李德裕之贬死与令狐绹之拜相,"此二事关于义山一生枯菀,张氏拈出,尤为扼要。"这话是对的。但只有作出如上一些补正之后,张《笺》才能融会贯通,从而使全诗用意更为清楚。

(1976 年 11 月,武昌)

从唐温如《题龙阳县青草湖》看诗人的独创性

西风吹老洞庭波,一夜湘君白发多。醉后不知天在水,满船清梦压星河。

文学史上有一些有趣的、同时也是发人深省的现象,其中之一就是:某作家仅以一篇作品或一二佳句,就能名垂后世,而且这些作家的生平,也往往和他的其他作品一样,并不多为后人所知。在这种情况之下,要了解和评价他们,主要或者全部依靠那些幸而流传下来的少数的作品,就是很自然的事了。

张若虚的《春江花月夜》就是这种现象的著名例子之一。但这篇"孤篇横绝,竟为大家"①的杰作,取得人们的公认和理解,也有一个相当长的过程,这里且不详说。想指出的是,直到现在为止,还有一些古代杰作没有被发现,被肯定。将这些长久湮埋在沙砾中的明珠拣选出来,使它重放光华,乃是我们今天的责任。

唐温如这篇诗是我在读唐诗时偶然注意到的。他是属于《全唐

---

① 王闿运语,见陈兆奎辑《王志》卷二,"论唐诗诸家源流答陈完夫问"。

诗》所谓"无考"之列的作家①。但这篇小诗本身却证明：这位今天我们对其生平一无所知的诗人具有很独特的艺术构思。

龙阳即今湖南省汉寿县。青草在南，洞庭在北，二湖相连相通，自来并称②。所以阴铿《渡青草湖》云："洞庭春溜满，平湖锦帆张。"杜甫《宿青草湖》云："洞庭犹在目，青草续为名。"但无论是杜甫，还是杜甫所尊敬的阴铿所作的那两篇诗，却都被这篇一向不甚为读者所知的《题龙阳县青草湖》比下去了③。

洞庭属楚，而楚乃是古代词人悲秋的发源之地。在《九歌》里，屈原写道：

> 帝子降兮北渚，目眇眇兮愁予。袅袅兮秋风，洞庭波兮木叶下。

朱熹《楚辞集注》卷二："帝子，谓湘夫人。眇眇，好貌。愁予者，亦为

---

① 见《全唐诗》卷七百七十二。一般选本，包括专选唐人绝句的选本如王士禛的《唐人万首绝句选》、邵裴子的《唐绝句选》，都没有选它。唯一选了它的，是管世铭《读雪山房唐诗钞》，见该书卷三十四。

② 钱谦益注《杜工部集》卷十八，《宿青草湖》注引《荆州记》云："巴陵南有青草湖，周回百里，日月出没其中。湖南有青草山，故因以为名。青草湖，一名洞庭湖。"又引《南迁录》云："洞庭西岸有沙洲，堆阜隆起，即青草庙下。一湖之中有此洲，南名青草，此名洞庭，所谓重湖也。"

③ 为了便于比观，现将阴、杜二家诗附录于下。阴铿《渡青草湖》："洞庭春溜满，平湖锦帆张。沅水桃花色，湘流杜若香。穴去茅山近，江连巫峡长。带天澄迥碧，映日动浮光。行舟逗远树，度鸟息危樯。滔滔不可测，一苇讵能航？"杜甫《宿青草湖》："洞庭犹在目，青草续为名。宿桨依农事，邮签报水程。寒冰争倚薄，云月递微明。湖雁双双起，人来故北征。"阴诗既显示了春日晴和，湖波浩荡的阔大图景，也通过精雕细刻，突出了这幅图景的某些细部，尚不失为佳作。杜诗率尔遣兴，与他自己的其他作品相较，只能算是下乘。其成就都不能和唐温如这篇诗相比。

主祭者言:望之不及,使我愁也。袅袅,长弱之貌。秋风起,则洞庭生波而木叶下矣,盖记其时也。"虽系记时,但若对波兴木脱,一无所感,又何必记?所以愁予既是怀人,亦是悲秋;或者说,两者交相为用,因怀人而更悲秋,因悲秋而更怀人。到了他弟子宋玉的《九辩》里,就第一次公开地提出悲秋这一命题了:

悲哉!秋之为气也。萧瑟兮!草木摇落而变衰。

《楚辞集注》卷六:"秋者,一岁之运,盛极而衰,肃杀寒凉,阴气用事。草木零落,百物凋悴之时,有似叔世危邦,主昏政乱,贤智屏绌,奸凶得志,民贫财匮,不复振起之象。是以忠臣智士,遭谗放逐者,感事兴怀,尤切悲叹也。萧瑟,寒凉之意。憭栗,犹凄怆也。在远行羁旅之中,而登高望远,临流叹逝,以送将归之人,因离别之怀,动家乡之念,可悲之甚也。"这一解释,对于秋士多悲的原因,就政治、社会和个人遭遇等方面,作了广泛的探索和说明,有助于我们理解何以悲秋是古典文学中一个抒情的传统。而草木变衰乃是夏去秋来最显著的标志,屈、宋都抓住了这一标志来写秋天。所以杜甫在《咏怀古迹》中赞扬宋玉,也首先提到"摇落深知宋玉悲"。可是,唐温如在描写洞庭之秋时,虽然也显然从《九歌》中得到了启发,但他却把作为秋天最显著的标志即草木之零落放在一边,而从与季节变换联系较少的湖水着想。这就已经突破屈、宋以下描绘秋天物色的传统了。

"西风吹老洞庭波",只此一句,体现三奇。秋天的到来,不从草木变衰而从湖水兴波见出,一奇也。湖波能老,二奇也。湖波之老,是由于西风之吹,三奇也。李贺也颇能用"老"字,如"客枕幽单看春老"《仁和里杂叙皇甫湜》,"天若有情天亦老"《金铜仙人辞汉歌》。之类,皆拟物如人。此诗"吹老",用意亦同,而青出于蓝,更为生动。

"气之动物,物之感人"①,所以词客悲秋,形成传统。然而作者对此,又有进一步的想法。他认为,既然人都觉得秋之可悲,神又何能例外,在青草湖边的诗人,就很自然地驰骋他的想象,念及古代帝舜及其妃子的悲剧了。由于失权,帝舜不得不在年迈的时候勉强南巡,终于死在苍梧之野,而他的两位妃子则因为从征,溺死湘江,因此一直"神游洞庭之渊,潇湘之浦";或者追随不及,啼竹成斑②。这些激动人心的传说,也许从屈原起,就加以赋咏了。在《九歌》的启发之下,这位默默无闻的杰出诗人就想到,湘君虽然长生,并非不老;虽然成神,并未忘情,对此可悲之秋色,又岂能无动于衷?她难道不会在一夜之间,增加了许多白发吗?于是我们就看到诗篇的次句。

神是人按照自己的形象塑造的。所以在神的身上,常常被赋予人的性格、感情和生活情态。善于描写神的诗人,因而就不应当忘记将真与幻交织起来,以体现神的人性和人态。"曹植《洛神赋》写洛神渡水云:'体迅飞凫,飘忽若神,凌波微步,罗袜生尘。'在水波上走路,是幻;走路而起灰尘,则是真。而说凌波可以微步,微步可使罗袜生尘,又使真与幻统一了起来,显示出她同时具有人和神的特点。"③李贺对此也很了解,所以他在《浩歌》中写道:

王母桃花千遍红,彭祖巫咸几回死。

---

① 锺嵘《〈诗品〉序》语。
② 参看王琦注《李太白全集》卷三,《远别离》注引《汲冢竹书》、《水经注》及《述异记》。
③ 沈祖棻《宋词赏析》第17页,张先《醉垂鞭》浅释。

在《官街鼓》中，又写道：

> 几回天上葬神仙，漏声相将无断绝。

李贺写神仙及道术之士既然会死，又能死而复生，也是真幻交织。懂得了曹植和李贺，也就懂得了"一夜湘君白发多"这句诗之合情合理之妙。

另外一点，我们还不应当忽视蕴藏在李贺的"彭祖巫咸几回死"、"几回天上葬神仙"这两句以及唐温如"一夜湘君白发多"这一句诗中的批判意义。我国的游仙文学始自《离骚》。从屈原到曹植，从曹植到郭璞，都具有一种如厉鹗在其《前后游仙百咏》自序中所说的"事虽寄于游仙，情则等于感遇"的特征[①]，即以富有浪漫情趣的艺术形象来反映对于现实生活中黑暗的否定及光明的追求。而在神仙家、道家的影响之下，从汉、魏以来，也形成了另外一个与上述传统"貌同心异"的游仙文学流派。他们写的游仙诗，其内容大体都像《文选》卷二十一，郭璞《游仙诗》李善《注》所说的："凡游仙之篇，皆所以滓秽尘网，锱铢缨绂，飡霞倒景，饵玉玄都。"即完全引导读者迷信宗教，认为只要经过一番修炼，便可以不但长生不老，而且还可以永远自由自在地享受人间一切的享乐了。如果举例，则唐代道士曹唐所写的《大游仙诗》和《小游仙诗》便是其代表作[②]。如其《小游仙诗》有云：

---

① 见《樊榭山房文集》卷四。
② 关于游仙诗这些问题，请参看拙著《郭景纯、曹尧宾〈游仙〉诗辨异》。

玄洲草木不知黄,甲子初开浩劫长。无限万年年少女,手攀红树满残阳。

一百年中是一春,不教日月辄移轮。金鳌头上蓬莱殿,唯有人间炼骨人。

玉洞长春风景鲜,丈人私宴就芝田。笙歌暂向花间尽,便是人间一万年。

在这些作品中所出现的世界,时间是凝固的,生命是永恒的,与人间贵族同样具有的饮食男女的享乐是无穷无尽的。唐代就有好几个皇帝,都因吃道士的丹药而死亡[①],甚至于以反对道佛二教出名的韩愈,也有服食硫磺的记载[②],就可以看出当时宗教宣传的诱惑力。诗歌既然被利用为他们的宣传工具,也就不免受到污染。李贺有意识地指出彭祖、巫咸也会死,神仙也要下葬,而唐温如则写出湘君也因为悲秋而在一夜之间增添了白发,乃是对那种存在着"万年年少女"的幻想及妄言的一种挑战。虽然唐温如主观上并没有像李贺那样的意图,但我们却不应该忽略这一句诗在客观上的思想价值。

如果说,这篇诗的前半是《九歌》、《九辩》的旧曲翻新,它只不过是丰富了、发展了前代诗人所已创造出的境界,那么,读了后半,我们

---

① 参看范文澜《中国通史简编》第三编《封建经济基地扩展的帝国底出现到军事封建的大帝国的建立——隋至元》,第一章《唐五代的文化概况》,第四节《道教的流行》。

② 《白氏长庆集》卷二十六,《思旧》云:"退之服硫磺,一病讫不痊。"洪兴祖《韩子年谱》引方崧卿说以为退之是卫中立,非韩愈。钱大昕《十驾斋养新录》卷十六,"卫中立字退之"条除据洪谱外,还引李季可说以证成方说。陈寅恪《元白诗笺证稿》附论(乙)《白乐天之思想行为与佛道之关系》已加驳正,断为"此诗中之退之,固舍昌黎莫属,方崧卿、李季可、钱大昕诸人虽意在为贤者辩护,然其说实不能成立"。

就会对这位"人代冥灭,而清音独远"①的诗人更加钦佩。

这是因为,在诗的后半,作者创造了一个前所未有的神奇境界,而且其中所展示的情调又和前半迥然不同,前半写景,形容秋气之衰飒;后半写人,描绘自己之豪迈。衰飒之景与豪迈之情,不仅对照强烈,而且转接无痕。刘禹锡《秋词》云:

> 自古逢秋悲寂寞,我言秋日胜春朝。横空一鹤排云上,便引诗情到碧霄。
>
> 山明水净夜来霜,数树深红入浅黄。试上高楼清入骨,岂如春色嗾人狂?

这两篇诗歌颂明丽的秋天,反映了诗人的乐观情绪,客观和主观是一致的,因而情景交融。唐温如则写了衰飒的景色与豪迈情怀的对立,而前者终于被后者笼罩了,即情与景矛盾,而又在对立中统一起来。故刘易而唐难,刘平常而唐超逸。

诗人的豪迈情怀是通过醉与梦来体现的。在秋色已老的洞庭湖畔,他却并没有受到季节所形成的悲观气氛的侵蚀,在夜间,始而开怀畅饮,终于颓然尽醉了。饮而醉,醉而梦,梦而醒,醒而吟诗,是他在这一段短短的时间内的连续动作。而银汉横空,星河倒影,则在其入梦之前,已收入眼帘,映入脑海。这一印象的保存,就使得诗人在梦中觉得,自己所乘的船,并不是在青草湖上,而是在星河之上了。

水中倒影所构成的奇幻美丽的景色是诗人们所爱加以描写的对象,如王安石《杏花》:

---

① 借用《诗品》卷上评《古诗十九首》语。

> 石梁度空旷,茅屋临清烔。俯窥娇娆杏,未觉身胜影。嫣如景阳妃,含笑堕宫井。怊怅有微波,残妆怀难整。

又苏轼《泛颍》：

> 画船俯明镜,笑问汝为谁？忽然生鳞甲,乱我须与眉。散为百东坡,顷刻复在兹。

两篇所写,对象虽然不同,但前者写水波由静而动,后者写水波由动而静,以及花影与人影在这动静当中的变化,都刻画入微,可谓功力悉敌①。这是用繁笔写的。其用简笔写的,则如杜甫《渼陂行》云：

> 船舷暝戛云际寺,水面月出蓝田关。

胡翔冬老师《宿杜二小楼》云：

> 小池水不波,树头鱼可数。②

虽只寥寥两句,也将难状之景,写得如在目前。这些都是写水中倒

---

① 陈与义《简斋诗集》卷五《夏日集葆真池上,以"绿阴生昼静"赋诗,得静字》诗中"微波喜摇人,小立待其定"之句,显然从苏诗中得到启示。当然,我们也并不忽略陈诗中"喜"字的妙用。
② 见《自怡斋诗》,金陵大学刊本。

影,与此诗所写星河映水可以比观。

然而,唐温如在这方面也有不同于许多大诗人的构思,亦即有所突破。他在大醉之后,发抒了胸中的豪迈之气,达到了陆游《赠刘改之秀才》诗中所云"醉胆天宇小"的境界。不但通过描绘水中倒影,颠倒了空间,而且进一步,利用梦境,创造了幻中有幻的境界。由于天在水中即星河倒影而梦见船不在水面而在星河之上,是幻。又从而联想到不仅是人睡在船上,而且自己所做的梦,也像人身一样,船只一样,是有体积的,有重量的,它也直接压在船上,因而间接压在星河之上,这就形成了幻中之幻。

还不止于此。诗人在梦境的描写上也下了功夫。说"满"船,则梦之广阔可见。说"压"星河,则梦之沉重可知。梦境在此,可见可触。这是化虚为实。可是这满船的压星河之梦,却又是"清"梦。清之与虚,清之于轻,义皆相近,所以清虚、清轻,可以构成复词。点明清梦,则此梦虚而不盈,轻而不重,又于实中见虚了。这样写梦,就显得它的境界缥缈而分明。亦真亦幻,亦实亦虚。

这种奇妙的艺术构思来自诗人对生活深入而细致的探索,以及对于生活的大胆而独特的处理方式。

寥寥二十八字,其中就有这么多值得玩味的东西,此之谓"深文隐蔚,余味曲包"①。

歌德说:

> 独创性的一个最好的标志就在于选择好题材之后,能把它

---

① 《文心雕龙·隐秀》篇赞语。

加以充分的发挥,从而使得大家承认压根儿想不到会在这个题材里发现那么多的东西。①

唐温如在屈原、杜甫等人都插过手的习见题材里,发现了如我们上面所提到的那么多的东西。所以如果不给它以足够的评价,那将是我们后代读者的损失和过失。

(1980年9月,南京)

---

① 程代熙译《歌德论独创性》,载《人民日报》1981年4月17日。

下　辑

诗辞代语缘起说

一

代语者,修辞之一术也。修辞之业,大要在求表现之精审,使人获得正确之观念;求表现之新奇,使人发生警策之感觉;求表现之委宛,使人明晰涵蕴之意义。《文心雕龙·物色》篇所谓"因方以借巧,即势以会奇"是也。代语之用,亦不外斯。至其根株,则基联想。盖代语云者,简而言之,即行文之时,以此名此义当彼名彼义之用,而得具同一效果之谓。然彼此之间,名或初非从同,义或初不相类,徒以所关密迩,涉想易臻耳。案《方言》卷十:"㦗、鳃、乾、都、耇、革,老也,皆南楚、江、湘之间代语也。"郭璞《注》:"凡以异语相易谓之代也。"此典籍称代语名、释代语义之最早者。然其根株,则基于声音之流变,故世之学者,皆依戴震《转语》同位位同之条以说之。盖《方言》之代语,与《转语》实理同而辞异也。今兹所论,虽亦如郭《注》所谓"以异语相易",而其理全别,故不复推本之。原夫宇宙事物,纷纭相属。情知通感,非可绝缘。物有自异而见同,事或推此以及彼。是以举一隅则三隅可反,推己心而他心得通。文辞者,固假表象以神其用者也,遂亦因之有引申之义,有贸代之方。察其所由,岂不以此故邪?

文学之始，盖权舆于语言。代语之施，于斯二者，皆属习见。其用之今日恒言者，更仆难数，固无论矣。以著之版业者言，《诗三百篇》为吾华成熟最早之文学，而代语之用，亦已数见不鲜。如《卫风·氓》："乘彼垝垣，以望复关。"《传》曰："复关，君子所近也。"《笺》曰："犹有廉耻之心，故因复关以托号民云。"《疏》曰："复关者，非人之名号，而妇人望之，故知君子所近之地。《笺》又申之犹有廉耻之心，故因其近复关以托号此民。故下云'不见复关'，'既见复关'，皆号此民为复关。"此以"复关"代"人之名号"，则《风》诗用代语之例也。《小雅·大田》："田祖有神，秉畀炎火。"《传》曰："炎火，盛阳也。"《笺》曰："螟螣之属，盛阳气赢则生之。今明君为政，田祖之神不受此害，持之付与炎火，使自消亡。"《疏》曰："以言炎火恐其是火之实，故云盛阳也。阳而称火者，以南方为火，炎为盛之，故云盛阳也。知非实火者，以四者所谓昆虫，案《经》上文云：'去其螟、螣，及其蟊、贼。'四虫指此。得阴而藏，得阳而生。故《笺》云：'盛阳气赢则生之。'义无取于火之实，故为盛阳也。"《大雅·公刘》："度其夕阳，豳居允荒。"《传》曰："山西曰夕阳。"《疏》曰："'山西曰夕阳'，《释山》文。孙炎曰：'夕乃见日。'然则阳即日也。夕始得阳，故名夕阳。"胡仔《苕溪渔隐丛话》前集卷一引《宋子京笔记》云："山东曰朝阳，山西曰夕阳。故《诗》曰：'度其夕阳。'又曰：'梧桐生矣，于彼朝阳。'指山之处耳。后人便用'夕阳忽西流'。然古人亦误用久矣。"案梧桐二句，《诗·大雅·卷阿》文。《传》以山东释之，亦《雅》诂也。夕阳句，刘琨《重赠卢谌》诗语。子京盖未审文辞之用，有本义、借义之别。《雅》作乃用代语，刘诗固非其类。遽斥为误，殆非知言也。此以"炎火"代"盛阳"，以"夕阳"代"山西"，则《雅》诗用代语之例也。《周颂·小毖》："未堪家多难，予又集于蓼。"《传》曰："我又集于蓼，言辛苦也。"《疏》曰："蓼，辛苦之菜。故云：'又集于蓼，言辛苦也。'"此以"蓼"代"辛苦"，则

《颂》诗用代语之例也。若斯之流,胥姬周先民之所咏歌,汉、唐老师之所说释,明见经传,无可致疑。固知其事从来实远。汉、魏以降,迄于近古,兹术施用,蕃变尤多,盖有非偶然者焉。王夫之《夕堂永日绪论》乃云:"有代字法,诗赋用之。如月曰望舒,星曰玉绳之类。或以点染生色,其佳者正尔含情。然汉人及李、杜、高、岑犹不屑也。"外编《船山遗书》本。凡文中征引篇籍,若丛书本、传钞本及诸本有完缺异同者,悉标出之。习见者则不更言何本。后仿此。是则率尔之言,未尝夷考情实,弗可信也。

在昔学人著书,于此事盖亦间有论列,然括囊未尽,友纪不张。自西方修辞之学流入吾华,邦人君子或有假厥科条,以理故籍,其凡例亦粲然明著。顾加之绅绎,则皆仅列举资代之方式,罕有明示方式之缘起者。夫缘起不明,则效用不显,方式虽详,因果则昧,其亦未为备也。余顷治诗,籀讽之余,颇事搜讨,因就此体,斟酌事辞,明征缘起,以补前此之所不及。其所举例,时不限于一代,人不限于一家,诗不限于一体,庶足以证成其为一普遍之现象。扩而充之,至于众体,固无弗从同,是则赖善读书者之隅反矣。

二

贾谊《陈政事疏》有云:"古者,大臣有坐不廉而废者,不谓不廉,曰'簠簋不饰';坐污秽淫乱,男女无别者,不曰污秽,曰'帷薄不修';坐罢软不胜任者,不谓罢软,曰'下官不职'。故贵大臣定有其罪矣,犹未斥然正以呼之也,尚迁就而为之讳也。"《汉书》本传引。此实故书雅记明言代语缘起之朔。贾生长于文学,故其言精核如此。然详审之,固非兹一端而已也。夫代语之理,则原于人类联想之本能;代语之兴,则基于辞义修饰之需要。是必博综内外,乃能洞悉由来。今本愚见。条列九科,各申梗概,附以证释。岂曰能尽,亦庶几焉。

一曰,所以除复重也。《文心雕龙·练字》篇论文家缀字,当守四条。其三曰权重出,谓:"《诗》、《骚》适会,而近世忌同。若两字俱要,则宁在相犯。故善为文者,富于万篇,贫于一字。一字非少,相避为难也。"益吾国语文,单音颇众。形式之美,古今共谈。故用字复重,必资贸代。其涉训诂者,旧谓变文,非此所论。今但就代语明之:如《古诗十九首》之十七:"三五明月满,四五詹兔缺。"詹,五臣本《文选》作蟾。案《楚辞·天问》曰:"夜光何德,死则又育?厥利维何,而顾菟在腹?"菟,一作兔。洪兴祖《补注》曰:"菟与兔同。"张衡《灵宪》曰:"月者,阴精之宗,积而成兽,象兔。……羿请无死之药于西王母。姮娥窃之以奔月,……是为蟾蜍。"《续汉书·天文志》上《注》引。此缘上既有"明月",故下以"詹兔"代之。黄庭坚《乞猫》:"秋来鼠辈欺猫死,窥瓮翻盆搅夜眠。闻道狸奴将数子,买鱼穿柳聘衔蝉。"案史容《山谷外集诗注》曰:"衔蝉,用俗语也。《后山诗话》云:'《乞猫》诗虽滑稽而可喜。千岁之下,读者如新。'"卷七。此缘上既有"猫"与"狸奴",故下以"衔蝉"代之。曹植《箜篌引》:"生存华屋处,零落归山丘。先民谁不死,知命复何忧。"案《楚辞·离骚》曰:"惟草木之零落兮。"王逸《章句》曰:"零落,皆堕也,草曰零,木曰落。"此缘下既有"死"字,故上以"零落"代之。陆机《拟涉江采芙蓉》:"上山采琼蕊,穹谷饶芳兰。"案《文选》张衡《西京赋》曰:"屑琼蕊以朝飱。"李善《注》引《三辅故事》曰:"武帝作铜露盘,承天露和玉屑饮之,欲以求仙。"卷二。是琼蕊即《楚辞·九章·涉江》"登昆仑兮食玉英"之玉英,此则借为兰之代语。缘下既有"芳兰",故上以"琼蕊"代之。案陆氏所拟古诗原文为:"涉江采芙蓉,兰泽多芳草。"说者多谓此二句各指一事,是也。然拟作则连贯而下,所谓琼蕊,即是芳兰。其通变无方,固不必全与原制相合。览者无庸致疑可也。以上皆句中字避复之例也。又六代而下,为诗颇重制题。题中字与句中字如重,间亦相避。如张祜《爱妾换马》:"忍将行雨换追风。"案宋玉《高唐赋》曰:"昔者,先王尝游高唐,怠而昼寝,梦见一妇人,曰:'妾,巫山之女也,为高唐之客;闻君游高唐,愿荐枕席。'王因幸之。去而辞曰:'妾在巫山之阳,高丘之阻。且为朝云,暮为行雨。朝朝暮暮,阳台之下。'"《文选》卷十九崔豹《古今注》曰:"秦始皇有七名马:追风、白兔、蹑景、奔电、飞翮、铜爵、神凫。"《鸟兽》第四,《汉魏丛书》本。此缘题有"妾"字,故以"行雨"代之;题有"马"字,故以"追风"代之。钱惟演《对竹思鹤》:"瘦玉萧萧伊水头,风宜清夜露宜秋。更教仙骥旁边立,尽是人间第一流。"案诗人以玉代竹,唐时已然。如李贺《昌谷北园新笋》四首之一:"箨落长竿削玉开。"《全唐诗》卷十四,页72。同文石印本。凡文中引用《全唐诗》,均此本。又《有所思》曰:"风过池塘响丛玉。"同上,页81。皆是其例。鹤者,《相鹤经》曰:"盖羽族之宗长,而仙人之骐骥也。"《文选》卷十四鲍照《舞鹤赋》李善《注》引。此缘题有"竹"字,故以"瘦玉"代之;题有"鹤"字,故以"仙骥"代之。此则题与句字避复之例也。

二曰,所以矫熟俗也。韩子苍云:"作诗不可太熟,亦须令生。"魏庆之《诗人玉屑》卷六"语不可熟"条引。崔德符云:"凡作诗工拙所未论,大要忌俗而已。"同上卷五"忌俗"条引。盖文辞施用,最忌因袭。要必去陈言而后成惠巧,启夕秀乃可致英奇。不尔,则一落熟套,便为俗笔也。兹事经涉广漠,利钝之数,固非片言可明;而代语之兴,此亦一故,试略证之:如旧题苏武《古诗》四首之三:"结发为夫妻。"案李善《〈文选〉注》曰:"结发,始成人也。谓男年二十,女年十五时。取冠笄之义也。"卷二十九。《春秋》襄公九年《左传》曰:"冠而生子。"《国语·郑语》曰:"既笄而孕。"是结发以表成人。此缘"成人"习用,故以"结发"代之也。刘琨《扶风歌》"发鞍高岳头",案何焯《评》曰:"发鞍之义未详。"海绿轩本《文选》引。汪辟疆丈云:"何焯《评》今不见于何评《文选》,《读书记》亦无此条,当系叶氏所加。盖以海绿轩本所引何评多任意增损故也。"先师蕲春黄君曰:"发鞍,犹言发轫耳。"手批李注《文选》,传钞本《离骚》曰:"朝发轫于苍梧兮。"王逸《章句》曰:"轫,支轮木也。"《说文》曰:"鞍,马鞁具也。"盖车行则去轫,马行则加鞍,其事略同。此缘"发轫"习用,故以"发鞍"代之也。谢朓《奉和隋王殿下》十六首之四:"顾己非丽则。"案扬雄《法言·吾子》篇曰:"或问:'景差、唐勒、宋玉、枚乘之赋也,益乎?'曰,'淫,必也则。上四字今本讹作"必也淫"。兹依汪袞父先生《法言义疏》改。'淫、则奈何?'曰:'诗人之赋丽以则。辞人之赋丽以淫。'"《汉书·艺文志·诗赋略序》引后二语。颜师古《注》曰:"辞人,言后代之为文辞。"则诗人,所以称《三百篇》之作者。朓以鸣谦,乃自言不敢比于诗人。此缘"诗人"习用,故以"丽则"代之也。韩愈《送进士刘师服东归》:"由来骨鲠材。"案鲠与骾同。《〈说文〉系传》曰:"骾,食骨留咽中也。……古有骨骾之臣,遇事敢刺骾,不从俗也。"是骨骾有忠直之意。此缘"忠直"习用,故以"骨骾"代之也。苏轼《送张嘉州》:"浮云轩冕何足言。"案《论语·述而》篇曰:"不义而富且贵,于我如浮云。"《春秋》哀公十五年《左传》曰:"服冕乘轩。"杜预《注》曰:"冕,大夫服。轩,大夫车。"诗意自本《论语》,而辞则根《左氏》。此缘"富贵"习用,故以"轩冕"代之也。黄庭坚《送顾子敦赴河东》三首之二,"遥知更解青牛句。"案任渊《山谷内集诗注》引《关令内传》曰:"尹喜尝登楼,望东极有紫气,曰:'应有圣人过京邑。'果见老君乘青牛车来过。"卷五。曾国藩《十八家诗钞》亦曰:"青牛,谓老子乘青牛车也。"卷二十三。此缘"老君"习用,故以"青牛"代之也。

三曰,所以资偶丽也。文章偶丽之理法,《文心雕龙·丽辞》一篇言之详矣。而黄君所撰《书〈后汉书〉论赞》一文,持论尤推微至。其略曰:"尚考文章之多偶语,固由便于讽诵;亦缘心灵感物,每有联想之能;庶事浩穰,常得齐同之致。或比方而愈憭,或反覆以相明。兼以诸夏语文,单觭成义。斯所以句能成式,语可同均。是则联类之思,人类所同有;排比之文,吾族所独擅。论文体者,宜于此察也。"骆鸿凯《文选学·评骘第八》引。然言对、事对之殊,反正、虚实之别,出于自然者少,出于人力者多。求其精工,必加组织,由是代语亦得施焉。如谢灵运《述祖德诗》二首之一:"弦高犒晋师,仲连却秦军。"案《春秋》僖公三十三年《左传》曰:"秦师……及滑。郑商人弦高将市于周,遇之,以乘韦先,牛十二犒师。……孟明曰:'郑有备矣,……吾其还也。'灭滑而还。"顾炎武《日知录》曰:"弦高所犒者秦师,而改为晋,以避下秦字,则陋而舛矣。"卷二十一,"诗人改古事"条。黄节《谢康乐诗注》卷二云:"秦未灭滑时,滑当附庸于晋。秦灭之而不能有其地,故滑仍属晋。成十七年'郑子驷侵晋虚、滑',杜预《注》:'晋二邑。滑,故滑国,为秦所灭,时属晋。'则知前此滑固附庸于晋也。康乐以当时之滑附庸于晋。秦师入滑,即是晋所属之地,故曰晋师,谓在晋地之师也。康乐此句用晋字,确有避下秦字之意。但不用其他国名,而用晋字,案之春秋都邑大势,实极有理。顾氏以舛陋加之,未当也。"案黄氏为谢诗辩护,用心良苦。然晋师解为在晋地之师,实极牵强,以自来诗句鲜有此种用法也。至用晋代秦,而不用其他国名,亦非春秋都邑大势使然,而系由于康乐之联想。盖二国地丑德齐,自来相提并论,故易思及。黄氏之说,不免求深反晦矣。若王简辑王闿运《湘绮楼说诗》卷六云:"'弦高犒晋师',自是误用,不须曲说。"则似易秦为晋,乃一偶然之错误,论断殊嫌轻率。今亦不取。杜甫《诸将》五首之一:"昨日玉鱼蒙葬地,早时金碗出人间。"案《汉武帝故事》曰:"邺县有一人于市货玉杯。吏疑其御物,欲捕之,因忽不见。县送其器,推问,乃茂陵中物也。霍光自呼吏问之,说市人形貌如先帝。"仇兆鳌《杜少陵集详注》卷十六引。蔡梦弼《草堂诗笺》曰："金碗当作玉碗。但避玉鱼字，故改作金碗。《南史·沈炯传》：炯字初明，字，本讹自，今据史改。为魏所虏，尝独行，经汉武帝通天台，为表奏之，陈己思乡之意，其略曰：'甲帐珠帘，一朝零落，茂陵玉碗，遂出人间。'或引孔氏《志怪》：卢充家西有崔少府墓。卢充因猎逐獐，忽见朱门官舍，有人迎充。崔乃命小女妆饰于东厢，与充相见，成婚，留三日，临别，谓充曰：'君妇有娠，生男则当留之。'赠充衣衾，送充至家。经三年，三月三日，临水戏，忽见水上犊车，乍浮乍沉。既达于岸，充视其车中，见崔氏与三岁小儿共载。其别车即崔少府也。抱儿还充，及金碗一枚，俄而不见。充诣市卖碗。崔女姨曰：'我妹之女，未嫁而亡，赠以金碗着棺中。'余谓汉朝陵墓盖用茂陵故事也。但金玉字不同，以卢充故事复有金碗，或者疑之故也。"卷二十七，《古逸丛书》本。案胡仔《苕溪渔隐丛话》后集卷七引严有翼《艺苑雌黄》，胡震亨《唐音癸签》卷二十三，诂笺八附订讹，及宋长白《柳亭诗话》卷十八"玉鱼"条均以诗乃用茂陵事，与蔡《笺》同。独胡仔引《雌黄》加以非议，谓："二说当以卢充幽婚事为是。"然卢事与汉朝陵墓无涉，殆不足辩。杨伦《杜诗镜铨》卷十引胡应麟云："此盖以金碗字入玉碗语，一句中事词串用，两无痕迹。……正此老炉锤妙处，非独以上有玉鱼事故避重也。"杨氏以胡言为然，故云："按杜诗用事处多仿此。"考杜诗一句用数事，或一句中事词串用者，诚有其例，而此处则以金玉同属贵重之物，因玉碗而思及金碗，遂以代之，未必先有一卢充事盘据胸中，乃成此句，无庸穿凿以为说也。若斯之流，以求措辞之精巧，不顾代语之未安，正不必曲为之讳。而以"晋"代"秦"，以"金"代"玉"，虽若避复，实在求对。此其情又视前述之例微有不同者也。陶潜《岁暮和张常侍》："市朝凄旧人，骤骥感悲泉。"案《庄子·知北游》篇曰："人生天地间，若白驹过隙，忽然而已。"《释文》曰："或云：白驹，日也。"汤汉《陶诗注》曰："骤骥，言白驹之过隙。"陶澍《陶靖节集注》卷二引。《淮南子·天文》篇曰："日出于旸谷,……至于悲泉,爰止其女,爰息其马,是谓悬车。"是"骙骙感悲泉"者,不过谓"时日易逝"耳。不谓时日易逝,而代以骙骙五字,则以二句对起,不如是则不能与上句相对。此以求对之故,而两句之中,以一句全体用代语者也。沈佺期《早发平昌岛》:"阳乌出海树,云雁下江烟。"案《文选》左思《蜀都赋》曰:"阳乌回翼乎高标。"李善《注》引《春秋元命包》曰:"阳成于三,故日中有三足乌。乌者,阳精。"卷四是所谓"阳乌",即指"日"也。不云日而代以阳乌,则以二句于律当偶,不用阳乌则不能的对云雁。此以求对,而两句之中,以一句部分用代语者也。唐彦谦《题汉高庙》:"耳闻明主提三尺,眼见愚民盗一抔。"案《汉书·高帝纪》曰:"吾以布衣提三尺取天下。"颜师古《注》曰:"三尺,剑也。下《韩安国传》所云'三尺'亦同。"案韩传云:"高帝曰:'提三尺取天下者,朕也。'"又《张释之传》曰:"今盗宗庙器而族之,有如万分一,假令愚民取长陵一抔土,陛下且何以加其法乎?"张晏《注》曰:"不欲指言,故以取土喻也。"师古《注》曰:"不忍言毁彻,故止云取土耳。"案《史记》张传《索隐》亦云:"盖不欲言盗陵。"此以"三尺"代"剑",以"一抔"代"陵"。叶梦得《石林诗话》卷中云:"一抔事无两出,或可略土字。如三尺律,三尺喙皆可,何独剑乎?"叶氏盖未细审"三尺"即是《汉书》本语,故发此议。陈岩肖《庚溪诗话》卷上,赵翼《陔余丛考》卷二十四均尝驳之,不具引。王安石《南浦》:"含风鸭绿粼粼起,弄日鹅黄袅袅垂。"释惠洪《冷斋夜话》曰:"用事琢句,妙在言其用,而不言其名。……荆公鸭绿、鹅黄之句,此不不,本讹本,据《夜话》改。言水、柳之名。"李壁《王荆文公诗注》卷四十一引。则以"鸭绿"代"水",以"鹅黄"代"柳",斯又对句以上下联悉用代语而益臻工妙之例也。

　　四曰,所以调声律也。陆机《文赋》曰:"暨音声之迭代,若五色之相宜。虽逝止之无常,固崎锜而难便。苟达变而识次,犹开流以纳泉。如失机而后会,恒操末以续颠。谬玄黄之秩序,故洪涩而不鲜。"此论声律于文事之要也。加之剖析,则兹事实有两端:其一,句尾之字,依一韵以相从;其二,句中之字,递四声而互见。前者,古之所谓"韵";后者,古之所谓"和"也。用韵之法,起自皇古。其事易识,无俟甄明。选和之说,兴于六朝,时人以为难瞭。沈约《宋书·谢灵运传论》既云:"欲使宫、羽相变,低昂舛节,若前有浮声,则后须切响。一简之内,音韵尽殊;两句之中,轻重悉异。妙达此旨,始可言文。"而《南史·陆厥传》载其答厥书复曰:"韵与不韵,复有精粗,老夫亦不尽辨此。"则亦不能详审其由。《文心雕龙·声律》篇亦云:"韵气一定,故余声易遣;和体抑扬,故遗响难契。属笔易巧,选和至难;缀文难精,而作韵甚易。"然自齐、梁新体,进为三唐律诗,遂亦户晓家喻。下逮清人图谱之学,而古诗平仄且有轨躅可寻矣。由夫声律之通行,遂及代语之应用,征之前作,有可言焉。其系于韵者,如高适《李云南征蛮诗》:"圣人赫斯怒,诏伐西南戎。"案其《序》曰:"天宝十一载,有诏伐西南夷。"《周礼·职方氏》司农《注》曰:"东方曰夷。西方曰戎。"《春秋》文公十六年《左传》杜《注》曰:"夷为四方总号。"《榖梁传序疏》同。《史》、《汉》皆有《西南夷传》。《序》称西南夷,于文为顺。而诗曰西南戎者,缘诗用东韵,故用"戎"代"夷"以就之。梅尧臣《书哀》,"雨落入地中,珠沉入海底。赴海可见珠,掘地可见水。"案四句以复调见工,则末句当作"掘地可见雨"乃合。然雨在虞韵,诗则用纸韵,故用"水"代"雨"以就之。此避出韵而用代语者也。汪辟疆丈云:"《礼记·月令》:'仲春之月,始雨水。孟春行夏令,则雨水不时。'是雨水古已连用。梅诗下句用水字,当本古义,似不为避出韵也。上句用雨字与次句双起,自无疑义。若第四句牵于珠字,必用雨字以求合,则不成词矣。"案:丈说极谛。此处存谬论而不删,所以志余过也。又古来诗篇,不忌重韵,严有翼《艺苑雌黄》蔡梦弼《草堂诗话》卷二引,《古逸丛书》本、魏庆之《诗人玉屑》卷七、"重押韵"条、顾炎武《日知录》卷二十一,"古人不忌重韵"条。皆举证甚详。然《王直方诗话》曰:"东坡《送江公著》云:'忽忆钓台归洗耳。'又云:'亦念人生行乐耳。'注云:'二耳义不同,故得重用。'"阮阅《诗话总龟》前集卷九引,《四部丛刊》本。是用韵究以不重为佳。即惊才风逸,卓然大家如坡公者,亦未尝不措意于此。其他作如《聚星堂雪》,禁体物语,诗律最严。起云:"窗前暗响鸣枯叶,龙公试手初行雪。"一点本题,以后即用虚写。其言风狂雪乱,则曰:"幸有回飚惊落屑。"不独模状之工,亦以用"落屑"代雪,则不致与前雪韵犯复。此避重韵而用代语者也。王维《老将行》:"昔时飞箭无全目,赵殿成《王摩诘全集注》卷六校云:"箭,当作雀。"今日垂杨生左肘。路旁时卖故侯瓜,门前学种先生柳。"案《庄子·至乐》篇曰:"支离叔与滑介叔观于冥伯之邱,……俄而柳生其左肘。"林希逸《注》曰:"柳疡也。"盖即今瘤字。而摩诘以"垂杨"代之者,不独避下柳韵,揆诸选和之理,亦有二故焉。柳之与肘,同在有韵,二字用之一句之中,则六朝所谓大韵之病,遍照金刚《文镜秘府论》解大韵云:"五言诗若以新为韵,上九字中更不得安人、津、邻、身、陈等字。"而不及七言,盖先唐兹体尚未大行于世也。一也。此句第四字作平始谐,作仄则拗,二也。不加改易,实损声情。王集别有《胡居士卧病遗米因赠》一篇,其"岂恶杨枝肘"之句,亦以"杨枝"代"柳",斯其回忌声病之精可见矣。沈德潜《说诗晬语》卷下云:"《庄子》:柳生左肘。柳,疡类也。王右丞《老将行》云:'今日垂杨生左肘。'是以疡为树矣。"宋长白《柳亭诗话》卷十四,"全目左肘"条云:《老将行》"以垂杨代柳字,窃恐猿臂将军未堪彼此大树也。"又云:"《赠胡居士》诗:'徒言莲花目,岂恶杨枝肘。'何异读《劝学》篇而食螬蜺邪?"案二家论王诗施用代语之未安,亦是;然于其何以必用代语之故,仍不暸然也。又孙志祖《读书脞录》卷四,"柳生肘"条云:"汤大奎《炙砚琐谈》云:'《庄子·至乐》篇:柳生其左肘。柳,疡也,非杨柳之谓。王右丞《老将行》:昔时飞箭无全目,今日垂杨生左肘。昔人已讥其误矣。嗣见元微之诗:乞我杯中松叶洒,遮渠肘上柳枝生。当时谬误相承,皆读书不求甚解之失也。'志祖案:柳之训疡,《释文》无此说,且他书亦无以柳为疡者。《南华》本寓言,即谓垂柳生肘,何害乎？王、元两诗引用皆同,未可以为非也。原注:"《抱朴子·论仙》篇:'支离为柳,秦女为石。'亦以柳为杨柳。"案孙氏说甚辩给。然《释文》所载义训,未必无遗:即令先唐无以柳训疡者,而柳之与杨,亦本二物,散文或通,对文则异。摩诘二诗皆用杨,不用柳,自有其调谐声律之由,《胜录》之论,亦尚未见及也。更以选和之涉及代语者征之律诗,则如陆游《睡起至园中》:"野人易与输肝肺,俗语谁能挂齿牙。"案"肝肺"以代"心","齿牙"以代"口"。此不特巧于作对,亦以上句末二字于律当为平仄,下句末二字于律当为仄平也。王安石《岭云》:"寒荚着天榆历历,净华浮海桂团团。"案古乐府《陇西行》曰:"天上何所有,历历种白榆。"《玉台新咏》卷一。白榆,星名。《春秋运斗枢》所谓"玉衡星散为榆"者是也。段成式《酉阳杂俎·天咫》篇曰:"异书言:月桂高五百丈,下有一人常砍之,树随创合。人姓吴名刚,学仙有过,谪令伐树。"《四部丛刊》本。是诗上句乃言"星光在天",下句乃言"月色映海"耳。然由天上有榆,推及榆荚;由月中有桂,推及桂华。化全句为代语,而悉与律合,则弥见致密矣。凡上二端,固不能谓作者皆以求声偶之调适,始用代语;然代语之用,有时实以利声偶之调适,则可断言者也。

五曰,所以齐句度也。余杭章公《正名杂义》曰:"《史通·杂说》篇云:'积字成文,由趋声对。'然则有韵之文,或以数字成句度,不可增省;或取协音律,不能曲随己意。强相支配,疣赘实多。故又有训故常法所不能限者。如古辞《鸡鸣高树颠》云:'黄金络马头,耿耿何煌煌。'晋成帝末童谣曰:'磕磕何隆隆,驾车入紫宫。'耿耿、煌煌,义无大异;磕磕、隆隆,亦并象车轮殷地声。而中间以何字,直以取足五言耳。……必求其义,则室阂难通,诚以韵语异于他文耳。"《检论》卷五

《订文篇》附录,《章氏丛书》本。案此论灼然有见于古人辞言之情。清儒王、俞以下,虑不能说也。夫句司数字,相接为用。其本体既有定限;则作者必于摛辞之顷,加之缪巧。或增字以足规式,或损字以就范围,斯固势所必至者。而代语与其所代之语,字数每不相同。有以少而代多,有以多而代少,斯于句度之齐一,遂亦颇有裨补。而诗辞代语之缘起,是又其一端焉。如左思《咏史》八首之一:"畴昔览穰苴。"案《史记·司马穰苴传》曰:"司马穰苴者,田完之苗裔也。……'文能附众,武能威敌',……(齐)景公……以为将军。……其后。……齐威王用兵行威,大仿穰苴之法,而诸侯朝齐。……王使大夫追论古者《司马兵法》,而附穰苴于其中,因号曰《司马穰苴兵法》。"《隋书·经籍志》子部兵家载:"《司马兵法》三卷,齐将司马穰苴撰。"是所谓"览穰苴"者,乃"览《司马穰苴兵法》"耳。全称其名,则字数多于五,故以穰苴代之。《传》称"而附穰苴于其中",亦谓附穰苴所撰兵法于古《司马兵法》中耳。此正太冲所本。白居易《新乐府·西凉伎》:"见弄凉州低面泣。"案洪迈《容斋随笔》曰:"今乐府所传大曲,皆出于唐,而以州名者五:伊、凉、熙、石、渭是也。凉州今转为梁州,唐人已多误用,其实从西凉府来也。凡此诸曲,唯伊、凉最著。"卷十四,"大曲伊凉"条。是所谓"弄凉州"者,乃"奏凉州传入之大曲"耳。全称其名,则字数多于七,故以凉州代之。贾岛《题长江厅》:"行蛇入古桐。"案集中《赠僧》一首有曰:"乱山秋木穴,里有灵蛇藏。"《全唐诗》卷二十一,页80。其意正同,特境有动静之别,语有繁简之殊。以此证之,则所谓"入古桐"者,乃"入古桐之穴"耳。全称其名,则字数多于五,故以古桐代之。斯皆假代语损字以齐句度者也。李白《赠宣城赵太守悦》:"愿借羲和景。"案《离骚》曰:"吾令羲和弭节兮。"王逸《章句》曰:"羲和,日御也。"是所谓"羲和景",即"日景"耳。循其本称,则字数不足五,故以羲和代之。苏轼《次韵王定国会饮清虚堂》："与子不妨中圣贤。"案《三国志·魏志·徐邈传》曰："时科禁酒，而邈私饮至于沉醉。校事赵达问以曹事。邈曰：'中圣人。'达白之太祖。太祖甚怒。度辽将军鲜于辅进曰，'平日醉客谓酒清者为圣人，浊者为贤人。邈性修慎，偶醉言耳。'竟坐得免刑。"是所谓"中圣贤"，即"中酒"耳。循其本称，则字数不足七，故以圣贤代之。陈师道《九日无酒，书呈漕使韩伯修大夫》："惭无白水真人分，难置青州从事来。"案《后汉书·光武纪论》曰："及王莽篡位，忌恶刘氏，以钱文有金刀，故改为货泉。或以货泉字文为白水真人。"《世说新语·术解》篇曰："桓温有主簿善别酒，有酒辄令先尝。好者谓青州从事；恶者谓平原督邮。青州有齐郡；平原有鬲县。从事言到脐；督邮言在鬲上住。"是所谓"白水真人"，即"钱币"；所谓"青州从事"，即"佳酿"耳。循其本称，则二句字数均不足七，故以白水真人、青州从事代之。斯皆假代语增字以齐句度者也。

六曰，所以别善恶也。王逸《〈楚辞·离骚经〉章句序》曰："《离骚》之文，依《诗》取兴，引类譬谕。故善鸟、香草，以配忠贞；恶禽、臭物，以比谗佞；灵修、美人，以媲于君；宓妃、佚女，以譬贤臣；虬、龙、鸾、凤，以托君子；飘风、云霓，以为小人。其词温而雅，其义皎而朗。"寻叔师所谓"引类譬谕"，征之《骚经》，实兼赅修辞学中之喻与代两事；而云其义皎朗者，则大要在能以善恶之别异示人。盖文辞之发，所以抒作者之情志，亦即表见其对事物之观感：善则善之，恶则恶之，故足以使人共晓。比喻之术，兹不遑及。而代语所由，有涉此者，则睹下所举列可概见焉。如王僧达《答延年》："珪璋既文府。"案《〈礼记·礼器〉疏》曰："圭璋，玉中之贵也。"《文选》曹丕《与锺大理书》曰："良玉比德君子，珪璋见美诗人。"李善《注》曰："《礼记》：'孔子曰:君子比德于玉。'《毛诗》曰:'颙颙昂昂,如珪如璋。'"卷四十二。是王诗"珪璋"云者,以代"延年",而称誉之情可见矣。高適《送李少府贬峡中,王少府贬长沙》:"圣代即今多雨露。"案草木必待雨露之润泽始能生长,故文辞多以草木比臣下,以雨露比君恩。白居易《初到江州寄翰林张、李、杜三学士》曰:"雨露施恩无厚薄,蓬蒿随分有荣枯。"《全唐诗》卷十六,页37。语尤分明。特前者为代,而后者为喻耳。是高诗"雨露"云者,以代"恩惠",而颂扬之情可见矣。苏轼《送子由使契丹》:"要使天骄识凤麟。"案《说文》曰:"凤,神鸟也。"《论衡·讲瑞》篇曰:"凤皇,鸟之圣者也。"《春秋》哀公十四年《公羊传》何休《解诂》曰:"麟者,太平之符,圣人之类。"孙炎《〈尔雅〉注》曰:"麟,灵兽也。"《〈释兽〉疏》引。是苏诗"凤麟"云者,以代"子由",而赞美之情可见矣。此皆所谓其善者善之之类也。谢瞻《张子房诗》:"鸿门消薄蚀,垓下殒搀枪。"案李善《〈文选〉注》曰:"薄蚀、搀枪,皆喻(项)羽也。京房《易飞候》曰:'凡日蚀皆于晦、朔。不于晦、朔蚀者,名曰薄。'《尔雅》曰:'彗星为搀枪。'"卷二十一。《汉书·天文志》曰:"彗孛飞流,日月薄食,……此皆阴阳之精,其本在地,而上发于天者也。政失于此,则变见于彼。"盖"薄蚀"、"搀枪",古均视为灾异,谢诗用之以代"项羽",则指斥之情可见矣。李白《古风》五十九首之一:"王风委蔓草,战国多荆榛。"案《〈诗〉序》曰:"关雎、麟趾之化,王者之风。"《孟子·离娄》篇曰:"王者之迹息而诗亡。"《后汉书·冯异传》李贤《注》曰:"荆棘,榛梗之谓,以喻纷乱。"是诗意即《文心雕龙·时序》篇所谓:"春秋以后,角战英雄。六经泥蟠,百家飚骇。"太白盖推本战国无文,实缘王纲解纽。故以"蔓草"、"荆榛",代其时之"纷乱",则菲薄之情可见矣。杜甫《避地》:"神尧旧天下,会见出腥臊。"案此东胡安禄山反后,希冀光复之作也。《国语·周语》曰:"其政腥臊。"韦昭《注》曰："腥臊，臭恶也。"胡人腋气特强，故有胡臭之称。何光远《鉴戒录》载尹鹗嘲李珣诗曰："异域从来不乱常，李波斯强学文章。案《录》云：李"本蜀中土波斯也"。假饶折得东堂桂，胡臭熏来也不香。"卷四"斥乱常"条，《知不足斋丛书》本。即其明证。杜诗以"腥臊"代"胡人"，则嫌厌之情可见矣。此皆所谓其恶者恶之之类也。

七曰，所以避忌讳也。《楚辞·七谏·谬谏》篇曰："恐犯忌而干讳。"王逸《章句》曰："所畏为忌，所隐为讳。"盖生老病死者，民之恒情；饮食男女者，人之大欲。然以忌痛苦，则讳言死亡；忌污秽，则讳言溲遗；忌猥媟，则讳言交媾。诸如此类，其类孔多。伊古已然，于今犹尔。而为文辞者，每遇此等，必施代语以资文饰焉。如潘岳《悼亡诗》三首之三："仪容永潜翳。"案《说文》曰："潜，藏也。"《广雅·释诂》曰："潜，隐也。"王逸《〈离骚〉章句》曰："翳，蔽也。"《方言》曰："翳，掩也。"人死则隐藏掩蔽，不可复见。此缘不欲斥言其"死"，故以"潜翳"代之。黄庭坚《哭邢惇夫》："眼看白璧埋黄壤。"案《世说新语·伤逝》篇曰："庾文康亡，何扬州临葬，云：'埋玉树于土中，使人情何能已。'"此亦不欲斥言其"死"与"葬"，故以"白璧埋黄壤"代之。此痛苦之忌也。王建《宫词》百首之四十六："密奏君王知入月，唤人相伴洗裙裾。"案《说文》曰："姅，女污也。"《汉律》曰："见姅变不得侍祠。"《史记》卷五十九，《〈五宗世家〉集解》引。《释名·释首饰》曰："以丹注面曰的。的，灼也。此本天子诸侯群妾当以次进御。其有月事者，止而不御。重以口说，故注此丹于面，灼然为识。女史见之，则不书其名于第录也。"《唐音癸签》卷十九，诂笺四举此，谓宫词"语虽情致，但天家何至自洗裙裾。密奏云云，更不谙丹的故事矣。"案密奏者，谓女史之为。《释名》说本明白，胡氏未细审耳。此缘不欲斥言"姅变"，故以"入月"代之，此污秽之忌也。张衡《同声歌》："衣解巾粉御，列图衾枕张。素女为我师，仪态盈万方。众夫所希见，天老教轩皇。"案此数语，旧日说者若吴兆宜《〈玉台新咏〉注》、闻人倓《古诗笺》，皆未能通解，惟黄节《汉魏乐府风笺》所释为当。其言曰："张衡《七辩》曰：'假明兰镫，指图观列，蝉绵宜愧，夭绍纡折，此女色之丽也。'盖即所言列图陈枕，仪态万方也。方，法也。《汉书·艺文志》房中八家有《天老杂子阴道》二十五卷，《黄帝三王养阳方》二十卷。列图以下，盖即《汉志》所言房中也。《玉房秘诀》：黄帝问素女、玄女、采女阴阳之事，皆《黄帝养阳方》遗说也。"卷十四。汤显祖《紫钗记》写霍小玉离情，有句曰："被叠慵窥素女图。"第二十五出《折柳阳关》，《六十种曲》本。即本平子，可为佐证。此缘不欲斥言"淫画"，故但称"图"以代之；不欲斥言"交媾之状"，故但称"仪态万方"以代之。今人动称女子风度服饰之美曰"仪态万方"，此不学之过，诚可笑也。此猥媟之忌。李商隐《药转》："郁金堂北画楼东，换骨神方上药通。露气暗连青桂苑，风声偏猎紫兰丛。长筹未必输孙皓，香枣何劳问石崇？忆事怀人兼得句，翠衾归卧绣帏中。"案此诗说者纷如。其谓："此篇淫媟之辞。朱竹垞以为药转字出道书，如厕之义。"则程梦星《李义山诗集笺注》之说也。其谓："颇似咏闺人之私产者。次句特用换骨，谓饮药堕之。三、四谓弃之后苑。五、六借以对衬。结则指其人归卧养疴。"则冯浩《玉溪生诗笺注》之说也。其谓："题与诗均难解。说者托之朱竹垞，谓如厕之义。冯氏又以私产解之，皆非也。余细审之：此盖咏人之以药堕胎者耳。当时或有此事，为朋辈所述。义山偶尔弄笔，以博笑谑。观结语'忆事怀人兼得句'，可以见矣。"则张采田《玉溪生年谱会笺》之说也。考题曰《药转》，朱氏谓义为如厕，今无所征，或是据腹联推测，而托之道书耳。冯《注》以葛洪《神仙传》"上药有九转还丹"说之，证以本诗次句，差为可信。五六两句，正由讳言如厕，故用典实作代。冯氏疏之曰："道源曰：长筹，厕筹也。《法苑珠林》:吴时于建业后园平地获金像一躯。孙皓素有未信,置于厕处,令执屏筹,至四月八日浴佛时,遂尿头上,寻即通肿,阴处尤剧,痛楚号叫,忍不可禁。太史占曰:犯大神圣所致。宫内伎女有信佛者曰:佛为大神,陛下前秽之,今急,可请邪?皓信之,伏枕归依,忏谢尤恳,以香汤洗象,惭悔殷重,隐痛渐愈。《白帖》:大将军王敦至石家厕,取箱食枣。群婢笑之。道源曰:《世说》:石崇厕常有十余婢侍列,皆丽服藻饰,置甲煎粉、沈香汁之属,又与新衣着令出。客多羞,不能如厕。王大将军往,脱故衣,著新衣,神色傲然。群婢相谓曰:此客必能作贼。又曰:王敦初尚主,如厕,见漆箱盛乾枣,本以塞鼻。王谓厕上亦下果实,遂至尽。《白帖》合之为一。义山诗亦如此用。岂别有据邪?"卷五。盖诗意若谓:事涉污秽,乃无异孙皓之长筹;本非溲遗,故不劳石崇之香枣也。至冯以此联为借以对衬,则非。中四句实当作一气读,谓弃婴后苑厕中也。唐长孺先生云:"此疑指女道士私婴弃厕中。唐释法琳《辨正论》讥道士有云:'魏、晋以来,馆中生子;梁、陈之日,圃内养儿。'如药转、换骨,并用道书语。孙皓事亦借佛以喻耳。"案此说尤确,谨附录于此。余则冯、张所解,大略从同,可勿深论。此亦不欲斥言"如厕",故以"长筹"、"香枣"代之;不欲斥言"堕胎",故以"换骨"代之;不欲斥言"堕胎方药",故以"神方上药"代之。此污秽而兼猥亵之忌也。

八曰,所以远嫌疑也。夫物有节文,事有宜适。若吟咏之际,或语涉放肆,或意及感情,或时讳攸关,或厉禁所限,既难居之不疑,又恐览者不察,则每庾辞以托意,代语以达旨,比类合谊,用求曲喻,俾不失其本真,复免予嫌疑焉。如谢灵运《登池上楼》:"潜虬媚幽姿。"案《说文》曰:"虬,龙子有角者。"《易·乾》初九曰:"潜龙勿用。"《文言》说之曰:"龙,德而隐者也。不易乎世,不成乎名,遁世无闷,不见是而无闷。乐而行之,忧则违之。确乎其不可拔,潜龙也。"谢公此诗末句云:"无闷征在今。"是其用《易》义显然。顾不径曰"潜龙",而代之以"潜虬"者,则以自汉以来,世皆以龙为帝王之象征。《贾子·容经》篇所谓:"龙也者,人主之譬。"《史通·叙事》篇所谓:"帝王兆迹,必号龙飞。"案《易·乾》九五曰:"飞龙在天。"不可妄用也。若潘尼《赠卢景宣》,而有"九五思飞龙"之句,《颜氏家训·文章》篇曰:"今为此言,则朝廷之罪人。"衡以尔时情理,岂不然哉? 又其《过始宁墅》:"还得静者便。"案《论语·雍也》篇,孔子曰:"知者乐水。仁者乐山。知者动。仁者静。"此诗既系过墅之作,而下又有"枉帆过旧山"、"山行穷登顿"诸句,则取义《论语》,而自居仁者可见。顾不径曰"仁者",而代之以"静者"者,则以《论语·述而》篇载孔子之言,谓:"若圣与仁,则吾岂敢?"至圣且不敢承,则康乐亦安能辄认? 故不得不出以执谦也。黄节《谢康乐诗注》卷二云:"《老子》:'归根曰静。'此诗静者,疑用老义。"案此说非是。殷石臞先生云:"《文选》殷仲文《南州桓公九井》作:'伊余乐好仁,惑袪吝亦泯。'李善《注》引《左氏传》:'与田苏游而好仁。'杜预曰:'苏,晋贤人也。苏言韩起好仁也。'五臣《注》良曰:'言乐桓玄好仁之怀。'按此诗前既以哲匠尊桓玄,此不必更以好仁指之。乐好仁实即言乐游山,亦用《论语》'仁者乐山'语,以好仁代乐山游耳。谢客此篇,有脱胎仲文诗意处,细玩谢清旷、惭贞坚之语可见。'还得静者便',则直包孕仲文'伊余'二句,以静代仁,亦本仲文之法,而更精炼。此诗家秘密藏也。"试更征以后来之作,若杜甫《送孔巢父谢病归游江东,兼呈李白》有曰:"蔡侯静者意有余。"《全唐诗》卷八,页3。《贻阮隐居昉》有曰:"贫知静者性。"同上,页11。皆本谢公。而称人亦曰"静者",不曰"仁者"者,则以孔子论人,于仁之一字,最不轻许,如《论语·公冶长》篇载孟武伯问子路、冉有、公西赤,皆答以"不知其仁"。子张问令尹子文、陈文子,皆答以"未知焉得仁"。礼不妄说人,则杜亦惟循谢之轨辙。斯又少陵熟精《选》理之一证。此以嫌于语涉放肆而用代语者也。李商隐

《无题》:"闻道阊门萼绿华,昔年相望抵天涯。岂知一夜秦楼客,偷看吴王苑内花。"案《文选》陆机《吴趋行》李善《注》引《吴越春秋》曰:"大城立昌门者,象天,通阊阖风。"又引《吴地记》曰:"昌门者,吴王阖闾所作也,名为阊阖门。"卷二十八。《太平广记》引《真诰》曰:"萼绿华者,女仙也。年可二十许,……以晋穆帝昇平三年己未十一月十日夜,降于羊权家。……自此一月辄六过其家,……授权尸解药,亦隐景化形而去。"卷五十七。赵臣瑗《山满楼唐诗七律笺注》曰:"此义山在王茂元家窃窥其闺人而为之。"冯浩《玉溪生诗集笺注》卷一引。冯《注》亦曰:"定属艳情,因窥见后房姬妾而作,得毋其中有吴人邪?"案冯氏说"阊门"云:"取与下吴王苑相应。"又说"吴王苑内花"云:"暗用西施。"精审可信也。李为王婿,而窃窥其后房,此真干犯名教之事,乌可显言? 故于所见之人,始以有世缘之女仙"萼绿华"代之,继以居深宫之丽质"吴王苑内花"代之,以见其可望而不可即之意。犹恐人之弗审,则前举阊门,后言吴苑,以相关合焉。《玉溪生年谱会笺》卷二解此诗云:"此初官正字,歆羡内省之寓言。……萼绿华以比(李)卫公。"案其说附会,兹所不取。此以嫌于意及感情而用代语者也。杜甫《奉同郭给事汤东灵湫作》:"坡陀金虾蟆,出见盖有由。至尊顾之笑,王母不肯收。复归虚无底,化作长黄虬。"案蔡梦弼《草堂诗笺》曰:"盖伤杨贵妃养禄山为义子,私通之。每年幸汤泉,为禄山作生日,以金盆盛汤,禄山裸浴其中。贵妃佯为庆诞之辰,百端取乐。明皇全不悟。案唐史:禄山为范阳府节度,与杨国忠争权。国忠表禄山必叛,玄宗不信。国忠谓帝:幸温泉,遣人召禄山,禄山必不来,以此验之。帝如其言。……后禄山至温泉。玄宗视禄山面,大喜。国忠谏帝:命壮士缚之,不然必反。帝既不疑禄山,贵妃复宠爱之,岂肯从其言而收缚之。谒帝罢,辞归范阳,……遂反。案钱谦益《杜工部诗集笺注》卷一引《安禄山事迹》,与此互有详略,可参。'坡陀',高大之貌,禄山腹大而涨。……金乃西方,禄山胡人,故云'金虾蟆'。案金虾蟆事,诸家所说各异。钱《注》云:"《酉阳杂俎》:'有人夜见月光属于林中,如匹布。寻视之,见一金背虾蟆,疑是月中者。'月者,阴精,后妃之象。禄山诏约杨妃,誓为子母,通宵禁掖,暱狎嫔嫱。和士开之出入卧内,方此为疏;蓟城侯之获厕刑余,又奚足尚? 方诸虾蟆之入月,诗人之托喻,不亦婉而章乎!"此一说也。赵翼《陔余丛考》卷二十四则驳之云:"案《潇湘录》:'唐高宗患头风。宫人穿地置药炉,忽有虾蟆跃出,色如黄金,背有朱书武字。宫人奏之。帝惊异,命放苑池。'则杜诗所咏,正指此事,而非如注家所云也。"杨伦《杜诗镜铨》卷三引钮琇说,又宋长白《柳亭诗话》卷六"金虾蟆"条皆与赵同。宋氏并云:"虞山以《酉阳杂俎》……注之,乃长庆年间事,老杜作古久已。"此又一说也。仇兆鳌《杜少陵集详注》卷四引潘鸿云:"案《五行志》:'神龙中,渭水有虾蟆,大如鼎。里人聚观,数日而失。'此韦后时事。'坡陀金虾蟆',盖其类也。禄山浊乱宫闱,故有此应。可与翟泉鹅出,同类并观,故曰'出见盖有由'。又载:虾蟆色如金。或云:骊山上有古碑载之。"此又一说也。审此诸事,钱氏所举,后于杜公,其误不待论。赵、纽、宋三氏所举,则金虾蟆乃指武后,设杜公用之,亦当以指杨妃,而诗中明指禄山,是亦不合。潘氏所举,更无由与诗关连。蔡《笺》但据诗辞为说。似反较胜也。'至尊',指玄宗也。'王母',指贵妃也。明皇为贵妃制羽衣霓裳以象西王母之会。……'虚无底',谓范阳也。唐长孺先生云:"案虚无底,即无穷也。《赵策》:'武灵王出无穷之门。'无穷,亦即无终。其地在燕,故云尔。"……帝验国忠之言,以卜其来与不来,故曰:'出见盖有由。'及禄山至,玄宗乃欢喜而大笑。虽国忠谏,命壮士收缚之,贵妃决不肯也。续遣归范阳,禄山遂反。岂非'复归虚无底',而'化作长黄虬'乎?"卷十三沈德潜《杜诗偶评》论此数句曰:"难显言者,以隐语出之,诗人之体。"卷一。此以"金虾蟆"与"长黄虬"代"禄山",以"虚无底"代"范阳",盖惧触时讳而用代语者也。唐珏《梦中作》四首之一:"亲拾寒琼出幽草,四山风雨鬼神惊。"案陶宗仪《辍耕录》曰:"岁戊寅,有总江南浮屠者杨琏真伽,……帅徒役顿萧山,发赵氏诸陵寝,至断残支体,攫珠襦玉柙,焚其骴,弃骨草莽间。时珏年三十二岁,闻之,痛愤,亟……邀里中少年若干辈……收遗骨共瘗之。……四郊多暴骨,取以窜易。……乃斫文木为匣,复黄绢为囊,各署其表曰某陵、某陵,分委而遣散之,莅地以藏,为文而告,诘旦事讫。……越七日,总浮屠下令,裒陵骨,杂置牛马枯胳中,筑一塔压之,名曰镇南。杭民悲切,不忍仰视,了不知陵骨之独存也。"卷四,"发宋陵寝"条。案此事隐秘,传闻多异辞。中山大学《语言文学专刊》第二卷第一期载詹安泰《杨髡发陵考辨》论之甚详,可参阅。又郑元祐《遂昌山樵杂录》谓收骨者为林景熙,《梦中》诗亦林作。兹从厉鹗说定归唐氏。其辨证见《宋诗纪事》卷七十五,不具详。诗即咏其事,题曰《梦中作》,特故为缪悠之辞以免祸耳。此以"寒琼"代"白骨",《唐音癸签》卷十九,诂笺四云:"谢惠连《雪赋》:'庭列瑶阶,林挺琼树。善《注》:'琼,赤玉也。琼树恐误。'案琼之为赤玉,见《说文》。但《毛诗传》言琼非一,惟云:'玉之美者。'非以为玉色名。《诗传》在《说文》前,尤可据。谢盖用《诗传》,不用《说文》耳。陈张正见'睢阳生玉树,云梦起琼田',隋王衡'璧台如始构,琼树似新栽',以及李贺'白天碎碎堕琼芳',李义山'已随江令夸琼树,又入卢家妒玉堂',并从谢作白用,似为不误。"案唐用寒琼,亦同此例。盖恐干厉禁而用代语者也。

九曰,所以明分际也。夫人之相与,莫不有尊、卑、长、幼之殊,贵、贱、亲、疏之别。表之文字,差别较然。或缘相对以鸣谦,或缘特见以示异者,代语之中,所在多有。观之若不经意,寻之即审其由焉。如杜甫《奉赠韦左丞丈二十二韵》:"丈人试静听,贱子请具陈。"案《易·师》曰:"丈人,吉。"王弼《注》曰:"丈人,严庄之称也。"《论语·微子》篇曰:"遇丈人。"包咸《注》曰:"丈人,老人也。"何晏《集解》引。《汉书·游侠传》曰:"称贱子。"颜师古《注》曰:"言以父礼事。"此以"丈人"代"韦",而以"贱子"代"己",出以相对之辞,而二人之关系可见。此所以表尊、卑、长、幼者也。唐文宗《宫中题》:"上林花发时。"案司马相如有《上林赋》,以谓天子之苑囿也。称"上林"以代"游赏之地",则知其非臣民矣。秦韬玉《咏贫女》:"蓬门未识绮罗香。"案蓬门犹言柴门,以谓贫者之室屋也。称"蓬门"以代"居处所在",则知其非贵家矣。此所以表贵、贱、富、贫者也。贾岛《送无可上人》:"蛩鸣暂别亲。"案李怀民《重订中晚唐诗主客图》曰:"无可在俗为浪仙从弟,故诗中用亲字,非泛下也。"卷下,嘉庆乙丑刘大观刊本。此以"亲"代"无可"。又前举李商隐《无题》第三句:"岂知一夜秦楼客。"案《太平广记》引《〈神仙传〉拾遗》曰:"萧史,不知得道年代,貌如二十许人,善吹箫,作鸾凤之声。……秦穆公有女弄玉善吹箫。公以弄玉妻之,遂教弄玉作凤鸣。居十数年,吹箫似凤声。凤皇来止其屋。……一旦,弄玉乘凤,萧史乘龙,升天以去。"卷四。此以"秦楼客"代"己",实所以表其与王茂元之婚媾关系。一诗之中,既用"萼绿华"与"吴王苑内花"以远嫌疑,复用"秦楼客"以明分际,斯可谓极微显、志晦之能事。此则所以表亲、疏者也。

如上所疏,代语缘起,虽有九端,然大别之,则惟两类。前五事,缘起之系乎辞者也;后四事,缘起之系乎义者也。前者或偏于韵文,后者则无间散录。盖以韵文格律较严,而散录规式无定;其体性既别,故张弛亦殊耳。次则前举诸例,其所归纳,每为臆测,非尽真诠。盖作者神思之运,非有成心;而述者科条所关,必加分析。故如"忍将行雨换追风"之句,兹以为除复重;然谓为矫熟俗,亦可也。"遥知更解青牛句"之句,兹以为矫熟俗;然谓为调声律,亦可也。用知凡上所述,其大要在示人以代语缘起,有此诸端。非谓入于甲者必出乎乙,系之丙者不得归丁。斯二者,一以见文章之体性有异,则审察代语所施,不得从同。一以见作述之情况不侔,则推度代语所由,虑难尽合。亦论其缘起既竟,所当申述者也。

三

兹事缘起,已如上说。缘起既明,效用自显。效用既显,则其价值乃可见焉。然古今学人所见,于此或不尽同,犹有当讨论者。闲者,历览故书,如魏际瑞《伯子论文》"人以文字就质于人"条、顾炎武《日知录》卷十九,"文人求古之病"条,颇有非之之议;而沈义父《乐府指迷》论词,则以为必用代语,"方见妙处"。顾皆未深言其故。《四库提要》评沈说云:"其意欲避鄙俗而不知转成涂饰,亦非确论。"卷一百九十九,"乐府指迷"条。王国维《人间词话》更申之曰:"沈氏云云,若惟恐人不用代字者。果以是为工,则古今类书具在,又安用词为邪?宜其为《提要》所讥也。"又曰:"其所以然者,非意不足,则语不妙也。盖意足则不暇代,语妙则不必代。"卷上,《王静安先生遗书》本。章公《辨诗》则曰:"唐人多意造辞,近人或以为戒。余以为造辞非始唐人。自屈原以逮南朝,谁则不造辞者?古者多见子夏、李斯之篇,故其文章都雅。造之自我,皆合典言。后世字书既已乖离,而好破碎妄作,其名不经。雅俗之士,所由以造辞为戒也。若其明达雅故,善赴曲期,虽造辞则何害?不然,因缘绪言,巧作刻削,呼仲尼以龙蹲,斥高祖以隆准,指兄弟以孔怀,称在位以曾是,案后二者于修辞学为藏辞,与代语少异,此统举之。此虽原本经纬,非言而有物者也。"《国故论衡》卷中,《章氏丛书》本。是数说者,意各有重,而皆持之有故,言之成理。括其涵蕴,可得四科:代语之存废,一也;代语之资料,二也;代语之方术,三也;代语之传导,四也。请依次加之平议,庶可明其是非。

夷考代语之由来,本有客观之需要,如前所述。故上起姬周,下逮今日,典重若经传,通俗若说部,代语猥多,久成事实,则其存废,似可不论。顾修辞之业,各有杼机。历祀不同,众体有别,斯固然矣。即人各具其匠心,篇各申其惠巧,则施用之程度,亦有差焉。此事实上之确定存在,与理论上之倡言废除,固并行而不悖,所以有明辨之必要也。王氏之斥非兹事,自意之足不足,语之工不工立言,以为意足则不暇代,语工则不必代。其辞极辩,乍聆殊无以相解。顾慎思之,亦不尽然。何则?文心善变,善变则靡穷。文事求达,求达则多术。"其限于书语,有不得尽言者,则必藉表象以出之。《〈易〉传》所谓'曲中肆隐'者是也。其揆之事理,有不欲尽言者,则必赖曲指以明之。庄生所谓'缪悠荒唐'者是也。"拙撰《文论要诠》卷下。杨慎《谭苑醍醐》云:"夫意有浅言之而不达,深言之乃达者;详言之而不达,略言之乃达者;正言之而不达,旁言之乃达者;俚言之而不达,雅言之乃达者。"卷七,"辞达"条。斯可谓妙解情理之言。准此所说,则知所谓意足则不暇代,有之矣,然亦有以用代语而意转足者;语工则不必代,有之矣,然亦有以用代语而语转工者。此谛审旧文,有时而可覆按者也。王氏《〈宋元戏曲史〉自序》云:"凡一代有一代之文学:楚之骚,汉之赋,六代之骈语,唐之诗,宋之词,元之曲,皆所谓一代之文学,而后世莫能继焉者也。"然自屈、宋下逮关、马、白、郑之徒,用代语者何限,岂皆意不足而语不工乎?若然,而犹称一代之文学,何吾国文学之贫乏若是邪?又览其自定《观堂长短句》,存词仅二十余阕,可谓至精之择矣;而其间代语,已不一而足,则又何说?盖王氏持论,实远绍锺嵘《〈诗品〉序》"古今胜语,多非补假,皆由直寻"之说;而不知仲伟生际六叔,其时文章匮采,故有激云然,斯固不得为定程耳。由是言之,代语之施用与否,虽属作者之自由;而自其本身观之,则事实上无废除之可能,理论上无废除之必要也。

次则王氏又以为若如沈义父之意,殆惟恐人不用代语,诚如是,则类书具在,安用词为?案此亦似是而非之论也。寻代语资料,包罗甚广。有以事物与事物之特征或标记相代者,有以事物与事物之所在或所属相代者,有以事物与事物之作者或产地相代者,有以事物与事物之资料或工具相代者,皆所谓旁借也。有以部分与全体相代者,有以特定与普通相代者,有以具体与抽象相代者,有以原因与结果相代者,皆所谓对代也。详陈望道《修辞学发凡》第五篇,第四节。而其有取于类书者,独成语、故事而已。此宁可尽代语所资邪?且即局就二端言之,固亦裨于文事,发于本然。黄君《文心雕龙·事类》篇札记曰:"夫以言传意,自古始已有不能吻合之患,是故譬喻众而假借繁。……言期于达,而不期于与本义合,则故训之用,由此滋多。若夫累字成句,累句成文,而意仍有时而窒碍,则兴道之用,由此兴焉。道古语以剀今,道之属也;取古事以托喻,兴之属也。意皆相类,不必语出于我;事苟可信,不必义起乎今。引事、引言,凡以达吾之思而已。……逮及汉、魏以下,文士撰述,必本旧言。始则资于训诂,继而引录成言,原注:"汉代之文,几无一篇不采录成语者,观二《汉书》可见。"终则综辑故事。爰至齐、梁,而后声律、对偶之文大兴,用事采言,尤关能事。……文胜而质渐以漓,学富而才为之累,此则末流之弊,故宜去甚、去奢,以节止之者也。然质、文之变,华、实之殊,事有相因,非由人力。故前人之引言、用事,以达意、切情为宗;后有继作,则转以去故、就新为主。……然浅见者临文而踌躇,博闻者裕之于平素。天资不充,益以强记;强记不足,助以钞撮。自《吕览》、《淮南》之书,《虞初》、百家之说,要皆探取往书,以资博识。后世《类苑》、《书钞》,则输资于文士,效用于搜闻。以我搜辑之勤,袪人繙检之剧。此类书所以日众也。"此论类书之出,由于成语、故事之多;成语、故事之多,由于兴、道之用;兴、道之用,由于辞、义之不尽吻合,可谓精卓矣。如是,则代语之取资成语、故事,岂非事有必至乎?且也,文辞固需资料,而资料非即文辞。王氏并代语、类书为一谈,殊嫌疏阔。至沈氏惟恐人不用代语,王氏惟恐人用代语,各执一偏,初不计其宜称,是则所谓楚既失之,而齐亦未为得者,殆亡是公之所笑也。

若夫代语本造辞之一端,章公以为造辞者,初无碍于文事,而要当明达雅故,善赴曲期;不宜因缘绪言,巧作刻削。其论诚善。然造铸辞语,亦复多门,隐括代语,即以十数。善赴曲期者,岂尽明达雅故?巧作刻削者,未必因缘绪言。随时应心,以成变化,盖有之矣。《事类》篇札记又云:"文之为用,自喻、喻人而已。自喻奚贵?贵乎达。喻人奚贵?贵乎信。"若代语之施,自喻而达,喻人而信,则善赴曲期与巧作刻削者,其间或不能以寸也。《文心雕龙·定势》篇曰:"近代辞人,率好诡巧,……厌黩旧式,故穿凿取新。"又曰:"密会者以意新得巧,苟异者以失体成怪。"是则代语日繁,亦属新变代雄之理。其能达、信,是谓密会;翩其反而,是谓苟异。其胜劣宁尽系于明达雅故与因缘绪言哉?盖文辞构造,各有本原。代语以引申事物间之联想为法式,则与因仍典言、雅故者,根株自异,又不能一概齐也。

《提要》以《指迷》所论,其意欲避鄙俗,而不知转成涂饰,此则属于文辞传导。夫欲避鄙俗,作者之意旨也;转成涂饰,读者之感觉也。读者之感觉既不能同符作者之意旨,是即未尝相喻之征。作者之与读者,其于文辞,本各有其职责。"作者之职责,在求表见之充分与完整。其方术时直、时曲,或显、或隐,固非读者所能干预。读者之职责,在求欣赏之正确与精密。其程度有深、有浅,见知、见仁,亦非作者所能指点。"拙撰《文论要诠》卷下。然以避鄙俗之意旨,而获得转成涂饰之感觉,则其过自应由作者任之。顾作者万千,岂皆如是?其施用代语而自喻能达,喻人能信者,数亦至众。若以此而罪及代语之本体,又岂非因噎废食之见乎?

与代语缘起相关诸问题,为前人所论及者,已依愚见,平议如上。要之,人类之语言、文字,根本不能与事物绝对密合,故不得不有所表象。其在文字,则有象形以表象具体之事物,有假借、引申以表象抽象之思想。其在修辞之术,则譬喻之语,犹之乎象形也;贸代之语,犹之乎假借、引申也。文明日进,则庶事日滋。修辞之术益精,则代语之用益广。此亦理之固然,非一二人之力所可进退者也。用是辑比诗辞,略明因果。世之论家,傥有取焉。

(1945年4月,成都)

《古诗》"西北有高楼"篇"双飞"句义

以鸟喻人,以鸟飞喻人之行动,以鸟之双飞喻二人之一致行动,乃吾国诗歌中常用之表见方式。汉、魏古诗,尤所习见。如旧题苏武诗四首之二:"黄鹄一远别,千里顾徘徊。……愿为双黄鹄,送子俱远飞。"《文选》卷二十九。旧题苏武《别李陵》:"双凫俱北飞,一凫独南翔。"旧题李陵诗八首之五:"尔行西南游,我独东北翔,……双凫相背飞,相远日已长。"已上《古文苑》卷八。次则以"相背飞"喻行动之不一致,其根株仍在以双飞喻行动之一致,故连举之。《古诗》"步出城东门":"愿为双黄鹄,高飞还故乡。"《诗纪》卷二十,汉第十。曹丕《清河》一首:"愿为晨风鸟,双飞翔北林。"《玉台新咏》卷二。曹植《送应氏诗》二首之二:"愿为比翼鸟,施翩起高翔。"《文选》卷二十。胥其例证。凡上诸诗所指双飞之鸟,意义均极明确。盖一则自谓,一则谓所致意之人。此不俟烦言而解者也。次如徐幹《为挽船士与新娶妻别》:"愿为双黄鹄,比翼戏清池。"《艺文类聚》卷二十九。按《玉台新咏》卷二以此诗为曹丕作。兹据《历史语言研究所集刊》第十二本逯钦立《〈古诗纪〉补正叙例》之说,定归徐氏。则比翼双鹄者,一以喻挽船士,一以喻其妻,似若少殊。然此本诗人代挽船士立言,则亦实与前述无异。又如《古诗》"东城高且长":"思为双飞燕,衔泥巢君屋。"《文选》卷二十九。《玉台新咏》卷一题枚乘作,非。"双飞"燕而外,又出"君"字,遂若有三人者,义较含糊。但衡以全诗文义,则此双飞之燕,一则荡涤放情之作者,一则容颜如玉之佳人。所云"君"者,仍即指此佳人。故陆机拟之,乃直作:"思为河曲鸟,双游沣水湄。"案《文选》卷三十载陆拟古诗十二首,其九曰,《拟东城一何高》。《玉台新咏》卷三载陆拟古七首,其二曰,《拟东城高且长》。二诗即一首。审其辞义,实系拟今十九首中《东城高且长》篇,而选题有异者,未悉是古诗旧有异文,抑或传写之讹也。是则未尝不与旧题苏、李诸篇以次从同也。

《古诗》"西北有高楼"篇全文云:"西北有高楼,上与浮云齐。交疏结绮窗,阿阁三重阶。上有弦歌声,音响一何悲!谁能为此曲,毋乃杞梁妻?清商随风发,中曲正徘徊;一弹再三叹,慷慨有余哀。不惜歌者苦,但伤知音稀,愿为双鸣鹤,奋翅起高飞。"《文选》卷二十九及《玉台新咏》卷一。鸣鹤,《玉台》及五臣本《文选》作鸿鹄。起写所见,中写所闻,结写所感。此孙𨥛《评》所以称为"叙事有次第,首尾完净"也。今人隋树森《〈古诗十九首〉集释》搜采旧说颇备。本文所引前贤之论,凡未别著出处者,悉见此书。而就此诗整体言之,则无论见闻,均属作者假以表意之象,结四句始为意之所存。昔人说此,盖有歧义。吴淇云:"'不惜'二句,是由其声之哀,而知其意之苦。于是听者代为之辞,若曰:歌之苦,我所不惜,难得知音耳。如有知音者,愿与同归矣。"张庚则曰:"吴氏以为此听者代之之辞。……然以上文文势观之,此接代辞觉突且无味。盖此诗本就听者立言,则'不惜'仍是听者不惜。起六句是叙述,'谁能'六句是拟议,结四句乃发论见意也。若谓:我听其歌,悲哀慷慨,亦何苦也!然我不惜其苦,所可伤者,世有如此音声而竟不得一知己者耳。因自露意气,遂慨然曰:我与若人所抱既同,所遇又同,若得化为双鹤,奋翅俱飞,以离去此人间,诚所愿矣。"案说"不惜"以下文义,自以张氏为长。然无论如吴氏之说,以为此乃楼外之人代楼中之女所言;抑如张氏之说,以为此乃楼外之人所自言。其认诗中双飞鸣鹤,即指斯二人,则无两致。盖此类诗句向来之一定解释固如是也。

余初说此诗,亦沿旧义。顷者细加寻绎,乃觉其非。今就厥情理,更为探究,别进一解,以求教于海内知诗者。

姚鼐谓:此诗盖"伤知己之难遇,思远引而去。"方东树说之曰:"'不惜'二句,乃是本意交代,而反似从上文生出溢意,其妙如此。收句深致慨叹,即韩公《双鸟诗》、《调张籍》'乞君飞霞佩'二句意也。……不过言知音之难遇,而造语造象奇妙如此。"张庚亦云:"此抱道而伤莫我知之诗,借歌者极写之,而结以'愿为'二句见意,格局甚好。"案姚氏语简,合以方、张二家之论,则其大旨略可了然。然据此以推情求理,则谓双飞鸣鹤为如旧义所指,有可疑者三焉。

此诗自首至尾,皆写楼外之人所见闻感慨,当从张氏之说,已如前述,则其属于片面之观察与情绪甚明。易言之,则楼外之人虽知有楼中之女,而楼中之女则始终不知有楼外之人也。张氏又云:"先出歌声,后出人者,高楼之上,交疏之中,人之有无不得而知,因歌声知之也。而于人则曰'谁',曰'无乃',作猜疑之辞者,盖虽因歌声而知楼上有人,然终不知其为何如人,因即歌声拟料之。古人用笔之仔细如此。"此申片面之义尤为精密。方氏以韩诗相比,考《双鸟诗》有曰:"双鸟海外来,飞飞到中州。一鸟落城市,一鸟集岩幽,不得相伴鸣,尔来三千秋。……还当三千秋,更起鸣相酬。"《全唐诗》卷十二,页69。曾国藩《十八家诗钞》云:"朱子以《双鸟诗》指己与孟郊而作。落城市者,己也。集岩幽者,孟也。《韵语阳秋》已有此说。"卷九。案此诗解者纷如,兹取其足以证成方说者。《调张籍》曰:"乞君飞霞佩,与我高颉顽。"《全唐诗》卷十二,页70。君者,张籍;我者,韩公自称。斯更览题可知,无可疑惑。顾孟之与张,皆韩旧识深交。此与本篇之二人初不相识,且一人于另一人毫无所知之情况,实不相同。则方氏连类而谈,殊未精审。盖此二人者,固有李商隐《无题》所谓"身无彩凤双飞翼"之境,实无其所谓"心有灵犀一点通"之情。《全唐诗》

卷二十,页37。故陆时雍评之曰:"抚衷徘徊,四顾无侣。……空中送情,知向谁是?言之令人悱恻。"由是言之,此楼外之人又何所托以致其思,而欲与此楼中之女为双鸣鹤以奋翅高飞乎?斯则事势之不同,可疑者一也。

次则此楼外之人,虽无由定其确切之身分,然如朱筠所云:诗"写音响之悲,淋漓尽致。'随风发',曲之始;'正徘徊',曲之中;'一弹三叹',曲之终"。则其人实以弦歌之移情,而低徊楼畔甚久,是必非古乐府《相逢狭路间》所写"黄金络马头,观者满路旁"之流。《玉台新咏》卷一。至楼中之女,尤属虚揣,然以其所居处绮窗、阿阁、高楼、重阶而推之,是当为王维《洛阳女儿行》所写"良人玉勒乘骢马,侍女金盘脍鲤鱼"之流。《全唐诗》卷五,页8。盖一则可能为贫士,一则必其为贵家也。由是言之,此楼外之人又何所恃以致其思,而欲与此楼中之女为双鸣鹤以奋翅高飞乎?斯则境遇之不同,可疑者二也。

复次,如诗所陈,楼外之人固有失志之感,而自伤知音之稀;楼中之女,据其直觉,亦复如此。斯则然矣。而申言之,二人虽可能皆具失志之感,其所以致感之由,抑又不必从同。夫楼外之人所愿望,虽无法确知,而最可能者当为闻达。楼中之女所愿望,亦未由悬揣,然最可能者当为爱情。盖贫士沦落之感既深,自以闻达为先;贵女衣食之资无缺,容以爱情为重。诗用杞梁妻事以喻其弦歌之悲,亦一暗示也。此固可推度之也。洪迈《容斋五笔》云:"白乐天《琵琶行》一篇,读者但羡其风致,敬其词章,至形于乐府,咏歌之不足,遂以谓真为长安故倡所作。予窃疑之。唐世法网虽于此为宽,然乐天尝居禁密,且谪官未久,必不肯乘夜入独处妇人船中,相从饮酒,至于极弹丝之乐,中夕方去。案诗云:'移船相近邀相见,添酒回灯重开宴。千呼万唤始出来,犹抱琵琶半遮面。'则是邀此妇人过客船,非乐天等入妇人船,甚明。容斋语微误。岂不虞商人者它日议其后乎？乐天之意，直欲摅写天涯沦落之恨尔。东坡谪黄州，赋《定惠院海棠》诗，有'陋邦何处得此花，无乃好事移西蜀'、'天涯流落俱可念，为饮一尊歌此曲'之句。意亦尔也。或谓：殊无一话一言与之相似。是不然。此真能用乐天之意者，何必效常人章摹句写而后已哉？"卷七，"《琵琶行》、《海棠》诗"条。《琵琶行》本事之有无，非此所欲置论，然洪氏之言，则实超卓。今依其说以衡此篇，则亦不过作者借所闻弦歌以寄其惆怅失志之感耳。其他非所重也。由是言之，此楼外之人又何所求以致其思，而欲与此楼中之女为双鸣鹤以奋翅高飞乎？斯则希冀之不同，可疑者三也。

准此三疑，则张氏所云"我与若人所抱既同，所遇又同"之说，殊难成立。"若得化为双鹤，奋翅俱飞"云云，更无依据。今谓此之所咏"愿为双鸣鹤，奋翅起高飞"者，当分别宾主、虚实言之：其属于楼外之人者，乃衷心之愿望，是主，是实；而属于楼中之女者，则代谋之拟议，是宾，是虚。此人因已本有失志之悲，遽闻此女弦歌，遂生同病相怜之感。若谓：二人者，志各有所失，心各有所愿。故不特望自身能得知音之援引而跻攀于闻达，亦同时盼此女能得知音之怜惜而满足其爱情。设假定楼外之人为甲，则主中之主也；能援引之而使跻攀于闻达者为乙，则主中之宾也；楼中之女为丙，则宾中之主也；能怜惜之而使满足其爱情者为丁，则宾中之宾也。如是，则此诗所指双飞鸣鹤，当有两组：一者甲乙，二者丙丁。而初不若旧说之仅二人，即以楼外之人与楼中之女当之，此或较得其实。盖虽自心理观点论之，丙实为甲之投影，丁亦为乙之投影；但丙之与甲，则难言其有若何固定之联系也。

或曰："如子所言，揆诸情理，自亦可通。然诗人感物，连类不穷，比兴之辞，尤难意必。自汉以来，此类诗句多矣。究厥蕴涵，均不若是。今子独标新义，无征不信，宁免附会穿凿之失乎？"应之曰：阮籍《咏怀》八十二首之十二云："昔日繁华子，安陵与龙阳，夭夭桃李花，灼灼有辉光，悦怿若九春，磬折似秋霜。流盼发姿媚，言笑吐芬芳，携手等欢爱，宿昔同衣裳。愿为双飞鸟，比翼共翱翔，丹青著明誓，永世不相忘。"安陵为楚王幸臣，龙阳为魏王幸臣，《国策》、《说苑》载其事详矣。是诗所谓双飞鸟者，亦当为两组；安陵、楚王，一也；龙阳、魏王，二也。阮公之作，盖即本古诗而更加以变化耳。若循旧说，则双飞鸟当指安陵与龙阳，宁复可通？此余说之确证也。

抑尤有进者，此类诗句之原始用法，自系直指禽鸟本身。如古乐府《双白鹄》："飞来双白鹄，乃从西北来。"《古诗为焦仲卿妻作》："中有双飞鸟，自名为鸳鸯。"均见《玉台新咏》卷一。是其例也。少进乃以喻人，如篇首所举是。至如"西北有高楼"篇中所喻，有主有宾，有实有虚，其事必更后起。自《玉台新咏》以古诗中之九首为枚乘作，世人多有攻驳之论，而求外证者多，求内证者少。此似亦其甚可注意之一端也。

（1945年5月，成都）

曹孟德《蒿里行》"初期会盟津,乃心在咸阳"解

以乐府咏时事为曹孟德新启之异境,此治诗者之所共知也。兹篇用意,在刺袁绍、袁术兄弟行事。史传具在,疏解非难。闻人倓《古诗笺》,黄节《汉魏乐府风笺》等既略征引之,无俟更论。独"初期"二语,黄氏云:"即沮授说绍所谓'迎大驾于长安,复宗庙于洛邑'也。"《风笺》卷九。谨案:沮授之语,乃首次为绍画策。绍闻其言,喜曰:"是吾心也。"事在初平二年,见《后汉书·袁绍传》。《传》又载绍上献帝书,自陈其勤王之状,有云:"故遂引会英雄,兴师百万,饮马孟津,歃血漳河。"盟、孟古通,盟津之即孟津,学人已有考论。详《禹贡半月刊》第四卷第十期载王树民《孟津》及第五卷第二期载童书业《盟津补证》二文。《风笺》亦云。而咸阳之与长安,不过一水之隔。既皆旧都,诗又用冬、阳、庚通韵,则以此代彼,揆诸诗辞恒例,亦属当然。是如黄说,此二句者,上以谓陈师之事,下以称效忠之情,宜若怡然理顺矣。顾详稽史迹,则有窒阂难通者。

盖此篇之作,未悉何时。考之《后汉书·献帝纪》:"建安元年,……秋七月……车驾至洛阳。……八月,……迁都许。……二年春,袁术自称天子。"诗有"淮南弟称号"之语,明指术言,则至早当在建安二年春末。又《袁绍传》云:"兴平二年,拜绍右将军。其冬,车驾为李傕等所追于曹阳。沮授说绍曰:'将军累叶台辅,世济忠义。

今朝廷播越,宗庙残毁。观诸州郡,虽外托义兵,内实相图,未有忧存社稷邺人之意。且今州城粗定,兵强士附,西迎大驾,即宫邺都,挟天子而令诸侯,畜士马以讨不庭,谁能御之?'绍将从其计。颍川郭图、淳于琼曰:'汉室陵迟,为日久矣。今欲兴之,不亦难乎?且英雄并起,各据州郡,连徒聚众,动有万计,所谓秦失其鹿,先得者王。今迎天子,动辄表闻。从之则权轻,违之则拒命,非计之善者也。'授曰:'今迎朝廷,于义为得,于时为宜。若不早定,必有先之者焉。夫权不失几,功不厌速,愿其图之。'帝立既非绍意,竟不能从。……建安元年,曹操迎天子都许,乃下诏书于绍,责以地广兵多而专自树党,不闻勤王之师,而但擅相讨伐。……绍每得诏书,患有不便于己,乃欲移天子自近,使说操以许下埤湿,洛阳残破,宜徙都甄城,以就全实。操拒之。"《魏志·武帝纪》云:"建安元年,……秋七月,杨奉、韩暹以天子还洛阳。奉别屯梁。太祖遂至洛阳,卫京师。暹遁走。……洛阳残破。董昭等劝太祖都许。九月,车驾出轘辕而东。……自天子西迁,朝廷日乱。至是,宗庙社稷制度始立。"则自董卓胁迫,徙都长安,乘舆播荡,累易行在。迄建安初元,还洛迁许,乃成定局。汉家之政,遂亦由曹氏出。袁绍始闻授议,虽善其言,然以首鼠两端,终失挟天子以令诸侯之机会。此实曹、袁成败枢纽之一端,史册所载,良彰彰也。今执范、陈所记以较黄说,则有不合之点二焉。一者:沮授之言,就袁方言之,则所云乃谋士之长策,非权臣之实事。自初平之元,至建安之始,前后七载,绍但尝声讨倡乱之贼党,而未曾奉迎败绩之皇舆。就曹方言之,则起兵之际,虽未迎大驾于长安;作诗之时,固已复宗庙于许下。此则事实有未符也。二者:挟天子,令诸侯,纵尽人皆知之心迹;迎大驾,复宗庙,亦尊王定乱之嘉猷。此事曹操既躬行之,何乃忽于赋咏之中,归美于其政敌?至诗首句称绍为"义士"者,正斥其为德不卒,乃深致讥切之辞。"初期"句则以讨贼兴兵,绍本盟主,时操方行奋武将军,初无权势。《武帝纪》所载甚明。此类皆非归美,故不得与迎驾复庙比论也。**此又情理有未安也。**

余以闲燕反复寻绎,窃疑二语之在本诗,实乃用事而非叙事,乃间接之比喻而非直接之纪录。"初期会盟津",犹言始冀纠合诸侯,吊民伐罪。"乃心在咸阳",犹言继竟攻城争地,树党营私。《史记·周本纪》云:"武王……东观兵,至于盟津。……是时诸侯不期而会盟津者,八百诸侯。诸侯皆曰:'纣可伐矣。'武王曰:'女未知天命,未可也。'乃还师归。居二年,闻纣昏乱,暴虐滋甚。……于是武王遍告诸侯,……东伐纣。……师毕渡盟津,诸侯咸会。"此上句所用之故事也。《袁绍传》云:"初平元年,绍遂以勃海起兵,以从弟后将军术、冀州牧韩馥、豫州刺史孔伷、兖州刺史刘岱、陈留太守张邈、广陵太守张超、河内太守王匡、山阳太守袁遗、东郡太守乔瑁、济北相鲍信等,同时俱起,众各数万,以讨(董)卓为名。……约盟,遥推绍为盟主。"则其所喻之时事也。《史记·项羽本纪》云:"怀王与诸将约曰:'先破秦入咸阳者,王之。'"又云:"沛公已破咸阳,项羽大怒,使当阳君等击关。项羽遂入,至于戏西。沛公军霸上,未得与项羽相见。沛公左司马曹无伤使人言于项羽曰:'沛公欲王关中,使子婴为相,珍宝尽有之。'项羽大怒曰:'旦日飨士卒,为击破沛公军。'"此下句所用之故事也。前引《袁绍传》,操既专柄,即矫诏责绍地广兵多,专自树党,不闻勤王,擅相讨伐,而《魏志·武帝纪》初平元年条亦云:"绍又尝得一玉印,于太祖坐中举向其肘。太祖由是笑而恶焉。"案此事亦可与本诗言及袁术得玺相发。则其所喻之时事也。盖上句指其起义讨罪,乃承"关东有义士,兴兵讨群凶"为言。下句指其变节自雄,则启"军合力不齐,踌躇而雁行。势利使人争,嗣还自相戕"为言。后来律体,颈腹二联,通例以偶丽成文,而亦或有单句承先,双句启后之格。兹以杜、苏二公之作证之,如《杜诗镜诠》卷三《官定后戏赠》云:"不作河西尉,凄凉为折腰。老夫怕趋走,率府且逍遥。耽酒须微禄,狂歌托圣朝。故山归兴尽,回首向风飙。"此诗颈联上句承一、二,下句启五、六。又卷四《送郑十八虔贬台州司户,伤其临老陷贼之故,阙为面别,情见于诗》云:"郑公樗散鬓成丝,酒后常称老画师。万里伤心严谴日,百年垂死中兴时。仓皇已就长途往,邂逅无端出饯迟。便与先生应永诀,九重泉路尽交期。"此诗腹联上句承三、四,下句启七、八。《苏文忠诗编注集成》卷四《中隐堂诗》五首之二云:"径转如修蟒,坡垂似伏鳖。树从何代有,人与此堂高。好古嗟生晚,偷闲厌久劳。王孙早归隐,尘土污君袍。"此诗亦腹联上句承三、四,下句启七、八。又卷十一《苏州闾邱江君二家雨中饮酒》二首之一云:"小圃阴阴偏洒尘,方塘潋潋欲生纹。已烦仙袂来行雨,莫遣歌声便驻云。肯对绮罗辞白酒,试将文字恼红裙。今宵记取醒时节,点滴空阶独自闻。"此诗亦颈联上句承一、二,下句启五、六。皆其例也。古诗尤多变化,自可随意错综,此类是矣。至所比方,未尽精确,则断章取义,用事常科,抑又不足病也。

《颜氏家训·文章》篇云:"沈隐侯曰:'文章当从三易:易见事,一也。……'邢子才常曰:'沈侯文章用事不使人觉,若胸臆语也。'深以此服之。"此篇所运典实,固皆近在耳目。徒以地名之混同,致有《风笺》之误解,则真用易见事不使人觉之例。故特表而出之,待证定焉。

(1948年6月,武昌)

附录　阮嗣宗《咏怀》诗初论

沈祖棻遗作

一

嗣宗《咏怀》,千古绝唱,而文多隐避,义存比兴。故在昔颜公作注,已谓其"百代之下,难以情测"。锺氏品诗,亦叹为"厥旨渊放,归趣难求"。考二君与嗣宗相距未遥,所言已复如此,虽由矜慎使然,而《咏怀》之不易索解,固可概见矣。逮及胜清,陈沆著《诗比兴笺》,尝选其三十八首,援据史事,加之疏释,虽颇有善言,亦间蹈穿凿。览读之者,犹有憾焉。窃谓微言幽旨,世远难征,固未可逐篇以史事相附会;至若古今之迹虽殊,哀乐之情不异,持此例彼,主旨所在,未尝不可贯通,是在善会之而已。余往在成都,偶为华西大学诸生说八代诗,尝就《文选》所载十七篇,敷陈大义。近者,东归鄂渚,养疴珞珈山,端忧多暇,因更取八十二章,寻绎旨趣,阐扬旧说,隐附新知,以成斯篇,聊供初学论世知人之助。夫嗣宗遭时不造,孤愤难任,其心至苦,其言至慎,犹有不得已于言者,乃始托之于诗。今余异代同悲,读而哀其情,伤其遇,以发为兹论,又岂得已哉!

二

欲识《咏怀》之诗,当先明嗣宗之为人;欲明嗣宗之为人,当先知嗣宗所处之时代。今姑就当时之政治局势与思想潮流两端,加之申述。盖斯二者,于《咏怀》诗与其作者之了解,所关尤巨也。

就政治局势言,则嗣宗生于汉献帝建安十五年,卒于魏常道乡公景元四年。《晋书》卷四十九本传。魏文代汉,嗣宗方十一岁。故其所处时会,适当曹魏由隆盛而衰微之期。司马懿始虽受知于魏武,而慑于雄主之才略,常以恪勤自晦。《晋书》卷一《宣帝纪》及卷三十一《宣穆张皇后传》。及文帝时,渐露头角。及后受遗诏以辅明帝,始握重权。《魏志》卷二《文帝纪》。旋复受明帝托孤之重。《魏志》卷三《明帝纪》及《注》引《魏氏春秋》。魏室之政,遂由司马氏出矣。懿死后,其子师、昭递掌威柄,卒以篡位。嘉平元年,懿始剪除同受顾命之宗臣曹爽;嘉平六年,其子师乃废齐王芳;景元元年,昭复弑高贵乡公髦。其事皆魏、晋易代之枢纽,而嗣宗所亲见者也。兹略引旧史以著其概。《魏志》卷九《曹爽传》云:

> 爽少以宗室谨重。明帝在东宫,甚亲爱之。及即位,……宠待有殊。帝寝疾,乃引爽入卧内,……与太尉司马宣王并受遗诏,辅少主。……齐王即位,丁谧画策,使爽白天子发诏,转宣王为太傅,外以名号尊之,内欲令尚书奏事先来由己,得制其轻重也。……宣王遂称疾避爽,……密为之备。(正始)十年,(案即嘉平元年也。斯年以四月乙丑改元,见《魏志》卷四《齐王芳纪》)正月,车驾朝高平陵,爽兄弟皆从。宣王部勒兵马,先据武库,遂出屯洛水浮桥,……于是收爽……等,皆伏诛,夷三族。

同书卷四《齐王芳纪注》引《魏略》云:

> 景王将废帝,遣郭芝入白太后。太后与帝对坐。芝谓帝曰:"大将军欲废陛下。……"帝乃起去。太后不悦。芝曰:"太后有子不能教。今大将军意已成,又勒兵于外以备非常。但当顺旨,将复何言?"太后曰:"我欲见大将军,口有所说。"芝曰:"何可见邪?但当速取玺绶。"太后意折,乃遣旁侍御取玺绶著坐侧。芝出报景王。景王甚欢,又遣使者授齐王印绶,当出就西宫。帝受命,遂载王车,与太后别,垂涕,始从太极殿南出。群臣送者数十人。太尉司马孚悲不自胜,余多流涕。

又《高贵乡公髦纪注》引《汉晋春秋》云:

> 帝见威权日去，不胜其忿，乃召侍中王沈、尚书王经、散骑常侍王业，谓曰："司马昭之心，路人所知也。吾不能坐受废辱，今日当与卿自出讨之。"王经曰："……今权在其门，为日久矣。朝廷四方，皆为之致死，不顾顺逆之理，非一日也。且宿卫空缺，兵甲寡弱，陛下何所资用，而一旦如此！无乃欲除疾而更深之邪？祸殆不测，宜更重详。"帝乃出怀中版令投地曰："行之决矣。正使死何所惧，况不必死邪？"于是入白太后。沈、业走告文王。文王为之备。帝遂率僮仆数百，鼓噪而出。文王弟屯骑校尉伷入，遇帝于东止车门。左右呵之，伷众奔走。中护军贾充又逆帝战于南阙下。帝自用剑。众欲退。太子舍人成济问充曰："事急矣，当云何？"充曰："畜养汝等，正谓今日。今日之事，无所问也。"济即前刺帝，刃出于背。

据上所载，司马氏翦除宗室，废弑君上之阴谋，实至明显。盖自曹爽之败，而魏室覆亡，已成定局。其后王凌、毋丘俭、文钦、诸葛诞等，虽迭兴义师，《魏志》卷四《齐王芳高贵乡公髦纪》及卷二十八《王凌毋丘俭诸葛诞传》。然皆无效绩。此见不独其时守文之士，难济时艰，即握有军政实权者，亦无转旋之力。国祚之倾，殆岌岌不可终日矣。

与翦除宗室、废弑君上相辅而行者，则为排除异己、杀戮名士。盖一以夺取政权，一以禁制非议，两者固缺一不可也。自汉末曹氏擅权，已多忌才妒贤之举。参赵翼《廿二史劄记》卷七"三国之主用人各不同"条。司马氏袭其故智，变本加厉，诛夷尤众。曹爽之难，何晏、邓飏、李胜、丁谧、毕轨、桓范等，并以与爽通谋，而遭族灭。《魏志》卷四《齐王芳纪》及卷九《曹爽传》。同日斩戮，名士减半。《魏志》卷二十八《王凌传注》引《汉晋春秋》。嘉平五年，司马师又诛夏侯玄、李丰。玄、丰并负重名，时人目玄朗朗如日月之入怀,丰颓唐如玉山之将崩,《世说新语·容止》篇。盖亦当时名士领袖。而史载玄不交人事,不畜华妍;丰历事三朝,家无余积,《魏志》卷九《夏侯玄传》及《注》引《魏略》。则其持操尤高。徒以尝议师无臣节,欲谋退之,遂陷大戮。《魏志》卷二十八《毌丘俭传注》引俭表文。然此犹有涉于实际政治也。下逮景元三年,司马昭之杀嵇康,则更进至以腹诽而蒙显戮之情势。《魏志》卷二十一《王粲传注》引《康传》云:

> 少有俊才,旷迈不群,高亮任性,不修名誉,宽简有大量,学不师授,博洽多闻。长而好《老》《庄》之业,……善属文论,弹琴咏诗,自足于怀抱之中。

又引《魏氏春秋》云:

> 康寓居河内之山阳县,与陈留阮籍、河内山涛、河南向秀、籍兄子咸、琅琊王戎、沛人刘伶相与友善。游于竹林,号为七贤。……大将军尝欲辟康。康既有绝世之言,又从子不善,避之河东,或云"避世"。及山涛为选曹郎,举康自代。康答书拒绝,因自说不堪流俗,而非薄汤、武。大将军闻而怒焉。初,康与东平吕昭子巽及巽弟安亲善。会巽淫安妻徐氏,而诬安不孝,囚之。安引康为证。康义不负心,保明其事。安亦至烈,有济世志力。钟会劝大将军因此除之,遂杀安及康。康临刑自若,援琴而鼓,既而叹曰:"雅音于是绝矣。"时人莫不哀之。

案康既旷迈自足,无有宦情,则非薄汤、武,充其量不过为表示消极之不合作,及对于时政之讽刺与鄙视,自与晏、飏、玄、丰等之有反对司马氏实迹者异科,而受祸之酷不二,则当时士流之慄慄自危可知。出处之际,既多嫌疑,故名士之欲全身远害者,遂不得不降心相从,以图苟安。此可以李喜、向秀二人之言为例。《世说新语·言语》篇云:

> 司马景王东征,取上党李喜以为从事中郎,因问喜曰:"昔先公辟君,不就。今孤召君,何以来?"喜对曰:"先公以礼见待,故得以礼进退。明公以法见绳,喜畏法而至耳。"

同篇"嵇中散既被诛"条《注》引《向秀别传》云:

> 秀少为同郡山涛所知,又与谯国嵇康、东平吕安友善,并有拔俗之韵。其进止无不同,而造事营生亦不异。尝与嵇康偶锻于洛邑,与吕安灌园于山阳,不虑家之有无。外物不足怫其心。……后康被诛,秀遂失图,乃应岁举,到京师,诣大将军司马文王。文王问曰:"闻君有箕山之志,何能自屈?"秀曰:"尝谓彼人不达尧意,本非所慕也。"一坐皆悦。随次转至黄门侍郎散骑常侍。

览二人所对,虽一直切,一宛曲,而以求全生,遂至失节,则较然可见。若彼党附典午,以博利禄,如何曾、锺会之流,则又在绳检之外,非此所论矣。

次就思想潮流言:西汉以来,处于独尊状态之儒学,久成利禄之途。其本身停滞于章句训诂及家法宗派诸琐屑问题,已渐不足维系人心,统制社会。及东京之末,外戚擅权,宦官害政,异族入侵,群雄蜂起,天灾流行,民生涂炭,社会秩序既大为紊乱,人生观念、学术思想亦因之变迁。而传统儒学遂以涂地。《魏志》卷十三《王肃传注》引《魏略·儒宗传序》云：

> 从初平之元，至建安之末，天下分崩，人怀苟且。纲纪既衰，儒道尤甚。

盖当时之实录。而其时有志之士，懔于局势之危迫，乃思假言论对政治作实际褒贬，以代替旧日以儒学对政治作原则指导之方式。此种褒贬，即所谓清议者是。《后汉书》卷九十七《党锢传序》云：

> 桓、灵之间，主荒政谬，国命委于阉寺，士子羞与为伍。故匹夫抗愤，处士横议，遂乃激扬名声，互相题拂，品覈公卿，裁量执政。婞直之风，于斯行矣。

夫清议之兴，其动机乃谋改善当时之政治，其思想固无悖于传统之儒学，特以别一方式出之而已。不幸此革新运动遭受宦官之压制，天下善士悉受党祸，因之终无补于汉室之危亡。及至曹操掌握政权，乃另起炉灶，以法术之学替代儒学，重能力，重法律，轻道德，轻名节，举以前清议家所标人伦模楷之条件，一扫而空之，而旧来传统遂彻底毁弃。今传建安十五年、十九年、二十二年诸令，均可概见。兹举《魏志》卷一《武帝纪注》引《魏书》所载二十二年八月令于次：

> 昔伊挚、傅说，出于贱人。管仲，桓公贼也。皆用之以兴。萧何、曹参，县吏也。韩信、陈平，负污辱之名，有见笑之耻，卒能成就王业，声著千载。吴起杀妻自信，散金求官，母死不归；然在

魏，秦人不敢东向；在楚，则三晋不敢南谋。今天下得无有至德之人放在民间，及果勇不顾，临敌力战，若文俗之吏，高才异质，或堪为将守，负污辱之名，见笑之行，或不仁、不孝，而有治国用兵之术者。其各举所知，勿有所遗。

此操以法术之学为治之显证也。然儒学在社会上自有其悠久之历史，其所用以维系人心之名教礼法自有其潜在之势力。此点操固知之，故亦尝加以利用，俾遂其私。如其杀孔融，即利用名教礼法之一例。《后汉书》卷一百《孔融传》云：

曹操既积嫌忌，……遂令丞相军谋祭酒路粹枉状奏融曰："少府孔融，昔在北海，见王室不静，而招合徒众，欲谋不轨，云：'我大圣之后，而见灭于宋。有天下者，何必卯金刀？'及与孙权使语，谤讪朝廷。又融为九列，不遵朝议，秃巾微行，唐突宫掖。又前与白衣祢衡跌荡放言，云：'父之于子，当有何亲？论其本意，实为情欲发耳。子之于母，亦复奚为？譬如寄物瓶中，出则离矣。'既而与衡更相赞扬。衡谓融曰：'仲尼不死。'融答曰：'颜回复生。'大逆不道，宜极重诛。"书奏，下狱弃市。

案即令融言皆真，亦不过如操令所谓不仁、不孝而已，何为必欲杀之？可见操之治道，虽以法术为核心，亦复缘饰儒学，以收拾人心，减少阻力，而儒学遂以变质。故降及其子丕下令求贤，乃一则曰："牧守申政事，缙绅考六艺。"《魏志》卷二《文帝纪》建安二十五年令。再则曰："儒通经术，吏达文法。"同上黄初三年令。皆以儒、法并举。晋傅玄谓："魏武好法术而天下贵刑名，魏文慕通达而天下贱守节。"《晋书》卷四十七《傅玄传》。

所论盖犹仅得其一偏也。在此形势之下，法术之学原本以代替儒学者，乃转而与儒学结合，依然假借名教礼法，使之再度成为新统治集团控制社会之工具。而当时士大夫原本在不背儒学之前提下，以从事于时政之善意批评者，反失其依据，至不得不另觅精神上之寄托。《老》《庄》之学，遂以此进为时代思潮之主流。而所有言论，因亦渐次脱离现实，变为清谈。盖自党锢之祸以迄曹氏秉政，清议已屡遭打击，且政治之黑暗，社会之堕落，与名士之诛戮，更足令人增加消极之心，以图苟全。始马融已以大儒而兼重《老》《庄》，《后汉书》卷九十《马融传》。及乎汉、魏易代之际，儒学严肃之精神，乃逐渐为道家放达之观念所代。至魏、晋间，司马氏主政，其苛刻猜忌，视曹氏殆尤过之。阳儒阴法之新传统既继续保持，不满现实之士大夫乃更沉溺玄虚，主张自然，以资逃避。流风转盛，差别亦显，故其维护名教礼法亦即拥戴当时政权之人，与崇尚自然亦即反对当时政权之人，思想行为遂各不同。陈寅恪丈尝于《陶渊明之思想与清谈之关系》文中论之云：

> 名教者，依魏、晋人解释，以名为教，即以官长君臣之义为教，亦即入世求仕者所宜奉行者也。其主张与崇尚自然即避世不仕者适相违反。……在当时主张自然与名教互异之士大夫中，其崇尚名教一派之首领如王祥、何曾、荀𫖮等三大孝，即佐司马氏欺人之孤儿寡妇，而致魏末、晋初之三公者也。其眷怀魏室，不趋赴典午者，皆标榜《老》《庄》之学，以自然为宗。"七贤"之义既从《论语》"作者七人"而来，则"避世"、"避地"固其初旨也。然则当时诸人名教与自然主张之互异，即是自身政治立场之不同，乃实际问题，非止玄想而已。观嵇叔夜《与山巨源绝交书》，声明其不仕当世，即不与司马氏合作之宗旨，宜其为司

马氏以其党于不孝之吕安,即坐以违反名教之大罪杀之也。

据此,知当时士大夫由清议变为清谈,盖即由儒学而变为道家,由尊重传统而变为反对传统,由改善政治而变为脱离政治,由正视现实而变为逃避现实。用是,其人生活亦皆蔑视礼法,放浪形骸。旧籍所载,不遑悉举。前史论魏、晋诸公究心《老》、《庄》之故,以为:"贤者恃以成德,不肖者恃以免身。"《晋书》卷四十三《王衍传》。所言固是,而于其藉以寄托其反抗精神,与表示其不合作态度之深衷,犹未审谛,则论世之难也。此汉末以迄嗣宗之世思潮变迁之大略也。

三

以上略述嗣宗所处之时代。兹请进言嗣宗个人之思想与生活。

嗣宗父元瑜以文学受知曹操,颇见优礼。《魏志》卷二十一《王粲传》。元瑜虽卒于汉末,嗣宗则长于魏朝。其出仕已在易代之后,忠于曹氏,乃属当然。及司马氏威权日甚,嗣宗远识,已知事不可为,故遂韬晦市朝,苟全性命。《晋书》本传云:

> 籍本有济世志。属魏、晋之际,天下多故,名士少有全者。籍由是不与世事,遂酣饮为常。

此明言其行迹之变易也。《传》又云:

> 尝登广武,观楚、汉战处,叹曰:"时无英雄,使竖子成名。"登武牢山,望京邑而叹,于是赋《豪杰诗》。

则其本志亦时或显露,有未能完全消除者。时无英雄之叹,实深宗国之哀。徒以当时法网之严,迫害之酷,终不得不变坦率为玄远,代慷慨以谨慎。《传》称其"发言玄远,口不臧否人物"。司马昭亦谓为"天下之至慎"。《魏志》卷十八《李通传注》引王隐《晋书》。殆尤足窥见其抑郁难堪之情。酣饮为常,正由胸中块垒须以酒浇之耳。《世说新语·任诞》篇语。《传》又云:

> 文帝初欲为武帝求婚于籍。籍醉六十日,不得言而止。

则酒不独用以浇愁,且资之以避免与司马氏发生密切关系。此种消极态度,实嗣宗当时所可能采取之惟一态度,亦即崇尚自然诸人所共同采取之不合作态度也。《传》又云:

> 会帝让九锡,公卿将劝进,使籍为其辞。籍沉醉忘作。临诣府,使取之,见籍方据案醉眠。使者以告籍,便书案使写之,无所改窜,辞甚清壮。

案连姻权门,在利禄之徒,固惟恐弗得;劝进九锡,则忠义之士,实非所忍为。两事诚截然相反。而嗣宗于前者,虽以沉醉获免,于后者则欲以沉醉为借口亦不可得,终不能不勉为操觚。原心略迹,盖又无不同焉。

在此种依违两可之情势下,嗣宗内心冲突之痛苦,自可想见。其恃以排遣之法,由今观之,不外二端。其一,则对《老》、《庄》思想之接受;其二,则对名教礼法之鄙夷。此亦诸贤之所同也。《老》、《庄》之学,自汉、魏易代以来,以政治之推移,乃成为对时政不合作者安身立命之地，已如前述。《传》称其"博览群籍，尤好《庄》、《老》"。"著《达庄论》，叙无为之贵。"此外其作品之流传于今者，尚有《通老论》、《大人先生传》诸篇，《全三国文》卷四十五。亦皆发抒道家自然之旨。斯浸润于《老》、《庄》之证也。至若鄙夷名教礼法，则可于史载下列事迹数则见之。《传》云：

> 性至孝。母终，正与人围棋，对者求止，籍留与决赌。既而饮酒二斗，举声一号，吐血数升。及将葬，食一蒸豚，饮二斗酒，然后临诀，直言穷矣，举声一号，因又吐血数升。毁骨瘠立，殆至灭性。裴楷往吊之。籍散发箕踞，醉而直视。……籍又能为青白眼，见礼俗之士，以白眼对之。及嵇喜来吊，籍作白眼，喜不怿而退。喜弟康闻之，乃赍酒挟琴造焉。籍大悦，乃见青眼。由是礼法之士疾之若仇。……籍嫂尝归宁，籍见与别。或讥之。籍曰："礼岂为我设邪？"

盖接受《老》、《庄》思想，乃其精神上之安慰；鄙夷名教礼法，则其精神上之反抗，皆所以消释其内心之苦闷者。而何曾、锺会之徒，缘政治立场之不同，屡欲假此致之于罪，卒以戒慎得免，《晋书》本传、《魏志》卷十八《李通传》注引王隐《晋书》及《世说新语·任诞》篇等。可谓厚幸。《太平御览》卷四百四十七引袁宏《七贤序》云：

> 阮公瑰杰之量，不移于俗，然获免者，岂不以虚中莩节，动无过则乎？中散遣外之情，最为高绝，不免世祸，将举体秀异，直致自高，故伤之者至也。山公中怀体默，易可因任，平施不挠，在众乐同，游刃一世，不亦宜乎！

考山涛本司马氏之姻娅,《晋书》卷四十三《山涛传》。其出处去就,本与嵇、阮不同,游刃当时,固为必然之事。若叔夜、嗣宗,其与司马氏不合作一也,而或遭横死,或获善终,固全由个性不同,斯行为亦异。袁氏之论,诚不可易矣。

嗣宗此种放纵之行,本由迫于时势,有托而逃,有激而然。及年世少后,情实已迁,或乃转有以此为嗣宗罪者,斯亦不可不辨也。如《世说新语·德行》篇"王平子、胡母彦国诸人以任放为达"条《注》引王隐《晋书》云:

> 魏末阮籍,嗜酒荒放,露头散发,裸袒箕踞。其后贵游子弟阮瞻、王澄、谢鲲、胡母辅之之徒,皆祖述之,谓得大道之本,故去巾帻,脱衣服,露丑恶,同禽兽。甚者名之为通,次者名之为达也。

同书《任诞》篇"阮籍遭母丧"条《注》引干宝《晋纪》云:

> 故魏、晋之间,有被发夷傲之事,背死忘生之人,反谓行礼者,籍为之也。

皆诋諆甚至。然案同篇又云:

> 阮浑长成,风气韵度似父,亦欲作达。步兵曰:"仲容(阮咸字)已预之,卿不得复尔。"

《注》引《竹林七贤论》云:

籍之抑浑,盖以浑未识己之所以为达也。

由此观之,嗣宗实寓其沉痛之怀于放纵之迹,不特讥之者不得其意,即效之者亦未审其情。惟戴逵著论,谓竹林诸贤之放,乃有疾而为颦,与后来则效者异趣,《晋书》卷九十四《戴逵传》。可谓通识。善乎!近人黄节《阮步兵咏怀诗集注自序》之言曰:

> 古之人有自绝于富贵者矣。若自绝于礼法,则以礼法已为奸人假窃,不如绝之。其视富贵,有同盗贼。志在济世,而迹落穷途;情伤一时,而心存百代;如嗣宗岂徒自绝于富贵而已邪?……锺嵘有言:嗣宗之诗源于《小雅》。夫《雅》废国微,谓无人服《雅》而国将绝尔。国积人而成者。人之所以为人之道既废,国焉得而不绝,非今之世邪?

其言绝精,其意绝痛。嗣宗有灵,固当惊知己于千古,而影响攻伐之说,亦更无庸置论焉。

四

兹更进论嗣宗之诗。

嗣宗诗四言及五言今传者皆以《咏怀》为名。四言残佚已多,难为深论;而五言八十二首具存。其旨深远,其辞繁博,故吴汝纶以为"决非一时之作,疑其总集平生所为诗题之为《咏怀》"。黄节《集注》引。所言甚是。嗣宗平生志业,既悉备于此数十篇中,辞旨自非仓卒所能觊缕。今为《初论》,但就愚管所及,略述其特征三事。三事者,一曰:情之急迫而辞之隐约也;二曰:思想感情之矛盾也;三曰:题材之严肃也。合三事而《咏怀》诗之面目大致可知。今分别举例并引成说以明之。

嗣宗之时,司马专横,魏祚已不可终日,而法网严密,人命尤危,故其发之于诗,情则急迫,而辞归隐约。此李善《选注》所谓"志在刺讥,而文多隐避"也。如第二十首云:

> 杨朱泣歧路,墨子悲素丝。揖让长离别,飘飖难与期。岂徒燕婉情,存亡诚有之。萧索人所悲,祸衅不可辞。赵女媚中山,谦柔愈见欺。嗟嗟涂上士,何用自保持?

陈祚明《采菽堂古诗选》云:

> 歧路、素丝,无定者也,以比患至之无方。典午窃国深心,初似诚谨。信用之后,权在难除。丧亡孰不悲,而祸衅已成,乌能自保。将述赵女之喻,先以燕婉比之,存亡旨甚显矣。寻省用意,深切如斯。辞愈曲而情愈明。

黄节云:

> 嗣宗诗意,盖谓后王取天下,借口于汤、武用师。揖让之风既远,求如《诗》所云"予室……漂摇"者,(按《诗·鸱鸮》:"予室翘翘,风雨所漂摇。")亦不可复期矣。彼篡夺之人貌为安顺,让王徒见其燕婉之情而已,岂知诚有关于国之存亡乎?故天下萧然,人皆知祸衅不可免。不见赵之图代,以谦柔而行其欺,亦犹篡夺者以燕婉而亡人之国也。杀夺之机,自上启之,可叹如

此。世涂之人何以自保乎?

案二说皆得作者之意。惟三四两句似指司马氏虽将借口尧、舜禅代，而去真正之揖让实远；非谓后王借口汤、武之用师。全诗言典午阴谋，祸衅未已。宗国且将沦亡，世人如何自保？虽中心怛恻，而无径直之辞。又第八十首云：

出门望佳人，佳人岂在兹？三山招松乔，万世谁与期？存亡有长短，慷慨将焉知？忽忽朝日隤，行行将何之？不见季秋草，摧折在今时。

黄节云：

《三国志·曹爽传》裴松之《注》引《魏氏春秋》曰："爽既罢兵，曰：'我不失作富家翁。'桓范哭曰：'曹子丹佳人，生汝兄弟，犊耳。何图今日坐汝等族灭矣。'"子丹，曹真字也。《晋书》阮籍本传曰："曹爽辅政，召为参军。籍因以疾辞，屏于田里。岁余而爽诛。"此诗盖悲曹爽之见诛。己虽屏居，而不能与松、乔逃世也。"存亡有长短，慷慨将焉知？"长短，谓长短术也。……《曹爽传》曰："范说爽使车驾幸许昌，招外兵。爽兄弟犹豫未决。范重谓羲曰：当今日，卿门户求贫贱，复可得乎？且匹夫持质一人，尚欲望活。今卿与天子相随，令于天下，谁敢不应者？'羲犹不能纳。"此诗所谓长短也。言图存于亡，自有策在。惜范之慷慨陈辞，而爽不足以知之耳。

此《注》穿穴史传,极为精审。结语以秋草立枯为喻,危苦之情,殆不可言。陈祚明云:

> 嗣宗《咏怀诗》如白首狂夫,歌哭道中,辄向黄河,乱流欲渡。彼自有所以伤心之故,不可为他人言。

陆时雍《诗镜》云:

> 嗣宗慎言,诗中语都与世远。缱绻情深,忧危虑切,以此当穷途之哭矣。

二家之论,证以前举两诗,则情之急迫,辞之隐约,灼然可见。此则其特征之一也。

情动于中而形于言,故古今作者,莫不在理与情、爱与恨、积极与消极、入世与出世之各种不平衡状态中,宣泄其内心,产生其作品。屈原以其思想感情无法保持平衡,苦闷之极,终于自杀,此众所熟知。嗣宗个性与屈子有狂狷之别,然其作品中所表见之矛盾心理,则无不同。盖其蒿目时艰,未克匡救,乃思远引全身;同时复以不能忘情家国,绝意存亡,又疑神仙之无稽,知世累之难脱,故陷于极端之徘徊与惶惑。此虽魏、晋间人生活上所共具之问题,而宣之于诗,则以嗣宗最为强烈,而形成其作品之另一特征。如第十五首云:

> 昔年十四五,志尚好《诗》、《书》。被褐怀珠玉,颜、闵相与期。开轩临四野,登高望所思。丘墓蔽山冈,万代同一时。千秋万岁后,荣名将安之?乃悟羡门子,噭噭今自嗤。

陆时雍云:

"被褐怀珠玉,颜、闵相与期。"此志殊自不小。志之不就而思名,名之无成而思仙,知古人善于托言也。

何焯《义门读书记》云:

此言少时敦味《诗》、《书》,期追颜、闵。及见世不可为,乃蔑礼法以自废。志在逃死,何暇顾身后之荣名哉?因悟安期、羡门亦遭暴秦之代,诡托神仙耳。

盖此篇写由积极之入世心情转为消极之出世心情者,最为显豁。第四十一首云:

天网弥四野,六翮掩不舒。随波纷纶客,泛泛若凫鹥。生命无期度,朝夕有不虞。列仙停修龄,养志在冲虚,飘飖云日间,邈与世路殊。荣名非己宝,声色焉足娱。采药无旋反,神仙志不符。逼此良可惑,令我久踌躇。

陈祚明云:

起句言世涂逼窄,无可自展,随俗俯仰,可以苟容。然生命难期,颇欲退举。末言荣名声色,既不足耽,而采药神仙,又非实事,不几进退失据乎!

方东树《昭昧詹言》云：

> 此即屈子《远游》所谓心烦意乱也。（按"心烦意乱"，语出《卜居》，方氏误记。）

此则又举前首所构成之理想世界而粉碎之，仍使一己陷入虚空之境矣。元好问《遗山乐府》卷下《鹧鸪天》云：

> 只近浮名不近情，且看不饮竟何成。三杯渐觉纷华近，一斗都浇块垒平。　醒复醉，醉还醒，灵均憔悴可怜生。《离骚》读杀浑无味，好个诗家阮步兵！

元氏此作，自属别有用意，然其于屈、阮二公，但着眼于狷、狂之异，而未审其思想感情之矛盾，所谓醒复醉、醉还醒者，正复相同，似不及方氏所见矣。斯乃《咏怀》诗特征之二也。

由民间歌谣进化为五言诗，东汉已趋成熟。故建安之初，五言腾踊。而其题材，亦远较旧传无主名诸作为广阔。《文心雕龙·明诗》篇云：其时篇什，"并怜风月，狎池苑，述恩荣，叙酣宴"。此类皆扩充之范围，而前人屐齿所不及者。嗣宗诗风，虽或上承建安诸子，而选择题材，则悉取屈原下逮《十九首》诸篇所写逐臣弃友、死生契阔、忠义慷慨、忧愁幽思之情。凡所谓风月、池苑、恩荣、酣宴者，皆不暇一道。盖缘时值艰难，心存危苦，一以其无可奈何之境，万不得已之情，托之《咏怀》。故皆属有为而言，绝无游枝之语。此则题材之严肃，殆尤非一般作者所能企及。今寻绎八十二篇，主题所关，大体不外六类：或为忧国，或为刺时，或为思贤，或为惧祸，或为避世。此五点者，

皆缘时世而发。五点而外,时亦虑及生命无常,为人类超时世之永恒悲哀而咏叹。如第十六首云:

> 徘徊蓬池上,还顾望大梁。绿水扬洪波,旷野莽茫茫。走兽交横驰,飞鸟相随翔。是时鹑火中,日月正相望。朔风厉严寒,阴气下微霜。羁旅无俦匹,俯仰怀哀伤。小人计其功,君子道其常。岂惜终憔悴?咏言著斯章。

何焯云:

> 嘉平六年二月,司马师杀李丰、夏侯泰初等。三月,废皇后张氏。九月甲戌,遂废帝为齐王,乃十九日。是月,丙辰朔。十月庚寅,立高贵乡公,乃初六日。是月,乙酉朔。师既定谋而后白于太后,则正日月相望之时。末言后之诵者,考是岁月,所以咏怀者见矣。初,齐王芳正始元年改用夏正。则此诗正指司马师废齐王事也。

案阮诗属辞隐约,其有关国政者,尤不易知。此篇用意,经何氏从历法考定,斯较然可据。此忧国之例也。第二首云:

> 二妃游江滨,逍遥顺风翔。交甫怀环佩,婉娈有芬芳。猗靡情欢爱,千载不相忘。倾城迷下蔡,容好结中肠。感激生忧思,萱草树兰房。膏沐为谁施,其雨怨朝阳。如何金石交,一旦更离伤?

刘履《选诗补注》云：

> 初，司马昭以魏氏托任之重，亦自谓能尽忠于国。至是，专横僭窃，欲行篡逆，故嗣宗婉其辞以讽刺之。言交甫能念二妃解佩于一遇之顷，犹且情爱猗靡，久而不忘。佳人以容好结欢，犹能感激思望，专心靡他，甚而至于忧且怨。如何股肱大臣视同腹心者，一旦变更，而有乖背之伤也。君臣、朋友，皆以义合，故借金石之交为喻，所谓"文多隐避"者如此，亦不失古人谲谏之义矣。

案此诗是否确指司马昭，所不敢必，而金石交乃喻曹魏及世为曹魏重臣之司马氏，则可断言。又第六十七首云：

> 洪生资制度，被服有正常。尊卑设次序，事物齐纪纲。饰容整颜色，磬折执圭璋。堂上置玄酒，室中盛稻粱。外厉贞素谈，户内灭芬芳。放口从衷中，复说道义方。委曲周旋仪，姿态愁我肠。

陈祚明云：

> 礼固人生所资，岂可废乎？自有托礼以文其伪，售其奸者，而礼乃为天下患。观此诗，知嗣宗之荡佚绳检，有激使然，非其本意也。

先师黄季刚先生《咏怀诗补注》云：

此与《大人先生传》同旨,言礼法之士深为可憎,委曲周旋,令人愁损。盖不待世士嫉阮公,阮公已先恶世士矣。

是兹作乃以刺当时维护名教礼法之辈如何曾、锺会等甚明。此二篇皆刺时之例也。第十九首云:

西方有佳人,皎若白日光。被服纤罗衣,左右佩双璜。修容耀姿美,顺风振微芳。登高眺所思,举袂当朝阳。寄颜云霄间,挥袖凌虚翔。飘飖恍惚中,流眄顾我傍。悦怿未交接,晤言用感伤。

刘履云:

西方佳人,托言圣贤,如西周之王者。犹《诗》言"云谁之思,西方美人"之意。此嗣宗思见贤圣之君,而不可得,中心切至,若有其人于云霄间,恍惚顾眄,而未获际遇,故特为之感伤焉。

是其意盖与《诗序》之"哀窈窕,思贤才"同,则思贤之例也。第三十三首云:

一日复一夕,一夕复一朝,颜色改平常,精神自损消。胸中怀汤火,变化故相招。万事无穷极,知谋苦不饶。但恐须臾间,魂气随风飘。终身履薄冰,谁知我心焦?

陈沆《诗比兴笺》云：

> 此遁世自修之辞也。人谓嗣宗放达士耳，然少年颜、闵之志，终身薄冰之思，此岂粗豪浅陋轶荡形骸者哉！

此则惧祸之例也。第十四首云：

> 开秋兆凉气，蟋蟀鸣床帷。感物怀殷忧，悄悄令心悲。多言焉所告，繁辞将诉谁？微风吹罗袂，明月耀清晖。晨鸡鸣高树，命驾起旋归。

吴淇《选诗定论》云：

> 《月令》："孟秋蟋蟀在壁。"故《豳风》："十月蟋蟀，入我床下。"此诗"开秋兆凉气"，乃七月也。"蟋蟀鸣床帷"，则是先时而鸣。鸡本司晨，明月之夜多早鸣。则是未晨而鸣，起而命驾，所谓见几而作也。

曾国藩《十八家诗钞》云：

> 旧说：晨鸡，知时者。旋归，将返山林以避世也。

自余诸作或杂仙心者，多与此类同旨。斯避世之例也。以上五类，大抵皆以时世之感寄之于诗，虽其文情掩抑零乱，难得端倪，而主旨所存，要堪循省。此沈德潜《说诗晬语》所谓"遭阮公之时，自应有阮公之诗"也。然凡古之伟大诗人,其作品不仅反映时世之痛苦而已,亦或表见超时世之悲哀。盖自古人观之,人类以其短促与渺小之生命,而追求永恒与伟大之宇宙,自无法获得满意之答案,其结果终必陷入悲哀也。嗣宗于此,固深有会心。先师黄君之说阮诗,亦特重此点。其《咏怀诗补注自序》曰:

> 阮公深通玄理,妙达物情。《咏怀》之作,固将包罗万态,岂仅厝心曹、马兴衰之际乎!迹其痛哭穷路,沉醉连旬,盖等南郭之仰天,类子舆之鉴井。大哀在怀,非恒言所能尽,故一发之于诗歌。

今即其诗征之,如第五十二首云:

> 十日出旸谷,弭节驰万里。经天耀四海,倏忽潜蒙汜。谁言焱炎久,游没行可俟。逝者岂长生,亦云荆与杞。千岁犹崇朝,一餐聊自已。是非得失间,焉足相讥理。计利知术穷,哀情遽能止!

黄君云:

> 理无久存,人无不死。正当顺时待尽,忘情毁誉。而争是非于短期之中,竞得失于崇朝之内,计利虽善,未有不穷。以此思哀,哀能止乎?

盖即庄生"以有涯随无涯,殆矣"之说,哲人所见,固无不同。此又阮氏题材之一类,而与前五点略异者。然合此六条,皆足见其性质之严肃。是为特征之三。

以上就《咏怀》全部,粗加探究。语其特征,略可三端;析其题材,大分六类。学者循此经纬以为隅反之资,则于八十二篇之作,亦差得其辜较矣。若夫穷竟原委,辨析异同,抉评者之从违,订注家之得失,则犹有余义,请俟来日。

(1948年2月,武昌)

〔附记〕

此文祖棻一九四八年二月作于武昌,尝写呈其本师汪寄庵先生乞正。先生复书嘉许,仍为题词云:"地坼天崩竟见之,阮公犹遇太平时,汉皋环佩托微辞。　逃谤从来须止酒,咏怀今日并无诗。穷途相忆泪连丝。"今编次拙集,附载于此,以志人琴之感。一九八一年秋,千帆记。

左太冲《咏史》诗三论

左太冲诗今存者十有四篇。据冯惟讷《诗纪》。丁福保《全晋诗》同。《咏史》八首,最为杰构。故《文心雕龙·才略》篇云:"左思奇才,业深覃思。尽锐于《三都》,拔萃于《咏史》,无遗力矣。"余往岁说诗上庠,曾就其旨趣、年代、渊源三事,有所考论。兹略加诠次,俟达者取裁焉。

一

太冲此诗,原以言志。昔之论者,已有甄明。如何焯《义门读书记》云:"题云《咏史》,其实乃咏怀也。"《文选》第二卷。后引同。是其一例。然诵习之余,窃意犹有当推寻者,则诗辞所陈,已颇显豁,舍此而外,有无深衷是也。闲尝反复本文,参稽时事,乃悉八首之作,盖太冲自其妹芬入宫,颇思则效前代外戚之立功名,取富贵。所怀不遂,因假古人以寓言。其择题征事,胥有用意。请申论之:

按《晋书·文苑》本传云:"父雍,起小吏,以能擢授殿中侍御史。"考《北堂书钞》卷一百二引王隐《晋书》云:"左思父雍起卑吏。"《世说新语·文学》篇注引《太冲别传》云:"父雍起于笔札。"皆略同新《晋》。惟洛阳出土《左芬墓志》云:"父熹,字彦雍。"名字与史传异,未知孰是也。是太冲家世本属寒微。魏、晋以降，门阀制度已渐形成。太冲设欲自致隆高，以其资地，实非易事。值厥妹入宫，先拜修仪，后为贵嫔，见《晋书·后妃传》。始骤以寒门跻于外戚。本意功名，因求闻达。及乎蹭蹬经年，终无厚望，遂寄情柔翰，以抒愤思。衡之情理，亦势所必至也。《后汉书·窦宪传》尝以宪与西京卫青、霍去病并举，为之论曰："二三子得之不过房闼之间，非复搜扬仄陋，选举而登。……东方朔称：'用之则为虎，不用则为鼠。'按此《汉书·东方朔传》载所撰《答客难》之文。信矣！以此言之，士有怀琬琰以就煨尘者，亦何可支哉？"蔚宗此说，适如太冲意中所欲言，殆可视为八首之总赞。

今览本诗，以"铅刀贵一割，梦想骋良图"始，以"巢林栖一枝，可为达士模"终。所表见者，乃一由积极而消极、由希冀而幻灭之过程，披文可见。而谓其深衷所存，必如郦说者，则有三谂焉。其一，诗云："济济京城内，赫赫王侯居。冠盖荫四术，朱轮竟长衢。"又云："列宅紫宫里，飞宇若云浮。峨峨高门内，蔼蔼皆王侯。"是作诗之地，实在洛阳。而太冲之居洛，则缘左芬之入宫。本传云："会妹芬入宫，移家京师。"是也。至作诗之时，则据余所考，上距其妹入宫，已有八载。下详。尔时干禄，盖已甚久，然空庐抱影，卒无所成。诗云："出门无通路，枳棘塞中涂。计策弃不收，块若枯池鱼。"殆属情实。若其谓："自非攀龙客，何为欻来游？被褐出阊阖，高步追许由。""饮河期满腹，贵足不愿余。"则又幻灭以后排遣之辞，非其初心然也。按太冲功名之心，至老不衰。故其后更附贾谧，为"二十四友"之一，见《晋书·贾谧传》。又《全晋文》卷七十四载其《白发赋》云："咨尔白发，观世之途，靡不追荣，贵华贱枯。赫赫闾阎，蔼蔼紫庐，弱冠来仕，童髫献谟。……曩贵耆耋，今薄旧齿。蟠蟠荣期，皓首田里。虽有二毛，河清难俟。"《全晋诗》卷四载其《杂诗》云："高志局四海，块然守空堂。壮齿不恒居，岁暮常慨慷。"用意皆与《咏史》相发。其二，诗中史事，纷然杂出，而细加条理,则友纪较然。析而言之,冯唐、主父偃、朱买臣、陈平、司马相如为一系。潜郎终身汨没,四贤初仕屯蹇,则作者所引为况譬者也。段干木、鲁仲连一系,功成身退,爵赏不居,则作者所引为仰慕者也。许由、扬雄一系,当时尊隐,来叶传馨,则作者所引为慰藉者也。苏秦、李斯一系,福既盈矣,祸亦随之,则作者所引为鉴戒者也。独荆轲之事,若无关涉,殆可谓寂寥中之奇想,而归本于自贵自贱,是与他篇固亦相通。其标举虽繁,要以出处穷通为枢纽。凡诸称说,或始否而终泰,或先荣而后枯,或享当时之富贵,或博后来之声名。而卒以知止、知足、立德、立言为其结论。斯盖悔吝之余,非如是不足以消释其内心之矛盾与苦闷耳。其三,诗云:"世胄蹑高位,英俊沉下僚,地势使之然,由来非一朝。"此于富贵之基于门第,若有微辞;然其《别传》云:"思……颇以椒房自矜,故齐人不重也。"则连姻帝室,太冲实引以为荣。所谓"朝集金张馆,暮宿许史庐",与夫"金张藉旧业,七叶珥汉貂"之豪门,按许、史之为贵戚,固不待言。金、张则《汉书·张汤传》所云"亲近贵宠,比于外戚"者也。其在太冲,乃欲之而不能,非能之而不欲,故终发"何世无奇才,遗之在草泽"之叹。考《太冲别传》谓其"无吏干而有文才"。《晋书·左芬传》谓芬"姿陋无宠,以才德见礼"。而武帝好色,元后性妒,后父骏专擅朝政,或皆为太冲仕宦不进之由。兹不备论。由是言之,诵此诗者,当知其中实有作者之"情意综"存焉,固不得如《义门读书记》之执"饮河期满腹"四句,辄云:"太冲之于'二十四友',特以身托戚属,难以自疏,然非有所附丽乾没,读此足以知其志也。"

　　由本诗之时地及题材,作者之内心与行事,可以推见其微旨者,如此。其寄情在出处,故作者托之史事而易明;其结念在穷通,故读者加之分理而可晓。在昔《诗品》之论左诗,谓其"文典以怨,颇为精切,得讽谕之致。"卷上。陈仲子先生《注》云:"此指《咏史》诗。"古直《锺记室〈诗品〉笺》亦云。斯说殊谛。盖典指其征材,怨指其用意。典怨二字,固八首之的评。《义门读书记》但就其风格,以"挥洒激昂顿挫"称之,说虽不误,犹非揣本之论也。

二

至本诗年代,惟第一首可为推断之资。《义门读书记》尝据其"长啸激清风,志若无东吴",及"左眄澄江湘,右盼定羌胡"诸句,为之说云:"诗作于武帝时,故但曰'东吴';凉州屡扰,故下文又云'定羌胡'。"按自晋武受禅,迄树机能为马隆所斩,孙皓为王濬所平,其间羌胡、东吴,与晋数相攻伐。史册所载,斑斑可稽。参《晋书》卷三及《资治通鉴》卷七十九、八十《武帝纪》,又《通鉴纪事本末》卷十一"晋灭吴"条,"羌胡之叛"条。何说诚是。然《晋书·后妃传·左芬传》云:"芬少好学,善缀文。……武帝闻而纳之。泰始八年拜修仪,受诏作愁思之文,因为《离思赋》曰:'生蓬户之侧陋兮,……谬忝厕于紫庐。'"按《太平御览》卷一百四十五引《晋起居注》云:"咸宁三年,拜美人左嫔为修仪。"吴士鉴《〈晋书〉斠注》录此文于《左芬传》中,意其与史异也。然考《御览》同卷又引《晋诸公赞》云:"旧制:贵嫔、夫人比三公,假金紫。淑媛、淑仪、修容、修仪、婕妤、容华、充华为九嫔,比九卿,假银青。"是贵嫔之位,高于修仪;而九嫔之中,又无美人之目。则芬固不得先为贵嫔,后为修仪,亦不得同时为美人及九嫔,疑《起居注》所载,别是一人。嫔或其名也。如前所论,此诗实太冲缘妹入宫移家洛阳后作,则不得在泰始八年之前。又《晋书·武帝纪》云:咸宁五年,"十二月,马隆击叛虏树机能,大破,斩之。凉州平。"泰康元年,"三月,王濬以舟师至于建邺之石头。孙皓大惧,面缚舆榇,降于军门。"而诗方期"澄江湘","定羌胡",斯亦不得在咸宁五年后也。更加寻究,则泰始八年迄于咸宁五年,其中相距,亦有八岁。八首之作,定属何时,固犹有待于考证。

余尝取史文与诗辞对勘,乃决其必作于咸宁五年十一月。所以知其然者,则《武纪》载:是年"十一月,大举伐吴"。其诏曰:"吴贼失信,比犯王略;胡虏狡动,寇害边垂。……自宣皇帝以来,以吴、蜀为忧,边事为念。今孙皓犯境,夷虏扰边,此乃祖考之遗虑,朕身之大耻也。故缮甲修兵,大兴戎政,内外劳心,上下戮力,以南夷句吴,北威戎狄,然后得休牛放马,与天下共飨无为之福耳。今调诸士,家有二丁三丁取一人,四丁取二人,六丁以上三人,限年十七以上,至五十以还。先取有妻息者。其武勇散将家亦取如此比,随才署武勇掾史。乐市马比为骑者,署都尉司马。中间以来,内外解弛。吏寡尽忠之心,将无致命之节。……今当大修戎政,所混壹六合。赏功罚惰,明罚整法。其宣敕中外,使各悉心毕力,明为身计。"《全晋文》卷五。此诏所称,与本诗第一首所咏,情事若合符节。如诏云:"吴贼失信,比犯王略;胡虏狡动,寇害边垂。"云:"孙皓犯境,夷虏扰边。"云:"南夷句吴,北威戎狄。"诗则云:"边城苦鸣镝,羽檄飞京都。"云:"长啸激清风,志若无东吴。"云:"左眄澄江湘,右盼定羌胡。"诏云:"其武勇散将家……随才署武勇掾史。乐市马比为骑者,署都尉司马。"诗则云:"虽非甲胄士,畴昔览穰苴。"诏云:"内外劳心,上下戮力。"云:"使各悉心毕力,明为身计。"诗则云:"铅刀贵一割,梦想骋良图。"诏云:"然后得休牛放马,与天下共飨无为之福耳。"诗则云:"功成不受爵,长揖归田庐。"设非针对立言,安能如此巧合。则此诗乃太冲奉读纶音,发为咏叹无疑。且其年十二月,凉州即平,观诗中尚以定羌胡为言,尤足知其作于《伐吴诏》下不久也。

抑有进者,览诗中"何世无奇才,遗之在草泽",及"计策弃不收,块若枯池鱼"诸语，颇疑诏书初颁，太冲闻风兴起，曾有请缨求试之事，而武帝不纳，故退以声诗抒其愤思。特遗文零落，末由征谥耳。然诗中微旨，则固可由年代之证定而益彰焉。

三

若夫欲明其渊源之自来，则当先审其特征之所在。此诗特征，大可两端。胡应麟《诗薮》云："咏史之名，起自孟坚，但指一事。魏杜挚《赠毋丘俭》，叠用八古人名，堆垛寡变。太冲题实因班，体亦本杜，而造语奇伟，创格新特，错综震荡，逸气干云，遂为古今绝唱。"外编卷二。又同书内编卷二云："《鰕䱇篇》，太冲咏史所自出也。"则谓太冲此诗用意在求自试，与子建彼诗同符，非兹所论。则杂陈先典，不专一事，一也。《义门读书记》云："咏史不过美其事而咏叹之，櫽括本传，不加藻饰。此正体也。太冲多自摅胸臆，乃又其变。"则题为咏史，实寓衷怀，二也。胡氏兼陈体制所从出，何氏但及法式之有异。辄以愚管所窥，并加订补焉。

检胡氏所举杜挚诗云："骐骥马不试，婆娑槽枥间。壮士志未伸，坎轲多辛酸。伊挚为媵臣；吕望身操竿；夷吾困商贩；宁戚对牛叹；食其处监门；淮阴饥不餐；买臣老负薪，妻叛呼不还；释之宦十年，位不增故官。才非八子伦，而与齐其患。无知不在此，袁盎未有言。被此万病久，荣卫动不安。闻有韩众药，信来给一丸。"《全三国诗》卷三。其中叠用古事，诚如所说。然余考曹公父子乐府，于此已开其端。魏武《短歌行》二首之二云："周西伯昌，怀此圣德，三分天下，而有其二。修奉贡献，臣节不坠。崇侯谗之，是以拘系。一解。后见赦原，赐之斧钺，使得征伐，为仲尼所称。达及德行，犹奉事殷，论叙其美。二解。齐桓之功,为霸之首,九合诸侯,一匡天下。一匡天下,不以兵车。正而不谲,其德传称。三解。孔子所叹,并称夷吾。民受其恩,赐与庙胙,命无下拜。小白不敢尔,天威在颜咫尺。四解。晋文亦霸,躬奉天王,受赐珪瓒秬鬯,彤弓卢弓矢千,虎贲三百人。五解。威服诸侯,师之者尊。八方闻之,名亚齐桓。河阳之会,诈称周王,是以其名纷葩。六解。"又《善哉行》二首之一云:"古公亶父,积德垂仁,思弘一道,哲王于豳。一解。太伯仲雍,王德之仁,行施百世,断发文身。二解。伯夷叔齐,古之遗贤,让国不用,饿殂首山。三解。智哉山甫,相彼宣王。何用杜伯,累我圣贤。四解。齐桓之霸,赖得仲父。后用竖刁,流虫出户。五解。晏子平仲,积德兼仁,与世浮沉,未必思命。六解。仲尼之世,王国为君。随制饮酒,扬波使官。七解。"魏文《煌煌京洛行》云:"夭夭园桃,无子空长。虚美难假,偏轮不行。一解。淮阴五刑,鸟尽弓藏。保身全名,独有子房。大愤不收,襃衣无带。多言寡诚,只令事败。二解。苏秦之说,六国以亡,倾侧卖主,车裂固当。贤矣陈轸,忠而有谋,楚怀不从,祸卒不救。三解。祸夫吴起,智小谋大,西河何健? 伏尸何劣? 四解。嗟彼郭生,古之雅人。智矣燕昭,可谓得臣。峨峨仲连,齐之高士,北辞千金,东蹈沧海。五解。"均见《全三国诗》卷一。此诸篇所出史迹,贤愚各异,得失互陈,则与太冲之取材同。篇中分解,或每解咏一事,或二解咏一事,或一解咏数事。则与太冲之联章同。特其法式尚系檃括本传,近于班固原作,太冲则更加以扩充、藻饰、变化、错综耳。是则谓其体出杜挚,无宁谓为推本曹公父子也。

次则假史言怀,实此作尤要之点。沈德潜《古诗源》云:"太冲咏史,不必专咏一人,专咏一事。咏古人而己之性情俱见。"卷七。张玉毂《古诗赏析》更加之剖判,谓其"或先述己意,而以史事证之。或先述史事,而以己意断之。或止述己意,而史事暗合。或止述史事,而己意默寓"卷十一。二家所论,均极精当。试执其说,以绳汉、魏诸作,而求太冲之先驱,则鄙见所及,惟有孔融《杂诗》。其辞云:"岩岩锺山首,赫赫炎天路。高明曜云门,远景灼寒素。昂昂累世士,结根在所固。吕望老匹夫,苟为因世故。管仲小囚臣,独能建功祚。人生有何常,但患年岁暮。幸托不肖躯,且当猛虎步。安能苦一身,与世同举厝。由不慎小节,庸夫笑我度。吕望尚不希,夷齐何足慕?"《全汉诗》卷二。加之比量,太冲八首,不独风骨、辞气有类此诗,其标举史事,但期发扬襟抱,尤无二致。盖自太冲而后,六代咏史,不乏名篇,而涂径所经,多遵斯轨,有同后世所谓"六经皆我注脚"者。溯其远源,固当推文举兹篇。

(1948年4月,武昌)

郭景纯、曹尧宾《游仙》诗辨异

自灵均唱《骚》,后人拟之以为《远游篇》、《大人赋》,吾华文学取资仙道者始众。其在声诗,作者尤多,而晋郭景纯、唐曹尧宾《游仙》之造最称盛业,吟咏之徒莫不敛衽取则焉。此学林之所共知也。顾二家创作之旨意、产生之背景、承受之传统俱各不同,则尚未见有具体指陈之者。故历来称说,或至习而不察,并为一谈,如厉鹗《樊榭山房文集》卷四《〈前后游仙百咏〉自序》有云:"但以俗缘羁绁,尘网撄缠,与其白眼以看人,何如问青天而搔首?于是效颦郭璞,学步曹唐,前后所为,数凡三百。"郭、曹交举,其一例矣。淄、渑无分,亦未见其可也。辄因愚管,聊事剖析,撰《辨异》一篇,以备谈艺者之搴采。

今传二家《游仙》之诗,皆有缺佚。据《全晋诗》卷五,景纯所制,存者完篇十,残篇四,而《诗品》卷中所引"奈何虎豹姿"及"戢翼栖榛梗"二句皆不在内。《唐诗纪事》卷五十八云:"唐……作游仙诗百余篇。"《唐才子传》卷八云:"作《大游仙诗》五十篇,又《小游仙诗》等。"今《全唐诗》卷二十四所载尧宾《大游仙诗》七律自《汉武帝将候西王母下降》迄《汉武帝思李夫人》,仅十七首。张为《主客图》摘录"箫声欲尽月色苦,依旧汉家宫树秋"、"一曲哀歌茂陵道,汉家天子葬秋风"及"谁知汉武无仙骨,满灶黄金成白烟"诸句,除首二语注明为"《游仙》句"外,余者亦可能为汉武二题佚篇中之断句,而缺者尚众。又《小游仙诗》七绝计九十八首,《唐诗纪事》所有"靖节先生几代孙"一绝亦不与其列。以此推之,知二家篇简均有零落也。但据见存,加之探究,则其旨意,实不相侔。先就郭诗言之,观其引辞敷藻,固皆玄胜之谈,而忖彼表旨抒情,终系出处之际。前贤于此,虽有所会,然研虑难

421

周,余蕴待发。说之者既属疏而不密,览之者遂亦明而未融。今请依据本诗,更为诠论。窃谓欲明此作真谛,传世诸制,第五篇乃厥枢机。谨首说是篇,次及余作。案其诗云:"逸翮思拂霄,迅足羡远游。李善《〈文选〉注》卷二十一云:"逸迅思拂霄及远游,以喻仙者愿轻举而高蹈。"清源无增澜,安得运吞舟。《注》:"清源不能行运吞舟之鱼,以喻尘俗不足容乎仙者。"珪璋虽特达,明月难暗投。《注》:"珪璋、明月,皆喻仙也。言珪璋虽有特达之美,而明月之珠难暗投,以喻仙者虽有超俗之誉,非无捕影之讥。"之珠,胡刻本作皆喻。《〈文选〉考异》卷四云:"袁本、茶陵本皆喻作之珠,是也。"今据改。潜颖怨青阳,陵苕哀素秋。《注》:"言世俗不娱求仙,而怨天施之偏,又叹浮生之促,类潜颖怨青阳之晚臻,陵苕哀素秋之早至也。"悲来恻丹心,零泪缘缨流。《注》:"悲俗迁谢,故恻心流涕。""寻李善作《注》之方,原重解故训,疏典实。其有涵义渊深,必待曲畅精微,旁通要眇者,始为之发挥消释,此细玩全书而可知者也。《注》于昭明所选,六篇皆止于疏解故实,独于兹首详申作意,是李氏固亦知其费解,辄出所见,以诏世人。然其所言,殊多附会,后之学者,要难餍心。故何焯于此,直评云:"'珪璋'以下未喻。"海绿轩本《文选》引。下引同。自余诸家所说,亦皆皮相之谈。惟先师蕲春黄君独标胜义,谓:"此伤年暮无知音之辞。《离骚》曰:'老冉冉其将至,恐修名之不立。'《思玄》曰:'既姱丽而鲜双,非是时之攸珍。'此物此志也。《注》未憭。"手批李注《文选》,传钞本。下引同。先师此论,已得龙珠。若赓李《注》义例,逐句释之,则逸翮、迅足,以喻才士。思拂霄、羡远游,期大用于世也。吞舟之鱼,非巨浸则不能运行;故才士不遇明主良时,自亦无由展其抱负。珪璋特达,固属可羡;明月暗投,尤为可伤。则出处所当特慎矣。潜颖结怨于青阳,谓求达之未能。陵苕兴哀于素秋,谓已达而得祸。幽潜与冈陵,则穷通之喻。青阳与素秋,则福祸之比。才士生世,知遇难必,则进退之顷,即倚伏之机。我瞻四方,蹙蹙靡骋,又安得不恻心流涕乎?意之所存,较然可见矣。景纯别有《答贾九州愁诗》云:"自我徂迁,周之阳月。乱离方焌,忧虞匪歇。四极虽遥,息驾靡脱。愿言齐衡,庶几契阔。虽云暗投,珪璋特达。绵驹之变,何有胡越?子固翘楚,我伊罗葛。无贵香明,终自瀸渴。未若遗荣,阕情丘壑。逍遥永年,抽簪收发。"其三,《全晋诗》卷五。此与上篇辞意大同,独用比用赋为异。取以证成,尤见其情。更推而及于他篇,则知其云:"愧无鲁阳德,回日反三舍。反,李《注》本作向。黄先生云:"向当作反。六臣作令,亦讹字耳。"今据改。临川哀年迈,抚心独悲咤。"其四。即日月逝矣,岁不我与之悲也。其云:"灵妃顾我笑,粲然启玉齿。蹇修时不存,要之将谁使?"其二即叩阍无路,致身末由之痛也。其云:"仰思举云翼,延首矫玉掌,啸傲遗世罗,纵情在独往。"其八。则欲摆落世纷,以求仙道。其云:"虽欲腾丹溪,云螭非我驾。"其四。注引魏文帝《典论》云:"夫生之必死,成之必败。然而惑者望乘风云,冀与螭龙共驾,适不死之国。——国即丹溪。其人浮游列缺,翱翔倒景。——然死者相袭,丘垄相望。逝者莫反,潜者莫形。足以觉也。"景纯此二语不仅采其辞,亦正用其意。"燕昭无灵气,汉武非仙才。"其六又觉书传多妄,长生无稽。至其谓:"灵溪可潜盘,安事登云梯?"其一。注:"灵溪,溪名也。庾仲雍《荆州记》曰:'大城西九里,有灵溪水。'云梯,言仙人升天因云而上,故曰云梯。"乃明言傥能尊隐,即是游仙矣。而其一云:"京华游侠窟,山林隐遁栖。朱门何足荣?未若托蓬莱。"程瑶田《通艺录·释草小记·释藜一》:"《玉篇》:'莱,藜草也。'《广韵》亦云:'莱,藜草。'《诗》:'北山有莱。'说者谓:'莱即藜也。'余案:莱藜一声之转。今不治之地多生藜,藜莱相通,故治荒薉之地曰辟草莱也。如《左传》、庄周、《管子》、太史公之书,《月令》、《韩非子》所云,(原注:《月令》:'孟春行秋令,则藜莠蓬蒿并兴。'《韩非子》:'孟献旧相鲁,堂下生藿藜,门外长荆棘。')皆言其生于不治之地。故三神山其一曰蓬莱;以其人迹罕至,望之有蓬莱诸草而已,因遂以蓬莱名之,而修辞家亦用以氐贫者之庐云。(原注:《后汉书·边让传》,让作《章华赋》云:'举英奇于仄陋,拔髦秀于蓬莱。')"案:此条承赵国璋先生举示,至感。又案:程氏举证仅及《章华赋》而不及景纯此诗,则郭氏诗旨亦久晦矣。其七云:"王孙列八珍,安期炼五石。长揖当涂人,去来山林客。"则更以游侠、朱门、王孙、当涂人与隐遁、蓬莱、安期、山林客对举。其冀高蹈风尘之外,肥遁林薮之中,不益可征验乎？合诸诗以观,则谓景纯乃由入世之志难申,故出世之思转炽,因假《游仙》之咏,以抒尊隐之怀,殆无可致疑者。故黄先生又曰:"景纯斯篇,本类《咏怀》,聊以摅其忧生愤世之情。其于仙道,特以寄言。游仙实隐遁之别目耳。"斯言谅矣。

若夫曹氏之为,虽视郭诗远为繁博,而吟叹流连,实结念在天人情感一端,用意反较明豁。如《大游仙》者,乃取若干仙道故事,分题咏之,每事数章,各为首尾。若刘、阮入天台之事则分《刘晨阮肇游天台》、《刘阮洞中遇仙子》、《仙子送刘阮出洞》、《仙子洞中有怀刘阮》及《刘阮再到天台不复见仙子》等五题是也。今所残存,亦或每事仅有一篇。然就其题目观之,则有一见即知其有佚篇者,如览《张硕重寄杜兰香》之"重寄"二字,知此前必有他作;览《皇初平将入金华山》之"将入"二字,知此后必有下文是也。亦有推测可能尚有佚篇者,如《织女怀牵牛》之后,或有牵牛酬答之篇;《汉武帝思李夫人》之后,或有方士招魂之什是也。据此论之,则《大游仙》五十首中应无以一首咏一事者矣。又案近世治戏曲史者,均以赵德麟《侯鲭录》卷五所载咏会真故事之《商调·蝶恋花》十二阕为戏曲之先河。今观尧宾此作,每事以数章分咏。题为叙事,诗则抒情,实与赵词大类,而时代适在其前,傥又其所自出乎？余于戏曲之学,未涉藩篱,不敢妄有论列,谨附著鄙见于此,俟专家考定焉。寻其所存,故事凡有十一。其咏仙家与仙家之爱情者,则有牵牛与织女之事。其咏仙家与仙家之友谊者,则有王远与麻姑之事。咏仙家与尘界之爱情者,则有萧史与弄玉、许真人与萼绿华、张硕与杜兰香、刘阮与天台仙女之事。其咏仙家与尘界之友谊者,则有周穆王与王母、汉武帝与王母之事。独咏汉武帝与李夫人者,若全属尘界。然汉武好仙,夫人死后,魂魄尝为方士所招致,正史、小说俱有记载,殆以是而附及之与？此外,惟《紫河张休真》及《皇初平将入金华山》二题于男女间之情感若无与耳。《四库全书总目》卷一百五十一《〈曹祠部集〉附〈曹唐诗〉提要》谓尧宾此作"盖本颜延之《为织女赠牵牛》诗,而曼衍及诸女仙,各拟赠答。"案考之原诗,所咏既非尽属女仙,亦非尽是赠答,其言实误。至《小游仙》九十九绝,前后虽无连系,而涉及情感,披文可见者,亦达三之一强。则其重心,初无殊异。如云："赤龙停步彩云飞,共道真王海上归。千岁红桃香破鼻,玉盘盛出与金妃。"其五十三。则神仙眷属之生活也。"东妃闲着翠霞裙,自领笙歌出五云。清思密谈谁第一,不过邀取小茅君。"其二十。则世外友朋之过从也。"新授金书八素章,玉皇教妾主扶桑。与君一别三千岁,却厌仙家日月长。"其九十五。则离索之感也。"海树灵风吹彩烟,丹陵朝客欲升天。无央公子停鸾辔,笑泥娇妃索玉鞭。"其四十二。则爱悦之情也。"月影悠悠秋树明,露吹犀箪象床轻。嫔妃久立帐门外,暗笑夫人推酒声。"其二十一。则狎嫟之辞也。"云鹤冥冥去不分,落花流水恨空存。不知玉女无期信,道与留门却闭门。"其四十八。则惆怅之志也。"玉皇赐妾紫衣裳,教向桃源嫁阮郎。烂煮琼花劝君吃,恐君毛鬓暗成霜。"其二十三。则仙凡之遇合也。"九天王母皱蛾眉,惆怅无言倚桂枝。悔不长留穆天子,任将妻妾住瑶池。"其九十三则天人之睽隔也。略举八篇,可资三反。要之,大、小《游仙》所写景物情况固极虚无、缥缈、灵异、芳菲之致,而诸凡君臣、朝廷、夫妇、友朋、尊卑、贵贱之序,车骑、服饰、宫室、饮食、婚媾、游燕之事,悲欢、离合、死生、得丧、爱恋、愁恨之怀,虽云天上,不异人间。故朱孟实先生谓其所为,乃使极超人间性之景象与极人间性之情感沆瀣一气。见《文学杂志》第三卷第4期载朱撰《游仙诗》。斯则与景纯之作,不亦大有径庭乎？其异一矣。

次就两作背景论之，则征诸《晋书》景纯本传，其涉世之年，适值戎、狄乱华，中原多故，西朝倾覆，五马南浮。追入仕江左，以才学为元帝所知，始累上章疏，多所匡益。明帝之在东宫，与温峤、庾亮并有布衣之好，景纯见重，亦埒二公。然峤、亮胥以贵仕为中兴名臣，景纯独偃蹇不进，自有才高位卑之叹。此《客傲》之所由作也。文亦载传。又览其《赠温峤》云："子策骐骏，我按驽骞。进不要声，退不傲位。遗心隐显，得意荣悴。尚想李严，逍遥柱肆。"其三，《全晋诗》卷五。虽貌若自甘澹泊，实不免吝情去留。及为王敦记室参军，以敦在朝权势，无难借以通显，顾敦之逆谋，又景纯所洞烛机先。"珪璋虽特达，明月难暗投。"其意僾在斯乎。《传》载："颖川陈述为大将军掾，有美名，为敦所重，未几而没。璞哭之哀甚，呼曰：'嗣祖！嗣祖！焉知非福。'未几而敦作难。"又称："敦将举兵，又使璞筮。璞曰，'无成。'敦……又……问璞曰：'卿更筮吾寿几何？'答曰：'思向卦，明公起事，必祸不久；若住武昌，寿不可测。'敦大怒曰：'卿寿几何？'曰：'命尽今日日中。'敦怒，收璞诣南冈斩之。"景纯既明知早死之为福，当并审迟去之为祸，讵意迁延忘反，卒以杀身。故王夫之《古诗评选》论之曰："步兵一切皆委之《咏怀》，弘农一切皆委之《游仙》。弘农之以自全者，不逾善乎？而终以不免。处逆流，逢横政，正当揭日月而行，徒为深人之色以幸两全，无益也。虽然，弘农之于此，亦可哀已。"卷四，《船山遗书》本。案王敦平后，景纯追赠弘农太守，见本传。王氏，朱明遗老，有激云然，而于景纯进退维谷之情，固已洞见。若陈沆《诗比兴笺》云："殉物者系情，遗世者冥感。系情者难平尤怨，冥感者但任冲元。取舍异途，情辞难饰。今既蝉蜕尘寰，霞举物外；乃复肮脏权势，流连蹇修，匪惟旨谬老、庄，毋亦卜迷詹尹。是知君平两弃，非必无因；夷、叔长辞，正缘笃感云尔。……景纯劝处仲以不反，知寿命之不长，《游仙》

之作,殆是时乎！青溪之地,正在荆州,斯明证也。"卷二。案《文选》载《游仙诗》第二首李善《注》引庾仲雍《荆州记》云:"临沮县有青溪山。山东有泉。泉侧有道士精舍。郭景纯尝作临沮县,故《游仙诗》嗟青溪之美。"又第一首之灵溪并是荆州地名,亦见庾《记》,前已引之。是《游仙诗》颇有作于荆州之可能,而王敦又尝镇荆州,故陈氏推断其时、地如此。则于其思想感情之矛盾冲突,揭表尤明。章学诚《诗教》上尝论古今文人,情深《诗》、《骚》,盖缘"遇有升沉,时有得失。畸才汇于末世,利禄萃其性灵。廊庙、山林、江湖、魏阙,旷世而相感,不知悲喜之何从。"《文史通义》卷一,《章氏遗书》本。夫旷世相感,悲喜且不知何从,则当时处境,去住又安能遽定。傍徨瞻顾,发为咏歌,又岂非事有必至者与？斯固历祀才士之所同,有难独责景纯者也。

至于尧宾行实,诸书所载甚简。《唐诗纪事》、《昭德先生郡斋读书志》卷四中及《唐才子传》均略同。除尝为道士,后反初服一事外,殆无足据以推寻此作所由来者。《唐才子传》云:"唐始起清流,志趣澹然,有凌云之骨,追慕古仙子高情,往往奇遇,而己才思不减,遂作《大游仙诗》、……《小游仙诗》等,纪其悲欢离合之要,大播于时。"论其动机,诚为近是。然于所谓高情奇遇,究属何等,则仍郁而未宣,斯亦有待于疏通证明者也。窃谓欲晓诸篇所以发生,必先知"仙"之一字与"游仙"一语在当时之特殊意义。按元稹《莺莺传》,见《太平广记》卷四百八十八。为唐稗名篇。其中假托张生尝赋《会真诗》三十韵,而稹又制《续会真诗》三十韵,故此传亦有《会真记》之名。顾"会真"二字,作何解释,则世人鲜有注意及之者。近日陈寅恪丈始发其覆,谓:"《庄子》称关尹、老聃为博大真人,原注:《天下》篇语。后来因有《真诰》、《真经》诸名,故真字即与仙字同义,而'会真'即遇仙或游仙之谓也。又六朝人已侈谈仙女杜兰香、萼绿华之世缘,流传至于唐代,仙原注:女性。之一名遂多用作妖艳妇人或风流放诞女道士之代称,亦竟有以之目娼妓者。其例不遑悉举。"《读莺莺传》,载《历史语言研究所集刊》第十本,第二分。寻以仙字代妖艳妇人或娼妓者,丈曾举蒋防《霍小玉传》"有一仙人,谪在下界,不邀财贿,但慕风流"《太平广记》卷四百八十七。之语,及施肩吾《及第后访月仙子》、《赠仙子》《全唐诗》卷十八,页71及78。诸诗为证。若目女冠为仙者,则如秦系《题女道士居》云:"共知仙女丽,莫是阮郎妻?"《全唐诗》卷九,页92。赵嘏《赠女仙》云:"水思云情小凤仙,月涵花态语如弦。不因金骨三清客,谁识吴州有洞天。"《全唐诗》卷二十,页120。皆是也。大、小《游仙》所咏之人,不尽女仙,而实以女仙为主;所咏之事,不尽情感,而实以情感为多。唐世所谓仙人,含义既或如此,则谓尧宾之作,虽用古代神仙故事为题材,实以当时女冠生活作影本,或非不根之谈。考自汉以来,方士窃取柱史绪言,以创道教,老子久经神化。李唐握纪,自谓老后,其于道教,极致尊崇。参《唐会要》卷五十"尊崇道教"条。故以帝女之贵,入道不嫁者,由睿迄穆,八朝之中,竟达十三人之众,据《文献通考》卷二百五十八,帝系九。《唐会要》卷六,"公主"条所计少三人。又敬宗以次,两书均不载,或史之阙文也。而《送宫人入道》尤为诗人习有之题。夫上有好者,下必有甚焉,则民女皈依,数当更夥。人数既多,流品必杂。洁身自好,岂乏其人;放诞风流,亦难尽免。为时既长,寖成风气,故"仙"与"游仙"之特殊意义生焉。韩愈《华山女》云:"街东街西讲佛经,撞钟吹螺闹宫庭,广张罪福资诱胁,听众狎恰排浮萍。黄衣道士亦讲说,座下寥落如明星。华山女儿家奉道,欲驱异教归仙灵,洗妆拭面著冠帔,白咽红颊长眉青,遂来升座演真诀,观门不许人开扃。不知谁人暗相报,訇然振动如雷霆,扫除众寺人迹绝,骅骝塞路连辎軿。观中人满坐观外,后至无地无由听。抽簪脱钏解环珮,堆金叠玉光青荧。天门贵人传诏召,六宫愿识师颜形。玉皇颔首许归去,乘龙驾鹤来青冥。豪家少年岂知道,来绕百匝脚不停。云窗雾阁事恍惚,重重翠幕深金屏。仙梯难攀俗缘重,浪凭青鸟通丁宁。"《全唐诗》卷十二,页72。此于女冠之妖艳妄诞,众生之颠倒风狂,描摸甚悉,然犹系不慊于心,故微文刺讥之也。若刘言史《赠成炼师》云:"等闲何处得灵方,丹脸云鬟日月长。大罗过却三千岁,又向人间魅阮郎。"四首之三。《全唐诗》卷十七,页85。李洞《赠庞炼师》云:"家住涪江汉语娇,一声歌戛玉楼箫。睡融春日柔金缕,妆发秋霞战翠翘。两脸酒醺红杏妒,半胸酥嫩白云饶。若能携手随仙去,皎皎银河渡鹊桥。"《全唐诗》卷二十七,页21。则竟以淫媟之辞,施诸投赠,言之者既毫无顾忌,听之者亦视若故常。此辈身分,在时人心目中为何若,概可知矣。王谠《唐语林》载:"宣宗微行至德观,有女道士盛服浓妆者,赫怒归宫,立召左街功德使宗叔京,令尽逐去,别选男子二人,住持其观。"卷一,按此则出裴庭裕《东观奏记》。盖尤女冠不守清规之显证。夫女仙之世缘,既为人所艳羡,女冠之行迹,又如彼其风流,则视女冠为女仙,以尘界为清境,一经交接,自以为便通仙籍,已遂双修,亦过屠门之大嚼也。裴铏《传奇》载樊夫人答裴航诗有云:"蓝桥便是神仙窟,何必崎岖上玉清。""裴航"条,见《太平广记》卷五十。此虽小说家语,实尔时人人意中所欲言。《唐才子传》所谓"高情奇遇",固此类也。案景纯诗云:"灵溪可潜盘,安事登云梯。"与"蓝桥"二句,正可互证。晋人之所谓仙与仙境,或与唐人不同,而以为除人外别无仙,除人间外别无仙境,固不异也。尧宾尝为道士,于彼教典籍,窥览必多,加之唐代女冠,风气如此,则其假借天人情感之咏歌,以迎合当日社会之心理,"大播于时",诚不足怪。此则二氏之作,推其缘起,亦复了无关涉,其异二矣。

复次,以二家承受之传统相较,则《楚辞》郁起,即杂仙心。《离骚》一篇，斐然称首。迹其要义，不外两端：其一，则以淑世之不能，乃转而思遁世。故既称："老冉冉其将至兮，恐修名之不立。"复谓："何离心之可同兮，吾将远逝以自疏。"其二，则以仙界之多妄，仍归本于人间。故既称："驾八龙之婉婉兮，载云旗之委蛇。"复谓："陟升皇之赫戏兮，忽临睨乎旧乡。"汉、晋诸家，咸遵遗则。如以《游仙》名篇，据今存史料，盖始曹植。见《全三国诗》卷二。他作若《升天行》、《仙人篇》、《五游咏》、《平陵东》、《苦思》、《远游》、《飞龙篇》，皆其类也。而植志存淑世，明见《求自试表》、《与杨德祖书》《文选》卷三十七及四十二。诸文；不信神仙，则《辨道论》一篇言之尤切。丁晏《曹集诠评》卷九载论有云："夫神仙之书、道家之言乃云：傅说上为辰尾宿。岁星降下为东方朔。淮南王安诛于淮南，而谓之获道轻举。钩弋死于云阳，而谓之尸逝柩空。其为虚妄甚矣哉！"又云："世有方士，吾王悉所招致，……诚恐此人之徒接奸诡以欺众，行妖恶以惑民，故聚而禁之也。岂复欲观神仙于瀛洲，求安期于边海，释金辂而顾云舆，弃文骥而求飞龙哉？"景纯作意，亦与同符。是游仙诗之本来面目固如此也。乃旧之论者，于此殊有未明。始《诗品》评郭已云："《游仙》之作，辞多慷慨，乖远玄宗。……乃是坎壈咏怀，非列仙之趣也。"李善《〈文选〉注》更申厥旨，谓："凡游仙之篇，皆所以滓秽尘网，锱铢缨绂，飡霞倒景，饵玉玄都。而璞之制，文多自叙。虽志狭中区，而辞兼俗累。兼，原作无。《考异》云："无当作兼。各本皆讹。"今据改。见非前识，良有以哉！"所云"前识"，即指记室而言。然二家所说，实以后来作风，衡量古昔，其谬甚显。案六代以来作者，不乏游仙之篇，其内容即大略如李善所云，此览文而可知者。视向来传统则有异矣。至其转变，别有因缘，兹不暇及。是以何焯辨之曰："景纯之《游仙》，即屈子之《远游》也。章句之士安足以知之。"案《诗比兴笺》称焯为"知言"。贝琼《清江贝先生文集》卷七《游仙诗序》则云："游仙诗何所始乎？始于《离骚》、《远游》之作也。天下固无神仙之说，而屈子不得于其君，放乎湘潭，盖将临六合，陋薄俗，排风御气,超然物表。……后有何敬宗、郭景纯者,互为《游仙诗》,不过托安期、羡门之高,假蓬莱、方丈之胜,而欲去此彼彼。其于屈子……有得否乎?"方东树《昭昧詹言》卷一复云:"余谓屈子以时俗迫阨,沈浊污秽,不足与语,托言已欲轻举远游,脱屣人群,而求与古真人为侣,乃夷、齐西山之歌,《小雅》病俗之旨,孔子浮海之志,非真欲服食求长生也。至其所陈道要,司马相如《大人赋》且不能至,何论景纯?若景纯此诗,正道其本事。锺、李乃讥之,误也。义门更失之矣。"二君所论,颇见是处,然亦有当辨正者,则屈子之为,景纯所作,仅形式上之差异,与艺术上之高下而已,精神本质,初无不同。景纯固属自道本事,屈子何遽不然?何说殆未可非议。至《远游》一篇,虽据近人考证,并非屈作,而其文辞旨趣实《离骚》之延长,固亦无妨于何说也。厉鹗《〈前、后游仙百咏〉自序》亦云:"至于弘农之始唱,实为屈子之余波。事虽寄于游仙,情则等于感遇。"何、厉之说,差可谓洞悉渊源者焉。

　　反观尧宾之所作,则得屈子之一偏。盖《离骚》轸怀肥遁,托意仙游,颇及览观四极、周流天庭、奏《歌》舞《韶》、屯车发轫之乐;而浮游求女,尤竭其心,《文心·辨骚》所云"丰隆求宓妃,鸩鸟媒娥女"者是也。王逸《楚辞章句》谓宓妃以喻隐士,娥女以喻贞贤。此盖不明屈子原兼有儒家及神仙家之思想,故欲统一解释之。此之所举,实非如逸所云,而系神仙家享乐思想之具体描绘。自兹厥后,则真有以求女喻求贤者,此则受汉儒训说之影响,非其本然,当分别观之。下逮曹植则有"仙人翔其隅,玉女戏其阿"之句。《远游篇》景纯亦有"灵妃顾我笑,粲然启玉齿"之辞,虽用意或不尽同,而行文固无以异。及至尧宾,乃专就此点扩而充之耳。伊古神仙思想之产生,盖人类数种基本欲望之无限度伸张所致,参闻一多《神仙考》,《全集》第一卷。其中原具浓厚之享乐色彩。而房中之术,方士又以为长生要诀。故男女之事,本所不讳。及神仙家言发展而成道教,则不特合籍双修之传说因之出现,且修真炼道,亦竟以此为譬喻矣。即以唐人诗歌征之,吕岩洞宾,俗传为八仙之一。今传其《渔父词·沐浴》云:"卯酉门中作用时,赤龙时蘸玉清池。云薄薄,雨微微,看取妖容露雪肌。"

《灿烂》云:"四象分明八卦周,乾坤男女论绸缪。交会处,更娇羞,转觉情深玉体柔。"《全唐诗》卷三十一,页65。皆以猥亵之辞,喻精微之理,其明据也。夫长生与情欲,实人类最基本之欲望,而神仙眷属,则合而一之,世人向往,职由于此。皇甫枚《三水小牍》载女冠鱼玄机婢绿翘谓玄机曰:"炼师欲求三清长生之道,而未能忘解佩荐枕之欢。"卷下,"绿翘"条,《抱经堂丛书》本。不知二者自道教观点视之,不特鱼与熊掌,无妨兼得,且亦一当然之事。此则自屈子以来有取于神仙家享乐观念之大略,至尧宾乃尽情发挥之,较景纯之全绍灵均,不失矩矱者,又别。其异三矣。

如上所陈,则就传统言,景纯得屈子之全,而尧宾得屈子之偏。就背景言,则景纯为一己政治生涯,尧宾为当时社会风气。就旨意言,则景纯乃出处犹豫之吟叹,尧宾乃天人情感之咏歌。譬诸草木,区以别矣。固不得以景纯精于阴阳、五行、天文、卜筮,亦见本传。而尧宾尝为道士,遂谓二人皆笃信神仙,各具"灵见",其诗其人同属一类也。庸昧之见,或异高贤。傥曰不然,请待来哲。

(1949年3月,上海)

陶诗"结庐在人境"篇异文释

　　《饮酒》二十首为陶公名篇。其五云："结庐在人境,而无车马喧。问君何能尔?心远地自偏。采菊东篱下,悠然见南山。山气日夕佳,飞鸟相与还。此中有真意,欲辩已忘言。"尤推绝作。故当齐、梁之际,举世诗风皆不宗陶,而昭明《文选》,仍加第录,列入杂诗。盖洵美矣。然自来陶集、《文选》于此,即有异文二事:其一,"悠然见南山"句,"见",《选》作"望"。宋绍熙壬子本陶集亦云:"一作望。"其二,"此中有真意"句,"中",《选》及绍熙本作"还"。宋绍兴庚申本陶集亦云:"一作还。"尚考魏、晋以来,诗歌声色渐开。词人才子,多渐留心字句。于是一篇之中,有句可摘;一句之中,有字可指。《文心雕龙·章句》篇云:"篇之彪炳,章无疵也;章之明靡,句无玷也;句之清英,字不妄也。"则其具体之理论。陶公于此,固尝措意焉。强行父《唐子西文录》云:"晋人工造语,而元亮其尤。"《历代诗话》本。王世贞《艺苑卮言》云:"渊明托旨冲澹,其造语有极工者。"卷三,《历代诗话续编》本。此视其他论师但以朴质目陶者,自为有见。执此以绳,兹二异文既宋椠已然,又无一祖本足以定真面目之何若,则律以作者之命意遣辞,以判其孰为近是,似亦堪供读者循省之助。盖底本之是非设无由确知,则义理之是非固不妨推度,此校勘家之所习知也。

　　分言之:"见"之与"望",前人论者颇多。《鸡肋集》云:"诗以一字论工拙。……记在广陵日,见东坡云:'陶公意不在诗,诗以寄其意

433

耳。采菊东篱下,悠然望南山。则既采菊,又望山,意尽于此,无余蕴矣。非渊明意也。采菊东篱下,悠然见南山。则本自采菊,无意望山,适举首而见之。故悠然忘情,趣闲而景远。此未可于文字精粗间求之。'"胡仔《苕溪渔隐丛话》前集卷三引,《四部备要》本。案《津逮秘书》本《东坡题跋》卷二,《题渊明〈饮酒〉诗后》云:"'采菊东篱下,悠然见南山。'因采菊而见山,境与意会,此句最有妙处。近岁俗本皆作望南山,则此一篇神气都索然矣。古人用意深微,而俗士率然妄以意改,此最可疾。"此与《鸡肋集》所载略同,特更言"望"字是俗士妄改耳。据此,知北宋本已有异文矣。《蔡宽夫诗话》云:"'采菊东篱下,悠然见南山。'此其闲远自得之意,直若超然逸出宇宙之外。俗本多以见字为望字。若尔,便有褰裳濡足之态矣。乃知一字之误,害理有如是者。"同上引。沈括《梦溪续笔谈》云:"陶渊明《杂诗》:'采菊东篱下,悠然见南山。'案:本集题《饮酒》,《文选》改题《杂诗》,沈氏从《选》耳。往时校定《文选》,改作'悠然望南山'。则上下句意全不相属,遂非佳作。"《学津讨原》本。此皆以"见"字为佳也。何焯《义门读书记》云:"就一句而言,望字诚不若见字为近自然。然山气飞鸟皆望中所有,非复偶然见此也。悠然二字,从上心远来。东坡之论,不必附会。"《文选》第三卷。先师蕲春黄君之评,亦申何说,谓:"望字不误。不望南山,何由知其佳邪?无故改古以申其谬见,此宋人之病。"手批李注《文选》,传钞本。案苏、沈二氏以为字本作"见",后人改"望"。黄君则以为字本作"望",后人改"见"。今以皆无征验,未敢置论。是又以"望"字为胜也。至若"中"之与"还",说者较少。陶澍注陶集,收录校语颇详,而于此句则径作"中",不出"还"字。何焯云:"此还不若此中。"见海绿轩本《文选》。《义门读书记》无此条。亦未明言其故。黄君则谓:"此还当不误。观《注》引狐死首丘说之,案李善《注》:"《楚辞》曰:'狐死必首丘,夫人孰能反其真情。'王逸注曰:'真,本心也。'"则还仍即上飞鸟之还也。或作中,殆非。还之真意,安其故常也。"诸家所说殊异,大略如此。

孟子曰:"诵其诗,读其书,不知其人,可乎?"又曰:"说诗者,不以文害辞,不以辞害志。以意逆志,是为得之。"《万章》篇。此明示学者,诵诗读书,必由文辞以求义蕴;而不可遗其义蕴,徒拘文辞也。陶公之人若诗,固非此短文所得而详。然设此篇之大旨能先通解,则于异文之抉择,自亦有所裨补。盖由意得象,由象知言,庶几虽不中不远焉。葛立方《韵语阳秋》云:"东坡拈出渊明谈理之诗有三。一曰:'采菊东篱下,悠然见南山。'二曰:'啸傲东轩下,聊复得此生。'《饮酒》之七。三曰:'客养千金躯,临化消其宝。'《饮酒》之十一。皆以为知道之言。"卷三,《历代诗话》本。案《饮酒》之十四有云:"不觉知有我,安知物为贵。"又可视为苏氏所举三诗之总赞。夫千金自奉之与啸傲东轩,虽有富贵贫贱之殊,而有宝亦化之与聊复得生,其同归于尽则一也。若是,则百年鼎鼎,物我交役,果何为哉?东坡之所以亟称此数语,正以其二、其三为陶公所说无我超物之理,其一则其所标物我两忘之境耳。然物我两忘之境,故非一几可及。要必滞累既去,而后自然可反;和谐之极,而后迹象全无。即以此诗论之,起四句,绝对唯心之言。王安石评之云:"渊明诗有奇绝不可及之语。如'结庐在人境'四句,有诗人以来无此句。"李公焕《注》引。其推许甚至。以今观之,则此但述其去滞累而反自然之所得,以唤起下文。次四句,乃借篱菊、南山、岚光、飞鸟,以表见极和谐而无迹象之境界。前者为平日之修持,为抽象之哲理。后者为当时之情事,为具体之景物。末二句始就此境界而赞叹之。盖其要领实在中四句也。昔之论者,于此殊多未明。如方东树《昭昧詹言》云:"此但书即目即事,而高致高怀可见。起四句言地非偏僻,而吾心既远,则地随之。境既闲寂,景物复佳,然非心远,则不能领其真意味。既领于心,而岂待言?所谓造适不及笑,献笑不及言,有曾点之意。后六句即心远地偏之实事。"卷四。所言亦是。然以特重首尾心远忘言之理,而于中四语情景,为陶公临文所感发者,顾不之详,似犹有遗憾焉。

试就作者当时之情景推求之:其初来东篱,本为采菊;采菊之次,偶然见山。是采菊原在意中,看山则在意外。王安石《书湖阴先生壁》绝句有云:"两山排闼送青来。"《王荆文公诗》卷四十三,大德本。颇足与此相证成。盖皆示人在悠然之际,山灵色相忽呈。虽句法有殊,而境界若一。陶诗中人之所见,即王诗中山之所送也。本事采菊,山色忽呈。采菊之心情遂移为看山之心情。继复由欣赏山气之佳,而及于飞鸟之还。此时或已忘其初乃为采菊而来篱下矣。斯缘胸次冲夷,原无意必,故得随其所寓,而含一片化机之妙。殆观赏既久,始觉其境之胜,其意之真,而有欲辩忘言之叹。察其所由,则又原于心远地偏。故"结庐在人境"四句,虽在一篇之首,而实为至物我两忘之境界以后,所获得之观照与解释。此心灵之发展,固有异于文章之组织者也。黄庭坚《跋渊明诗卷》云:"渊明不为诗,写其胸中之妙耳。"李《注》总论引。《后山诗话》以此为东坡语。若此真所谓胸中之妙,识之者鲜矣。准斯而谈,则陶公此诗,于菊于山,虽无意为宾主之分;然论其时情事,则实先采菊,后见山。悠然一句,无意之见。山气二句,有意之望。当其初见南山,则固未凝望也。此点既明,乃可进审下列两说之是非。《复斋漫录》云:"东坡以元亮'悠然见南山',无识者以见为望。予观乐天《效渊明》诗曰:'时倾一壶酒,坐望东南山。'然则流俗之失久矣。惟韦苏州《答长安丞裴说》诗云:'采菊露未晞,举头见秋山。'乃知真得渊明诗意,而东坡之言为可信。"又见吴曾《能改斋漫录》卷三,"悠然见南山"条。案:《能改斋漫录》在南宋初尝毁板。南宋人引《能改斋漫录》多作《复斋漫录》。陶《注》此条,引自《苕溪渔隐丛话》后集卷三,故亦题《复斋》也。吴菘驳之云："见改为望，神气索然，固已。但以乐天'时倾一壶酒，坐望东南山'为流俗之失，此却不然。如渊明采菊之次，原无意于山，乃忽见山，所以为妙。若对山饮酒，何不可云望，而必云见邪？且如其言，剿说雷同，有何妙处？"二则均陶《注》引。平章二说，吴氏为长。盖白诗以山为主，酒为宾，故用"望"字；韦诗则全规原作，由菊而山，故用"见"字。《四部丛刊》本阮阅《诗话总龟》后集卷二十五引葛常之云："韦应物诗拟陶渊明而作者甚多，然终不近也。《答长安丞裴税》诗云：'临流意已凄，采菊露未晞。举头见秋山，万事都若遗。'盖效渊明'采菊东篱下，悠然见南山。……此还有真意，欲辩已忘言'之句也。然渊明遗落世纷，深入理窟，但见万象森罗，莫非真境。故因见南山而真意具焉。应物乃因意凄而采菊，因见秋山而遗万事。其与陶所得异矣。"案此说分析二家作诗时心理之异，亦极致密。然采菊之次，无意见山，则仍所同也。又案《历代诗话》本《韵语阳秋》卷四所载此条残缺，仅存首二十字。裴税，当作裴说。《全唐诗》卷七，页十六亦作说。斯衡以宾主之区别，著意之轻重，而知其并行不悖者。且更足以证明陶公原作，亦以作"见"为佳焉。何、黄二君所言，殆未审作者视力之转移，乃自无意而有意。用"见"字，则"望"义亦在其中。由见而望，正有层次；始见继望，为尤切合也。

若夫黄君引李善《〈选〉注》以证"中"当为"还"，窃以注家顺释成文，但依所据之本，此例恒有，难为确论。刘履《〈选〉诗补注》于二异文，一作"见"，一作"还"，为之说曰："此篇乃写其休闲自得之趣。言心志超远，不为尘物所滞，则耳旷目清，虽居人境，自无喧杂矣。故于东篱采菊之际，悠然见夫南山。初不经意，而景与意会。况山气日夕清佳，而飞鸟亦相与还，各遂其自然之性，则我于此，岂不陶然自乐也哉？夫鸟倦飞则知还，人不得志则卷而怀之。此意甚真，人莫之察；然欲与之辩，则又有非言说可得而尽者。意味含蓄，最宜潜玩。"卷五此以《归去来辞》"鸟倦飞而知还"说诗"还"字，与黄君"安其故常"之论大类。然细加寻绎,"中"字所包,殆尤弘广。所指不特为欲辩忘言之情景,即心远地偏之哲理,亦隐寓焉。若局就鸟还,谓有真意,则欲辩忘言者,岂仅此区区乎?苏轼云:"孔子不取微生高,孟子不取於陵仲子,恶其不情也。渊明欲仕则仕,不以求之为嫌;欲隐则隐,不以去之为高;饥则叩门而乞食;饱则鸡黍以延客。古今贤之,贵其真也。"李《注》总论引。则倦飞知还,亦不过陶公出处之一节。陈沆《诗比兴笺》尝称其"早岁肥遁,匪关激成;老阅沧桑,别有怀抱。"卷二。以性分遭际二者兼言,最为卓见。则诵此诗者,固无庸胶执"此还"始"有真意"也。且就修辞而论,则此"中"清空,此"还"质实。其间又自有胜劣,不独所指目有广狭之殊而已。计有功《唐诗纪事》云:"(王)贞白,唐末大播诗名。《御沟》为卷首,云:'一派御沟水,绿槐相荫清。此波涵帝泽,无处濯尘缨。鸟道来虽险,龙池到自平。朝宗心本切,愿向急流倾。'自谓冠绝无瑕,呈僧贯休。休曰:'甚好,只是剩一字。'贞白扬袂而去。休曰:'此公思敏。'书一字于掌中。逡巡贞白回,忻然曰:'已得一字,云:此中涵帝泽。'休将掌中字示之,正同。"卷六十七,《四部丛刊》本。《诗话总龟》前集卷十一引《青琐后集》同。又《唐子西文录》云:"皎然以诗名于唐。有僧袖诗谒之。然指其御沟诗云:'此波涵圣泽,波字未稳,当改。'僧拂然作色而去。僧亦能诗者也。然度其去必复来,乃取笔作中字掌中,握之以待。僧果复来,云:'欲更为中字,如何?'然展手示之,遂定交。"盖一事而传闻异辞。此亦以"中"为优,盖与陶诗无异,可参证也。以二"中"字相提并论,系承朱自清先生之指示。谨此致谢。

　　如上所疏,异文二事,断以作"见",作"中"为是。此篇旧尝寄呈徐哲东先生乞教。先生复书云:"弟昔读此诗,于'悠然见南山'句,以为见字自然而浑成,有全不着意而得情景交融之妙。望字不免着意,神致少逊矣。于'此还有真意'句,以为作此中义虽周匝,然还字随顺笔势,似率实佳。盖诗贵以意逆志,则作者虽就一端措辞,观者自可由偏而会其全。斯为余味曲包。故见必不可易为望;而中之与还,还字似胜。然直出胸臆而已,初未详加考索也。今读大作,益欣望当作见,更有论据。至于中之与还,犹有异同之见存。兄谓'此中清空,此还质实。'弟以为若由以偏会全之意观之,还字反觉清空,中字转落质实。辄贡拙见,奉质高明,尚希正之。"此书商榷周详,极可感念。因敬录之,俾读者并览观焉。昭明《文选》于原作颇有改易增省,为治此书者所共知。余往校读王士禛《唐人万首绝句选》,及李怀民《重订中晚唐诗主客图》,辄讶其字或异旧本,而义转胜;初不知其所从出;久乃悟文士之狡狯,不以窜易为嫌也。若陶集、《文选》,俱有宋刊,又非其比。是故不得不据义蕴以定从违耳。再先儒治学,每以校勘、训诂为通义蕴之邮,斯固然矣。而苟能触类旁通,先识义蕴,则亦未尝不可为校勘诸科之助。如陶公此诗,乃表见一物我两忘之境界。其心灵之发展,文章之组织,皆有轨辙可寻。循是以求,乃知异文何从为胜。其一例也。

(1944年4月,成都)

陶诗"少无适俗韵""韵"字说

陶公《归田园居》第一首起句云:"少无适俗韵。"此韵字,诸家注皆无说,蓄疑久矣。近者,重阅《世说新语》,偶会典午以来,题目流品,率用为称。粗加辑比,乃得其解。因辄疏记,以备忽忘。若夫六代文笔,习用其字,籀览所及,亦复猥多;而索其义训,不出刘书之外。又义庆之作,孝标之注,甄录当时话言,最为近真,是故尤不烦觇缕焉。

韵之朔义,专属声音。《文心雕龙·声律》篇所云:"异音相从谓之和,同声相应谓之韵。"是也。然斯二者,兼指虽异其诂,偏举则韵亦包和。阮元《文韵说》考之详矣。见《揅经室续集》卷三。相从、相应,声音之美,事本专系听觉之和谐。引而申之,触类而长之,则凡耳之所闻,目之所视,或综诸天官之所及,而获得优美之印象、和谐之感觉者,亦目为韵。《文选》卢谌《赠刘琨》诗云:"光阐远韵。"李善《注》曰:"韵,谓德音之和。"卷二十五。犹今通云人之风度矣。《世说·任诞》篇云:"阮浑长成,风气韵度似父。"《赏誉》篇云:"庾公(谓孙兴公)曰:'卫(君长)风韵虽不及卿,诸人倾倒处亦不近。'"此泛指风度。《言语》篇注引《高坐别传》云:"和尚……风韵遒迈。"《雅量》篇注引《阮孚别传》云:"孚风韵疏诞。"则以风度各殊,更为区别。斯其涵义之一变也。

推之,则或以专指放旷之风度。此缘尔时尤尚"作达"耳。《品藻》篇云:"杨淮二子乔与髦,俱总角为成器。淮与裴颜、乐广善,遣见之。颀性弘方,爱乔之有高韵。……广性清淳,爱髦之有神检。……论者评之,以为:乔虽高韵,而检不匮。"《注》引荀绰《冀州记》云:"乔……爽朗有远意。髦……清平有贵识。"又引《晋诸公赞》云:"乔似淮而疏。"《任诞》篇云:"罗友有大韵。"《注》引《晋阳秋》云:"友……不持节检。"寻绎词条,弘方之与清淳、爽朗之与清平、疏之与检、高韵之与神检、大韵之与节检,义正相对,则韵之专属放旷可知。《言语》篇云:"支道林常畜数匹马。或言:'道人畜马,不韵。'支曰:'贫道重其神骏。'"或人之意,盖谓方外当具放旷之风度,不应事此龌龊琐屑,故法师以神骏可重解之。斯其涵义之又一变也。

次则或有以为思理之义者。《政事》篇注引《晋阳秋》云:"何充……思韵淹通。"《赏誉》篇注引同,惟通作济。又引宋明帝《文章志》云:"刘恢……识局明济。……王濛每称其思理淹通。"《品藻》篇云:"世目殷中军思纬淹通。"此三语所论,其义实一。独或曰思韵,或曰思理,或曰思纬,为异。然理为条理之称,纬则经纬之旨。字既明晓,又相通贯;以之证成思韵一词具有条理、经纬之意,当无穿凿之嫌。斯其涵义之又一变也。

复次,则或有以为性情之义者。《言语》篇注引《卫玠别传》云:"玠……天韵标令。"《贤媛》篇注引《郗昙别传》云:"昙……性韵方正。"此二韵字,乃与天、性连举。所指自属根生于心,非由外铄者。斯其涵义之又一变也。

又推之,则或以专指放旷之性情。《任诞》篇注引宋明帝《文章志》云:"(谢)尚性轻率,不拘细行。兄葬后,往墓还。王濛、刘恢共游新亭。濛欲招尚,先以问恢曰:'计仁祖尚字也正不当为同异耳。'恢曰:'仁祖韵中,自应来。'"刘恢之言,盖谓尚胸次放旷,不至以守丧礼而拒游燕。下之韵中,即上之性轻率。此揆之词理而可知者。

斯其涵义之又一变也。

由是言之：韵之一字，其在晋人，盖由其本训屡变而为风度、思理、性情诸歧义，时或用以偏目放旷之风度与性情，所谓愈离其宗者也。然考验所及，则义虽歧出，而皆以指抽象之精神，不以指具体之容止，是则其大齐矣。

今取以证陶公之句，则性情一义，最为吻合。次云风度，亦复可通。尚论陶之为人，出处、去就，胥无意必，循性而动，唯心所安。昔贤言之已详。此诗据旧谱，作于义熙二年，即赋《归去来》之次岁。殆深感涉世之不宜，故尤幸归田之得计。则"少无适俗韵"者，释为自来无谐俗之性情，为尤确矣。此文尝写呈刘弘度丈乞正。丈云："以性情说此韵字，自亦可通。惟如解作趣味之义，则更圆融。"谨案：所谓趣味者，本心理状态中对于事物之一种良好反应。性情之动，斯生趣味；趣味所本，仍在性情。故情趣、韵味、性韵、情韵皆得连文。特性情指其蕴涵，趣味指其举发，以有微异。并著于此，供印证焉。至其于此句不用性情字，而用韵字，厥故亦有可言。魏、晋以来，文囿日辟，字句求工，蔚成风气。陶虽笃意真古，而大势所趋，固有未能自外者。其集具存，可以覆按。此句之下，即次以"性本爱丘山"。如用性字，即蹈重复。而性之与情，施之于此，名殊意一。如上用情而下用性，则不生新。避复、求新，诗笔通例，是以有取于韵字也。

《文心雕龙·指瑕》篇有言："立文之道，惟字与义。字以训正，义以理宣。而晋末篇章，依希其旨。……悬领似如可辩，课文了不成义。斯实情讹之所变，文浇之致弊。"其论谅矣。况乃时运推移，古今间隔，若斯之属，更所难详。陶诗此字，特其一例。今取证《世说》，犹可推知，岂非幸事欤？

(1945年12月，乐山)

王摩诘《送綦毋潜落第还乡》诗跋

圣代无隐者,英灵尽来归。遂令东山客,不得顾采薇。既至君门远,孰云吾道非?江淮度寒食,京洛缝春衣。置酒临长道,同心与我违。行当浮桂棹,未几拂荆扉。远树带行客,孤村当落晖。吾谋适不用,勿谓知音稀。

此王摩诘《送綦毋潜落第还乡》诗也。沈德潜《唐诗别裁》评之曰:"反复曲折,使落第人绝无怨尤。"卷一。谨案:此论精矣。惟沈氏生丁清世,科举犹存。其制度虽有异李唐,然同为向来士子之"正途出身",则无二致。故出语虽简,而当时览者,尚易会心。今者,世易时移,事制久改。初学诵此,不特于摩诘立言之妙,未能尽窥;或即于《别裁》持说之审,亦不甚解。至于《别裁》所未详者,更无论矣。余顷为诸生说诗,窃本古先知人论世之义,聊就故事,加之疏释。庶几前典既显,而作者立言之妙得章;本诗既明,而评者持说之审可复。愚管所及,亦附见焉。若夫米盐博辩之消,不敢辞也。

杜佑《通典》云:"大唐贡士之法,多循隋制。……其常贡之科有秀才,有明经,有进士,有明法,有书,有算。……初,秀才科等第最高。……贞观中,有举而不第者,坐其州长,由是废绝。自是,士族所趋向,惟明经、进士二科而已。"卷十五,"选举"三,历代制下。考明经、进士虽皆常科，常科之外，尚有制科。以与本题无关，不论。而进士尤为时尚。王定保《摭言》云："永徽以前，俊秀二科犹与进士并列。咸亨之后，凡由文学举于有司者，竞集于进士矣。"卷一，"述进士上篇"条，《雅雨堂丛书》本。又云："进士科始于隋大业中，盛于贞观、永徽之际。搢绅虽位极人臣，不由进士者，终不为美，以至岁贡常不减八九百人。其推重谓之'白衣公卿'，又曰'一品白衫'。其艰难谓之'三十老明经，五十少进士。'《守山阁丛书》本王谠《唐语林·识鉴》篇云："李珏……举明经。华州刺史李绛见而谓之曰：'日角珠庭，非常人也，当摄进士科。明经碌碌，非子发迹之地。'"案此亦唐人贱明经、贵进士之证。……其有老死于文场者，亦无所恨。卷一，"散序进士"条。同书卷十，"海叙不遇"条云："刘得仁，贵主之子。自开成至大中三朝，昆弟皆历贵仕，而得仁苦于诗，出入举场三十年，竟无所成。尝自述曰：'外家虽是帝，当路且无亲。'既终，诗人争为诗以吊之。惟供奉僧栖白擅名。诗曰：'忍苦为诗身到此，冰魂雪魄已难招。直教桂子落坟上，生得一枝冤始销。'"案由今观之，栖白此作，就诗论诗，了无佳处，而独能擅名者，正以其最得尔时士流及得仁之意耳。此可为"老死于文场者，亦无所恨"之证。览此所述，略见一斑。至风会所由成，与夫历久不改之故，亦有可征者。沈既济曰："初，国家自显庆以来，高宗圣躬多不康；而武太后任事，参决大政，与天子并。太后颇涉文史，好雕虫之艺。永隆中，始以文章选士。王溥《唐会要》卷七十六，贡举中，"进士"条云："调露二年四月，刘思立除考功员外郎。先时，进士但试策而已。思立以其庸浅，奏请帖经及试杂文。自后因以为常式。"案此即沈氏所指。曰文章，曰杂文，皆诗赋统称耳。《旧唐书·高宗纪下》："八月……乙丑，……改调露二年为永隆元年。"知二者所举，年号虽殊，实一事也。及永淳之后，太后君临天下二十余年。当时公卿百辟无不以文章达。因循日久，寖以成风。至于开元、天宝之中，上承高祖、太宗之遗烈，下继四圣治平之化；贤人在朝，良将在边；家给户足，人无苦窳；四夷来同，海内晏然。虽有宏猷上略无所措，奇谋雄武无所奋。百余年间，生育长养，不知金鼓之声，烽燧之光，以至于老。故太平君子,门调户选,征文射策,以取禄位。此行已立身之美者也。父教其子,兄教其弟,无所易业。大者登台阁,小者任郡县,资身奉家,各得其足。五尺童子,耻不言文墨焉。是以进士为士林华选。四方观听,希其风采。每岁得第之人,不浃旬而周闻天下。"《通典》卷十五,"选举"三,历代制下,注引。后引同。此论风气之成,职由时世之承平,与君主之提倡也。《新唐书·选举志》云:"大抵众科之目,进士尤为贵;其得人亦最为盛焉。方其取以辞章,类若浮文而少实。及其临事设施,奋其事业,隐然为国名臣者,不可胜数。遂使时君笃意,以谓莫此之尚。及其后世,俗益媮薄,上下交疑。因以谓:按其声病,可以为有司之责;舍是,则汗漫而无所守,遂不复能易。"此论历久不改,职由约定俗成也。而上之所好,下有甚焉。多士竞趋,仍缘利禄。李肇《国史补》云:"进士为时尚久矣,故俊乂实集其中。由此出者,终身为闻人。……位极人臣,常十有二三;登显列,十有六七。"卷下,"叙进士科举"条,《学津讨原》本。封演《封氏闻见记》云:"大抵非精博通赡之才,难以应乎兹选矣。故当代以登进士科者为登龙门,解褐多拜清紧,十数年间,拟迹庙堂。轻薄者语曰:'及第进士,俯视中黄郎;落第进士,萑蒲弃道旁。'又云:'进士初擢第,头上七尺焰光。'"卷三,"贡举"条,《雅雨堂丛书》本。后引同。案"揖蒲华长马"句,《畿辅丛书》本作"揖蒲华良马",《学海类编》本作"萑蒲弃道旁。"王鸣盛《十七史商榷》卷八十一,"偏重进士立法之弊"条,引《闻见记》之文,与《雅雨堂》本同,为之说曰:"此段似有误。'揖'上疑脱'平'字,'马'字疑衍。及第进士,俯视中书、黄门两省郎官。落第尚可再举,一得即蹋清要,故平揖近畿蒲州、华州之令长也。"周勋初先生云:"王说非也。《北梦琐言》卷四:'蜀相庾公传素,与其从弟凝绩,曾宰蜀州唐兴县。郎吏有杨会者,庾氏之昆弟深念之。洎迭秉蜀政,为杨会除长马以酬之。杨会曰:"某之吏役,远近皆知,忝冒为官,宁掩人口?岂可将数千家供待,而博一长马虚名乎?"虽强假军职,除授检校官,竟不舍其役。'《唐语林》卷七亦有此文。据此,长马盖当时某一军职之俗称。"此说甚是。《畿辅》本作"良马","良"乃"长"字之误,《学海》本五字皆异,则后人不得其解而妄改者也。斯其明证。据上可知,进士一科,初以时君笃意,故由此出身者,多登显列;及风会既成,则虽登显列,而不由此出身者,终觉欲然。孙止强先生云:"唐无名氏《玉泉子》'李德裕'条:'李德裕以己非由科第,恒嫉进士举者,及居相位,贵要束手。德裕尝为藩府从事日,同院李评事以词科进,适与德裕官同。时有举子投文轴,误与德裕。举子既误,复请之曰:某文轴当与及第李评事,非与公也。由是德裕志在排斥。'可为此点作证。"斯其互为因果之大较也。

进士每岁应举人数,与夫登第名额,亦有可稽者。开元十七年,杨瑒上言云:"伏闻承前之例,每年应举常有千数;及第两监,案《摭言》卷一,"两监"条云:"案《实录》:西监,隋制;东监,龙朔元年所置。开元以前,进士不由两监者,深以为耻。"不过一二十人。"《册府元龟》卷六百三九,"贡举"部,条制一。《通典》云:"开元以后,四海晏清。士无贤不肖,耻不以文章达。其应诏而举者,多则二千人,少犹不减千人,所收百才有一。"同前。柳宗元《送辛殆庶下第游南郑序》云:"朝廷用文字求士。每岁布衣束带,偕计吏而造有司者,仅半孔徒之数。旧注:"孔门有三千之徒,今半其数。"春官上大夫擢甲乙而升司徒者,于孔氏高第,亦再倍焉。案此云"孔氏高第",盖谓十哲,非七十子。"再倍",则三十人也。观下文自明。仆在京师,凡九年于今。其间得意者,二百有六十人。"《河东先生集》卷二十三。赵匡《举选议》云:"举人大率二十人中方收一人。故没齿而不登科者,甚众。其事难,其路隘也如此。"《通典》卷十七,"选举"五,杂议论中,后引同。诸家所述,大略从同。其载在功令者,则如德宗建中十八年敕。"自今以后,每年考试所收人,明经不得过一百人,进士不得过二十人。如无其人,不必要满此数。"《册府元龟》卷六百四十,"贡举"部,条制二。案建中仅四年。建中十八年疑为贞元十八年之误。文宗开成三年敕:"进士每岁四十人。其数过多,则乖精选。官途填委,要窒其源。宜改每年限放三十人。如不登其数,亦听。"《旧唐书·高锴传》引。案《册府元龟》卷六百四十一,"贡举"部,条制三云:"太和九年,中书门下奏:'进士元格不得过二十五人。今请加至四十人。'……可之。"《唐会要》卷七十六,"贡举"中,"进士"条所载:"元格"作"太和四年格"。是太和中增二十人为二十五人,再增至四十人,旋又减为三十人也。武宗会昌三年敕:"礼部所放进士及第人数目,今后但据才堪者,即与,不要限人数。每年止于十人五人总得。"《册府元龟》卷六百四十一,"贡举"部,条制三。《唐会要》卷七十六,"贡举"中,"进士"条所载,末句作"止于二十五人"。皆可互证。设更就马端临《文献通考》所载《唐登科记总目》加之统计,见卷二十九,"选举考"二,"举士"条,后引同。则其事尤显。据《总目》,开元十四年以前,贡举进士计八十有八次。其登第人数在三十五人以上者,仅十八年;在三十人以上者,亦仅二十四年。终唐之世,贡举进士计二百有六十次。其登第人数在三十五人以上者,仅二十六年;在三十人以上者,亦仅五十三年。大抵人数之多寡,其先差别较巨,多或至七十余人,咸亨四年七十九人。开元元年七十一人。少则一人而已。永徽五年,调露二年,永隆二年并一人。其后则以严诏屡颁,故多局于二十人至三十人之间,鲜有逾越。盖斯科既为时尚,则应试者日见其多。而举子无穷,官职有限,朝廷乃转思所以限之。限制愈严,则其登第者尤贵。此又一互为因果之现象,吾人固可于"官途填委,要窒其源"二语中,窥见其消息所在也。

  进士之贵重既如彼,登第之艰难又如此。故奔竞之事大行。沈既济曰:"忠贤隽彦,韫才毓行者,咸出于是。而桀奸无良者,或有焉。故是非相陵,訾称相腾;或扇结钩党,私为盟毁,以取科第,而声名动天下;或钩摭隐匿,嘲为篇章,以列于道路。迭相谈訾,无所不至焉。"《举选议》云:"收入既少,则争第急切。交驰公卿,以求汲引;毁訾同

447

类,用以争先。业因儒雅,行成险薄。非受性如此,势使然也。浸以成俗,亏损国风。"此泛言当时之风气也。《封氏闻见记》云:"玄宗时,士子殷盛。每岁进士到省者,常不减千余人。在馆诸生,更相造诣,互结朋党,以相渔夺,号之为棚。推声望者为棚头。案《国史补》卷下,"礼部置贡院"条云:"天宝中,则有刘长卿、袁成用分为朋头。"此当时棚头之可考者。权门贵盛,无不走也。以此荧惑主司视听。其不第者,率多喧讼。"此专述一朝之情状也。其载在功令者,则如穆宗长庆元年诏曰:"国家设文学之科,本求才实。苟容侥幸,则异至公。访闻近日浮薄之徒,善为朋党,谓之关节,案《国史补》卷下,"叙进士科举"条云:"造请权要,谓之关节。"干扰主司。每岁策名,无不先定。永言败俗,深用兴怀。"《册府元龟》卷六百四十,"贡举"部,条制二。案穆宗上距玄宗,时逾百岁。斯风所扇,知非一朝。长庆之诏,降于变本加厉之余,亦诚非得已也。《文献通考》云:"唐科目考校,无糊名之法。故主司得以采取誉望。"卷二十九,"选举考"二,"举士"条。其钓誉之方,则有所谓"求知己"与"温卷"。江陵项氏述其状曰:"风俗之弊,至唐极矣。王公大人,巍然于上,以先达自居,不复求士。天下之士,什什伍伍,戴破帽,骑蹇驴,未到门百步,辄下马,奉币刺,再拜以谒于典客者,投其所为之文,名之曰'求知己'。如是而不问,则再如前所为者,名之曰'温卷'。如是而又不问,则有执贽于马前,自赞曰'某人上谒'者。"《通考》同卷引。赵彦卫《云麓漫钞》亦云:"唐之举人,先借当世显人以姓名达之主司,然后以所业投献。逾数日,又投,谓之'温卷',如《幽怪录》、《传奇》等,皆是也。盖此等文备众体,可以见史才、诗笔、议论。至进士则多以诗为贽。今有唐诗数百种行于世者,是也。"卷八,《涉闻梓旧》本。览此二则,可见梗概。兹更举一实例,以尽其情。孙光宪《北梦琐言》云:"唐咸通中,前进士李昌符有诗名,案顾炎武《日知录》卷十六,"进士"条自注云:"唐人未第称进士,已及第则称前进士。《雍录》引唐人诗云:'曾题名处添前字。'《通鉴》:'建州进士叶京尝预宣武军宴,识监军之面。既而及第,在长安与同年出游,遇之于途,马上相揖,因之谤议喧然,遂沉废终身。'是未及第而称进士也。"久不登第。常岁卷轴,怠于装修,因出一奇,乃作《婢仆诗》五十首,于公卿间行之。……诸篇皆中婢、仆之讳。浃旬,京师盛传其诗篇。……是年登第。"卷十,"李昌符咏婢仆"条,《雅雨堂丛书》本。热中仕途,不惜出此,固知沈、赵以次诸家所述,非过甚焉。

至进士试期,究在何月,史无明文。徐松《登科记考·叙例》云:"正月乃就礼部试,……通于二月放榜。"《南菁书院丛书》本。盖亦檃括之言,非是定制。考柳宗元《送苑论登第后归觐诗序》云:"八年冬,余与马邑苑言扬联贡于京师。……明年春,同趋权衡之下,并就轻重之试。……二月丙子,有司题甲乙之科,揭于南宫,余与兄又联登焉。……夏四月,告归荆衡。"《河东先生集》卷二十二。其所述时月甚悉。而证以唐人别记,尚有参差。如岑参《送杜佐下第归陆浑别业》云:"正月今欲半,陆浑花未开。出关见青草,春色正东来。"全唐诗卷七,页54。则放榜在二月以前。王泠然《与高昌宇书》云:"今年春三月及第。"《摭言》卷二,"恚恨"条引。则放榜在二月以后。要之,皆在春季。验之今传当时进士登第、落第诗文,其所赋物色,鲜出春日外者;而"春闱"、"春榜"之名,又唐世习用,是可证也。若柳《序》言其冬日入贡,此则较一般情形为迟。案进士应举资历,或属生徒,或为乡贡。《新唐书·选举志》云:"由学馆者曰生徒。由州县者曰乡贡。"生徒肄业两京,固不必论;而乡贡每年就道,则多在秋初。此不徒以道里遥远,跋涉需时。盖不早至长安,必无暇从事"求知己"与"温卷"也。权德舆《送郑秀才贡举》云:"西笑意如何,知随贡举科。……晚色平芜远,秋声候雁多。"《全唐诗》卷十二,页18。郑巢《送人赴举》云:"篇章动玉京,坠叶满前程。旧国与僧别,秋江罢钓行。"《全唐诗》卷十九,页16。此送人当秋赴举之篇什也。李贺《送沈亚之歌》云:"请君待旦事长鞭,他日还辕及秋律。"原序云:"沈亚之……以书不中第,返归于吴江。……乃歌一解以劳之。"见《全唐诗》卷十四,页67。赵嘏《裴延翰下第归觐滁州》云:"一枝攀折回头是,莫向清秋惜马蹄。"《全唐诗》卷二十,页96。此劝人来秋再试之篇什也。《国史补》云:"退而肄业,谓之过夏。执业以出,谓之夏课。"原注:"亦谓之秋卷。"卷下,"叙进士科举"条。案《学津讨原》本及《津逮秘书》本《国史补》此条均无注。《摭言》卷一"述进士下篇"条及《太平广记》卷一百七十八"总叙进士科"条所引,则均有之。惟此注又仅见《摭言》,《广记》未出。盖夏指其撰卷之时,秋指其行卷之时。姚合《送崔约下第归扬州》云:"春风下第时称屈,秋卷呈亲自束归。"《全唐诗》卷十八,页80。李洞《龙州送人赴举》云:"献策赴招携,行官积翠西。挈囊秋卷重,转栈晚峰齐。"《全唐诗》卷二十七,页15。前者谓携客秋之卷反里,后者谓挈今秋之卷赴京。此可知应举者秋以为期之故矣。《举选议》云:"大抵举选人以秋初就路,春末方归。休息未定,聚粮未办,即又及秋。"所言仆仆道途之状,证以诸诗,良信。

《举选议》又云:"羁旅往来,糜费实甚。非惟妨阙正业,盖亦隳其旧产。未及数举,索然已空。"夫应举之士,未必家尽素封。即素封之家,亦无力供此长期之耗费。故当时悉索敝赋,以求一逞者,其生事每极困难。《摭言》云:"白乐天初举,名未振,以歌诗谒顾况,况谑之曰:'长安百物贵,居大不易。'"卷七,"知己"条。案乐天名居易,故况以"居大不易"戏之也。长安居大不易,恐为举子之共同感觉,虽谑语,亦实情也。及乎放榜不售,则受官获禄之希冀又绝,积年食贫之辛苦更无由取偿。故唐人落第诗中,每言贫窘之情。如王维《送丘为落第归江东》云:"为客黄金尽,还家白发新。"《全唐诗》卷五,页11。姚合《送狄兼误下第归故山》云："赁舍应无直,居山岂钓声。"《全唐诗》卷十八,页83。此言人落第之困窘也。卢纶《落第后归终南别业》云："交疏贫病里,身老是非间。"《全唐诗》卷十,页82。贾岛《下第》云："下第只空囊,如何住帝乡。"《全唐诗》卷二十一,页54。此言己落第之困窘也。而朱庆馀《送顾非熊下第》云："惜为今日别,共受几年贫。"《全唐诗》卷十八,页54。斯二语者,尤足见急于求第之故,不仅为得名,亦并为获利。盖尔时进士登第,实一名利双收之事也。

唐世进士贡举之制度,与其习俗,有关本诗者,略如上述。取以证成,盖有可得而言者。其一,诗题但言落第,不云所试何科。考顾况《监察御史储公集序》云："开元十四年,严黄门知考功,以鲁国储公进士高第,与崔国辅员外,綦毋潜著作同时。"《全唐文》卷五百二十八。辛文房《唐才子传》云："潜,字孝通,孝,《全唐诗》、《全唐文》小传并作季。荆南人,开元十四年严迪榜进士及第。"卷二,《佚存丛书》本。后引同。则知诗所指,亦举进士不售也。其二,潜此次落第,不悉何年。易言之,即不知摩诘此诗,何年所作。然据上引二证,要在开元十四年以前。兹姑假定其为开元初元以迄十三年之间作,当无大误。斯时上距永徽元年,盖已六七十年;距调露二年,或永隆元年。亦已三四十年。正贵重进士之风会已成,而奔竞之事尤急之日也。其三,潜之应进士举,不审自何时始。原为学馆生徒,抑属荆南乡贡,亦无可详。其《冬夜寓居寄储太祝》云："自为洛阳客,夫子吾知音。"《全唐诗》卷五,页42。又《早发上东门》云："十五能行西入秦,三十无家作路人。时命不将明主合,布衣空染洛阳尘。"同上,页44。二首未知是否同时之作。如系同时,则潜之始应进士举,当在景龙之末,开元之初;且十五西上,居于洛阳,亦或为东监生徒。然此二诗有不足为据者,则以《全唐诗》皆互见于薛据诗中,今日文献不足,固难以定其谁属也。今但据诸本诗,则起句有曰:"圣代无隐者,英灵尽来归,遂令东山客,不得顾采薇。"此见潜初盖蛰居乡邑,此次始行赴试。若叠应贡举,久而不中,则此数语为无著矣。又有曰:"江淮度寒食,京洛缝春衣。"江、淮以指北上之路。下详。潜之故里则在荆南。《旧唐书·地理志》云:"荆州江陵府,隋为南郡。武德……四年,……改为荆州。……在京师东南一千七百三十里,至东都一千三百一十五里。"寒食已近暮春,而荆南之距长安或洛阳,又逾千里,则二句无缘为同年事。是潜实于年前北上,年后南归;落第之前一岁,犹在故里。综斯二端,则其为荆南乡贡,初次赴举之可能性固较多也。设此推测成立,则《早发上东门》一诗不得属潜,亦可证知。其四,唐代举子,率以秋初就道,春末方归,前已言之。然观此诗江、淮、京、洛之句,则潜之北上南下,或竟同在春日,特年次有异而已。所据以推知者,则此二句,乃相对为文。"度寒食"与"缝春衣",特变文以避复,其实皆言暮春也。前者,宋之问《途中寒食题黄梅临江驿寄崔融》云:"马上逢寒食,愁中属暮春。"《全唐诗》卷三,页23。可以推本;后者,则《论语·先进》篇"暮春者,春服既成"与陆机《为顾彦先赠妇》"京洛多风尘,素衣化为缁"《文选》卷二十四。两者之综合意象也。江、淮、京、洛,固皆世人习用之地理成词。然荆南之地,与淮无涉。潜由荆南至长安,当由今湖北以入河南,由河南以入陕西。而古淮西、淮右之地,固在今河南境。则"江淮度寒食"者,亦犹"马上逢寒食"之意,谓度寒食于江、淮之间,正指北上之时、地也。"京洛缝春衣"句,则作诗时之情事,不待烦言。《唐才子传》赞潜曰:"荆南分野,数百年来,独秀斯人。"是潜之乡邑,文风未盛。案《摭言》卷二,"海述解送"条云:"荆南解比号'天荒'。大中四年,刘蜕舍人以是府解及第。时崔魏公作镇,以破'天荒'钱七十万资蜕。"此亦其地文风不振之证。大中上距开元,又一百三十余年矣。魏公,崔铉也。其初次赴举,早游上都,冀收激扬声气之效,傥亦事所可有者也。大抵潜之始以乡贡应进士举,于前一年春末至长安;及举而不第,复以春末言反荆南,可据本诗以推见者,如此。

兹请进论摩诘斯篇立意措语之妙。案唐人落第之诗,今传世者不渺。无论言志,或用慰人,以此事既属见惯不惊,故出词亦鲜陈言务去。或归咎于命途之多舛,而结念于来岁;或迁怒于品题之不公,而积怨于主司。上者犹故示冲夷,下者则痛陈贫病。千篇一律,了无生气。此作则一洗常谈,先取远势。未言其落第,先言其应举;未言举子之赴试,先言圣代之求贤。意极郑重,笔极回转,而潜之身分自然可见。此一事也。其下折转言落第事,只于"既至君门远,孰云吾道非"二句中,略一点发,更不作正面文字;而篇末复出"吾谋适不用,勿谓知音稀"二句,以作呼应。夫"君门远"与"知音稀",本一事也;"吾道"与"吾谋",本一物也。今但以"孰云"与"勿谓"四字,错综其义,遂使失意者当前之怨尤得减,日后之希冀转增。此二事也。赴举之时为圣代,赴举之人为英灵。以英灵而逢圣代,宜可无憾矣。而竟遭落第者,此主司之不公欤?抑举子之不才欤?似二者必居其一。而作者于此,毫无轩轾,惟以"适不用"之适字,归之偶然,则圣代、英灵,两无所恨。此三事也。《别裁》所云"反复曲折"者,以意推之,当不外此。然犹有所不尽者,则"江淮度寒食,京洛缝春衣"二语,在全篇中之重要,沈氏似尚未审知也。详摩诘此篇部署之法,实大同陶渊明之《咏荆轲》。陶诗云:"燕丹善养士,志在报强嬴。招集百夫良,岁暮得荆卿。君子死知己,提剑出燕京。素骥鸣广陌,慷慨送我行。雄发指危冠,猛气冲长缨。饮饯易水上,四座列群英。渐离击悲筑,宋意唱高声。萧萧哀风逝,淡淡寒波生。商音更流涕,羽奏壮士惊。心知去不归,且有后世名。登车何时顾,飞盖入秦庭。凌厉越万里,逶迤过千城。图穷事自至,豪主正怔营。惜哉剑术疏,奇功遂不成。其人虽已没,千载有余情。"兹篇前幅写入秦以前事,后幅写入秦以后事。其为之连系者,则"凌厉"二句也。本诗前幅写落第以前事,后幅写落第以后事。其为之连系者,亦有"江淮"二句。此其所以同也。然又有绝异者,则渊明"凌厉"二句,其在通篇功能,止于连系情事,缩短时空,藉以省略赴秦程途之铺叙,别无其他深意。而摩诘"江淮"二句,则除连系作用外,又别具昔贤所谓隐晦之旨焉。《文心雕龙·隐秀》篇云:"情在词外曰隐。"张戒《岁寒堂诗话》卷上引,《历代诗话续编》本。今本《文心雕龙》此篇残缺,复遭后人窜补,无是语。《史通·叙事》篇云:"晦也者,省字约文,事溢于句外。……言近而旨远,辞浅而义深,虽发语已殚,而含意未尽。使夫读者望表而知里,扪毛而辨骨,睹一事于句中,反三隅于字外。"此隐晦之说也。斯二句者,就表面观之,不过谓客春潜始启程北上,今春潜又启程南下,物候虽同,来去自异而已。然试一寻究,则潜之来,乃应进士举也;潜之去,乃举而落第也。而进士及第,又当时士流最贵重之"正途出身"也。已有令人难以为情者矣。如进而为之设身处地,则一年来居长安之困窘也,求知己之艰难也,名额之少也,奔竞之烈也,事前希冀之切也,事后怨尤之深也,皆可不言而喻矣。而作者于此,皆不置词,但就物候同而来去异一点,略作暗示而已。岂非所谓"情在词外"、"言近旨远"者乎? 其所以如此者,盖不徒顾全落第者之身分,亦不欲刺激落第者之感情,理固当尔也。殷璠《河岳英灵集》评摩诘诗,谓其"意新理惬"。张戒《岁寒堂诗话》亦云"摩诘古诗能道人心中事,而不露筋骨"卷上。二家之说,证以本诗,岂非精当而不可易者欤!

由是言之,世之诵此诗者,设于李唐一代之贡举制度与其习俗,所知甚悉,则吟讽之际,联想必多,感兴亦自然深厚。反之,设于此事茫无所知，则亦必以常语视之，漠然无动于中。此余所以不惮词费而详说之也。余杭章公《文学总略》云："凡感于文言者，在其得我心。是故饮食移味，居处缊愉者，闻劳人之歌，心犹怕然。大愚不灵，无所愤悱者，睹眇论则以为恒言也。身有疾痛，闻幼眇之音，则感慨随之矣。心有疑滞，睹辨析之论，则悦怿随之矣。"《国故论衡》卷中，《章氏丛书》本。此言境遇不同，则哀乐不能相感以通；贤愚各别，则知识不能相悦以解，可谓至论矣。谨引之以束斯篇。

（1947年2月，武昌）

少陵先生文心论

一

评诗之作，常后于诗。其在吾华，则评诗之文，视评诗之诗又后。稽古诗制作，滥觞三百五篇，而《大雅·崧高》云："吉甫作诵，其诗孔硕，其风肆好，以赠申伯。"《烝民》云："吉甫作诵，穆如清风。仲山甫永怀，以慰其心。"皆以诗评诗者也。案章学诚《文史通义》内篇卷五《诗话》篇云："此论诗而及辞也。"论文之业，导源于《诗序》，扬波于《典论》，逮仲伟《诗品》，彦和《文心》，斯为极盛。然上规《诗·雅》，其事靡闻。至唐而得老杜。《偶题》、《戏为六绝句》诸篇，希踪往哲；李白《古风》，韩愈《荐士》、《调张籍》，亦要为羽翼矣。自兹以后，此体遂开。踵武前修，代有名作。举其尤著，若金元好问《论诗》三十首，及清王士禛《戏仿元遗山论诗绝句》三十二首是也。

杜公成就，在唐世已获公认。如朱翌《猗觉寮杂记》所云："李、杜，当时名公皆心服。退之云：'勃兴得李杜，万类困凌暴。'又云：'少陵无人谪仙死，才薄将奈石鼓何！'又云：'昔年曾读李白、杜甫诗，长恨二人不相从。'又云：'李杜文章在，光焰万丈长。'又云：'远追甫白感至诚。'"案洪迈《容斋四笔》卷三"韩公称李杜"条所举，尚有"近邻李杜无检束，烂熳长醉多文辞"二句。杜牧之云：'李杜泛浩浩。'又云：'天外凤皇谁得髓，无人解合续弦胶。'韦苏州亦称颂。元微之云：'杜甫天才颇绝伦，每寻诗卷似情亲。怜渠直道当时事，不著心源傍古人。'又与乐天书云：'得杜诗数百首，爱其浩瀚津涯，处处臻到；始病沈、宋之不存寄兴，而讶子昂之未暇旁备。'"卷上，《知不足斋丛书》本。则其实证。逮宋以降，尤极推崇。若吴瞻泰《杜诗提要略例》言："黄鲁直则推为诗中之史。案《历代诗话》续编本孟棨《本事诗·高逸第三》云："杜逢禄山之难，流离陇、蜀，毕陈于诗，推见至隐，殆无遗事，故当时号为诗史。"是诗史之说，唐人已有之。罗景纶则推为诗中之经。杨诚斋则推为诗中之圣。王凤洲则推为诗中之神。"又其例也。颂扬既备，研讨亦多。编次则樊晃开其端。《旧唐书·文苑传》甫传云："甫有集六十卷。"《新唐书·艺文志》云："《杜甫集》六十卷。"又云："《小集》六卷，润州刺史樊晃集。"今传樊氏《小集》序云："文集六十卷，行于江、汉之南，……故不为东人之所知。……今采其遗文，凡二百九十篇，各以事类，分为六卷，且行于江左。君有子宗文、宗武，近知所在，漂寓江陵。冀求其正集，续当论次云。"又宋王洙《杜工部集序》云："甫集初六十卷。今秘府旧藏，通人家所有，称大小集者，皆亡逸之余，人自编撮，非当时第次矣。"是杜集六十卷之祖本，亡逸甚早。今所流传，皆樊氏以次诸家搜辑所得者也。笺注托王洙居其首。《四部丛刊》三编本晁公武《郡斋读书志》卷四上云："本朝自王原叔以后，学者喜杜诗。世有为之注者数家，皆鄙浅可笑。有原甫名，其实非也。"案"有原甫名"句，《文献通考·经籍考》引作"有托名原叔者"。当从。王氏虽尝编次杜诗，而初未作注，今传诸宋注率称"洙曰"者，皆依托也。拙作《杜诗伪书考》，辩证甚详。年谱之作，昉自汲公吕大防。载《四部丛刊》本分门集注杜工部诗及《古逸丛书》本《草堂诗笺》卷首。诗话之兴，始于莆田方深道。陈振孙《直斋书录解题》卷二十二载方深道诸家老杜诗评五卷，续一卷。宋、元迄于胜朝，诗话丛杂，评骘先贤，莫不以少陵为口实。多逞臆说，无益后生。语其大者，终莫逾于元稹《墓志》。《新唐书·文艺传》甫传赞及秦观《进论》，皆本元为说者也。然元文格于体例，不克缕陈。今辄就杜公之诗，探其文心所在。后来眇论，兼取证明。绳是以求，玄珠可得。

457

公尝谓："文章千古事,得失寸心知。"《偶题》。若此之为,以杜还杜,亦惧聆法来稗贩之诃,期说诗有解颐之乐耳。

二

杜公蓄积,元自儒家。故语于生事,则曰："儒术诚难起,家声庶已存。"《奉留赠集贤院崔于二学士》。"兵戈犹在眼,儒术岂谋身。"《独酌成诗》。语于文学,则曰："法自儒家有,心从弱岁疲。"《偶题》。"应须饱经术,已似爱文章。"《又示宗武》。刘熙载《艺概》云："太白早好从横,晚学黄、老。少陵一生,却只在儒家界内。"卷二,《诗概》。此诚卓识。世之好抑扬李、杜者,不可不知也。

儒者之流,用世是务。若杜公者,固亦莫能外之。览其遗文,志业有足悲者。如《奉赠韦左丞丈二十二韵》云："纨袴不饿死,儒冠多误身。丈人试静听,贱子请具陈。甫昔少年日,早充观国宾。读书破万卷,下笔如有神。赋料扬雄敌,诗看子建亲。李邕求识面,王翰愿卜邻。自谓颇挺出,立登要路津,致君尧舜上,再使风俗淳。此意竟萧条,行歌非隐沦。"又《自京赴奉先县咏怀五百字》云："杜陵有布衣,老大意转拙。许身亦何愚,窃比稷与契。居然成濩落,白首甘契阔。盖棺事则已,此志常觊豁。穷年忧黎元,叹息肠内热。取笑同学翁,浩歌弥激烈。"篇中立意,类是者尚众。此特其尤彰著者耳。

自许稷、契一念,从来论者纷纭。葛立方《韵语阳秋》云："老杜高自称许,有乃祖之风。上书明皇云:'臣之述作,沈郁顿挫,扬雄、枚皋,可企及也。'《壮游》诗则自比于崔、魏、班、扬。徐哲东先生云:"案杜诗原文为'斯文崔魏徒,以我似班扬。'揆之句义,崔、魏不当与班、扬连文,且亦非自比。

立方此语实误。"又云:'气劘屈贾垒,目短曹刘墙。'《赠韦左丞文》则曰:'赋料扬雄敌,诗看子建亲。'甫以诗雄于世,自比诸人,诚未为过。至'窃比稷与契',则过矣。史称:'甫好论天下大事,高而不切。'岂自比稷与契而然邪?"_{卷八,《历代诗话》本。}周必大《二老堂诗话》云:"子美诗:'自比稷与契。'退之诗云:'事业窥稷契。'子美未免儒者大言;退之实欲践之也。"_{"韩、杜自比稷契"条,《历代诗话》本。}此不之许者也。黄澈《碧溪诗话》云:"老杜送严武云:'公若登台辅,临危莫爱身。'寄裴道州、苏侍御云:'致君尧舜付公等,早据要路思捐躯。'此公素所蓄积而未及设施者,故乐以告人耳。……自比稷与契,岂为过哉?"_{卷一,《知不足斋丛书》本。}又云:"观《赴奉先县咏怀五百字》,乃声律中老杜心迹论一篇也。……禹、稷、颜子不害为同道,少陵之迹江湖,而心稷、契,岂为过哉?孟子曰:'穷则独善其身,达则兼善天下。'其穷也,未尝无志于国与民;其达也,未尝不抗其易退之节。早谋先定,出处一致矣。……昔人目元和《贺雨诗》为谏书,余特目此诗为心迹论也。"_{卷十。}苏轼《东坡题跋》云:"子美自许稷与契,人未必许也。然其诗云:'舜举十六相,身尊道更高。秦时用商鞅,法令如牛毛。'自是稷、契辈人口中语也。"_{卷二,评子美诗,《津逮秘书》本。}此许之者也。平章四子之言,东坡为达。盖儒者所存,固应如此。至其能逮与否,又当别论。洪亮吉《北江诗活》曰:"杜工部之救房琯,则生平许身稷、契之一念误之。"_{卷三,《粤雅堂丛书》本。}斯微至之谈,足以解难息喙矣。

杜公之为儒者,既明之如上矣。儒家的论文,又可得而闻也。盖自孔子已称:"行有余力,则以学文。"_{《论语·学而》篇。}降及汉、魏,扬雄致讥于雕篆,以为:"诗人之赋丽以则,辞人之赋丽以淫。如孔氏之门用赋也,则贾谊升堂,相如入室矣。如其不用何!"_{《法言·吾子》篇。}曹植恢弘其绪论,亦谓:"辞赋小道,固未足以揄扬大义,彰示来世也。

昔扬子云,先朝执戟之臣耳。犹称:'壮夫不为。'"《与杨德祖书》。故公亦云:"文章一小技,于道未为尊。"《贻华阳柳少府》。又曰:"辞赋工何益。"《陪郑广文游何将军山林》十首之四。诚有所本也。乃刘辰翁评"文章"二句云:"此甫谦辞,以答柳侯尊己。……由世之谈道者借甫自文,不可不辨。"胡应麟《诗薮》杂编第五引。其然,岂其然与?

夫儒者学优而仕,志在蒸黎。若当厥道不行,沦诸草野,则江湖魏阙,廊庙山林,必有往复驰思,哀乐无端者。此杜公所以既称:"本无轩冕意,不是傲当时。"《独酌》。而复叹"平生飞动意,见尔不能无"也。《赠高氏颜》。诚以丹陛雍容,则余事为诗;浩歌激烈,则以文传意。或出或处,易地皆然。故其"清诗近道要"《贻阮隐居昉》。及"道消诗兴废"《哭台州郑司户、苏少监》。之句,与文章小技辞赋何益之说,实相反而相成。陆游诗曰:"千载诗亡不复删,少陵谈笑即追还。尝憎晚辈言诗史,《清庙》《生民》伯仲间。"《读杜》。放翁之咏,或亦有见于此耳。

虽然,此老苍茫感咏,固由失志当时,而使束带立朝,终于名宦,则坛坫鸿业,必谢今兹。相彼慷慨之谈,是又未易言其孰得而孰失者也。

三

每观杜公言作诗所由,未与常人有异。其曰:"有情且赋诗,事迹可两忘。"《四松》。"箧中有旧笔,情至时复援。"《客居》。则动中形言之说也。其曰:"自吟诗送老,相劝酒开颜。"《宴王使君宅题》二首之二。"老来多涕泪,情在强诗篇。"《哭韦大夫之晋》。则贤人失志之感也。其曰:"东阁官梅动诗兴,还如何逊在扬州。"《和裴迪登蜀州东亭逢早梅相忆见寄》。"登临多物色,陶冶赖诗篇。"《秋日夔府咏怀,奉寄郑监李宾客一百韵》。则缘情体物之意也。若"愁极本凭诗遣兴,诗成吟咏转凄凉。"《至后》。"药里关心诗总废,花枝照眼句还成。"《酬郭十五判官》。尤能曲达放言遣辞之两境。然此诸事,理之固然,禀气怀灵,应无苟异。是知杜之为杜,自别有真。今疏其辞,约可三术,试论如次:

其一,则识足以会通变也。泥古苦拘,倍古伤犷,历来文论,固皆莫衷一是矣。杜公于此,最具特识。大旨具见于《偶题》及《戏为六绝句》诸篇。《六绝句》前人说者已多,如翁方纲《石洲诗话》、卷一,《粤雅堂丛书》本。汪师韩《诗学纂闻》"论杜戏为六绝"条,《历代诗话续编》本。且各专为论列,是处终鲜。盖因不明其文学通变之观念耳。兹请先就此点释之。

《偶题》云:"作者皆殊列,声名岂浪垂。"此言文章之事,贵乎通变。历祀作家千百,所造各殊,凡能信今传后者,必各有其卓然自立之道,要非幸致也。次云:"骚人嗟不见,汉道盛于斯。"此言姬周以还,体制递变。《诗》、《骚》已远,五、七渐兴。今之所行,犹汉旧章也。次云:"前辈飞腾入,余波绮丽为。"此言文体盛衰,殆有恒规。初起则气势相高,末流则雕绘自喜也。次云:"后贤兼旧制,历代各清规。"此言前朝之成业,每为后世之遗产。作者要当取彼精华,更加陶铸,乃能各具英奇,无复雷同之患也。

《戏为六绝句》除一、四两首外,亦皆论文辞与时会之攸关。其二云:"王杨卢骆当时体,轻薄为文哂未休。尔曹身与名俱灭,不废江河万古流。"其三云:"纵使卢王操翰墨,劣于汉魏近《风》、《骚》。龙文虎脊皆君驭,历块过都见尔曹。"考杜公之美卢、王,人多致议。《韵语阳秋》云:"李不取建安七子,而杜独取垂拱四杰,何邪?南皮之韵,固不足取。而王、杨、卢、骆,亦诗人之小巧者耳。至有'不废江河万古流'之句,褒之岂不太甚乎?"卷三。宋长白《柳亭诗话》则以为此"少陵虚怀乐善,为后来轻于毁誉者戒"。卷十,"万古流"条。余谓斯皆未得公意也。详此二首所说,仍与《偶题》历代清规之义相同。盖谓四杰所诣,虽或视汉、魏诸家为劣,然其新变代雄,何异《风》、《骚》?宜此当时之体,亦足以垂后矣。胡震亨《唐诗谈丛》云:"'当时自谓宗师妙,今日观惟属对能。'义山自咏尔时之四子。'尔曹身与名俱灭,不废江河万古流。'少陵自咏万古之四子。"卷一,《学海类编》本。是说也,庶几近之。其五云:"不薄今人爱古人,清词丽句必为邻。窃攀屈宋宜方驾,恐与齐梁作后尘。"其六云:"未及前贤更勿疑,递相祖述复先谁?别裁伪体亲风雅,转益多师是汝师。"此二首谓文辞之道,但期清丽,无间古今。而前代作家,多已造极,虽加趋步,难可追攀。则后之学者,宜博习于多方,勿拘虚于一孔。徒事模拟,恐贻伪体之讥。《风》、《雅》所以独绝,此言风、雅,即上言风、骚,变文以合律耳。即缘辞自己出,故觉可亲。若能绍《风》、《雅》之精神,祖历朝之矩矱,既得多师,自成家数,乃可上迈屈、来,下谢齐、梁。此则通变之大数也。逮夫近世,发明斯意,鄙见所及,盖有二家,则明方孝孺《谈诗》,清赵翼《论诗》两绝是。方曰:"举世皆宗李杜诗,不知李杜更宗谁?能探《风》《雅》无穷意,始是乾坤绝妙辞。"赵曰:"李杜诗篇万口传,至今已觉不新鲜。江山代有才人出,各领风骚数百年。"二子者,庶与老杜莫逆于心焉。

其二,则才足以严律令也。辞条文律,杜公所重。故曰:"诗律群公问。"《承沈八丈东美除膳部员外,阻雨未遂驰贺,奉寄此诗》。又曰:"文律早周旋。"《哭韦大夫之晋》。若自谓:"晚节渐于诗律细。"《遣闷戏呈十九曹长》。誉人:"思飘云物外,律中鬼神惊。毫发无遗憾,波澜独老成。"《敬赠郑谏议十韵》。则持说为尤具体矣。

夫律令出以精严，则思力自然沉厚；经营由于惨澹，则出语迥不犹人。若事义以之精纯，音韵从而流美，又其余事也。赵翼《瓯北诗话》云："宋子京《唐书·杜甫传赞》谓：其诗'浑涵汪茫，千汇万状，兼古今而有之'。大概就其气体而言。其次如荆公、东坡、山谷等，各就一首一句，叹以为不可及，皆未说着少陵之真本领也。其真本领仍在少陵诗中'语不惊人死不休'一句。盖其思力沉厚，他人不过说到七八分者，少陵必说到十分，甚至有十二三分者。其笔力之豪劲，又足以副其才思之所至，故深入无浅语。"卷二。斯论可谓洞极隐微。次如《韵语阳秋》谓："杜子美云：'为人性僻耽佳句，语不惊人死不休。'则凡是子美胸中流出者，无非惊人之语矣。"卷四。虽略嫌其泥，要亦揣本之谈也。

今考集中言苦吟者，屡见不一，实启元和以降三年二句之风。《江上值水如海势聊短述》一篇，葛、赵两家既征之矣。若《解闷十二首》之七云："陶咏性情须底物？新诗改罢自长吟。熟知二谢能将事，颇学阴何苦用心。"亦足与相发明。至投赠之篇，或云："知君诗苦缘诗瘦。"《暮登西安寺钟楼寄裴十》。或云："清诗近道要，识子用心苦。"《贻阮隐居防》。又善与人同之意。《柳亭诗话》云："陆机《文赋》：'意司契而为匠。'老杜用之《丹青引》，曰：'意匠惨澹经营中。'即此可悟'语不惊人死不休'之句。"卷二，"下句申上句"条。兹言谅矣。

其三，则学足以达标准也。杜公诗云："示我百篇文，诗家一标准。"《赠郑十八贲》。此公自言诗文有标准也。而诗法多门，标准亦随之各异。局就抽象之风格而论，则吾人今日即诗中所得，神、秀、清、新四者，略可概之。综名各异，析理旁通，皆其所持以为多士之衡量，一己之圭臬者也。

案公品诗衡文，揭橥神字最夥。如："文章有神交有道。"《苏端薛复筵筒薛华醉歌》。"诗成觉有神。"《独酌成诗》。"诗兴不无神。"《寄张十二山人彪三十韵》。"诗应有神助。"《游修觉寺》。"挥翰绮绣场,篇什若有神。"《八哀诗·赠太子太师汝阳郡王琎》。"义方兼有训,词翰两如神。"《奉贺阳城郡王太夫人恩命加邓国夫人》。皆其著例。旁及其他艺事,亦莫不然。故论画则曰:"将军善画盖有神。"《丹青引》。论书则曰:"书贵瘦硬方通神。"《李潮八分小篆歌》。乃至师旅之事,亦称:"用急始如神。"《观安西兵过赴关中待命二首》之一。其涵蕴亦至广矣。次及秀字者,如"题诗得秀句,翰札时相投。"《送韦十六评事充同谷防御判官》。"平公今诗伯,秀发吾所贪。"《石砚诗》。"诗家秀句传。"《哭李尚书之芳》。"才士得神秀。"《和江陵宋大少府暮春雨后诸公及舍弟宴书斋》。诸句是也。及清字者,如:"清文动哀玉。"《奉酬薛十二丈判官见赠》。"篇终语清省。"《八哀诗·故右仆射相国曲江张公九龄》。"清诗近道要。"《贻阮隐居昉》。"不意清诗久零落。"《追酬故高蜀州人日见寄》。诸句是也。及新字者,如:"诗清立意新。"《奉和严将军西城晚眺十韵》。"清新庾开府。"《天末怀李白》。诸句是也。

以上举列,犹有未周,然杜公宗尚,已可概见。寻此数名之义,但能意会,难可言诠。惟仍与前论会通变、严律令之旨,豁然一贯。要之,杜公所持者,乃所谓积储之说也。盖文章后起,取径苦狭。得观念于通变,则不至徒工模拟;以苦吟为律令,则可以自致英奇,而神、秀、清、新之境,不难逮矣。吕本中《童蒙训》曰:"陆士衡《文赋》:'立片言以居要,乃一篇之警策。'此要论也。文章无警策,则不足以传世。……子美诗曰:'语不惊人死不休。'所谓惊人语,即警策也。"蔡梦弼《草堂诗话》卷一引,《古逸丛书》本。余案公诗云:"尚怜诗警策。"《戏题寄上汉中王三首》之三。则固已自道之。所谓警策,其亦致神、秀、清、新之道耳。如《偶题》云:"读书破万卷,下笔如有神。"《寄薛三郎中》云:"乃知盖代手,才老力益神。"斯其理也。所以然者,则以积学既富,则出语务去陈言;陈言既去,则作风自异凡响。《文心雕龙·神思》篇曰:"积学以储宝。"神、秀、清、新,其文家之瑰宝乎!若《丹青引》"将军善画盖有神"之句,实承上"意匠惨澹经营中"。《观安西兵过赴关中待命》"临危经久战,用急始如神"之联,实出上"老马夜知道,苍鹰饥着人"。用知厥理,罔不同符。连类而及,宜无间然矣。

凡此三事,皆杜公诗法之尤精尤大者。观其综贯超卓,知非徒以篇章为百代雄也。后贤才学与识,每难兼赅,所诣宜乎不及。至侈言辞气,易蹈空疏;毛举章句,多伤碎琐,此不更详云。

四

前论积储之说,兹请得更证之:

黄庭坚云:"老杜作诗,退之作文,无一字无来处。盖后人读书少,故谓韩、杜自得此语耳。"胡仔《苕溪渔隐丛话》前集卷九引,《四部备要》本。又《东皋杂录》云:"有问荆公:老杜诗何故妙绝古今?公曰:老杜固尝言之,'读书破万卷,下笔如有神。'"同上后集卷五引。若依半山、涪翁之言,则杜诗之佳,似全由学力。然前人固有持异议者。邵博《河南邵氏闻见后录》曰:"予谓少陵所以独立千载之上,不但有所本也。《三百篇》之作,果何本哉?"卷十七,《津逮秘书》本。此致疑于前说也。若《瓯北诗话》则云:"微之谓其薄《风》、《雅》,该沈、宋,夺苏、李,吞曹、刘,掩颜、谢,杂徐、庾,足见其牢笼万有。秦少游并谓其不集诸家之长,亦不能如此。则似少陵专以学力集诸家之大成。明李空同诸人遂谓:李太白全乎天才,杜子美全乎学力。此真耳食之论也。思力所到，即其才分所到，有不如是则不快者。此非性灵中本有分际；而尽其量，出乎性灵所固有。而谓其全以学力为胜乎？"卷二。斯言可谓博辩。然天才学力，实有两途。于杜则并臻极峰，在他则不无偏至。故其所论，疑未尽莹。于此，余盖有取乎元好问也。其《杜诗学引》曰："窃尝谓子美之妙，释氏所谓学至于无学者耳。今观其诗，如元气淋漓，随物赋形；如三江五湖，合而为海，浩浩瀚瀚，无可涯涘；如祥光庆云，千变万化，不可名状。固学者之所以动心而骇目。及读之熟，求之深，含咀之久，则九经百氏，古人之精华，所以膏润其笔端者，犹可仿佛其余韵也。夫金屑、丹砂、芝、术、参、桂，识者例能指名之。至于合而为剂，其君臣佐使之互用，甘苦酸咸之相入，有不可复以金屑、丹砂、芝、术、参、桂而名之者矣。故谓子美无一字无来处，亦可也；谓不从古人中来，亦可也。前人论子美用故事，有著盐水中之喻，案《说诗乐趣》卷一引《古今诗话》云："作诗用事，要如水中着盐。饮食乃知盐味，此说诗家秘藏也。杜少陵诗如'五更鼓角声悲壮，三峡星河影动摇'，人徒见凌轹造化之工，不知乃用事也。《祢衡传》：'渔阳掺声悲壮。'《汉武故事》：'星辰影动摇。东方朔谓：民劳之应。'则善用事者，如系风捕影，岂有迹邪？"即好问此之所指。固善矣，但未知九方皋之相马，得天机于存亡灭没之间。物色牝牡，人所共知者，为可略耳。"《元遗山集》卷三十六，《四部丛刊》本。此真洞烛幽微，独标名隽，可谓定论矣。

　　元稹为杜公志墓，于其诗渊源，论列甚详。《旧唐书·文苑传》引之，且云："自后属文者，以稹论为是。"卷一百九十下。反复其说，知所据皆在本集，初无阿私所好之言，故得精确如此。秦观《进论》，《草堂诗话》卷一引。即《淮海集》卷十一《韩愈论》之文也。亦视元志小异大同。尝取二家之言，证以公句，若合符节，试列举之。元云："上薄《风》、《雅》。"雅，《元氏长庆集》作骚。其在集中，则"词场继《国风》"《奉寄河南韦尹丈人》，"文雅涉《风》《骚》"《题柏大兄弟山居屋壁二首》之一，"《风》《骚》共推激"《夜听许十损诵诗，爱而有作》，"有才继《骚》《雅》"《陈拾遗故宅》，"先生有才过屈宋"《醉时歌》，"摇落深知宋玉悲，风流儒雅亦吾师"《咏怀古迹五首》之二，诸句是也。元云："言夺苏、李。"秦云："昔李陵、苏武之诗长于高妙。"其在集中，则"李陵苏武是吾师"《解闷十二首》之五。是也。元云："气吞曹、刘。"秦云："曹植、刘公幹之诗长于豪逸。"其在集中，则"赋诗时或如曹刘"《秋述》。"曹刘不待薛郎中"《解闷十二首》之四。"方驾曹刘不啻过"《奉寄高常侍》。"目短曹刘墙"《壮游》。"诗看子建亲"《奉赠韦左丞丈二十二韵》。诸句是也。元云："掩颜、谢之孤高，杂徐、庾之流丽。"秦云："陶潜、阮籍之诗长于冲澹，谢灵运、鲍照之诗长于峻洁，徐陵、庾信之诗长于藻丽。"此除阮步兵外，皆属六代作者，集中称说尤多。若"宽心应是酒，遣兴莫过诗。此意陶潜解，吾生后汝期"《可惜》。"陶谢不枝梧"《夜听许十损诵诗，爱而有作》。"焉得思如陶谢手"《江上值水如海势，聊短述》。"新文生沈谢"《哭王彭州抡》。"沈谢得同行"《寄彭州高三十五使君适、虢州岑二十七长史参三十韵》。"何刘沈谢力未工，才兼鲍照愁绝倒"《苏端薛复筵简薛华醉歌》。"沈范早知何水部"《解闷十二首》之四。"往往凌鲍谢"《遣兴五首》之五。"流传江鲍体"《赠毕四》。"还披鲍谢文"《戏寄崔评事表侄、苏五表弟、韦大少府诸侄》。"谢朓每篇堪讽诵"《寄岑嘉州》。"诗接谢宣城"《陪裴使君登岳阳楼》。"熟知二谢能将事，颇学阴何苦用心"《解闷十二首》之七。"阴何尚清省"《秋日夔府咏怀奉寄郑监李宾客一百韵》。"李侯有佳句，往往似阴铿"《与李十二白同寻范十隐居》。"清新庾开府，俊逸鲍参军"《春日忆李白》。"庾信平生最萧瑟"《咏怀古迹五首》之一。"庾信文章老更成"《戏为六绝句》之一。皆是。视元、秦所举，略有出入，大体无殊。次如"续儿诵《文选》"《水阁朝霁奉简严云安》。"熟精文选理"《宗武生日》。亦其类也。元云："下该沈、宋。"公诗亦有"沈宋欻连翩"《秋日夔府咏怀奉寄郑监李宾客一百韵》。此皆具见篇章，足证元、秦之论者。若公所尝道，而两家未及者，亦有之。如"赋或似相如"《酬高使君相赠》。"赋料扬雄敌"《奉赠韦左丞丈二十二韵》。"以我似班扬"《壮游》。"视我扬马间"《送颜八分文学适洪吉州》。则追踪于西汉。"曾是接应徐"《秋日荆南送石首薛明府辞满告别，奉寄薛尚书颂德述怀斐然之作三十韵》。亦致美于建安。"潘陆应同调"《暮春江陵送马大卿公恩命追赴阙下》。乃绳武于太康。胥其例也。至惜卢、王于国初，文凡四见。《戏为六绝句》之二、之三，已见前引，又《寄彭州高三十五使君適、虢州岑二十七长史参三十韵》云："近代惜卢王。"《寄刘峡州伯华使君四十韵》云："学并卢王敏。"尊厥祖之家法，亦有二篇。《赠蜀僧闾丘师兄》云："吾祖诗冠古。"《宗武生日》云："诗是吾家事，人传世上情。"则不独上溯周朝，亦且下沿唐代。凡此种种，或用誉人，或以述己，要之皆平素涉笔之楷模，而取资之渊海。夫其广漠若兹，知元氏称其"尽得古人之体势，而兼人人之所独专"，秦氏称其"实集众流之长"，众流，集作诸家。诚可信也。

杜诗之浸润古先者如此。盖其含咀众妙，转益多师，故能地负海涵，金声玉振，高标灵采，独运匠心。夫读书不博，取径不弘，则固不足言与古人合，亦不知当与古人离。此神、秀、清、新之为警策，与警策之出自积储，其说有似碍而实通者也。

五

《新唐书·文艺传》本传赞曰："恃华者质反，好丽者壮违。人得一概，皆自名所长。至甫，浑涵汪茫，千汇万状，兼古今而有之。他人不足，甫乃厌余。残膏剩馥，沾丐后人多矣。"卷二百一。此言公诗之源远而流长也。其渊源既上详之，若时人之心服，后世之推尊，皆足以见流委，前亦既引朱新仲诸君之言矣。至后来注家之多，亦堪旁证，余别有《杜诗书目考证》之作，属稿未定。兹姑据旧闻，略举历祀学杜者，以参《新唐》之论。

六一、温公以次，诗话多矣。其论后贤学杜，每多寻行数墨之谈，丛脞艰于具举。翻帋故籍，间见朗列之言。如孙仅《读杜工部诗集序》云："公之诗支而为六家：孟郊得其气焰；张籍得其简丽；姚合得其清雅；贾岛得其奇僻；杜牧、薛能得其豪健；陆龟蒙得其赡博。皆出公之奇偏耳。尚轩轩然自号一家。……是知唐之言诗，公之余波及尔。"此言唐人之学杜也。王士禛《池北偶谈》云："宋、明以来，诗人学杜子美多矣。予谓退之得杜神；子瞻得杜气；鲁直得杜意；献吉得杜体；郑继之得杜骨。他如李义山、陈无己、陆务观、袁海叟辈，又其次也。陈简斋最下。"《带经堂诗话》卷一引。此杂举唐、宋及明三代言之也。王世贞《艺苑卮言》云："国朝习杜者凡数家：华容孙宜得杜肉；东郡谢榛得杜貌；华州王维桢得杜一支；闽州郑善夫得杜骨。然就其所得，亦近似耳。惟梦阳具体而微。"卷六，《历代诗话续编》本。此言明人之学杜也。虽所举多谢周全，所论尚资商兑，而取以为例，则杜诗流委之盛，亦可见焉。

尤有进者，杜之自负，亦见必传。此风所由，权舆乃祖。《碧溪诗话》云："唐史载杜审言云：'吾文当得屈、宋作衙官。'其孙乃有'读书破万卷，下笔如有神'。谓：'苏味道见吾判且羞死。'甫乃有'集贤学士如堵墙，看我落笔中书堂'。谓：'为造化小儿所苦。'甫有'日月笼中鸟，乾坤水上萍'。所谓是以似之也。"卷六。他如："才力应难跨数公，凡今谁是出群雄？或看翡翠兰苕上，未掣鲸鱼碧海中。"《戏为六绝句》之四。虽曰扬谦，实含嗤点。"百年歌自苦，未见有知音。"《南征》。"同调嗟谁惜，论文只自知。"《赠毕四》。犹是寸心千古之意。"岂有文章惊海内,漫劳车马驻江干。"《有客》。"名岂文章著,官应老病休。"《旅夜书怀》。亦言有大而非夸矣。苏轼诗云:"天下几人学杜甫,谁得其皮与其骨?"《次孔毅夫集古人诗见赠》。执是以绳,则谓杜公之于诗,乃盛之而又衰之,其亦可也。

(1936 年 5 月,南京)

杜诗伪书考

章学诚云："以己之所伪托古人者,奸利为甚,而好事次之。好事则罪尽于一身,奸利则效尤而蔽风俗矣。"《文史通义》卷二《言公》中。此言造作伪书者之过也。崔述云："伪造古书,乃昔人之常事。所赖达人君子,平心考核,辨其真伪。"《考信录提要》卷上。此言吾人对伪书所应持之态度也。其说视实斋尤进矣。

余年来辑杜诗目录,遘阻既多,杀青无期。此书迄未毕功,其未成稿已捐赠成都杜甫草堂。一九八一年秋补记。然缘以得知伪书数种。胡应麟《四部正讹》、姚际恒《古今伪书考》,既少所甄明,而其目又不止世所周知之苏、虞两注。缀拾旧文,得成此篇。所惜原书今不尽可见耳。

夫前人辨伪,多以经、子为先。本末重轻,抉择良是。然盛名之下,附骥者多。依托之书,遍于四部。即此事事,诚有取乎古人识小之意云尔。

王洙:《杜工部集注》

今传世杜诗宋注得见者,若《集千家注分类杜工部诗集》若《分门集注杜工部诗》,若《王状元集百家注编年杜少陵诗史》,若《九家集注杜诗》,率多称"洙曰"。"洙曰"者,谓王洙原叔注也。杨慎《词品》

卷三:"孙洙字巨源,尝注杜诗,注中'洙曰'是也。元丰间为翰林学士。"案杨说不知何据,姑附识于此,以俟更考。

然案今传原叔《记》云:"甫集初六十卷。今秘府旧藏,通人家所有,称大小集者,皆亡逸之余,人自编撮,非当时第叙矣。搜裒中外书凡九十九卷,原注:"古本二卷,蜀本二十卷,《集略》十五卷,樊晃序《小集》六卷,孙光宪序二十卷,郑文宝序《少陵集》二十卷,别题《小集》二卷,孙仅二卷,《杂编》三卷。"按共九十卷,疑衍九字。除其重复,定取千四百有五篇:凡古诗三百九十有九,近体千有六。起太平时,终湖南所作,视居行之次,与岁时为先后,分十八卷。又别录赋笔杂著二十九篇为二卷,合二十卷。意兹未可尽,他日有得,尚图益诸。"言编纂之事甚详,而独无一语及注。

原叔此记,成于宝元二年十月。及嘉祐四年四月,王琪君玉复刻原叔书于姑苏,撰为《后记》。有云:"原叔虽自编次,余病其卷帙之多而未甚布。暇日与苏州进士何君瑑、丁君修,得原叔家藏,及古今诸集,聚于郡斋而参考之,三月而后已。义有兼通者,亦存而不敢削。阅之者固有浅深也。而又吴江邑宰河东裴君煜取以复视,乃益精密。遂镂于板,庶广其传。或俾余序于篇者,曰:如原叔之能文,止作记于后,余窃慕之,且余安知子美哉!但本末不可缺书,故概举以附于卷终。原叔之文,今迁于卷首云。"言复刊之事又甚详,亦无一语及注也。

然则其为后出,殆无疑矣。

今究伪书之出,约在南渡之初。其时原叔自编无注本与后出伪注即已并行于世。所据以考知者,则自绍兴以迄端平,论列王本,不下十余家,其见无注本者有之,见伪书而信者亦有之,其不信者亦有之。各尊所闻,盖纷然淆乱矣。其原叔自编,本非伪书,故兹但据前人文献以辨伪注。

王观国《学林》卷五云："近世有小说《丽情集》者，首序子美因食牛肉白酒而卒。此无据妄说不足信。今注子美诗者，亦假王原叔内翰之名，谓甫一夕醉饱卒者，毋乃用小说《丽情》之语耶！"《武英殿丛书》本。晁公武《郡斋读书志》卷四上云："(杜甫)集有王洙原叔、王淇君玉序。《文献通考·经籍考》引"序"下有"本"字。本朝自王《通考》无"王"字。原叔以后，学者喜杜《通考》"杜"作"观甫"二字。诗，世有为之注者数家，皆《通考》"皆"作"率"字。鄙浅可笑。有原甫名，《通考》此句作"有托名原叔者"，当从。其实非也。"《四部丛刊》三编本。已皆言其伪，而不及作伪者之为谁何。

元好问《中州集》卷二"祝太常简"条引吴激《东山集》载《赠李东美诗引》乃云："元祐间，秘阁校对黄本邓忠臣，字慎思，余柳氏姨之夫。今世所注杜工部诗，乃慎思平生究竭心力而为之者，镂板家标题，遂以托名王原叔。翰林两王公前、后记初无一语及此注，而《后记》又言：'如原叔之能文，止作记于后。'则原叔不注杜诗，为可见矣。举世雷同，无为辨之者。宣和近贵李东美，有才藻，善行书，且喜作小楷，所写杜集，精密遒丽，有足嘉赏。为作古诗一篇纸尾，因记邓公事。后人闻此，其谁不疑？然予少时目击，不可不识，姑以告李侯，非求信后人也。"然洪驹父又以为非邓所作，吴曾虎臣《能改斋漫录》卷五引洪氏诗话云："世所行注老杜诗，云是王原叔，本作"叔原"，刊误。或云邓慎思所注。甚多疏略，非王、邓书也。其甚纰缪者：顾恺之小字虎头，案虎头，将军名，非小字，吴曾即辨其误，以与本文无关，不录。维摩诘是过去金粟如来。故《乞瓦官寺顾恺之画维摩诘象诗》卒章云：'虎头金粟影，神妙独难忘。'乃注：'虎头，僧相。金粟，金地当饰。'此殊可笑也。"《武英殿丛书》本。今日文献散失，是否邓作，殆无能深考矣。

其书虽伪，然列在丑夷，犹为佼佼，流布甚广，非但假王洙名以行。故淹雅如胡仔,且信其书。郭知达校定集注杜诗,本为廓清伪注,而所集九家,此书反见收录,则考订之难也。

若夫匡谬补缺,前辈多有。取诸成说,录如下方:

吴曾《能改斋漫录》卷六云:"杜诗:'草阁临无地,柴扉永不关。'今世注本无说。王原叔云:他本又为荒芜之芜,遂两存之。然《文选》云:'飞阁下临于无地。'"胡仔《苕溪渔隐丛话》前集卷九云:"苕溪渔隐曰:《清明日》诗:'争道朱蹄骄啮膝。'王原叔注:'朱廷平善相马。魏文帝将出,取马入。廷平曰:此马今日死矣!及将乘,马恶香,啮帝膝。帝怒,遣使杀之。'余谓其事非是。王褒《圣主得贤臣颂》云:'驾啮膝。'注云:'良马低头至膝,故曰啮膝。'子美之意当出于此。盖前事非佳也。"同上卷十三云:"苕溪渔隐曰:《严氏溪放歌》云:'剑南岁月不可度,边头公卿仍独骄。'案王原叔注云:'郭英乂代严武镇蜀,粗暴不能容甫,故有公卿独骄之句。'余谓是说殊无所据。质之《唐书》及小说,严武卒,郭英乂代之,未几有崔旰之乱。甫未尝为英乂幕客,何为不见容!唐史云:'严氏以世旧待甫甚善。甫尝醉登武床,瞪视曰:严挺之乃有此儿!武虽暴猛,外若不为忤,中衔之。一日,欲杀甫,集吏于门。武将出,冠钩于帘者三。左右白其母,奔救得止。'以此知边头公卿仍独骄之句当为此也。"杨慎《升庵诗话》卷八云:"《后汉·郑玄传》:袁绍总兵冀州,遣使要玄,大会宾客。玄最后至,乃延升上座,饮酒一斛。绍客多豪俊,并有才说。玄依方辨对,咸出问表,莫不嗟服。杜诗:'江上徒逢袁绍杯。'公以玄自比,为儒而逢世乱也。须溪批云:'如此引袁绍事,不晓。'噫!须溪眯目之言,不晓真不晓也。王洙注引河朔饮事,尤无干涉。不读万卷书,不能解读杜诗。信哉!"《函海》本。王国维《宋刊分类集注杜工部诗跋》云:"此书所集诸家注,其名重者,率伪作也。东坡注之伪,宋洪容斋已言之。余如王原叔,仁宗时人,征引新史,犹可说也;乃引沈存中《梦溪笔谈》,岂不可笑。盖书肆中人一手所为也。"《海宁王忠悫公遗书》初集《观堂别集》补遗。此皆匡谬者也。

《苕溪渔隐丛话》前集卷十一云:"苕溪渔隐曰:余读史传及旧闻,于知识间得少陵诗事甚多,皆王原叔所不注者。如《冬狩行》云:'自从献宝朝河宗。'《穆天子传》:'天子西征至阳纡山……河伯冯夷之所居,是为河宗。天子乃沉璧礼焉。河伯乃与天子披图视典以观天下宝器。'《秋日夔府咏怀》云:'穰多栗过拳。'《西京杂记》:'上林苑峄阳栗大如拳。'又云:'门求七祖禅。'《传灯录》:'北宗神秀门人普寂立其师为第六祖而自称七祖。'《秋日题郑监湖上亭》云:'高唐寒浪减,仿佛识昭丘。'《荆州图记》:'当阳东南七十里有楚昭王墓,登楼即见,所谓昭丘也。'《夔府书怀》云:'藻绘忆游睢。'魏文帝《与曹洪书》:'游睢涣者,学藻绘之采。'注云:'睢涣之间出文章。'《枯楠诗》:'冻雨落流胶。'《楚辞》:'使冻雨兮洒尘。'注云:'江东呼夏月暴雨为冻雨,音东。'《八哀·张九龄》诗:'仙鹤下人间,独立霜毛整。'《张九龄家传》:'九龄初生,母梦九鹤从天而下。'恐少陵用此事。《西京杂记》:'元封中,雪,大寒。牛马皆蜷缩如蝟。'故《前苦寒行》云:'汉时长安雪一丈,牛马毛寒缩如蝟。'《述古诗》:'邪赢无乃劳。'张平子《西京赋》:'邪赢优而足恃。'注云:'邪伪之利自饶足恃也。'一作赢,一作羸,非是。《腊日》云:'口脂面药随恩泽,翠管银罂下九霄。'唐制,腊日赐北门学士口脂,盛以碧绿牙筩。《酉阳杂俎》亦云。《滟滪堆》云:'如马戒舟航。'《水经》:'白帝山城门西江有孤石,冬出二十余丈,夏即没,有时才出。'又《十道志》曰:'滟滪大如马,瞿塘不可下。'《秋兴》云:'昆吾御宿自逶迤。'事见《扬雄传》:'武帝开广上林,南至宜春鼎湖,御宿昆吾。'《旧唐书》:郭子仪上言:

吐蕃党项不可忽，宜早为备。广德元年，遣李之芳等使于吐蕃，为虏所留，二年乃得归。故《哭李之芳诗》云：'奉使失张骞。'盖此事也。代宗自楚王徙封成王，《洗兵马》云：'成王功大心转小。'代宗时为元帅故也。《自京赴奉先咏怀》云：'君臣留欢娱，乐动殷樛葛。'半山老人刊作胶葛，未详其事所出。后读《上林赋》：'张乐乎胶葛之㝢。'㝢，屋也。胶葛，旷远深貌。乃出此也。《梅雨》云：'南京犀浦道，四月熟黄梅。'今本犀作西，非是。犀浦在成都府二十五里，太守李冰作五石犀沉江以压水怪，因以名县。出《成都记》。《赠射洪李四丈》云：'丈人屋上乌，人好乌亦好。'《六韬》：'武王登夏台以临殷民。周公曰：爱人者爱其屋上乌，憎人者憎其储胥。'《和贾至舍人早朝大明宫》云：'五夜漏声催晓箭。'《颜氏家训》：'或问，一夜五更何所训？答曰，汉魏以来谓甲夜乙夜丁夜戊夜，又谓之五鼓，亦谓之五更。皆以五为节也。'《风疾舟中伏枕书怀》云：'疑惑樽中弩。'乐广乃弓影，此云弩影，事见《风俗通》：'应抑为汲令，夏至日赐主簿杜宣酒。北壁上有悬赤弩照杯中形如蛇，因得疾。抑知之，使宣于旧处设酒，犹有蛇。抑指曰：此弩影耳。'《解闷》云：'复忆襄阳孟浩然，清诗句句尽堪传。即今耆旧无新语，漫钓槎头缩项鳊。'《襄阳耆旧传》：'岘山下汉水中出鳊鱼，味极肥美，常禁人采捕，以槎断水，因谓之槎头鳊。宋张敬儿为刺史，作六橹船献齐高帝，曰：奉槎头缩项鳊一千八百头。'孟浩然尝有诗云：'试垂竹竿钓，果得槎头鳊。'用此事也。《饮中八仙歌》云：'天子呼来不上船。'案范传正《太白墓碑》云：'明皇泛白莲池，召公作序，——公已被酒——命高将军扶以登舟。'恐少陵用此事。或云：蜀人呼衣襟纫为船。有以见太白醉甚，虽见天子，披襟自若。其真率之至也。"此则补缺者也。

又其时有王宁祖者，病原叔书之违失，尝著《改正王内翰注杜工部集》，规弼必多。惜其久佚，今单存其目于《苕溪渔隐丛话》后集卷九。然亦正见宋人之重是书矣。

盖自伪注既出，后人不善读两王公《记》，多以为原叔真注杜诗。郭知达自任去取是非，而知一遗二，则元史臣修《宋史·艺文志》，但著录王洙《注杜诗》三十六卷，诚无足讥矣。陈振孙《直斋书录解题》卷十六称："《杜工部集》二十卷，唐左拾遗检校工部员外郎剑南节度参谋襄阳杜甫子美撰。案《唐志》：六十卷，小集六卷。王洙原叔搜裒中外书九十九卷，除其重复，定取千四百五篇：古诗三百九十九，近体千有六。起太平时，终湖南所作，视居行之次，若岁时为先后。别录杂著为二卷，合二十卷，宝元二年记，遂为定本。王淇君玉嘉祐中刻之姑苏，且为《后记》。元稹《墓铭》亦附二十卷之末，又有遗文九篇，治平中太守裴集"集"，"煜"之误。刊附集外。蜀本大略同；而以遗文入正集中，则非其旧也。"《武英殿丛书》本。述无注本甚详，而为郭知达书作解题，于其刊削伪注，又甚致称颂，则于王本究竟有注无注，亦未之深考。惟蔡梦弼于嘉泰间纂《草堂诗笺》，跋尾叙列诸家，于王本仅取刊正同异。则其书虽晚出，而此事转属可取。此宋人所记无注本大略也。其书南渡以后，盖无刊本。故清人所述，犹是君玉旧椠。自毛扆、钱曾以迄时人邓邦述，庋藏源流，有可考者。以与伪注无与，盖从缺焉。一九五七年，张元济菊生将传世钱、毛二本合并配全，摄影精印，列入《续古逸丛书》，原叔原本之真面目，遂为世人所共见。今人万曼《唐集叙录》据毛氏宋椠补抄本中避讳至桓（原误作"完"）、构字，谓其"刊刻当在南宋初年"，然安知非南渡初坊肆重印此书时所挖改乎？一九八一年秋补记。

苏轼:《老杜事实》

宋人假东坡名所注杜诗,其始殆有单刻本,而不见于诸家著录。今则惟散见诸宋注中,其妄谬在在可以覆按。今掇拾旧文,以见大凡。

《苕溪渔隐丛话》前集卷十一云:"苕溪渔隐曰:余观注诗史是二曲李歠,述其自序云:'歠上书之明年,言狂意妄。圣天子不赐镬樵,全生弃逐岭表。东坡先生亦谪昌化。幸忝门下青毡,又于疑误处授先生指南三千余事,疏之编简,聊自记其遗忘尔。'然三千余事,余尝考之史传小说,殊不略见一事。宁尽出于异书耶?以此验之,必好事者伪撰以诳世。所谓李歠者,盖以诡名耳。其间又多载东坡语。如'草黄骐骥病。'则注云:'陈畯卧疾,梁拘过门曰:霜经草黄,骐骥病矣;驽骀何以快驶?盖言君子不得时,小人自肆也。'少游一日来问余曰:某细味杜诗,皆于古人语句,补缀为诗,平稳妥帖,若神施鬼设。不知工部腹中,几个国子监耶?余喜此谈,遂笔寄同叔,子由一字同叔。使知少游留心于老杜。''意欲铲叠嶂。'则注云:'袁盎曰:诸侯欲铲连云叠嶂,而造物夫复如何!余因舟中与儿子迨同注检书,倦先卧。余继蜀案:当作"烛"。至晓,遂疏之。'似此等语甚众。聊举其一二言之。当亦是伪撰耳。"此胡仔述伪注缘起,盖妄人假李独、苏轼之往返,以为成书所由,故朱新仲或称"东坡注杜诗李独编"见后引。然李歠本无其人,而坡公名重天下。于是伪书乃反缘苏得传,及无单刻本行世,人莫由得见李序,乃群称"苏曰"耳。此据旧文而可知者一也。

郭知达于淳熙八年自序其《九家集注杜诗》云:"杜少陵诗,世号诗史。自笺注杂出,是非异同,多所抵牾,致有好事者缀其章句,设为事实,托名东坡,刊镂以行,欺世售伪。有识之士,可为浩叹。"此见其书作伪之特征乃在"缀其章句,设为事实",盖受当时所谓杜诗无一字无来处说之影响,而妄造物语以证明之。此据旧文而可知者二也。

《晦庵题跋》卷三云:"章国华过予山间,出所集注杜诗示予。其用力勤矣!然其所引东坡《事实》者,非苏公所作,闻之长老,乃闽中郑昂尚明为之。所引事皆无根据,反用老杜诗见句,增减为文,而傅以前人名字,托为其语,至有时世先后颠倒失次者。旧尝考之,知其决非苏公书也。"《津逮秘书》本。此朱熹述作伪者之为谁何也。《墨庄漫录》卷二云:"近时传一书曰《龙城录》,乃王性之伪为之。……又作《云仙散录》,尤为怪诞。又有李歜注杜甫诗,注东坡诗。皆性之一手。殊可骇笑!"《四部丛刊》本。此张邦基之又一说也。案郑别有《杜少陵诗音义》,其书今佚,而序尚传,末署:"绍兴改元辛亥,长至后五日,长乐郑卬序。"又《四库提要》卷一百三十七"补侍儿小名录"条称"(王)铚字性之,汝阴人,自称汝阴老民,绍兴初以荐诏视秩史官,给札奏御,为枢密院编修官。"则为郑为王,今虽莫定,而伪书之出,其在南渡之间,与伪王《注》同科乎!此据旧文而可知者三也。

《容斋随笔》卷一云:"俗间所传浅妄之书,如所谓《云仙散录》、《老杜事实》、《开元天宝遗事》之属,皆绝可笑。然士大夫或信之,至以《老杜事实》为东坡所作者。今蜀本刻杜集,遂以入注,殊误后生。"《四部丛刊续编》本。此洪迈述伪书入注之经过,据旧文而可知者四也。

《宾退录》卷一云:"《容斋随笔》谓近世所传《云仙散录》、《开元天宝遗事》、《老杜事实》皆绝浅妄可笑,但辨《遗事》中数事,余二书无说。《老杜事实》,世不多见。"《学海类编》本。则赵与旹述其书在宋时固未甚流布,其能传至今日,实缘入注。此据旧文而可知者五也。

至前辈指摘之语,散见尤多。

葛立方《韵语阳秋》卷十六云:"老杜诗云:'东阁官梅动诗兴,还如何逊在扬州。'案逊传无扬州事,而逊集亦无扬州梅花诗,但有《早梅》诗云:'兔园标物序,惊时最是梅。衔霜当露发,映雪凝寒开。枝横却月观,花绕凌风台。应知早飘落,故逐上春来。'杜公前诗乃逢早梅而作,故用何逊事。又意却月、凌风皆扬州台观名尔。近时有妄人,假东坡名,作《老杜事实》一编,无一事有据。至谓逊作扬州法曹,廨舍有梅一株,逊吟咏其下,岂不误学者?"《历代诗话》本。又杨慎《升庵诗话》卷八,说本常之,而引据较备,略云:"宋世有妄人,假东坡名作杜诗注一卷,刻之。一时争尚杜诗,而坡公名重天下,人争传之,而不知其伪也。其注此诗云:'逊作扬州法曹,廨舍有梅一株,逊吟咏其下;后居洛思之,因请再任;及抵扬州,梅花盛开,相对仿佛终日。'案何逊未尝为扬州法曹。是时南北分裂,逊为梁臣,何得复居洛阳?洛阳乃魏地也。既居魏何得又请之任?请于梁乎?请于魏乎?其说之脱空无稽如此,略晓史册者知其伪矣。"此一事也。案《墨庄漫录》卷一:"杜甫诗:'东阁观梅动诗兴,还如何逊在扬州。'多不详逊在扬州之说。以本传考之,但言逊天监中为尚书水部郎,南平王引为宾客,掌书记室。荐之武帝,与吴均俱进幸,后稍失意,帝曰:'吴均不均,何逊不逊。'逊卒于庐陵王记室,亦不言在扬州也。及观逊有梅花诗,见于《艺文类聚》、《初学记》,云:'兔园标节物,惊时最是梅。衔霜当路发,映雪拟寒开。枝横却月观,花绕凌风台。朝洒长门泣,夕注临邛杯。应知早雕落,故逐上春来。'余后见别本逊文集,乃有此诗。而集首有梁王僧孺所作序,乃云:(张元济《〈四部丛刊〉影印江安傅氏双鉴楼藏明钞本〈漫录〉跋》云:"'逊文集'至'所作序乃云'二十字《稗海》高(瑞南)钱(遵王)二本俱脱。")'逊,东海郯人,举本州秀才,射策为当时之魁,历官奉朝请。时南平王殿下为中权将军、扬州刺史,望高右戚,实曰贤主,拥彗分庭,爱客接士,东阁一开,竞收扬、马,左席暂起,争趋邹、枚。君以词艺早闻,故深亲礼,引为水部,行参军事,仍掌文记室云云。'乃知逊尝在扬州也。盖本传但言南平引为记室,略去扬州耳。然东晋、宋、齐、梁、陈,皆以建业为扬州,则逊之所在扬州,乃建业耳,非今之广陵也。隋以后始以广陵名州。"又《能改斋漫录》卷六:"杜子美《和裴迪早梅诗》,'还如何逊在扬州。'旧注云:'《梁史·何逊传》不见扬州事,前辈多引逊《早梅诗》。……案此诗见《初学记》,不见在扬州意耳。予案《三辅决录》云:逊在扬州,见官梅乱发,赋四言诗,人得传写,乃知杜指此事。"据此则葛说亦未为得也。

赵与旹《宾退录》卷六引孙仲益觌答曾端伯慥书云:"东坡《橄榄》诗云:'已输崖蜜十分甜。'惠洪以崖蜜为樱桃。又有俗子假东坡名注杜诗,云金城土酥净如练为芦菔根者。东坡《地黄》诗云:'崖蜜助甘冷,山姜发芳辛。'制地黄法当用姜与蜜,而用樱桃,可乎?黄师是守泗时,以酥酒遗东坡。答诗云:'关右土酥黄似酒,扬州云液却如酥。'谓土酥为芦菔根,可乎?公著论斥其妄案谓曾编《百家诗选》,良有益于后人耳目也。"此二事也。

严羽《沧浪诗话·诗证》云:"杜集注中坡曰者,皆是托名假伪。渔隐虽常辨之,而人尚疑之者,盖无至当之说以指其伪也。今举一端,将不辨而自明矣。如'楚岫千峰翠',注云:'景差《兰台春望》:"千峰楚岫翠,万木郢城阴。"'且五言始于李陵、苏武,或云枚乘,则汉以前五言古诗尚未有之,宁有战国时已有五言律句耶?观此可以一笑而悟矣。亦幸其有此漏逗也。"《历代诗话》本。此三事也。

陈鹄《西塘集耆旧续闻》卷九云:"世有伪作东坡注杜诗,内有《遭田父泥饮》篇'欲起时被肘',云:'孔文举就里人饮,夜深而归,家人责其迟,曰,欲命驾,数被肘。工部选诗要妙,胸中无国子监书者,不可读其书。'此大疏脱处。不知国子监能有几书,亦何尝有此书也。……后以语容斋,遂共发一笑。"《知不足斋丛书》本。此四事也。

杨慎《升庵诗话》卷八云:"伪苏注中,谓'不分桃花红胜锦'为李夫人之语;'十年厌见旌旗红'为四皓语;皆驾空妄说。又谓碧山学士为梁章褒;又'昏黑应须到上头'为隋常琮语;并人名亦杜撰之。又妄撰景差五言律一联,尤可笑。苏、李始有五言古诗,而楚襄王时乃有五言律诗乎?其人信白丁也。而读者不之悟,其奈之何!"此五事也。

朱翌《猗觉寮杂记》卷上云:"世所传东坡注杜诗李歜编者,诞妄无根,不可名状。其言某书某编者,今皆无其书。一妄也。且古人语各不同:如三国时与西汉人语,西汉人与六朝人语,各有体格,今皆一律。此二妄也。诗人用古语三字两字或全句,多矣。取其自然。不如是切当,是撰字帖时,唯恐句中漏一两字,使人觉之,甚可笑。此三妄也。其大妄者有三。有灼然有出处而歜不知者。又东坡《杂说》中论杜诗及录出处者极多,无一字及此。以是知其尤诞妄。小儿辈好奇,未多读书,真以为东坡所注,故为辨之。"《知不足斋丛书》本。则综析为尤具体矣。

陈振孙《直斋书录解题》卷十九云:"《杜工部诗集注》三十六卷,蜀人郭知达所集九家注。世有称东坡《杜诗故事》者,随事造文,一一牵合,而皆不言其所自出;且其辞气首末若出一口。盖妄人依托以欺乱流俗者。书坊辄剿入集注中,殊败人意。此本独削去之。"又杨守敬《日本访书志》卷十四云:"《集千家注杜诗》二十卷,文集二卷,《提要》称篇中所集诸家之注,真赝错杂,案语见《四库全书总目》卷一百四十九,《〈集千家注杜诗〉提要》。盖指伪东坡注而言。不知此编绝不载东坡注,刘将孙序已明言之。《提要》未见刘序,案今传世本,多无此序,余亦未见。又未细核全书,故意此千家注中必有东坡注,遂漫为此说也。"固知宋、元以来,伪注早已不齿于世矣。

然嗜痂者流,世所多有,稽诸旧籍,亦有可征。其一,则元之刘壎也,其所著《隐居通义》卷七云:"家藏小册一本,字画甚古。题曰东坡《老杜诗史事实略举》。杜句有曰:'贱子请具陈。'引毛遂云:'公子试听吴、楚之事,容贱子一一具陈;公子可行即行,可止则止。'杜句曰:'下笔如有神。'引仲舒答策:'下笔疑有神助。'杜句曰:'青冥却垂翅。'引李斯曰:'丈夫如提笔鼓吻,取富贵易如举杯。何青冥之翩与鹨共垂翅乎?'杜句:'崆峒小麦熟,且愿休王师。'引武帝欲讨西羌,耿逊谏曰:'今崆峒小麦方熟,陛下宜休王师。'如此者凡十卷。乃知杜句皆有根本,非自作语言也。山谷云:'杜诗、韩文,无一字无来处。今人读书少,故谓韩、杜自作此语。'予初未以此说为然;今观此集,则此言信矣。后世作诗者,无根之言耳。"《读画斋丛书》本。其二,则明之邵宝也。杨慎《升庵诗话》卷八云:"近日邵文庄宝乃手抄其注入杜诗七言律刻行,岂不误后学耶?伪苏注之谬,宋世洪容斋、严沧浪、刘须溪父子、马端临《经籍考》皆力辨其谬;而文章巨公如邵文庄者,乃独信之,亦尺有所短也。"

又案胡仔《苕溪渔隐丛话》前集卷八载释惠洪《冷斋夜话》、王观国《学林新编》论杜句"江莲摇白羽,天棘梦青丝",而断以己意曰:"余案《本草》载《抱朴子》云:天门冬或名颠棘,即不云或名天棘。冷斋、学林二说,遂以天棘为天门冬。何也?其引王元之诗冷斋引。云'天棘蔓金丝。'又以天棘为柳。不知亦何所据耶?《少陵诗总目》云:'天棘梦青丝'之句,最疑学者。或曰:梵语名柳为天棘。又近传号东坡《杜诗事实》一篇,更以王逸少诗云'湖上春风舞天棘'为证。固案:疑当作"因"。悟梦字乃由舞字之讹缺。况以上句考之,政用一草木为对偶,非有奥义也。"此则缘伪撰诗句,反得校勘一字之讹,虽云愚得,亦寸有所长矣。案天训为颠,近在《说文》,韵部既同,诂释相假,元任以为不可通,殆疏于小学耳。

黄庭坚:《杜诗笺》

此书元以前无所闻。元末陶宗仪始刻之《说郛》中,明嘉靖本《豫章黄先生集》亦尝收入。近时日本人近藤元粹复刊之《萤雪轩丛书》中,并为评订。都六十则;皆截取杜诗一二句,著其出处故实。此外,今人曹树铭著《杜集丛校》,亦首列是书,题曰《〈杜诗笺〉增校》,取嘉靖本黄集、顺治本《说郛》及《古典文学研究资料汇编·杜甫卷》综合校勘,乃此伪书最善之本。一九八一年秋补记。

案魏庆之《诗人玉屑》卷十四引山谷云:"予谪居黔州,尽书子美两川、夔峡诗以遗丹稜杨素翁,俾刻之石。大雅之音久湮没,而复盈三巴之耳。素翁又欲作高屋广楹庇此石,因请名焉。予名之曰大雅堂,仍为作记。其略云:由杜子美以来四百余年,斯文委地。文章之士,随其所能,杰出时辈,未有能升子美之堂者,况室家之好耶?予尝欲随欣然会意处,笺以数语,终以汩没世俗,初不暇给。虽然,子美诗妙处,乃在无意于文。夫无意而意已至,非广之以《国风》、《雅》、《颂》,深之以《离骚》、《九歌》,安能咀嚼其意味,闯然入其门耶?故使后生辈自求之,则得之深矣。使后之登大雅堂者能以予说而求之,则思过半矣。彼喜穿凿者,弃其大旨,取其发兴于所寓林泉、人物、草木、虫鱼,以为物物皆有所托,如世间商度隐语者,则子美之诗委地矣。"案与《豫章黄先生集》卷十七《大雅堂记》文字小有出入。论子美诗固精,其未尝作笺,亦昭昭明甚。故王士禛《戏仿元遗山论诗绝句》所云:"杜家笺注太纷挐,虞赵诸贤尽守株。若为《南华》求向郭,前惟山谷后钱卢。"翁方纲《石洲诗话》卷八为之作笺,但云:"山谷《大雅堂记》自是高识,然不能与后人注杜者并论。"不及此书,诚知所取舍矣。

《四库全书总目》卷一百二十三《〈说郛〉提要》论其书条例,以为"宗仪是书,实仿曾慥《类说》之例,每书略存大概,不必求全。亦有原本久亡,而从类书中钞合其文,以备一种者"。其言固当,而真伪杂糅,固不得概以旧籍目之,此其例也。

盖山谷虽未尝注杜,而宋人注本及小说杂记,多称引其说。至郭知达集九家注,豫章先生乃与诸有书行世者并列。流风余韵,或缘口耳之传,仰企旧文,亦修缋可汲矣。此戋戋者,名实既乖,而引申肤廓,无所甄明,尤不当于"欣然会意"之旨。暇日尝在龙蟠里假得殿本郭《注》,及诸宋本,逐一校勘,管见所疑,更有三事:凡所征引,或今时诸注所无。如"更须慎其仪"《送高三十五书记》。引《陶侃传》:"诸参佐当正其衣冠,摄其威仪。何有乱头养望,自谓旷达耶?"又"曾冰延乐方"《登历下古城新亭,亭本北海太守李邕作》。引傅毅《舞赋》云:"朱唇纡清扬,抗音高歌为乐方。"此其一也。或有之,又属他人之语。如"纵有健妇把锄犁"《兵车行》。引古乐府:"健妇持门户,胜一大丈夫。"郭《注》作赵次公说。又"新鬼烦冤旧鬼哭"同上引《左传》"夏父弗忌曰:吾见新鬼大,故鬼小。"诸本并作王洙说,无"夏父弗忌曰"字。此其二也。至有今本明载庭坚之言,取衡此书,亦无一相合。如"得兼《梁父吟》"《登历下古城新亭,亭本北海太守李邕作》。引诸葛武侯《梁父吟》:"步出齐东门。"诸本无黄此注,郭《注》卷一则引黄言:"观此诗乃小曹公专国,杀杨修、孔融、荀彧云。"又"许生五台宾,业白出石壁"《夜听许十一损诵诗,爱而有作》。引《宝积经》:"若纯黑业得纯黑报,纯白业得纯白报。"亦诸本所无。而郭《注》卷二则引赵次公云:"言许生客居五台,行业精白而出也。达磨尝曰:'当勤白业,护持三宝也。'《列子》载:赵襄狩于中山,籍苪燔林,燣赫百里,有一人从石壁中出,随烟上下也。五台山，阿罗汉所在。谓许生为五台宾，因其隐迹五台而名之。遂云'出石壁'，乃所以神异之也。黄鲁直却变用入石壁事自赞其画云：'前世寒山子，后身黄鲁直，颇遭俗人恼，思欲入石壁。'夫石壁之可出可入，非神异者能之乎？"鲁直既用《列子》事，何《笺》乃又不之及耶？此其三也。

以上所拈六例，皆在前十则中。伪迹既章，无俟详辨。此盖不学之徒，杂取诸书，夤缘《大雅堂记》之言，求售其技。虽传本易得，而称者终鲜。以余所知，惟杨慎《升庵诗话》卷五云："杜诗一箭正坠双飞翼，黄山谷注作一笑。盖用贾大夫妻射雉事也。"与伪《笺》："箭一作笑，盖用贾大夫射雉事。"正合。升庵博洽好奇，故著其语于《诗话》耳。

虞集：《杜律注》

是书今存，刊本颇众。首杨士奇序，有云："百年之前，赵子昂、金集凤坡序赵虞选注杜律，以为是元赵昉字子常之误。虞伯生、范德机诸公，皆擅近体，亦皆宗于杜。伯生尝自比汉庭老吏，谓深于法律也。又尝取杜七言律为之注释。伯生学广而才高，味杜之言，究杜之心，盖得之深矣。观其《题桃树》一篇，自前辈以谓不可解，而伯生发明其旨，了然仁民爱物以及乎感叹之意，非深得于杜乎？或疑此篇非出于虞，盖谓欧阳原功所撰墓碑不见录也。伯生以道学文章重当世，碑之所录，取其大而略其小。故录此未足以见伯生，然必伯生能为此也。"杨公此序，大为伪书张目。后若高儒《百川书志》卷十四云："《杜律虞注》二卷，元雍虞集伯生注，仿朱子《诗经》、《楚辞》例，训解集览，一视详明,得诗本旨。惜止七言律耳。"《观古堂书目丛刻》本。遂极推服之意矣。

其书在明时盖甚盛行。周弘祖《古今书刻》上编纪其时刻杜诗者,府院行省十有一,凡二十四种。而二十四种之中,虞《注》占六之一。此可觇矣。士奇之序妄加揄扬,或不能辞咎也。

然反观辜搉之语,亦不胜其多。胡震亨《唐音癸签》卷三十二、胡应麟《诗薮》外编第六、王夫之《薑斋诗话》卷下、姚际恒《古今伪书考》,片言折狱,服人为难。惟杨慎《闲书杜律》云:"杜诗可以意解,而不可以辞解。必不可已而解之,可以一句一首解,而不可以全帙解。全帙解必有牵强不通,反为作者之累。世传虞伯生注杜七言律,本不出自伯生笔,乃张伯成为之。后人驾名于伯生耳。其注首解《恨别》云:'杜公初至成都,未得所依,故以别为恨。'不知唐室板荡,故园陷房,虽得所依,岂不以别为恨? 公岂如江估淮商,'风水为乡长作客,一得醉饱不思家'者乎? 解'摇落深知宋玉悲'云:'惟深知其故,故千年之后,且为悲叹。惟其亦吾之师,故闵其萧条。'解'生长明妃'一首云:'惟其去紫台,故春风面不可见;惟其独留青冢,故环佩声归月下闻。'此乃村学究腐烂讲套语,岂可笺杜乎? 解'曾闪朱旗北斗闲'云:'亦尝树旌旗于北斗城中,以享安闲之富贵。'北斗闲三字而上下添十二字乃成文,何异世传'怒挥门不报,打铺路无笼'之谑谣耶?'织女机丝虚夜月,石鲸鳞甲动秋风。'本言乱离萧条之状,而解云:'织女不能机杼,故曰虚;石鲸相传有灵,故曰动。'此何异眯目而道黑白者。'彩笔昔曾干气象',本说登山,案:此解非是。此句即"往时文采动人主"意耳。而云:'以文彩弄笔干动时贵,以拟飞腾。'此又视老杜为钻刺乞哀之徒矣。'幽栖地僻'一首,本是喜客至之意,乃云:'亦姑以觇其诚意否。'是杜之阴险逆诈也。岂所谓以小人之心而度君子者乎?'预传籍籍新京兆，新史无劳数赵张。'本是期以求贤，乃注云：'此去朝廷，定有升擢。既为京兆少尹，必为三辅大尹。'此何异星士寿书预写赏帖耶？可恶！可厌！其他尚多，聊举一二耳。牵缠之长，实累千里。既晦杜意，又污虞名。曷镵其板，勿误人也。"《续说郛》卷三十四。首从本书纠其违失。按郎瑛《七修类稿》卷三十五有"杜律虞注差处"一条，略称"予尝读杜诗《秋兴》八首，虞《注》之谬者半焉。似皆穿凿，随正《注》下，今录之于稿"云云。匡谬亦与此类，辞繁不更备录。又《四库全书总目》卷一百七十四别集类存目，《〈杜律注〉提要》云："旧本题元虞集撰。是编所注杜诗，凡七言近体一百四十九首。卷首杨士奇序称其解《题桃树》一篇，了然于仁民爱物之旨，深得杜意，必伯生所为。然欧阳元撰集墓碑，不载其有此书。观其词意，亦皆浅近。考元赵昉学诗于集，而所注杜诗，乃无一语及其师。董文玉为赵《注》作序，亦疑虞《注》之非真。然不云实出谁手。案曹安《谰言长语》称元进士临川张伯成著《杜诗演义》，曾昂夫作传，有此名，又有刊版，惜其少传，往往误以为虞伯生。李东阳《怀麓堂诗话》亦云：徐竹轩以道尝谓予曰：杜律非虞伯生注，宣德初已有刊本，乃张姓某人注，渠所亲见。合二家之说观之，则此注实出张伯成手，特后人假集之名以行耳。王士禛《池北偶谈》谓伯成名性，江西金溪人，尝著《尚书补传》。吴伯庆有挽诗云：'笺疏定令传杜律，志铭谁与继唐碑。'此尤可为明征也。"则援引旧说，辨证綦详。皆信美矣。余嘉锡《四库提要辨证》卷二十四于《提要》之说，有所补证，可参阅。一九八一年秋补记。

然泛览所及，有不能不为张性鸣冤者，则又前辈名公所未及也。

盖余尝考之明、清以来书目，知虞、张二《注》并载，屡见不鲜。如晁瑮《宝文堂书目》案此目《明史·艺文志》作三卷，世鲜刊本。国立北平图书馆曾得钞本，印之馆刊第三卷中，即予所据也。既有《杜律虞赵注》，又有《杜律演义》凡二见。李廷相《李蒲汀书目》《玉简斋丛书》本。既有《杜律虞注》四本又一部二本，又有《杜律演义》。赵琦美《脉望馆书目》《玉简斋丛书》本。既有《张伯成注杜律》一本，又有《虞注杜律》一本。黄虞稷《千顷堂书目》《适园丛书》本。卷三十二既有虞集《杜律七言注》二卷，又有张性《杜律演义》二卷，并注云："字伯成，临川人，乡贡进士，又尝著《尚书补传》。见曾昂夫撰《张先生传》。"王闻远《孝慈堂书目》《观古堂书目丛刻》本。既有《杜律演义》张伯成二卷，一册，棉纸。又有《赵虞注杜诗五七律》共四卷。赵昉虞集，三册，棉纸。《四明范氏天一阁藏书目录》《玉简斋丛书》本。既有《杜律虞注》二本凡二见，又有《杜律演义》二本。此皆昭昭可见者也。以上著录，大率家藏之书，果二者全部雷同，焉有贸然钞录，毫无辨证者。此大可疑也。

考张书传本虽鲜，未尝无稽，除上所引，尚有明人都穆，盛称其注之佳，所著《南濠居士文跋》卷一《〈杜诗类选〉跋》云："昔之注杜诗者凡数十家：黄鹤《注》最下，而最盛行。余取得惟刘会孟之《评点》，董养性之《选注》，单元阳之《愚得》，此外又有张伯成《演义》。……伯成之注善矣，然惟七言律诗，而其他未之及也。"《江氏聚珍版丛书》本。而王士禛《池北偶谈》则称："予在京师，曾得张注旧本。"《带经堂诗话》卷十七引。近北平《文奎堂书目》一九三五年本。载有此书旧钞本，索值四十元，予尝商诸刘衡如师，请以归金陵大学图书馆，及去函询之，已为捷足者先得。遂终不得取与虞《注》对勘。古缘坐失，良可惋叹。然私意所存，终疑二注或相剿袭，未必雷同。徐以道、王士禛虽见张注，或未尝取校世传虞本。《提要》决断，故有可商者焉。

抑更有言者，伯成本自著书，初未尝有假人以传之意，此观之《提要》，便有可征。故二者若相剿袭，自虞袭张；若相雷同，亦张不出虞。若清人黄生《杜诗说》卷首云："杜诗莫谬于虞《注》，莫莽于刘《评》。

若黄鹤、梦弼之类，纰缪虽多，然其名不甚著，人亦未尝称之。惟刘与虞公然以评、注得名，反得附杜公不朽，是可恨也。虞《注》本元人张伯成伪撰，假虞以行。此则非独杜不幸，并虞亦不幸矣。"则竟以伯成等之郑昂、王经，可谓茫于论古者矣。

杜举：《杜陵诗律》

此书今存，见收于吴景旭《历代诗话》，见该书卷四十，己集七，杜诗卷下之上，而书名则作《律诗法》，署"门人吴成、邹遂、王恭编次"。前冠以杨仲弘序，其辞曰："予少年从叔父杨文圭游西蜀，抵成都，过浣花溪，求工部先生之祠而观焉。有主祠者，工部九世孙杜举也。予造而问之曰：'先生所藏诗律重宝，不犹有存者乎？'举曰：'吾鼻祖审言，以诗鸣于当世；厥后言生闲，闲生甫，甫又以诗鸣。至于今，源流益远矣。然甫不传诸子，而独于门人吴成、邹遂、王恭传其法。故予传之三子者。虽复先生之重宝，而得之不易也。今子自远方来，敢不以三子所授者与子言之。子其谨之哉！'予遂读之，朝夕不置。久之，恍然有得，益信杜举所言非妄也。京城陈氏子有志于诗，故书举之传余、戒余者贻之。时至治壬戌四月望书。"

仇兆鳌《杜律重宝辨》引仲弘此序而断之曰："案仲弘记忆此事，在英宗至治壬戌年。上距代宗大历间，约计五百四十载。其世次应不止九代。且诗法所载杜律五十一首，注释议论，皆肤浅寡识，未窥作者之意。况《宗武生日》诗言'诗是吾家事'，言'熟精《文选》理'，岂可言诗法不传于其子乎？俱未可信也。"《杜诗详注》附录。

沧柱虽辨此书之诬，然所记尚不及渔洋之悉。《带经堂诗话》卷十八云:"偶于故书肆买得《诗法源流》一帙,乃元人傅汝砺若金述范德机语也。后附《杜诗律格》,有接顶、织腰、充腹、连珠、单蹄、双蹄等。有元至治杨仲宏序,略云:'少从叔文圭游成都,过浣花,求工部之祠而观焉。有主祠者,子美九世孙杜举,居祠之后。造而问之。举之言曰:甫不传诸子,而独于门人吴成、邹遂、王恭传其法;予传之三子者。子从远方来,敢不以三子所传者,与子言之。'案举之名,不见于书传。吴、邹、王三子,亦不见于诸家志、序中。且子美全家避乱下峡,不应复有裔孙留居成都。又所拈《秋兴》、《燕子来舟中》等篇,载三子之说,大抵如村学究语。如'仙侣同舟晚更移'一句,解为明皇与贵妃诸臣泛舟渼陂。可笑至此,余可例推。第不知仲宏之序,何人伪造,如醉人梦呓,可恨也。"参伍二说,可得其大概矣。

考诸明人著录,祁承㸁《澹生堂书目》卷十四载:"《诗家要法》、《杜陵诗律》范梈。"《绍兴先正遗书》本。不著卷数,与王士禛所记全同。又高儒《百川书志》卷十八载:"《杜陵诗律》一卷,元杨仲宏作。律止四十三首。此不知出于何人。首著一格,凡五十一格。"亦确为是书。他则黄虞稷《千顷堂书目》卷三十二补有"元杨士宏《杜陵诗律》一卷"。《适园丛书》本。"士"当系"仲"之误。此皆可稽者也。清人之目,则不复见有其书。

分格说杜,始于宋人。《四库全书总目》卷一百九十七诗文评类存目,《〈少陵诗格〉提要》云:"宋林越撰。是编发明杜诗篇法,穿凿殊甚。如《秋兴》八首,第一首为接顶格。谓'江间波浪兼天涌'为巫峡之萧森,'塞上风云接地阴'为巫山之萧森,已牵合无理。第二首为交股格。三首曰开合格。四首曰双蹄格。五首曰续后格,六首曰首尾互换格。七首曰首尾相同格。八首曰单蹄格。随意支配,皆莫知其所自来。后又有《咏怀古迹》、《诸将》诸诗,亦间及他家。每首皆标立格名,种种杜撰。此真强作解事者也。"当即此书所本。其引《秋兴》为例,有接顶、双蹄、单蹄等格,每首标立格名,皆两书所同。疑元时妄人,获此旧籍,伪造新序,用骇世俗。苦林书今未之见,不能取证耳。

按仲弘杨载字。《元史》卷一百九十《儒学传》云:"初吴兴赵孟頫在翰林得载所为文,极推重之。由是载之文名,隐然动京师。凡所撰述,人多传诵之。其文章一以气为主,博而敏,直而不肆,自成一家言,而于诗文尤有法。尝与学者曰:'诗当取材于汉、魏,而音节则以唐为宗。'至其诗出,一洗宋季之陋。"又《新元史》卷二百三十七《文苑传》云:"载与虞集友善,每言集不能作诗。一日,集载酒问诗法于载,酒酣尽为集言之。后集作诗送袁桷扈驾上都,介他人质于载。载曰:'此诗非伯生不能作也。'或问:'君谓伯生不能作诗,何以有此?'载曰:'伯生学问高,予以诗法授之,余莫能及也。'"知仲弘当日,盖亦侈谈诗法者。造序托名于彼,良非偶然也。

(1936年8月,南京)

韩诗《李花赠张十一署》篇发微

文学之事，不外二端：内在者情，外在者物。耳目所及，情以物生；翰藻呈材，物随情显。锺嵘《诗品序》云："气之动物，物之感人。"前之谓也。"照烛三才，辉丽万有。"后之谓也。夫生民毓灵，厥有觉解；万类坌集，是生异同。《荀子·正名》篇有言："凡同类同情者，其天官之意物也同。"又曰："心有征知。征知，则缘耳而知声，可也；缘目而知形，可也。"斯其理矣。然人类之官能虽同，而所感或异；所感既异，则觉解亦殊。是则体物之浅深，状物之利钝，所由来也。六代尚文，言务精密。萧嗣《文选》，甄录赋篇，始区"物色"一类。宋玉《风赋》属之。李善《注》为之说曰："有物有文曰色。风虽无正色，然亦有声。"则物色之名，盖包罗诸种感觉；而独以色标目者，缘人类知识获之视官者为独丰也，旁及评品之书，则刘勰《文心》，亦立《物色》之篇。如云："诗人感物，联类不穷。流连万象之际，沉吟视听之区。写气图貌，既随物以宛转；属采附声，亦与心而徘徊。"造论精湛，而所涵亦不限于目击。知李《注》所释，为不谬矣。顾局就色采一端而论，《文心》但云："《雅》咏棠华，或黄或白。《骚》述秋兰，绿叶紫茎。凡摛表五色，贵在时见。若青黄屡出，则繁而不珍。"则以《骚》、《雅》所及，仅止于斯。刘君操术虽美，固亦末由深论也。余往读退之《李花赠张十一署》诗，觉其模写物色，度越古先；体物既精，状物尤美。盖真得宛转、徘徊之妙，远轶棠华、秋兰之咏。惜旧之注家，于此皆未致详。用敢搜采旁证，略加疏说，庶乎作者苦心得以表暴焉。

诗曰："江陵城西二月尾，花不见桃惟见李。风揉雨练雪羞比，波涛翻空杳无涘。君知此处花何似？白花倒烛天夜明，群鸡惊鸣官吏起。金乌海底初飞来，朱辉散射青霞开。迷魂乱眼看不得，照耀万树繁如堆。念昔少年著游燕，对花岂省曾辞杯。自从流落忧感集，欲去未到先思回。祇今四十已如此，后日更老谁论哉？力携一尊独就醉，不忍虚掷委黄埃。"谨案："念昔"以下，感物兴怀，非是咏花；著力模写，惟在前半。析其层次，又有二焉。起句点明无月，次句以桃陪李，继乃极状李花之白且盛，皆夜景也。"金乌"四句，形容朝日映花，光彩炫耀，则昼景也。语其部署，大较若斯。然其中有一句颇难索解者，则"花不见桃惟见李"是。夫花在白昼，其状之异同，色之深浅，目光所及，无不立辨。乃如退之此作，则是月黑观花，有可见，有不可见。其故何欤？

欲明此理，当就今世格致之学论之：自物理学而言，物体之有色彩，实由其所发生、或反射、或透过之光线使然。色彩皆基于光，故无光即无色。色或连称色光，职由于此。光源最巨，厥惟日球。析其光谱，大分七色。红、橙、黄、绿、青、蓝、紫是。其照射于诸物体也，设全部为此被照射之物体所反射，则此物体即呈白色；设全部为此被照射之物体所吸收，则此物体即呈黑色。自余则以部分之反射与吸收，而各具其色彩焉。如一物呈红色者，即缘日光中之红色为此物所反射，而余色则为此物所吸收故。其红、橙以次七色，为日球光谱所原具者，曰单色光。其出此七色之外，由于混成者，曰复色光。此色彩形成之大较也。次就光之强弱论，日光直射则晴，云层掩蔽则阴。月之有光，亦源于日，斯固然矣。而无月之夜，仍有微光，或亦出于日球，或别源于星宿，日月贞明，光源之出其他星宿者,固亦存在。特为日月所掩,不易生影响耳。要非绝对之黑暗。故常识上所谓昼、夜、阴、晴、晦、朔、弦、望云者,若局就光线之感受言之,其差别非由于光源之不同,而在其照度之有异。昼之与夜,月明之与月黑,既有照度之强弱,故视官之所感受者,亦因而各殊焉。复自心理学而言,物体反射之光线,通过人眼之角膜及三透明体,而映象于网膜时,则刺激视神经而传达于大脑之皮质部,视觉乃生。视觉之中,复有光觉、色觉之别。光觉者,所以识明暗也。若白、黑、灰是诸光觉。色觉者,所以辨色彩也。若紫、绿、红是诸色觉。光色两觉大抵相并而起,故能同时辨识物体之形状、色彩之异同、浓淡及其变化。惟光有时无色,而色必因光生。故光觉可离色觉而独存,色觉必依光觉然后显。此又视觉本身之差异矣。二者既明,则退之此句,不难了然。盖桃、李二花,攸分红白。以色光之组织言,则红为部分反射之单色光,力亦较弱;而白为全体反射之复色光,力亦特强。以视官之感受言,则红兼有光觉、色觉,而白全为光觉。昼之主要光源由日,纵有阴晴之殊,而其照度要为甚强。照度强则神经所受之刺激亦强;红色反光虽弱,影响尚微;视觉所及,并包光色;故红桃、白李,同时可见。夜之主要光源由月,以有晦明之异,故其照度强弱随之各别。有月时之照度,亦复颇强,故同时可见桃、李,与日光等。退之《寄卢仝》云:"偶逢明月曜桃李。"《全唐诗》卷十二,页68。可以为证。至无月时则照度弱,照度弱则神经所受之刺激亦弱;红色反光不强,即不可见;视觉所及,但有光存,故惟见白李,不见红桃。此诗所赋,时当月尾,是以云"花不见桃惟见李"也。不特此也,日光始暾扶桑,自夜而昼;旋薄虞渊,自昼而夜。其间纷纭挥霍,尤极奇丽之观。故此诗先表桃、李之别,继明昼、夜之殊,皆就色彩与光线予以强烈之对照。凡斯诸景,人所恒觏,形于歌诗,则始退之。斯不能不服其工妙,而叹为观止也。

集中别有《李花》二首。其二云:"当春天地争奢华,洛阳园苑尤纷拏。谁将平地万堆雪,剪刻作此连天花?日光赤色照未好,明月暂入都交加。夜领张彻投卢仝,乘云共至玉皇家。长姬香御四罗列,缟裙练帨无等差。静濯明妆有所奉,顾我未肯置齿牙。清寒莹骨肝胆醒,一生思虑无由邪。"《全唐诗》卷十二,页六十八。樊汝霖评曰:"此诗自'夜领张彻投卢仝'以下,其所以状李花之妙者,至矣。"魏仲举《五百家注音辩昌黎先生文集》引。所论亦是。然其前半,实写物色,与后半之虚写,异曲同工,殆未易优劣。"日光"二句,仍与前篇同法,特先昼后夜,易详为略,又有月明、月黑之异耳。而樊氏于此,未置一词,是见作者固难,知者亦复不易。自宋以来,韩集注家,实繁有徒,而于退之自辟之境,前无古人者,皆未之及,岂非解人难索哉?

自来注家虽不如此,而古来作者,则间或得其用心。泛览所及,有可考者。比而观之,亦足明昔贤通变之功;而证成文学之事,惟能乃可与知也。寻退之以后,诗人用此意者,首推李商隐。其《李花》云:"李径独来数,愁情相与悬。自明无月夜,强笑欲风天。减粉与园籜,分香沾渚莲。徐妃久已嫁,犹自玉为钿。"《全唐诗》卷二十,页三十九。其第六句,释道源《注》曰:"李开不与莲同时,此欲仿佛其色耳。"朱鹤龄《李义山诗注》引。所论亦知从色彩着眼,然于第三句,则未之及。其次郑谷亦尝用之。其《旅寓洛南村舍》云:"村落清明近,秋千稚女夸。春阴妨柳絮,月黑见梨花。白鸟窥鱼网,青帘认酒家。幽栖虽自适,交友在京华。"《全唐诗》卷二十五,页三十。周紫芝《竹坡诗话》曰:"谷诗亦不可谓无好语。如'春阴妨柳絮,月黑见梨花',风味固似不浅。"《历代诗话》本。李怀民《重订中晚唐诗主客图》亦评三四句云:"妨字见字皆造微,景与情并到。"卷下,嘉庆乙丑刘大观刊本。二家虽知郑句之佳,而亦未明其所由也。惟吴可《藏海诗话》乃言:"'春阴妨柳絮,月黑见梨花。'……郑谷诗此……联无人拈出。"又自注曰："'月黑见梨花'，此语少含蓄，不如义山'自明无月夜'之为佳也。"《历代诗话续编》本。马位《秋窗随笔》亦谓："郑谷'月黑见梨花'，佳句也。不及退之'白花倒烛天夜明'为雄浑，读之气象自别。义山《李花》诗'自明无月夜'，与退之未易轩轾。"《清诗话》本。比合诸家，定其优劣，庶可谓略窥原委者焉。

逮及赵宋，王安石亦尝拟之，而明其奥窔者惟苏轼。安石《寄蔡氏女子二首》之一云："建业东郭，望城西埭。千嶂承宇，百泉绕雷。青遥遥兮缅属，绿宛宛兮横逗。积李兮缟夜，崇桃兮炫昼。兰馥兮众植，竹娟兮常茂。柳蔫绵兮含姿，松偃蹇兮献秀。鸟跂兮上下，鱼跳兮左右。顾我兮适我，有斑兮伏兽。感时物兮念汝，迟汝归兮携幼。"《王荆文公诗》卷二，大德刊刘评李注本。蔡絛《西清诗话》曰："元丰中，据王、苏年谱，此事当在元丰七年。王文公在金陵。东坡自黄北还，日与公游，尽论古昔文字。又以近制示东坡。坡云：'若积李兮缟夜，崇桃兮炫昼，自屈、宋没，旷千余年，无复《离骚》句法，乃今见之。'公曰：'非子瞻见谀，自负亦如此。然未尝与俗子道也。'据东坡推公，与公自许如此，而晁无咎续《楚词》，乃独取公《历山思归赋》、《书山石词》，顾遗此不录，又何也？"李壁《注》引。案《文心雕龙·物色》篇又曰："《诗》、《骚》所标，并据要害，故后进锐笔，怯于争锋。莫不因方以借巧，即势以会奇。善于适要，则虽旧弥新矣。"苏公以二语为"《离骚》句法"者，当依此义释之。盖炫昼、缟夜之视绿叶、紫茎，则诚有推陈出新之妙，非谓准章酌句，取法乎屈、宋也。蔡氏顾斤斤以晁续《楚词》不录为言，岂二公之旨哉？外此如近人陈衍《宋诗精华录》云："'崇桃兮炫昼，积李兮缟夜。'写桃、李得未曾有。"卷二持说隐约，略与周、李之评郑诗者同，亦未详其语之所本。

王、苏而后，则有陆游、杨万里之讨论。陆氏《老学庵笔记》载其事曰："杨廷秀在高安有小诗云：'近红暮看失燕支，远白宵明雪色奇。花不见桃惟见李，一生不晓退之诗。'案杨氏此诗，于昼夜红白之外，兼及远近。意谓夜中红虽近，仍不可见；白虽远，亦可见也。人之视野，本有定程。在视野之内，则不论远近，但以网膜接受光源与物体反光刺激之强弱，而决其色彩之可见与否。此亦今日已知之理。是作就韩诗更加推阐，亦可谓工于体会矣。予语之曰：'此意古人已道，但不如公之详耳。'廷秀愕然问：'古人谁曾道？'予曰：'荆公所谓：积李兮缟夜，崇桃兮炫昼。是也。'廷秀大喜，曰：'便当增入小序中。'"卷一，《津逮秘书》本。今检此诗载杨氏《江西道院集》，题为《读退之李花诗》，前有序云："桃、李岁岁同时并开，而退之有'花不见桃惟见李'之句，殊不可解。因晚登碧落堂，望隔江桃、李，桃皆暗而李独明，乃悟其妙。盖'炫昼缟夜'云。"《诚斋集》卷二十五，《四部丛刊》本。末语盖后所增加。此由唐迄今，关于退之此诗故实，其尤大彰明较著者也。

综上而言，自退之创格，诸贤承流，后来师其词意者，则有唐之李商隐、郑谷，宋之王安石；悉其原委者，则有宋之陆游、吴可，清之马位；服其工妙者，则有宋之苏轼、周紫芝、杨万里，清之李怀民，今之陈衍。而能知其义理者，则无人焉。盖格物之学未明，则致知之功盖阙。非古今人之不相及，而时实使之也。夫科学所以格物，文学所以状物，二者若不相谋。然必格物之术愈工，则状物之精愈显，是又足以相成。故近世言批评者，往往借助于自然社会诸科学，未尝暖姝于一家之言而自画也。余此之为，不贤认小，或足资治诗学者之谈助。世有达士，傥不以其说为"索隐行怪"而斥之欤？

（1944年1月，成都）

〔附记〕*
黄濬《花随人圣庵摭忆》上海古籍书店本第52页"昔人咏李花"条云：

> 荆公《寄蔡氏女子》诗二首，茂密徘恻，千古雄文。《西清诗话》："元丰中，王文公在金陵，东城自黄北迁，日与公游，尽论古昔文字，又以近制示坡。坡云：'若"积李兮缟夜，崇桃兮炫昼"，自屈宋末，旷千余年，无复《离骚》句法，乃今见之。'公曰：'若非高瞻见谀，自负亦如此，然未尝与俗子道也。'"观此可知昔贤推挹之精。缟夜二句，曾未为人道过。方春野色，莫若桃李花，《石遗室诗话》称："少陵诗喜说桃花，昌黎荆公诗喜说李花，殆以桃花经日经雨皆色褪不红。一望成林时，不如李花之鲜白夺目，所以少陵之爱桃花，亦在深红间浅红时，余作法源寺丁香诗，所谓'昌黎半山总爱李，爱其缟色天不晡'也。"老人此论，阐发自无遗蕴。昌黎咏李花，至云"独绕百匝至日斜"。又以玉枝霜葩，缟裙练帨拟之，其状秾李之秾，可谓十分着力。而北宋后申论此说者，已有杨诚斋。诚斋有《读退之李花诗》，其序云"桃李岁岁同时并开，而退之有'花不见桃惟见李'之句，殊不可解。因晚登碧落堂，望隔江桃皆暗而李独明，乃悟其妙，盖炫昼缟夜云。"诚斋此序，不唯言昌黎，且微及荆公诗矣。而予更有进者，义山《李花》诗"自明无月夜，强笑欲风天"，此十字，凝情切响，体物入微，亦何减韩、王乎？

按：秋岳此随笔，抗战前曾连载于《中央周刊》，计余当获见，而上文则数年后撰于蜀中，于《摭忆》所论已了不省记，故文中亦未及之。后四十年，朱竺客先生以新版《摭忆》见赐，始披见此条，今移写文后，以见此事固已有人先我着眼云。（1985年8月　南京）

---

* 《程千帆全集》第八卷《古诗考索》中此文后有《附记》，今补排在正文后，供读者参考。——编者注。

与徐哲东先生论昌黎《南山》诗记

1941年至1942年间,余旅居乐山,承乏武汉大学讲席,因得奉手于武进徐哲东先生。赏奇析疑,颇得沾丐之益。一日,过先生,蒙以其所撰《韩昌黎〈南山〉诗评释》见示。其序曰:"《南山》诗汪洋瑰玮,沉博绝丽。其文理密察,章次秩如也。顾自来注家,但征故实,罕究义趣,遂令览者徒骇其奇奥,难得其条理。今搜罗评语,加以折中;摭择旧解,为之补正。聊以愚管,窥测匠心。庶通郁滞,爰臻条畅。"余持归卒读,觉其玄珠在握,胜义纷陈,盖所谓君子于其言无所苟者。后之诵此诗者,循览是作,他注殆可废焉。

独其中一事,余有所疑,因上先生书曰:"大著《〈南山〉诗评释》,细绎一过,淹贯精审,佩服无似。惟'时天晦大雪,泪目苦矇瞀'二句,尊《释》谓'天既大雪,己又病目。'窃拟别进一解。盖往者于役西康,尝闻人云:凡祁寒逾大相、飞越诸岭,必以墨晶风镜自随。不尔,则当大雪既降,遍山皆白。反光射目,恒致泪下。及戊寅嘉平经过二岭,果如所言。设韩公途中病目,似不当冒险游陟。则此泪目矇瞀,疑大雪之所致也。案方世举《注》引《释名》、《说文》,矇训'有眸子而失明',瞀训'低目谨视',亦与雪光反射,不能平视之意相合。惟南山地势及冬令温度,恐皆不侔于西陲诸雪山。其降雪时情状何若,固非践履其地弗得知矣。率尔布臆,幸乞卓裁。"

后先生语余,君说殊可备参。以柳子厚《晋问》中亦有类似之模写也。当录存之,以俟质定。至谓病目不当游陟,则犹有说。盖退之素性倔强好奇,初不以病目自沮,直至遇险乃退,亦事所可有者耳。余览《晋问》,其称晋兵器之利曰:"攒之如星,奋之如霆,运之如縈。浩浩奕奕,淋淋涤涤,荧荧的的,若雪山冰谷之积。观者胆掉,目出寒液。当空发耀,英精互绕,晃荡洞射,天气尽白,日规为小,铄云破霄,跕坠飞鸟。"又称晋盐田之富曰:"神液阴潋,甘卤密起,孕灵富媪,不爱其美。无声无形,熛结迅诡,回眸一瞬,积雪百里。晶晶幂幂,奋愤离析,锻圭椎璧,眩转的皪。乍似陨星及地,明灭相射,冰裂雹碎,尨縪增益。大者印纍,小者珠剖,涌者如坻,坳者如缶。日晶熠耀,萤骇电走。"《河东先生集》卷十五。寻此两节所体之物,虽各不同,而似皆侧重于光觉之描绘。其所资以共喻,则为冰雪。盖利兵洁盐,皆有反光。其物既多,则反光尤烈。冰雪者,大地之所习见,而反光至强者也。故其模写二物,皆以形容。于盐,则有"积雪百里"之喻,而谓其使人"眩转的皪";于兵,则有"雪山冰谷"之喻,而谓其使人"目出寒液"。一者,谓眼花;二者,谓泪下。此特程度之差,初非两致。据此以证韩诗,则有确不可易者矣。然先生犹谓当俟质定者何?曰:以其终属一种特殊经验,非人之所恒觏。按而不断,慎之至也。

盖文学之业,其所涵蕴,不外情、理、事三端。感发以动其情。思虑以明其理。考察以知其事。作者之表见,读者之欣赏,胥由是而得会通。然感发有利钝,思虑有深浅,考察有精粗,已不能齐一矣。况复各异其性情、学识、境遇;则授受之间,或有扞格,不能相悦以解,亦理之固然。如南山非人人所尝登,而登山揽景,则人多有之。此《南山》诗之所以可解也。若夫大雪而登高山,则非人所常有之事。此诗中泪目矇瞀之句之所以费解也。斯即普通经验与特殊经验之异。用

501

知书语所存，有非身历，殆难与知者。兹请更举旁证，以备参稽。杜甫《船下夔州郭宿，雨湿不得上岸，别王十二判官》诗有云："江鸣夜雨悬。"《全唐诗》卷八，页72。王闿运《湘绮楼说诗》曰："峡中昼多阴，夜多雨。自巴以下，江声细如碎雪。乃悟杜诗'江鸣夜雨悬'之意。'悬'字状景甚工。不知者以为不稳也。"卷二，王简辑本。此一事也。王维《使至塞上》诗有云："大漠孤烟直。"《全唐诗》卷五，页15。赵殿成《王右丞集笺注》曰："或谓边外多回风，其风迅急，袅烟沙而直上。亲见其景者，始知'直'字之佳。"卷九。此二事也。黄庭坚《六月十七日昼寝》诗有云："马龁枯萁喧午枕，梦成风雨浪翻江。"《山谷诗集注》内集卷十一。叶梦得《石林诗话》曰："外祖晁君诚善诗。……黄鲁直常诵其'小雨愔愔人不寐，卧听羸马龁残蔬。'爱赏不已。他日，得句云：'马龁枯萁喧午梦，误惊风雨浪翻江。'案集：梦作枕，误惊作梦成，均胜，当系后来改定。自以为工。以语舅氏无咎曰：'我诗实发于乃翁前联。'余始闻舅氏言，不解风雨翻江之意。一日，憩于逆旅，闻旁舍有澎湃、鞺鞳之声，如风浪之历船者；起视之，乃马食于槽，水与草龃龉于槽间而为此声。方悟鲁直之好奇。然此亦非可以意索，适相遇而得之也。"卷上，《历代诗话》本。此三事也。由斯而谈，则《文心》之论知音，谓："圆照之象，务先博观。"释家之语修持，谓："到一境，证一境。"诚肄业之枢机，会心之钤键矣。

赵翼《瓯北诗话》云："韩昌黎生平所心摹力追者，惟李、杜二公。顾李、杜之前，未有李、杜。故二公才气横恣，各开生面，遂独有千古。至昌黎时，李、杜已在前，纵极力变化，终不能再辟一径。惟少陵奇险处尚有可推扩，故一眼觑定，欲从此辟山开道，自成一家。此昌黎注意所在也。"卷三。此言殊得其实。其创体、创格、创句诸端，赵氏亦尝有所论列。然此第就表见言之耳。至若取材既广，体象尤精，于声音、颜色特为敏感,斯盖其所资以为奇险者。世人谈艺,于此尚鲜具体说明,余故数数究心焉。

余与哲东先生别且三年,学无所进。寒夜寥寂,既感离索,复忆西陲壮游。因杂缀成篇,用志岁月。

(1944年12月,成都)

《长恨歌》与《圆圆曲》

一九四四年春,义宁陈寅恪世丈违难来成都,说诗大学,论及白居易《长恨歌》、陈鸿《长恨传》,谓:"明皇与杨妃之关系,虽为唐世文人公开共同习作诗文之题目,而增入汉武帝、李夫人故事,则白、陈之所特创。在白《歌》、陈《传》之前,故事大抵尚局限于人世,而不及于灵界。其畅述人天生死形魂离合之关系,似以二作为创始。此故事既不限于现实之人世,遂更延长而优美。其人世上半段开宗明义之'汉皇重色思倾国'一句,已暗启天上下半段之全部情事。文思贯彻钩结,特为精妙。"详见《清华学报》第十四卷第一期载丈撰《〈长恨歌〉笺证》。谨案:汉武、唐玄与夫李、杨二妃之事,其迹固同,而《歌》有"汉皇重色思倾国"之语,《传》有"如汉武帝李夫人"之文,尤为本证。诗中先出汉皇之重色,后叙道士之致魂,既免突兀,而长篇布署,亦用此以见照应。丈之所论,诚属不刊。其极深研几,发千古文心之覆,非洞悉文章体制之老宿,殆不能为是言。

余钦闻绪论,既叹精卓,旋忆吴梅村《圆圆曲》有云:"家本姑苏浣花里,圆圆小字娇罗绮。梦向夫差苑里游,宫娥拥入君王起。前身合是采莲人,门前一片横塘水。"此段之前,乃逆叙三桂得圆圆事;以后,则补叙圆圆入田氏事。数句居中,独以西施为圆圆之比,借作过脉。其下叙圆圆骤贵,邻里艳羡之情又有云:"传来消息满江乡,乌桕红经十度霜。教曲伎师怜尚在,浣纱女伴忆同行。旧巢并是衔泥燕,飞上枝头变凤皇。长向尊前悲老大,有人夫婿擅侯王。"其结句又有云:"君不见:馆娃宫起鸳鸯宿,越女如花看不足。香径尘生鸟自啼,屧廊人去苔空绿。……为君别唱吴宫曲,汉水东南日夜流。"忽悟其安章之法,实出白氏。盖《圆圆曲》之前出采莲人,即《长恨歌》之前出汉皇也;《圆圆曲》之后出伎师、女伴云云,即《长恨歌》之后出道士、太真云云也。其亦以夫差与西施事暗喻三桂与圆圆事,甚明。所以然者,不徒二女同属吴娃,亦缘三桂姓氏得借吴宫点出。《长恨歌》之用事,但在起结;而《圆圆曲》则以一事衍之为三,分置篇中。其用意在谋全诗结构之严密,尤可见焉。

次则白氏取汉武帝、李夫人故事为其作品之影本;吴氏效之,乃有取于夫差、西施故事,此固从同矣。然其运用之妙,又自小殊,亦有不可不审辨者。考《长恨歌》于道士之觅杨贵妃,有极具体之记述与描写。其与《汉书·外戚传》所载武帝望李夫人于帷中,而仅获"是邪非邪"之印象者,绝不相类。此虽远源于方技家神仙之说,近润以小说家夸诞之风,然其事实与意象之构成,固不能斥指所自。《文选》卷二十三载潘岳《悼亡诗》三首之二云:"独无李氏灵,仿佛睹尔容。"其用此事,亦不出《汉书》所记,非《长恨歌》之比也。若《圆圆曲》所取西施事实,则颇简单,皆见于稗史传说;而其意象之取诸前人作品,亦至显明。王维《西施咏》曰:"艳色天下重,西施宁久微。朝为越溪女,暮作吴宫妃。贱日岂殊众,贵来方悟稀。……当时浣纱伴,莫得同车归。持谢邻家子,效颦安可希。"《全唐诗》卷五页六。则吴氏兹作之另一来源也。

如上所析,加之推论,则知《长恨歌》所用之事,初虽假作暗喻,然其后半则由典实之比拟,进而为故事之演化。故所作之描写与所暗用之典实,始近而终远。其结果挥空成有,乃变为全诗整个本事中之一部分。是因中有创也。而《圆圆曲》所用之事,则始终居于比拟之地位。此典实非与全诗本事必不可分。故其于诗之主体,为渲染而非渗透,为陪衬而非演化。此二者同中之异,义读者所当留意也。

梅村诗尤长于歌行之体,《四库全书总目》卷一百七十三《〈梅村集〉提要》云:"歌行一体,尤所擅长。格律本乎四杰,而情韵为深;叙述类乎香山,而风华为胜。韵协宫商,感均顽艳。一时尤称绝调。"洵笃论也。《圆圆曲》则其此体之杰作。传诵至今,历祀三百,而其渊源所自,以余寡昧,尚未闻有人为之具体论列者。辄因隅反,陈其所见如此。历城周氏尝言:"为文章者,有所法而后能,有所变而后大。"《惜抱轩集》卷八《刘海峰先生八十寿序》引。观于白、吴两作递嬗之迹,其说不尤可信乎?

(1945年12月,成都)

玉溪诗《离亭赋得折杨柳》二首说

　　暂凭尊酒送无憀,莫损愁眉与细腰。人世死前惟有别,春风争拟惜长条?

　　含烟惹雾每依依,万绪千条拂落晖。为报行人休尽折,半留相送半迎归。

　　玉溪诗冶少陵、昌谷于一炉,深稳精丽,中晚之际,断推大家。杨、刘以还,标举者众矣。而此两首,情真语豁,自来读者,或未留心。余披讽之余,乃颇觉其义契唱酬,辞兼往复,实蜕变于古人赠答之体,与其他连章之什殊科。谨据旧闻,略申鄙见如次:

　　考诗中赠答之体,稽之文献,远肇姬周。《大雅·崧高》云:"吉甫作诵,其诗孔硕。其风肆好,以赠申伯。"《传》云:"作是工师之诵也。"《笺》云:"以此赠申伯者,送之令以为乐。"吉甫赠诗,乃令工师以为乐曲,其制度与后世固殊,褒美之义,则无分别。然吉甫之赠具在,而申伯之答未闻,则知斯事,犹是滥觞。下及春秋,其情又异。《春秋》隐元年《左传》记郑伯及其母姜氏"阙地及泉,隧而相见"之事,有云:"公入而赋:'大隧之中,其乐也融融。'姜出而赋:'大隧之外,其乐也泄泄。'"《注》云:"赋,赋诗也。"《疏》云:"赋诗,谓自作诗也。中、融、外、泄,各自为韵。盖所赋之诗有此辞,《传》略而言之也。"此虽无赠答之名,实为赠答之事。且一赠一答,同时并出,以视吉甫之赠申伯,往而不来,抑少进矣。春秋之世,聘问称诗,其被之乐曲,更相投报,盖上二事之合流。然亦有不同者,则凡所赋诵,率皆习引前制,罕有主名。是则会稽章氏所谓"言公"之例,世所共喻,不复详焉。此一变也。

春秋以后,角战英雄,聘问称诗,于焉衰歇。西汉之诗,或则四言旧体,或则楚调短歌。赠答之作,爰而不见。东京始兴五言,至桓帝时,乃有秦嘉、徐淑之为,《诗品》所谓"夫妻事既可伤,文亦凄怨"者也卷中。暨乎建安,曹公父子,领袖群流,七子之徒,为之羽翼。以其时际会之盛,游宴之频,故赠答之篇,亦隆前世。然皆辞必己出,未尝假手他人。降及太康,尤称蒸蔚,应对之际,士耻不文。则有龟勉之义,长渊借采于一潘;《文选》卷二十四载潘岳《为贾谧作赠陆机》一首,及陆机《答贾长渊》一首。燕婉之求,彦先乞灵于二陆。《文选》卷二十四载陆机《为顾彦先赠妇》二首,《玉台新咏》卷三同。《文选》卷二十五载陆云《为顾彦先赠妇》二首,《玉台新咏》卷三载陆云《为顾彦先赠妇往反》四首。《文选》所载云诗,乃《玉台》之第二、第四两首。李善《〈文选〉注》机诗下云:"集云:为全彦先作。今云顾彦先,误也。且此上篇妇赠,下篇答,而俱云赠妇,又误也。"又云诗下云:"集亦云为顾彦先。然此二篇并是妇答,而云赠妇,误也。"丁福保《全晋诗》卷三于机诗下注曰:"案《晋书》,顾荣,字彦先。全彦先别无可考。二陆皆别有赠顾彦先诗,则作顾彦先似不误。士龙此题赠妇下有往反二字,士衡此题亦必尔。当是传写误脱。《文选》载士龙诗题,亦脱往反二字也。"案丁说近是。然《文选》所载云诗既并是妇答,则其题不当全同《玉台》,当作《为顾彦先妇答彦先》乃合耳。捉刀之途既广,投瓜之美斯漓。此又一变也。

逮士衡创格,拟古始多。谢客《邺中集》,托建安而追成八章;江郎《杂体诗》,效古今而亦得卅首。见《文选》卷三十及卷三十一。三唐以来,作者猥众。其极则拟前人之赠答,寄遥意于今兹;旁及动植,亦皆代拟。即以玉溪集中之作征之,如《代越公房妓嘲徐公主》、《代贵公主》,《全唐诗》卷二十,页50。《代魏宫私赠》、《代元城吴令暗为答》,同上,页40。《百果嘲樱桃》、《樱桃答》,同上,页41。皆其著例。其《代魏宫私赠》题下自注云:"黄初三年,已隔存殁。追代其意,何必同时?亦广《子夜》鬼歌之流。"言至明晰。此又一变也。

准此而谈,则赠答之体,自作其本。自作之外,复有三变。假前世旧制为赠答,一也;代友人作为赠答,二也;依他心拟题为赠答,三也。然此犹未尽厥蕴也。

若玉溪兹两首,所赋之地为离亭,所赋之物为杨柳,分袂之时,折柳赠别,唐世习俗则然。玉溪既拈此为题,故其于斯体,盖遗貌而师心,虽无投报之目,实含往复之意。如上云:"人世死前惟有别,春风争拟惜长条?"似但重别离之苦,何爱柔枝。而下云:"为报行人休尽折,半留相送半迎归。"则以言会合之情,尚期来日。缘情体物,借柳言愁,以我矛盾之怀,出彼异同之论。其针锋相对,机巧无方,求诸前式之中,惟有赠答为尔。岂非其所自出哉?殆可谓其别子矣。集中又有《北齐》二首。其一云:"一笑相倾国便亡,何劳荆棘始堪伤。小怜玉体横陈夜,已报周师入晋阳。"其二云:"巧笑知堪敌万机,倾城最在著戎衣。晋阳已破休回顾,更请君王猎一围。"同上,页33。机杼大同,可参照也。

案管世铭《读雪山房唐诗钞》论唐人七绝,谓玉溪"用意深微,使事稳惬,直欲于前贤之外,另辟一奇。绝句秘藏,至是尽泄,后人更无可以展拓处。"卷二十九,七绝凡例。上之所论,或其一证。然管《钞》于此两绝,但取首篇,见卷三十三。似于连章之法,乃用赠答意而不言其名者,未能瞭然。则识鉴虽精,未达一间,又信乎解人难索耳。

509

夫玉溪记诵浩穰,当时已著獭祭之称;《杨文公谈苑》云:"李商隐为文,多检阅书册,左右鳞次,号獭祭鱼。"衣被方来,后世更启捋扯之诮。《中山诗话》云:"祥符、天僖中,杨大年、钱文僖、晏元献、刘子仪以文章立朝,为诗皆宗尚李义山,号西昆体。后进多窃义山语句。赐宴,优人有为义山者,衣服败敝,告人曰:'我为诸馆职捋扯至此。'闻者欢笑。"年代既远,省识为难。故遗山发唱,寄渴望于郑《笺》;贻上赓歌,致褒词于释子。而胜朝学风,特崇考据;故续加疏解,不乏其人。《四库全书总目》卷一百五十一,《朱鹤龄〈李义山诗注〉提要》云:"李商隐诗,旧有刘克、张文亮二家注本,后俱不传。故元好问《论诗绝句》有'诗家总爱西昆好,只恨无人作郑《笺》'之语。明末释道源始为作注。王士禛《论诗绝句》所谓'獭祭曾惊博奥殚,一篇《锦瑟》解人难。千秋毛郑功臣在,尚有弥天释道安'者,即为道源是注作也。然其书征引虽繁,实冗杂寡要,多不得古人之意。鹤龄删取其什一,补辑其什九,以成此注。后来注商隐集者,如程梦星、姚培谦、冯浩诸家,大抵以鹤龄为蓝本,而补正其阙误。"博奥可通,盖罔不由斯道矣。惟是故实之爬梳,虽蒙休于曩彦;诗法之推阐,容有俟乎后生。因疏臆说,就正方闻云尔。

(1941年2月,乐山)

读《宋诗精华录》

《宋诗精华录》，石遗老人陈衍评点。老人光、宣儒林巨子，四部之学，靡不贯综，平生作述，无虑百卷，而诗若诗话尤胜。盖与㪉庵、散原两翁齐名，世所尊为闽赣派三陈者是也。晚年息影吴门，钞书不辍。本书序作于丁丑初夏，未几老人即反道山。殆其生前最后刊行之作。余以"七七"事变前在京购得，皖、湘、康、蜀，三年展转，行箧之中，每以自随。诵习既久，略知其意。兹谨就本书，聊加申说，著于篇。至老人平生论旨大凡，具载《石遗室诗话》、《续诗话》、《谈艺录》。其书传布尤久，不更连及焉。

书分四卷，首冠自序。卷一之前，更有小引。余三卷则无之。共选一百二十九家，诗六百九十一首。每家均附小传，诗多加评语圈点。其选录大旨，由上述资料可以窥见者，约有数事，兹述如次。此老人对于宋诗之"晚年定论"，要有足供吾人之参证者也。

一曰，关于唐、宋正闰之意见。序首引《孟子》、《诗序》所称殷武丁、周宣王中兴事，而继之曰："其事虽大，可以喻小。诗文之中兴，何莫不然。清袁简斋，文人之善谑而甚辩者也。有数人论诗，分茅设蕝，争唐、宋之正闰，质于简斋。简斋笑曰：'吾惜李唐之功德不逮姬周，国祚仅三百年耳。不然，赵宋时代犹是唐也。'由斯以谈，唐诸大家，譬如殷之伊尹、仲虺、伊陟、巫咸，周之周公、太公、召公、散宜生、南宫适。宋诸大家，譬如殷之甘盘、傅说，周之方叔、召虎、仲山甫、尹吉甫矣。"详老人之意,于唐、宋分疆,未加抑扬,实持平之至论。大较言之:吾国歌诗,自两京风骨,逸步莫追,魏、晋以来,渐趋丰缛。逮梁、陈之靡曼,而唐诗以兴。唐人之诗,主情者也,情亦莫深于唐。及五季之卑弱,而宋诗以出。宋人之诗,主意者也,意亦莫高于宋。后有作者,文质迭用,固罔能自外焉。然拘虚之论,迄于近代,出主入奴,少白多黑者,亦所习见。虽微尚宁必苟同,而风会要自未达。若老人此说,庶几通识。吴之振《〈宋诗钞〉序》云:"宋人之诗,变化于唐,而出其所自得,皮毛落尽,精神独存。"虽就宋立言,与老人殆有符契之合矣。

二曰,关于所谓精华之界义。序继引诸经论乐之言以喻诗,以为:"声音之道,由细而大。……土、木与石,皆声音之细者。若琴、瑟、下管、鼗、鼓、笙、镛,则丝、竹、金、革,悠扬、铿锵、鞺鞳,皆声音之由细而大者也。……故长篇歌诗,悠扬、铿锵、鞺鞳者固多,而不无沈郁顿挫处,则土、木之音也。然如近贤之祧唐宗宋,祈向徐仲车、薛浪语诸家,在八音率多土、木,甚且有土、木而无丝、竹、金、革,焉得命为'律和声','八音克谐'哉?"其结论谓:"故本鄙见以录宋诗,窃谓宋诗精华,乃在此而不在彼也。"老人于所谓精华之界义盖如此。故入选者,近体占十之七八,古体仅十之二三。古体之中,长篇尤鲜。即此少数古诗,亦颇以"词费"为言。掎摭所及,名贤不免。如评苏舜钦《沧浪亭》云:"案此诗未免词费。使少陵、昌黎为之,必多层折而无长语。《溇陂行》、《山石》可参看也。"评梅尧臣《范饶州座中客语食河豚鱼》云:"此诗绝佳者,实只首四句。案《历代诗话》本欧阳修《六一诗话》云:'河豚常出于春暮,群游水上,食絮而肥。南人多与荻牙为羹,云最美。故知诗者,谓只破题两句,已道尽河豚好处。'老人此评,盖本欧公所述也。余皆词费。然所谓探骊得珠。其余鳞爪之而,听之而已。"以上卷一。评王安石《哭梅圣俞》云:"起二语探骊得珠,全题在握。入后不但词费,太觉外重内轻矣。"卷二。评楼钥《石门洞》、《大龙湫》云:"以上二诗有健句,但尚觉词费。"卷三。余若论苏轼《孙莘老求墨妙亭诗》一首,"仅有一二名句";《自金山放船至焦山》一首,"后半用意平常",卷二。皆即"词费"之意。则"(徐)仲车有《大河上天章公顾子敦》五古一首,长数千字,冗长不录",卷三。无怪其然矣。观其所由,亦自有故。盖言以足志,文以足言,歌咏所兴,自生民始。然胜语直寻,谈何容易?唐人以情替汉、魏之骨,宋人以意夺唐人之情,势也。浸假而以议论入诗。夫议论则不免于委曲,委曲则不免于冗长。长则非律绝所任,此所以逮宋而古诗愈夥也。其极至句读不葺,而文采之妙无征;节奏不均,而声调之美遂闿。此宋人之短,非宋人之长。时流或宝碱硖,多士奉为圭臬。积重难反,盖有年矣。老人此录,独托喻乐音,多登近体,窃谓殆所以救世人学宋之弊焉。

三曰,关于宋诗分期之说明。卷一小引云:"案此录亦略如唐诗,分初、盛、中、晚。吾乡严沧浪、高典籍之说,无可非议者也。天道无数十年不变,凡事随之。盛极而衰,衰极而盛,往往然也。今略区元丰、元祐以前为初宋。由二元尽北宋为盛宋,王、苏、黄、陈、秦、晁、张具在焉。唐之李、杜、高、岑、龙标、右丞也。南渡茶山、简斋、尤、萧、范、陆、杨为中宋。唐之韩、柳、元、白也。四灵以后为晚宋。谢皋羽、郑所南辈,则如唐之有韩偓、司空图焉。此卷系初宋。西昆诸人,可比王、杨、卢、骆。苏、梅、欧阳,可方陈、杜、沈、宋。宋何以甚异于唐哉?"老人此论,盖以宋诗于唐,有类中兴,亦分四期,用资比附。夫截断众流以分期,所以便叙述研讨也。苞举众家以分派,所以便欣赏批评也。故钱王酬唱,世以中、盛为言。《历代诗话》本王世懋《艺圃撷余》云:"唐律由初而盛,由盛而中,由中而晚,时代声调,故自必不可同。然亦有由初而逗盛,盛而逗中，中而逗晚者。何则？逗者，变之渐也。非逗故无由变。……唐律之由初而盛中，极是盛衰之界。然王维、钱起，实相唱酬；子美全集，半是大历以后。其间漏逗，亦有可言，聊指一二：如右丞'明到衡山'篇，嘉州'函谷磻溪'句隐隐钱、刘、卢、李间矣。至于大历十才子，其间岂无盛唐之句，盖声气犹未相隔也。学者固当严于格调，然必谓盛唐人无一语落中，中唐人无一语入盛，则亦固哉其言诗矣。"吕氏列图，不尽贡、章之彦。《历代诗话续编》本刘克庄《江西诗派小序》云："吕紫微作《江西宗派》，自山谷而下，凡二十六人。……派中如陈后山彭城人，韩子苍陵阳人，潘邠老黄州人，夏均父、二林蕲人，晁叔用、江子之开封人，李商老南康人，祖可京口人，高子勉京西人，非皆江西人也。同时如曾文清乃赣人，又与紫微公以诗往还，而不入派。不知紫微去取之意云何？惜当日无人以此叩之。"《四部丛刊》本杨万里《诚斋集》卷七十九《江西宗派诗序》则云："江西诗者，诗江西也。人非皆江西人也。而诗曰江西者何？系之也。系之者何？以味不以形也。"案万里年辈，早于克庄。克庄所惑，万里既解之矣。而小序仍以为言，岂偶未见杨序与？抑不然其说与？明于此，则期派虽多，要归通变；丹素纵异，无俟平章矣。王士禛《戏仿元遗山论诗绝句》三十二首之八云："中兴高步属钱郎，拈得维摩一瓣香。不解雌黄高仲武，长城何意贬文房。"《渔洋山人精华录》卷五，《四部丛刊》本。管世铭《读雪山房唐诗钞》亦曰："说者多以读少陵后，继以随州，便觉厌厌无色。不知文房开、宝进士，《全唐诗》编在李、杜之前。特其诗与大历诸公并瓣香摩诘，原与子美异派。善读者自当另出一番手眼心胸。"卷十八，七律凡例。二家所论，铖芥相契。居尝钦服，以为名言。引而申之，岂特于刘长卿一家之诗为然，诵法前修，皆当尔也。宋诗各期之内容与唐诗固不尽同，而其演进之迹，则殊有相类者。此非片语能详。然老人"宋何以甚异于唐"之论，要可作如是观耳。

上举三端，皆本书选旨之荦荦大者，余故略加申述，以明指归。至其持论精确，立说解颐，评语之中，随在而有，不更缕及。惟郑文宝《阙题》云："亭亭画舸系寒潭，直到行人酒半酣，不管烟波与风雨，载将离恨过江南。"评曰:"案此诗首句一顿,下三句连作一气说,体格独别。唐人中惟太白'越王句践破吴归'一首,前三句一气连说,末句一扫而空之。此诗异曲同工,善于变化。"案老人此评郑诗是矣,而谓"唐人中惟太白……一首"云云,则未然。敖子发云:"《越中览古》诗前三句赋昔日豪华之盛,末一句咏今日凄凉之景。大抵唐人吊古之作,多以今昔盛衰构意,而从横变化,存乎体裁。"又云:"此与韩退之《游曲江寄白舍人》诗、案原题作《同水部张员外籍曲江春游寄白二十二舍人》。元微之《刘阮天台》诗,案原题作《刘阮妻》。皆以落句转合,有抑扬,有开合。此格唐诗中亦不多得。"王琦《李太白文集注》卷三十四,附录四,丛说引。如敖氏所言,则唐绝此格,至少有三。李白之"越王句践破吴归,义士还乡尽锦衣,宫女如花满春殿,只今惟有鹧鸪飞。"《全唐诗》卷六,页81。其一也。韩愈之"漠漠轻阴晚自开,青天白日映楼台,曲江水满花千树,有底忙时不肯来?"《全唐诗》卷十二,页85。其二也。元稹之"芙蓉脂肉绿云鬟,罨画楼台青黛山,千树桃花万年药,不知何事忆人间?"《全唐诗》卷十五,页48。其三也。又晏殊《示张寺丞王校勘》云:"元已清明假未开,小园幽径独徘徊。春寒不定斑斑雨,宿醉难禁滟滟杯。无可奈何花落去,似曾相识燕归来。游梁赋客多风味,莫惜青钱万选才。"评曰:"第二句及第五六句,见南唐中主《浣溪沙》词半阕。"案"无可奈何花落去,似曾相识燕归来,小园香香,诗作幽。径独徘徊"一词,诸本亦皆以为晏作,独张惠言《词选》以属中主。吴曾《能改斋漫录》云:"晏元献公赴杭州,道过维扬,憩大明寺,瞑目徐行,使侍史诵壁间诗板,戒其勿言爵、里、姓、名。终篇者无几。又使别诵一诗云:'水调隋宫曲,当年亦九成。哀音已亡国,废沼尚留名。仪凤终沈迹,鸣蛙只沸羹。凄凉不可问,落日下芜城。'徐问之,乃江都尉王琪诗也。召至同饭,又同步游池上。时春晚已有落花。晏云:'每得句书墙壁间,或弥年，未尝强对。且如无可奈何花落去，至今未能也。'王应声曰：'似曾相识燕归来。'自此辟置，又荐馆职，遂跻侍从矣。"卷十一，"花落去燕归来"条，《武英殿聚珍版丛书》本。宋人传说如此，则词亦晏作无疑。《词学季刊》第二卷第一期载夏瞿禅先生《晏同叔年谱》"天圣五年"条据《宋史·王琪传》及叶梦得《石林诗话》卷上，云："是琪仁宗时除馆职，由于上书，非以同叔擢。……同叔仁宗初至天圣五年，皆官京师，亦无杭、扬行迹。《漫录》载续对事，或臆谈也。"又自注云："同叔'无可奈何'一联，诗题作《示张寺丞王校勘》。《漫录》或由此附会，未可知也。"案夏说可信。然即此更足证此词亦出同叔。盖如同叔用中主词语为诗，则短书小说必有记之者，而此传说亦无从产生也。《四库全书总目·〈珠玉词〉提要》论及此事，有云："岂爱其造语之工，故不嫌复用邪？"卷一百九十八。斯言殆得其实。惠言盖偶误记，老人又循之也。又欧阳修《招许主客》云："欲将何物招嘉客，惟有新秋一味凉。更扫广庭宽百亩，少容明月放清光。楼头破鉴看将满，瓮面浮蛆拨已香。仍约多为诗准备，共防梅老敌难当。"评曰："案少容若作多容更佳。第七句多字可改。"以上卷一。案诗第四句之"少"字，当读若《史记·伯夷列传》"其文辞不少概见"之"少"，今以为多少字，岂其然乎？又曾几《壬戌岁除作，明朝六十岁矣》云："禅榻萧然丈室空，薰销火冷闭门中。光阴大似烛见跋，问学只如船逆风。一岁临分惊老大，五更相守笑儿童。休言四十明朝过，看取霜髯六十翁。"评曰："第七句不可解。"卷三。案杜甫《杜位宅守岁》云："四十明朝过，飞腾暮景斜。"《全唐诗》卷八，页46。此用其语，翻其意，谓虽届四十之年，不足以言暮景也。以上四事，皆千虑之失，窃加订正，聊自附于诤臣焉。

(1940年12月，乐山)

补　辑

善戏谑兮，不为虐兮[*]

曾有神似《史记》之誉的《湘军志》的作者、汪辟疆先生《光宣诗坛点将录》比之为《水浒传》中托塔天王晁盖的晚清文士王闿运，现在已不大为人所知了。但他那副讽刺袁世凯的对联："民犹是也，国犹是也""总而言之，统而言之"和他故意将中南海"新华门"念成"新莽门"以讥袁氏窃国野心的逸事，还偶尔为人所乐道。

长夏读《湘绮楼日记》消暑，深感此老之善于戏谑，不只是《儒林传》《文苑传》中的人物，而且还有资格列入《滑稽传》。日记虽然简短，而诙谐、幽默之处触绪纷披，往往冷隽可喜，耐人深思，如论齐白石诗即其一例。

齐璜即白石老人，与王氏有渊源，世所共知。光绪二十五年（1899）十月十八日日记云："齐璜拜门，以诗文为贽。文尚成章，诗则似薛蟠体。"现存白石老人诗风格清朴，颇富个性，在画人诗中，可称

---

[*] 补辑中所收7篇文章，为上海古籍出版社1984年版《古诗考索》所无，《程千帆全集》第八卷《古诗考索》增入的。其中《善戏谑兮，不为虐兮》、《从小说本身抽象出理论来》为《古典诗歌描写与结构中的一与多》一文的附录；《答人问治诗》为《读诗举例》一文的附录；《〈复学诗序〉试释》为《关于李白和徐凝的庐山瀑布诗》一文的附录。今作为补辑部分，供读者参考。——编者注。

逸品,绝不见所谓薛蟠体者,当是经过王氏之熏陶,已将早年那些不好的作品尽行删削之故。但王氏的这一戏谑的后面却蕴藏着一些值得我们思索的东西。

薛蟠在《红楼梦》中出现过多次,但涉及他的文艺创作活动的,只见于第二十八回与众人行酒令一段中,其文不长,全抄如下:

……令完了,下该薛蟠。

薛蟠道:"我可要说了,女儿悲——"说了半日,不见说底下的。冯紫英笑道:"悲什么?快说来。"薛蟠登时急的眼睛铃铛一般,瞪了半日,才说道:"女儿悲——"又咳嗽了两声,说道:"女儿悲,嫁了个男人是乌龟。"众人听了都大笑起来。薛蟠道:"笑什么,难道我说的不是?一个女儿嫁了汉子,要当忘八,他怎么不伤心呢?"众人笑的弯腰说道:"你说的很是,快说底下的。"薛蟠瞪了一瞪眼,又说道:"女儿愁——"说了这句,又不言语了。众人道:"怎么愁?"薛蟠道:"绣房撺出个大马猴。"众人呵呵笑道:"该罚,该罚!这句更不通,先还可恕。"说着便要筛酒。宝玉笑道:"押韵就好。"薛蟠道:"令官都准了,你们闹什么?"众人听说,方才罢了。云儿笑道:"下两句越发难说了,我替你说罢。"薛蟠道:"胡说!当真我就没好的了!听我说罢:女儿喜,洞房花烛朝慵起。"众人听了,都诧异道:"这句何其太韵?"薛蟠又道:"女儿乐,□□□□□□。"众人听了,都扭着脸说道:"该死,该死!快唱了罢。"薛蟠便唱道:"一个蚊子哼哼哼。"众人都怔住了,说:"这是个什么曲儿?"薛蟠还唱道:"两个苍蝇嗡嗡嗡。"众人都道:"罢,罢,罢!"薛蟠道:"爱听不听!这是新鲜曲儿,叫做哼哼韵。你们要懒待听,连酒底都免了,我就不唱。"众人都道:"免了罢,免了罢,倒别耽误了别人家。"

王闿运对于齐白石当时的作品优文而劣诗,认为文尚成章,则自有诗不成章的意思在内。我们看薛文起先生的创作当然只能认为这是他的创作,否则薛蟠体就不存在了,第一句荒谬,第二句奇特,第三句风韵,第四句亵鄙;和贾宝玉、冯紫英、云儿所说四句各自切合其身份、个性,风格具有连贯性的很不相同。所以认为薛蟠体含有不成章的意味在内,应当是合乎王氏本意的。但曹雪芹代替薛蟠作了这么几句,其用意却似乎要使他创造的这个人物的面貌在画面上更加凸出。如果我们不排除第二句是受了唐人小说《白猿传》的启发,则和第三句都可认为反映了他所受的文化教养;而第四句则揭示了这个纨袴子弟意识中下流的一面。但最使我们感到兴趣的还是第一句,因为这一句正突出了呆霸王呆的一面。很显然,他这一句的构思和他受众人讥笑后所做的辩护,都是违反现实社会中的生活逻辑的,因而是荒谬的,不能不令人"大笑起来"。这,恐怕就在王闿运所说的薛蟠体的界义之外了。

《红楼梦》中出现的薛蟠的创作,使人无法不联想起《儒林外史》第五十四回里陈和甫的儿子的理论:

> (瞎子)一直走了回来,到东花园一个小巷子里,果然又听见陈和甫的儿子和丈人吵。丈人道:"你每日在外测字,也还寻得几十文钱,只买了猪头肉、飘汤烧饼,自己捣嗓子,一个钱也不拿了来家,难道你的老婆要我替你养着?这个还说是我的女儿,也罢了。你赊了猪头肉的钱不还,也来问我要,终日吵闹这事,那里来的晦气!"陈和甫的儿子道:"老爹,假使这猪头肉是你老人

家自己吃了,你也要还钱。"丈人道:"胡说!我若吃了,我自然还。这都是你吃的!"陈和甫儿子道:"设或我这钱已还过老爷,老爷用了,而今也要还人。"丈人道:"放屁!你是该人的钱,怎是我用你的?"陈和甫儿子道:"万一猪不生这个头,难道他也来问我要钱?"丈人见他十分胡说,拾了个叉子棍赶着他打。

似属偶然,薛宝钗哥哥的创作与陈和甫儿子的理论的特征竟然如此的相近;同一时代的两位大作家也都不谋而合地捕捉了人类社会生活中荒谬悖理的思维所导致的喜剧性。

绝非偶然,可以作为审美对象的生活中的丑的事物,从笨拙的形式或动作到荒谬的思维,本来是大量存在的,对于灵心慧眼的作家来说,几乎是俯拾即是。使我们感到惊讶的倒是这两段情事对于构成《红楼梦》及《儒林外史》这样巨大的时代画卷来说,并非是不可缺少的,它只不过是两位作家的随手掇拾,随意点染,犹如在一大幅花卉上偶然加了一只蝴蝶或蜻蜓,就更显得栩栩如生,为整个作品增添了光彩。

这种带有戏谑意味的、使人感到滑稽的形象,也常出现在民间创作当中。元代无名氏《包待制陈州粜米》杂剧中,皇帝命令包公到陈州放粮的情节,本来是作暗场处理的,河南梆子《陈州放粮》却改成了明场,其中有如下一段对话:

    皇帝 下跪那黑不流虬的一堆敢是包爱卿?
    包公 正是你家相爷。
    皇帝 俺有意命你陈州放粮,你可敢去?
    包公 咋不敢去!只要你给俺盘缠。

皇帝　你可不准克扣民粮啊！
包公　谁要克扣民粮，是个小舅子！

陶雄同志非常欣赏这两个人物的泥土气息，并且进一步深刻地指出："人民想像中的帝王将相实际就是人民自己，戏里皇帝很有点民主风度，老包也老三老四、没大没小的；如果没有这点幻想形式的民主作为条件，人们恐怕就很难相信：小小一个三品府尹竟能顶皇姑、抗太后、铡驸马，如此雷厉风行地维护法度的尊严。"《黄花集》第2页。那么，这点幻想形式的基础又是什么呢？那就只能是老百姓自己的生活经验，他们把下层社会人与人之间的比较淳朴的关系附会到封建社会的天然尊长与其子民身上去了；再加上艺术夸张所导致的变形，就构成了如上的尽管是极端荒谬却富于人情味的喜剧场面。

薛蟠、陈和甫的儿子和《陈州放粮》的君臣在作品中都是被戏谑的对象，这些形象所获致的艺术效果是不一致的，人们喜爱《陈州放粮》中的两个角色，但小说中的两人也只会令人觉得可笑，而不会使人感到痛恨，这是作家极其有分寸的落笔所获致的喜剧效果。

《诗经·淇奥》说："善戏谑兮，不为虐兮。"亚里士多德《诗学》第五章对于喜剧做了如下的解释："喜剧是对于比较坏的人的摹仿，然而，'坏'不是指一切恶而言，而是指丑而言，其中一种是滑稽。滑稽的事物是某种错误或丑陋，不致引起痛苦或伤害，现成的例子如滑稽面具，它又丑又怪，但不使人感到痛苦。"

东方和西方的先民对于文艺上这个重要问题居然想到一起去了，这恐怕不是偶合吧！

（1984年8月，南京）

从小说本身抽象出理论来

——在中国古代小说理论讨论会上的发言

古代小说的名目及萌芽状态的理论最早见于西汉末年刘歆所著《七略》。《七略》原书虽已散佚，但它的基本内容仍保存在班固《汉书·艺文志》里。刘、班认为九流出于王官，"小说家者流，盖出于稗官，街谈巷语，道听途说者之所造也。"这话非常简略，故余嘉锡教授曾作了篇文章，对此加以考释，详尽可信，同志们想已读过，这里无须重复。《七略》和《汉志》著录的小说已经亡佚，就佚文来看，其内容与我们今天的小说概念是不相当的。但它是小说的源头，是后来许多杰作的起点。经过志怪、志人、传奇、话本、章回直到后来受西洋影响而兴起的现代小说，小说的形式和内容不断地变化着，它的范围不断在缩小，又不断在扩大；它的概念也在不断地变化，实质上也就显示了小说理论的进展。任何小说理论的出现，其前提是要有作品，随着作品的变化，小说理论也在不断变化。我们今天着眼的范围应当是广泛的。如宋人对声乐伎艺分类的研究以及对于小说功能的阐述，不能排斥在古代小说理论之外。当然，李卓吾、金圣叹等直接从事小说的批评，为古代理论做出了杰出的贡献，对他们的理论进行总结也完全必要。由《汉志》到严复、梁启超都应该加以总结，进行专题研究或写成发展史。

"中国古代小说理论"这个词似乎应当做两种理解：一种是古代

的小说理论，也就是从《汉书·艺文志》到严复提出的理论；而另外一种概念则是古代小说的理论，说得更明白一点，就是古代小说中所蕴含的可以抽象出来的理论。我们今天研究的多半是前者，而袁中郎、李卓吾、金圣叹他们着眼的却多半是后者。他们反复阅读、研究一部书或多部书，从中看出了蕴藏在那些书中的艺术规律、思想实质等等，然后将其抽象出来，于是乎就有了他们评点的书，他们作的序跋、论文、笔记等等。在这方面，虽然他们已经做了不少，但是并没有做完，而且其观点、立场也和我们今天不一样。我们今天有义务和权利继续研究蕴藏在作品当中的理论问题。只有继承了这个传统，才能够不断丰富古代的小说理论；换句话说，我们要继续发掘蕴含在古代小说中的理论来丰富古人已经总结出来的小说理论，这样，才有继承，有发展。今天，我们掌握了马克思列宁主义，把研究作品和研究理论统一起来，所能获得的成绩可能要比古人大得多。

研究古代文学理论，只从理论到理论，以理论解释理论，这当然是可以的，但如果不结合实际，就难免空对空。解放以后研究《文心雕龙》不大注意上篇，更不注意汉魏六朝的文学作品，不免限制了对《文心雕龙》的深入理解。因为《文心雕龙》是刘勰在研究了先秦直到齐梁的作品，然后从中抽象出理论的。可是我们有的同志却比较喜欢从抽象的角度去研究，探索前人理论中具有特定历史内涵的东西，而忽略了把问题提到一定的历史范畴之内。我们在注意研究古代文学理论的时候，是否也应考虑从古代作品中去发现那些尚未发现的理论呢？我认为，这两种方法，合之则双美，离之则两伤。

我们从小说本身抽象出理论来的工作是大有可为的，既可着眼于原理、思想的钻研，更可着眼于艺术技巧的探讨。如《水浒》学中的版本问题是个热门的问题，是否可从文艺学的角度去分析一下繁本与简本两种形态的产生与共存的艺术原因。再如金圣叹腰斩《水浒》,除了从政治上的考虑外,他是否还有艺术上的考虑;有一个显著的事实必须承认,《水浒》的精华在前七十回。再比如说,《水浒》在结构问题上是有瑕可指的。这种缺陷,我们较少注意,而江苏的说书艺人王少堂却注意到了,并对其中某些情节作了修改补充。他的艺术实践证明,他很懂小说讲唱文学。的理论和艺术,因此他对原作很多不好理解的地方,都做了合理的补充,也就是做了合理的艺术阐释。

很多同志对《三国演义》的研究有成就。周立波同志五十年代发表在《文艺学习》上的一篇短文,写得很好,给我留下了很深的印象。因为他有创作的经验,很多地方谈得很深刻。《三国演义》不少地方取材于陈寿的《三国志》和裴松之注,虚中有实,它的政治性很强。如果罗贯中真是"有志图王者"的话,是否可以从作者的政治意图做些研究。据我看,作者不但写了一部政治小说,也提供了写政治小说的某些理论,如写爱情和婚姻也应当写其服从政治要求,《三国演义》全书就是照此实践的。此外,《三国演义》的语言也值得特别注意。它用浅近的文言把作品写得那样成功,可以说是空前绝后的,其语言艺术规律值得探索。

《金瓶梅》是一部奇书,又是一部坏书,但它的确非常充分地描写了在封建社会里慢慢成长的市民意识。西门庆的占有欲、对金钱权势无休止的追求,对封建道德习俗的全然不顾,只有从巴尔扎克的作品中才能找到类似的人物。《金瓶梅》全书几乎没有正面写土地兼并及农民与地主的矛盾;将妇女的贞操问题视为完全无足轻重,在封建社会产生的文学作品中是很突出的。它所提供的细节描写,女性群像的大量涌现,方言的使用诸方面都含有大量的理论资料。

既研究古代的小说理论,又研究古代小说的理论,将作品与理论结合研究，这不仅可以丰富理论研究本身，对当代作家的创作也可以提供借鉴。我们的古代文论工作几乎和当代创作绝缘，其关键还在于我们不能提供什么对作家们有用的东西。

（1984年3月，武汉）

答人问治诗

问:我读了您最近出版的论文集《古诗考索》和周勋初同志写的《读后记》,很感兴趣。看来这本书是您几十年研究古典诗歌的成果的结集,是吗?

答:确实是这样的。不过由30年代到80年代,半个世纪就留下了这么一点东西,除了不以自己的意志为转移的客观原因,几乎剥夺了我二十年的岁月以外,主要的还应该归咎于自己的懈怠。因此,面对着这一本发散着油墨香的新出版物,感到自慰,同时也感到自惭。

问:有人感觉到您这些文章的写法和其他的同志不太一样,您是不是有意这样做的?能不能谈一谈您在进行那些课题的研究时思想活动是怎样的?

答:我走上研究诗歌的道路并且一直走了几十年,除了由于出身于一个有文学传统的家庭之外,主要是由于自己对于诗歌这种文学样式的独特爱好。通过诗歌,我表达自己的生活并回答自己生活中出现的问题,也了解他人包括古人。的生活和他们是怎样回答生活中的问题的。通过创作、阅读、欣赏、批评、考证等一系列的方法,进行探索,逐步地走出一条小路来。这条长长的思维之路有过程,有结论。

问:您能不能就这两点谈得具体一点?

答：把自己走过的道路进行一次思辨性的反省，然后清晰地告诉别人，不是那么容易的。我是否可以不太严谨地谈谈自己在摸索中的经验，而不将过程和结论作严格的逻辑区分？

问：当然可以。就请您随便谈谈。

答：我记得王渔洋在他的诗话里面讲到他小时候读《诗经》，对某些篇章感动得下泪的故事。我想这就是他后来无论是在诗歌创作或在诗歌理论上都卓然成家的起点。这位早熟的诗人，当他幼小的心灵和两千多年以前的古代诗人的心灵相撞击的时候，爆发出了火花，虽然这火花并没有立即用语言把它固定下来。我认为：文学活动，无论是创作还是批评研究，其最原始的和最基本的思维活动应当是感性的，而不是理性的，是"感"字当头，而不是"知"字当头。作为一个客观存在的文艺作品，当你首先接触它的时候，感到喜不喜欢总是第一位的，而认为好不好以及探究为什么好为什么不好则是第二位的。由感动而理解，由理解而判断，是研究文学的一个完整的过程，恐怕不能把感动这个环节取消掉。"为文造情"不但不适宜于创作它事实上就是"主题先行论"，恐怕对于诗歌研究也不完全适合。就我个人的经验来说，我往往是在被那些作品和作品所构成的某种现象所感动的时候，才处心积虑地要将它弄个明白，结果就成了一篇文章。

问：真有意思！您这种经验恐怕不是很多人所共有的。

答：当然。在佛教里，成佛作祖的人很多，但证道的方法各不一样。我想正由于此，才能够使我们的工作方法开拓得更宽广一些。和这一点相一致的，或者说伴随着的，我还有另外一点想法，就是：从事文学批评研究的人不能自己没有一点创作经验。在我国文学批评史上，没有一个理论批评家是不能创作的。正由于他们有创作经验,才能够从自己的和别人包括古人的创作中,抽象出、概括出理论来。任何理论都是从当代和前代创作中抽象出来的,而批评如果不是棍子也必须对其批评对象的艺术经验有较深刻的理解。一位从来没有作过诗或没有其他艺术创作经验的人侈谈诗歌艺术,不说外行话,很难。

问:您这话的意思是不是说批评家必须由作家来兼任不可呢?

答:当然我的话也许绝对了一点,但创作经验对一个批评家有益无害,是显然的。我们不妨把艺术创作的范围放得宽点,例如会弹琴跳舞的人对诗歌的节奏比起不会的人来就要敏感一些。艺术和艺术总是相通的,其中有许多共同的东西。而同时,正如感与知,形象思维与抽象思维当中不曾隔着一堵城墙一样,创作与批评的规律也并非各有一套,可以各自一意孤行的。

问:在您的论文中,有不少是考证性质的。您似乎想把考证与批评结合起来,是吗?

答:是的。诗歌研究的极终目的是要使诗人通过特定艺术手段所展示的他的心灵重现在大家面前;而考证则是排除在这再现过程中,在语言上、前景上等等的障碍,总之,是为了扫除外在的隔膜,以便呈露内在的实质。所以,考证并非文学艺术研究的最终目的,而是必要的手段。我曾经利用校勘学、训诂学、语法学乃至物理学等方面的知识,解决诗歌研究中的一些疑难问题,从而有助于对那些作品的内在涵蕴的理解。

问:我注意到了您文章中所使用的这些手段,那么您对于目前从西方引进的许多新的研究方法,例如用心理学、哲学或数学来研究文学有什么意见呢?

答:非常惭愧,对于这些,我研究得很不够,但我想:一个马克思主义者应当是充满自信的和勇于吸收的。马克思主义之所以富有生命力,就是因为它在不断地发展着,在不断地吸收一切有用的、可以丰富和壮大自己的成分。如果健康和时间许可,我也将努力学习这方面的知识,并将其应用到诗歌研究工作当中来。我相信,这将是有益的。

(1986年1月,南京)

唐诗的历程

——《唐诗鉴赏辞典》序言

中国是一个诗的国度。

唐诗是中国五七言古今体诗的高峰。

这座高峰的出现不是偶然的。它有多方面的原因:从7世纪初建国到8世纪中叶安史叛乱之前这一百多年,唐帝国的经济一直是上升的,经济的发展必然导致文化的繁荣。即使在安史乱后,由于南方的开发与南北交通保持畅通,经济和文化增长的势头也没有停顿下来。这个社会,正是唐诗以及整个唐代文学艺术的温床。此其一。其次,由五胡乱华到隋唐统一,是一个国内各民族由斗争而融合的过程。国内各族的融合,还加上当时日趋频繁的国际文化交流,都使得各阶级阶层的生活变得丰富复杂,为作家们的修养和创作提供了多种多样的养料和素材。其三,在长期南北分裂以后建立起来的唐帝国,对各种思想,也和对各族文化一样,采取了兼容并包的态度。例如儒释道三教就是始终并存的,虽然有的时候也因人主的好恶,不免轩轾。因此,唐人思想比较活泼,言行较少拘束,这就为诗歌创作和流行提供了方便,从而形成唐诗的群众性,大家都爱写诗,爱读诗,这对于唐诗的发达,诗人的成长是不可能不发生积极作用的。其四,唐帝室为了巩固其统治,制定和执行了通过科举从庶族地主中选拔人才的制度,以打破高门大族对仕途的垄断。进士是科举中最贵重的,而进士的考试以诗赋为主要内容,这种决定士子前途的考试和因之而派生的行卷之风,也直接促进了诗歌的创作。最后,就诗歌本身而论,经过八代先驱者的努力,五七言古诗已经成熟,律绝诗也基本上跨越了它们的试验阶段,足供唐代诗人自由采用。前辈们积累起来的艺术经验,充分表现了汉语之美的多种样式,都使得他们易于借鉴昔贤,驰骋才力,发抒性灵,来扩大诗的反映面,提高诗的表现力。所有这些原因综合起来,就使得唐诗盛况空前,后难为继。

以下,我们想试将唐诗的流变勾画一个轮廓。

自618年唐帝国建立后,最初三十余年,诗坛上仍旧弥漫着梁陈余风。形式上讲究调声、隶事和内容上沿袭宫体,是其主要特征。只有王绩在追踪晋宋间独来独往因而不免于寂寞的陶渊明,他虽以此为后世称叹,但在当时,也同样是寂寞的。

武则天于655年立为皇后。在她当政时期,唐诗也开始呈现了自己的面貌。王勃、杨炯、卢照邻、骆宾王、沈佺期、宋之问和杜审言等,陆续登坛,这些人,在当时封建秩序以及道德规范、审美观念逐渐恢复正常的基础之上,改造了宫体诗,并继承了南朝诗人对于诗形的研究,完成了五七言律体包括律化了的绝句——小律诗,完善了七言古体;经过他们的努力,题材和主题由宫廷的淫欲改变为都市的繁华和正常的男女之爱,由台阁应制扩大到江山和边塞;风格也由纤柔卑靡提高到明快清新。

同时,陈子昂却走着与这些人方式上看来相反,而在效果上相成的道路。四杰等用改造宫体诗的方法结束了"六代淫哇",而陈子昂则用从汉魏作家汲取力量的方法来开辟唐诗的疆土。他是一位能够把握住对超现实的向往和对现实的执着这一基本矛盾,并且用新的语言和形象来加以表现的诗人,上承阮籍、曹植,下开李白、杜甫。

如果承认唐诗是中国诗的高峰,那么,就不能不进而承认:盛唐诗乃是这座高峰的顶点。

从玄宗即位到代宗登基（712—763），这半个世纪通常称为盛唐。但在755年安史乱前乱后，诗坛的面貌是并不一样的。在这次战乱以前，诗人们在其创作中都发散着强烈的浪漫气息。这或者表现为希企隐逸，爱好自然；诗中的代表人物形象是隐士。或者表现为追求功名，向往边塞；诗中的代表人物形象是侠少。这实质上也就反映了他们由于生活道路千差万别的曲折而形成的得意与失意，出世与入世的两种互相矛盾的思想感情。不同的生活道路与不同的生活态度，使他们或者成为高蹈的退守者，或者成为热情的进取者，或者因时变化，两者兼之。前人所谓"盛唐气象"，在很大的程度上，指的就是这种富于浪漫气息的精神面貌。

孟浩然、王维、常建、储光羲等的许多作品都极为成功地描绘了幽静的景色，借以反映其宁谧的心境。这种诗使人脱离现实斗争，但对于热衷奔竞、趋炎附势者流，也具有清凉剂的作用。而其所提供的自然美的享受则是不可代替的。这些人是以写田园山水诗得名的陶渊明、谢灵运、谢朓的后继者。气象的浑穆或有不及，而揩语的精深华妙则有过之。其后的韦应物、柳宗元在这方面是他们的追随者。

但王维却在描摹自然、歌颂隐逸之外，还曾将其诗笔扩展到更广阔的生活领域，在另外许多同样成功的篇章中，他反映了当时人们的进取精神和悲壮情怀。王维在高蹈者孟浩然等和进取者高适、岑参、李颀、王昌龄之间，恰好是一座桥梁。所以有些评论家就一方面将其与孟浩然相提并论，合称王孟；而另一方面，又将其与高适等相提并论，合称王、李、高、岑。当然，这种提法也包含有对诗歌样式的考虑在内，王维是兼有五七言古今体之长的，而王孟并提，偏指五律；王、李、高、岑并提，则偏指七古。

集中反映了盛唐时积极进取精神的，是出自王、李、高、岑等人之手的边塞诗。这是从太宗到玄宗这一历史时期，唐帝国由抵抗外来侵略逐步转为对外进行侵略的现实局势中产生的。在这类诗篇中，诗人们塑造了边庭健儿的英雄形象。他们希望保卫祖国，建立功勋，却并不无原则地歌颂战争，往往还反对开边。在写胜利的喜悦或失败的痛苦时，也同时控诉了战争对广大人民和平生活的干扰和破坏。这些诗交织着英雄气概与儿女心肠，极富悲凉慷慨、缠绵宛转之情。其源出于鲍照、刘琨，更上一点，还可以追溯到建安作家群，虽然那时写边塞的作品还很缺少爱情成分。

借隐士和侠少的形象来说明安史乱前的浪漫倾向，并不等于认为当时诗歌中所反映的仅止于这两类人的生活，也绝非那些诗人爱写这的，就不写那了。否则，许多繁丽的社会风光和莽苍的边塞景色会出自佛教徒王维和道教徒李颀笔下，而著名的七绝组诗《从军行》和《长信秋词》乃是王昌龄一人的手笔，就不免费解。

但浪漫主义诗歌的最高成就却不能不推李白。自从贺知章称之为谪仙人，后人又尊为诗仙，这就构成了一种错觉，好像李白之所以伟大，就在他的人和诗具有他人所无的超现实性，这是可悲的误会。事实上，没有一位伟大的浪漫主义者是超现实的，李白何能例外？开元、天宝时代的其他诗人往往在高蹈与进取之间徘徊，以包含得有希冀的痛苦或欢欣来摇荡心灵，酝酿歌吟。李白却既毫不掩盖他那为富贵利禄所吸引的颇为庸俗的一面，同时又因为自己绝对无法接受那些取得富贵利禄的附加条件而弃之如敝屣。他热爱现实生活中一切美好的事物，而对其中不合理的现象毫无顾忌地投之以轻蔑，以平衡内心的矛盾。这种已被现实牢笼，却不愿接受，反过来却想征服现实的态度，乃是后代人民反抗黑暗势力与庸俗风习的一股强大的精神力量。这,也许就是李白的独特性,和杜甫始终以严肃的、悲悯的心情注视、关心和反映祖国、人民的命运那种现实主义精神,也是相反而又相成的。

安史之乱是我国封建社会前后期的界标,也是唐代文学发展的一个转折点。活动于开元、天宝时代的重要诗人,除孟浩然外,大都死于乱后。他们都经历了这场由于统治者的昏聩荒淫而造成的带有民族斗争性质的地方军阀叛乱,在乱前,他们当中的多数人为社会表面安定繁荣所迷惑,一意追求自适其适的浪漫生活,乱后却丧失了过那种生活所凭依的许多条件,就转为意志消沉,再也唱不出热烈高昂或优游自在的歌了。而另外少数人,则乱前原就比较清醒。在朝野沉酣中,对潜在的严重危机已有预感,残酷的战争,苦难的环境使他们受到锻炼、教育,使他们在经历危机的同时也产生了希望,使他们终于敢于正视惨淡的人生,坚决地站出来,为祖国的安危、人民的哀乐而高唱。杜甫,就是这少数人中的杰出代表,他以积极的入世精神,勇敢而忠实地反映现实生活。即使在大局极端危急的情况之下,也从来没有失去信心。而其所具有的"尽得古今之体势而兼人人之所独专"的高妙艺术手段,又足以充分地将这种高贵的思想感情表达出来。在我国诗坛上,杜诗的认识作用、借鉴作用、教育作用和美感作用都是难以企及的。这就是后人尊之为诗圣,将其作品称为诗史的理由。

李诗大源出于《楚辞》,杜诗大源出于《诗经》和汉乐府。二人又在不同方面受到《文选》很深的影响。安史乱前以李白为代表的浪漫主义和乱后以杜甫为代表的现实主义双峰对峙,显示了盛唐之所以为盛。

代宗大历时期(766—779)的作者,由于生活在一个遭受了极大破坏的社会里,物质精神两方面都未免贫乏。他们既不能如杜甫那样,在困厄之中依然奋发,所以便继承了王维、刘长卿诸人作品中适合于他们生活情调的那一部分,而着眼于写日常生活。时序的迁流,节物的变化,人事的升沉离合等方面的描绘,贯串于悯乱哀时的情绪之中,便形成大历诗歌的基调。诗人们对这些方面具有特殊的敏感,寄以沉重的感慨,体物甚是工致,抒情颇为深刻,因而其作品富有人情味。那是一个从噩梦中醒来却又陷落在空虚的现实里因而令人不能不忧伤的时代,诗人们具有这样的心情,是不足为异的。钱起、郎士元、李端、韦应物、司空曙、卢纶、戴叔伦、李益等的作品,虽然各有自己的个性,却都带有这种烙印。而韦应物之澄淡,李益之悲慨,尤为后人所称赏。

由德宗到穆宗约计四十余年。这时,一度中衰的诗坛又逐渐重振旗鼓,其中宪宗元和时期(806—820)最为兴盛,所谓"诗到元和体变新"。这所谓元和新体,按照我们今天的理解,主要指两个诗派,一派以白居易为首,元稹、张籍、王建、李绅等为羽翼;另一派以韩愈为首,孟郊、贾岛、卢仝、李贺等为羽翼虽然白居易那句诗所说新体可能仅指自己的那一派,其源都出于杜甫。从此以后,杜甫在祖国诗坛上的影响就变得非常突出,而且历久不衰。

白派诗人对杜甫的继承侧重在他敢于正视现实,抨击黑暗这一方面,并且进一步努力使自己的语言变得更为通俗流畅,生动感人。他们的乐府叙事诗,无论在内容的广阔上,或组织的复杂上,风格的平易上都有所发展,因而容易为读者所爱好和接受。与此相反,韩派诗人则继承了杜甫在艺术上刻意求新,富于创造性的精神,而特别致力于在杜甫胸中笔下还没有来得及开拓的境界。在内容上,他们写险怪,写幽僻,写苦涩,写冷艳,甚至写凶狠。在形式上,他们以散文句法入诗,并且大量使用一些非前人诗中所习见的词语。他们想通过自己的创造,迫使人们同意:诗是可以这样写的。这个愿望,到了宋朝,在理论上和实践上获得了部分诗人的承认。在韩派中,李贺在意境和语言上的创新显得比他家更为突出。除了这两大派之外,柳宗元、刘禹锡也是这一时期有成就的诗人。柳诗峻洁而清腴,模山范水之篇,上承谢灵运。刘诗简练而沉着,讽刺时政之作,下启苏东坡。

文宗到宣宗(827—859)的三十余年里,是杜牧和李商隐活跃的时代。杜牧出于杜、韩。而在风格上将清新峭拔合为一炉方面有新的发展。李商隐则尤长于七律,在这种样式已经杜甫作了多方面开拓之后,还有可喜的发展。他以精心的结构、瑰丽的语言、沉郁的风格发抒自己的身世之感、家国之哀,足以接席杜甫而无愧。虽然有时措意过深,不免晦涩难懂,和李贺一样被人所诟病,但懂与不懂,不单是作者一方面的问题,读者也有一个习惯于新的表现手法的任务。与李商隐齐名的温庭筠,情思才力,都比不上李,但其轻艳的作风对唐末诗人颇有影响。

懿宗即位以迄唐亡(860—906),诗人不少,成就不大。其间不少作者,追踪元白,以通俗的语言反映社会问题。如杜荀鹤、罗隐、于濆、聂夷中等;还有一些人则以凄婉轻艳的风格伤悼乱离,如司空图、吴融、韩偓、韦庄等。而皮日休、陆龟蒙则每于吟咏个人生活的悠闲时,显出不忘世事的沉痛,有异于其他作家。但这些人都无法和他们的前辈较量了。到了北宋,五七言古今体诗才又以一种新的面貌出现。

以上,是对唐诗流变的一个挂一漏万的叙述,聊供读者参考。

时代与时代之间,作家与作家之间,从主体看,盛衰、高下的差别当然是存在的。但就每一位诗人来说,却总有一些很好的或较好的作品，足供后人欣赏。这部《唐诗鉴赏辞典》共收诗一千余篇。出自大家、名家之手，流传万口的名篇，固然都在网罗之列；同时，也采集了不少不见录于一般选本的遗珠。这样，就较为完整地体现了唐诗的风貌。这是值得重视的。至于赏析文字颇有胜解，而且繁简适中。正文之外，又附录了几种有用的资料，也颇有特色，颇为可取。

总之，这是一部有益的书。它反映了我国唐诗研究者近年来在党的双百方针指引下，特别是在十二大精神的鼓舞下所付出的努力和取得的成就。

它将获得国内外的欢迎是无疑的。

（1982年11月，南京）

《复堂词序》试释

——清人词论小记之一

谭献是清代词人中一个相当优秀的作家。这是大家都知道的。他的《复堂词》有一篇极短的自序,全文是:

> 周美成云:"流潦妨车毂。"又曰:"衣润费炉烟。"辛幼安云:"不知筋力衰多少,但觉新来懒上楼。"填词者试于此消息之。不佞悦学卅年,稍习文笔,大惭小惭,细及倚声。乡人项生(按项名鸿祚,字莲生,有《忆云词》。)以为:"不为无益之事,何以遣有涯之生?"其言危苦,然而知二五而未知十也。谭献书。

这篇序没有年代。不过据谭氏《复堂词录》——一部由唐至明的选集——自序说:

> 献年十五而学诗,二十二……乃始为词,……三十而后审其流别。……年逾四十,益明于古乐之似在乐府,乐府之余在词。年至五十,其见始定。

拿《词序》"悦学卅年"与《词录序》"年至五十,其见始定"对照,前面那篇短文里的意见,无疑地是他对于词的"晚年定论"。

但,《词序》的意义却是够模糊的。第一,他截取了周、辛两家词三首中的四句,教人们就这些例子来参透作词的消息。这四句词究竟代表着什么呢?第二,他以为项莲生的那两句话只说着了一面,他的话却占着另外一面。如果不能贯通,就是"知二五而未知十"。那么,这个"二五"和"十"的区别又在那里?

本文的用意便是企图对这两点各做出一个推测性的答案。为了便于讨论,先将谭氏引用的三首词全文抄录如下:

周美成:《大酺·春雨》

对宿烟收,春禽静,飞雨时鸣高屋。墙头青玉旆,洗铅霜都净,嫩梢相触。润逼琴丝,寒侵枕障,虫网吹黏帘竹。邮亭无人处,听檐声不断,困眠初熟。奈愁极顿惊,梦轻难记,自怜幽独。　行人归意速,最先念、流潦妨车毂。怎奈向、兰成憔悴,卫玠清羸,等闲时、易伤心目。未怪平阳客,及泪落、笛中哀曲。况萧索青芜国。红糁铺地,门卫荆桃如菽,夜游共谁秉烛?

周美成:《满庭芳·夏日溧水无想山作》

风老莺雏,雨肥梅子,午阴嘉树清圆。地卑山近,衣润费炉烟。人静乌鸢自乐,小桥外、新绿溅溅。凭栏久,黄芦苦竹,疑泛九江船。　年年,如社燕,飘流瀚海,来寄修椽。且莫思身外,长近樽前。憔悴江南倦客,不堪听、急管繁弦。歌筵畔,先安枕簟,容我醉时眠。

辛幼安:《鹧鸪天·鹅湖归病起作》

枕簟溪堂冷欲秋,断云依水晚来收。红莲相倚浑如醉,白鸟无言定自愁。　书咄咄,且休休,一邱一壑也风流。不知筋力衰多少,但觉新来懒上楼。

谭氏对于词的意见,散见于文集和日记中的很多。但他所评的周止庵《词辨》是更其重要的。在《词辨评》里,他对周词《大酺》"行人"二句的意见是:

亦新亭之泪。

对《满庭芳》"地卑"二句的意见是:

觉《离骚》廿五,去人不远。

对辛词那篇,没有论到。就论到的周词两条来说,还是无法直接拿来解释《词序》,因为文字太简单,使人不能一时从新亭这个故事和《楚辞》这部古书联想到如何"消息之"。因此,我们要打破这个疑团,还得回到词的本身,从分析它们的表现方式下手。

就词论词,谭氏所举的几句,在这三首词中,所表现的情景都很清楚。《大酺》,如题所示,是描写春雨的。上片是作者在客舍中被雨声惊醒后的所闻,所见,所感——生理的和心理的。下片才由中途的孤寂想到回家的困难。"行人归意速",是就过去和现在说,就事实说。"流潦妨车毂",是就未来说,就想象说。因为急于回家,所以一听见下雨,就立刻发生泥泞满路,车轮阻滞,无法赶路等等念头了。《满庭芳》通首是一个"江南倦客"的感觉。大体是上片写景,下片写情。可是写景有实有虚,应当分别开来看。如"黄芦苦竹"是实,"泛九江船"却是虚,只不过是用白居易《琵琶行》的典故而已。"地卑山近"也是实,而"衣润费炉烟"却未必当时确有其事。这一句的作用也只在补足上句对于地方卑湿的描写。因为下面讲到"凭栏",讲到"樽前"和"歌筵畔"才是当时一贯的情事。作者决不会,而且也不应该忽然在喝酒、听歌的时候,忙里偷闲去烘起衣服来。至于《鹧鸪天》,则是一个迟暮英雄在平淡生活中所显示的不甘平淡的沉痛心情。这位拿"万字平戎策"换了"东家种树书"的老战士的苦闷,是很容易理解的。在这首词里,也决不是因为偶然上楼感觉费事,才忽而意识到自己筋力已经就衰,只是由"筋力衰"才想到"新来懒上楼"了。

假使上面所说的和作者的本意相差不太远,那么我们就可以从谭氏所提到的几句词的表现方式上,归纳出一个共同点。这便是,他们全采用了透过一层的想法。"流潦"是否已经"妨"了"车毂"呢?并没有。只是因为下着春雨,便想到"流潦妨车毂"罢了。"衣润"是否已经"费"了"炉烟"呢?并没有。只是因为土地卑湿,便想到"衣润费炉烟"罢了。是否"上"过"楼"了呢,也没有。只是因为"筋力"已"衰",便想到"上楼"都"懒"罢了。

于是,进一步,我们要问:这一种方式何以值得谭氏这样重视呢?那就牵涉到他对于词的看法了。自从张皋文《词选》推尊词体,把词认为也有与《诗经》、《楚辞》等同的价值,或至少是继承着它们的传统以后,所谓"温柔敦厚"、"忠爱缠绵"之类,便也成为作词、论词的最高标准。周止庵的"寄托"论,陈亦峰的"沈郁"说,都是张氏词论的进一步的发展。其间略有异同,大体还是一贯。当时这种理论,风行一世。谭氏生在张、周之后,而与亦峰同时,正是那个环境中间的人物。他的《复堂词录序》论到词的宗旨,说:

  上之言志永言,次之志洁行芳,而后洋洋乎会于《风》、《雅》。

这完全与常州派诸人是同一观点。文学而以"温柔敦厚"、"忠爱缠绵"做标准,原本于儒家的伦理思想,和所谓"忠恕之道"是一致的。忠是尽己,恕是推己及人,也就是同情的伸展。在心理发展上,文字表现上,推此及彼,设身处地去透过一层想,本是迈进一步的看法,也是同情的具体显示。这种方式,可以代替别人想,也可以单就自己想。可以由自己想到别人,现在想到过去或未来,这里想到那里,或者完全反过来。如下列这些例子,就都属于这个类型:

杜子美:《月夜》
今夜鄜州月,闺中只独看。
方虚谷:《九日》
山雨初开一望之,料无筋力可登危。
柳耆卿:《八声甘州》
想佳人妆楼凝望,误几回天际识归舟。
辛幼安:《摸鱼儿》
惜春长怕花开早。

这种方式,在推尊词体的人们看来,它不仅本身是一种技巧,一种增加情感深度和广度的技巧,也同时是"温柔敦厚"、"忠爱缠绵"的直接证明。谭氏所举的三个例子,正也都是教人这么透过一层想的,无怪他要郑重地写出来作为"晚年定论"而要"填词者试于此消息之"了。

关于这一推测,谭氏自己作的词也有可以供参证的。例如:

《苏幕遮》
陌上桃花,门内先憔悴

《角招·荷华》

欲寻云际岫,荡桨采菱,多刺伤手。

《忆旧游》

秋凉绮怀减,想似水僧寮,润到衣裳。

《临江仙·纪别》

啼痕欲泻脸边霞,无言强忍,怕染路旁花。

这些,都与《序》中所提及的和我前面所举的作品同一机杼。可见谭氏对于这一点,不仅是知,而且是知行一致了。

至于《词辨评》里的"新亭之泪"和"《离骚》廿五,去人不远"的话,则是以"比兴"的方法来说词,认为周词中所说的人事就是国事,也就是谭氏在《复堂词录序》中所说的:"作者之用心未必然,读者之用心何必不然。"与《词序》举这两首词中两句的意义,似乎不是一回事。自然,"比兴"和"温柔敦厚"之类也是密切地关联着的,但这里却并没有关联。

现在,我们可以来谈另一点,即谭、项二人意见的差异问题了。如前所述,谭氏的词论是继承常州派的,他把词的地位看得很崇高。而项氏却把它认为是一种"遣有涯之生"的"无益之事"。这自然是互相矛盾的。而且照谭氏看来,用什么方法才能达到"温柔敦厚"、"忠爱缠绵"的目的,也还有其不简单的创作技巧,决不是用"无益之事"几个字可以抹杀的。所以,谭氏虽然明明知道项氏所说是"伤心人别有怀抱"的"危苦之辞",也不能不认为他只知"二五"而不知"十"了。

(1948年5月,武昌)

说"斜阳冉冉春无极"的旧评

——清人词论小记之二

周邦彦《兰陵王·柳》云:

> 柳阴直,烟里丝丝弄碧。隋堤上、曾见几番,拂水飘绵送行色。登临望故国。谁识,京华倦客?长亭路、年去岁来,应折柔条过千尺。　闲寻旧踪迹。又酒趁哀弦,灯照离席。梨花榆火催寒食。愁一箭风快,半篙波暖,回头迢递便数驿,望人在天北。　凄恻,恨难积。渐别浦萦回,津堠岑寂。斜阳冉冉春无极。念月榭携手,露桥闻笛。沉思前事,似梦里,泪暗滴。

这篇词自来被认为是《清真集》中代表作之一。宋人小说如张端义《贵耳集》卷下及毛幵《樵隐笔录》已有关于它的传说和流传情况的记载。后代论家选家评选周词,也很少遗漏此篇。

有旧评中,使我最感兴趣的,乃是谭献在周济《词辨》卷一的评语中,对此词第三叠"斜阳冉冉春无极"句所下的一句话:

> "斜阳"七字,微吟千百遍,当入三昧,出三昧。

这是什么意思?

从字面上看，它只是在说：这句词很值得玩索，应当仔细地加以体会。至于其值得玩索之处何在，玩索应当如何下手，则都没有下文。

陈匪石《宋词举》卷下云：

> "斜阳冉冉"七字，是别浦、津堠间情景。其情景交融之妙，有难以言语形容者。谭献谓"微吟千百遍，当入三昧，出三昧"，洵非过言。

此句是写别浦、津堠间情景，写来情景交融，这并不难体会，而当需要进一步加以分析，从而发掘谭评的究竟义时，陈先生却以"有难以言语形容者"一笔带过。似乎谭评玄妙的措辞，不但用不着解释，反而是这句词很恰当的赞语。这就未免使人感到遗憾，无法满足了。

梁令娴《艺蘅馆词选》乙卷引梁启超云：

> "斜阳"七字，绮丽中带悲壮，全首精神振起。

此评从两种风格的对立统一着眼，并指出了这一句对全篇情调所产生的"精神振起"的作用，其见解是很深刻的。我们将梁评看成是谭砰的阐明，也未为不可，虽然梁氏下笔时也许并无此意。梁说见采于唐圭璋先生的《唐宋词简释》，沈祖棻《宋词赏析》说此句，也申梁以释谭，都证明梁评之精及其与谭评有相通之处。

但真正深明周词此句之佳处的，还得数俞平伯先生，其《唐宋词选释》卷中释"斜阳"句云：

一句中含两意，一日光景已近黄昏，春光却无限，也是无穷的。

俞释简而明，却可以说是直指心源，即看出了周邦彦当时面对那样一种难忘的景物而在心灵深处发出的微妙的悸动。而谭献，则正是由于周邦彦是如此完美而又素朴无华地表现了此景此情的交融而十分心折。

这句词所含两意为什么就值得谭、梁诸家的重视，这正是我想为之试拟一个答案的问题。

此词题为《柳》，实则借以写"久客淹留"陈洵《海绡说词》说。或"客中送客"谭献《〈词辨〉评》说。之感。这本来是一个极为古老的，从汉以来就不知道被多少人反复咏叹过的主题，是很难于写得出色的。但作者却凭借其对于行者居者双方心理状态的深刻体会、对自然景物的细致观察，以极为工巧的艺术手段将两者有机地融结在一起，依然出人头地地完成了这篇杰作。陈廷焯《白雨斋词话》卷一、陈洵《海绡说词》、刘匪石《宋词举》、唐圭璋《唐宋词简释》及沈祖棻《宋词赏析》对这篇词都做过较详尽的分析。诸家词学流派不尽相同，体会也有异同、深浅，而赞誉则如出一口。但诸家所说，都不足以解决上述问题，即旧评，特别是谭评的含义。

我认为，俞先生所指出的"斜阳"一句所含两意，除了它本身就是一对矛盾之外，同时还是全词中许多对矛盾的象征。隋堤之柳，一方面，已被"折柔条过千尺"，而另一方面，却依然"烟里丝丝弄碧"。顺便指出，这一抒写，极其明显地是受到了李商隐的启发。那位晚唐诗人在《离亭赋得折杨柳》二首之一中写道："含烟惹雾每依依，万绪千条拂落晖。为报行人休尽折，半留相送半迎归。"作者，一方面，已是"京华倦客"，而另一方面，又是有家归未得,只好"登临望故国"。至于这次送行,则一方面,是"月榭携手,露桥闻笛"等许多"旧踪迹"老是萦绕心头,无法排遣,而另一方面,又是当前的"酒趁哀弦,灯照离席",以及无可避免的、正在出现"别浦萦回,津堠岑寂"的难堪的前景。凡此种种,物与人,情与景,本已错综交织,将若干对矛盾统一起来,形成一个较为丰富的境界;但只有将这许多细致的描绘与抒写,再统一在一个能够表现空间不断开拓与时间不断流逝的过程的浑然景象中,才能显示出其完整而深刻的意义。这正是"斜阳"一句在全篇显得突出的秘密,也是词人所赋予它的特殊艺术使命。

这七字,除了在本词《兰陵王》中所展现的意义之外,我们也无妨进一步发掘一下其形象所蕴含的更深邃的人生启示。

"斜阳冉冉",是形容时间即将消逝。"春无极",则是形容空间杳无边际。我们知道,时间与空间总是互相关联的。时间无始无终,空间无边无际,但就某些具体的物和人所能据有的时间空间而言,它们又总是在不断地流动着、变化着的。没有比时间与空间所具有的两种形态更能包罗人生的了。所以"斜阳冉冉"与"春无极"也就正好象征地体现了在时间和空间中的一切物和人的存在与活动,囊括了人类生活舞台上出现的千变万化的离与合、悲与欢,生命的消逝与永恒、有限与无际。这些,也许无须将其排斥在谭献所能直觉到的范围之外。

这句词所具有的人生哲理,可以用另外一篇著名的诗来对比,因而使它更加清楚。李商隐《乐游原》云:

> 向晚意不适,驱车登古原。夕阳无限好,只是近黄昏。

管世铭《读雪山房唐诗钞》卷三十七,五绝凡例评曰:

> 消息甚大,为绝句中所未有。

李诗"夕阳"十字与周词"斜阳"七字,李诗管评与周词谭、梁评正好互相发明。它们的价值与意义就在于一语道破了大自然与人类生活中消逝与永恒、有限与无际的对立统一,而且又不约而同地使用了与生命的发生发展密切相关的太阳作为象征。

所不同的是:李诗先出"夕阳无限好",后出"只是近黄昏",意在反映心情之由敞而敛,由乐而哀。周词却反之,先出"斜阳冉冉",后出"春无极",象征着由离而合的希求。管评说李诗"消息甚大",如果说这位评论家是感到这篇小诗不仅向读者展示了诗人对生活由追求到幻灭的过程,而且三句大开,四句大合,也体现了非常强劲的笔力,无论在思想的深度、艺术的难度上都难以企及,才写下这个结论,与管氏原意相差可能不会太远。至于梁评说周词风格"绮丽中带悲壮",又说因有此句,才使得"全首精神振起",则正是先出"斜阳冉冉",后出"春无极"的效果,不言自明。

我国古代文学批评中的多数著作,具有省略过程,直抒结论,因而显得短小精悍的特色。它们远源于先秦诸子论道讲学,晋世清谈和唐宋儒家佛徒的语录。流风及于后世,产生了评点之学。其中不乏精论。但由于措辞过简,往往有使人难以了悟之处。将这些恍惚依稀的话做出平正通达的解释,也是今天研究古代文化的任务之一。在这里,不过偶一举例而已。至于此之所说是否符合诸家旧评的本旨,那当然是另外一回事。因为对这种评语,也存在一个"仁者见之谓之仁,智者见之谓之智"的问题。

(1982年10月,南京)

读《倾盖集》所见

近年出版了好几部值得注意的现代诗歌总集,其中《九叶集》和《倾盖集》是我所特别重视的。这不但因为诗人们各自以其独特的艺术手段所表达的特定时代感打动了我的心灵,而且是因为他们的成就同时引起了我对于诗歌发展史上的一些问题的思考。《九叶集》的诗人们早在40年代就在新诗的表现方式上做了非常可贵的尝试,他们的确显示了一些为前此新诗苑中所无的特色;可惜由于种种原因,这种特色似乎没有得到它应该得到的发展,以至于几十年后,人们还拿朦胧诗当成一个争论的新话题。至于《倾盖集》则是另外一种情形。它是一部现代人以严格的古典诗词格律写成的作品,却具有强烈的现实性。《九叶集》把新诗的表现方式推向了一个新的更加成熟的阶段,而《倾盖集》则赋予了古典诗歌以新的活力,使它能够成为诗人们表现今天生活的自如的手段。在这里,我想专门来谈一谈《倾盖集》。

时代在变,价值观念和审美观念也在变。值得我们注意的是:这种价值观念和审美观念的变化往往是复杂的、多面的。我们当然会从现实生活出发去肯定那些新涌现出来的美好事物,从而也产生了新的价值观念和审美观念;但不可忽视的是,由于文学本身的实践,它们也往往会使人们认为已经产生的观念,有重加审定、估量和改变的必要。五四以来,以古典诗歌的形式反映现代生活是曾经被完全否定过的。其理由，简单地说，是因为它是用与现代口语有或大或小的距离的文言来写的，而文言则被认为一定是不适宜于表现现代生活的。但是半个世纪以来的创作实践却无法掩盖这种说法的简单化和片面性。我们当然不能把毛泽东、陈毅等老一辈革命家所写的诗词作为文学史上一种独特的因而是例外的情形去处理；即使如此，也无法否认，在近几十年中，的确还是出现了不少的以古典诗歌形式写成的佳作。这样，对古典诗歌形式的价值观念和审美观念似乎就有了可能而且必须加以重新审定的必要。《倾盖集》的出版也有助于这一问题的探讨。

本书的出版说明写道："古谚云：'白头如新，倾盖如故。'本集九位作者之间，有的是时相过从的朋友，有的是朋友的朋友；他们的年龄、经历、工作虽各不相同，但是在过去动荡的年代中，有过共同的忧虑和喜悦，这正是他们把他们近年的若干诗作编成合集，并取名《倾盖集》的原因。"诗人们共同的忧虑和喜悦是什么呢？那就是由于对社会主义祖国和人民的深切关怀而产生的强烈的爱憎和忧乐。当伟大的祖国和人民遭受着深重的灾难、侮辱和损害的时候，他们是忧虑的、痛苦的和悲愤的；而当祖国和人民摆脱了不应当承受的恶劣命运时，他们就无比地欢乐了。当然，诗人们也会写到自己的私生活，诸如友谊、爱情和爱好，但是这些又莫不与祖国和人民的命运联结在一起。这是大书在我国历史上的屈原的哀乐、杜甫的哀乐、陆游的哀乐的继承和发展。

九位诗人收在这个集子里的作品多少不等，写作的起讫年代也不相同，但其中的多数都写于史无前例的"十年动乱"时期以及其后拨乱反正的几年当中。诗人们自身的遭遇和祖国人民遭遇的一致性，决定了他们必须而且乐于用自己的笔去反映那个使人永远无法淡忘的荒唐岁月。那一场所谓"触及灵魂的大革命",实质上是一场真与假、善与恶、美与丑的殊死斗争。每一个人,无论他自己愿意或不愿意,自觉或不自觉,都得在历史舞台上充当自己所规定的角色。当那些野心家、阴谋家、叛徒们的邪恶势力压在祖国母亲和她痛爱的儿女们的头上,要把他们推进无底深渊的时候,广大人民拿起自己所能拿到的武器起来战斗了。愤怒出诗人,忠义出诗胆。出于忠义和愤怒,诗人们写下了许多非常动人的作品。这正是恩格斯所说的"真正艺术家的勇气"的表现。

诗集中对于周恩来、陈毅等老一辈革命家的悼念,对于张志新、遇罗克等烈士的哀挽,对于参与丙辰清明悼念活动的广大人民的赞扬,显示了诗人们强烈的爱;对于林彪、"四人帮"反革命集团的讥刺与鞭挞,以及粉碎"四人帮"后欢欣鼓舞的情绪,还有对于那些趋炎附势、"高举""紧跟"者流的鄙视,又都表达了诗人们深切的恨。这都是显而易见的。

我所要特别指出的是,这九位作者原来都在1957年那场扩大化了的运动以及其他政治运动中蒙冤受屈,在"文化大革命"中,又理所当然地承受了比普通人民更多更重的苦难,千磨万劫,九死一生。这是当时活生生的现实。然而,他们的灵魂却从来不因长时间的重压和扭曲而变形。在极其艰苦的体力劳动中,在倍受鄙薄歧视的情况下,仍然在不屈不挠地努力寻求过一种正常人的生活。他们就是这样生活下来了,并且是不丧失人类尊严地生活下来了,一直到恢复名誉。这是奇迹。而这个奇迹之所以能够出现,则在于他们对于祖国和人民具有无比的爱和无比的信任。他们深信:自己是中华民族的好儿女,总有一天会被证明是无辜的。这是极可珍贵的和不可战胜的爱国主义和乐观主义感情。

正由于他们是如此地热爱生活，所以即使在艰难的岁月里，也在从事于诗歌创作。在这些诗作中，几乎具备了传统诗歌中一切的题材，重大政治社会生活之外，还广泛涉及了山水登临，花鸟题咏，论史论诗，评书评画，爱情和婚姻，会合与离别。这，似乎都是习见的，然而却无不浸染了诗人们在特定生活环境当中的特定心情。这就使得《倾盖集》中的作品具有了鲜明的现代情趣和色彩，与前人此类诗篇有所区别。

　　以上泛论了这部诗集的主要特色，这是九位诗人所共同具有的。但这些共同具有的特色却又是通过每一个人自己所独有的审美观念和艺术手段表现出来的。风格是个性的外化。如果作者是富有个性的，而其所拥有的艺术手段又能够表达这种个性，那么，他就必然能够具有独特的风格面貌。这丝毫也不排斥对于一切传统中美好风格的吸收和熔铸。然而，表现在作品里的终究是属于每个作者自己的新的东西，正如叶老在本集题辞中所说的："各自擅风神"。

　　现在试着极其简略地谈一点自己对于每一位诗人和他的作品的体会，无非是管中窥豹，希望不变成佛头着粪。

　　王以铸《城西诗草》：作者精研西方文史，但诗中却一点也看不见这方面的影响和痕迹，真是不愧老子说的"良贾深藏若虚"。五言古诗这种形式似乎是他所最喜爱的。从《咸宁杂诗》和《饮酒》中，看出他对于陶诗致力很深。陈散原诗云："陶集冲夷中亢烈，道家儒家出游侠。放翁晚节颇似之，皆奇男子无分别。"龚定庵诗云："陶潜诗喜说荆轲，想见《停云》发浩歌。吟到恩仇心事涌，江湖侠骨已无多。"王以铸心目中的陶渊明乃是这样的陶渊明，而不只是"采菊东篱下，悠然见南山"的陶渊明。请看官们千万记住。

　　吕剑《青萍结绿轩诗存》：作者新诗写得很好，写旧体诗又同样出色。这使人不禁想起现代文学史上一个使人玩味的史实。当初,鲁迅、沈尹默、刘半农、闻一多等是写旧体诗的,后来都改写新诗;而朱自清、何其芳、金克木以及作者等则原来是以写新诗见长,后来都改写旧体诗。这说明这两种诗歌形式不但无妨并存,而且可以一人兼擅。诗歌中的新旧两体,如果不被认为是互相促进的,至少也不应当被认为是互相排斥和妨碍的。把一部文学发展史看成是一部文体变迁史,显然不符合事实,也不能说明问题。吕剑是一位有强烈历史感的诗人,他的登临、咏史诸作特别能体现其胸襟的广阔,使读者神观飞越。

宋谋玚《柳条春半楼诗稿》:50年代初期,我和作者结交于武汉市。那个时候,他是一位戎装骏马、雄姿英发的少年军官,加之文采风流,所以很受人注目。其后会少离多,随着岁月的流逝,当日少年现已年近花甲了。其少作才情富艳,但缺少深沉之思,而当他负担了祖国的知识分子在特定历史时代应当负担的那一份苦难以后,就变得成熟起来。《欲憺》、《重有感》等篇循着李商隐经过的道路走向杜甫。取"君恩未许虚前席,臣远无由叫帝阍"和"披猖女祸危萧相,滪洞忧端泣贾生"与李商隐的"死忆华亭闻唳鹤,老忧王室泣铜驼"、"窦融表已来关右,陶侃军宜次石头"相比较,可见玉溪诗派的源远流长。

荒芜《纸壁斋诗选》:作者是我中学时代的同学,但是并不认识,待相识时,都已经老了。一卷《纸壁斋诗》使人恨相见之晚。其中多着意时局,有元微之所谓"直道当时事"之意,而出之以微文讥刺,则颇似刘梦得、苏东坡;以七言律诗见长,用笔简练而又动荡,也是刘、苏遗韵。《伐木》六篇写大苦难中的穷快活,精神面貌颇为壮丽。赠友诸篇,各如其分,见功力,也见交情。

孙玄常《瓠落斋诗词钞》:陈次园赠作者诗云:"玄翁学道指根

源,吟诗绘画妙无前。"这两句诗足以概括他的成就。其所作诗词深深地打上了工于书画的印记。题画和登临诸作色泽鲜丽,寄托遥深,如"浮萍身世任西东,惯看关山雪霁夕阳红",不愧是情景交融的胜境。虽然遭遇也同样坎坷,但性情冲澹,少有愤激之词。题香山红叶云:"霜红晚节人间重,莫比三春二月花。"可以移作玄常的自我鉴定。

陈次园《朝彻楼诗词稿》:作者博学,兼通中外文哲诸科,诗风流美,能备众体。题画、论书的篇章与孙玄常可称难兄难弟。译诗别开生面。辜鸿铭以后,能以古体译西诗的人,应该推苏曼殊,但苏译经过章太炎的修饰,古雅有余,风神不足,赶不上陈译之动人。其所译的克雷洛夫寓言诗,亦庄亦谐,不愧为辜译《痴汉骑马歌》的后劲。《少年游商调》等阕,出色当行,乃是词中隽品。

陈迩冬《十步廊韵语》:作者故乡山水甲天下,山川灵秀清峭之气对他的创作不能没有影响,所以他的诗词,明丽奥峭,兼而有之。其诗设想遣词都摆落凡近。"夜气酦人如中酒,坐看星斗落墙隈"、"微觉歌尘摇大气,慎将断句染斜阳",极近散原老人句法。其词如"秋正低徊三尺水,我来平视六朝山"、"一塔刺天摇碧落,千山缩脚让延河"则名隽豪放兼而有之,无愧其乡先辈王半塘、况蕙风。迩冬这卷诗中,直接涉及时事的较少,但读了"一局走残皆破眼,九州铸错未全消"这两句,知道他不但未能忘怀时事,并且很有远见。

舒芜《天问楼诗》:作者长期住在一间不见天日的准地下室里,如果借用前人的旧名,自署为活埋庵,倒也合适,他却偏要自署为天问楼,这也就是他的人生态度。三十多年当中,舒芜一直在艰难和酸辛当中打发他的日子,但却顽强地写下了一些有价值的著作和美好的诗篇。这恐怕就是庄子所说的"畸于人而侔于天"吧!其诗风出入唐宋,情深采壮,五古、七律更是所长。但是我特别爱好丙辰清明悼周恩来的五律四首,典重深挚,使人读后很容易想到陈后山所作的司马温公挽诗,倍增对这位"鞠躬尽瘁,死而后已"的好总理的怀念。其《天问楼图》是方鸿寿所作,我曾题诗一首,附录于下:"楼自名天问,庵仍比活埋。青灯恋红学,热泪恼寒灰。擢发罪难数,行吟老益才。先王遗庙在,呵壁未须哀。"今年初他才搬出了天问楼,他在那里住了九年。

聂绀弩《咄堂诗》:用传统观念来看,作者是诗国中的教外别传。正由于他能屈刀为镜,点铁成金,大胆从事离经叛道的创造,焕发出新异的光彩,才使得一些陈陈相因的作品黯然失色。明朝的倪鸿宝也曾做过类似的尝试。二人虽然同样具有忠愤之气,同样在用一种打破传统的手法来表现它,可是倪究竟是明朝末年的封建士大夫,他看不到今天这样广阔的世界,也放不下和人民保持距离的架子,不敢将人参肉桂牛溲马勃一锅煮,所以也不能充分地将当时的现实生活,和从这些生活中产生的奇思妙想毫无顾忌地表达出来;而聂却较成功地做到了。他的诗初读只使人感到滑稽,再读才使人感到辛酸,三读则使人感到振奋。这是一位驾着生命之舟同死亡和冤屈在大风大浪中搏斗了几十年的八十老人的心灵记录。他的创作态度是真诚的,严肃的,而绝非开玩笑即以文为戏的。"欲织繁花为锦绣,已伤冻雨过清明。"他虽然是在说萧红,实际上也是说自己。他又说:"老欲题诗天下遍,微嫌得句解人稀。"我希望绀弩这一顾虑是多余的。前几年我曾以诗相赠,现也附录于后:"绀弩霜下杰,几为刀下鬼。头皮或断送,作诗终不悔。艰心出涩语,滑稽亦自伟。因忆倪文贞,翁殆继其轨。"

"言之不足,故咏歌之。"评赏既毕,有诗为证。诗曰:

大泽穷边落日黄,疲氓倚耒偶相望。妙哉逃死九迁客,各自携归一锦囊。袖手孤吟吐光怪,轩眉大笑话荒唐。峥嵘岁月征诗史,天女修罗共作场。

又曰:

神交岂但同倾盖,倾盖论文若有神。自昔妙才多铸错,断无畸士不相亲。能歌汉道昌皆李,即解儒冠溺亦秦。元祐党家欣健在,一编留赠咏诗人。

(1985年7月,南京—连云港)

程千帆先生学术年表*

1913 年

9月21日,生于长沙。原名逢会,改名会昌,字伯昊。四十以后,别号闲堂。千帆是其笔名之一,后来通用此名。

1922 年

住在长沙外祖父家,已学诗。

1923 年

由长沙迁至武昌,短期就读于武昌圣约瑟中学附属小学,大部分时间就读于堂伯父程士经在汉口办的私塾有恒斋。

1924 年

学习写诗,通声律。

1928 年

秋,考入南京金陵中学初中三年级,开始从多方面接触现代科学。

1929 年

秋,升入金陵中学高中一年级。

1932 年

秋,升入南京金陵大学中文系,受教于黄侃、胡小石、汪辟疆等

---

* 本年表由徐有富先生撰写。

名师。

1933 年

11月,《评戴望舒著〈望舒草〉》发表于《图书评论》第2卷第3期。

1934 年

4月,与同人组织春风文艺社,并创办了《春风文艺》周刊。

9月,与汪铭竹、孙望、常任侠、沈祖棻等组织了"土星学会",并创办了新诗刊物《诗帆》半月刊。

秋,作目录学论文《〈汉志·诗赋略〉首三种分类遗意说》,载《金陵大学文学院季刊》第2卷第1期。

1935 年

6月,作《〈别录〉、〈七略〉、〈汉志〉源流异同考》。《清孙冯翼〈四库全书辑永乐大典本书目〉抄本跋》发表于《图书馆学季刊》第9卷第2期。

1936 年

5月,作第一篇文学论文《少陵先生文心论》。

7月,《再评〈望舒草〉因论新诗的音律问题》发表于《文艺月刊》第9卷1期。

8月,作《杜诗伪书考》。

夏,毕业于金陵大学中文系,随即在金陵中学任教。

是年,分别考取哈佛研究所与金陵大学文科研究所史学部研究生,未去就读。

1937 年

4月5日,编成第一本论文集《目录学丛考》。

9月1日，在安徽屯溪与沈祖棻结婚，随即应聘在屯溪安徽中学教书。

冬，避难至长沙与沈祖棻会合。

1938年

2月11日，在长沙拜访闻一多。

春，在益阳龙洲师范学校任教月余，后至西康建设厅汉口办事处工作。

秋，流寓重庆。后至西康，在西康建设厅当科员。

1939年

2月，《目录学丛考》由中华书局出版。

1940年

2月，在乐山中央技艺专科学校任国文讲师。

12月1日，《杂家名实辨证》发表于《斯文》第1卷第5期。16日，《清孙冯翼〈四库全书辑永乐大典本书目〉钞本跋》发表于《斯文》第1卷第6期。

1941年

1月1日，《韩退之听颖师弹琴发微》发表于《斯文》第1卷第7期。

2月16日，《部颁中国文学系科目表平议》发表于《斯文》第1卷第10期。

3月1日，《读〈宋诗精华录〉》发表于《斯文》第1卷第11期。

4月1日，《玉溪诗〈离亭赋得折杨柳〉二首说》发表于《斯文》第1卷第13期。

8月，就聘乐山武汉大学中文系讲师。

11月16日，《杜诗王原叔注辨伪》发表于《斯文》第2卷第4期。

下半年,《校雠广义目录篇》由武汉大学油印出版。

1942 年

2月13日,小除,为佘贤勋作《珍庐诗稿序》。

3月16日,《论今日大学中文系教学之蔽》发表于《国文月刊》第1卷第16期。

5月1日,《读史运动与史地教育》发表于《斯文》第2卷第15期。

夏,为吴枬作《友杏庵遗集跋》。

9月1日,《略论文学之时义》发表于《斯文》第2卷第23期。

秋,应聘成都金陵大学副教授。与沈祖棻在学生中提倡诗词创作,并组织了"正声诗词社"。

1943 年

8月,应聘四川大学副教授兼金陵大学副教授。《文学发凡》由金陵大学文学院出版。

1944 年

1月1日,与沈祖棻所指导的正声诗词社编印发行了《正声》第1卷第1期。本月,在成都作《韩诗〈李花赠张十一署〉篇发微》。

2月1日,与沈祖棻所指导的正声诗词社编印发行了《正声》第1卷第2期。

4月29日,在成都作《陶诗"结庐在人境"篇异文释》。

秋,因反对金陵大学当局贪污教师口粮而被解聘,在成都四川大学与成都中学任教。

11月,在成都作《与徐哲东先生论昌黎〈南山〉诗记》。

1945 年

4月,在成都作《诗辞代语缘起说》。

春,作《跋三原于髯小词》。暮春,作《题手校楚辞补注》。

5月,在成都作《〈古诗〉"西北有高楼"篇"双飞"句义》。

8月,应聘乐山武汉大学副教授。

12月,在乐山作《陶诗"少无适俗韵""韵"字说》。在成都作《〈长恨歌〉与〈圆圆曲〉》。

1946年

春,作《赋之隆盛及旁衍——汉魏六朝文学散论之一》、《史传文学与传记之发展——汉魏六朝文学散论之二》、《子之余波与论之杰思——汉魏六朝文学散论之三》。

夏、秋间,批校《史通》,过录诸家校记。

11月上旬后,在武汉大学任教。

秋至来年春,作《先唐文学源流论略》。

1947年

2月,在武昌作《王摩诘〈送綦毋潜落第还乡〉诗跋》。

春,译陈寅恪《韩愈与唐代小说》一文。

8月,升任正教授,不久兼任中文系主任。

1948年

4月,作《左太冲〈咏史〉诗三论》。

5月,作《〈复堂词序〉试译——清人词论小记之一》。

6月,作《曹孟德〈蒿里行〉"初期会盟津,乃心在咸阳"解》。

10月,《文论要诠》由上海开明书店出版。

1949年

1月,编成论文集《诗论骈枝》,并作《诗论骈枝自序》。

3月,在上海作《郭景纯、曹尧宾〈游仙〉诗辨异》。

1950 年

2月,作《我们对于接受文学遗产的意见》。

9月,作《文学批评的任务——在武汉大学中文系"现代文学批评"班上的报告》。

1951 年

4月,作《〈实践论〉对于文艺科学几个基本问题的启示》。作《论中国封建社会文学》。

5月,作《伟大的爱国主义者屈原》。

9月,作《〈实践论〉是理论文崇高的规范——为迎接〈毛泽东选集〉出版而作》。

10月,参加土改运动。

1952 年

4月,作《关于文艺批评的写作》。

12月,作《关于对待祖国文化遗产问题》。

1953 年

4月,《关于对待祖国文化遗产的意见》发表于《文艺月报》1953年4月号。

5月,《对于〈杜甫传〉的一些浅见》发表于《文艺月报》1953年5月号。

6月,作《真理的探求者——纪念屈原二二三〇周年》。

8月,作《英勇的战斗者和劳动者——〈钢铁是怎样炼成的〉读后》。作《〈伟大水道建设者〉与社会主义现实主义的创作方法》。

10月上旬至12月底,参加慰问团赴朝鲜。

11月,《文学批评的任务》由中南文学艺术出版社出版。

1954 年

3月,作《古代诗歌研究绪论》。

5月,作《〈儒林外史〉试论——纪念吴敬梓逝世二〇〇周年》。

7月,与沈祖棻合著之《古典诗歌论丛》由上海文艺联合出版社出版。

夏,在北京大学出席全国高校教学计划讨论会。

10月,作《论〈长生殿〉的思想性》。作《唐宋词人年谱序》。

11月,作《把祖国优秀的文学遗产普及到人民群众中去》。作《为肃清古典文学研究领域中的资产阶级思想而斗争》。

12月,作《从〈红楼梦底风格〉看资产阶级的美学观点》。作《略论"怨而不怒"》。作《不能孤立地描写英雄人物》。

是年,曾担任武汉大学中文系系主任,后卸职。

1955 年

3月,作《评胡风的思想方法》。

6月,《关于文艺批评的写作》由湖北人民出版社出版。

9月,首次招收两名研究生。

1956 年

9月,招收第二批研究生。

是年,《中国近代文学史教程》由武汉大学油印出版。

1957 年

3月,《辛词初论》发表于《武汉大学学报》1957年第1期。

5月,与缪琨选注之《宋诗选》由古典文学出版社出版。

6月,《对于金代作家元好问的一二理解》发表于《文史哲》1957年第6期。

是年,《宋元文学史教程》由武汉大学油印出版。

1958 年

被错划为"右派分子"并下放"劳动改造"。

1961 年

自春至夏,在家养病,批校《杜诗镜铨》。

6月9日,作《批校〈杜诗镜铨〉跋尾》。

6至12月,在武汉大学中文系资料室工作。

11月,作《史通笺记·序》。

12月,作《李颀〈杂兴〉诗说》。

1962 年

8月,作《关于李白和徐凝的庐山瀑布诗》。

1963 年

5月,作《论唐人边塞诗中地名的方位、距离及其类似问题》、《李颀〈听董大弹胡笳声兼语弄寄房给事〉诗题校释》、《读岑参〈走马川行奉送出师西征〉记疑》。

1965 年

12月12日,作《书批校张青在刊本李注王荆公诗后二则》之一。

是年,点校王安石著、李壁注《王荆公诗注》。

1966 年

2月,作《书批校张青在刊本李注王荆公诗后二则》之二。

下半年,部分论著手稿被抄,全家被迫迁至下九区简陋平房。

是年,继续点校王安石著、李壁注《王荆公诗注》。

1967 年

在武汉大学校办农场劳动。

1969 年

在武汉大学校办农场劳动,冬天在沙洋农场劳动。

1976 年

5 月,作《杜甫〈诸将〉诗"曾闪朱旗北斗殷"解》。

11 月,作《李商隐〈锦瑟〉诗张〈笺〉补正》。

是年,抄成《唐诗考索》与《唐代进士行卷与文学》。

1977 年

4 月 25 日,与沈祖棻携外孙女早早赴宁、沪与亲友团聚。

6 月,作《李白〈丁都护歌〉中的"芒砀"解》。27 日,沈祖棻在回家途中因车祸不幸逝世。

7 月,退休后,整理沈祖棻遗著。

9 月 27 日,中秋,作《涉江诗稿跋》。

10 月 23 日,霜降,作《汪寄庵先生评点涉江初稿跋》。

1978 年

2 月,作《宋词赏析》《后记》。

3 月,作《涉江词稿跋》。

6 月 27 日,作《唐人七绝诗浅释》《后记》。

8 月下旬,应聘南京大学中文系教授。

9 月 18 日,开始增补《古诗今选》。

秋,为南京大学本科生讲大学语文,为南京师范学院中文系研究生讲校雠学。

1979 年

1 月,《古诗今选》(征求意见稿)由南京大学中文系铅印出版。

3 月 22 日至 4 月 1 日,赴昆明参加古代文学理论会。3 月 30 日,被选为中国古代文学理论学会常务理事。

7 月 9 日,与陶芸结婚。本月,被错划为"右派分子"获得改正。

秋,所整理之沈祖棻《涉江词稿》、《涉江诗稿》自费油印出版。

9月,招收三名硕士研究生。

10月31日,在南京大学礼堂作题为《古代讽刺艺术漫谈》的学术报告。

12月,《韩愈以文为诗说》发表于《古代文学理论研究》第1辑。

1980年

3月,所编辑整理之沈祖棻著《宋词赏析》由上海古籍出版社出版。

4月,《〈史通〉内篇旧解订讹》发表于《南京大学学报》1980年第2期。

8月,《唐代进士行卷与文学》由上海古籍出版社出版。

9月,任南京大学中文系学位委员会主席。作《从唐温如〈题龙阳县青草湖〉看诗人的独创性》,载《抖擞》1981年第7期。

10月,《读岑参〈走马川行奉送出师西征〉记疑》发表于《文学评论丛刊》第7辑。作《相同的题材与不相同的主题、形象、风格——四篇桃源诗的比较研究》,载《文学遗产》1981年第1期。

11月,《史通笺记》由中华书局出版。作《林散之书画集弁言》。

12月1日,当选为南京市文联副主席、南京市文协主席。本月,《读诗举例》发表于《文艺理论研究》1980年第3期。《古典小说漫谈》发表于《青春》1980年第12期。

1981年

1月,《先唐文学源流论略(之一)·诗三百篇与楚辞第一》发表于《武汉师范学院学报》1981年第1期。《校雠目录辨》发表于《文献》1981年第1期。《校雠略说》发表于《社会科学战线》1981年第1期。

2月5日,作《文论十笺·题记》。

3月1日，作《詹詹录》，载《文史哲》1981年第3期。本月，《先唐文学源流论略（之二）·初期散文之两派第二》与《赋之隆盛与旁衍第三》发表于《武汉师范学院学报》1981年第2期。

3月、6月，《宋诗小话》发表于《长江文艺丛刊》1981年第1期、第2期。

4月28日，作《关于对联》，载《江海学刊》1982年第1期。

7月10日至21日，赴京参加国务院学位委员会学科评议组会议。16日，被批准为博士生导师。本月，《先唐文学源流论略（之三）·乐府歌谣与五七言诗之成立第四》发表于《武汉师范学院学报》1981年第3期。与吴新雷合作之《关于宋代话本小说》发表于《社会科学战线》1981年第3期。

8月，《略论唐宋五七言诗的源流与发展》发表于《求索》1981年第3期。所编辑整理之沈祖棻著《唐人七绝诗浅释》由上海古籍出版社出版。

9月，《先唐文学源流论略（之四）·史传文学与传记之发展第五》与《子之余波和论之杰思第六》发表于《武汉师范学院学报》1981年第4期。

年底，三位硕士研究生毕业。

1982年

1月5日，受西北大学之邀参与筹备唐代文学研究会。25日，作《黄季刚老师逸事》，载《学林漫录》1983年第8集。

2月，作《张若虚〈春江花月夜〉的被理解和被误解》，载《文学评论》1982年第4期。所编辑整理之沈祖棻著《涉江词》由湖南人民出版社出版。

春，第一位博士生、第二批硕士生入学。作《忆刘永济先生》，载

《晋阳学刊》1982年第2期。

3月,作《张若虚〈春江花月夜〉集评》,载《文艺理论研究》1982年第3期。

4月,《言公通义》发表于《南京大学学报》1982年第2期。《对文科教育的几点看法》发表于《高教战线》1982年第4期

5月1日,《〈史通〉读法》发表于《文史知识》1982年第5期。上旬,在教育部经验交流会上提出了必须开设文献学课程的方案。

5月31日至6月10日,出席教育部研究生培养方案会议。

6月22日,作《唐代进士行卷与文学》日译本序。

8月19日至8月23日,在京参加国务院古籍整理规划小组会议,与李一氓研究编纂《全清词》事。

9月,《古典诗歌描写与结构中的一与多》发表于《古代文学理论研究丛刊》第6辑。

11月1日,作《唐诗鉴赏辞典·序言》。

12月9日,《说"斜阳冉冉春无极"的旧评》发表于是日《光明日报》之《文学遗产》专栏。

冬,为屈兴国作《白雨斋词话足本校注序》。

年底,参与论证成立南京师范大学中文系古典文献学专业。

1983年

1月2日至7日,出席国务院古籍整理规划小组会议,受命负责编纂《全清词》。10日,《答〈江海学刊〉问治学经验》发表于《江海学刊》1983年第1期。

1至2月,作《吴兴沈先生手书词稿四种跋二则之一》。

2月23日至3月4日,出席教育部高校古籍整理研究规划会议。

3月,《谈谈关于怎样培养文科研究生的问题》发表于《中国高等

教育》1983年第5期。

4月,与沈祖棻选注之《古诗今选》由上海古籍出版社出版。《教学、科研密切结合,促进教材建设——在南京大学全校教材建设经验交流会上的讲话》发表于《高教研究与探索》1982年第2期。

5、6月间,作《吴兴沈先生手书词稿四种跋二则之二》。

6月11日至13日,作《我们所应当争取得到的——关于宋代文学的研究随想》,载《文学评论》1983年第6期。

7月,《关于在研究生培养工作中建立教师梯队的若干问题》发表于《高教研究与探索》1983年第3期。

8月,《文论十笺》由黑龙江人民出版社出版。

9月17日至24日,列席国务院学位委员会学位审查会议。

10月14日,重阳,作《梦秋词手稿题辞》。

秋,招收第三批硕士研究生。

1984年

1月,《闲堂文薮》由齐鲁书社出版。《杜诗会通》由南京大学中文系油印出版。《治学要重视解决矛盾》发表于《高教战线》1984年第1期。《〈杜诗镜铨〉批抄(一)》发表于《草堂》1984年第1期。

2月21日,《清诗管见》发表于是日《光明日报·文学遗产》第626期。本月,《治学小言》发表于《高教战线》1984年第2期。

3月21日至24日,赴京出席全国哲学社会科学"七五"规划项目基金资助评议会,所主持的"唐宋诗歌流派研究"项目获得立项。30日,南京大学古典文献研究所成立,任所长。

4月,《〈汪辟疆先生文集〉序录》发表于《南京大学学报》1984年第2期。

春,作《题张汉怡治印》。

8月,主编的《中国古代文学英华》由上海教育出版社出版。

9月,《一个醒的和八个醉的——读杜甫〈饮中八仙歌〉札记》发表于《中国社会科学》1984年第5期。《诗画漫谈——和西安国画院青年画家的谈话》发表于《文艺理论研究》1984年第3期。

10月,作《章行严先生论近代诗家绝句跋》。

12月,《古诗考索》由上海古籍出版社出版。编辑整理的《汪辟疆文集》由上海古籍出版社出版。

1985年

1月,《〈杜诗镜铨〉批抄(二)》发表于《草堂》1985年第1期。与周勋初合著之《在探索中前进》发表于《高教研究与探索》1985年第1期。

3月26日,《我们希望早日为清词研究提供全面资料》发表于《光明日报·文学遗产》第677期。

4月,《〈杜诗镜铨〉批抄(三)》发表于《草堂》1985年第2期。

春,招收第二批博士生。为宋家淇作《金陵风景词选序》。

5月15日,《答〈文学遗产〉问古代文学研究现状》发表于《文学遗产》1985年第3期。本月,《〈史记〉——史传文学的高峰》、《汉魏六朝的杂传文学》发表于《中文自学指导》1985年第5期。

6月,所选编之《沈祖棻创作选集》由人民文学出版社出版。《对于唐代文学研究的五点意见》发表于陕西人民出版社出版的《唐代文学研究年鉴》(1984年)。

7月4日至6日,在京出席教育部博士点基金项目评审会。《序跋辑存》发表于《南京大学学报》1985年第3期。《善戏谑兮,不为疟兮》发表于《文汇月刊》1985年第7期。"One Sober and Eight Drunk"发表于 *Social Science in China*,1985年第4期。

夏，作《跋马得为路彤作惊梦图》。

8月，与莫砺锋合著《苏轼的风格论》，载《成都大学学报》1986年第1期。与唐文合编之《量守庐学记》由生活·读书·新知三联书店出版。作《韩诗〈李花赠张十一署〉篇发微附记》。

10月15日，在武汉大学出席黄侃纪念会。22日至25日，在南京中山陵国际会议中心出席黄侃学术讨论会。

11月，《读〈倾盖集〉所见》发表于《读书》1985年第11期。

12月，所主编之《中国古代文学英华》由上海教育出版社出版。

1986年

1月，《〈杜诗镜铨〉批抄（四）》发表于《草堂》1986年第1期。与张宏生合著之《晚年：回忆和反省——读杜甫在夔州的长篇排律和联章诗札记》发表于《中国社会科学》1986年第1期。

2月，作《刘持生遗著中国文学史序》。

4月，《答人问治诗》发表于《文史知识》1986年第4期。

6月，与莫砺锋合著之《他们并非站在同一高度上——读杜甫等同题共作的登慈恩寺塔诗札记》发表于《名作欣赏》1986年第6期。

10月，《治学小言》由齐鲁书社出版。《唐代进士行卷与文学》日译本由日本东京凯风社出版。与莫砺锋合著之《忧患感和责任感——从屈原、贾谊到杜甫》发表于《文艺理论研究》1986年第5期。

10月29日至11月4日，出席全国哲学社会科学"七五"规划会议，所主持之唐宋诗派研究课题获得立项。5日，《关于知识爆炸与基本功的对话》发表于《古典文学知识》1986年第6期。

12月，与莫砺锋合著之《杜诗集大成说》发表于《文学评论》1986年第6期。

1987 年

1月,为唐玲玲作《淮海词研究序》。

4月,与莫砺锋合著之《崎岖的道路与伟丽的山川——读杜甫纪行诗札记》发表于《社会科学战线》1987年第2期。《〈牧女与蚕娘〉序》发表于《南京大学学报》1987年第2期。

5月,为吴文治作《中国文学大事年表序》。

6月10日,《学术带头人的责任》发表于《学位与研究生教育》1987年第6期。

7月,与张宏生合著之《火与雪:从体物到禁体物——论白战体及杜、韩对它的先导作用》发表于《中国社会科学》1987年第4期。

1988 年

2、3月间,作《跋〈纪念陈寅恪先生诞辰百年学术论文集〉所载拙文》。

3、4月间,为胡翔冬作《自怡斋集外诗跋》。

5月,《三十年代金大文学院的课程结构及其它》发表于《高教研究与探索》1998年第2期。

5、6月间,作《重修瞻园记》。

6月10日,《提高质量是研究生教育的核心问题》发表于《学位与研究生教育》1988年第6期。本月,与孙望等合作之《日本汉诗选评》由江苏古籍出版社出版。

8月,《文论十笺》由黑龙江人民出版社出版。与徐有富合著之《校雠广义·目录编》由齐鲁书社出版。

夏,作《涉江词外集跋》。

9月15日,与张宏生合著之《英雄主义和人道主义——读杜甫咏物诗札记》发表于《文学遗产》1988年第5期。

10月,与张宏生合著之《七言律诗中的政治内涵——从杜甫到李商隐、韩偓》发表于《文艺理论研究》1988年第5期。作《两宋文学史·后记》。

12月,所编辑整理之《汪辟疆文集》由上海古籍出版社出版。

是年,当选为唐代文学研究会会长。

1989年

1月29日,与陈永昌《关于对联的对话》发表于《南京日报》第3版。

2月11日至21日,作《全宋词序》。

4月12日,任南京市第五届文联名誉主席。

9月,同意担任《中华大典·文学典》主编。

秋,作《曹大铁〈梓人韵语〉题辞》。作《跋为临海市郑广文纪念馆书杜诗》。作《闲堂诗存·跋》。

1990年

1月,作《从唐温如〈题龙阳县青草湖〉看诗人的独创性》《附记》。

2月28日,《校雠广义·版本编》被全国高等院校古籍整理研究工作委员会列为直接资助项目。

4月25日至5月1日,为霍松林作《唐音阁吟稿序》。

5月,退休。

6月18日,写成《赵少咸先生遗著序》。中旬,写成《殷石臞先生墓铭》。28日,参加胡小石、陈中凡、汪辟疆三教授百年诞辰学术纪念会。

7月10日,被贵州人民出版社聘为《中国历代名著全译丛书》编委。23日,写成《闲堂自述》,载《文献》1991年第2期。

10月，与莫砺锋、张宏生合著之《被开拓的诗世界》由上海古籍出版社出版。

11月21日，出席唐代文学国际研讨会开幕式。本月，《程千帆诗论选集》由山西人民出版社出版。

1991年

2月，与吴新雷合著之《两宋文学史》由上海古籍出版社出版。

春，作《闲堂词存·跋》。

6月10日，写成《圭翁杂忆》，载《古籍研究》1999年第4期。

7月，与徐有富合著之《校雠广义·版本编》由齐鲁书社出版。

8月4日，初步写完《记汉寿易氏与寒家之世谊》。

9月21日，参加匡亚明召集的古籍整理座谈会。

10月14日，作《躅戏斋诗杂记》。23日，霜降，作《曹大铁研铭》、《曹大铁四十造像赞》。25日，作《清史稿艺文志拾遗序》。

11月15日，与徐有富合著之《校雠广义·目录编》获哲学社会科学优秀成果二等奖。

12月15日至18日，出席《中华大典·文学典·隋唐五代文学分典》评审会。

是年，作《王闿运与袁世凯》。

1992年

3月，被聘为《南京大学学报》主编。

4月20日，被聘为国家古籍整理出版规划小组顾问。23日，将所批点的42册图书捐赠给南京大学。

5月25日至31日，出席国务院古籍整理出版规划会议。

7月3日，为霍松林作《全唐五代文序》。7日，作《南京师范大学教授孙君墓表》。本月，所校阅之《中国古典文学史料学》由南京大学出版社出版。

8月,《沈祖棻程千帆新诗集》由武汉大学出版社出版。

9月8日至11日,出席《中华大典》编委会会议,被聘为《中华大典》编委会副主任。21日,"程千帆先生八十华诞庆祝会"在南京大学召开。本月,《程千帆推荐中国古代辞赋》由辽宁少儿出版社出版。《程千帆先生八十寿辰纪念文集》由江苏古籍出版社出版。

11月12日至16日,出席唐代文学学会第六届年会暨国际学术讨论会。

12月,《宋诗精选》由江苏古籍出版社出版。

1993年

1月,写成《张金沙书法选序》。

7月30日,与吴新雷合著之《两宋文学史》获江苏省哲学社会科学优秀成果一等奖,与徐有富合著之《校雠广义·版本编》获江苏省哲学社会科学优秀成果三等奖。

9月11日,将部分档案交给南京大学档案馆。23日至25日,在苏州出席《中华大典·文学典》工作会议。

12月29日,与吴新雷合著之《两宋文学史》获南京大学优秀教材特等奖,与徐有富合著之《校雠广义·版本编》获南京大学优秀教材一等奖。

1994年

1月23日,《学诗愚得》发表于《武汉大学学报》1994年第1期。本月,《谈戴望舒诗及其他——程千帆致本报主编》发表于暨南大学《华夏诗报》1994年第6、7期。

5月18日,作《一部富有特色的诗集——〈丁芒诗词曲选〉序》,载《南京作家》1994年第9期。本月,被聘为《中华大典》编纂委员会副主任、《文学典》主编。所主编之《全清词》（顺康卷）第一、二册由中华书局出版。

7月19日至25日，与毕业留校之博士生谈学术与人生，录音整理稿《老学者的心声——程千帆先生访谈录》载《原学》1995年第3辑。

8月，所笺注之《沈祖棻诗词集》由江苏古籍出版社出版。为宗福邦等作《故训汇纂序》。

夏，作《跋张汉怡东坡赤壁赋印谱卷子》。作《古诗考索·又记》。

是年，《校雠广义》被列入《中国传统文化研究丛书》。

1995年

1月30日，写成《诗人眼中的南京》序。

3月8日，作《题傅抱石陶学士风光好图》。本月，为曹虹作《阳湖文派研究序》。

4月，作《宋词赏析》台湾本《序》。

6月，与巩本栋合著之《关于学术研究的目的、方法及其它》发表于《文艺理论研究》1995年第3期。

7月19日，《做一个单纯的人》发表于《江苏教育报》第四版。23日，作《朱寿友书展序》。

8月，与陶芸合编之《骈字类编音序索引》由武汉出版社出版。

10月13日，赴南京大学浦口校区为本科生作《如何写论文》的学术报告。19日，《有恒斋求学记》发表于《光明日报》。本月，《程千帆诗论选集》获国家教委首届人文社会科学研究优秀成果一等奖。

12月30日，与徐有富合著之《校雠广义·版本编》被国家教委评为第三届普通高等学校优秀教材一等奖。

1996 年

4 月,与巩本栋合著之《贵在创新——关于学术论文写作的问答》发表于《文艺理论研究》1996 年第 2 期。为张三夕作《史通三家批校辑抄题辞》。

5 月 2 日至 7 日,赴武汉大学主持《中华大典·文学典·先秦两汉分典》与《明清分典》样稿论证会。

6 月,《程千帆选集》由辽宁古籍出版社出版。

9 月 21 日,与陶芸留下遗嘱。23 日,《我当年也算是特困生》发表于《江苏教育报》第四版。

10 月 12 日,在南京大学中文系"素心会"发表题为《两点论——古代文学研究方法漫谈》的讲演。

11 月 20 日,《关于文科教学的几点看法》发表于《南京大学学报》第 1 版。

1997 年

1 月,为吴文治作《中国历代诗话全编序·明代卷序》。

5 月 7 日,《匡老!是您给了我二十年的学术生命》发表于《中华读书报》。本月,与徐有富合著之《校雠广义·版本编》获国家级教学成果二等奖。

7 月 10 日,为李灵年等写成《清人别集总目序》。本月,《关于文科教学的几点看法》发表于《江苏高教》1997 年第 4 期。

夏,作《俭腹抄序》。作《闲堂文存·跋》。

9 月,《关于魏晋南北朝文学研究的一点想法》发表于《魏晋南北朝文学论集》。

10 月,《程千帆沈祖棻学记》由贵州人民出版社出版。

暮秋，作《闲堂诗存·跋》。

12月15日，参加匡老逝世一周年纪念会。30日，李钟梅记录整理之《教学相长，纯净学风》谈话发表于《南京大学学报》第1版。

1998年

2月27日，《心声》发表于《扬子晚报》第10版。

3月11日，《俭腹微言》发表于《扬子晚报》第11版。

4月4日，出席南京大学基础学科教育学院成立会并致贺词。本月，与徐有富合著之《校雠广义》由齐鲁书社出版。

5月，作《文论十笺·后记》。

6月，《俭腹抄》由上海文艺出版社出版。

10月26日，写成《孙望选集序》。本月，编成《程千帆友朋诗札辑存》，并交南京大学档案馆。

11月2日，辞去江苏省文史馆馆长，改任名誉馆长。

冬，作《萧印唐先生集序》。

1999年

3月24日，《学术上的一种新追求——〈唐五代文学编年史〉序》发表于《中华读书报》第11版。

4月2日，蒋寅、张伯伟、巩本栋编成记录程先生谈话的《书绅录》。16日，《钱大昕全集》之书评《搜集完校勘精》发表于《光明日报》第11版。

9月，《中华大典·文学典·宋辽金元文学分典》由江苏古籍出版社出版。与程章灿合著之《程氏汉语文学通史》由辽海出版社出版。

10月，与徐有富合著之《校雠广义》获第四届国家图书奖一等奖。

12月1日,《青春岁月的情思实录》发表于《新闻出版报》第3版。31日,《希望与期待:二十一世纪中国古典文学研究的展望》发表于香港《大公报》。本月,被评为南京大学中文系首届优秀学科带头人。

2000年

1月14日,为蒋礼鸿写成《怀任斋诗词序》。25日,《校雠广义·校勘编》、《典藏编》获江苏省哲学社会科学优秀著作三等奖。本月,所选注之《唐宋诗名篇》由辽宁人民出版社出版。

3月30日,《江苏地方文献丛书》之书评《地方文化建设的一项重大工程》发表于《光明日报》。

4月9日,扬州大学中国文化研究所举行读《书绅录》座谈会。14日,为龚斌写成《〈陶靖节传论〉序》。

5月12日至15日,出席《中华大典·文学典·魏晋南北朝文学分典》、《文学理论分典》样稿论证会。

6月3日,逝世。

6月15日,《南京大学报》出版《悼念程千帆先生专刊》。

9月20日,《江苏文史研究》2000年第3期出版《纪念程千帆先生专号》。

11月25日至26日,程千帆先生学术思想研讨会在南京大学召开。

12月,《程千帆全集》由河北教育出版社出版。

2001年5月,《程千帆先生纪念文集》由江苏古籍出版社出版。

2002年5月,程千帆先生主编的《全清词》(顺康卷)由中华书局出版。12月,《闲堂诗学》由辽海出版社出版。2004年7月,《闲堂书简》由上海古籍出版社出版。

《唐代进士行卷与文学　古诗考索》简析

徐有富

程千帆出生于长沙一个素有丰厚文学传统的家庭。曾祖父霖寿,字雨苍,有《湖天晓角词》;伯祖父颂藩,字伯翰,有《伯翰先生遗集》;叔祖父颂万,字子大,有《十发居士全集》;父亲名康,字穆庵,有《顾庐诗钞》。他十岁已学诗,十二岁能通声律。程先生在《劳生志略》中说"诗学研究是我的家学",《程千帆全集》第十五卷第42页。他从小就在诗学方面受到过良好的家庭教育。

程千帆年轻时在南京金陵大学求学期间,曾受到过黄侃、胡小石、刘国钧、胡翔冬、刘继宣、吴梅、汪辟疆、商承祚等名师的教诲,还与孙望、汪铭竹、常任侠、沈祖棻等同学组织过春风文艺社与"土星学会",创办过《春风文艺》周刊与《诗帆》半月刊。此后,程先生又长期在武汉大学、金陵大学、四川大学、南京大学的中文系任教,这对提高他的科研能力与诗歌创作水平无疑大有帮助。

打开《程千帆全集》,我们会发现他在文献学、史学以及文学研究的诸多领域都成绩卓著,其中第八卷《唐代进士行卷与文学　古诗考索》尤为人们所瞩目,今由商务印书馆收入《中华现代学术名著丛书》出版,现对之略作介绍。

先说《唐代进士行卷与文学》。该书共分九节,第一节"问题的提出"谈到关于唐代进士科举和文学的关系,前人曾经发表过一些零星的见解,当代学者如陈寅恪、冯沅君等还做过较为深入的研究,但是作者指出:"对于唐代文学发展起着积极的促进作用的,并非进士科举制度本身,而是在这种制度下所形成的行卷这一特殊风尚。"本书第4页。此前尚无人全面讨论过这个问题,可见这是一个新颖而独到的见解。

第二节"行卷之风的由来"的开头指出:"所谓行卷,就是应试的举子将自己的文学创作加以编辑,写成卷轴,在考试以前送呈当时在社会上、政治上和文坛上有地位的人,请求他们向主司即主持考试的礼部侍郎推荐,从而增加自己及第的希望的一种手段。"本书第5页。由于"唐代科举考试的试卷是不糊名的","这就使得主试官除了评阅试卷之外,还有参考甚至于完全依据举子们平日的作品和誉望来决定去取的可能;也使得应试者有呈献平日的作品以表现自己和托人推荐的可能;也使得主试官的亲友有代他搜罗人才,加以甄别录取的可能。"本书第5、6页。论文进一步指出并论述了两点:"第一,行卷的风尚是和当时贡举诸科目中出路最好因而最受重视的进士科紧密地联系着的;而第二,它又是和进士科的去取以文词优劣为标准紧密地联系着的。"本书第7页。该节最后说:"总之,由于进士科出路比其他科目都好,所以竞争就特别激烈;由于进士科考试重在文词,其录取又要采平日誉望作为重要参考,所以举子们用来表现自己的创作水平乃至于见识和抱负的行卷,就特别重要。在一般情况下,举子们没有不努力提高自己的文学修养,以期写出较好的作品,并用它们来行卷,从而打动当世显人的心的。这样,行卷的风尚在客观上就不能不对唐代的文学发展起着较广泛和较长远的推动作用。"本书第16页。

第三节"行卷之风的具体内容"对诸如行卷的时间、地点、作品的题材、卷子的纸张、作品的数量、行卷要重视第一篇作品、要注意避讳、要注意行卷对象的选择,以及行卷时的情态、举子行卷时所穿的衣服等等都一一作了介绍。

第四节"举子及显人对待行卷的态度及其与文学发展的关系"。该节首先论述了举子们行卷的态度,就坏的方面说,有用他人作品来行卷的,可称为文偷;有用行卷来打抽丰的,可称为文丐。还有的举子为了引人注意,故意标新立异,因而咏猫咏鼠、咏婢咏仆的。就好的方面说,更多的举子以严肃认真的态度从事写作,以具有较高思想性与艺术水平的作品来行卷。论文接着论述了当世显人对待行卷的态度,就坏的方面说,有人对行卷看也不看,就任凭看门的仆人们拿去当废纸卖掉赚钱,还有人将行卷作为取笑的对象。就好的方面说,也有人愿意提拔新生力量,一旦发现优秀的行卷,便不遗余力地加以推荐或修改。论文最后指出:"以严肃认真的态度来行卷的举子和以同样的态度对待投来的行卷的显人,在唐代历朝都有。对于当时文学的发展起了促进作用的,也正是他们。"本书第51页。

第五节"前人论唐代文学与进士科举的关系诸说的得失",对前人论唐代文学与进士科举的关系的主要观点作了具体分析。一种观点以宋人严羽《沧浪诗话·诗评》为代表,认为"唐以诗取士,故多专门之学,我朝之诗所以不及也。"另一种观点以明人王世贞《艺苑卮言》为代表,指出:"人谓唐人以诗取士,故诗特工,非也。凡省试诗类鲜佳者,如钱起《湘灵》之诗,亿不得一。"程先生通过深入分析,总结道:"唐代进士科举对于文学肯定是发生过影响的。就省试诗、赋这方面说,它带来的影响是坏的,是起着促退作用的;就行卷之作这方面说,它也带来过一部分坏影响,但主流是好的,是起着促进作用的。"本书第61—62页。

第六节"行卷对唐代诗歌发展的影响"、第七节"行卷对推动唐代古文运动所起的作用"、第八节"行卷风尚的盛行与唐代传奇小说的勃兴",分别论述了唐代进士行卷对唐代最有成就、最有特色的三种文学体裁的影响作了论证,并得出如下结论:"行卷之诗,确有佳作;行卷之风,确有助于诗歌的发展。"本书第71页。韩愈等人正是"在自己成为当世显人以后,又利用了后进之士希望觅举、学文一举两得的心理,借行卷的风尚,来开展古文运动,获得了成功的。"本书第85页。"唐代进士以传奇小说行卷,确曾对这种新兴文学样式的发展,起过相当大的促进作用,是无可怀疑的。"本书第94页。

第九节"结论及馀论",作者在书末总结道:"如果就进士科举以文词为主要考试内容因而派生的行卷这种特殊风尚来考察,就无可否认,无论是从整个唐代文学发展的契机来说,或者是从诗歌、古文、传奇任何一种文学样式来说,都起过一定程度的促进作用。这就是本书的一个极其简单的结论。"本书第95页。

《唐代进士行卷与文学》是程千帆采用文史结合的方法,通过周密考证来研究唐代文学的代表作。程先生说过:"我的家学和师承决定了我在学术研究中比较注重文史结合的方法,虽然我的著作大多数谈的是文学问题,但都是建立在史学的实证精神和严密的史料考据基础上的。"《程千帆全集》第十五卷,第42页。在论及《唐代进士行卷与文学》时,他还谈道:"如何通过历史材料同文学的考试制度结合起来,文史结合的研究,我做得比较具体的就是这本书。"《程千帆全集》第十五卷,第47页。

为了说明唐代进士行卷与文学的关系,程千帆采取竭泽而渔的方式长期搜集相关资料,并对资料作了精心的鉴别与选择。程先生说:"最早我写的一些文章,多半是学生问我问题,有的能够回答,有的答不出。答不出的问题,我就摆在那里,慢慢地想。行卷问题,就是从王维的那首诗《送綦毋潜落第还乡》引发而来的。"《程千帆全集》第十五卷,第46页。为此他还于1947年2月写过一篇《王摩诘〈送綦毋潜落第还乡〉诗跋》,对这个问题作了初步探讨。直到1980年8月,他才出版了《唐代进士行卷与文学》一书,之间相距三十多年。他在1979年5月12日致函上海古籍出版社说:"唐人杂记,差不多全部看过,搜采过。遗漏的材料不敢说没有,但不会多。"《闲堂书简》,第170页,上海古籍出版社2004年版。后来程先生在接受学生采访时也称:"我遇到有关的资料,就纂录下来,但在后来写的时候,对这些资料又去掉很多。这些去掉的资料,不约而同,后来傅璇琮先生都注意到了。他就把题目扩大了,写成《唐代科举与文学》,有三十多万字。""我这本书出来以后,比较受到学术界的重视,就是因为它在很窄的范围内开掘得很深。傅先生读书范围很广,很博雅,但是关于行卷这一部分,他的书能够补充我的也很少。"《程千帆全集》第十五卷,第46页。可见,他在收集、鉴别、选择、运用资料方面,下了很大功夫。

该书出版后颇获好评,并产生了较大影响。时隔不久,日本奈良女子大学村上哲见教授即撰《评程千帆著〈唐代进士行卷与文学〉》一文,载《东洋式研究》1982年第41卷第2号。日本另两位学者松冈荣志、町田隆吉还将该书译成日文,题为《唐代科举与文学》,有东京凯风社1986年版。正如傅璇琮在评价该书时所说:"这是近些年来唐代文学研究和唐代科举史研究的极有科学价值的著作,它的出版使这些领域的研究得以向前扩展了一大步。"《唐代科举与文学》,第247页,陕西人民出版社1986年版。如何推动唐代文学研究的发展,将唐代文学与社会背景研究结合起来,无疑是一个重要方面,这样做能拓宽与加深唐代文学研究的领域,使人们对文学现象、文学作品认识得更准确、更深入,而《唐代进士行卷与文学》在这方面显然起了筚路蓝缕的作用。在程千帆先生的指导下，徐有富的硕士论文《唐代妇女生活与诗》，张伯伟的学术专著《禅与诗学》，巩本栋的博士论文《北宋党争与文学》皆着眼于将文学与社会背景研究紧密结合起来。近些年在古代文学研究领域，也出现了不少文学与社会背景研究相结合的论著，如论述诗歌与音乐的关系、文学与宗教的关系、文学与地理的关系、文学与政治的关系等等。这也表明《唐代进士行卷与文学》所探索的道路已经越走越宽阔了。

再说说《古诗考索》，程先生在该书《题记》中谈道："古典诗歌，多年来一直是我学习的一个重点。"本书第 101 页。其《闲堂自述》也称："在我近六十年的学术生涯中，以在古典诗歌方面花费的时间最久，用力最专。"《文献》1991 年第 2 期。程先生在诗学方面的研究成果主要收集在《古诗考索》中，该书共有三十一篇论文，分上下两辑，上辑十六篇文章是新中国成立后写的，下辑十五篇文章是新中国成立前写的。

人们对程先生在古典诗歌研究方面所取得的成就相当关注，周勋初写过《程千帆先生的诗学历程》、莫砺锋写过《程千帆古代文学研究述评》、张伯伟写过《程千帆先生的诗学研究》，其他人也写过不少这方面的论文。这些文章都对程先生的文学成就，特别是诗学成就作了全面评价。因此，我只想就程先生在中国古代诗歌研究中的一些突出之点谈些学习体会。其实，程先生本人也曾总结过他在诗学研究方面的特点，如《闲堂自述》云："在诗歌研究方面，我希望能够做到资料考证与艺术分析并重；背景探索与作品本身并重；某一诗人或某篇作品的独特个性与他或它在某一时代或某一流派的总体中的位置，及其与其他诗人或作品的关系并重。"《文献》1991 年第 2 期。

先谈第一个并重，即"考证与艺术分析并重"。沈祖棻在《〈古典诗歌论丛〉后记》中谈道："在过去的古代文学史研究工作当中,我们感到,有一个比较普遍的和比较重要的缺点,那就是,没有将考证和批评密切地结合起来。""基于这样的理解,我们就尝试着一种将批评建立在考据基础上的方法。"《古典诗歌论丛》卷末,上海文艺联合出版社1954年版。

所谓考证就是寻找可靠材料来分析问题与解决问题。《古诗考索》下辑中的十五篇论文,基本上采用了考证和批评相结合的方法。试以《〈古诗〉"西北有高楼"篇"双飞"句义》为例,正如作者在篇首所说:"以鸟喻人,以鸟飞喻人之行动,以鸟之双飞喻二人之一致行动,乃吾国诗歌中常用之表见方式。"作者以丰富的例证说明了这一点。于是有人用这一传统意象,来解释古诗《西北有高楼》中的"愿为双鸿鹄,奋翅起高飞"两句,作者也举例说明了这一点。然而本文着重分析了此诗"双飞"句与他诗"双飞"句有三点不同:一是"事势之不同","楼外之人虽知有楼中之女,而楼中之女则始终不知有楼外之人也"。二是"境遇之不同","盖一则可能为贫士,一则必其为贵家也"。三是"希冀之不同","夫楼外之人所愿望,虽无法确知,而最可能者当为闻达。楼中之女所愿望,亦未由悬揣,然最可能者当为爱情"。并指出:"衡此篇,则亦不过作者借所闻弦歌以寄其惆怅失志之感耳。其他非所重也。"本书第379—383页。看来诗中的主人公处处是在同情对方,实质上却归结到处处哀怜自己,不独哀断沉咽,而且于平易中见奇特。这就揭示并论证了《古诗》"西北有高楼""双飞"句的独特之处。

就考证而言,《左太冲〈咏史〉诗三论》也值得注意。左思《咏史》八首曾感动过许多出身寒微,怀才不遇的知识分子。如"郁郁涧底松,离离山上苗。以彼寸草径,荫此百尺条。世胄蹑高位,英俊沉下僚。地势使之然,由来非一朝"等名篇佳句,直到今天也还有很高的认识价值。论文对这组诗的旨趣、年代、渊源作了深入细致的考论。关于旨趣,程先生说:"闲尝反复本文,参稽时事,乃悉八首之作,盖太冲自其妹芬入宫,颇思则效前代外戚之立功名,取富贵。所怀不遂,因假古人以寓言。"本书第413页。关于年代,程先生说:"余尝取史文与诗辞对勘,乃决其必作于咸宁五年十一月。"本书第417页。关于渊源,程先生考述了《咏史》八首的来龙与去脉。所有这些对我们深入理解左思的这组咏史诗当然是大有帮助的。

沈祖棻在《〈古典诗歌论丛〉后记》中还说过:"我们不仅希望从文学、史学方面获得立论的根据,而且有时还更广泛地利用了其他科学来解决一些通过这些科学可以获得解决的问题。"如《韩诗〈李花赠张十一署〉篇发微》就是运用物理学知识解决问题的突出例子。韩愈诗中有"江陵城西二月花,花不见桃惟见李"两句,宋代诗人杨万里说:"桃、李岁岁同时并开,而退之有'花不见桃惟见李'之句殊不可解。因晚登碧落堂,望隔江桃、李,桃皆暗而李独明,乃悟其妙。"并写了一首诗:"近红暮看失燕支,远白宵明雪色奇。花不见桃惟见李,一生不晓退之诗。"《四部丛刊》本《诚斋集》卷二十五。可见杨万里亲眼看到了"花不见桃惟见李"现象,却始终未能理解。程先生利用光学原理分析了这句诗。光线由赤橙黄绿青蓝紫七色组成,全部反射则为白色。其余六色被吸收,只有红色反射则为红色。红为部分反射之单色光,故反射力弱,因此显得暗;白为全体反射之复色光,故反射力强,因此显得亮。傍晚时分,光线较弱,便出现了"花不见桃惟见李"现象。

此外,程先生《与徐哲东先生论昌黎〈南山〉诗记》也运用了光学知识。韩愈《南山》诗有"时大晦大雪,泪目苦曚瞀"两句,徐哲东解释道:"天既大雪,己又病目。"程先生指出:"盖往者于役西康,尝闻人云:凡祁寒逾大相、飞越诸岭,必以墨晶风镜自随。不尔,则当大雪既降,遍山皆白。反光射目,恒致泪下。及戊寅嘉平经过二岭,果如所言。设韩公途中病目,似不当冒险游陟。则此泪目矇瞀,疑大雪之所致也。"本书第500页。显然,程先生的解释比较科学,他在考证中不仅运用了社会科学知识,而且还运用了自然科学知识;不仅运用了书面材料,而且还运用了实践经验。

程先生在考证的过程中还使用了归纳法,他曾对学生们说过:"我很注意俞正燮《癸巳类稿》和《癸巳存稿》里面的一些单篇论文,它们已是根据大量材料抽象出来的。"《程千帆全集》第十五卷,第157页。俞正燮不少学术成果,都是采用归纳法取得的。他的《癸巳类稿》和《癸巳存稿》堪称清人运用归纳法的代表作。程先生运用归纳法的范例当推《诗辞代语缘起说》。所谓代语大致相当于借代这一修辞手法。程先生指出:"盖代语者,简而言之,即行文之时,以此名此义当彼名彼义之用,而得具同一效果之谓。"本书第351页。譬如在诗中常用望舒代称月,常用玉绳代称星。《诗经·卫风·氓》有云:"乘彼垝垣,以望复关。不见复关,泣涕涟涟。既见复关,载笑载言。"显然,"复关"是理解这几句诗的关键词,当我们知道诗人以复关代称氓以后,这几句诗的含义也就迎刃而解了。论文收集了大量资料,将代语的作用归纳为九项:一曰除复重也,二曰矫熟俗也,三曰资偶丽也,四曰调声律也,五曰齐句度也,六曰别善恶也,七曰避忌讳也,八曰远嫌疑也,九曰明分际也。我们在科研工作中,于收集大量资料之后,如何分析资料,显然归纳法能给我们以启发。

到南京大学工作后,程先生对"将批评建立在考据基础上的方法"的提法有所修正,将其改为"文献学与文艺学的最完美结合。"1982年4月23日,八一级硕士生对程先生说:"记得您说过,要把批评建立在考据的基础上。"程先生回答道:"对。但我那时的提法有点毛病,因为考据只是一种方法,如果说成把批评建立在通过考据得出的坚实的材料的基础上,就更准确了。"《程千帆全集》第十五卷,第145—146页。1996年,程千帆进一步提出:"我总是在考虑,文学研究,应该是文献学与文艺学最完美的结合。文学研究首先要有文献学作基础,有什么材料说什么话,这才是唯物主义的态度。"《关于学术研究的目的、方法及其它》,载《文艺理论研究》1996年第3期。他在1996年10月所作的题为《两点论——古代文学研究方法漫谈》的学术报告中明确指出:"我们工作的目的,研究的最高希望就是文艺学和文献学两者的精密结合。"《程千帆全集》第十五卷,第180页。1999年11月30日,我领着三位博士生拜访程先生,程先生又强调:"要学好文学,一方面要注重文学理论,一方面要注重材料;也就是说,一方面要注意文艺学,一方面要注意文献学。文艺学能使我们看问题看得深,文献学能使我们看问题很具体、很扎实。"《程千帆先生谈治学》,载《古籍研究》2001年第1期。后来他还谈道:"我说文艺学在理论上解决问题,文献学在史料上、背景上解决问题,我所追求的是文艺学和文献学的高度结合。但是在替《国文月刊》写稿子的那个阶段,我怎么也想不到这一点。""关于这个'两点论',就是文艺学与文献学相结合,这是一个原则。一个东西弄到最后就是这样简单。"《程千帆全集》第十五卷,第43—44页。

《论唐人边塞诗中地名的方位、距离及其类似问题》一文就是文献学与文艺学相结合的产物,程先生首先在大量阅读唐人边塞诗的基础上,发现"在某些诗篇(其中包括了若干篇边塞诗的代表作品)里所出现的地名,常常有方位、距离与实际情况不相符合的情况。"本书第167页。然后又对地理沿革与文字正讹作了深入细致的考证,证明这种情况是确实存在的,接着再结合古今中外文艺理论中的相关论述,作了深入细致的分析,得出了一些发人深省的结论。如"唐代诗人们之所以不顾地理形势的实际,使其作品中的地名出现互不关合的方位或过于辽远的距离的情况,很显然是为了要更其突出地表现边塞这个主题。""总的说来,唐人边塞诗中之所以出现这种情况,乃是为了唤起人们对于历史的复杂的回忆,激发人们对于地理上的辽阔的想象,让读者更其深入地领略边塞将士的生活和他们的思想感情,而这一点,作者们是做到了的。"本书第177、178页。由于这个问题牵涉到文艺理论中生活真实与艺术真实之间的关系,细节描写的真实性与典型环境、性格之间的关系问题,程先生在这方面也谈了自己的看法:"细节一般应当是真实的,但它也是可以虚构的。在真实的细节无助于使自己的作品达到更高级、更集中、更富于典型性的情况下,作家们保留虚构某些'反常'的,或者'错误'的细节的权利,以便保证它在整体上达到这个目的。"本书第180页。

程千帆还认为从事文学研究必须注意文学创作的特点,指出:"企图用考证学或历史学的方法去解决属于文艺学的问题,所以议论虽多,不免牛头不对马嘴。他们不知道,只有作家的创作意图,才能决定题材的取舍,而不是反过来。"本书第135页。《论唐人边塞诗中地名的方位、距离及其类似问题》一文已充分地说明了这一点,下面再补充一个例子。白居易《长恨歌》中有"夕殿萤飞思悄然,孤灯挑尽未成眠"两句,邵博《闻见后录》卷十九批评道:"宁有兴庆宫中,夜不烧蜡油,明皇帝自挑灯者乎?书生之见可笑耳。"程先生指出:"这里显然都不符事实。但是,我们设想,如果作者如实地反映了太上皇不眠之夜,生活在一个红烛高烧、珠围翠绕的环境里,还能够像《长恨歌》这里所描写的那样成功地展示他的精神状态吗?文学欣赏不能排斥考据,不能脱离事实,可也不能刻舟求剑,以表面的形似去顶替内在的神似。"本书第153—154页。

　　作家姚雪垠1985年5月20日致函程先生,对《论唐人边塞诗中地名的方位、距离及其类似问题》一文颇为赞赏,谈道:"你的论点很精辟,对解决古诗中的一些'地名的方位、距离及其类似问题'颇有贡献。唐代的边塞诗都是典型的浪漫主义,惯用夸张手法,感情激越,想象力强,意象阔大,因而往往不受实际地理的局限。用学究式的眼光看边塞诗,往往感到解释难通。你在《古诗考索》中不仅反映了你的治学态度严谨和学问渊博两大长处,还有第三个长处为许多专治古典文学史者所缺乏,即你深懂文学创作的道理,懂得现代文学理论。这三个长处结合起来,使你在本书的许多篇文章中常出现新鲜见解,闪着光彩。"《程千帆友朋诗札辑存》第九本,藏南京大学档案馆。

　　再谈第二个并重,即"背景探索与作品本身并重"。由于古代文学偏重于文学理论研究与社会背景研究,所以第二个并重的提法实际上强调了作品的重要性。程千帆早在上世纪四十年代就说过:"文学之事,作者授之,读者受之,而资以授受者,则作品也。"《程千帆全集》第六卷,第201页。但数十年来,人们似乎不太重视对作品本身的研究,如程千帆在《答〈文学遗产〉问古代文学研究现状》一文中说:"过去几十年,我们对文学的研究,往往过分强调了它们的外在部分,而忽略了其内在部分。"载《文学遗产》1985年第3期。他在《从迷雾中走出来》一文中指出:"作品是从事研究的根本材料,没有作品做基础,史与论都无从说起。可是我们却长期忽视这个问题,读得少,论得多。因此养成一种不踏实的学风。"载《社会科学战线》1980年第4期。在《关于治学方法》一文中,他还明确指出:"搞文艺理论的同志,一定要念作品。没有作品的话,理论从哪儿来?理论是从作品总结出经验来,又指导后来的作品的。"载《南京大学学报》1981年第2期。

在程先生看来，"作品是理论批评的土壤"，"离开了作品而从事理论的研究，就不免陷于空洞，难以理解问题的实质"。本书第150页。所以，他希望我们像古代文艺理论家那样，"主要是研究作品，从作品中抽象出文学规律和艺术方法来。"他还谈道："要从具体的作品出发，抽象出理论，发展理论。"《程千帆全集》第十五卷，第115页。他在《读诗举例》、《古典诗歌描写与结构中的一与多》中，通过大量诗歌作品专门分析了"形与神"、"曲与直"、"物与我"、"同与异"、"小与大"、"一与多"的关系问题，指出"一多对立（对比、并举），不仅作为哲学范畴而被古典诗人所认识，并且也作为美学范畴、艺术手段而被他们所认识、所采用"。"一与多的多种形态在作品中的出现，……是为了打破已经形成的平衡、对称、整齐之美。在平衡与不平衡，对称与不对称，整齐与不整齐之间达成一种更巧妙的更新的结合，从而更好地反映生活。"本书第127页。由此可见哲学上的对立统一规律对于古典诗歌描写与结构也是适用的，并且呈现出独特的面貌。

程先生《答人问治诗》说："作为一个客观存在的文艺作品，当你首先接触它的时候，感到喜不喜欢总是第一位的，而认为好不好以及探究为什么好为什么不好则是第二位的。由感动而理解，由理解而判断，是研究文学的一个完整的过程，恐怕不能把感动这个环节取消掉。""就我个人的经验来说，我往往是在被那些作品和作品所构成的某种现象所感动的时候，才处心积虑地要将它弄个明白，结果就成了一篇文章。"本书第527页。《从唐温如〈题龙阳县青草湖〉看诗人的独创性》就是一个例子。该诗曰："西风吹老洞庭波，一夜湘君白发多。醉后不知天在水，满船清梦压星河。"此诗可圈可点之处颇多，程先生分析道："它前半形容秋气之衰飒，后半则描绘自己之豪迈，对照强烈。诗人由天上的星河倒影映在水中，而联想到船是在星河之上；又由自己饮而醉,醉而卧,卧而梦,联想到不是自己睡在船上,而是自己的满船清梦压在星河之上。说'满',见梦之广阔,说'压',见梦之沉重,化虚为实,可见可触,着墨不多,奇幻难及。"《古诗今选》,第444页,上海古籍出版社1983年版。程先生还特别指出:"直到现在为止,还有一些古代杰作没有被发现,被肯定。将这些长久湮埋在沙砾中的明珠拣选出来,使它重放光华,乃是我们今天的责任。"本书第341页。这就是本文的写作动机,从中也可以看出程先生对此诗是多么欣赏。

类似的代表作还有《说"斜阳冉冉春无极"的旧评》。"斜阳冉冉春无极"是周邦彦的代表作《兰陵王·柳》中的名句,为许多词论家所赏识。程先生有感于"我国古代文学批评中的多数著作,具有省略过程,直抒结论,因而显得短小精悍的特色。""但由于措辞过简,往往有使人难以了悟之处。将这些恍惚依稀的话做出平正通达的解释,也是今天研究古代文化的任务之一。"本书第548页。于是,他联系旧评对此句作了层层深入的分析,最后还引用李商隐的《乐游原》"夕阳无限好,只是近黄昏"加以比较,指出:"它们的价值与意义就在于一语道破了大自然与人类生活中消逝与永恒、有限与无际的对立统一,而且又不约而同地使用了与生命的发生发展密切相关的太阳作为象征。所不同的是:李诗先出'夕阳无限好',后出'只是近黄昏',意在反映心情之由敞而敛,由乐而哀。周词则反之,先出'斜阳冉冉',后出'春无极',象征着由离而合的希求。"本书第548页。此文颇受好评,如葛晓音说:"有一次我在给千帆先生的一封信里,谈到做文学研究的理想境界,是将林庚先生的妙悟和王瑶先生的功力结合起来。我觉得千帆先生兼有二美。他谈周邦彦的'斜阳冉冉春无极'一文,使我很受震动,知道了词还可以讲到如此深入透彻、如此富有哲理和诗情的境界。"《大师的气度——怀念程千帆先生》,载《程千帆先生纪念文集》,第119

页,江苏古籍出版社2001年版。

巩本栋曾向程先生请教如何撰写《辛弃疾评传》,程先生指出:"要反复阅读、体味辛弃疾的作品。文学研究水平的高低与否,往往取决于你自己对文学作品理解的深浅程度如何。"《程千帆全集》第十五卷,第128页。我想这也是程先生的经验之谈,他早年写的《玉溪诗〈离亭赋得折杨柳〉二首说》就说明了这一点。如论文开头说:"此两首,情真语豁,自来读者,或未留心。余披讽之余,乃颇觉其义契唱酬,辞兼往复,实蜕变于古人赠答之体,与其他连章之体殊科。"本书第507页。细玩诗意,李商隐的这两首诗果然采用了赠答诗的形式,如第一首"暂凭尊酒送无憀,莫损愁眉与细腰。人世死前惟有别,春风争拟惜长条?"显然是在分别时,男子赠别女子的。第二首"含烟惹雾每依依,万绪千条拂落晖。为报行人休尽折,半留相送半迎归。"显然是那位女子答复那位男子的。这就淋漓尽致地写出了一对情人告别时的心情。如果忽略了这一点,就很难准确地理解这两首诗。此外,作者还在文中考察了赠答诗的发展简史,也颇有助于加深我们对这两首诗的理解。

程先生还谈道:"即使很小的问题,我也喜欢站在高点看它,从中阐述些大问题。比如《一个醒的和八个醉的》,虽然是讲一首诗,实际是说杜甫是怎样觉醒的。杜甫的现实主义的转变,是他自己的自我发现,猛醒到社会。"《程千帆全集》第十五卷,第113页。《一个醒的和八个醉的》的副标题为《读杜甫〈饮中八仙歌〉札记》,载《被开拓的诗世界》。其实《古诗考索》中也不乏其例,如《读诗举例》中有《物与我》一篇,作者通过三首绝句,便得出如下结论:"诗人经常是而且永远是抒情诗中的主人公。在有些诗中,只见物,不见人,似乎有物无我了。但略加寻究,则诗人只是将景物推到了前台,而在幕后操纵的,仍然是诗人自己。"本书第159页。这对我们欣赏抒情诗当然是大有帮助的，无论诗中有我无我，诗人都是这首诗的主人公，我们都要注意诗人在诗中所表达的情感。论文中还有《小与大》一篇，作者通过寥寥数首短诗，指出："文艺作品总是从个别显示一般，即小见大，这是典型化的基本方式之一。""大小相形也是诗中常见的一种表现形式。它通过自然与社会生活中的差异所产生的比例感，来增强作者所要突出的思想感情。"本书第163、第164页。这些结论对诗歌创作与诗歌鉴赏都颇有参考价值。

关于第三个并重，因文长不录，其代表作当推《张若虚〈春江花月夜〉的被理解和被误解》。程先生首先以文献学为基础，将收录与评价《春江花月夜》的资料作了穷尽式的搜索，编成了《张若虚〈春江花月夜〉集评》，再通过深入研究得出这么一个结论：张若虚的《春江花月夜》"是王、杨、卢、骆之体，即属于初唐四杰这个流派，所以它在文学史上，也在长时期中与四杰共命运，随四杰而升沉"。本书第197页。"四杰的地位提高了，则属于四杰一派的作品也必然要被重视起来。这也就是为什么自李攀龙《古今诗删》以下，众多的选本中都出现了张若虚《春江花月夜》的理由所在。这篇诗是王、杨、卢、骆之体，故其历史命运曾随四杰而升沉。这是我们理解它的起点。当明珠美玉被人偶然发现，发出夺目的光彩之后，它就不容易再被埋没了。"本书第201、202页。法国批评家丹纳说过："艺术家本身，连同他所产生的全部作品，也不是孤立的，有一个包括艺术家在内的总体，比艺术家更广大，就是他所隶属的同时同地的艺术宗派。"《艺术哲学》，人民文学出版社1963年版，第5页。两者可谓不谋而合，不过程先生分析得更具体、更细致、更深入、更符合中国古代诗歌创作的实际情况。

再就是，程先生对治学方法作了全面而自觉的探索，正如沈祖棻在

《古典诗歌论丛》的《后记》中所说："他尝试着从各种不同的方法提出问题,并且企图用各种不同的方法加以解决。"他本人也说过："我也在探索,寻求新方法新路子,我也不喜欢把眼光局限于某一处。"《程千帆全集》第十五卷,第113页。程先生《答人问治诗》称:"我曾经利用校勘学、训诂学、语法学乃至物理学等方面的知识,解决诗歌中的一些疑难问题,从而有助于对那些作品的内在涵蕴的理解。"本书第528页。

运用校勘学知识的例子如《李颀〈听董大弹胡笳声兼语弄寄房给事〉诗题校释》与《读岑参〈走马川行奉送出师西征〉记疑》。即以前者为例,李颀这首诗的题目,有好几个版本,读起来都比较别扭。程先生认为这首诗的题目存在着校勘学上所谓的多重错误,通过深入细致的校勘,指出该诗题目当为《听董大弹胡笳声兼寄语房给事》。由于这首诗还涉及《胡笳十八拍》的作者问题,所以程先生据所校订的题目,进一步分析道:"我们就自然可以得出李颀此诗只能证明董庭兰和《胡笳十八拍》的曲有关,而不能证明他与《胡笳十八拍》的词有关的结论。当然,诗中所描写的全为琴声,不及诗句,也有力地证明了这点。"本书第274页。这项工作不仅恢复了这首名诗题目的原貌,变得容易理解了,而且也有利于研究《胡笳十八拍》的作者。

运用训诂学知识的例子如《陶诗"少无适俗韵""韵"字说》与《杜甫〈诸将〉诗"曾闪朱旗北斗殷"解》。前者如果不将"韵"字含义解释清楚,则这句诗颇难理解。程先生通过考证,指出:"今取以证陶公之句,则性情一义,最为吻合。""则'少无适俗韵'者,释为自来无谐俗之性情,尤为确矣。"本书第442页。后者"见愁汗马西戎逼,曾闪朱旗北斗殷"句中的"殷"字也颇费解,前人似没有做过令人信服的注释。程先生发现班固所写《封燕然山铭》有"玄甲耀日,朱旗绛天"两句。该铭文是东汉窦宪大破匈奴之后,刻石勒功,记载汉朝威德的。程先生分析道:"'曾闪朱旗北斗殿',也可以说,就是'朱旗绛天'的译文。'绛'在这里是个动词,意为闪耀着红光,'天',杜诗里用'北斗'代替了。诗人热爱祖国,面对今日的衰微,愁敌进逼;遥想先朝的强盛,克敌扬威,因而写出这一联对比极其强烈的诗句,不是很自然的吗?"论文最后指出:"这一事例说明,弄清楚某些词的历史意义,对于正确理解古代作品来说,有时是很必要的。"本书第288、289页。

运用语法学知识的例子,如《李白〈丁都护歌〉中的"芒砀"解》。该文开头说:"这首《丁都护歌》是李白集中为数不多的直接反映当时劳动人民在封建统治阶级压迫下的痛苦生活的作品之一。""可是,由于有些注家对诗中'芒砀'一词没有能够作出正确的解释,就使人们感到,其所述情事,有些费解。"问题在于以往注释将"芒砀"解释成了地名。程先生从语法学的角度重新研究了这个问题,指出:"《丁都护歌》中的'芒砀'是一个性状形容词,它以后置的方式与名词'石'结合,成为'石芒砀'这样一个主谓结构。"程先生依据朱骏声《说文通训定声》卷十八壮部的解释,指出:"朱氏在这里所辑录的故训表明,芒、砀两字,有大、广、多、远、过、突这样一些相同、相通或相近的意义,它们又同属一个韵部,因而在构成一个叠韵连绵词的时候,自然也就具有同样的意义。李白在本诗中,以之形容石大且多,是很精确的。"本书第224—229页。词义解释清楚了,则这句诗也就变得很容易理解了。

程先生经常使用的还有比较研究方法。他对学生们说过:"如果说我有一些看法与别的先生有些不同,那是与我反复看某个或某些作品又互相沟通比较分不开的。"《程千帆全集》第十五卷,第160页。舒芜在书评《千帆诗学一斑》中说:"首先,我佩服千帆善于比较。""上面主要是说千帆诗学善于比较,这不是千帆诗学方法中最主要的一条,只是我印象中最深刻的一条。"《读书》1991年第6期。程先生不少论文,从题目就可以看到采用了比较研究的方法,如《相同的题材与不同的主题、形象、风格——四篇桃源诗的比较研究》、《关于李白和徐凝的庐山瀑布诗》、《郭景纯、曹尧宾〈游仙〉诗辨异》、《〈长恨歌〉与〈圆圆曲〉》等。

比较研究方法是将两个以上有某些共同之处的研究对象放在一起加以比较与研究,以便更好地揭示它们的内容与特色。研究对象的共同之点是比较研究的基础,而找出研究对象之间的不同之点,才是比较研究的重点。即以第一篇论文为例,四篇桃源诗虽然题材相同,但是陶渊明表达了对那个不乱而无税的小国寡民世界的向往,王维则表达了对神仙世界的向往,韩愈依据自己一贯的政治观点揭露了桃源神仙之说的荒唐,而王安石则表达了对桃源中"儿孙生长与世隔,虽有父子无君臣"的理想社会的赞美。程先生在论文中对比较研究的结果作了理论总结,指出:"就主题说来,王维诗是陶渊明诗的异化,韩愈诗是王维诗的异化,而王安石诗则是陶渊明诗的复归和深化。主题的异化和深化,乃是古典作家以自己的方式处理传统题材的两个出发点,也是他们使自己的作品具备独特性的手段,这是从上面的讨论中可以看出来的。"本书第139页。

程先生在比较研究中心细如发也是值得我们学习的。如陶渊明笔下的桃源是:"桑竹垂余荫,菽稷随时艺。春蚕收长丝,秋熟靡王税。"王维笔下的桃源则是:"遥看一处攒云树,近入千家散花竹。月明松下房栊静,日出云中鸡犬喧。"程先生分析道:"陶诗中所写桑、竹、菽、稷,到王诗中也被花、竹、松代替了,也就是经济植物被观赏植物代替了。同是一竹,桑竹连文与花竹连文给人的印象就全然不同。"本书第141页。

需要注意的是，程先生特别强调古代文学研究的现实意义，他在《詹詹录》中说："研究古典文学的人，也同样必须时刻关心注意广大人民的生活情况和感情脉搏，注意当代文学艺术的发展及其中所反映的问题，要使自己的工作对丰富人民的精神生活和发展当代文学有所帮助。古为今用的概念应当从最广泛的范围去理解。"载《文史哲》1981年第3期。他曾对学生们说："我常常讲，研究古代文化文学，是为了现在活着的人，不想到这一点，我们的研究就没有意义。"《程千帆全集》第十五卷，第166页。他还指出："我们搞古代文艺理论研究工作时，既不能脱离古代作家的创作实践，又不能脱离当代作家创作实践。脱离古代作家创作实践，就不知道文艺理论从何而来；不了解当代文学现状，就不可能很好地贯彻'古为今用'的方针，即不能使古代有用的东西在现实生活中发挥应有的作用。"《开展古代文艺理论研究工作的两个问题》，载《思想战线》1979年第3期。

《古诗考索》中的论文也鲜明地体现了这一点，譬如《读〈倾盖集〉所见》。《倾盖集》"是一部现代人以严格的古典诗词格律写成的作品，却具有强烈的现实性"。而"五四以来，以古典诗歌的形式反映现代生活是曾经被完全否定过的"。论文指出："在近几十年中，的确还是出现了不少的以古典诗歌形式写成的佳作。这样，对古典诗歌形式的价值观念和审美观念似乎就有了可能而且必须加以重新审定的必要。《倾盖集》的出版也有助于这一问题的探讨。"本书第549—550页。顺便提一下，程先生的夫人沈祖棻的《涉江诗词集》也是以严格的古典诗词格律写成的反映现实生活的杰作。朱光潜写诗评价道："谁说旧瓶忌新酒，此论未公吾不凭。"《涉江诗词集》卷首。实践表明，在当代诗歌创作中，格律谨严的古典诗词可以，而且应当占有一席之地。

《韩愈以文为诗说》也是一篇颇有现实意义的论文。1977年12月31日《人民日报》发表了《毛主席给陈毅同志谈诗的一封信》，《诗刊》等众多报刊予以转载，产生了巨大影响。信中提到"诗要形象思维，不能如散文那样直说"。指出"韩愈以文为诗"，"宋人多数不懂诗是要用形象思维的，一反唐人规律，所以味同嚼蜡。"程先生1980年7月在《社会科学战线》编辑部召开的中国古典文学研究座谈会上提出了一些不同看法："关于形象思维问题，我就不大同意关于'唐人规律'的提法，规律与朝代联系在一起恐怕就欠妥。有唐人规律，会不会也有宋人规律，元人规律呀？而且宋人的诗，也不能简单地说没有形象思维。"并且说："假如我们把革命领袖当作人而不是神的话，显然这就在很多方面可以讨论，可以商量了。"《从迷雾中走出来》，载《社会科学战线》1980年第4期。程先生意犹未尽，于是特地写了《韩愈以文为诗说》对这些问题作了系统而深入的探讨。

论文首先指出："以文为诗是北宋人所概括出来的韩愈诗歌的艺术手段之一。"本书第298页。并回顾了韩诗被后人认识和学习的过程，研究了以文为诗的意义与是非。指出以文为诗的具体内容，"大致上有两个方面，一方面是以古文的章法、句法为诗，另一方面是以在古文中常见的议论入诗。""韩愈以文为诗，其实际意义就在于要突破诗的旧界限，开拓诗的新天地，这不但有助于形成他自己的独特面目，而且成为宋诗新风貌的先驱。"本书第312、313页。论文还针对"诗要用形象思维，不能如散文那样直说"的提法，作了条分缕析："第一，诗当然要用形象思维，但形象思维并不限于曲说，它也可以直说。用传统的文学术语来说，则是既可以用比兴来表现，也可以用赋体来表现。""第二，散文许多都是抽象思维的产物，但并不是写散文只能用抽象思维，它也可以用形象思维。""第三，以形象思维为基础的文学作品，在塑造人物时，从来不排斥来自抽象思维的某些议论，反之，有时还倚仗一些议论来加强人物形象，使之被塑造得更为完美和突出。""第四，散文是既可直说，也可曲说的，并非全是直说。谁能认为像《史记·伯夷传》、韩愈《送董邵南序》之类的文章是直说的呢？"本书第320—322页。作者还指出："不懂诗要用形象思维的，在宋代作者中只占极少数。多数人以文为诗，并没有放弃形象思维，其作品并不缺少形象性。"论文最后强调了以文为诗对当代诗歌创作的现实意义："以文为诗到今天仍然不失为一种有生命力的艺术手段，如果用得恰当的话。这在现代诗人的作品中也可以看出。"本书第324、325页。这篇论文还有一个意义是将革命领袖当作人而不是神，对其学术观点展开了平等的实事求是的讨论，这对培养良好的学风具有导夫先路的作用。

程先生在谈到《古诗考索》时说过："在诗歌的研究方面我的确有许多别人没有提过的看法。"《程千帆全集》第十五卷，第42页。他在和学生们谈话时也曾指出："我《古诗考索》的文章讲诗，也尽量从不同的角度去解决不同的问题。虽然解放前我从未接触马列主义，但写文章也没有模式，解放后尤其是来南京以后，我有意识地探索新方法，力图从具体上升到抽象一般的原则。"《程千帆全集》第十五卷，第114页。在文学研究，特别是诗歌研究方面，程先生强调文献学与文艺学的完美结合，每研究一个问题，程先生都能详细地占有资料，并加以仔细地鉴别与挑选。阅读《唐代进士行卷与文学　古诗考索》相信在观点、材料，特别是在研究方法方面，均能给我们以启发。